DROEMER

BERNARD MINIER

NACHT

PSYCHOTHRILLER

Aus dem Französischen von
Alexandra Baisch

Die französische Originalausgabe erschien 2017
unter dem Titel »Nuit« bei XO Éditions, Paris.

Besuchen Sie uns im Internet:
www.droemer.de

Deutsche Erstausgabe Februar 2019
© 2017 XO Éditions. All rights reserved.
© 2019 der deutschsprachigen Ausgabe Droemer Verlag
Ein Imprint der Verlagsgruppe
Droemer Knaur GmbH & Co. KG, München
Alle Rechte vorbehalten. Das Werk darf – auch teilweise – nur mit
Genehmigung des Verlags wiedergegeben werden.
Redaktion: Birgit Förster
Covergestaltung: Sabine Kwauka
Coverabbildung: shutterstock / Tomas Havel
Satz: Adobe InDesign im Verlag
Druck und Bindung: CPI books GmbH, Leck
ISBN 978-3-426-28205-2

2 4 5 3 1

*Für Laura Muñoz – dieser Roman
ist ebenso sehr ihr Roman.*

Für Jo (1953–2016).

Wer reitet so spät durch Nacht und Wind?
Es ist der Vater mit seinem Kind.
Goethe

Ein andermal.
Es war noch Nacht.
Yves Bonnefoy

AUFTAKT

Sie sieht auf die Uhr. Bald Mitternacht.

Nachtzug. Nachtzüge sind wie Schwachstellen im Zeit-Raum-Gefüge, wie Paralleluniversen: Das Leben hängt mit einem Mal in der Schwebe, schweigsam, reglos. Taube Körper; Trägheit, Träume, Schnarchen ... Dazu der gleichmäßige Galopp der Räder über die Schienen, die Geschwindigkeit, die den Körper mit sich reißt – dieses Sein, alles Vergangene und Zukünftige – hin zu einem Anderswo, das noch irgendwo in der Finsternis verborgen ist.

Denn wer weiß schon, was zwischen einem Punkt A und einem Punkt B geschehen kann?

Ein auf die Gleise gestürzter Baum, ein Reisender mit böswilligen Absichten, ein schläfriger Zugführer ... Sie denkt darüber nach, mehr aus Untätigkeit als aus Angst heraus, und ohne zu lange bei diesem Gedanken zu verweilen. Seit Geilo ist sie allein im Waggon, und soweit sie das beurteilen kann, ist in der Zwischenzeit auch niemand zugestiegen. Dieser Zug hält überall. Asker. Drammen. Hønefoss. Gol. Ål. Manchmal auch an Bahnhöfen, an denen die Bahnsteige schon bald unter der Schneedecke verschwunden sein werden und wo nur ein oder zwei symbolische Häuschen stehen, wie zum Beispiel in Ustaoset, wo nur ein einziger Passagier ausgestiegen ist. Dann entdeckt sie Lichter, ganz fern, sie sind geradezu lächerlich in der unendlichen norwegischen Nacht. Ein paar einsam gelegene Häuser, bei denen die Lampen auf der Türschwelle die ganze Nacht über brennen.

Keiner im Waggon: Heute ist Mittwoch. Von Donnerstag bis Montag ist dieser Zug im Winter fast rappelvoll, seine Fahrgäste hauptsächlich junge Leute und asiatische Touristen, schließlich fährt er die Skistationen an. Die 484 Kilometer lange Strecke von Oslo nach Bergen mit ihren 182 Tunneln, Viadukten, Seen und Fjorden hat sogar den Ruf, im Sommer eine der aufregendsten

Eisenbahnlinien weltweit zu sein. Mitten im nördlichen Herbst jedoch, in einer eisigen Nacht wie dieser, und noch dazu an einem Tag unter der Woche, trifft man hier keine Menschenseele an. Die Stille, die zwischen den Sitzreihen zu beiden Seiten des Mittelganges herrscht, hat durchaus etwas Bedrückendes. Als hätte sich der Zug auf ein Alarmsignal hin geleert, ohne dass sie etwas davon mitbekommen hätte.

Sie gähnt. Auch die Decke und die Schlafmaske, die für sie bereitliegen, helfen nicht, ihr das Einschlafen zu erleichtern. Es will nicht klappen. Sobald sie ihre Wohnung verlässt, ist sie immer äußerst wachsam. Das liegt an ihrem Job. Und dieser menschenleere Zug ist dem Entspannen auch nur bedingt zuträglich.

Sie spitzt die Ohren. Keine Stimme dringt zu ihr vor. Noch nicht einmal das Geräusch eines Körpers, der sich bewegt, einer Tür, die aufgeschoben wird, oder eines Gepäckstücks, das man umstellt.

Ihr Blick wandert über die leeren Sitzplätze, die grauen Wände, den vereinsamten Mittelgang und die dunklen Fenster. Sie seufzt und zwingt sich, die Augen zu schließen.

Der rote Zug tauchte aus dem schwarzen Tunnel auf, wie eine Zunge aus dem Mund einer vereisten Landschaft. Die schieferblaue Nacht, das undurchdringliche Schwarz des Tunnels, das bläuliche Weiß des Schnees und das leicht dunklere Grau des Eises. Und dann ganz plötzlich, dieser leuchtend rote Strich – wie eine Blutspur, die sich gerade bis zum Bahnsteig ergießt.

Der Bahnhof von Finse. 1222 Höhenmeter. Der höchste Punkt der Strecke.

Die Bahnhofsgebäude wurden von einer dichten Schneedecke verschluckt, und die Dächer waren wie von weißen Daunendecken zugedeckt. Ein Paar und eine Frau warteten auf dem Bahnsteig, der im Licht der gelben Lampen an eine Langlaufloipe erinnerte.

Kirsten wandte ihr Gesicht vom Fenster ab; draußen wurde alles erneut von der Dunkelheit verschluckt, ausgelöscht durch die

Beleuchtung im Innenraum, die sich einschaltete. Sie hörte das Seufzen der Tür und nahm aus dem Augenwinkel eine Bewegung wahr, ganz am Ende des Mittelgangs. Eine Frau um die vierzig genau wie sie. Kirsten vertiefte sich wieder in ihre Lektüre. Sie hatte kaum eine Stunde geschlafen, dabei war sie vor vier Stunden aus Oslo abgefahren. Sie hätte lieber ein Flugzeug genommen oder in einem Liegewagen geschlafen, aber ihre Vorgesetzten hatten ihr ein einfaches Ticket für den Nachtzug in die Hand gedrückt. Sitzplatz. Sparmaßnahmen verpflichten. Die Notizen, die sie sich auf dem Handy notiert hatte, wurden jetzt auf dem Bildschirm ihres Tablets angezeigt: eine Leiche, aufgefunden in einer Kirche in Bergen. Mariakirken, die Kirche der heiligen Maria. Eine Frau, massakriert auf dem Altar, inmitten von religiösen Kultobjekten. Amen.

»Entschuldige.«

Sie blickte auf. Die Frau, die eingestiegen war, stand vor ihr. Lächelnd. Ihr Gepäckstück in der Hand.

»Stört es dich, wenn ich mich dir gegenüber hinsetze? Ich will dich gar nicht weiter behelligen, es ist nur so … also, ein leerer Nachtzug. Ich weiß nicht recht, da würde ich mich sicherer fühlen.«

Doch, es störte sie. Matt lächelte sie zurück.

»Nein, nein, das stört mich nicht. Fährst du bis nach Bergen?«

»Ähm … ja, ja, genau. Bergen. Du auch?«

Kirsten beugte sich wieder über ihre Notizen. Der Typ aus Bergen, Kasper Strand, war am Telefon nicht gerade gesprächig gewesen. Sie fragte sich, ob er bei seinen Ermittlungen ebenso wenig akribisch vorging. Ihm zufolge war ein Obdachloser bei Einbruch der Dunkelheit in der Nähe von Mariakirken vorbeigekommen und hatte Schreie im Inneren der Kirche gehört. Statt nachzusehen, hatte er es für weiser erachtet, die Beine in die Hand zu nehmen, und war dabei Hals über Kopf in eine Patrouille gerannt, die gerade dort vorbeikam. Die beiden Beamten wollten wissen, weshalb er so schnell Reißaus nahm. Also hatte er ihnen von den Schreien in der Kirche erzählt. Laut Kasper Strand seien die beiden Streifenpolizisten unverhohlen skeptisch gewesen – angesichts seines Tonfalls und gewisser Anspielungen glaubte sie zu verstehen, dass der Obdachlose der Polizei gut bekannt war –, allerdings sei es in dieser Nacht kalt und feucht gewesen und sie hätten weiter nichts zu tun gehabt; alles in allem sei ein eisiges Kirchenschiff dem Wind und dem »von der offenen See hereinwehenden« Regen immer noch vorzuziehen gewesen. So hatte Kasper Strand es ausgedrückt – ein Poet bei der Polizei, dachte sie.

Sie hatte Bedenken, sich das kurze Video mit der Aufnahme aus der Kirche, das Strand ihr geschickt hatte, auf dem Tablet anzusehen. Wegen der Frau, die ihr gegenübersaß. Kirsten seufzte. Sie hatte gehofft, dass die Frau ein Nickerchen machen würde, stattdessen wirkte sie putzmunter. Kirsten warf ihr einen flüchtigen Blick zu. Die Frau stierte sie an. Ein kleines Lächeln auf den Lippen, von dem Kirsten nicht hätte sagen können, ob es freundlich oder spöttisch war, die Augen zusammengekniffen. Dann wanderte der Blick der Frau nach unten auf das Tablet, und mit gerunzelter Stirn versuchte sie ganz offensichtlich zu entziffern, was dort stand.

»Bist du bei der Polizei?«

Kirsten unterdrückte ihren Unwillen. Betrachtete das kleine Zeichen, das einen Löwen unter einer Krone in der Ecke ihres Bildschirms zeigte, dazu das Wort POLITIET. Sie sah die Frau mit einem Blick an, der weder feindselig noch freundlich war, und ihre schmalen Lippen verzogen sich so minimal zu einem Lächeln, dass es gerade noch als höflich durchging. Im Kommissariat von Oslo war Kirsten Nigaard nicht gerade für ihre menschliche Wärme bekannt.

»Ja.«

»Und in welcher Einheit, wenn das nicht zu indiskret ist?«

Ist es aber, dachte sie.

»Kripos.« Das war die nationale norwegische Ermittlungskommission, die gegen das organisierte Verbrechen und bei anderen »schweren« Delikten ermittelte.

»Oh, verstehe, nein, eigentlich habe ich keine Ahnung … Schon ein eigenartiger Beruf, oder?«

»Kann man so sagen.«

»Und du fährst nach Bergen, wegen … wegen …?«

Kirsten war entschlossen, es ihr nicht leicht zu machen.

»Um … also … du verstehst schon, wegen eines *Verbrechens*, oder wie?«

»Ja.«

Kurz und bündig. Vielleicht spürte die Frau, dass sie etwas zu weit gegangen war, denn sie schüttelte mit zusammengepressten Lippen den Kopf.

»Entschuldige, das geht mich wirklich nichts an.«

Sie deutete zu ihrem Gepäck.

»Ich habe eine Thermoskanne mit Kaffee dabei. Willst du welchen?«

Kirsten zögerte.

»Ja, gerne«, sagte sie schließlich.

»Das wird eine lange Nacht«, sagte die Frau. »Ich bin Helga.«

»Kirsten.«

»Du lebst also allein und hast gerade keinen Partner, richtig?«

Kirsten warf ihr einen misstrauischen Blick zu. Sie hatte zu viel erzählt. Ohne es zu bemerken, hatte sie sich von Helga alles aus der Nase ziehen lassen. Diese Frau hatte mehr Schnüfflerqualitäten als eine Journalistin. Als Ermittlerin wusste Kirsten, dass es beim Zuhören, auch in den unbedeutendsten zwischenmenschlichen Beziehungen, immer darum ging, die Wahrheit herauszufinden. Einen Moment lang sagte sie sich, dass Helga bei Zeugenbefragungen brilliert hätte. Das hatte ihr zunächst ein Lächeln abgerungen, denn sie kannte Ermittler bei der Kripos, die für Befragungen deutlich weniger Begabung aufwiesen. Aber inzwischen lächelte sie nicht mehr. Inzwischen ging ihr Helgas Indiskretion gehörig auf die Nerven.

»Helga, ich glaube, ich haue mich jetzt ein bisschen aufs Ohr«, sagte sie. »Morgen steht mir ein langer Tag bevor. Oder besser gesagt heute«, korrigierte sie sich nach einem Blick auf die Uhr. »In weniger als zwei Stunden sind wir in Bergen, ich muss ein bisschen schlafen.«

Helga sah sie mit einem eigenartigen Blick an und nickte.

»Klar doch. Wenn es das ist, was du willst.«

Die Schroffheit in ihrer Stimme verwirrte Kirsten. Etwas an dieser Frau war auffällig, dachte sie, etwas, das sie zunächst gar nicht wahrgenommen hatte, das ihr inzwischen aber ganz offensichtlich zu sein schien: Sie mochte es nicht, wenn man ihr widersprach, wenn man sich ihr widersetzte. Eine niedrige Frustrationstoleranz, eine offensichtliche Tendenz zu Wutausbrüchen, eine manichäische Weltsicht: *egozentrische Persönlichkeit,* schloss sie. Sie erinnerte sich an die Kurse in der Polizeischule, daran, welche Haltung man einnehmen sollte, je nachdem, mit welchem Persönlichkeitstyp man es zu tun hatte.

Sie schloss die Augen und hoffte, so dem Gespräch ein Ende zu bereiten.

»Es tut mir leid«, sagte Helga plötzlich, obwohl Kirsten die Augen noch immer geschlossen hatte.

Sie machte sie wieder auf.

»Es tut mir leid, dich gestört zu haben«, wiederholte sie. »Ich werde mich woandershin setzen.«

Helga schniefte mit einem herablassenden Lächeln und geweiteten Pupillen.

»Du hast bestimmt nicht viele Freunde«, fügte sie noch hinzu.

»Wie bitte?«

»Mit deinem miesen Charakter. Deiner Art, den Leuten eine Abfuhr zu erteilen, mit deiner Arroganz. Nicht weiter verwunderlich, dass du allein bist.«

Kirsten verkrampfte sich. Sie wollte schon etwas erwidern, als Helga unvermittelt aufstand und sich ihr Gepäck schnappte, das auf der Ablage über ihr verstaut war.

»Entschuldige, dass ich dich gestört habe«, wiederholte sie noch einmal schneidend, dann entfernte sie sich.

Perfekt, sagte sich Kirsten. *Such dir ein anderes Opfer.*

Sie war eingeschlummert. Sie träumte. In ihrem Traum zischte ihr eine schmeichlerische, giftige Stimme »Schschschlampe, miese Schschschlampe« ins Ohr. Sie fuhr aus dem Schlaf hoch. Und dann schreckte sie ein zweites Mal zusammen, als sie feststellte, dass Helga direkt neben ihr saß. Ihr Gesicht war über das von Kirsten gebeugt, und sie beobachtete sie, wie ein Wissenschaftler eine Amöbe durchs Mikroskop beobachtete.

»Was treibst du hier?«, fragte Kirsten barsch.

Waren das wirklich Helgas Worte gewesen? Schlampe? Hatte Helga dieses Wort tatsächlich ausgesprochen, oder hatte sie das nur geträumt?

»Ich wollte dir einfach nur sagen, dass du dich verpissen sollst.«

Kirsten spürte, wie sie von Wut übermannt wurde, blindwütige, düstere Wut, ebenso düster wie eine Gewitterwolke.

»Was hast du gerade gesagt?«

Um 7.01 Uhr fuhr der Zug in den Bahnhof von Bergen ein. *Zehn Minuten Verspätung, also so gut wie pünktlich für die NSB*, sagte sich Kasper Strand, der auf dem Gleis auf und ab ging. Es war stockdunkel, und wenn es weiterhin so bewölkt blieb, dann würde es in Bergen bis um neun Uhr morgens stockdunkel bleiben. Er sah sie das Trittbrett hinuntersteigen, die Fußspitze auf den Bahnsteig setzen. Sie hob den Kopf und entdeckte ihn rasch zwischen den wenigen Anwesenden um diese Uhrzeit.

»Bulle«, las er in ihrem Blick, als dieser auf ihm verweilte. Und er wusste, was sie sah: einen etwas übergewichtigen Beamten mit kahlem Schädel, schlecht rasiertem Kinn und einem dem Hansa geschuldeten vorgewölbten Bierbauch unter seiner altmodischen Lederjacke.

Er ging auf sie zu und versuchte, dabei nicht zu sehr auf ihre Beine zu starren. Ihr Outfit erstaunte ihn leicht. Unter dem Wintermantel mit der pelzgefassten Kapuze, der im Übrigen recht kurz war, trug sie ein strenges Kostüm, eine hautfarbene Strumpfhose und Stiefeletten mit Absatz. Vielleicht war das ja diesen Herbst bei der Polizei in Oslo angesagt? Er konnte sich sehr gut vorstellen, wie sie so aus einem Konferenzraum des am Hauptbahnhof gelegenen Radisson Plaza herauskam oder aus einem Gebäude der DnB-Bank. Aber unbestreitbar hübsch, keine Frage. Sie musste zwischen vierzig und fünfzig sein, schätzte er.

»Kirsten Nigaard?«

»Ja.«

Sie streckte ihm ihre behandschuhte Hand hin, und er zögerte, sie zu schütteln, so schlaff war diese Hand, als bestünde sie nicht aus Knochen, als wäre ihr Handschuh mit Luft gefüllt.

»Kasper Strand von der Polizei in Bergen«, sagte er. »Herzlich willkommen.«

»Danke.«

»War die Reise nicht zu lang?«

»Doch.«

»Konntest du ein bisschen schlafen?«

»Nicht so richtig.«

»Komm mit.« Mit diesen Worten streckte er seine gerötete Flosse nach dem Griff des Koffers aus, doch mit einer knappen Kopfbewegung bedeutete sie ihm, dass sie ihn lieber selbst trug. »Auf dem Revier wartet schon Kaffee auf dich. Außerdem Brot, Wurst, Saft und Braunkäse. Und danach legen wir los.«

»Ich würde mir gern zuerst den Tatort ansehen. Der ist doch hier ganz in der Nähe, oder irre ich mich da?«

Im Gehen drehte er sich unter dem Glasdach zu ihr um, zog die Augenbrauen hoch und rieb sich über seinen Sechstagebart.

»Wie? Jetzt gleich?«

»Wenn es dir nichts ausmacht.«

Kasper versuchte, sich seinen Unmut nicht anmerken zu lassen, scheiterte bei diesem Versuch allerdings kläglich. Er sah, wie sie lächelte. Ein Lächeln ohne jede Wärme, das gar nicht ihm galt, sondern ganz bestimmt die Vorstellung bestätigte, die sie sich schon im Vorfeld von ihm gemacht hatte. *Scheiße aber auch.*

Ein Gerüst und eine riesige Plane verdeckten die große leuchtende Uhr, die zwischen dem Schriftzug von *Bergens Tidende* prangte. Ohne jeden Zweifel würde der Mord in der Kirche an diesem Morgen die Titelseite der wichtigsten Zeitung Westnorwegens für sich beanspruchen. In der Eingangshalle bogen sie nach rechts ab, kamen an dem Geschäft Deli de Luca vorbei und verließen den Bahnhof durch den kleinen windgepeitschten und feuchten Durchgang mit der gewölbten Decke, vor dem sich der Taxistand befand. Wie immer war weit und breit kein Taxi in Sicht, obwohl sechs Kunden dort warteten und den schräg einfallenden Regen abbekamen. Kasper hatte seinen Saab 9-3 auf der gegenüberliegenden Seite der gepflasterten Straße geparkt. Diesen allesamt bescheidenen Gebäuden und Gärten haftete etwas unleugbar Provinzielles an. Zumindest provinziell in dem Sinn, wie man den Begriff in Oslo verwendete.

Er hatte Hunger. Zusammen mit dem restlichen Ermittlungsteam von Hordaland war er die ganze Nacht im Einsatz gewesen.

Als sie sich neben ihm fallen ließ, öffnete sich ihr dunkler Mantel, ihr Rock rutschte leicht nach oben und entblößte im Licht der Innenbeleuchtung ihre wunderschönen Knie. Die gelockten Spitzen ihrer blonden Haare fielen auf den Kragen des Mantels, aber ansonsten waren ihre Haare glatt und wurden von einem strengen, links sitzenden Scheitel geteilt.

Die blonde Farbe war kein bisschen natürlich: Kasper sah den dunklen Haaransatz und die dunklen Augenbrauen, die Kirsten zu einer dünnen Linie epiliert hatte. Ihre Augen waren von fast verstörendem Blau, ihre gerade Nase etwas zu lang und die Lippen schmal, aber schön gezeichnet. Zudem hatte sie ein Muttermal am Kinn, auf der linken Seite.

Alles in diesem Gesicht deutete auf Entschlossenheit hin.

Eine Frau, die die Kontrolle besaß, ruhig und zwanghaft.

Er kannte sie erst seit zehn Minuten, überraschte sich aber dennoch bei dem Gedanken, dass er sie nicht gern zur Partnerin haben würde. Er war sich nicht sicher, ob er ihren Charakter lange ertragen würde, ebenso wenig wie den ständigen Anblick ihrer Beine.

KIRSTEN

1
MARIAKIRKEN

Das Kirchenschiff war schwach beleuchtet. Kirsten staunte darüber, dass man die Kerzen so nah am Tatort hatte brennen lassen; er war mit einem orange-weißen Band abgesperrt, das den Zugang zum Altarraum und zum Chor verhinderte.

Der Duft von heißem Wachs kitzelte sie in der Nase. Sie holte eine flache Metalldose mit drei bereits gedrehten Zigaretten aus ihrer Manteltasche. Eine davon steckte sie sich zwischen die Lippen.

»Hier darf man nicht rauchen«, sagte Kasper Strand.

Sie bedachte ihn mit einem Lächeln, sagte jedoch kein Wort, nahm ihr billiges Feuerzeug und zündete sich den unförmigen, mit Tabak gefüllten Zylinder an. Dann wanderte Kirstens Blick über den Chor und blieb am Altar hängen. Die Leiche war nicht mehr da. Genauso wenig wie das weiße Tuch, das über dem Altar gelegen haben musste – sie stellte sich die bräunlichen Schlieren und großen Flecken vor, die den Stoff durchtränkt hatten und beim Trocknen ganz fest und steif wurden.

Kirsten hatte seit ihrer Kindheit nicht mehr an einem Gottesdienst teilgenommen, aber sie glaubte sich daran zu erinnern, dass sich der Priester, wenn er den Chorraum betrat, um den Gottesdienst abzuhalten, nach vorn beugte und den Altar küsste. Und sobald der Gottesdienst zu Ende war, küsste er ihn vor dem Verlassen der Kirche erneut.

Sie schloss die Augen, massierte sich die Lider, verfluchte die Frau im Zug, nahm einen tiefen Zug von der Zigarette und machte die Augen dann wieder auf. Das herausspritzende arterielle Blut hatte das große Kreuz weiter oben nicht getroffen, sehr wohl allerdings die darunterstehende Jungfrau, das Kind und den Hostienschrein in Mitleidenschaft gezogen. Kirsten entdeckte Muster von kleinen rotbraunen Blutspritzern und lange schwarze Schlieren auf den Vergoldungen und dem gleichgültigen Gesicht von Maria. Knapp drei Meter: So weit war der Strahl gespritzt.

Wikinger, die ihre Toten nachts auf Schiffsgräbern verbrannten, Loki, der Gott des Feuers und der Heimtücke, Jesus an der Seite von Odin und Thor, Christen, die die heidnischen Völker des Nordens mit Gewalt missionierten, Hände und Füße abhackten, die Körper ausweideten und verstümmelten, aus reinem politischem Interesse zum Christentum konvertierte Wikingerprinzen. Das Ende einer Zivilisation. In der Stille dieser Kirche musste sie an all das denken.

Die Stadt da draußen schlief noch im Regen. Genau wie der Hafen, wo ein riesiger Schüttgutfrachter, gespickt mit Antennen und Kränen, grau gestrichen wie Kriegsschiffe, vor den Holzhäusern des Hanseviertels Bryggen angelegt hatte. Musste man die Geister des Ortes beschwören? Die Vergangenheit dieser Kirche reichte noch viel weiter zurück als die der Osloer Kirchen. Hier gab es kein Nationaltheater, keinen Königspalast, keinen Friedensnobelpreis und auch keinen Vigeland-Skulpturenpark. Beginn des zwölften Jahrhunderts. Hier war die Rohheit der alten Zeiten noch immer gegenwärtig. Jedem Zeichen von Zivilisation entspricht ein Zeichen der Barbarei, jedes Licht kämpft gegen eine Nacht an, jede Tür, die sich zu einem beleuchteten Heim hin öffnet, verbirgt eine Tür, die sich zur Finsternis hin auftut.

Sie war zehn Jahre alt, als sie die Winterferien zusammen mit ihrer Schwester bei ihrem Großvater verbrachte, in einem kleinen Ort namens Hell in der Nähe von Trondheim. Sie vergötterte ihren Großvater; er hatte eine unsägliche Visage und erzählte ihnen lauter lustige Geschichten, außerdem durften sie sich immer zu zweit auf seine Knie setzen. Eines Abends hatte er sie gebeten, Heimdall, seinem Deutschen Schäferhund, der draußen in der Scheune schlief, das Futter zu bringen. Es war schrecklich kalt, so kalt, dass ihr das Blut in den Adern gefror, als sie aus dem gut beheizten Bauernhof in die eisige Dezembernacht hinausging. Ihre gefütterten Stiefel knirschten über den Schnee, ihr Schatten huschte im Mondlicht vor ihr her wie ein riesiger Schmetterling, während sie auf die Scheune zulief und eintrat. Im Inneren war es finster, und sie bekam es mit der Angst zu tun. Ziemlich sadistisch von ihrem Großvater, sie mitten in der Nacht dorthin zu schicken. Bellend und an der Kette ziehend hatte Heimdall sie empfangen. Dankbar hatte er sich streicheln lassen, ihr liebevoll das Gesicht abgeleckt, und sie hatte sich an seinen warmen, heftig pochenden Körper gepresst, ihr Gesicht in seinem wohlriechenden Fell versteckt und gedacht, wie grausam es doch war, ihn in einer solchen Nacht draußen schlafen zu lassen. Und dann hatte sie das Kläffen gehört ... So schwach, dass sie gar nicht darauf geachtet hätte, wäre Heimdall nicht einen Moment lang ruhig gewesen. Es kam von draußen – nun bekam sie es wieder mit der Angst zu tun, stellte sich mit ihrer blühenden Kleinmädchen-Fantasie irgendeine Kreatur vor, die sie mit derart jämmerlichen Klagelauten nach draußen locken wollte, um sich dann auf sie zu stürzen. Und doch war sie nach draußen gegangen. Zu ihrer Linken meinte sie etwas zu erkennen, ein schwaches Schimmern in der Dunkelheit, in der Ecke zwischen dem Schuppen und dem kleinen Anbau, die Gitterstäbe eines Käfigs. Kirsten hatte sich angeschlichen, mit klopfendem Herzen und immer größer werdender Beklemmung, je lauter das spitze Gekläff wurde – eigentlich war es mehr ein Fiepen als ein Kläffen. Dann eine dunkle Vorahnung. Nach einem halben Dutzend Schritte durch den Schnee berührten ihre Finger die Gitterstäbe, und ihr Blick fiel zwischen die Stäbe. Ganz hinten lehnte etwas an der Zementmauer. Sie kniff die Augen zusammen und erkannte es. Ein junger Hund, kaum älter als ein Welpe. Ein kleiner Mischling mit langer Schnauze, tief sitzenden Ohren und kurzem, rehfarbenem Fell. Sein Kopf klebte geradezu an der Betonmauer, weil sein Halsband an einem in der Wand eingelassenen Ring befestigt war. Sein Hinterteil saß auf dem schneebedeckten Boden, er zitterte heftig und schaute sie an. Noch heute sah sie vor ihrem inneren Auge den sanften, flehentlichen Blick voller Zuneigung, mit dem der junge Hund sie angesehen hatte. Ein Blick, der ausdrückte: »Bitte hilf mir.« Das war der traurigste Anblick, der ihr je untergekommen war. Sie hatte gespürt, wie ihr junges, noch intaktes Kleinmädchenherz in tausend Stücke zersprang. Der junge Hund hatte keine Kraft mehr, um zu bellen, konnte kaum noch ein schwaches, herzzerreißendes Winseln ausstoßen, und seine Augen schlossen sich vor Erschöpfung immer wieder. Sie hatte die eisigen Stäbe umfasst; sie wollte den Käfig öffnen, ihn aufbrechen, den Hund befreien und mit ihm auf dem Arm verschwinden. Auf der Stelle. Sie war gerannt, unsicher, erfüllt von Schmerz und Verzweiflung, bis zum Bauernhof, und hatte ihren Großvater angefleht. Doch der hatte sich unnachgiebig gezeigt. Zum ersten Mal hatte er ihrem Gequengel nicht nachgegeben. Das sei ein streunender Hund, ein Straßenköter, der niemandem gehöre und bestraft werden müsse, weil er Fleisch stibitzt habe. Sie wusste, dass er vor dem Morgengrauen tot sein würde, wenn sie nichts unternahm, sie hatte an das leidende junge Tier gedacht, an seine Traurigkeit, seine Einsamkeit, und sie hatte geweint, geschrien, getobt vor den Augen ihrer fassungslosen, verängstigten Schwester, die dann ihrerseits anfing zu weinen. Ihre Großmutter hatte versucht, sie zu beruhigen, aber ihr Großvater hatte sie mit einem strengen Blick bedacht, und einen flüchtigen Moment lang hatte sie sich vorgestellt, anstelle des jungen Hundes in diesem Käfig eingesperrt zu sein, den Hals zusammengequetscht vom Halsband, das im Metallring an der Mauer festgemacht war.

»Dann steck mich in den Käfig!«, hatte sie geschrien. »Steck mich zu ihm in den Käfig!«

»Du bist verrückt, mein armes Kind«, hatte ihr Großvater mit harter, unnachgiebiger Stimme gesagt.

Sie hatte sich an diesen Zwischenfall erinnert, als sie in der Zeitung gelesen hatte, dass Norwegen eine Tierschutz-Polizei ins Leben gerufen hatte – die erste weltweit.

Kurz bevor ihr Großvater im Krankenhaus starb, hatte sie gewartet, bis ihre Schwester und der Rest der Familie, die zu ihm ans Krankenbett gekommen waren, etwas abseits standen, um sich zu ihm zu beugen und ihm etwas zuzuflüstern. Sie hatte seinen liebevollen Blick gesehen, als sie sich zu ihm neigte.

»Du altes Arschloch«, hatte sie ihm zugeflüstert. »Ich hoffe, du kommst in die Hölle.«

Sie hatte das englische Wort benutzt, »Hell«, den Namen des Dorfes ihres Großvaters, aber sie war sich sicher, dass er es verstanden hatte.

Sie betrachtete die Kanzel, den Altaraufsatz, das große Kreuz weiter oben und die Wandmalereien, und ihr fiel ein, dass sogar Agnes Gonxha Bojaxhiu – besser bekannt unter dem Namen Mutter Teresa – in Sachen Glauben den Großteil ihres Lebens in tiefster Finsternis zugebracht hatte, dass sie in ihren Briefen von »Tunneln« gesprochen hatte, von einer »schrecklichen Finsternis in ihr, als wäre alles tot«. Wie viele Gläubige lebten ebenso in völliger Finsternis? Schritten voran inmitten einer geistigen Wüste, auch wenn sie dies für sich behielten?

»Geht's?«, fragte Strand neben ihr.

»Ja.«

Sie berührte den Bildschirm ihres Tablets. Die Aufzeichnungen des kurzen Videos der Polizei von Bergen tauchten wieder auf.

Ecce homo.

1. Die auf dem Altar ausgestreckte Frau, auf dem Rücken liegend, selbigen so durchgedrückt, als würde ein Lichtbogen durch sie hindurchgehen oder als stünde sie kurz vor dem Orgasmus.

2. Ihr Kopf hängt über den Altar hinunter, geht ins Leere, weit geöffneter Mund und herausgestreckte Zunge – sie scheint kopfüber auf eine Hostie zu warten.

3. Auf einer fahlen Nahaufnahme, die ein Mitarbeiter der Spurensicherung gemacht haben musste, indem er mit der HD-Kamera heranzoomte, sieht man, dass das Gesicht rot und verschwollen ist, fast alle Gesichtsknochen – Nase, Jochbein, Siebbein, Oberkiefer, Unterkiefer – sind gebrochen, und eine geradlinige, tiefe Kerbe in der Mitte des Stirnbeins vermittelt den Eindruck, als hätte man eine Traufe gegraben; eine Kerbe, die

zweifelsohne durch einen äußerst brutalen Hieb mit einem stumpfen, länglichen Gegenstand verursacht wurde, vermutlich einer Metallstange.

4. Und schließlich ihre Kleidung, zum Teil zerrissen, der rechte Schuh fehlt, wodurch die weiße, an der Ferse dreckige Wollsocke zu sehen ist.

Sie nahm jedes Detail in sich auf. *Eine Szene, durchdrungen von einer tiefen Wahrheit,* sagte sie sich. Die Wahrheit der Menschheit. Zweihunderttausend Jahre der Barbarei und der Hoffnung auf ein hypothetisches Jenseits, in dem es den Menschen besser gehen sollte.

Nach ersten Ermittlungen war die Frau zu Tode geprügelt worden, zunächst mit einer Eisenstange, mit der ihr Brustkorb und Schädel zertrümmert wurden, dann hatte man mit einer Monstranz auf sie eingeschlagen. Die Kriminaltechniker hatten diese letzte Schlussfolgerung aus dem umgestoßenen und blutigen Gegenstand auf dem Altar gezogen – vor allem aber aus dem sehr eigenartigen Muster ihrer Verletzungen: Die Monstranz besaß einen Strahlenkranz, wodurch sie an die Sonne erinnerte; diese Strahlen hatten tiefe Platzwunden auf dem Gesicht und an den Händen des Opfers hinterlassen. Das Durchschneiden der Kehle, wobei das Blut in Richtung des Hostienschreins gespritzt war, ehe das Herz aufhörte zu schlagen, musste sich direkt danach ereignet haben. Sie konzentrierte sich. Bei all den Details an diesem Tatort gab es eines, das wichtiger war als die anderen.

Der Schuh ... Ein Trekkingschuh der Marke The North Face, schwarz mit weißen Motiven, dazu eine knallgelbe Sohle – den hatte man am Fuß des Podests vorgefunden, gut zwei Meter vom Altar entfernt. Warum?

»Hatte sie ihren Ausweis bei sich?«

»Ja. Ihr Name ist Inger Paulsen. Sie taucht nicht im Vorstrafenregister auf.«

»Alter?«

»Achtunddreißig.«

»Verheiratet, Kinder?«

»Single.«

Sie musterte Kasper. Er trug keinen Ehering, aber vielleicht nahm er ihn ja auch zum Arbeiten ab. Er wirkte wie ein verheirateter Mann. Sie trat etwas näher an ihn heran, wechselte vom professionellen zum intimen Abstand – weniger als fünfzig Zentimeter – und spürte, wie verkrampft er auf einmal war.

»Haben Sie herausgefunden, was sie beruflich machte?«

»Sie arbeitete auf einer Ölplattform in der Nordsee. Ach, und die Blutanalyse hat einen hohen Alkoholgehalt im Blut nachgewiesen ...«

Kirsten kannte alle Statistiken auswendig. Sie wusste, dass die Selbstmordrate in Norwegen leicht niedriger war als in Schweden, eineinhalbmal niedriger als in Frankreich, fast zweimal niedriger als in Großbritannien und siebenmal niedriger als in den USA. Sie wusste, dass selbst in Norwegen, dem Land, das laut den Vereinten Nationen den höchsten Index für menschliche Entwicklung hatte, Gewalt mit dem Bildungsniveau korrelierte – und nur 34 Prozent der Mörder nicht arbeitslos waren, dass 89 Prozent davon Männer waren und 46 Prozent zum Zeitpunkt der Tat unter Alkoholeinfluss standen. Die Wahrscheinlichkeit war also sehr groß, dass es sich bei dem Mörder um einen Mann handelte, und die Chancen standen eins zu zwei, dass er alkoholisiert gewesen war, genau wie sein Opfer. Außerdem war es sehr wahrscheinlich, dass es sich noch dazu um jemanden aus ihrem Umfeld handelte: Partner, Freund, Geliebter, Kollege ... Doch der Fehler, den alle angehenden Bullen machten, bestand darin, sich von den Statistiken blenden zu lassen.

»Woran denkst du?«, fragte sie und blies ihm dabei den Rauch ins Gesicht.

»Und du?«

Sie lächelte. Dachte nach.

»Ein Streit«, sagte sie. »Ein heimliches Treffen und ein Streit, der aus dem Ruder gelaufen ist. Sieh dir die zerrissenen Klamotten an, der Blusenkragen ist ihr fast unter dem Pulli abgerissen worden, und dann der Schuh, der so weit vom Altar entfernt liegt. Sie haben sich geprügelt, und der andere hatte die Oberhand. Und dann hat er sie in seiner Wut umgebracht. Diese Inszenierung dient nur dazu, für etwas Unterhaltung zu sorgen.«

Sie zupfte sich einen Tabakkrümel von den Lippen.

»Was hatten sie deiner Meinung nach in einer Kirche zu suchen? Hätte die nicht eigentlich abgeschlossen sein müssen?«

»Einer der beiden hat sich offensichtlich einen Zweitschlüssel besorgt«, bestätigte er. »Die Kirche hier ist nämlich die meiste Zeit abgeschlossen. Und da ist noch was.«

Er bedeutete ihr, ihm zu folgen. Sie wischte die Asche ab, die auf ihren Mantel gefallen war, knöpfte ihn wegen der Kälte wieder zu und ging mit ihm nach draußen. Sie verließen die Kirche durch die Seitentür, durch die sie hineingekommen waren. Kasper zeigte auf Fußspuren in der dünnen Schneeschicht – dem ersten Schnee, er war früh dran dieses Jahr –, die der Regen bereits auslöschte. Sie waren ihr aufgefallen, als sie den Weg entlanggekommen waren, den die Spurensicherung zwischen den Grabsteinen abgesperrt hatte. Zwei Spuren in eine Richtung, nur eine Spur in die andere.

»Der Mörder ist seinem Opfer in die Kirche gefolgt«, sagte er, als würde er ihre Gedanken lesen.

Waren sie gleichzeitig eingetroffen oder nacheinander? Diebe, die sich um ihr Diebesgut zankten? Zwei Menschen, die sich hier verabredet hatten? Eine Drogenabhängige und ihr Dealer? Ein Priester? Ein Liebespärchen, das es antörnend fand, in der Kirche zu vögeln?

»Diese Paulsen, war sie eine praktizierende Christin?«

»Keine Ahnung.«

»Auf welcher Ölplattform arbeitete sie?«

Er sagte es ihr. Sie rieb ihre Zigarette an der Kirchenmauer aus, hinterließ dabei einen schwarzen Strich auf dem Stein, behielt die Zigarette in der Hand und warf einen Blick auf die erleuchteten Fenster des gegenüberliegenden Gebäudes. Es war neun Uhr morgens und noch immer stockdunkel. Die für das Bryggen-Viertel typischen Holzhäuser aus dem achtzehnten Jahrhundert glänzten im Regen. Im Licht der Straßenlaternen ließ das Unwetter funkelnde Tropfen aufleuchten, die ihre Haare benetzten.

»Ich nehme an, dass ihr die Nachbarn befragt habt?«

»Bei der Befragung der Nachbarschaft ist nichts rausgekommen«, bestätigte Kasper. »Abgesehen von dem Obdachlosen hat niemand etwas gehört oder gesehen.«

Er schloss die Kirche ab, und sie gingen durch das kleine, offen stehende Tor zurück zum Auto.

»Und der Priester?«

»Den haben wir aus dem Bett geholt. Er wird gerade vernommen.«

Sie dachte wieder an die Eisenstange, die der Mörder mitgebracht haben musste. Ihr kam eine Idee.

»Und wenn das Gegenteil der Fall war?«, überlegte sie laut.

Kasper warf ihr einen Blick zu, ehe er den Schlüssel ins Zündschloss steckte.

»Das Gegenteil wovon?«

»Was, wenn der Mörder als Erster eingetroffen ist und das Opfer ihm folgte?«

»Eine Falle?«, fragte Kasper mit gerunzelter Stirn.

Sie sah ihn wortlos an.

Das Polizeirevier von Hordaland, siebte Etage. Die Polizeichefin Birgit Strøm musterte Kirsten aus kleinen, tief liegenden Augen in ihrem flachen, breiten Zackenbarschgesicht, in dem der Mund nichts weiter als ein schmaler Schlitz war, dessen Winkel sich hartnäckig weigerten, noch oben oder unten zu wandern.

»Ein Streit?«, fragte sie mit einer Stimme, die etwas von einer rostigen Reibe hatte. *Zu viele Zigaretten,* dachte Kirsten. »Warum sollte der Mörder mit einer Eisenstange in die Kirche gekommen sein, wenn es sich nicht um ein vorsätzliches Verbrechen handelt?«

»Das war es aber ganz offensichtlich«, erwiderte Kirsten. »Aber Paulsen hat sich verteidigt. Sie hat Schnitte von der Monstranz an den Handflächen. Verteidigungswunden. Sie haben miteinander gekämpft, und irgendwann muss Paulsen dabei ihren Schuh verloren haben.«

Kirsten bemerkte das flüchtige Aufleuchten im Zackenbarschgesicht. Der Blick der Polizeichefin fiel auf Kasper, ehe er wieder bei Kirsten hängen blieb.

»Sehr gut. Wie erklärst du dir in dem Fall, dass wir das hier in einer Hosentasche des Opfers gefunden haben?«

Sie beugte sich nach hinten und griff nach einer durchsichtigen Tüte auf dem Schreibtisch, an dem sie mit ihrem ausladenden Hintern lehnte. Das hatte zur Folge, dass sich ihre nicht weniger üppige Oberweite noch mehr nach vorn wölbte. Kasper und die übrigen Ermittler der Polizei von Hordaland folgten ihren Bewegungen, als wäre sie Serena Williams beim Aufschlag im Kampf um das Match.

Kirsten ging davon aus, dass das Tütchen, das die Polizeichefin ihr da reichte, ein Beweisstück war.

Und sie wusste bereits, was es enthielt. Genau deswegen hatte man *sie* in Oslo kontaktiert. Man hatte sie nicht durch die Haupteingangstür auf der Allehelgens Gate ins Revier gebracht, sondern über die kleine, gepanzerte Tür auf der Halfdan Kjerulfs Gate, die mit einem Zahlencode versehen war – als hätten sie Angst, jemand könnte sie beobachten.

Ein Stück Papier. Handschriftlich beschrieben. Mit Großbuchstaben. Kasper hatte es ihr am Abend zuvor am Telefon mitgeteilt, als sie im Hauptsitz der Kripos war, weniger als eine Stunde nach dem Fund der Leiche. Es überraschte sie also nicht weiter, sie wusste bereits, was darauf zu lesen war.

Ihr Name stand auf diesem Stück Papier.

KIRSTEN NIGAARD

2
83 SOULS

Angetrieben von zwei kraftvollen Turbomeca-Turbinen flog der Helikopter zwischen den Böen hindurch. Kirsten konnte die Nacken der beiden Piloten im Halbdunkel ausmachen, ihre Kopfhörer und Helme.

Der Pilot würde an diesem Abend sein ganzes Können unter Beweis stellen müssen. Da draußen tobte nämlich ein ordentlicher Sturm. Das war ihr klar geworden, eingezwängt in ihren Überlebensanzug auf dem Rücksitz, während der Scheibenwischer mehr schlecht als recht den sintflutartigen Regen wegzuwischen versuchte, der auf die Scheibe prasselte. Außerdem war es auf der anderen Seite der Scheibe pechschwarz. Im Licht der Bordinstrumente rollten die dicken Tropfen durch den Luftdruck nach oben. Kirsten wusste, dass der letzte Unfall, bei dem ein Helikopter eine Offshoreplattform anfliegen wollte, 2013 stattgefunden hatte. Ein Super Puma L2. Achtzehn Personen an Bord. *Vier Tote.* 2009 war ein Puma AS332 unweit der schottischen Küste abgestürzt. *Sechzehn Tote.* Und zwei weitere Crashs, ohne Tote, 2012.

In den letzten Tagen waren aufgrund der meteorologischen Bedingungen über zweitausend Arbeiter zwischen Stavanger, Bergen und Florø auf dem Festland geblieben. Heute Abend hatten die Helikopter endlich die Starterlaubnis erhalten und brachten alle zurück zu ihren Arbeitsstätten. Aber die Bedingungen waren grenzwertig.

Sie warf einen flüchtigen Blick auf Kasper. Er saß zu ihrer Rechten, sein Blick war glasig, und sein Mund stand offen. Kirsten richtete ihre Aufmerksamkeit wieder nach vorn. Und da sah sie sie endlich. Zwanzig Meter über der unsichtbaren Wasseroberfläche tauchte sie aus der Finsternis auf, schien in der Nacht zu schweben, wie ein Raumschiff.

Breitengrad: 56,07817°.
Längengrad: 4,232167°.
Zweihundertfünfzig Kilometer von der Küste entfernt. Kaum weniger isoliert, als befände sie sich irgendwo verloren im Weltraum ...

Über ihnen herrschte völlige Dunkelheit, und Kirsten versuchte vergeblich, die mächtigen Stahlpfeiler auszumachen, die ganz gerade in die wilden Fluten hineingetrieben waren. Sie wusste, dass sie 146 Meter weiter unten auf den Meeresboden trafen, was in etwa einem Hochhaus mit achtundvierzig Etagen entsprach, mit dem Unterschied, dass statt eines massiven Gebäudes vier filigrane metallene Stelen von einem stürmischen und tobenden Ozean umfangen wurden, die diese schwimmende Stadt ganz allein stützten ...

Je näher der Helikopter kam, umso deutlicher zeichnete sich die Statoil-Plattform als unbeschreibliches Durcheinander ab, ein chaotisches und prekäres aufgetürmtes Ganzes. Kein einziger Quadratzentimeter war frei zwischen den Brücken, Gangways, Treppen, Kranen, Containern, den kilometerlangen Kabeln, Rohren und Barrieren, den Bohrtürmen und den sechs Etagen mit Schlafräumen, die sich über den Maschinenräumen erhoben und aufeinandergestapelt waren wie Wohncontainer auf einer Baustelle. Das Ganze war hell erleuchtet, aber nur an bestimmten Stellen – was dazu führte, dass manche Abschnitte taghell erleuchtet waren, andere wiederum völlig von der Dunkelheit verschlungen wurden.

Eine Bö, die etwas heftiger als die vorangegangenen war, brachte den Helikopter von seiner Flugbahn ab.

Verfluchte Nacht, sagte sie sich.

Dreißig Nationalitäten waren dort versammelt: Polen, Schotten, Norweger, Russen, Kroaten, Letten, Franzosen ... Siebenundneunzig Männer und dreiundzwanzig Frauen. Aufgeteilt in Teams für Tag- und Nachtschichten. Eine Woche lang Nachtschicht, eine Woche lang Tagschicht; gewechselt wurde alle zwölf Stunden, und das einen Monat lang. Nach vier Wochen dann, bingo!, da hatte man achtundzwanzig Tage frei. Manche flogen zum Surfen nach Australien, andere gingen zum Skifahren in die Alpen, wieder andere fuhren zu ihren Familien nach Hause, die Geschiedenen – sie waren am zahlreichsten – gingen feiern, vergnügten sich nach Herzenslust und verprassten einen Großteil ihrer Kohle oder suchten nach einer neuen, kaum geschlechtsreifen Gespielin in Thailand. Das war der Vorteil des Jobs: Man verdiente gut, hatte viel Freizeit und konnte mit den angesammelten Flugmeilen verreisen. Aber der Stress, die psychischen Probleme und die Konflikte an Bord waren bestimmt immens, sagte sie sich, und vermutlich führte die Umgebung auch dazu, dass man sich nicht allzu viele Fragen stellte. Höchstwahrscheinlich gab es hier auch den einen oder anderen Draufgänger, Borderlinetypen oder Menschen vom Persönlichkeitstyp A. Sie fragte sich, ob Kasper sie bereits in eine dieser Kategorien gesteckt hatte. *Nervensäge, so viel war schon mal sicher.* Er wiederum erinnerte an einen dicken Teddybären und gehörte ganz bestimmt dem Persönlichkeitstyp B an: kein Drang zur Selbstverwirklichung, nicht aggressiv, tolerant … Ruhig. Zu ruhig. Mal abgesehen von diesem Abend, an dem er, seit sie das Festland verlassen hatten, endlich seine tiefenentspannte Art abgelegt hatte und stattdessen trotz seiner massigen Erscheinung an einen kleinen Jungen erinnerte.

Nur noch etwa dreißig Meter. Der Landeplatz – oder sollte man besser »der Wasserungsort« sagen? – bestand aus einem schlecht beleuchteten Achteck mit einem großen H, bedeckt von einem über den Boden gespannten Netz, und das Ganze hing am Rand der Plattform über dem Nichts. Eine Stahltreppe führte zum Oberbau. Kasper fixierte das H, das sich in der Nacht wiegte, je nachdem, wie sie hin und her geschaukelt wurden, ähnlich einer beweglichen Zielscheibe in einem Videospiel – und er hatte die Augen so weit aufgerissen, dass sie ihm nahezu aus dem Kopf zu fallen schienen.

Kirsten entdeckte die Flamme einer Hochfackel, die oben an einem Bohrturm brannte. Das Achteck kam näher. Der H225 drehte sich um sich selbst, und der Landeplatz verschwand kurzzeitig aus ihrem Sichtfeld. Nach einem letzten Schlenker berührten die Kufen den Hubschrauberlandeplatz, und trotz des Lärms glaubte sie zu hören, wie Kasper nach Luft schnappte. Kein Zweifel, der Pilot hat's drauf, dachte sie.

Was sie nach dem Aussteigen erwartete, war nicht weniger heftig: Der eisige Regen peitschte sie, sobald sie einen Fuß auf den Boden gesetzt hatte, und bei dem Wind, der an ihren Haaren zerrte, fragte sie sich, ob er sie vielleicht sogar über Bord wehen konnte. Sie lief los, spürte das Netz unter ihren Füßen. Abgesehen vom Neonlicht in Bodenhöhe lag der Ort im Halbschatten. Ein Typ mit Helm und großen Ohrenschützern tauchte aus dem Nichts auf und packte sie am Arm.

»Nicht mit dem Gesicht zum Wind!«, brüllte er und wirbelte sie herum wie einen Kreisel. »Nicht mit dem Gesicht zum Wind!«

Ja, okay, aber woher kamen die Böen überhaupt? Es fühlte sich an, als würde der beißende Wind von allen Seiten gleichzeitig an ihr zerren. Der Mann schob sie zu der Stelle, an der die Stahltreppe nach unten führte. Zwischen den Stufen sah man das Nichts; Schwindel erfasste Kirsten, als sie die dreißig Meter erblickte, die sie von der Oberfläche der Plattform trennten, und weiter unten die riesigen, schäumenden Wellen, die das Meer anhoben und an den Pfeilern der Plattform brachen, ehe sie ihren Weg durch die finstere Nordsee fortsetzten.

»Scheiße!«, sagte Kasper hinter ihr, und als sie sich umdrehte und nach oben schaute, sah sie, wie er sich an der Reling festklammerte.

Sie wollte eine weitere Stufe hinabsteigen, aber es gelang ihr nicht. Unmöglich. Der von vorn einfallende Wind war wie eine Mauer, Regen und Hagelkörner prasselten auf ihre Wangen. Sie hatte das Gefühl, als wäre sie versehentlich in einen Windkanal geraten, in dem aerodynamische Tests durchgeführt wurden.

»Scheiße, scheiße, scheiße!«, schrie sie, gedemütigt, aber völlig unfähig, weiterzugehen.

Zwei Hände drückten sich gegen ihren Rücken, und endlich gelang es ihr, das Hindernis zu überwinden.

Der Kapitän der Bohrinsel – ein großer, bärtiger Kerl um die vierzig – wartete unten an den Stufen auf sie, zusammen mit einem Mann, der ihnen orangefarbene, mit Leuchtstreifen versehene Jacken reichte.

»Geht's?«, fragte der Bärtige mit dem Helm.

»Hallo Kapitän, Kirsten Nigaard, Beamtin bei der Kripos, und das hier ist Kasper Strand, Ermittler der Polizeiinspektion Hordaland«, sagte sie und streckte ihm die Hand entgegen.

»Jesper Nilsen. Ich bin nicht der Kapitän, ich bin der Supervisor! Zieht das an, das ist bei uns obligatorisch!«

Sein Tonfall war autoritär, sein Gesicht verschlossen. Kirsten schnappte sich das schwere, höchst unbequeme und viel zu große Kleidungsstück: Ihre Hände kamen gar nicht aus den Ärmeln heraus.

»Wo ist der Kapitän?«

»Der hat zu tun!«, brüllte Nilsen, um den Lärm zu übertönen, und bedeutete ihnen, mitzukommen. »Hier herrscht immer Hektik, das hört nie auf! Angesichts der Kosten, die eine Bohrinsel täglich verursacht, wird da nicht lange gefackelt. Hier darf keine Zeit verplempert werden.«

Sie wäre ihm gerne gefolgt, aber die Böen warfen sie gegen die Reling, zwangen sie, sich zusammenzukrümmen. An die Reling geklammert ging sie ihm nach, wurde dabei hin und her geschüttelt, war fast blind vom Regen. Sie bogen nach rechts, nach links und dann wieder nach rechts ab, gingen ein paar Stufen hinunter, eine Gangway entlang, die aus einem Stahlgitterrost bestand, umrundeten einen großen Container, der sie einen Moment lang vor den Windböen schützte. Männer mit Helmen und Schutzbrillen kamen und gingen. Sie hob den Kopf. Alles hier war vertikal, schwindelerregend und wenig verlockend. Ein Labyrinth aus Neon und Stahl, heimgesucht von den Stürmen der Nordsee. Dazu überall die Verbotsschilder: »RAUCHEN VERBOTEN«, »HELM ABNEHMEN VERBOTEN«, »PFEIFEN VERBOTEN« (vielleicht, weil abgesehen vom Lärm jedes ungewöhnliche Geräusch ein Hinweis auf Gefahr und somit eine wichtige Information sein konnte), »NICHT BETRETEN«. Alles vibrierte, knarzte und toste von überallher – der Lärm der Rohre, die gegeneinanderschlugen, das Rattern der Maschinen und das Tosen des Meeres von unten. Rechts, links, rechts ... Endlich eine Tür. Sie fanden sich im Trockenen in einer Art Schleuse wieder, ausgestattet mit Bänken und Schließfächern. Der Supervisor öffnete eines, zog seinen Helm, Handschuhe und Sicherheitsschuhe aus.

»Sicherheit wird hier für alle großgeschrieben«, sagte er. »Es kommt zwar nicht häufig zu Unfällen, aber wenn, dann sind sie meist schwerwiegend. Gefahr lauert überall auf einer Bohrinsel. Da laufen gerade Schweißerarbeiten auf dem Drill Floor, eine dringende Reparatur. Bei uns heißt das ›Hot Work‹ – heiße Arbeit. Das ist eine heikle Phase, die nicht aufgeschoben werden kann. Während dieser Zeit will ich nicht, dass ihr uns im Weg steht. Deshalb werdet ihr auch genau das machen, was man euch sagt«, fügte er unmissverständlich hinzu.

»Kein Problem«, erwiderte Kirsten. »Solange wir überall Zutritt haben.«

»Ich denke nicht, dass das möglich sein wird«, konterte er.

»Ähm ... Jesper, das stimmt doch, oder? Das hier ist eine polizeiliche Ermittlung, und das Opfer war eines von euren ...«

»Ihr versteht anscheinend nicht, was ich euch gerade gesagt habe«, unterbrach er sie barsch. »Meine oberste Priorität hier ist die Sicherheit, nicht eure Ermittlung. War ich deutlich genug?«

Kirsten wischte sich über das Gesicht und stellte erstaunt fest, wie mürrisch Kasper dreinsah. Genau wie sie hatte er das Spiel des Supervisors und des Kapitäns durchschaut: Die beiden waren wie Kater, die vor ihrer Ankunft überall hingepinkelt hatten, um ihr Revier zu markieren. Zusammen mit den hohen Tieren der Kompanie hatten sie wohl eine Strategie entwickelt: Sie waren die Einzigen, die an Bord das Sagen hatten, folglich würde die norwegische Polizei nur in dem von ihnen bestimmten Bereich und zu den von ihnen festgelegten Bedingungen agieren können. Sie wollte schon etwas sagen, als Kasper ganz gelassen fragte:

»Schläft euer Kapitän manchmal auch?«

Der bärtige Haudegen warf ihm einen verächtlichen Blick zu.

»Natürlich.«

»Und löst ihn dann jemand ab?«

»Worauf willst du hinaus?«

»Ich hab dir eine Frage gestellt.«

Sein Tonfall ließ den Supervisor wie auch Kirsten zusammenzucken. Er entsprach wohl doch nicht ganz dem Typ B, dieser Kasper Strand.

»Ja, sicher.«

Kasper ging auf den Mann zu, der gut einen halben Kopf größer war als er, trat so nahe, dass der Kerl sich genötigt sah, zurückzuweichen.

»Worauf ich hinauswill? Worauf ich hinauswill? Habt ihr so was wie einen Konferenzraum?«

Argwöhnisch nickte der Bärtige.

»Sehr gut. Dann machst du jetzt Folgendes …«

»Moment mal, habt ihr nicht gehört, was ich euch gerade gesagt habe? Ich hab den Eindruck, ihr zwei checkt das nicht so ganz. Ihr müsst …«

»Halt's Maul.«

Kirsten lächelte. Nilsen riss die Augen auf und lief puterrot an.

»Hab ich jetzt endlich deine ungeteilte Aufmerksamkeit?«, fragte Kasper.

Nilsen nickte mit zusammengepresstem Kiefer und funkelte ihn wütend an.

»Sehr gut. Du bringst uns jetzt zu diesem Konferenzraum. Dann sorgst du dafür, dass dein Kapitän und alle Leute, die hier auf der Bohrinsel für die Personalverwaltung zuständig sind, zu uns kommen. Alle, deren Arbeit zu dieser Stunde nicht absolut lebenswichtig ist, hast du mich verstanden? ›Heiße Arbeit‹ hin oder her, das geht mir am Arsch vorbei. Diese Bohrinsel ist eine norwegische Bohrinsel, also hat hier nur einer das Sagen: das ist das norwegische Justizministerium zusammen mit der Polizei. War ich deutlich genug?«

Kapitän Tord Christensen hatte einen Tick, von dem er vielleicht noch nicht einmal wusste: Sobald ihn etwas verstimmte, kniff er die Nasenflügel zusammen. Und die Anwesenheit der beiden Polizisten an Bord verstimmte ihn zutiefst. Die Versammlung bestand aus ihm, Nilsen, dem Schiffsarzt, mehreren Vorarbeitern, die nicht von den laufenden Arbeiten beansprucht wurden, einer braunhaarigen Frau, die – wenn Kirsten das richtig verstanden hatte – die Wartungsarbeiten koordinierte, und einer Blondine, die man ihr als die Beauftragte für Sicherheit bei der Arbeit vorgestellt hatte.

»Inzwischen sind über vierundzwanzig Stunden vergangen, seit Inger Paulsen, eine Angestellte auf dieser Bohrinsel, in einer Kirche in Bergen zu Tode geprügelt wurde«, sagte Kirsten einleitend. »Wir haben eine ordnungsgemäße Ermächtigung der Staatsanwaltschaft, damit wir unsere Ermittlungen hier vor Ort fortsetzen können. Und dieser Erlass setzt voraus, dass alle Angestellten sich zu unserer Verfügung halten, um die Ermittlung zu vereinfachen.«

»Hmm. Solange eure Ermittlungen die Arbeiter auf dieser Bohrinsel nicht in irgendeiner Weise gefährden«, warf die Blondine schroff ein, die eine blaue, ärmellose Weste über ihrem weißen Pullover trug. »Ansonsten werde ich mich dem höchstpersönlich widersetzen.«

Hier versucht tatsächlich jeder, einen auf noch dickere Hose zu machen, dachte Kirsten. Selbst die Eierstöcke der anwesenden Frauen produzierten ausreichend Testosteron, um ein ganzes Regiment von Mister-Universum-Anwärtern damit zu versorgen.

»Es ist nicht unsere Absicht, irgendjemanden in Gefahr zu bringen«, antwortete Kasper diplomatisch. »Alle, die ihren Posten nicht verlassen können, werden zu einem späteren Zeitpunkt befragt.«

»Hat Inger Paulsen in einer Einzelkabine geschlafen?«, fragte Kirsten.

»Nein«, antwortete Christensen. »Die Kabinen der Servicetechniker teilen sich immer zwei: einer macht die Tagschicht, der andere die Nachtschicht …«

»Habt ihr eine Liste der Männer, die gestern an Land waren?«

»Die kann ich besorgen.«

»Sind alle wieder zurückgekommen?«

Der Kapitän wandte sich zum Supervisor um.

»Ähm, nein«, antwortete dieser. »Aufgrund der Wetterbedingungen fehlt uns eine Hubschrauberladung: Sieben Leute sind momentan noch an Land, müssten aber bald hier sein.«

»Hast du Patienten mit einem problematischen psychiatrischen Profil?«, fragte Kirsten den Schiffsarzt.

»Ärztliche Schweigepflicht«, erwiderte der Mann, während er sie aus runden Brillengläsern musterte.

»Die im Fall von Ermittlungen aufgehoben ist«, entgegnete sie prompt.

»Hätte ich Ähnliches vermutet, dann hätte ich sofort darum gebeten, dass der Patient seiner Aufgaben entbunden wird.«

»Dann stelle ich die Frage doch einmal anders: Hast du Patienten mit leichten psychischen Störungen?«

»Schon möglich.«

»Heißt das jetzt Ja oder Nein?«

»Ja.«

»Ich brauche eine Liste der betreffenden Leute.«

»Ich weiß nicht, ob ich …«

»Die Verantwortung dafür übernehme ich. Wenn du dich weigerst, nehme ich dich fest.«

Das war natürlich nur ein Bluff, dennoch sah sie, wie der Arzt zusammenzuckte.

»Wie viele Männer sind auf der Bohrinsel?«

Der Kapitän zeigte ihr etwas, das sie zunächst für ein Pendel mit rotierender Anzeige gehalten hatte. Die Zahl »83« wurde dort in großen weißen Zahlen auf schwarzem Untergrund angezeigt. Dann sah sie, was auf Englisch darüberstand: »*Souls on platform*«.

»Aus Sicherheitsgründen ist das unerlässlich«, erklärte ihnen der Kapitän. »Wir müssen jederzeit ganz genau wissen, wie viele Menschen hier anwesend sind.«

»Wie viele Frauen?«, fragte Kasper.

»Insgesamt dreiundzwanzig.«

»Und wie viele Kabinen?«

»Etwa fünfzig Kabinen für jeweils zwei Personen. Dazu noch die Einzelkabine des Kapitäns, die der Supervisoren, Vorarbeiter und Ingenieure.«

Kirsten dachte einen Moment lang nach.

»Und wie könnt ihr in jedem Moment wissen, wo alle sind?«

Jetzt ergriff die Blondine das Wort.

»Mithilfe des Kontrollraums. Alle an Bord auszuführenden Arbeiten müssen vorab genehmigt werden. Also wissen die Leute im Kontrollraum, wo sich jeder befindet und was er macht.«

»Verstehe. Und die, die gerade nicht arbeiten müssen, was machen die?«

Christensen lächelte spöttisch.

»Um diese Uhrzeit schlafen sie vermutlich noch.«

»Gut. Weckt sie, holt sie aus ihren Kabinen und versammelt sie irgendwo. Und dann verbietet ihnen, die Kabinen aufzusuchen. Wir werden zuerst die von Inger Paulsen durchsuchen, dann die anderen.«

»Du machst wohl Scherze!«

»Sehe ich so aus?«

Die Kabine von Inger Paulsen war keine neun Quadratmeter groß. Die zweite Bewohnerin der Kabine hieß Pernille Madsen. Gerade befand sie sich in der Kommandozentrale, weshalb die Kabine ohnehin leer war. Ein Etagenbett mit blauen Laken, darunter weiße Schubladen, gekennzeichnet mit den Buchstaben A und B. Jedes der Betten war mit einem Vorhang versehen und hatte einen winzigen Fernseher in der Ecke, beim oberen Bett war er an der Decke, beim unteren am darüberliegenden Bett fixiert. In der Mitte ein kleines Bullauge, ein paar Regale, ein Schreibtisch mit zwei Laptops und zwei Schränke hinter der Tür.

»Das sieht vielleicht sehr spartanisch aus«, sagte die Blondine, die sie dorthin geführt hatte und jetzt hinter Kirsten stand, »aber sie sind nur fünf Monate im Jahr an Bord, und wenn sie gerade nicht arbeiten, verbringen sie viel Zeit in der Kantine und der Cafeteria. Außerdem haben wir hier einen großen Bildschirm mit Satellitenfernsehen, drei Billardtische, ein Kino, ein Fitnessstudio, eine Bibliothek und sogar einen Raum, in dem sie Musik machen können, und dann noch eine Sauna.«

Kirsten zog die Sicherheitsweste mit den reflektierenden Streifen aus und hängte sie über die Stuhllehne. Nach der beißenden Kälte draußen herrschte hier im Inneren drückende Hitze.

»Am schwierigsten ist es immer an Weihnachten und an Neujahr«, fügte die Frau hinzu, »wenn man weit weg von der Familie ist.«

Ihre Stimme war flach, tonlos. Voll unterdrückter Feindseligkeit.

Kirsten durchsuchte die Schubladen unter den Betten und die des Schreibtisches sowie die Regale. Damenunterwäsche, T-Shirts, Jeanshosen, ein paar Unterlagen, eine Taschenbuchausgabe eines Kriminalromans mit verstoßenen Ecken, Videospiele ... nichts. Hier drinnen war nichts. Ein schwaches Vibrieren – eine Maschine, ein Gebläse oder ein Motor – wurde durch die Wand übertragen. Die Frau hinter ihr redete noch immer weiter, aber Kirsten hörte ihr nicht mehr zu. Sie bemerkte, dass eines der Betten ordentlich gemacht, das andere jedoch zerwühlt war. Und es war heiß. Sehr heiß. Schweißtropfen rannen unter den Bügeln ihres BHs hinunter. Erste Anzeichen einer Migräne machten sich bei ihr bemerkbar.

Kasper hatte die Schränke durchsucht. Er bedeutete ihr, dass er nichts gefunden hatte. Sie gingen in den langen Gang hinaus.

»Zeig uns die Kabinen der Männer, die am Abend des Mordes an Land waren«, sagte sie.

Der Blick der Blondine durchbohrte sie. Dann blinzelte sie. Auch ihre Körpersprache brachte ihre Feindseligkeit zum Ausdruck. Sie machte auf dem Absatz kehrt, ging den langen, mit blauem Teppichboden ausgelegten Gang vor ihnen her – der Teppichboden war so dick, dass ihre Füße beim Gehen darin versanken – und zeigte schließlich auf mehrere Türen. Kirsten bedeutete ihr, diese zu öffnen. Sie sah zu, wie Kasper in einer Kabine verschwand, und betrat selbst eine andere. Die Frau rührte sich nicht. Kirsten sah, dass sie sie vom Gang aus durch die offene Tür beobachtete. Sie – nicht Kasper. Kirsten schickte sich an, die Kabine zu durchsuchen. Nicht einmal fünf Minuten später musste sie es einsehen: Auch hier war nichts Auffälliges zu entdecken.

Aber noch immer dieses Vibrieren, dieses Pulsieren, das aus den Eingeweiden der Bohrinsel hervorbrach und sich so anfühlte, als würde es sich geradewegs in ihren Schädel bohren. Ihr war heiß und leicht schwindlig. Dazu dieser spitze Blick der Blondine im Rücken – unablässig.

Auf zur nächsten Tür.

Zunächst betrachtete sie die Kabine nur. Genau wie die vorherigen. Dann zog sie die Schubladen unter dem Bett auf. Und da sah sie sie auch schon.

Inmitten der anderen Klamotten. Damenunterwäsche. Bereits getragene. Sie drehte sich um.

»Wohnen in dieser Kabine Frauen?«

Die Blondine verneinte.

Kirsten setzte ihre Suche fort.

Männerkleidung. Markenklamotten. Boss, Calvin Klein, Ralph Lauren, Paul Smith … Sie zog eine weitere Schublade auf, runzelte die Stirn. Weitere Damenunterwäsche. Auf einem dieser Wäschestücke waren Blutflecke … Was hatte es damit auf sich? Sie spürte, wie ihr Herz schneller pochte.

Sie wandte sich zur Tür um. Die spröde Blondine beobachtete sie. Vielleicht hatte sie etwas bemerkt. Vielleicht hatte Kirstens Körpersprache ihr vermittelt, dass hier etwas vor sich ging.

Kirsten beugte sich vor, wühlte durch die Unterwäsche. Alle dieselbe Größe oder fast …

Dann drehte sie sich um. Sie glaubte, ein leises Geräusch hinter sich gehört zu haben. Die Blondine hatte sich bewegt, lehnte jetzt mit der Schulter am Türstock, ganz nah, und starrte sie nach wie vor an. Kirsten schauderte. Ihr Atem ging schneller. Sie musterte die Frau.

»Wem gehört diese Kabine?«

»Weiß ich nicht.«

»Aber es lässt sich irgendwie herausfinden?«

»Sicher.«

»Na, dann los.«

Als Kasper Kirstens Stimme gehört hatte, war er zu ihnen gekommen. Sie zeigte ihm die offene Schublade, die blutverschmierte Unterhose, dann schaute sie ihn an. Er nickte. Er hatte verstanden.

»Etwas passt hier nicht«, sagte sie zu ihm. »Das ist zu einfach. Das sieht ganz nach einer Schnitzeljagd aus.«

»Falls dem so ist, dann gilt sie dir«, sagte Kasper.

Sie dachte darüber nach. *Gar nicht so dumm.*

»Hier entlang«, sagte die Frau.

»Sie heißen Laszlo Szabo und Philippe Neveu.«

Inzwischen saßen sie in einem kleinen fensterlosen Büro voller Unterlagen.

Neveu, ein französischer Name ...

»Wer von den beiden war letzte Nacht an Land?«

»Neveu.«

»Wo ist er gerade?«

Die Frau sah auf der großen Stecktafel mit den bunten Karteikarten an der Wand nach.

»Momentan befindet er sich auf einem Schweißerposten. Auf dem Drill Floor.«

»Ist er Franzose?«

Die Blondine zog eine Akte aus der Schublade des Metallcontainers heraus und streckte sie ihnen hin. Kirsten sah das Foto eines Mannes mit schmalem Gesicht. Kurz geschnittene, braune Haare. Sie schätzte ihn auf fünfundvierzig.

»Das behauptet er zumindest«, sagte die Frau. »Was genau ist denn los?«

Kirsten warf einen Blick auf die Tüte mit der blutigen Unterhose, dann sah sie zu Kasper. Als ihre Blicke sich kreuzten, spürte sie einen Adrenalinschub. Auf seinem Gesicht entdeckte sie genau den Ausdruck, der vermutlich gerade auch auf ihrem Gesicht zu sehen war – sie waren wie zwei Hunde, die die Fährte von Wild aufgenommen hatten.

»Wie gehen wir weiter vor?«, fragte sie leise.

»Es ist schwierig, Verstärkung hierher anzufordern«, sagte er.

Sie wandte sich zu der Frau um.

»Haben Sie Waffen an Bord? Wer ist hier für die Sicherheit verantwortlich? Sie haben doch bestimmt irgendwelche Vorkehrungen für den Fall einer Piraterie oder eines terroristischen Anschlags getroffen?«

Kirsten wusste, dass die Offshoregesellschaften, was dieses Thema betraf, überaus verschwiegen waren, niemand wollte sich über derart delikate Angelegenheiten auslassen oder gar eingestehen, dass gut vorbereitete Terroristen bei diesem höchst strategischen Ziel Schwachstellen finden konnten. Kirsten hatte bereits zweimal bei der jährlichen Übung teilgenommen, bei der die Polizei, Sondereinheiten, Küstenwachen sowie mehrere Mineralöl- und Gasgesellschaften involviert waren. Zudem hatte sie auch Fortbildungen absolviert. Alle Spezialisten waren sich einig: Norwegen war schlechter auf einen Terroranschlag vorbereitet als die Nachbarländer. Noch bis vor Kurzem waren die Norweger völlig naiv davon ausgegangen, dass Terror nichts mit ihnen zu tun hatte und sie für immer davon verschont wären. Doch mit dem 22. Juli 2011 und Anders Breiviks Massaker auf Utøya hatte sich diese Naivität zerschlagen. Dennoch hatte Norwegen, im Gegensatz zu Schottland, wo die Polizei bewaffnete Beamte auf den Ölförderanlagen einsetzt, noch immer keine Gefahrenmaßnahmen ergriffen, und das obwohl Statoil die Sicherheitsvorkehrungen seit 2013 verstärkt hatte, nachdem die Raffinerie von In Aménas im Osten von Algerien angegriffen worden war. Was würde passieren, wenn gut trainierte, mit Sturmgewehren bewaffnete Männer mit einem Hubschrauber auf einer Bohrinsel landeten und die Arbeiter als Geisel nahmen? Wenn sie sie mit Sprengkörpern spickten? Es gab über vierhundert Offshoreanlagen in der Nordsee: Wurde ihr Luftraum kontinuierlich überwacht? Kirsten hatte da so ihre Zweifel. Und die Arbeiter, die vom Festland zurückkamen: Wurden sie durchsucht? Wäre es ihnen möglich, eine Waffe mit an Bord zu bringen?

Sie sah, wie die Blondine auf einen Knopf drückte und sich über ein Mikro beugte.

»Mikkel, könntest du bitte sofort kommen?«

Drei Minuten später trat ein Muskelprotz mit dem Gang eines Cowboys in das kleine Büro.

»Mikkel«, sagte die Frau, »diese Herrschaften sind von der Polizei. Sie wollen wissen, ob du bewaffnet bist.«

Mikkel betrachtete sie mit gerunzelter Stirn und ließ dabei seine durchtrainierten Schultern kreisen.

»Ja, warum?«

Kirsten fragte ihn, um was für eine Waffe es sich handelte. Bei seiner Antwort verzog sie das Gesicht.

»Gibt es noch jemanden an Bord, der bewaffnet ist?«, fragte sie.

»Der Kapitän hat eine Waffe in seiner Kabine. Sonst niemand.«

Scheiße, dachte sie. Sie schaute hinaus in den Sturm, der um das schwarze Bullauge peitschte, dann sah sie wieder zu Kasper. Der nickte. Seinem Blick war deutlich anzusehen, was er von dieser Situation hielt.

»Wir sind allein«, schloss sie.

»Und das hier ist sein Revier«, fügte Kasper hinzu.

»Kann mir mal einer sagen, was hier los ist?«, fragte der Kleiderschrank.

Kirsten löste den Verschluss des Holsters an ihrer Hüfte, ohne die Waffe herauszunehmen.

»Nimm deine Waffe. Aber benutze sie nur, wenn ich es dir sage.«

Sie sah, wie der Muskelprotz hinter ihnen blass wurde.

»Wovon sprecht ihr gerade?«

»Wir müssen jemanden festnehmen …«

Erneut drehte sie sich zu der Blondine um, die sie jetzt mit weit aufgerissenen Augen anstarrte.

»Bring uns zu ihm.«

Dieses Mal kam sie Kirstens Aufforderung umgehend nach

und nahm ihre Regenjacke vom Kleiderhaken. Sie hatte jede Aggressivität verloren; ganz offensichtlich hatte sie Angst. Sie verließen das kleine Büro im Gänsemarsch und folgten dem langen Gang bis zu einer Stahltreppe, die ebenso steil war wie alle anderen hier. Oben an der Treppe entdeckte Kirsten die Neonleuchten im Außenbereich.

Sie traten in die Nacht hinaus, und das laute Tosen des wilden Ozeans schwoll erneut in ihren Gehörgängen an.

Die Blondine ging vor ihnen durch das von Regen durchzogene Labyrinth. Es regnete in Strömen; die Schauer leuchteten vor der undurchdringlichen Kulisse der Finsternis und im Licht der Lampen auf. Kirsten stellte den Kragen ihres Mantels hoch. Der eisige Regen lief ihr in den Nacken und von dort den Rücken hinunter. Ihre Schritte vibrierten über die Gangway, aber das Geräusch wurde vom ganz normalen Lärm auf der Bohrinsel übertönt.

Riesige Rohre erhoben sich wie Orgeln über ihnen, verliefen nebeneinander und hingen am Deckaufbau. Jedes einzelne war höher als ein Haus. Der Sturm ließ sie tanzen, singen und gegeneinanderklirren wie die Stäbe eines Windspiels. Noch eine Treppe … Sie hasteten die Treppe hinunter und befanden sich auf einem Deck, das von fettiger, öliger Schmiere überzogen war, vollgestellt mit Maschinen und Rohren. Weiter hinten erkannte Kirsten undeutlich eine kniende Silhouette, die immer wieder angeleuchtet wurde. Adrenalin pulsierte durch ihre Adern. Unauffällig fuhr sie sich mit der Hand über den unteren Rücken und vergewisserte sich, dass sie ihre Waffe gut erreichen konnte. Das undurchsichtige Visier des Schweißers wurde jedes Mal erhellt, wenn das gleißend weiße Licht aus seinem Strahl hervorblitzte. Funken und Rauch stieben um ihn herum auf. Irgendwie erinnerte sie der Helm an eine Ritterrüstung. Der Mann war so auf seine Arbeit konzentriert, dass er sie nicht kommen hörte.

»Neveu!«, rief da die Blondine.

Helm und Visier sahen auf, das gleißende Licht erlosch.

Einen kurzen Augenblick meinte Kirsten, ein Lächeln hinter dem Visier zu erahnen.

»Gehen Sie zur Seite«, sagte sie ruhig und schob die Frau aus dem Weg. »Philippe Neveu? *Norway police!*«, rief sie ihm auf Englisch zu.

Der Mann reagierte nicht. Er blieb, wo er war, ohne etwas zu sagen, ohne sich zu rühren, den Schweißbrenner in der behandschuhten Hand. Kirsten sah weder seine Augen noch seine Gesichtszüge. Er kniete noch immer da, legte die Düse seines Werkzeugs auf den Stahlboden und zog langsam seine dicken Handschuhe aus. Dann führte er seine blassen Hände an den Helm. Kirsten verfolgte jede seiner Bewegungen. Ihre rechte Hand lag griffbereit an ihrer Waffe im Rücken. Endlich hoben sich die Hände des Mannes über seinen Kopf, und sein Gesicht wurde unter dem Helm sichtbar. Es war der Mann vom Foto.

Seine Augen glänzten höchst eigenartig, wodurch all ihre Sinne sofort in Alarmbereitschaft versetzt wurden.

Langsam stand der kniende Mann auf, und obwohl er sich nur in Zeitlupe bewegte, hatte sie den Eindruck, als würde er gleich abfliegen, so groß und dünn war er.

»Langsam«, sagte sie. »*Slowly.*«

Sie suchte in ihrer rechten Hosentasche nach den Plastikfesseln, fand sie aber nicht. *Verdammt!* Sie fasste in die linke. Da waren sie. Sie warf Kasper einen kurzen Blick zu. Er war ebenso angespannt wie sie, ließ den Mann keinen Moment aus den Augen. Er biss die Kiefer so fest aufeinander, dass die Muskeln hervortraten.

Sechs Meter.

So viel trennte sie noch voneinander.

Und sie würde diese sechs Meter überwinden müssen, wenn sie ihm die Handschellen anlegen wollte. Sie schaute sich um. Kasper hatte seine Waffe gezückt. Der Sicherheitsmann hatte die Hand auf dem Holster seiner Waffe, ganz wie ein Cowboy aus dem Wilden Westen. Die Augen der Blondine waren vor Schreck weit aufgerissen.

»*Keep quiet!*«, rief sie, als sie die Handschellen hervorholte. »*Understand me?*«

Der Mann rührte sich nicht. Noch immer sah er sie mit diesem eigenartigen Glanz in den Augen an: wie ein gejagtes Tier.

Scheiße, das gefiel ihr ganz und gar nicht. Sie wischte sich eine nasse Haarsträhne aus dem Gesicht. Der Regen prasselte auf ihren Schädel und tropfte an ihrer Nase herunter.

»Die Hände hinter den Kopf!«, befahl sie.

Er gehorchte. Vollführte die Bewegung mit derselben bedächtigen Langsamkeit wie vorhin, als befürchtete er, ein polizeiliches Fehlverhalten zu provozieren. Und dabei ließ er sie nicht aus den Augen. *Sie.* Nicht die anderen.

Er war wirklich groß. Sie würde äußerste Vorsicht walten lassen müssen, wenn sie sich ihm näherte. Das Wasser einer vom Eisenträger tropfenden Regenrinne rieselte ihm direkt auf den Schädel, aber er schien es nicht weiter zu bemerken. Unbeteiligt starrte er sie an.

»Und jetzt drehst du dich ganz langsam um und kniest dich hin. Die Hände bleiben schön hinter dem Kopf, verstanden?«

Er antwortete nicht, tat aber wie befohlen, drehte sich langsam um die eigene Achse. Und im nächsten Moment war er verschwunden. War für sie alle nicht mehr zu sehen … Als hätte er gerade einen Zaubertrick vorgeführt, war er nach rechts hinter einer großen zylindrischen Zisterne und einer elektrischen Schalttafel verschwunden.

»Scheiße!«

Kirsten zog ihre Waffe, steckte das Magazin hinein und machte sich an die Verfolgung. Sie umrundete die Zisterne; das Stahlgitter vibrierte unter ihren Schritten. Sie sah, wie er nach einem großen Rohrbogen, der mit einem identischen Rohr verbolzt war, nach links abbog und eine Treppe hinuntereilte, etwa zehn Meter vor ihr. Sie hastete ihm hinterher. Unten an der Treppe führte eine schmale Gangway über die tosenden Fluten zu einem anderen, deutlich weniger erleuchteten Teil der Bohrinsel.

»Kirsten, komm zurück!«, brüllte Kasper hinter ihr. »Komm zurück! Der kommt nicht weit!«

Viel zu wütend, um nachzudenken, stürzte sie die Treppe hinunter und betrat ihrerseits die lange Gangway, sprintete nach vorn in die Dunkelheit.

»Kirsten, komm zurück! Verdammt!«

Durch die Stahlgitter des Bodens erhaschte sie einen Blick auf die mächtigen, mit weißer Gischt bekränzten Wellen, die sich unter ihr auftürmten. *Was hast du hier zu suchen? Was soll das Spielchen?* So schnell sie konnte, rannte sie mit der Waffe in der Hand weiter nach vorn in die verwaiste Dunkelheit.

Ein Labyrinth, genau das war es. Ein Gewirr von Stahlpfeilern, Treppen und Absperrungen. Ja, sie wusste, dass sie nicht zu diesem Teil der Bohrinsel hätte rennen sollen, aber immerhin steckte der Typ mit seinem dämlichen Grinsen in einem Anzug, der ziemlich schwer sein und ihn überaus behindern dürfte. Und im Gegensatz zu ihr war er nicht bewaffnet. Das würde sie ihnen sagen, wenn man sie fragen würde, weshalb sie ein solches Risiko eingegangen war. Sie würde vorgeben, genau das in diesem Moment gedacht zu haben.

In dem Moment, in dem sie einen Fuß auf die andere Seite setzte – sie musste an dieEcktürmchen eines Schlosses denken, die durch einen Wehrgang miteinander verbunden waren –, klatschte eine Welle, noch höher als die vorherigen, gegen einen der Pfeiler unter ihr, und die eiskalte Gischt spritzte ihr ins Gesicht. Suchend sah sie sich nach ihm um. Vergeblich. Dabei hätte er sich hinter jedem der sie umgebenden Schatten verbergen können. Es reichte völlig aus, sich nicht zu bewegen.

»Neveu!«, brüllte sie. »Mach keinen Scheiß! Du kannst nirgendwohin!«

Nur der Wind antwortete ihr. Sie drehte den Kopf genau in dem Moment, als sich eine Silhouette vor der Finsternis abzeichnete und weiter nach hinten stürzte.

»Hey! Komm her, verdammte Scheiße!«

Sie rannte in seine Richtung, aber er war erneut verschwunden, und ihr wurde bewusst, dass sie allein war. Allein mit ihm. Weder Kasper noch der Sicherheitsmann waren ihr gefolgt. Sie ging weiter. Um sie herum nichts als Schatten und Spiegelungen. Die

Schleier der Nacht öffneten und schlossen sich. Mit leicht gebeugten Beinen ging sie weiter, hielt die Waffe mit beiden Händen fest.

Es war so dunkel, dass sie rein gar nichts sehen konnte. *Scheiße, sie war ja bescheuert, noch weiter zu gehen! Wozu überhaupt?* Sie wusste, dass sie das nur machte, um anzugeben. *Oder zum Spaß?*

Ihr Fuß stieß gegen etwas Weiches, und sie schaute nach unten zu der dunklen Form, eine auf den Boden geworfene Plane. Vorsichtig stieg sie darüber hinweg, sah sich dabei die ganze Zeit um. Sie hatte ihr Gewicht gerade auf den vorderen Fuß verlagert, als sich Finger um ihr Fußgelenk schlossen. Noch ehe sie begriff, was gerade passierte, wurde ihr Bein unvermittelt nach hinten gezogen, und sie schlug der Länge nach hin.

Im Boxerjargon nannte man das »zu Boden gehen«.

Sie knallte mit dem Rücken und den Ellbogen auf den Stahlboden, und ihre Waffe rutschte klirrend ein paar Meter weiter. Die Plane wurde zurückgeworfen, und eine Silhouette, die sich mit erstaunlicher Wendigkeit aufrichtete, stürzte sich auf sie. Sie sah in ein fratzenhaftes Gesicht, war kurz davor, nach ihm zu treten, als der Nachthimmel explodierte. Dutzende Lampen schalteten sich gleichzeitig ein, beleuchteten die über sie gebeugte Silhouette, dazu ertönte die Stimme von Kasper: »Zurück, geh sofort zurück! Die Hände auf den Kopf, Neveu! Los! Mach keinen Scheiß!«

Kirsten wandte den Kopf zu Kasper um. Dann richtete sie ihre Aufmerksamkeit wieder auf den Franzosen.

Beunruhigt sah der Mann sie an. Er hob die Hände, ohne sie aus den Augen zu lassen.

3
TELEOBJEKTIV

Seit drei Stunden saßen Kirsten und Kasper dem Franzosen gegenüber. Sie hatte den unscheinbarsten Raum gewählt, kein Fenster, keine Deko, damit die Aufmerksamkeit ihres Gesprächspartners durch nichts abgelenkt wurde, sondern sich allein auf Kirsten und ihre Fragen konzentrierte.

Zunächst hatte sie es mit gutem Zureden versucht, hervorgehoben, wie außergewöhnlich seine Inszenierung in der Kirche war, und ihn nach seiner Arbeit als Schweißer befragt. Dann hatte sie eine Hundertachtzig-Grad-Wende gemacht und angefangen, sich über seine Schwächen lustig zu machen, gehöhnt, wie mühelos sie ihn ausfindig gemacht hätten, wie viele Hinweise er ihnen hinterlassen hatte.

Während der ganzen Zeit hatte der Typ immer nur seine Unschuld beteuert.

»Diese Wäschestücke gehören meiner Freundin«, jammerte er ein ums andere Mal. »Das hilft mir dabei, mich an sie zu erinnern und mich ... also, ihr versteht schon ...«

Sie betrachtete ihn; flehentlich, tränenüberströmt und verrotzt saß er vor ihr. Am liebsten hätte sie ihm eine Ohrfeige verpasst.

»Und das Blut?«, fragte Kasper.

»Das ist Menstruationsblut, scheiße, Mann! Bei der ganzen Wissenschaft müsstet ihr doch Mittel haben, wie ihr das überprüfen könnt!«

Sie stellte sich vor, wie er abends, in seiner Schlafkoje, an der Unterwäsche schnüffelte, und sie schauderte.

»Sei's drum. Warum bist du dann abgehauen?«

»Das habe ich euch doch gesagt.«

»Okay. Dann wiederhol das noch mal.«

»Das habe ich doch schon zehnmal wiederholt!«

Sie zuckte mit den Schultern.

»Na und, dann ist das eben das elfte Mal.«

Er schwieg so lange, dass sie versucht war, ihn an den Schultern zu packen und durchzuschütteln.

»Ich hab heimlich ein bisschen Shit mit an Bord gebracht und was davon an die Kumpels hier verteilt.«

»Du dealst?«

»Nein, das ist umsonst.«

»Hör auf, mich für dumm zu verkaufen.«

»Ja, okay. Also ein bisschen, ein paar Gefälligkeiten. Das Leben an Bord ist nicht immer einfach. Aber hey, ich bin kein Mörder, verdammt! Ich hab noch nie jemanden angegriffen!«

Erneutes Schluchzen, ein Blick aus geröteten Augen. Kasper und sie verließen die Kabine.

»Und wenn wir auf dem Holzweg sind?«, fragte sie.

»Machst du Witze?«

»Nein.«

Sie folgte dem langen Gang, ging die Treppe zum Kommandoposten hinauf. So langsam fand sie sich in diesem Labyrinth zurecht.

Christensen sah sie eintreten. »Und?«

»Wir müssen uns auch die Kabinen der Arbeiter, die noch nicht zurück sind, ansehen.«

»Warum?«

Kirsten blieb ihm eine Antwort schuldig.

»Na gut«, stimmte der Kapitän widerwillig zu, da er spürte, dass diese Frau unter allen Umständen unnachgiebig bleiben würde und er mit jeglichem Versuch, sie zur Vernunft zu bringen, nur seine Zeit vergeuden würde. »Ich zeige sie euch.«

In der vierten wurden sie fündig.

Inmitten der Klamotten: ein brauner DIN-A4-Umschlag. Sie zog ihn heraus und öffnete ihn. Fotos. Auf dem ersten das Porträt eines blonden Kindes. Etwa vier, fünf Jahre alt. Sie drehte das Foto um. Gustav. Handschriftlich. Hinter ihm sah man einen See, ein Dorf und schneebedeckte Berge. Sie betrachtete die anderen Abzüge.

Sie waren mit einem Teleobjektiv aufgenommen worden.

Ein Mann. Immer derselbe. So um die vierzig. Braune Haare.

Kirsten sah alle Aufnahmen durch. Es waren ungefähr zwanzig. Die Zielperson, wie sie das Auto parkte, wie sie ausstieg, abschloss. Beim Flanieren auf der Straße, inmitten einer Menschenmenge. In einem Café hinter der Scheibe. Kirsten entdeckte ein Nummernschild und einen Straßennamen.

Diese Fotos waren in Frankreich aufgenommen worden.

Auf einem der letzten betrat der Mann ein großes Backsteingebäude, lediglich die Eingangshalle bestand aus anderem Material und war mit einer großen, halbrunden Stahltür versehen. Über dem Gebäude war eine blau-weiß-rote Flagge gehisst. Die französische Flagge, schon wieder Frankreich. Und darunter die Worte »HÔTEL DE POLICE«. Sie konnte kein Französisch, aber das musste sie auch gar nicht, um das letzte Wort zu verstehen.

Police: Polizei.

Auf den Nahaufnahmen wirkte sein Gesicht sympathisch, aber er machte einen müden, besorgten Eindruck. Kirsten sah die Tränensäcke unter seinen Augen, die bittere Falte um seinen Mund. Auf manchen war sein Gesicht deutlich zu sehen, dann wieder war die ganze Silhouette etwas unscharf – oder aber ein Auto, Blätter oder Passanten waren zwischen ihm und dem Objektiv. Die Zielperson hatte nicht die leiseste Ahnung von dem Schatten, der ihr überallhin folgte, ihr auf Schritt und Tritt auf den Fersen war.

Sie drehte das Foto des Kindes noch einmal um.

GUSTAV

Dieselbe Handschrift wie auf dem Stück Papier, das in Inger Paulsens Hosentasche in der Kirche gefunden worden war.

Das Stück Papier, auf dem ihr Name stand.

MARTIN

4
TÖDLICH GETROFFEN

Auch in Toulouse regnete es, aber es gab keinen Schnee. Jetzt, Anfang Oktober, lag die Temperatur bei etwa fünfzehn Grad.

»*House at the End of the Street*«, sagte Lieutenant Vincent Espérandieu.

»Was?«

»Ach, nichts. Das ist der Titel eines Horrorfilms.«

Aus dem halbdunklen Auto heraus betrachtete Commandant Martin Servaz das Gebäude direkt neben dem Hügel und den Bahngleisen. Düster – mit den zwei Etagen, dem glänzenden Dach und dem großen Baum, der einen unheilverkündenden Schatten auf die Fassade warf. Inzwischen war es dunkel, und die Regenwand, die über den Grünstreifen peitschte, der sie vom Gebäude trennte, erweckte ganz den Eindruck, als wären sie am Ende der Welt angelangt.

Was für ein eigenartiger Ort zum Leben, sagte er sich, eingezwängt zwischen den Gleisen und dem Fluss, hundert Meter von den letzten Häusern des schäbigen Viertels entfernt und nichts als ein paar graffitiverschmierte Lagerhallen in der Nachbarschaft. Es war übrigens der Fluss, der sie hierhergeführt hatte: Drei Frauen waren hier entlang der Garonne gejoggt, die beiden ersten waren angegriffen und vergewaltigt worden, auf die dritte hatte man mehrfach eingestochen. Letztere war noch auf der Intensivstation der Uniklinik von Toulouse behandelt worden, dann allerdings ihren Verletzungen erlegen. Die drei Übergriffe hatten in einem Umkreis von weniger als zwei Kilometern um das Haus herum stattgefunden. Und der Mann, der hier lebte, war in der Datenbank für Sexualstraftäter aufgeführt. Mehrfach vorbestraft. Vor 147 Tagen auf Beschluss eines Strafvollzugsrichters aus dem Gefängnis entlassen, nachdem er zwei Drittel seiner Haftstrafe abgesessen hatte.

»Bist du dir sicher, dass es hier ist?«

»Florian Jensen, Chemin du Paradis, Nummer 29«, bestätigte Espérandieu, der sein Tablet eingeschaltet auf den Knien liegen hatte.

Die Stirn an die regenüberströmte Scheibe gelehnt, blickte Servaz auf das verschwommene Feld zu seiner Linken – ein brachliegendes, düsteres Stück Land, überwuchert von hochstehenden Gräsern und Akazienschösslingen. Anscheinend plante eine große, auf die Konstruktion von Autobahnen, Energieverteilung und überteuerte Parkplätze spezialisierte Firma, hier 185 Wohnungen, eine Kinderkrippe und ein Altersheim zu errichten. Dabei handelte es sich um ein ehemaliges Industriegelände, dessen Blei- und Arsengehalt im Boden die vorgeschriebenen Werte um das Doppelte überstieg. Laut einigen örtlichen Naturschutzverbänden waren die giftigen Schwermetalle bereits im Grundwasser nachweisbar. Das hinderte die Anwohner jedoch nicht daran, Wasser aus ihren Brunnen zu schöpfen und damit ihre Gemüsegärten zu gießen.

»Er ist da, Vincent.«

»Woher weißt du das?«

Espérandieu zeigte auf sein Tablet.

»Dieser Idiot ist auf Tinder online.«

Servaz warf ihm einen verständnislosen Blick zu.

»Das ist eine App«, erklärte sein Assistent grinsend.

Sein Chef war nicht das, was man gemeinhin einen Geek nannte, und ganz bestimmt auch kein Nerd – im Gegensatz zu ihm. »Dieser Typ ist ein Vergewaltiger. Also hab ich mir gedacht, dass er sich vermutlich die Tinder-App heruntergeladen hat. Das ist eine Kennenlern-App ... Sie erkennt in einem Umkreis von mehreren Kilometern, welche Tussi sich diese App ebenfalls aufs Handy runtergeladen hat. Ganz schön praktisch für Schweine wie ihn, was?«

»Eine Kennenlern-App?«, wiederholte Servaz, als würde man ihm etwas von einem Planeten im hintersten Winkel des Universums erzählen.

»Ja.«

»Und?«

»Und ich habe ein gefaktes Profil erstellt, damit mir der Fisch ins Netz geht. Und ich habe gerade ein Match bekommen. Da, sieh dir das an.«

Servaz beugte sich über den Bildschirm, der im Dämmerlicht schwach schimmerte, und sah das Porträt eines jungen Mannes. Er erkannte den Verdächtigen. Daneben das Bild einer hübschen, kaum zwanzigjährigen Blondine.

»Aber wir müssen uns jetzt leider verziehen. Man hat uns geortet ... Oder besser, man hat Joanna geortet.«

»Joanna?«

»Mein gefaktes Profil. Blond, eins siebzig, achtzehn Jahre alt, emanzipiert. Verdammt, ich habe schon über zweihundert Matches! In weniger als drei Tagen ... Diese App wird das Daten völlig revolutionieren.«

Servaz wagte es nicht, ihn zu fragen, wovon er da eigentlich sprach. Vincent war gerade mal zehn Jahre jünger als er, aber sie hätten nicht ungleicher sein können. Wo Servaz mit seinen sechsundvierzig Jahren angesichts des modernen Lebens – dieser widernatürlichen Verbindung von Technologie, Voyeurismus, Werbung und Massenkonsum – nur Verblüffung und Ratlosigkeit empfand, stöberte sein Assistent durch soziale Netzwerke und Foren und verbrachte mehr Zeit vor dem Computer als vor seinem Fernseher. Servaz wusste, dass er der Vergangenheit angehörte und dass diese Vergangenheit nicht mehr zeitgemäß war. Er ähnelte der Figur, die Burt Lancaster in *Gewalt und Leidenschaft* verkörperte – dieser alte Professor, der in seinem römischen Stadthaus voller Kunstwerke ein zurückgezogenes Leben führte, bis zu dem Tag, als er die unglückselige Entscheidung traf, die oberste Etage an eine moderne, laute und ganz gewöhnliche Familie zu vermieten. Völlig ungewollt sah er sich dadurch mit einer Welt konfrontiert, die er nicht mehr verstand, die ihn aber faszinierte. Genauso musste Servaz sich eingestehen, dass er nicht sehr viel von dieser Herde von

Individuen mit ihren albernen Gadgets und kindlicher Rastlosigkeit verstand.

»Er schickt eine Nachricht nach der anderen«, sagte Vincent. »Der hat angebissen.«

Sein Assistent schaltete das Tablet aus und wollte es bereits ins Handschuhfach legen, als er mitten in der Bewegung innehielt.

»Deine Waffe ist da drin«, sagte er.

»Ich weiß.«

»Nimmst du sie nicht mit?«

»Wieso denn? Der Typ ist immer auf die gleiche Weise vorgegangen: Stichwaffe. Und bisher hat er bei keiner seiner Festnahmen Widerstand geleistet. Außerdem hast du ja deine Waffe ...«

Daraufhin stieg Servaz aus. Espérandieu zuckte mit den Schultern. Er überprüfte, dass er seine Waffe bei sich trug, löste die Sicherung und stieg ebenfalls aus. Sofort klatschte ihm der schräg einfallende Regen auf die Stirn.

»Du bist ein richtig sturer Esel, weißt du das?«, sagte er, als er im triefenden Regen loslief.

»*Cedant arma togae.* Auf dass die Waffen der Toga weichen.«

»Auf der Polizeischule sollte Latein unterrichtet werden«, spottete Espérandieu.

»Die Weisheit der Alten«, korrigierte Servaz. »Ich kenne ein paar, die durchaus davon profitieren könnten.«

Auf dem Weg zu dem kleinen, eingezäunten Garten vor dem Haus durchquerten sie den matschigen Grünstreifen. Die südliche Hauswand, deren einziges Fenster zugemauert war, war fast vollständig von einem riesigen Graffito bedeckt. Pro Etage gab es zwei Fenster nach vorn, zum Garten hin, aber die Fensterläden waren geschlossen.

Mit einem rostigen Quietschen gab das Tor nach, als Servaz es aufdrückte. Er war sich sicher, dass dieser hohe, schrille Ton bis ins Haus zu hören war – Gewitter hin oder her. Er warf einen kurzen Blick zu Vincent, der ihm zunickte.

Sie gingen das kurze, von Unkraut überwucherte Stück zwischen den verwahrlosten Gemüsepflanzen hindurch.

Unvermittelt blieb Servaz stehen. Rechts von ihnen war eine schwarze Silhouette zu sehen. Ganz nah beim Haus. Ein großer Wachhund war aus seiner Hütte herausgekommen und beobachtete sie. Ohne sich zu rühren, ganz still.

»Ein Pitbull«, bemerkte Espérandieu sehr leise und angespannt, als er zu ihm aufschloss. »Eigentlich darf man seit 1999 keinen Hund der Kategorie eins mehr halten, da deren Aufzucht per Gesetz verboten ist und sie kastriert werden müssen. Aber weißt du, dass allein in Toulouse über hundertfünfzig davon leben? Und mehr als tausend Hunde der Kategorie zwei …«

Servaz betrachtete die Kette: Sie war lang genug, dass der Wachhund bis zu ihnen kommen konnte. Vincent hatte seine Waffe gezückt. Martin fragte sich, ob die wohl ausreiche, um das Tier zu bremsen, falls es einem von ihnen an die Kehle springen sollte.

»Mit zwei Pistolen stünden unsere Chancen besser, ihn aufzuhalten«, merkte sein Assistent sinnigerweise an.

Aber der Hund gab keinen Mucks von sich. Still wie ein Schatten stand er da. Ein Schatten mit zwei kleinen, leuchtenden Augen. Servaz stieg die einzige Stufe hinauf, behielt den Köter im Auge und drückte dann auf die Klingel. Durch die matte Scheibe hörte er den kläglichen Klingelton im ganzen Haus widerhallen. Auf der anderen Seite war es dunkel. Wie in einem Ofen.

Dann näherten sich Schritte, und die Tür ging auf.

»Was wollen Sie, verdammt?«

Der Mann war kleiner als er. Sehr schlank, fast schon mager. Er war vielleicht eins siebzig groß und wog etwa sechzig Kilo. Der Kerl war auch jünger als er. So um die dreißig. Sein Kopf war völlig kahl rasiert. Servaz fielen ein paar Eigenheiten auf: eingefallene Wangen, tief liegende Augen und die Pupillen wie Stecknadelköpfe, obwohl dort, wo er stand, fast kein Licht war.

»Guten Abend«, sagte Servaz höflich und hielt ihm seinen Ausweis entgegen. »Kriminalpolizei. Dürfen wir reinkommen?«

Der Glatzköpfige zögerte.

»Wir wollen Ihnen nur ein paar Fragen zu den drei Frauen stellen, die in der Nähe der Garonne angegriffen wurden«, beeilte er sich hinzuzufügen. »Sie haben bestimmt in der Zeitung davon gelesen.«

»Ich lese keine Zeitung.«

»Na, dann im Internet.«

»Auch da nicht.«

»Tja, wir klappern alle Häuser im Umkreis von einem Kilometer ab«, log Servaz. »Umfragen in der Nachbarschaft, die übliche Vorgehensweise ...«

Die Stecknadelkopfaugen huschten von Servaz zu Vincent und wieder zurück. Seine Haut war so weiß wie ein Knochen, und zwischen seinen spitzen Schultern ragte ein magerer Hals auf. Servaz vermutete, dass er gerade an die Blondine dachte, die ihm auf Tinder als Match angezeigt worden war – das grenzte doch an ein Wunder, bei der Visage, oder nicht? –, und dass er nur auf eines aus war: dass sie so bald wie möglich wieder abhauten, damit er online weiterflirten konnte. Was würde er wohl mit ihr anstellen, wenn sie wirklich bei ihm angebissen hätte?, fragte sich der Commandant als Nächstes. Er hatte die Akte des Mannes gelesen ...

»Gibt es etwa ein Problem?«

Servaz hatte bewusst einen argwöhnischen Tonfall angenommen und die Augenbrauen fragend hochgezogen.

»Wie? Nein ... nein, kein Problem ... Kommen Sie rein. Aber beeilen Sie sich, okay? Ich muss meiner Mutter ihre Medikamente geben.«

Jensen trat einen Schritt zur Seite, und Servaz ging hinein. Der Gang erinnerte an einen dunklen, engen Stollen, war im hinteren Bereich schwach beleuchtet, und von einer Tür zu ihrer Linken, nach etwa zwei Metern, fiel ein grauer Lichtbalken in den Gang. Wie ein mit schwachen Lampen notdürftig beleuchtetes Höhlensystem, dachte Servaz. Es roch nach Katzenpisse, Pizza, Schweiß und kaltem Rauch. Und da war noch ein anderer Geruch, er wusste genau, was es war, weil er ihn schon viele Male in Wohnungen im Stadtzentrum gerochen hatte, wenn man die Leichen von alten

Damen fand, die Gott und die Menschheit vergessen hatten: der süßliche Geruch nach Medikamenten und Alter. Er ging noch einen Schritt weiter. Den Gang entlang waren beidseitig Kartons aufgereiht, fast einen Meter hoch, und zum Teil waren sie aufgrund des Gewichts ihres Inhalts ineinander eingesunken: alte Lampenschirme, Stapel von staubigen Zeitschriften, Weidenkörbe voll unnützem Zeug. An anderer Stelle versperrten schwere, hässliche Möbel den Weg, ließen kaum einen Durchgang für eine Person frei. Das war mehr ein Möbellager als ein Haus …

Er gelangte zur Tür und warf rasch einen Blick nach links. Sah zunächst nur die schwarzen Konturen eines übervollen Mobiliars, in dessen Mitte eine Nachttischlampe auf einem Nachttisch stand. Dann wurde das Bild deutlicher, und er entdeckte ein im Bett liegendes Wesen. Die kranke Mutter, daran bestand kein Zweifel. Darauf war er nicht vorbereitet – wer wäre das schon? – und musste unwillkürlich schlucken. Halb saß, halb lag die alte Frau da, wurde von einem unglaublichen Haufen Kissen gestützt, die wiederum im geschnitzten Eichenbett aufgeschichtet waren. Das abgetragene Nachthemd stand an der knochigen, fleckigen Brust offen. Ihr Gesicht, mit den vorstehenden Wangenknochen, den tief liegenden Augen in den schwarzen Augenhöhlen und den paar grauen Haarbüscheln an den Schläfen, ließ bereits den Schädel erahnen, das Einzige, was in Kürze noch von ihr übrig wäre, wie bei einem Vanitas-Stillleben. Servaz entdeckte Dutzende von Medikamentenröhrchen auf dem Häkeldeckchen des Nachttisches, ebenso wie einen Schlauch, der aus dem knotigen Arm der alten Frau herausragte und zu einem Infusionsbeutel am Ständer führte. Ganz eindeutig waren hier die ersten Vorboten des Todes am Werk; und der Tod nahm in diesem Raum schon jetzt sehr viel mehr Platz ein als das Leben. Am schockierendsten waren jedoch die Augen. Tränentrüb starrten sie Servaz aus dem Bett an. Und trotz der Müdigkeit, der Ermattung und der Krankheit blitzten sie ihn boshaft an. Er dachte an den Namen dieser Sackgasse – Chemin du Paradis – und fragte sich, ob er hier nicht vielmehr in der Hölle war.

Abgesehen davon hatte die Mumie eine gelbliche Kippe zwischen den spröden Lippen und rauchte wie ein Schlot: Servaz sah einen vollen Aschenbecher neben ihr, und über dem Bett hing eine dichte Rauchwolke. Aufgewühlt von diesem Anblick ging er weiter bis zum Wohnzimmer, das schwach vom flackernden Licht eines Fernsehers und den Computerbildschirmen auf einem großen Schreibtisch erleuchtet war. Er erahnte ein ganzes Netz von miteinander kommunizierenden Räumen, die über Rundbögen, eine Holztreppe und einen Haufen Nischen miteinander verbunden waren. Etwas streifte ihn am Bein, und er machte Geschöpfe aus, die im Halbschatten kamen und gingen, von einem Möbelstück zum anderen sprangen. Mehrere Dutzend, von unterschiedlicher Farbe und Größe. Katzen ... Es wimmelte hier im Dunkeln nur so vor Katzen. Jetzt entdeckte Servaz auch die hellen Untertassen, die überall verstreut herumstanden, mit Futter in den unterschiedlichsten Stadien des Austrocknens und Verschimmelns, also achtete er darauf, wo er die Füße hinsetzte.

Hier war die Luft noch stickiger und unerträglicher als im Gang; er glaubte, abgesehen vom verwesenden Katzenfutter noch einen weiteren unbestimmten Mief auszumachen: etwas, das an Gift und Bleichmittel erinnerte – angewidert zog er die Nase kraus.

»Können wir mal das Licht einschalten?«, fragte er. »Hier drin ist es stockdunkel.«

Ihr Gastgeber streckte den Arm aus. Der schwache Schein einer Architektenlampe erleuchtete den Teil des Schreibtisches, der voller Bildschirme stand, der Rest blieb im Dunkeln. Im Dämmerlicht erkannte Servaz dennoch ein Sofa und eine Anrichte.

»Stellen Sie mir jetzt Ihre Fragen oder nicht?«

Jensen lispelte leicht; Servaz vermutete eine große Schüchternheit hinter seinem provozierenden Auftreten.

»Gehen Sie manchmal auf dem Treidelpfad entlang der Garonne spazieren?«, fragte Espérandieu hinter dem jungen Mann und zwang ihn so, sich zu ihm umzudrehen.

»Nö.«

»Nie?«

»Wenn ich's Ihnen doch sage, nein«, antwortete Jensen, der Servaz aus dem Augenwinkel beobachtete.

»Und Ihnen sind nie irgendwelche Gerüchte bezüglich der Vorfälle zu Ohren gekommen?«

»Sagen Sie mal ... was soll der Scheiß? Haben Sie nicht gesehen, wo wir leben, meine Mutter und ich? Wer hätte uns denn von diesen Gerüchten erzählen sollen? Der Briefträger vielleicht? Hier kommt nie jemand her.«

»Abgesehen von den Leuten, die hier joggen«, meinte Servaz.

»Hmm, schon ... ein paar parken da vorn, auf diesem verfluchten Stück Land da, das stimmt ...«

»Männer? Frauen?«

»Sowohl als auch. Manche haben ihre Köter dabei, und dann fängt Fantôme an zu kläffen.«

»Und Sie sehen, wie sie vor Ihren Fenstern vorbeilaufen.«

»Und wenn schon.«

Da war doch etwas, da unter der Anrichte, im Halbdunkel. Servaz war das gleich beim Eintreten aufgefallen. Es bewegte sich nicht – oder kaum. Er ging noch einen Schritt weiter.

»Hey! Wohin wollen Sie da? Wenn Sie 'ne Hausdurchsuchung ...«

»Keine zwei Kilometer von hier sind drei Frauen überfallen worden«, unterbrach ihn Vincent und zwang Jensen so, den Kopf wieder zu ihm umzudrehen. »Alle haben dieselbe Beschreibung abgegeben ...«

Servaz bemerkte, wie angespannt der junge Mann auf einmal war. Zentimeter für Zentimeter schob er sich zur Anrichte.

»Sie haben einen Mann mit einem Kapuzenpulli beschrieben, etwa einen Meter siebzig groß, schlank, so um die sechzig Kilo ...«

In Wahrheit hatten die Frauen drei sehr unterschiedliche Täterbeschreibungen zu Protokoll gegeben, wie das bei Zeugenaussagen häufig der Fall war. Die einzige Gemeinsamkeit: Der Angreifer war klein und schlank, aber sehr stark.

»Was haben Sie am 11. Oktober, 23. Oktober und 8. November zwischen 17 und 18 Uhr gemacht?«

Jensen runzelte die Stirn, als würde er intensiv nachdenken, sich so richtig das Hirn zermartern, und Servaz fühlte sich an die schauspielerischen Leistungen der japanischen Statisten in *Die Sieben Samurai* erinnert.

»Am 11. war ich mit meinen Kumpeln Angel und Roland zusammen. Wir haben bei Angel Karten gekloppt. Am 23. auch. Und am 8. November waren Angel und ich im Kino.«

»In welchem Film?«

»Irgendwas mit Zombies und Scouts.«

»Mit Zombies und Scouts?«, wiederholte Vincent. »*Scouts vs. Zombies – Handbuch zur Zombie-Apokalyps*e«, bestätigte er. »Ist am 6. November rausgekommen. Den hab ich auch gesehen.«

Servaz sah seinen Assistenten an, als stünde ein Marsmännchen vor ihm.

»Eigenartig«, sagte er leise und nötigte Jensen somit ein weiteres Mal, den Kopf zu wenden. »Eigentlich habe ich ein ganz gutes Gedächtnis. Aber jetzt so auf die Schnelle, da wüsste ich nicht, was ich am 11. oder 23. Oktober abends gemacht habe, verstehst du? Ich erinnere mich an den 25., weil da ein Kollege seinen Ausstand gefeiert hat. Das war ein, sagen wir mal, besonderer Tag ... aber mit Kumpeln Karten spielen oder ins Kino gehen, ist das was Besonderes?«

»Fragen Sie sie doch, dann werden Sie schon sehen«, erwiderte Jensen trotzig.

»Oh, ich bin mir sicher, dass sie Ihre Aussage bestätigen werden«, sagte Servaz, der bereits wusste, dass die beiden Kumpel in ihren Akten auftauchten. »Haben die Männer auch einen Nachnamen?«

Als hätte er darauf gewartet, beeilte sich Jensen, sie ihnen zu nennen.

»Hören Sie«, sagte er, als wäre ihm gerade etwas Wichtiges eingefallen. »Ich werde Ihnen sagen, weshalb ich mich so gut daran erinnern kann ...«

»Ach? Tatsächlich?«

»Nachdem ich in der Zeitung gelesen habe, dass ein Mädchen vergewaltigt wurde, habe ich mir sofort notiert, was ich an dem Tag gemacht habe ...«

»Ich dachte, du würdest keine Zeitung lesen?«

»Tja, da habe ich wohl gelogen.«

»Und warum?«

Jensen zuckte mit den Schultern. Sein kahler Schädel glänzte im Dämmerlicht. Er fuhr sich mit seiner mit schweren Ringen geschmückten Hand über den Kopf, bis zu seinem Tattoo im Nacken.

»Weil ich keine Lust auf eine Unterhaltung mit Ihnen hatte, deshalb. Ich wollte nur, dass Sie möglichst schnell wieder verschwinden.«

»Stören wir dich vielleicht gerade?«

»Gut möglich.«

»Also hast du dir jedes Mal aufgeschrieben, was du gemacht hast, stimmt das?«

»Ganz genau. Und Sie wissen sehr gut, dass wir das alle so machen.«

»Wir? Wer ist ›wir‹?«

»Typen wie ich – Typen, die deswegen schon mal im Knast waren ... Wir wissen sehr gut, dass Bullen wie Sie als Erstes bei uns nachfragen, wo wir da gerade waren. Wenn sich ein Typ, der schon mal verurteilt wurde, nicht daran erinnern kann, was er gerade getrieben hat, als ein Mädchen bei ihm in der Gegend vergewaltigt wurde, tja ... dann stehen die Chancen nicht schlecht, dass er der Schuldige ist, Sie verstehen schon, oder?«

»Und deine beiden Kumpel, Angel und Dingsbums – sind die auch schon mal verurteilt worden?«

Sie sahen, wie sich Jensens Miene verfinsterte.

»Jep. Und wenn schon.«

Servaz warf einen Blick unter die Anrichte. Der Schatten hatte sich bewegt. Zwei furchtsame Augen beobachteten ihn.

»Wie alt warst du beim ersten Mal?«, fragte Espérandieu geradeheraus.

Ein Donnerschlag brachte die Scheiben zum Zittern, und der Blitz erleuchtete kurzzeitig das Wohnzimmer.

»Beim ersten Mal?«

»Als du zum ersten Mal eine Frau sexuell belästigt hast ...«

Servaz fing Jensens Blick auf. Sein Gesichtsausdruck hatte sich verändert. Jetzt strahlte er regelrecht.

»Vierzehn«, sagte er, und seine Stimme war mit einem Mal sehr kalt und sehr distanziert.

Servaz beugte sich etwas weiter hinunter. Die kleine weiße Katze unter der Anrichte hob den Kopf und schaute ihn von ihrer finsteren Ecke aus an, hin- und hergerissen zwischen Angst und der Lust, sich an seinem Bein zu reiben.

»Ich habe deine Akte gelesen. Das war eine Schulkameradin. Du hast sie hinter der Sporthalle vergewaltigt.«

»Sie hatte mich provoziert.«

»Du hast sie beleidigt. Dann hast du sie geohrfeigt und geschlagen ...«

»Das war 'ne Schlampe, die hat's eh schon mit allen getrieben. Ein Schwanz mehr oder weniger, das konnte ihr doch egal sein!«

»Mehrfach ... gegen den Kopf ... sehr gewalttätig ... Schädeltrauma ... Und danach hast du sie dann mit der Luftpumpe von der Sporthalle vergewaltigt – mit einer Luftpumpe für die Bälle ... Sie wird niemals Kinder bekommen können, weißt du das?«

»Das ist schon so lange her ...«

»Was hast du dabei empfunden, in dem Moment, erinnerst du dich noch?«

Schweigen.

»Das verstehen Sie nicht«, sagte Jensen abfällig, plötzlich sehr prahlerisch.

Servaz verspannte sich. Diese Stimme. Arroganz und Egoismus in ihrer Reinform. Er streckte eine Hand unter der Anrichte aus. Langsam kroch die kleine weiße Katze hervor. Ängstlich kam sie näher, und Servaz spürte, wie ihre winzige, raue Zunge über seine Fingerspitzen leckte. Sofort kamen weitere Katzen, aber

Servaz schob sie zur Seite, um sich auf das kleine weiße Knäuel zu konzentrieren.

»Erklär's mir«, sagte Espérandieu – und Servaz hörte hinter dem geduldigen Ton seines Assistenten die verhaltene Wut und den Ekel, die darin widerhallten.

»Wieso? Sie reden von Sachen, von denen Sie keine Ahnung haben, Sie wissen gar nicht, was Menschen wie wir empfinden … die Intensität unserer Gefühle, die … die Kraft unserer Erlebnisse. Die Hirngespinste von Leuten wie Ihnen – die sich dem Gesetz und der Moral anpassen, die in Furcht vor der Justiz und dem Blick der anderen leben – werden immer Lichtjahre von der tatsächlichen Wahrheit, der eigentlichen Kraft entfernt sein. Unser Leben ist so viel reicher und intensiver als Ihres.«

Jensens Stimme war jetzt ein Zischen.

»Ich war im Gefängnis, ich habe den Preis dafür bezahlt, Sie haben nichts mehr gegen mich in der Hand. Heute respektiere ich das Gesetz …«

»Ach ja? Und wie stellst du das an? Deine Triebe im Zaum halten, meine ich? Nicht mehr zur Tat schreiten? Masturbierst du? Gehst du zu Prostituierten? Wirfst du was ein?«

»… aber ich habe nichts vergessen«, fuhr Jensen fort, ohne auf diese Unterbrechung einzugehen. »Ich bedaure nichts, ich leugne nichts, ich fühle mich kein bisschen schuldig. Ich werde mich nicht dafür entschuldigen, so zu sein, wie Gott mich geschaffen hat …«

»Ist es das, was du empfunden hast, als du versucht hast, die drei Frauen am Ufer der Garonne zu vergewaltigen?«, fragte Espérandieu scheinbar gelassen. »Und die Betonung liegt auf versuchen. Du hast ja noch nicht mal einen Orgasmus gehabt. Wenn du mit so unglaublicher Wut auf dieses Mädchen eingestochen hast, dann doch bestimmt, weil sie es nicht einmal geschafft hat, dass du einen hochbekommst, oder?«

Servaz wusste, was sein Assistent vorhatte. Er wollte Jensen beleidigen, eine Reaktion erzwingen, ihn dazu bringen, sich zu rechtfertigen und anzugeben. *Das wird nicht funktionieren …*

»Ich habe vier Frauen vergewaltigt, und dafür habe ich bezahlt«, antwortete Jensen kaltschnäuzig. »Drei sind im Krankenhaus gelandet.« Er sagte das wie ein Fußballer, der mit seinen erzielten Toren prahlte. »Sie müssen schon zugeben, dass ich für gewöhnlich keine halben Sachen mache.« Er stieß ein leises, fieses Kichern aus, bei dem sich Servaz' Nackenhärchen sträubten. »Also verstehen Sie ja wohl, dass ich das nicht gewesen sein kann ...«

Dieser Scheißkerl hatte recht. Schon von der ersten Minute an war Servaz zu der Überzeugung gelangt, dass er es nicht gewesen sein konnte. Zumindest nicht dieses Mal ... Er betrachtete die weiße Katze.

Und ihn schauderte.

Ihr fehlte ein Ohr. An seiner Stelle hatte sie eine rosafarbene Narbe.

Eine kleine weiße Katze, der ein Ohr fehlte – wo hatte er das schon mal gesehen?

»Lassen Sie meine Katze in Ruhe«, sagte Jensen.

»Lassen Sie meine Katze in Ruhe ...«

Ganz plötzlich fiel es Servaz wieder ein. Die ermordete Frau in ihrem Haus auf dem Land im Juni, in der Nähe von Montauban. Er hatte den Bericht gelesen. Sie lebte allein, war vergewaltigt und erwürgt worden, nachdem sie gefrühstückt hatte: Der Gerichtsmediziner hatte Kaffee, Reste von Körnerbrot sowie Zitronenmarmelade und Kiwi in ihrem Magen gefunden. Es war heiß. Alle Fenster standen weit offen, um die morgendliche Frische hereinzulassen. Der Angreifer musste nur durch eines einsteigen. Sieben Uhr morgens und die Nachbarn keine dreißig Meter entfernt. Dennoch hatte niemand etwas gesehen oder gehört – und die Polizisten hatten keine Spur. Keinen Hinweis. Ihnen war nur aufgefallen, dass die Katze der Frau verschwunden war.

Eine weiße Katze mit nur einem Ohr ...

»Das ist nicht deine Katze«, sagte Servaz leise, als er sich aufrichtete.

Er hatte das Gefühl, als würde die Luft noch stickiger werden. Er stöhnte. Spürte, wie seine Muskeln durch die Anspannung ganz hart wurden. Jensen stand stocksteif da. Schwieg. Ein neuerlicher Blitz erhellte das Wohnzimmer; nur Jensens Stecknadelkopfaugen bewegten sich in seinem kreidebleichen Gesicht, wanderten von einem zum anderen.

»Gehen Sie zurück«, sagte er unvermittelt.

Eine Waffe in der beringten Hand. *Da habe ich mich wohl geirrt,* dachte Servaz und warf Vincent rasch einen Blick zu.

»Zurück!«

Sie gehorchten.

»Machen Sie keinen Scheiß«, sagte Espérandieu.

Plötzlich stürzte Jensen nach vorn. So flink und geschickt wie eine Maus umrundete er mehrere Möbel, öffnete eine Tür im hinteren Bereich und verschwand, während Wind und Regen ungehindert ins Zimmer rauschten. Einen Moment lang stand Servaz sprachlos da, dann hastete er ihm hinterher.

»Wohin willst du?«, brüllte Vincent hinter ihm. »Martin! Wohin willst du? Du hast noch nicht mal eine Waffe!«

Die Glastür schlug im Wind auf und knallte gegen die Außenwand des Hauses. Von hier gelangte man zu dem kleinen Hügel mit den Bahngleisen, allerdings verhinderte ein Absperrgitter den direkten Zugang. Statt darüberzuklettern, war Jensen daran entlanggerannt und hastete jetzt über das brachliegende, vom Regen gepeitschte Stück Land. Kurz darauf tauchte Servaz dort auf. Im Lichtschein der Blitze schaute er nach oben zur Leitung der Bahngleise, auf die Erdanschüttung, versuchte, Jensen ausfindig zu machen. Dann drehte er den Kopf und sah, wie der Kerl in Richtung des kleinen Tunnels davoneilte, durch den Espérandieu und er gekommen waren. Er führte noch unter weiteren Gleisen hindurch, ehe diese sich der Hauptstrecke anschlossen.

Rechts vom Tunnel war ein Tor, unterhalb der Stelle, an der die Gleise ineinander übergingen. Eine Zementrampe führte zu einer Art Betonbunker, der vermutlich ein Weichenstellwerk war.

Weder das Tor – an dem eine Beschilderung ausdrücklich vor dem Übertreten warnte, wenn man keinen tödlichen elektrischen Schlag bekommen wollte – noch der Zaun hatten Sprayer abgeschreckt. Jeder kleinste Quadratzentimeter Beton war mit großen bunten Buchstaben übersät. Wassertropfen glitzerten vor dem nachtschwarzen Vorhang des Himmels, der hin und wieder von Blitzen erhellt wurde, Donnerschläge hallten lautstark wider. Das Gewitter hatte sich über Toulouse zusammengezogen. Wasserrinnsale strömten den Grashügel hinunter, verteilten sich im matschigen Brachland, wo sie zu einem Delta von kleinen Bächen und Pfützen wurden.

Servaz rannte unter den Sturzbächen hindurch, die vom Himmel stürzten. Jensen kletterte schon über das Tor. Danach rannte er zum höchsten Punkt der Betonrampe, umrundete das Weichenstellwerk weiter oben, in Richtung der Gleise. An dieser Stelle ragten mehrere Stahlpfeiler nach oben, die ein komplexes Netz von Kabelgittern, Primär- und Sekundärleitungen, Transformatoren und Oberleitungen stützten. Das erinnerte an eine Unterstation, und Servaz musste unweigerlich an Hochspannung denken. Dazu an *Gewitter, Donner, Blitz, Regen, Leitung* – und an die Millionen von Volt, Ampere oder weiß der Himmel was, die durch diese Leitungen flossen wie eine tödliche Falle. *Verdammte Scheiße, was machst du da?*, fragte er sich. Jensen schien sich der Gefahr dieser Falle nicht bewusst zu sein. Besorgt sah er zum Güterzug, der gerade langsam an ihm vorbeirollte und ihm den Weg versperrte.

Schließlich erreichte Servaz das Tor. Seine durchnässten Schuhe quietschten beim Laufen; auch sein Hemdkragen war klatschnass, und die Haare klebten ihm an der Stirn.

Er wischte sich übers Gesicht, machte sich daran, das Hindernis zu überwinden, und schwang sich auf die andere Seite. Irgendwo musste seine Jacke festhängen, er hörte, wie sie zerriss, als er auf den Boden sprang.

Jensen wirkte unentschlossen, dort oben auf seinem Hügel.

Servaz sah, wie er sich hinunterbeugte, zunächst, um unter die

vorbeifahrenden Waggons zu blicken, dann zwischen die Waggons – doch obwohl der Zug sehr langsam fuhr, hatte er vermutlich Angst, unter die Räder zu kommen, denn er warf sich auf die Sprossen eines Waggons und kletterte nach oben zum Dach.
Mach das nicht!
Mach das nicht!
Nicht jetzt, das ist bescheuert!
»Jensen!«, rief er.
Der drehte sich um, entdeckte ihn und kletterte nur noch schneller hinauf. Die Schienen glänzten im Regen. Servaz kam oben auf dem Erdhügel an. Dann drückte er sich vom Bahndamm ab und erklomm seinerseits die Metallsprossen an der Seite eines Waggons.
»Martin! Was machst du für einen Scheiß?«

Espérandieus Stimme von unten. Servaz stellt einen Fuß auf eine Sprosse, zieht sich mit der Hand nach oben, umfasst eine rutschige Sprosse, dann der zweite Fuß … Jetzt hört er das Surren der Elektrizität in der Leitung über ihm, ein Geräusch wie tausend surrende Wespen. Regen klatscht auf das Dach des Waggons und spritzt ihm ins Gesicht. Wasser in seinen Haaren, seinen Augenbrauen …
Schließlich erreicht er das Dach. Jensen ist noch immer da. Er scheint unsicher, wie er sich weiter verhalten soll, seine Silhouette erhebt sich im Licht der Blitze – nur wenige Meter von den Ober- und Stromleitungen entfernt. Eine Überspannung surrt kurz von einem Ende zum anderen, ein lautes, lang gezogenes Knistern … Servaz' Nackenhärchen stellen sich auf. Erneut wischt er sich über das regennasse Gesicht. Stellt einen Fuß aufs Dach. Der Regen trommelt herunter. Jensen dreht den Kopf von links nach rechts, ist wie gelähmt vor Unsicherheit, steht breitbeinig da, den Rücken Servaz zugewandt …
»Jensen«, brüllt der. »Wenn wir hier oben bleiben, dann erwischt es uns beide …«
Keine Reaktion.

»Jensen!«
Bei dem Höllenlärm hier oben war das vergebliche Liebesmüh.
»Jensen!«
Das Nächste …
… das Nächste nimmt er wie durch nebelhafte Sinneseindrücke wahr, die aufeinanderprallen und sich widersprechen, eine brutale Beschleunigung der Zeit, ein unvermitteltes, ungewöhnliches und unerklärbares Schleudern. In dem Moment, in dem Jensen mit gezückter Waffe zu ihm herumwirbelt und eine Flamme aus der schwarzen Mündung der Waffe herausbricht, löst sich ein elektrischer Lichtbogen von der Oberleitung, ein gleißend weißer Strahl, der in seinen Augen brennt, auf Jensen trifft, eigenartigerweise aber nicht oben auf dem Schädel, sondern an der Seite des Gesichts, zwischen Ohr und Kiefer, bahnt sich einen Weg durch seinen Körper, gelangt über seine Beine und Füße zum nassen Dach des Waggons, grillt den Flüchtigen geradezu, ehe er ihn mehrere Meter weit wegschleudert … Servaz spürt den elektrischen Schlag, der sich über das nasse Dach bis zu seinen Sohlen ausbreitet, seine Haare stehen wild ab – allerdings läuft zeitgleich ein ebenso wichtiges Ereignis für seine Zukunft ab: Im Bruchteil der Sekunde, die darauf folgt, trifft das aus der Waffe abgefeuerte Geschoss auf seine vom Regen durchtränkte Strickjacke aus Wolle und Mohair, durchschlägt sie mit einer Geschwindigkeit von 350 Metern pro Sekunde, also zehnmal schneller als die Schallgeschwindigkeit, durchdringt sowohl den Stoff seines Rollkragenpullovers aus 42 Prozent Polyamid, 30 Prozent Wolle und 28 Prozent Alpaka wie auch wenige Zentimeter von seiner linken Brustwarze entfernt die Epidermis, Dermis und die Subkutis seiner nassen Haut, geht durch den äußeren schrägen Bauchmuskel, die inneren schrägen Bauchmuskeln, streift die Brustkorbarterie und das Sternum, durchbohrt danach den äußeren Rand der linken Lunge mit ihrer schwammigen, elastischen Textur sowie den darüberliegenden Herzbeutel, um schließlich auf Höhe der linken Herzkammer ins Herz einzudringen – sein panisch pochendes Herz pumpt

sein Blut rasch aus ihm heraus –, und dann tritt sie auf der anderen Seite wieder heraus.

Der Aufprall wirft ihn nach hinten.

Und das Letzte, was Martin Servaz wahrnimmt, sind die statische Elektrizität unter seinen Füßen, die kalten Regentropfen auf seinen Wangen, der Geruch von Ozon in der Luft und die Schreie seines Assistenten unten am Bahndamm, während eine tödliche Wespe aus Metall sein Herz durchbohrt.

5
IN EINEM BEREICH, DER AN DEN TOD ANGRENZT

»Verletzung durch Schusswaffe und penetrierendes Thoraxtrauma«, sagt die Frau gleich neben ihm. »Ich wiederhole: Verletzung durch Schusswaffe und penetrierendes Thoraxtrauma. Penetrierende Herzverletzung sehr wahrscheinlich. Eintrittswunde im präkordialen Bereich. Austrittswunde dorsal. Rekapillarisierung über drei Sekunden. Tachykardie über hundertzwanzig. Keine Reaktion auf Schmerzen, keine Reaktion der Pupillen auf Licht. Cyanose der Lippen, kalte Gliedmaßen. Sehr instabil. Chirurgischen Eingriff in Kürze vorsehen.«

Die Stimme dringt nur wie durch mehrere Schichten Watte bis zu ihm vor. Sie ist ruhig, aber er merkt ihr eine gewisse Dringlichkeit an – sie redet nicht mit ihm, sondern mit jemand anderem, doch er hört nichts außer dieser Stimme.

»Zweiter Verletzter«, fügt die Stimme hinzu. »Verbrennungen dritten Grades durch Elektrisierung an einer Hochspannungsleitung. Stabilisiert. Wir brauchen einen Platz für Schwerbrandverletzte. Beeilt euch. Hier ist die Kacke am Dampfen.«

»Wo ist der andere Bulle?«, blökt eine zweite Stimme etwas weiter weg. »Ich will wissen, welches Kaliber diese Scheißwaffe hier hat und was das für Munition ist!«

Im Schein der Blitze, die riesige, abgehackte Schraffierungen an den Himmel malen, erahnt er zwischen halb geöffneten Augen andersfarbige, rhythmische Pulsierungen zu seiner Rechten. Er hört auch Geräusche: ferne Stimmen, sie sind zahlreich, das Echo von Sirenen, ein Zug, der sich abmüht und auf einer Weichenstellung quietscht …

Wie bescheuert aber auch, diesem Typen ohne Waffe hinterherzurennen.

Mit einem Mal ist er ganz perplex. Sein Vater ist da. Sieht ihn an, steht neben ihm, während er auf einer Bahre ausgestreckt ist. *Was willst du denn hier?*, denkt er. Du hast dich umgebracht, als ich zwanzig war, und ich habe dich gefunden. Du hast dich umgebracht wie Sokrates oder Seneca. In dem Büro, in dem du immer deine Klassenarbeiten korrigiert hast. Und dabei lief Mahler. Ich bin an dem Tag von der Uni heimgekommen ... Also erklär mir doch verdammt noch mal, wie du dann hier sein kannst?

Das war bescheuert, wirklich bescheuert.

Papa? Papa? Scheiße, wo ist er denn jetzt wieder hin? Um ihn herum ist viel Trubel. Diese Maske auf dem Gesicht stört ihn, er hat das Gefühl, als hätte er eine große Tatze mitten im Gesicht – aber er spürt auch, dass dadurch Leben in seine Lunge fließt. Er hört eine andere, vertraute Stimme, eine schrecklich ängstliche Stimme. *Lebt er noch? Lebt er noch? Wird er überleben?* Vincent, das ist Vincent. Warum ist Vincent nur so panisch?

Er fühlt sich gut. Wirklich, er fühlt sich erstaunlich gut. Alles in Ordnung, hätte er ihm am liebsten gesagt. Alles bestens. Aber er kann sich weder bewegen noch sprechen.

»Oberste Priorität: Blutvolumen stabil halten. Wir brauchen Nachschub!«, brüllt eine weitere Stimme ganz in seiner Nähe. »Nehmt die Katheter mit! Bringt mir die Blutpumpen!«

Auch diese Stimme überschlägt sich fast vor Panik. *Alles in Ordnung,* würde er ihnen gerne zurufen. *Es geht mir gut, ehrlich. Ich glaube sogar, dass es mir in meinem ganzen Leben noch nie so gut gegangen ist.* Mit einem Mal hat er das Gefühl, nicht mehr richtig herum zu liegen, sondern über seinem Körper zu schweben. Er liegt auf der Luft, hängt im Leeren. Er sieht, wie geschäftig alle um ihn herum sind, wie methodisch, präzise, diszipliniert. Ein anderes Ich liegt da unten. Er sieht sich, wie er die anderen sieht. *Verdammt, du siehst vielleicht übel aus! Wie 'ne Leiche!* Er spürt keinen Schmerz. Nur tiefen inneren Frieden, wie er ihn noch nie zuvor erlebt hat. Er sieht zu, wie sie herumwirbeln. Er liebt diese ganzen Menschen. Alle.

Auch das würde er ihnen gern sagen. Wie sehr er sie liebt. Wie viel sie ihm bedeuten – alle –, selbst die, die er nicht kennt. Wieso ist es ihm noch nie gelungen, den Menschen, die er liebt, zu sagen, dass er sie liebt? Jetzt ist es zu spät. Zu spät. Er hätte Margot gerne bei sich. Und Alexandra. Auch Charlène. Und Marianne … Das ist, als hätte man ihm soeben mit dem Treibstock für Ochsen eins übergezogen. *Marianne …* Wo ist sie? Was ist aus ihr geworden? Lebt sie noch, oder ist sie tot? Würde er ohne eine Antwort von hier gehen müssen?

»Los geht's!«, sagt die Stimme. »Auf drei: Eins … zwei …«

Im Krankenwagen, während er sich darauf einstellt, diesen Ort wirklich zu verlassen, sieht er, dass der Krankenpfleger, der sich über ihn beugt, gefärbte Haare hat. Was für ein eigenartiger Kontrast, diese blonden Strähnchen und dann das zerfurchte Gesicht voller Falten.

Servaz sieht ihn von oben, als würde er mit dem Rücken an der Decke kleben. Sein anderes Ich ist auf der Trage festgeschnallt, hat Schläuche im Arm stecken, eine Sauerstoffmaske auf dem Gesicht, während der Krankenpfleger noch immer seinen Bericht an die Notaufnahme durchgibt. Wie alt war er? *Du solltest aufhören, dir Gedanken über dein Aussehen zu machen,* denkt er. *Es gibt wichtigere Dinge im Leben.* Man sollte zum Beispiel den Leuten, die man liebt, auch sagen, dass man sie liebt. Wo ist Marianne?, fragt er sich erneut. Lebt sie noch, oder ist sie tot? Nicht mehr lange, dann wird er das herausfinden, sagt er sich.

Manchmal – so wie gerade in diesem Moment – ist er völlig losgelöst. Kein Zweifel: Er macht sich bereit für die letzte große Reise. *Ich fühle mich gut. Ich fühle mich sehr gut. Ich bin bereit, Leute, macht euch keine Sorgen.* Die Türen des Krankenwagens stehen weit offen.

Krankenhaus.

Operationstrakt drei!
Blut stillen!
Das Blut muss gestillt werden!

Klirren. Stimmen. Neonlampen schwirren an ihm vorbei. Gänge … Er hört das Quietschen der kleinen Rädchen der Trage über dem Boden … Türen, die auf- und zuschlagen … der Geruch von Äthanol in der Nase … Seine Augen sind halb geschlossen, er hätte eigentlich gar nichts sehen sollen. »Koma Stufe II«, hört er irgendwann jemanden sagen. Eigentlich sollte er auch nichts hören. Vielleicht ist das ja gerade ein Traum, wer weiß? Aber kann man sich so Wörter wie »Hämostase« ausdenken – Wörter, die man noch nie zuvor gehört hat und die doch einen ganz präzisen Sinn haben? Über diese Frage müsste er zu gegebener Zeit noch einmal nachdenken.

Natürlich, berufsbedingte Macke, gesteht er sich innerlich grinsend ein.

Beständig wechselt er zwischen klarem Bewusstsein und dichtem Nebel. Mit einem Mal erahnt er, wie mehrere Menschen sich über ihn beugen, mit ihren OP-Hauben und blauen Kitteln. Ihre Blicke sind auf ihn gerichtet, so gebündelt wie die Strahlen einer Linse.

»Ich will einen umfassenden Verletzungsbericht. Wo sind die konzentrierten Erythrozyten, die Blutplättchen, das Plasma?«

Man hebt ihn hoch, legt ihn vorsichtig ab. Und schon wieder taucht er in den Nebel ein.

»Bereiten Sie alles für eine anterolaterale Thorakotomie links vor.«

Ein letztes Mal taucht er aus dem Nebel auf. Ein kleiner Lichtstrahl fällt zwischen seine Pupillen, wandert von einem Auge zum anderen.

»Keine Pupillenreaktion. Keine Schmerzreaktion.«

»Was ist mit der Anästhesie?«

Wieder eine Maske wie eine Grizzlytatze auf dem Gesicht. Eine Stimme übertönt die anderen: »Los geht's!«

Plötzlich sieht er einen langen Tunnel, der immer weiter nach oben ansteigt. Wie in diesem verflixten Gemälde von Hieronymus Bosch – wie heißt das gleich noch mal? Er steigt den Tunnel hinauf. Was ist das denn jetzt? Er … er *fliegt*. Ein Licht am Ende des Tunnels. Scheiße, wohin geht es mit mir? Je näher er kommt, umso strahlender ist das Licht. Strahlender als jedes Licht, das er je zuvor gesehen hat.

Wo bin ich nur?
Er liegt ausgebreitet auf einem Operationstisch – und doch läuft er durch eine Landschaft voller Licht, eine unglaublich beeindruckende Landschaft. Wie ist das möglich? Eine Landschaft, so schön, dass sie einem den Atem raubt – »den Atem raubt«: *Du hast vielleicht Humor, mein Freund!,* sinniert er und denkt dabei an die Sauerstoffmaske. In der Ferne sieht er blaue Berge, einen Himmel von absoluter Reinheit, Hügel und Licht. Viel Licht. Licht, so strahlend, schillernd, wunderschön und greifbar. Er weiß sehr wohl, wo er ist – in einem Bereich, der an den Tod grenzt, vielleicht schon auf der anderen Seite –, doch er empfindet keine Angst.

Alles ist wunderschön, strahlend, fantastisch. *Einladend.*
Er steht auf einer Anhöhe, von der aus er die Hügel überragt, die spiegelnden Flüsse, die sich dahinschlängelnd den Gegebenheiten des Geländes anpassen. Unten, in etwa fünfhundert Metern Entfernung, fließt ein Fluss langsam vom Horizont in seine Richtung, mitten durch die Landschaft. Er folgt dem Weg, der zu ihm führt, und je weiter er hinabsteigt, umso ungewöhnlicher erscheint er ihm. Was für ein unvorstellbares Wunder dieser Fluss ist! Der schönste, der ihm je begegnet ist. Und dann weitet sich sein Verständnis, ganz plötzlich, je näher er kommt: Der Fluss besteht aus Menschen, die nebeneinander hergehen – das, was er da sieht, ist der Fluss der Menschheit, Vergangenheit, Gegenwart und Zukunft …

Hunderttausende, Millionen, Milliarden Menschen …
Er bringt die letzten hundert Meter hinter sich, und als er sich dieser riesigen Menge anschließt, spürt er, wie er überwältigt wird, wie er von einer nahezu greifbaren Liebe umfangen wird. Inmitten dieses Stroms von Menschen fängt er vor Freude an zu weinen. Ihm wird klar, dass er in seinem ganzen Leben noch nie

so glücklich gewesen ist. Noch nie hatte er einen solchen inneren Frieden mit sich und den anderen gespürt. Noch nie waren ihm das Parfüm des Lebens so sanft und die Menschen so voller Liebe für ihn erschienen. Eine Liebe, die ihn bis ins Innerste seiner Seele durchdringt.

Das Leben?, fragt eine dissonante Stimme in ihm. *Siehst du denn nicht, dass dieses Licht, diese Liebe der Tod ist?*

Er fragt sich, woher diese Unstimmigkeit, dieser misstönende Akkord auf einmal kommt – ebenso stark wie der, der am Ende des Adagios der zehnten Symphonie von Mahler erklingt.

Er sieht jemanden an seinem Bett, durch den schmalen Spalt des geöffneten Auges, ganz am Rand seines Blickfeldes. Einen winzigen Moment lang weiß er nicht, wie sie heißt, diese schöne Frau mit dem betrübten Gesichtsausdruck. Sie ist vielleicht zwei- oder dreiundzwanzig Jahre alt. Dann verschwindet der Nebel, und die Klarheit hat ihn wieder. Margot. Seine Tochter. Wann ist sie angekommen? Sie sollte doch eigentlich in Quebec sein.

Margot weint. Sie sitzt neben seinem Bett, ihre Wangen sind tränennass. Er spürt die Gedanken seiner Tochter, weiß, wie unglücklich sie ist – und mit einem Mal schämt er sich.

Ihm wird klar, dass er nicht mehr im Operationssaal, sondern in einem Krankenhauszimmer liegt.

Reanimation, denkt er. Intensivstation.

Dann öffnet sich die Tür, und ein Mann in einem weißen Kittel tritt ein, begleitet von einer Krankenschwester. Einen kurzen Moment lang wird er ganz panisch, als der Weißkittel sich mit ernstem Gesicht an Margot wendet. Man wird ihr verkünden, dass ihr Vater tot ist.

Nein, nein, ich bin nicht tot! Hör nicht auf ihn!

»Koma«, sagt der Mann.

Er hört, dass Margot Fragen stellt. Sie steht außerhalb seines Blickfeldes, und er kann sich nicht bewegen. Er hört nicht alles, was gesprochen wird, aber er fängt an, vertraute Anzeichen in der Stimme seiner Tochter aufzuschnappen: Angesichts der gewollt technischen und schwer verständlichen Sprache des Arztes wird

Margot langsam wütend. Sie bittet ihn, ihr die Dinge einfacher zu erklären, ihr kurze und kappe Antworten zu liefern. Der Arzt reagiert mit einer Mischung aus professionellem Mitgefühl, Herablassung und Überheblichkeit, die Servaz vertraut ist, da er bei seiner Arbeit als Polizist auch schon oft mit Ärzten zu tun hatte – und Margot, seine liebe Margot braust auf.

Mach ruhig, denkt er. *Sorg dafür, dass er sich seine Überheblichkeit sonst wo hinsteckt!*

Schließlich ändert der Arzt sein Verhalten. Fährt mit seinen Erklärungen in einem anderen Tonfall fort, mit einfachen Worten. *Hey, hallo, ich bin da!,* hätte er ihnen am liebsten zugerufen. *Hey! Hallo! Schaut her! Ihr redet hier von mir!* Doch er ist unfähig, auch nur einen Ton herauszubringen – vor allem aber hat er dieses Ding da im Mund.

»Hörst du mich?«

Er kann sich nicht gut daran erinnern, wo er ist oder wie lange er schon hier ist. Er hat das undeutliche Gefühl, das Licht und den menschlichen Strom wiedergefunden zu haben, aber auch da ist er sich nicht ganz sicher. Auf jeden Fall befindet er sich wieder in dem Krankenhauszimmer. Er erkennt die Decke mit dem braunen Fleck, der irgendwie an die Umrisse Afrikas erinnert.

»Hörst du mich?«
Ja, ja, ich höre dich.
»Hörst du mich, Papa?«
Ja, doch, ich höre dich!
»Hörst du mich, Papa???«

Wie gern würde er ihre Hand nehmen, ihr ein Zeichen geben, ein einziges, egal, welches – ein Zwinkern, ein Zittern eines Fingers, ein Laut –, damit sie es begreift, doch er ist in diesem Sarkophag gefangen, zu dem sein lebloser Körper geworden ist.

Er kann sich nicht daran erinnern, wohin er kurz davor verschwunden ist. Das beschäftigt ihn. Dieses Licht, diese Menschen, diese Landschaft – ist das … *real?* Tatsächlich macht es einen verdammt realen Eindruck. Margot redet, redet *mit* ihm, und er schickt sich an, ihr zuzuhören.

Du bist so schön, meine Kleine, denkt er, als sie sich über ihn beugt.

So langsam findet er sich zurecht. Es gibt andere Zimmer und andere Patienten auf der Intensivstation. Manchmal hört er, wie sie nach Krankenschwestern rufen oder die elektrischen Klingeln betätigen, die einen schrillen Ton erzeugen.

Er hört die hastigen Schritte der Krankenschwestern vor seiner offenen Tür und das verlegene Murmeln von Besuchern. Diese den Nebel durchdringenden Laute. Während dieser hellsichtigen Momente wird ihm jedoch eine wichtige Tatsache bewusst: Er ist mitten in einem Spinnennetz aus Schläuchen, Verbänden, elektrischen Drähten, Elektroden, Pumpen und dem Geräusch der Maschine zu seiner Rechten gefangen – die er schon bald die »Spinnenmaschine« nennen wird –, was ihm wie das Zeichen von moderner Hexerei erscheint, ein Fluch, der ihn gefangen hält, und die größte Perversion dabei ist der Silikonschlauch, der in seinem Mund steckt. Er ist kein bisschen autonom, kann sich nicht bewegen, ist wehrlos, der Willkür der Maschine ausgesetzt – ebenso reglos wie ein Toter.

Aber vielleicht ist er das ja ... tot?

Denn am Abend, wenn keiner mehr in seinem Zimmer ist, nehmen Worte den Platz der Lebenden ein ...

Schweigen herrscht in der Nacht, auf der Intensivstation wie in seinem Zimmer, und dann tauchen sie auf einmal auf. Etwa sein Vater, der sagt: *Erinnerst du dich noch an deinen Onkel Ferenc?*

Ferenc war der Bruder von Mama. Er war ein Poet. Papa sagte, Maman und Onkel Ferenc würden die französische Sprache so sehr lieben, weil sie in Ungarn geboren waren.

Du wirst sterben, sagt sein Vater freundlich. *Du kommst zu uns. Du wirst schon sehen, das ist gar nicht so schlimm. Es wird dir bei uns gut gehen.*

Er sieht sie an. Denn nachts, während seiner Visionen, kann er den Kopf drehen. Sie sind überall in seinem Zimmer: stehen entlang der Wand, bei der Tür, am Fenster, sitzen auf den Stühlen oder am Rand seines Bettes. Er kennt sie alle. Da ist zum Beispiel Tante Cezarina, eine schöne Frau mit braunen Haaren und üppigem Busen, in die er mit fünfzehn verliebt war.

Komm, sagt da Tante Cezarina.

Und Matthias, sein Cousin, der mit zwölf Jahren an Leukämie starb. Madame Garson, die Französischlehrerin, die seine Aufsätze in der achten Klasse seinen Klassenkameraden vorlas. Und auch Éric Lombard, der von einer Lawine getötete Milliardär – der Mann, der Pferde liebte –, und Mila, die Astronautin, die sich in der Badewanne die Pulsadern aufgeschlitzt hatte – ganz bestimmt war in dieser Nacht jemand bei ihr gewesen, doch er hatte es aufgegeben, das beweisen zu wollen. Und Mahler – der große Mahler selbst, das Genie mit dem müden Gesicht, mit dem Lorgnon auf der Nase, dem eigenartigen Hut auf dem Kopf, der ihm vom Fluch der Zahl Neun erzählt: *Beethoven, Bruckner, Schubert ... alle sind sie nach ihrer neunten Symphonie gestorben ... also bin ich nach der achten direkt zur zehnten übergegangen ... ich wollte Gott übers Ohr hauen – wie anmaßend! –, doch das hat nicht funktioniert ...*

Jedes Mal, wenn sie auftauchten, umfing ihn dieselbe Liebe. Nie hätte er eine solche Liebe überhaupt für möglich gehalten. Und doch fand er das Ganze so langsam etwas eigenartig. Er weiß, was sie von ihm erwarten: *dass er mit ihnen kommt.* Aber er ist noch nicht so weit. Seine Stunde hat noch nicht geschlagen. Er versucht, es ihnen zu erklären, aber sie wollen nichts davon hören mit ihrem Lächeln, ihrer umhüllenden Zärtlichkeit, ihrer zerreißenden Sanftheit. Ja, sicher, das Gras ist grüner, dort, wo sie herkommen, der Himmel blauer, das Licht tausendmal intensiver – doch seit er Margot an seinem Bett gesehen hat, kommt es für ihn nicht infrage, bei ihnen zu bleiben.

Samira taucht eines schönen Morgens auf, trägt wie immer ihre eigenartigen Klamotten.

Als sie sich über ihn beugt und in sein Blickfeld kommt, erhascht er einen flüchtigen Blick auf einen großen Totenkopf auf ihrem Pulli und ein Gesicht im Schatten einer Kapuze.

Dann zieht sie die Kapuze herunter, und er braucht eine Millisekunde, bis er das schrecklich hässliche Gesicht identifiziert hat – auch wenn sich diese Hässlichkeit tatsächlich nur sehr schwer in Worte fassen lässt, sie manifestiert sich vielmehr in kleinen Details: eine zu kurze Nase hier, hervorstehende Augen, ein zu großer Mund da, eine gewisse Asymmetrie in den Gesichtszügen ... Samira Cheung: neben Vincent die beste Mitarbeiterin in seinem Team.

»Scheiße, Mann! Chef, wenn Sie Ihre Visage sehen könnten ...«

Er würde gern lächeln. Innerlich tut er es. Das war typisch Samira ... Sie beharrt darauf, ihn »Chef« zu nennen, obwohl er ihr schon unzählige Male gesagt hat, wie albern er das findet. Sie geht um sein Bett herum, verschwindet aus seinem Blickfeld, um den Vorhang aufzuziehen, und er bemerkt beiläufig, dass sie noch immer »den schönsten Hintern« der ganzen Einheit hat.

Das ist das Paradox bei Samira. Ein perfekter Körper und eines der hässlichsten Gesichter, die Servaz je untergekommen sind. Ist das sexistisch? Gut möglich. Aber Samira hält selbst nicht hinter dem Berg, was die anatomischen Vorzüge der Männer betrifft, mit denen sie sich abgibt.

»... sind denn die Krankenschwestern so? ... diese Fantasien von Krankenschwestern, die nichts unter ihrem Kittel anhaben, macht Sie dann an ... Chef? ... komme morgen wieder ... Chef ... versprochen ...«

Die Tage verstreichen. Und die Nächte. Es gibt Höhen und Tiefen. Ruhe am Morgen und Unruhe am Abend auf der »Intensiv«. Wie viele Tage, wie viele Nächte – das weiß er nicht zu sagen.

Zeit existiert hier nämlich nicht. Sein einziger Anhaltspunkt:

die Krankenschwestern. Sie bestimmen seinen Alltag, wenn sie sich an seinem Bett abwechseln.

Er ist sich ihrer grenzenlosen Macht über ihn durchaus bewusst: Sie sind allmächtig und in dieser Situation wichtiger als Gott selbst – und auch wenn sie im Großen und Ganzen kompetent, hingebungsvoll, sorgfältig und überlastet sind –, so geben sie ihm doch mit ihren Gesten, ihrem Tonfall und ihren Worten zu verstehen, was das alles bedeutet: »Du bist schwer verletzt und einzig und allein von uns abhängig.«

Ein anderer Morgen, ein anderer Besucher. Zwei Gesichter schweben dicht über dem Bett. Eines davon ist Margot, das andere ... Alexandra, ihre Mutter. Seine Ex-Frau ist extra hergekommen. Ihre Augen sind gerötet. Ist sie traurig? Er erinnert sich an ihre Auseinandersetzungen nach der Scheidung; dann ist etwas von ihrer Verbundenheit wieder zurückgekommen – ganz bestimmt dank der gemeinsamen Erinnerungen an ihre glücklichen Tage, an gemeinsame Momente, an die Stunden, als Margot aufwuchs und sie noch eine gut eingespieltes Team waren ... Alexandra hatte seitdem ziemlich zugenommen, und er sagt sich – ziemlich fies, schon richtig –, dass Männer im Großen und Ganzen besser altern als Frauen. Er glaubt, dass er in diesem Moment gelacht hat – aber auch das war natürlich nur ein inneres Lachen: Ach, verdammt, was hätte er dafür gegeben, sich in diesem Augenblick sehen zu können!

»... sagen, dass du nichts hörst«, verkündet Vincent von seinem Stuhl aus.

Sie sind allein im Zimmer, die Tür zum Gang steht offen, wie immer.

Sein Assistent steht auf. Kommt zum Bett, setzt ihm den Kopfhörer auf.

Und ... Grundgütiger! Diese Musik! Dieses Thema – das schönste, das je geschrieben wurde! Ach, dieser Tumult, dieses Bluten, diese Worte der Liebe! Mahler ... Sein geliebter Mahler ... Warum hat keiner früher daran gedacht? Er hat das Gefühl, dass sich seine Augen mit Tränen füllen, die dann seine Wangen hinterrinnen. Aber er sieht das Gesicht seines Assistenten – der sich nach vorn gebeugt hat und ganz offensichtlich auf ein winziges Zucken, eine kleine Gefühlsregung wartet –, doch er liest nichts als Enttäuschung in seinen Augen, als er ihm die Kopfhörer wieder abnimmt und sich erneut setzt.

Am liebsten würde er rufen: *Mehr! Mehr! Ich habe geweint!*
Doch einzig sein Hirn weint.

Eine andere Nacht. Sein Vater ist erneut da, in seinem Zimmer. Sitzt auf dem Stuhl. Liest ihm ein Buch vor. Wie damals, als Servaz ein Kind war. Er kennt diesen Abschnitt:

»Gutsherr Trelawney, Dr. Livesey und die übrigen Herren haben mich gebeten, unsere Fahrt nach der Schatzinsel vom Anfang bis zum Ende zu beschreiben, und dabei nichts zu verschweigen als die genaue Lage der Insel, und zwar auch dies nur deshalb, weil noch jetzt ungehobene Schätze dort vorhanden sind. So ergreife ich die Feder in diesem Jahre des Heils 17. und versetze mich zurück in die Zeit, als mein Vater den Gasthof zum ›Admiral Benbow‹ hielt, und als der braun gebrannte alte Seemann mit der Säbelnarbe im Gesicht zuerst unter unserem Dache Wohnung nahm.«

Na, was sagst du, mein Junge? Das ist doch mal was anderes als das, was du sonst so liest, oder?
Sein Vater bezieht sich wohl auf seine unzähligen Science-Fiction-Romane. Oder vielleicht auf seine momentane Lektüre. Und plötzlich muss er wieder an eine andere Lektüre denken – eine ganz schreckliche, als er vielleicht zwölf oder dreizehn war:

»*Der Ekel und das Grauen, die der verschwundene Herbert West und ich empfanden, überstiegen alle Maßen. Noch heute Nacht schaudert es mich, wenn ich daran denke. Es schaudert mich sogar noch mehr als an jenem Morgen, als West unter seinen Verbänden murmelte:* ›*Verdammt noch mal, es war einfach nicht frisch …*‹«

Warum taucht diese Erinnerung ausgerechnet jetzt wieder auf? Ganz bestimmt weil er an diesem Abend mehr noch als an den anderen erzittert, weil er sie in den dunklen Ecken spürt: die Gleiche, die er in diesem düsteren Haus bei den Bahngleisen – *Chemin du Paradis* – gespürt hatte, die sich seitdem an seine Schritte geheftet hatte und ihm bis hierher gefolgt war, wie eine Art Fluch, der in Filmen für gewöhnlich von einem Opfer zum nächsten weitergereicht wird.

Verdammt noch mal, sagt sie sich bestimmt, *es war einfach nicht frisch ...*

6
ERWACHEN

Er öffnete die Augen.

Blinzelte.

Blinzelte … dieses Mal war das keine eingebildete Bewegung. Seine Lider hatten sich wirklich bewegt. Die diensthabende Krankenschwester drehte ihm gerade den Rücken zu und ging seine Krankenakte durch. Er sah, wie ihr Kittel an Schultern und Hüften spannte.

»Ich werde Ihnen jetzt Blut abnehmen«, sagte sie, ohne sich umzudrehen und auch ohne eine Antwort von ihm zu erwarten.

»Mmmh.«

Dieses Mal drehte sie sich um. Musterte ihn. Er blinzelte. Sie runzelte die Stirn. Wieder blinzelte er.

»Oh, scheiße«, sagte sie. »Können Sie mich hören?«

»Mmmmhhh.«

»Oh, scheiße …«

Sie verschwand. Das Rascheln ihres Kittels, der an den Nylonstrümpfen entlangstreifte, als sie überstürzt aus dem Zimmer hastete. Gleich darauf kam sie mit einem jungen Assistenzarzt wieder. Unbekanntes Gesicht. Brille mit Stahlfassung. Ein paar Stoppeln am Kinn. Er trat näher, beugte sich vor, ganz nah. Das Gesicht des Assistenzarztes füllte sein ganzes Blickfeld aus. Servaz roch den Kaffeeduft und den Tabak in seinem Atem.

»Hören Sie mich?«

Er nickte, spürte, wie sehr seine Halswirbel dabei schmerzten.

»Mmmh.«

»Ich bin Doktor Cavalli«, sagte der Assistenzarzt und griff gleichzeitig nach Servaz' linker Hand. »Wenn Sie mich verstehen, dann drücken Sie meine Hand.«

Servaz drückte. Schwach. Dennoch sah er, wie der Arzt lächelte. Die Krankenschwester und der Arzt tauschten einen Blick.

»Informieren Sie Doktor Cauchois«, sagte der Assistenzarzt zur Krankenschwester. »Sagen Sie ihm, dass er sofort kommen soll.«

Dann drehte er sich erneut zu ihm um, hielt einen Kuli vor seine Augen, den er langsam von links nach rechts und wieder zurück bewegte.

»Können Sie dem Stift bitte folgen? Bewegen Sie nur die Augen, nicht den Kopf.«

Servaz tat wie verlangt.

»Fantastisch. Dann erlösen wir Sie mal von diesem Schlauch und holen Ihnen etwas Wasser. Sie dürfen sich auf keinen Fall bewegen. Ich bin gleich zurück. Wenn Sie mich verstanden haben, dann drücken Sie meine Hand zweimal.«

Servaz drückte zweimal zu.

Er wachte erneut auf. Öffnete die Augen. Margots Gesicht ganz nah bei ihm. Margots Augen voller Tränen, doch er ahnte, dass es dieses Mal Freudentränen waren.

»Ach, Papa«, sagte sie. »Bist du wach? Hörst du mich?«

»Sicher.«

Er griff nach der Hand seiner Tochter. Sie fühlte sich heiß und trocken in seiner kalten, feuchten Hand an.

»Ach, Papa, ich bin ja so froh!«

»Ich auch, ich ...« Er räusperte sich, hatte das Gefühl, als hätte er Schleifpapier da, wo früher sein Rachen war. »Ich ... bin ... froh, dass du da bist ...«

Er hatte diesen Satz fast auf einmal herausgebracht. Er streckte die Hand zum Glas aus, das auf dem Nachttisch stand. Margot nahm es und hielt es ihm an die ausgetrockneten Lippen. Er schaute seine Tochter an.

»Bist ... bist du schon lange hier?«

»In diesem Zimmer oder in Toulouse? Seit ein paar Tagen, Papa.«

»Und deine Arbeit in Quebec?«, fragte er.

Margot hatte dort in den letzten Jahren ein paar Jobs an Land gezogen und schließlich bei einem kanadischen Verlag Fuß gefasst. Sie war dort für die Auslandslizenzen zuständig. Servaz hatte sie zweimal besucht, und jedes Mal war der Flug eine Herausforderung für ihn gewesen.

»Ich habe unbezahlten Urlaub genommen. Mach dir keine Sorgen, alles ist geregelt. Papa«, fügte sie noch hinzu, »es ist fantastisch, dass du ... wach bist.«

Fantastisch. So hatte der Assistenzarzt es auch ausgedrückt. Mein Leben ist fantastisch. Dieser Film ist fantastisch. Dieses Buch ist wirklich fantastisch. Alles ist fantastisch, überall, die ganze Zeit.

»Ich liebe dich«, sagte er. »Und du bist fantastisch.«

Warum hatte er das gesagt? Überrascht sah sie ihn an. Errötete.

»Ich dich auch ... Weißt du noch, was ich dir gesagt habe, als du nach dieser Lawine im Krankenhaus gelandet bist?«

»Nein.«

»›Jag mir nie wieder solche Angst ein.‹«

Jetzt fiel es ihm wieder ein. Winter 2008/2009. Die Verfolgungsjagd in den Bergen mit dem Schneemobil und die Lawine. Beim Aufwachen Margot an seinem Bett. Er lächelte sie an. Es sah so aus, als würde er sich entschuldigen wollen.

»Scheiße, Mann, Chef. Sie haben uns vielleicht eine Heidenangst eingejagt!«

Er nahm gerade sein Frühstück ein, bestehend aus einem widerlichen Kaffee, Toastbrot und Erdbeermarmelade – zusätzlich zu den Medikamenten –, und las dabei die Zeitung, die er auf dem Kopfkissen abgelegt hatte, als Samira wie ein Wirbelwind bei ihm hereinschneite, gefolgt von Vincent. Servaz schaute von seinem Artikel auf, der verkündete, dass die Einwohnerzahl von Toulouse jedes Jahr um 19 000 anstieg und die Stadt in zehn Jahren möglicherweise mehr Einwohner als Lyon haben würde, dass 95 789 Studenten und 12 000 Wissenschaftler hier ansässig waren, dass man vom Flughafen in Toulouse aus 43 europäische Städte bereisen konnte, nach Paris gab es sogar mehr als 30 Flüge pro

Tag. Allerdings – das Gift steckt im Schwanzende – merkte der Artikel auch an, dass das Personal der Polizei von Toulouse wie auch der *Police nationale* aus finanzpolitischen Gründen zwischen 2005 und 2011 stetig reduziert und dieser drastische Rückgang seitdem nicht völlig aufgefangen worden war. 2014 konnten sogar einige Polizisten der Gerichtspolizei aus Budgetgründen nicht an einer technischen Fortbildung teilnehmen. Die Ereignisse vom 13. November 2015 in Paris hatten die Gesamtlage dann jedoch grundlegend verändert. Mit einem Mal hatten Polizei und Justiz wieder Vorrang, nächtliche Hausdurchsuchungen und Verfahren ließen sich viel einfacher durchsetzen. Servaz hatte sich zuvor immer wieder gefragt, warum es verdammt noch mal nicht möglich sein sollte, ein gefährliches Individuum vor sechs Uhr morgens festzunehmen; ein bisschen so, als wäre während eines Krieges eine nächtliche Waffenruhe vereinbart, die jedoch nur von einer Seite eingehalten wurde. Der Streit um die Einschränkung der bürgerlichen Freiheitsrechte und die Option, diese Maßnahmen zu verlängern, war jedoch erneut aufgeflammt, was in einer Demokratie durchaus gesund und normal war, wie er fand.

Er schlug seine Zeitung laut zu. Samira ging wie ein Tiger neben seinem Bett auf und ab. Sie trug eine schwarze Lederjacke voller Zipper und Nieten. Vincent hatte eine graue Wolljacke über einem blau-weiß gestreiften Matrosenshirt an, dazu eine Jeans. Wie immer sahen sie nach allem, nur nicht nach Polizisten aus. Vincent holte sein Handy hervor und hielt es in seine Richtung.

»Kein ... Fo...to«, murmelte Servaz und blickte auf das Tablett mit den Medikamenten vor sich: zwei Schmerztabletten, eine mit entzündungshemmender Wirkung. Die kleinen Tabletten waren die schlimmsten, dachte er.

»Nicht mal als Erinnerung?«

»Mmmmh ...«

»Wann kommen Sie wieder raus, Chef?«, wollte Samira wissen.

»Hör auf, mich Chef zu nennen, das ist lächerlich.«

»Okay.«

»Weiß nicht ... Hängt von den Untersuchungen ab.«

»Und dann, bekommen Sie dann Ruhe verschrieben?«

»Gleiche Antwort.«

»Wir brauchen Sie auf dem Revier, Chef.«

Er seufzte. Dann strahlte sein Gesicht auf einmal.

»Samira?«

»Ja?«

»Ihr werdet sehr gut ohne mich klarkommen.«

Er schlug die Zeitung wieder auf und las weiter.

»Schon ... vielleicht ... trotzdem ...«

Sie drehte sich um die eigene Achse.

»Ich hol mir 'ne Cola.«

Er hörte, wie sich ihre Fünfzehn-Zentimeter-Absätze den Gang hinunter entfernten.

»Sie mag einfach keine Krankenhäuser«, fügte Vincent erklärend hinzu. »Wie fühlst du dich?«

»Ganz okay.«

»Nur ganz okay – oder wirklich okay?«

»Ich bin wieder fit.«

»Meinst du für die Arbeit?«

»Wofür sonst?«

Espérandieu seufzte. Mit der Schnute, die er gerade zog, und der Strähne, die ihm in die Stirn fiel, erinnerte er an einen Schüler.

»Noch vor ein paar Tagen lagst du im Koma, verdammt, Martin. Du kannst gar nicht so fit sein, wie du behauptest. Du sitzt schließlich immer noch im Bett, verdammt! Außerdem wurdest du gerade am Herzen operiert ...«

Jemand klopfte leise an den Türflügel, und Servaz drehte den Kopf. Ihm blieb die Luft weg.

Charlène stand in der Tür, die viel zu hübsche Frau seines Assistenten. Charlène, deren lange rote Haare sich wie die Flammen eines Herbstfeuers mit dem dichten, weißen Raubtierpelz ihres breiten Kragens vermischten, deren milchweiße Haut und riesige grüne Augen einem jeden das Paradies versprachen.

Als sie sich zu ihm beugte, spürte er das primitive Verlangen, das er immer schon in ihrer Gegenwart verspürt hatte.

Er wusste, dass sie das wusste. Dass ihr nicht entging, welch heftiges Verlangen sie in ihm entfachte. In allen Männern entfachte. Sie fuhr ihm mit einem Finger über die Wange, presste ihm dabei fast den Fingernagel in die Haut und lächelte ihn an.

»Ich bin froh, Martin.«

Das war alles. *Ich bin froh.* Sonst nichts. Und er wusste, dass sie es wirklich ehrlich meinte.

In den darauffolgenden Tagen gaben sich alle Mitglieder der Ermittlungsgruppe und ein Großteil der Mordkommission, aber auch des Drogendezernats, der Brigade für Bandenbekämpfung, der übrigen Direktion für Strafsachen und sogar Beamte des Erkennungsdienstes bei ihm die Klinke in die Hand. Von einem Aussätzigen war er zu jemandem geworden, der wie durch ein Wunder überlebt hatte. Er hatte eine Kugel abbekommen und war noch einmal davongekommen. Alle Kriminalbeamten in Toulouse hofften vermutlich, dass es bei ihnen einmal genauso ablaufen würde; ihr Abstecher bei ihm kam einer Art Wallfahrt gleich, einer Verehrung mit nahezu religiösen Zügen. Man wollte ihn sehen, berühren, etwas von dem erfahren, der von den Toten zurückgekehrt war. Man wollte sich von seinem Glück infizieren lassen.

Stehlin, der Direktor der Mordkommission von Toulouse, kam an einem Nachmittag höchstpersönlich bei ihm vorbei.

»Himmel noch mal, Martin, du hast eine Kugel ins Herz abbekommen. Und du hast es überlebt. Das ist doch ein Wunder, oder?«

»Über sechzig Prozent derer, die am Herzen verletzt werden, sterben noch vor Ort«, erwiderte Servaz ganz ruhig. »Doch achtzig Prozent von denen, die es lebend ins Krankenhaus schaffen, überleben auch. Aber es stimmt natürlich, dass die Sterberate bei Herzverletzungen durch Schusswunden viermal höher ist als bei Stichverletzungen … Herzverletzungen durch ein penetrierendes Thoraxtrauma betreffen nach Häufigkeit zunächst die rechte

Herzkammer, dann die linke Herzkammer und schließlich die Vorhöfe … Leichte Munition ist besonders unberechenbar, da sie die Eigenschaft hat, kurz nach dem Eindringen einen anderen Weg einzuschlagen; ein Projektil ohne Vollmantel erzeugt eine größere Hohlraumbildung, die Kugel vergrößert ihren Durchmesser beim Aufprall; und dann gibt es da noch die Bleikugeln, bei denen die Auswirkung je nach Distanz variiert, mit Läsionen von der Größe einer Lochzange bei weniger als drei Metern bis hin zu Querschlägern bei mehr als zehn.«

Verblüfft starrte Stehlin ihn an, dann lächelte er. Genau wie bei seinen Ermittlungen, hatte sich Martin mit diesem Thema intensiv beschäftigt – oder aber er hatte die Ärzte dafür ordentlich in die Mangel genommen.

»Dieser Typ, Jensen, ist er tot?«, fragte Servaz als Nächstes.

»Nein«, antwortete Stehlin, der gerade sein graues Jackett über die Stuhllehne hängte. »Er wurde auf einer Station für Schwerverbrannte behandelt. Ich glaube, dass er inzwischen in einem auf Brandverletzungen spezialisierten Reha-Zentrum ist.«

»Im Ernst? Dann ist der Typ also draußen?«

»Martin, er ist, was die Vergewaltigungen und den Mord an der Joggerin betrifft, für unschuldig befunden worden.«

Durch das Fenster sah Servaz, wie die Wolken über den Flachdächern des Krankenhauses eine Schnute zogen.

»Er ist ein Mörder«, sagte Servaz bestimmt.

»Martin, der Schuldige ist festgenommen worden, er hat gestanden. Wir haben erdrückende Beweise bei ihm gefunden. Jensen ist unschuldig.«

»Der ist nicht so unschuldig, wie er tut.« Er beugte sich vor, um ein bitter schmeckendes Kortikoid-Medikament einzunehmen, das sich in seinem Wasser aufgelöst hatte. »Dieser Typ hat jemand anders umgebracht …«

»Was?«

»Die ermordete Frau in Montauban: Das war er.«

Er sah, wie Stehlin die Stirn runzelte. Im Lauf der Jahre hatte sein Chef gelernt, ernst zu nehmen, was Servaz zu sagen hatte.

»Wie kommst du darauf?«

»Was ist aus der Frau mit ihrem Haufen Katzen geworden?«

»Die Frau ist im Krankenhaus, die Katzen sind im Tierheim.«

»Ruft da sofort an. Überprüft, ob sie da noch immer eine junge weiße Katze haben, der ein Ohr fehlt. Oder ob jemand sie mitgenommen hat. Und überprüft, wo Jensen zur Tatzeit war. Vielleicht wurde sein Handy zu dieser Zeit bei einem Sendemasten in der Gegend registriert.«

Servaz berichtete Stehlin von ihrem Besuch bei Jensen, von dem Kätzchen unter der Anrichte und Jensens Flucht, als Servaz ihm – vermutlich viel zu leise, als dass Vincent das hören konnte – gesagt hatte, dass das nicht seine Katze sei.

»Eine junge weiße Katze«, meinte Stehlin skeptisch.

»Ganz genau.«

»Martin, Himmel noch mal, weißt du genau, was du gesehen hast? Ich meine … bei aller Liebe: eine Katze! Du willst hoffentlich nicht, dass wir einen Kerl festnehmen, nur weil du eine Katze bei ihm gesehen hast.«

»Und warum nicht?«

»Das nimmt dir kein Richter ab, Himmel noch mal!«

Stehlin sagte »Himmel noch mal!«, wo andere deutlich derbere Flüche wählten.

»Wir können ihn doch in Polizeigewahrsam nehmen, oder nicht?«

»Mit welcher Begründung? Dieser Kerl geht mit einem Anwalt gegen uns vor.«

»Was?«

Stehlin tigerte in dem winzigen Zimmer auf und ab, wie er das für gewöhnlich in seinem großen Büro machte – nur dass ihm hier der Platz fehlte und er sich fast an den Wänden stieß.

»Er sagt, du hättest ihn mit einer Waffe bedroht und ihn gezwungen, auf diesen Zug zu klettern, und dass ihr ganz genau gewusst hättet, dass er einen tödlichen Stromschlag bekommen könnte, und alles dafür getan habt, dass das auch passieren würde.«

»Es war lediglich ein Stromschlag«, warf Servaz ein. »Und er hat ihn überlebt.«

Er hielt sich eine Hand an die Brust. Er meinte zu spüren, wie die Fäden der Naht an der Wunde zogen. Sein Sternum war mit einer Schere oder einer Säge aufgeschnitten worden, und es würde Wochen dauern, bis der Knochen wieder vollständig verheilt wäre – Wochen, in denen er seine Arme nicht wirklich einsetzen und auch nichts hochheben durfte.

»Egal. Seinem Anwalt zufolge liegt hier eine ›vorsätzliche Straftat‹ vor sowie ein ›möglicher Verstoß‹, bestehend aus Handlungen, die direkt zum Vollzug einer Straftat führen sollten.«

»Was für eine Straftat?«

»Versuchter Mord.«

»Wie bitte?«

»Seiner Ansicht zufolge hast du versucht, ihn durch Stromschlag zu töten. Es hat geregnet, und du konntest die Warnungen am Tor nicht übersehen haben, dennoch hast du ihn verfolgt und mit vorgehaltener Waffe gezwungen, auf diesen Zug zu klettern ...« Stehlin wedelte abwehrend mit den Händen. »Ich weiß, ich weiß, das ist kein bisschen stichhaltig, du hattest noch nicht mal eine Waffe dabei. Aber er behauptet es dennoch, er versucht einfach, uns einzuschüchtern. Wir können es uns momentan nicht erlauben, noch mehr Öl ins Feuer zu gießen.«

»Der Kerl ist ein Mörder.«

»Was für Beweise hast du? Mal abgesehen von der Katze?«

7
SEFAR

»Niemand bestreitet mehr, dass es in etwa übereinstimmende Nahtoderfahrungen gibt«, sagte Dr. Xavier. »Dass es ein Leben nach dem Leben geben soll, hingegen schon. Diejenigen, die wie du dem Tod knapp entronnen sind, sind schließlich nicht tot. Sie sind ja noch hier.«

Inmitten seines grauweißen Bartes tauchte ein breites, freundliches Lächeln auf, als wollte der Psychiater sagen: »Und darüber freuen wir uns alle.« Servaz kam der Gedanke, dass die Ereignisse vom Winter 2008/2009 Xavier verändert hatten – in psychologischer wie in physischer Hinsicht. Als Servaz ihn kennengelernt hatte, leitete Xavier das Institut Wargnier. Er war ein pedantischer und affektierter Mann, der sich die Haare färbte und eine betont auffällige rote Brille trug.

»Alle Nahtoderfahrungen lassen sich durch eine Funktionsstörung im Hirn erklären, ein neurologisches Korrelat.«

Korrelat. Servaz ließ das Wort auf der Zunge zergehen. Ein Hauch von Arroganz hatte noch nie geschadet, um seine Autorität zu untermauern: Seit Molière war es immer dasselbe mit den Ärzten. In dieser Hinsicht hatte sich Xavier nicht verändert. Dennoch hatte er jetzt einen anderen Mann vor sich. Auf der Stirn und in den Augenwinkeln hatten sich Falten gebildet, die Augen schienen getrübt, wie zwei gealterte Stücke Metall. Xavier drückte sich immer noch unnötig kompliziert aus, wenn auch seltener, und zwischen Servaz und ihm war etwas entstanden, das einer echten Freundschaft sehr nahe kam. Nach dem Brand im Institut Wargnier hatte Xavier eine Praxis in Saint-Martin-de-Comminges in den Pyrenäen eröffnet, wenige Kilometer von der Ruine des Instituts entfernt, das er geleitet hatte. Servaz stattete ihm zwei- bis dreimal im Jahr einen Besuch ab. Dann machten die beiden Männer lange Spaziergänge in den Bergen, vermieden es dabei aber tunlichst, in der Vergangenheit herumzuwühlen. Und doch schwebte sie über all ihren Unterhaltungen wie der Schatten des Berges über der Stadt ab vier Uhr nachmittags.

»Du warst im Koma. Diese ›außerkörperliche Erfahrung‹, von der du sprichst, haben neurologische Wissenschaftler von der Universität in Lausanne bei gesunden Menschen hervorgerufen, indem sie während einer Operation verschiedene Bereiche ihres Gehirns stimulierten. Und dieser berühmte Tunnel wird anscheinend durch eine verminderte Durchblutung des Gehirns verursacht, die eine Hyperaktivität der visuellen Regionen des Kortex zur Folge hat. Eine Hyperaktivität, die eine starke Lichtquelle von vorn und demzufolge einen Verlust des peripheren Sehvermögens verursacht, was bei den Patienten diese Tunnelvision erzeugt.«

»Und das Gefühl der Fülle, der bedingungslosen Liebe?«, fragte Servaz, sicher, dass der Psychiater eine weitere Erklärung für ihn aus dem Hut zaubern würde.

Bei aller Liebe, was ist mit deiner Vernunft passiert?, fragte er sich. *Du bist Agnostiker, verdammt, und bislang hast du nie an kleine grüne Männchen oder Gedankenübertragung geglaubt.*

»Hormonsekretion«, erwiderte Xavier. »Endorphinausschüttung. In den Neunzigern haben deutsche Wissenschaftler beim Untersuchen des Phänomens der Synkope herausgefunden, dass zahlreiche Patienten nach dem Verlust des Bewusstseins angaben, sie hätten sich unglaublich gut gefühlt, Szenen aus der Vergangenheit erneut durchlebt und sich selbst sogar von oben betrachtet.«

Servaz ließ seinen Blick durch den Raum schweifen: elegante Möbel, geschickt platzierte Lampen. Die Fenster zeigten auf eine gepflasterte Straße und einen Friseursalon. Die Privatpraxis im Erdgeschoss des Stadthauses, das der Arzt sich gekauft hatte, florierte. Im Gegensatz dazu hatten sich die Gehälter der 162 offiziellen Psychiater der Nationalpolizei zwischen 1982 und 2011 nicht erhöht und waren seitdem nur minimal angepasst worden. Er hatte sich jedoch dazu entschlossen, hierherzukommen.

Gerade er, der Psychiater wie die Pest gemieden hatte, als er zu der festen Überzeugung gelangt war, dass Marianne tot sei, und der dann in eine Therapieeinrichtung für depressive Polizisten eingewiesen worden war ...

»Und all diese Toten, die ich gesehen habe. Dieser Strom von Menschen?«

»Du darfst die Nebenwirkungen der Medikamente nicht vergessen, die dir verabreicht wurden, nicht nur während der Anästhesie, sondern auch auf der Intensivstation. Und dann denk nur mal an deine Träume. Wenn man träumt, sieht man unglaubliche Dinge: Man fliegt, fällt von einer Klippe, ohne dabei umzukommen, man sieht bereits verstorbene Menschen oder Menschen, die man im echten Leben gar nicht kennt.«

»Das war kein Traum.«

Der Psychiater ging nicht auf diesen Einwurf ein.

»Hattest du noch nie das Gefühl, dass du in deinen Träumen manchmal brillanter und intelligenter bist?« Er machte eine wegwerfende Handbewegung. »Hattest du noch nie das Gefühl, dass du in deinen Träumen manchmal mehr weißt, Dinge verstehst, die du im Normalfall nicht verstehst, dass du stärker bist, geschickter, begabter, mächtiger? Und wenn du dann aufwachst, ist die Erinnerung an deinen Traum noch sehr präsent, du bist erstaunt über die Intensität des Traumes, der so ... real wirkte.«

Ja, dachte Servaz. Klar doch. So ergeht es allen. Als Student hatte er einige Schreibversuche unternommen und nachts geträumt, wie er mit erstaunlicher Leichtigkeit die schönsten jemals geschriebenen Texte zu Papier brachte – und wenn er dann aufwachte, hatte er ein paar Sekunden lang das verwirrende Gefühl gehabt, dass diese Worte, diese wunderschönen Sätze in seinem Geist tatsächlich existierten; und er war wütend darüber gewesen, sie nicht wiederzufinden.

»Und wie erklärst du dir dann, dass alle, die eine solche Erfahrung durchlebt haben – selbst die unverbesserlichsten, rationalsten Atheisten –, nachhaltig dadurch verändert wurden?«

Der Psychiater verschränkte seine langgliedrigen Finger über den Knien.

»Waren sie wirklich Atheisten? Meines Wissens gibt es keine ernst zu nehmende wissenschaftliche Studie über die impliziten philosophischen und religiösen Konzepte dieser Menschen kurz vor ihrer Nahtoderfahrung. Ich muss allerdings einräumen, dass man diese Veränderung bei nahezu allen dieser Menschen beobachten konnte. Mit Ausnahme der üblichen Quote von Mythomanen und Fabulierern – die Art von Menschen, die den polizeilichen Notruf wählen, um sich eines Verbrechens zu beschuldigen, oder die vielleicht nach einer Gelegenheit suchen, ein paar bezahlte Konferenzen abzuhalten, entschuldigen Sie meine Boshaftigkeit –, haben wir sehr ernst zu nehmende Aussagen von außerordentlichen Persönlichkeiten, deren Ehrlichkeit nicht anzuzweifeln ist, über diese ... radikalen Veränderungen der Persönlichkeit und der Wertvorstellungen nach einem Koma oder einer NTE ...«

Diese Worte sollten eigentlich von mir kommen, sagte sich Servaz. *Früher hätte ich solche Äußerungen gemacht. Was ist nur los mit mir?*

»Deshalb müssen wir uns diese Aussagen anhören«, fuhr der Psychiater mit beruhigendem, fast schon schnurrendem Tonfall fort, bei dem Servaz an eine auf dem Sessel zusammengerollte Grinsekatze denken musste. »Man darf sie nicht einfach nur schulterzuckend abtun. Ich erahne, was Sie gerade durchmachen, Martin. Und ganz egal, ob es für das, was Sie erlebt haben, Erklärungen gibt oder nicht, wichtig ist nur, was es in Ihnen verändert hat.«

Ein schwacher herbstlicher Lichtstreifen fiel durch das Fenster auf einen Strauß in einer chinesischen Vase. Servaz betrachtete ihn fasziniert. Vor lauter Schönheit hätte er am liebsten geweint. Leute gingen auf der anderen Seite des Fensters vorbei. Sie hatten Mützen auf, die Skier geschultert und trugen für die Après-Ski-Party Winterschuhe statt Skistiefeln.

»Sie sind zurückgekommen, und alles hat sich verändert. Das ist ein schwieriger Moment. Denn Sie kommen in ein Leben zurück, das nicht mehr mit dem übereinstimmt, was Sie herausgefunden, was Sie dort gesehen haben. Sie müssen einen neuen

Weg finden. Haben Sie mit Ihren Angehörigen darüber gesprochen?«

»Noch nicht.«

»Gibt es jemanden, mit dem Sie darüber reden können?«

»Meine Tochter.«

»Versuchen Sie es. Und falls nötig, schicken Sie sie zu mir.«

»Ich bin weder der Erste noch der Letzte, der das durchmacht. Das ist nichts Außergewöhnliches.«

»Aber Sie sind davon betroffen. Und es scheint Ihnen wichtig zu sein, schließlich sind Sie hierhergekommen.«

Servaz reagierte nicht.

»Sie haben eine umwälzende Veränderung durchgemacht, das war eine erschütternde Erfahrung, die tiefschürfende Veränderungen in Ihrer Persönlichkeit hervorbringt. Sie haben den Eindruck, Wissen erlangt zu haben, nach dem Sie nicht suchten, es ist Ihnen gewissermaßen zugefallen – und das zieht bestimmte Konsequenzen nach sich. Aber ich kann Ihnen helfen, sich dem zu stellen ... Ich weiß, was Sie durchmachen werden: Ich habe schon Patienten wie Sie gehabt. Sie werden das Gefühl haben, lebendiger zu sein, hellsichtiger, aufmerksamer im Hinblick auf andere; Sie werden Ihren Alltag wieder aufnehmen, allerdings wird Ihnen der sinnlos erscheinen. Alles Materielle wird seine Bedeutung verlieren. Bestimmt werden Sie das Bedürfnis haben, den Leuten zu sagen, dass Sie sie lieben – und damit auf Unverständnis stoßen, weil diese Menschen nicht wissen, was gerade mit Ihnen los ist oder was Sie da tun. So läuft das häufig ab ... Sie werden Phasen der Euphorie durchlaufen, es wird Sie nach Leben dürsten, aber Sie werden auch sehr zerbrechlich sein, und die Depression lauert Ihnen auf.«

Der kleine Mann rückte den Knoten seiner Ermenegildo-Zegna-Krawatte gerade und knöpfte beim Aufstehen seine Weste wieder zu. Ihm haftete nichts Zerbrechliches, nichts Euphorisches oder Depressives an.

»Wie auch immer, Sie sind hier, unter uns, in Hochform. Ich nehme an, die Ärzte haben Ihnen Ruhe verordnet ...«

»Ich würde meine Arbeit gerne wiederaufnehmen.«

»Wie bitte, jetzt sofort? Ich dachte ... Ihre Prioritäten hätten sich verschoben?«

»Ich glaube, wir alle haben eine Mission hier auf der Erde, und meine besteht darin, die Bösen zu schnappen«, antwortete Servaz lächelnd.

Er sah, wie der Psychiater die Stirn runzelte.

»Eine Mission? Meinen Sie das ernst?«

Servaz hielt Lächeln Nummer drei für ihn bereit, das besagte: »Ich hab dich drangekriegt.«

»Das muss ich doch sagen, oder nicht? Wenn ich davon überzeugt bin, von den Toten zurückgekehrt zu sein ... Machen Sie sich keine Sorgen, mein Lieber: Ich glaube noch immer nicht an Ufos.«

Der Psychiater lächelte schwach, aber mit einem Mal veränderte sich sein Blick, als wäre ihm gerade wieder etwas Wichtiges eingefallen.

»Sie kennen die Tassili n'Ajjer in der algerischen Sahara?«, fragte er.

»Sefar«, erwiderte Servaz als Bestätigung.

»Ja, genau. Sefar. Vor über dreißig Jahren hatte ich die Gelegenheit, mir diese außergewöhnlichen, einzigartigen Sehenswürdigkeiten anzusehen. Damals war ich zweiundzwanzig Jahre alt. Ich durfte die 15 000 Felszeichnungen bewundern, das fabelhafte, große Buch der Wüste, das den zukünftigen Jahrtausenden von den Kriegen und Zivilisationen berichtete, die zu Beginn des Neolithikums existierten. Darunter dieses drei Meter hohe Kunstwerk, das von einigen ›Großer Marsmensch‹ oder ›Großer Gott von Sefar‹ getauft wurde. Noch heute weiß ich nicht, was ich gesehen habe. Und ich spreche hier als Wissenschaftler.«

Fünf Uhr nachmittags. Die Dunkelheit hatte sich schon seit geraumer Zeit über das Land gesenkt, als Servaz die Praxis in Saint-Martin verließ. Diese Straßen jagten ihm nicht mehr denselben Schrecken ein, wie sie das über Jahre hinweg in seiner Erinnerung getan hatten. Damals hatte es gereicht, an sie zu denken, und schon hatte sein Herz wie wild gepocht.

Heute Nachmittag war dem nicht so. In seinen Augen hatte die Stadt ihren leicht altmodischen Charme als Thermalstadt und Urlaubsort wiedergefunden, mit Skistationen, die sich über die Berghänge ganz in der Nähe erstreckten. Die Stadthäuser, Promenaden und Gärten erinnerten immer noch an die vergangene Größe der Stadt. Xaviers Sichtweise hatte ihn nicht vollständig überzeugt, dennoch war es Xavier gelungen, ihn wieder in eine etwas weltlichere Realität zurückzuholen.

Er ging zum Auto. Die Ärzte hatten ihm das Autofahren erst vor Kurzem erlaubt, und dann auch nur kurze Strecken: Für ihn zählte die vierstündige Hin- und Rückfahrt zu dieser Kategorie. Als er losfuhr und zwanzig Kilometer flussabwärts das tief eingeschnittene Tal von Saint-Martin verließ, um in das sehr viel breitere zu fahren, das durch immer niedrigere Berge bis hinab zur Ebene führte, die sich zwischen Montréjeau und Toulouse erstreckte, war er erfüllt von einem kindlichen Staunen über die Berge, die sich in die blaue Nacht hinaufschoben, ihre wohlwollende Gegenwart, über die kleinen, schwachen Lichter der Dörfer an diesem »Ende der Welt«, die die Straße umrundete, ohne durch sie hindurchzuführen, über die Pferde, die er im dunstigen Halbschatten entdeckte und die noch nicht in den Stall gebracht worden waren, und sogar über diesen einfachen Rastplatz mit dem Schnellrestaurant, dessen Fenster beleuchtet waren.

Eineinhalb Stunden später fuhr er über den Port de l'Embouchure nach Toulouse, am Canal de Brienne entlang, zwischen den Fassaden aus rosa Backstein, und parkte seinen Volvo im Parkhaus Victor Hugo, über dem Markt mit demselben Namen. Während er den Code ins elektronische Türschloss eingab, hatte er mit einem Mal das Gefühl, dass die reale Welt einem Traum ähnelte. Und der Traum, den er in diesem Krankenhauszimmer zurückgelassen hatte, die Realität war.

Steht das ›Rea‹ von Reanimation für Realität?, fragte er sich.

Er ließ nicht außer Acht, dass das, was er während seines Komas gesehen hatte, den chemischen Substanzen zuzuschreiben war, die man ihm verabreicht hatte, sowie den Funktionsstörungen seines ungezügelten Hirns. Aber warum hatte er dann ein solches Verlustgefühl? Weshalb diese Sehnsucht nach dem Glücksgefühl, das er *auf der anderen Seite* empfunden hatte? Seit er aus dem Koma erwacht war, hatte er ein paar Bücher über dieses Thema gelesen. Wie der Psychiater betont hatte, konnten die Echtheit und Wahrhaftigkeit dieser Aussagen nicht angezweifelt werden. Dennoch war Servaz nicht bereit, zuzugeben, dass das, was er gesehen hatte, etwas anderes als ein Traumbild sein sollte. Dafür war er viel zu sehr Kopfmensch. Und dann, scheiße aber auch, ein Strom glücklicher Menschen – das war doch absurd.

Er stieg die Treppe hinauf, betrat die Wohnung. Margot trug eine braune Wolljacke über einer hellen Hose. Ihr Blick brachte zum Ausdruck, wie froh sie darüber war, den Kranken wohlbehalten zu sehen, und er hätte ihr gern gesagt, dass er verdammt noch mal gesund war, hielt sich jedoch zurück.

Er entdeckte Kerzen auf dem gedeckten Tisch. Aus der Küche duftete es nach Gewürzen. Sofort erkannte Servaz die Musik, die aus der Stereoanlage erklang. Mahler … Diese Aufmerksamkeit rührte ihn zu Tränen. Er versuchte, sich rasch wegzudrehen, aber Margot entgingen sie nicht.

»Was ist los, Papa?«

»Nichts. Es riecht gut.«

»Tandoori-Hühnchen. Aber ich warne dich, ich bin keine Meisterköchin.«

Wieder musste er sich zurückhalten, um nicht rührselig zu werden und ihr zu sagen, wie viel sie ihm schon immer bedeutet hatte und wie sehr er es bedauerte, ihre Beziehung so oft auf die eine oder andere Weise sabotiert zu haben. *Geh's langsam an,* dachte er.

»Margot, ich würde mich gern bei dir entschuldigen …«

»Sag nichts. Das ist unnötig, Papa. Ich weiß.«

»Nein, das weißt du nicht.«

»Was weiß ich nicht?«

»Was ich da drüben gesehen habe.«
»Wie das? Wo?«
»Dort ... im Koma ...«
»Wovon redest du, Papa?«
»Da hab ich Sachen gesehen ... da drüben ... als ich im Koma lag.«
»Das muss ich gar nicht wissen.«
»Möchtest du nicht, dass ich es dir erzähle?«
»Nein.«
»Warum? Interessiert dich nicht, was mir passiert ist?«
»Nein, nein, das ist es nicht, ich habe einfach keine Lust, es zu wissen, Papa ... Solche Sachen sind mir eben unangenehm.«

Ganz plötzlich wollte er einfach nur allein sein. Seine Tochter hatte ihm gesagt, dass sie unbezahlten Urlaub genommen habe und so lange bleiben würde, wie es nötig sei. Aber was genau sollte das heißen? Wie lange war das? Zwei Wochen? Ein Monat? Noch länger? Als er nach der Rückkehr aus dem Krankenhaus zum ersten Mal wieder in sein Arbeitszimmer gegangen war, hatte er genervt festgestellt, dass sie Ordnung darin geschaffen hatte, ohne ihn zu fragen. Genau wie in der Küche, im Wohnzimmer und im Badezimmer – und das hatte ihn ebenso verärgert. Aber nicht lange ... So war das, seit er das Krankenhaus verlassen hatte: Manchmal würde er die Leute am liebsten umarmen, sich endlos mit ihnen unterhalten – und gleich darauf hatte er nur einen Wunsch: sich in das Schweigen und die Stille zurückzuziehen, sich abzukapseln, mit sich allein zu sein. Erneut spürte er dieses Stechen in der Herzgegend, wenn er an diese Landschaft aus Licht und an all diese Menschen dachte – an ihre bedingungslose Liebe.

Er betrachtete die Tabletten in seiner Hand. Die großen Kapseln und die kleinen Pillen. Seit er sie nahm, hatte er Schwindelanfälle, Durchfall und kalte Schweißausbrüche. Oder waren das die Folgen des Komas? Er wusste, dass er die Ärzte darauf hätte ansprechen sollen, aber er hatte die Nase gestrichen voll von Ärzten und Krankenhäusern. Über zwei Monate hatte er zweimal pro Woche Kardiologen, Diätberater, Psychologen, Physiotherapeuten und Krankenschwestern getroffen. Und es war ja nicht so, als hätte man ihm ein neues Herz implantiert. Oder als hätte er einen doppelten Bypass bekommen. Es bestand kein Risiko, einen Rückfall zu erleiden oder ein Transplantat abzustoßen, und es gab auch keine kardiovaskulären Risiken. Er hatte ein Rehabilitationsprogramm und eine Physiotherapie der Atemwege erfolgreich absolviert, und sein zweiter Belastungstest hatte eine deutliche Verbesserung seiner Leistung gezeigt.

Er öffnete die Hand, und die Tabletten kullerten das Waschbecken hinunter, er stellte kaltes Wasser an und sah zu, wie sie den Abfluss hinuntergeschwemmt wurden. Er brauchte sie nicht mehr. Er hatte das Koma überlebt, die andere Seite gestreift; er hatte keine Lust, sich mit Medikamenten vollzustopfen. Nicht jetzt. Er wollte im Vollbesitz seiner Kräfte sein, um seine Arbeit wiederaufzunehmen. Im Bereich seiner Brust hatte er keine Schmerzen mehr, und wäre da nicht diese hässliche Narbe, wenn er sich auszog, dann hätte er fast das Gefühl gehabt, all das wäre einem anderen widerfahren.

Er war nicht müde. In wenigen Stunden würde er wieder auf dem Revier sein, und er wusste, mit welcher Neugier man seine Rückkehr erwartete. Würden sie ihm das Kommando über sein Team wieder überlassen? Wer hatte sich in der Zwischenzeit darum gekümmert? Darüber hatte er sich bislang keine Sorgen gemacht. Er fragte sich, ob er wirklich genau das wollte: in sein früheres Leben zurückkehren.

8
NÄCHTLICHER BESUCH

Die Nacht war pechschwarz, und das Haus lag im Dunkeln da, als er davor parkte. Es machte einen verlassenen, leeren Eindruck, kein Licht hinter den geschlossenen Fensterläden. Da oben auf den Bahngleisen fuhren die Züge immer noch genauso langsam über die Weichen, quietschten und schwankten hin und her, und bei jeder Durchfahrt stellten sich Servaz' Härchen auf.

Er saß hinter dem Steuer, beobachtete das brachliegende Stück Land, die Lagerhäuser voller Graffiti und das allein stehende Gebäude, wie beim letzten Mal, als er hierhergekommen war.

Nichts hatte sich verändert. Und doch hatte sich alles verändert. *In ihm.* Wie in diesem berühmten Satz von Heraklit war er nicht mehr der Mann, der zwei Monate zuvor hier gewesen war. Er fragte sich, ob seinen Kollegen diese Veränderungen wohl auffallen würden, morgen, an seinem ersten Arbeitstag nach über zwei Monaten Abwesenheit.

Er machte die Autotür auf und stieg aus.

Der Himmel war wolkenlos, das Mondlicht erhellte den Grünstreifen. Die Pfützen waren ausgetrocknet und nicht mehr zu sehen. Alles war still, abgesehen von den entfernten Geräuschen der Stadt und den vorbeifahrenden Zügen. Er schaute sich um. Er war allein. Der große Baum warf noch immer denselben beunruhigenden Schatten auf die Fassade des Hauses. Er spürte, wie er von Nervosität erfasst wurde, ging weiter bis zum Vorgarten und drückte das kleine, quietschende Tor auf. Wo war der Pitbull? Die Hundehütte stand noch immer da, aber die Kette lag auf dem Boden, reglos, wie die abgeworfene Haut einer Schlange, und nichts hing am Ende der Kette. Vermutlich war der Hund eingeschläfert worden.

Er ging den Pfad zwischen den vertrockneten Pflanzen hinauf, nahm die eine Stufe der Außentreppe und klingelte. Der klägliche

Klingelton hallte durch die leeren Räume hinter der Tür wider, aber nichts rührte sich. Niemand kam ... er streckte die Hand zum Türknauf aus und drehte daran. Abgeschlossen. Wo steckte Jensen? Stehlin hatte von einer Behandlung in einer Kurstadt gesprochen. Im Ernst? Dieser Kerl hatte vergewaltigt und getötet und ließ sich jetzt von sanften Händen, Wasserstrahlen und Massagebädern in einer Kuranstalt verwöhnen? Servaz sah sich die Umgebung an. Niemand zu sehen. Er zog ein Dutzend Schlüssel, eingewickelt in ein dreckiges Stück Stoff, aus der Jackentasche. Sogenannte Schlagschlüssel, die von Einbrechern verwendet wurden, um Sicherheitsschlösser aufzubrechen. Eine »mexikanische Durchsuchung«, so nannte man diese illegalen Aktionen. Er hatte diese Methode bereits bei einer anderen Ermittlung angewendet, im Haus von Léonard Fontaine, dem Astronauten. *Da bin ich noch nicht einmal wieder offiziell im Einsatz, und schon tue ich etwas Illegales.*

Das verrostete Schloss machte es ihm nicht gerade einfach. Im Inneren des Hauses herrschte nach wie vor derselbe Gestank von Katzenpisse, kaltem Zigarettenrauch und Alter. Die Glühbirne im Gang war auch noch nicht ausgetauscht worden, und er musste nach einem anderen Schalter suchen, um etwas Licht in diese Höhle zu bringen. Er fuhr mit einer Hand an der Wand hinter der linken Tür entlang und fand einen Schalter. Nichts im Zimmer der alten Frau hatte sich verändert, selbst der Berg Kissen auf dem ungemachten Bett und der Infusionsbeutel waren noch da – als würde sie gleich morgen wieder zurückkommen. Obwohl der gebrechliche Körper kaum mehr als ein Skelett war, hatte er einen Abdruck im Bett hinterlassen.

Ihn schauderte.

Vielleicht würde sie tatsächlich wieder zurückkommen, jetzt, wo ihr Abschaum von Sohn wieder frei war?

Er ging ins Wohnzimmer. Wonach suchte er? Welche Art Beweis glaubte er hier vorzufinden? Als Erstes durchsuchte er die Schreibtischschubladen. Abgesehen von Papierkram und etwas in Aluminium verpacktem Shit war da nichts zu finden. Er sah sich die Bildschirme auf dem großen Schreibtisch an. Vielleicht steckte die Antwort ja darin, aber er war kein Spezialist. Er war noch nicht einmal ein Geek wie Vincent. Und es kam nicht infrage, die Informatikabteilung um Hilfe zu bitten, damit sie die Daten der Festplatte erfassten. Auf gut Glück schaltete er eines der Geräte ein, das dann sofort nach einem Passwort verlangte. *Scheiße aber auch ...*

Motorengeräusche vor dem Haus.

Ein Auto auf dem Weg hierher. Er hörte, wie es stehen blieb, der Motor abgestellt wurde, die Türen aufgingen und zuschlugen. Das Auto stand auf dem Stück Brachland. Die Fensterläden waren geschlossen, er hatte keine Möglichkeit, zu sehen, was da draußen vor sich ging. Männerstimmen. Er glaubte, eine davon zu erkennen, und war auf einmal so angespannt wie eine Sprungfeder. Ein Bulle von der Kripo. Anscheinend hatte jemand beschlossen, die Ermittlung wiederaufzunehmen.

Er löschte das Licht und hastete im Dunkeln zur Hintertür. Knallte mit dem Knie gegen ein Möbel. Verzerrte schmerzhaft das Gesicht. Abgeschlossen. *Scheiße!* Er hatte nicht genug Zeit, seinen Dietrich einzusetzen. Schritte waren auf dem Pfad zu hören. Servaz ging durch den Gang, betrat ein Zimmer, schaltete das Licht ein, öffnete Fenster und Fensterladen. Er wollte schon hinaussteigen, als er sich anders besann. Bestimmt hatten sie sich sein Autokennzeichen notiert.

Er schloss das Fenster und ging zurück ins Wohnzimmer. Hörte, wie sie klingelten. Er versuchte, sein pochendes Herz zu beruhigen, bereit, ihnen so lässig wie nur möglich ein »Hey Leute« entgegenzuschleudern. Die Schritte gingen die Außentreppe hinunter und verschwanden. Anscheinend kein Rechtshilfeersuchen oder eine Hausdurchsuchung. Das Motorengeräusch entfernte sich. Mit pochendem Herzen blieb er noch einen Moment im Dunkeln stehen, dann ging er wieder hinaus.

KIRSTEN UND MARTIN

9
ES WAR NOCH TIEFSTE NACHT

Es war noch tiefste Nacht, als er am Montagmorgen die Metrostation Canal-du-Midi verließ. Er überquerte die Esplanade, ging zwischen den Wachposten mit ihren kugelsicheren Westen hindurch, die seit dem 13. November 2015 den Zugang zum Gebäude kontrollierten. Weiter durch die Glastüren zu den Aufzügen linker Hand. Noch gab es keine Schlange von Klägern und Opfern am Empfang, aber das würde nicht mehr lange dauern.

Toulouse war eine Stadt, die Kriminalität hervorbrachte, wie eine Drüse Hormone freisetzte. Wenn die Universität der Kopf, das Rathaus das Herz und die Alleen die Arterien waren, dann war die Polizei die Leber, die Lunge und die Nieren … Und genau wie diese Organe sorgte sie für das Gleichgewicht des Organismus durch das Herausfiltern von unreinen Elementen, die Aussonderung eventueller giftiger Substanzen, das provisorische Einlagern von gewissen Unreinheiten. Unrettbare Abfälle landeten hinter Gittern oder kamen wieder zurück auf die Straßen – in anderen Worten, in die Eingeweide der Stadt. Und wie bei jedem Organ kam es auch hier manchmal zu einer Funktionsstörung.

Da seine Analogie nicht überzeugte, tauchte Servaz im zweiten Stock auf und ging auf den Gang zum Direktor zu. Stehlin hatte ihn am Vorabend angerufen. Er hatte ihn gefragt, ob er sich einsatzbereit fühlte. Am Sonntag. Servaz war überrascht.

Er fühlte sich bereit, wieder zu arbeiten, auch wenn ihm bewusst war, dass er dafür die Veränderungen, die in ihm stattgefunden hatten, verheimlichen musste, dass er mit niemandem über das reden konnte, was er in seinem Koma gesehen hatte. Nicht über seine eigenartigen Stimmungsschwankungen, durch die er von Euphorie in Tristesse und zurück wechselte. Und noch weniger über das, was der Kardiologe ihm gesagt hatte: »Das kommt gar nicht infrage. Setzen Sie Ihren Allerwertesten an einen Schreibtisch, wenn Ihnen danach ist, aber ich verbiete Ihnen – haben Sie das verstanden? –, ich verbiete Ihnen, etwas zu machen, bei dem Ihr Herz strapaziert wird. Es ist noch anfällig. Seit ich Sie operiert habe, sind keine zwei Monate vergangen, das haben Sie doch hoffentlich nicht vergessen?«

Stehlins Ungeduld, ihn wieder im Job zu sehen, überraschte ihn allerdings.

Kaffeeduft schwebte durch die verwaisten Gänge, die wenigen bereits anwesenden – oder noch nicht zu Bett gegangenen – Beamten machten kaum Geräusche, als würde eine stillschweigende Vereinbarung lautes Gerede, Wortschwalle oder ähnliche Ungeheuerlichkeiten zu so früher Stunde verbieten. Hier und da leuchtete gedämpft eine Lampe im hermetischen Halbschatten eines Büros auf, und das Geräusch des Regens drang durch ein paar geöffnete Fenster bis zu ihm in den Gang vor: Mit einem Schlag fiel ihm alles wieder ein, versetzte ihn zweieinhalb Monate in die Vergangenheit zurück, als hätte dieses Intermezzo gerade mal einen Tag gedauert. Alles war ihm vertraut, wie diese Müllsäcke, die weiter hinten an den Wänden hingen. Tatsächlich waren das mit kugelsicherem Schaum gefüllte Munitionsbeutel: Die Polizisten sollten nämlich das Magazin ihrer Waffe herausnehmen und überprüfen, dass der Lauf leer war, wenn sie von einer Mission zurückkehrten, um so Unfällen vorzubeugen. Tja, allerdings entwickeln die meisten Kripobeamten gewisse Antikörper gegen jedwede Autorität, und so hörte man nicht selten, wie in irgendeinem der Büros mit dem Riegel einer Waffe gespielt wurde.

Servaz bog nach rechts ab, kam an der Brandschutztür vorbei, die sommers wie winters offen stand, ging weiter zu den Ledersofas im Vorzimmer und klopfte dann an die Doppeltür zum Büro des Direktors.

»Herein.«

Er drückte die Flügeltür auf. Zwei Augenpaare richteten sich auf ihn. Das erste Augenpaar gehörte zu Kriminaldirektor Stehlin; das zweite zu einer blonden Frau, die er nicht kannte. Sie saß in einem der Sessel gegenüber von Stehlins großem Schreibtisch, hatte den Kopf umgewandt und musterte ihn über ihre Schulter hinweg. Ein kalter, analytischer und professioneller Blick. Ihn befiel das unangenehme Gefühl, seziert zu werden. *Bulle*, schloss er. Sie lächelte nicht, unternahm keine Anstrengung, um sympathisch zu wirken. Die eine Gesichtshälfte wurde von der Schreibtischlampe angestrahlt, die andere lag im Schatten.

In ihrem Gesicht spiegelte sich Entschlossenheit, und Servaz fragte sich, ob sie nicht ein wenig überkompensierte. Von einer anderen Dienststelle? Einem anderen Dezernat? Zoll? Staatsanwaltschaft? Eine Neue? Stehlin stand auf, sie tat es ihm gleich und strich zunächst ihren Rock glatt. Sie trug ein dunkelblaues Kostüm, dessen Rock an der Hüfte etwas straff saß, dazu einen grauen Schal über einem weißen Hemd mit perlmuttfarbenen Knöpfen und schwarze, glänzende Schuhe mit Absatz. Ein schwarzer Mantel mit großen Knöpfen hing über der Lehne des zweiten Sessels.

»Wie fühlst du dich?«, fragte Stehlin. Zur Begrüßung umrundete er seinen Schreibtisch, kam dabei an dem großen Schließfach vorbei, in dem sensible Akten aufbewahrt wurden, und konnte nicht umhin, rasch einen Blick auf Servaz' Brust zu werfen. »Kannst du wieder loslegen? Was haben die Ärzte gesagt?«

»Alles bestens. Was ist los?«

»Das ist alles etwas überstürzt, ich weiß schon. Es kommt nicht infrage, dich sofort wieder in den Außeneinsatz zu schicken, Martin, das ist dir bestimmt klar. Du sollst das Ganze langsam angehen. Aber heute Morgen musst du unbedingt hier sein ...«

Sein Blick war unumwunden auf Servaz gerichtet, dann fiel er etwas theatralisch auf die Frau. Er hatte leise gesprochen, als wären sie noch im Krankenhaus, als wollte er ihn nicht ermüden, oder als wären zu dieser Morgenstunde noch Flüstern und Diskretion angebracht.

»Martin, ich möchte dir Kisten Nigaard vorstellen, von der norwegischen Polizei, Kripos, eine Einheit, die gegen das organisierte Verbrechen vorgeht. Kirsten Nigaard, das ist Commandant Martin Servaz von der Kripo in Toulouse.«

Stehlin hatte seinen Satz auf Englisch zu Ende gebracht. *Dann war sie also diese heikle Angelegenheit?*, fragte er sich. *Eine norwegische Polizistin in Toulouse. Was hatte sie hier zu schaffen, so weit weg von zu Hause?* Ihm fiel auf, dass sie ein großes Muttermal am Kinn hatte.

»Guten Tag«, sagte sie mit leichtem Akzent.

Er begrüßte auch sie, drückte die Hand, die sie ihm entgegenstreckte. Sie nutzte die Gelegenheit, um ihren eiskalten Blick in seinen eintauchen zu lassen, und er hatte erneut das Gefühl, taxiert, beurteilt und evaluiert zu werden. Angesichts dessen, was ihm widerfahren war und wie er sich verändert hatte, fragte er sich, was diese Frau wohl sah.

»Setz dich, Martin. Ich werde auf Englisch weitersprechen, wenn du einverstanden bist«, ließ ihn Stehlin wissen, während er wieder hinter seinem Schreibtisch Platz nahm.

Der Direktor machte einen überraschend besorgten Eindruck. Vielleicht gab er sich aber auch nur so angesichts einer Vertreterin der norwegischen Polizei – was für einen Dienstgrad hatte sie überhaupt? Das hatte Stehlin ihm nicht gesagt, um nicht den Eindruck zu vermitteln, dass die französische Polizei die Dinge auf die leichte Schulter nahm.

»Wir haben zunächst via Scopol eine Auskunftsanfrage von Kirstens Dezernat erhalten, auf die wir reagiert haben. Du weißt schon, die europäische Koordinationsstelle der Polizei in Nanterre, die die Verbindung zwischen Europol und den französischen sowie anderen europäischen Polizeistellen herstellt. Dann eine Anfrage von der norwegischen Justiz, bei einer Strafsache unterstützend tätig zu werden. Zudem hat mich auch Kirstens Chef bei der Kripos angerufen, und nach einigen Telefonaten und Mails haben wir uns auf eine Vorgehensweise geeinigt.«

Servaz nickte. Das war bei internationalen Ermittlungen so üblich.

»Ich weiß gar nicht, wo ich anfangen soll …«, fuhr Stehlin fort und sah zwischen ihm und der Frau hin und her. »Das, was hier gerade passiert, ist … ziemlich unfassbar. Offizier Nigaard gehört der Polizei von Oslo an, musste aber in Bergen intervenieren.« Stehlins Akzent, wenn er Englisch sprach, war noch lächerlicher als seiner, dachte Servaz. »Bergen liegt an der Westküste Norwegens«, präzisierte sein Chef, »und ist die zweitgrößte Stadt des Landes …« Nach Zustimmung suchend, warf er der norwegischen Polizistin einen Blick zu, aber sie stimmte weder zu, noch widersprach sie. »Dort wurde ein Mord begangen … das Opfer, eine junge Frau, arbeitete auf einer Ölplattform in der Nordsee …«

Stehlin hustete, als hätte er einen Frosch im Hals. Er suchte Martins Blick, der langsam hellhörig wurde. Deshalb also hatte Stehlin ihn gebeten zu kommen; nicht, weil diese Angelegenheit heikel war, sondern weil sie ihn persönlich betraf.

»Offizier Nigaard ist dorthin gefahren, weil in der Tasche des Opfers ein … ähm … Stück Papier mit ihrem Namen war«, fuhr der Direktor mit erneutem Blick auf die Norwegerin fort. »Einer der Arbeiter, die an Land waren, ist nicht wieder zurückgekehrt. In seiner Kabine hat Offizier Nigaard Fotos gefunden, die mit einem Teleobjektiv aufgenommen wurden«, sagte er, und diesmal galt sein Blick Servaz.

Der hatte das Gefühl, ein in den Kulissen verborgener Demiurg würde sie alle wie Marionetten manipulieren und an ihren unsichtbaren Fäden ziehen – wie ein Schatten, und noch bevor der Name desselben ausgesprochen wurde, wusste Servaz bereits, wer er war und dass er sich ausbreiten und sie mit seiner Finsternis einhüllen würde.

»Das auf den Fotos bist du, Martin«, sagte Stehlin und schob ihm die Aufnahmen zu. »Ganz offensichtlich wurden sie über einen ziemlich langen Zeitraum hinweg gemacht, man sieht es anhand der wechselnden Jahreszeiten und des sich verändernden Lichts.« Stehlin machte eine kurze Pause. »Außerdem wäre da noch das Foto eines etwas vier- oder fünfjährigen Kindes. Auf der Rückseite steht ›Gustav‹. Wir gehen davon aus, dass es sich dabei um den Vornamen handelt.«

GUSTAV.

Dieser Vorname explodierte in seinen Ohren wie eine entsicherte Granate. War das möglich?

»Diese Fotos habe ich zwischen seinen Sachen gefunden«, sagte Kirsten mit einer melodiösen, kratzigen Stimme auf Englisch. »Dank der Fotos sind wir bis hierher gekommen. Zunächst haben wir die Worte ›hôtel de police‹ auf Französisch identifiziert. Dann hat Ihr Innenministerium uns mitgeteilt, um welches ... *politistasjonen* ... ähm, Kommissariat, es sich handelt ... und dein ... dein Chef hat dich dann ... ähm ... identifiziert.«

Daher der Anruf am Sonntag, schloss Servaz mit pochendem Herzen.

Er hielt die Luft an, sah unablässig auf die Aufnahmen. Das Gehirn ist ein bemerkenswerter Computer; er hatte sich noch nie aus diesem Winkel betrachtet, noch nicht einmal im Spiegel, und doch dauerte es nur den Bruchteil einer Sekunde, bis er sich auf diesen Bildern wiedererkannte.

Aufgenommen mithilfe eines Teleobjektivs aus großer Entfernung. Morgens, mittags, abends ... wie er aus seinem Haus oder der Polizeistation herauskam ... in sein Auto stieg ... eine Buchhandlung betrat ... den Bürgersteig entlangging ... auf einer Terrasse am Place du Capitole zu Mittag aß ... und sogar in der Metro und auf einem Parkplatz im Zentrum: alles Aufnahmen von Weitem, zwischen Autos hindurch ...

Seit wann? Wie lange?

Unzählige Fragen schwirrten ihm durch den Kopf.

Er musste sich nur die Fotos ansehen, um zu wissen, dass ihm jemand gefolgt war wie sein Schatten, auf Schritt und Tritt, ihn beobachtet und ausspioniert hatte. Zu jeder Tages- und Nachtzeit.

Einen kurzen Moment lang hatte er das Gefühl, als streiften eiskalte Hände über seinen Nacken. Stehlins Büro war groß, doch mit einem Mal erschien es ihm klein und erdrückend. Warum schaltete niemand das Licht ein? Es war so dunkel.

Er sah zum Fenster, wo langsam die Eintönigkeit des Tages anbrach. Ganz automatisch legte er eine Hand auf die linke Brustseite, und diese Geste entging Stehlin nicht.

»Martin, alles in Ordnung?«

»Ja. Fahrt nur fort.«

Er konnte kaum noch atmen. Dieser Schatten, der ihm folgte, hatte einen Namen. Einen Namen, den er seit fünf Jahren zu vergessen versucht hatte.

»In der Kabine und in den Gemeinschaftsräumen wurden DNA-Analysen durchgeführt«, fuhr Stehlin fort, dem sichtlich unwohl zumute war. Servaz ahnte schon, was gleich kommen würde. »Anscheinend haben die Bewohner die Kabine regelmäßig gereinigt. Allerdings nicht sorgfältig genug. Ein DNA-Partikel hat ihn verraten. Wie du weißt, hat die Wissenschaft auf diesem Gebiet unglaubliche Fortschritte erzielt.«

Ein weiteres Mal räusperte sich der Direktor, und wieder suchte sein Blick den von Servaz.

»Um es kurz zu machen, Martin, es sieht ganz danach aus, als hätte die norwegische Polizei die Spur von … Julian Hirtmann ausfindig gemacht.«

10
TEAM

War das eine neuerliche Halluzination? War er wieder in der Rea? Eine Geisel der Spinnenmaschine, sah und hörte Dinge, die nicht existierten?

Das letzte Mal hatte er vor fünf Jahren etwas von besagtem Schweizer gehört. Damals hatte Hirtmann ihm dieses Herz geschickt, das er zunächst für Mariannes Herz gehalten hatte. Fünf Jahre … Seitdem nichts mehr. Nicht der kleinste Hinweis. Nicht der Hauch einer Spur. Der ehemalige Staatsanwalt des Genfer Gerichtshofs, der mutmaßliche Peiniger von über vierzig Frauen in mindestens fünf Ländern, war von ihrem Radar verschwunden – und soweit er wusste auch von denen aller anderen Polizeidienststellen.

Hatte sich davongemacht. Verdünnisiert.

Und jetzt tauchte unvermittelt eine norwegische Polizistin auf und behauptete, sie seien zufällig auf seine Spur gestoßen? Im Ernst?

Mit zunehmendem Unbehagen hörte er zu, wie Stehlin ihm das Gemetzel in Mariakirken zusammenfasste. Tatsächlich ähnelte das dem Hirtmann, den er kannte. Zumindest das Profil des Opfers. Was den Rest betraf, abgesehen von den paar Spuren, die sich auf einem Bauernhof in Polen fanden, so hatte man die Leichname der Opfer des Schweizers niemals gefunden. Warum also sollte er diesmal so viele Indizien hinterlassen? Wenn er das richtig verstanden hatte, dann hatte das Opfer auf derselben Plattform wie Hirtmann gearbeitet. Vielleicht hatte sie etwas über ihn herausgefunden? Und er wollte sie zum Schweigen bringen, hatte sich dann aber gesagt, dass es an der Zeit war, zu verschwinden. Vielleicht begehrte er sie schon lange, immerhin hatte er jeden Tag mit ihr zu tun, und als dann der Moment für ihn gekommen war, um zu verschwinden, hatte er die Gunst der Stunde genutzt und war zur Tat geschritten. Nein. Irgendetwas stimmte da nicht ... Was hatte es mit diesem Stück Papier in der Tasche des Opfers auf sich? Was hatte das zu bedeuten?

»Das passt nicht zu ihm«, sagte er schließlich.

Überrascht nahm er den stechenden Blick der norwegischen Polizistin wahr.

»Was meinst du damit?«

»Es ist nicht Hirtmanns Art, so viele Hinweise zu hinterlassen.«

Sie nickte zustimmend.

»Das sehe ich auch so. Ähm ... natürlich kenne ich ihn nicht so gut wie du«, erklärte sie mit einer beschwichtigenden Geste, wollte ihm gegenüber nicht auftrumpfen, »aber ich habe trotzdem meine Hausaufgaben gemacht und seine Akte studiert. Allerdings ...«

Er wartete auf das, was kam.

»... habe ich mich angesichts des Tatorts und der Spuren im Schnee sowie des wahrscheinlichen Einsatzes einer Eisenstange gefragt, ob es sich nicht um eine Falle handelte ...«

»Wie das?«

»Stellen wir uns vor, Hirtmann hätte herausgefunden, dass sie ihn demaskiert hatte oder dass sie ihn erpressen wollte, und dass sie sich hier in dieser Kirche verabredet hatten.«

Einen Moment lang sagte keiner ein Wort.

»Er bringt sie um und verschwindet dann«, schloss sie und starrte ihn dabei unumwunden an.

»Etwas passt nicht«, sagte er. »Wenn er vorhatte zu verschwinden, dann hätte er sie nicht umbringen müssen.«

»Vielleicht wollte er sie ja bestrafen. Oder sich ein bisschen ›amüsieren‹. Oder auch beides zusammen.«

»Aus welchem Grund hat er dann diese ganzen Fotos zurückgelassen? Und was hat es mit diesem Stück Papier in der Tasche des Opfers auf sich? Darauf stand Ihr Name, oder?«

Sie nickte und beobachtete ihn weiterhin, ohne ein Wort zu sagen. Dann legte sie eine Hand auf sein Handgelenk. Eine Geste, deren Vertrautheit ihn überraschte. Sie hatte lange Fingernägel. Korallenrosa und perlmuttfarben. Er erzitterte.

»Ich weiß nicht, was das zu bedeuten hat«, sagte sie. »Ich habe nicht die leiseste Ahnung, warum mein Name daraufsteht. Ich glaube jedoch verstanden zu haben, dass euch, dich und ihn, eine lange Geschichte verbindet«, sagte sie leise und musterte ihn dabei. »Vielleicht wollte er ja, dass man diese Fotos findet. Vielleicht wollte er dir eine Nachricht ...«

Sie suchte nach den richtigen Worten.

»... einen freundlichen Gruß zukommen lassen.«

»Wer ist dieser Junge?«, fragte er und zeigte auf das Foto von Gustav. »Haben wir da schon irgendwelche Anhaltspunkte?«

»Nicht die geringsten. Vielleicht sein Sohn?«

Er starrte sie an.

»Sein Sohn?«

»Warum nicht?«

»Hirtmann hat keine Kinder ...«

»Vielleicht hat er ja inzwischen welche, seit er verschwunden ist. Wenn dieses Foto vor Kurzem aufgenommen wurde, dann ist der Junge etwa vier, fünf Jahre alt. Und Hirtmann wurde seit sechs Jahren nicht mehr gesehen, das stimmt doch, oder?«

Er nickte. Und mit einem Mal war seine Kehle ganz trocken. Sechs Jahre ... Zu diesem Zeitpunkt wurde Marianne entführt ... *Sechs Jahre ...*

»Vielleicht hat er in der Zwischenzeit eine Frau geschwängert«, fuhr sie fort. »Vor zwei Jahren hat er auf dieser Bohrinsel angefangen. Was er davor gemacht hat, weiß keiner. Und die Arbeiter auf den Bohrinseln haben viel Urlaub.«

Mit rot geränderten Augen und verstörtem Blick wandte er sich zu ihr um, sie sah ihn ebenfalls an. Als würde sie begreifen, was er gerade durchlebte. Sie ließ ihre Finger auf seinem Handgelenk liegen und sagte: »Erzähl mir, was du auf dem Herzen hast. Wir können nicht zusammenarbeiten, wenn wir etwas voreinander verheimlichen. Sag mir alles, was dir durch den Kopf geht.«

Einen kurzen Moment starrte er sie nur an. Dann nickte er.

»Das erste Mal bin ich Hirtmann in einer psychiatrischen Anstalt mitten in den Pyrenäen begegnet«, sagte er auf Englisch.

»Pi-ry-ni?«

Sie sah, wie er zum Fenster deutete.

»*Mountains ... close ...*«

Jetzt nickte sie.

»Ein eigenartiger Ort, mitten in den Bergen ... Ein Ort für verrückte Kriminelle. Hirtmann war in einem speziellen Trakt mit den Gefährlichsten von ihnen eingesperrt ... Und dann hatte man seine DNA an einem Tatort wenige Kilometer von dort gefunden. Deshalb habe ich ihm einen Besuch abgestattet.«

Fragend sah Kirsten ihn an.

»Er konnte raus?«

»Nein. Völlig unmöglich. Die Sicherheitsvorkehrungen waren sehr ausgeklügelt.«

»Und, und wie? *How*?«

»Das ist eine lange Geschichte«, antwortete er und dachte an die merkwürdigen, apokalyptischen Ermittlungen im Winter 2008/2009, während derer er fast umgekommen wäre, an ein enthauptetes Pferd und ein in zweitausend Metern Höhe und siebzig Metern unter der Erdoberfläche gelegenes Kraftwerk.

Die Finger der Norwegerin auf seiner Haut verbrannten ihn fast. Er zuckte leicht zusammen, woraufhin sie ihre Hand wegzog.

»Als ich seine Zelle betrat, hörte er Musik. Sein Lieblingskomponist ist auch ... mein Lieblingskomponist. Wir mögen ... dieselbe Musik. *Same music*. Und denselben Komponisten: Mahler. Gustav Mahler ...«

»Oh«, sagte sie. »In seiner Kabine hatte er Musik. CDs ...«

Sie holte ihr Handy hervor, ging die Fotogalerie durch, klickte mit dem Mittelfinger ein Foto an und hielt ihm das Handy hin.

»Gustav Mahler«, bestätigte sie.

Servaz zeigte auf den See, die hohen Berge, den spitzen Kirchturm im Hintergrund des Fotos von dem Jungen.

»Hat man herausgefunden, um welches Dorf und welchen See es sich handelt?«

Sie nickte.

»Das war einfach: Hallstatt, eines der schönsten Dörfer Österreichs. Ein wunderschöner Ort. Von der UNESCO als Welterbestätte ausgezeichnet. Die österreichische Bundespolizei und die Polizei der Steiermark ermitteln bereits. Allerdings wissen wir nicht, ob der Junge dort lebt oder einfach nur die Ferien dort verbracht hat ... Das ist ein sehr touristischer Ort.«

Servaz versuchte sich vorzustellen, wie Hirtmann als Tourist mit einem fünfjährigen Kind herumreiste.

Stehlin warf einen Blick auf die Uhr. »Zeit für unser Meeting«, sagte er.

Fragend sah Servaz ihn an.

»Ich habe mir die Freiheit herausgenommen, dein Team zu versammeln, Martin. Bist du bereit?«

Servaz nickte, auch wenn dem nicht so war. Er spürte, wie Kirstens Blick ihn durchbohrte.

Zehn Uhr morgens. Anwesend waren Vincent Espérandieu, Samira Cheung, Pujol und drei weitere Mitglieder des ersten Ermittlungsteams, zusätzlich Malleval, der die Leitung der Strafangelegenheiten innehatte, Stehlin selbst, Escande, einer der fünf Polizisten der Finanzaufsicht, die mit der Internetkriminalität betraut waren, und Roxane Varin, die von der Etage für öffentliche Sicherheit heruntergekommen war, um die Jugendbrigade zu repräsentieren.

Verstohlen beobachtete Kirsten alle, inklusive Servaz. Er saß links von ihr und machte einen abwesenden Eindruck. Er hatte ihr rasch seine Fernbeziehung mit Hirtmann zusammengefasst. Wie der Schweizer Mörder aus dieser psychiatrischen Anstalt in den Pyrenäen geflohen war. Wie er eine Frau, eine Bekannte von Servaz, entführt hatte – allerdings glaubte sie, seiner abgehackten Erzählweise entnommen zu haben, dass diese »Bekanntschaft« über eine reine Freundschaft hinausgegangen war. Wie beide,

Hirtmann und die Frau, sang- und klanglos von der Bildfläche verschwunden waren, mal abgesehen von einer Kühlbox, die vor fünf Jahren aus Polen abgeschickt worden war, eine Box, in der sich ein Herz befunden hatte, ein Herz, von dem Servaz im ersten Moment geglaubt hatte, es wäre das seiner Freundin Marianne, bis die DNA-Analyse diese Annahme widerlegte.

Was für eine unglaubliche Geschichte, die der französische Polizist ihr allerdings merkwürdig unbeteiligt erzählt hatte, als würde er von jemand anderem sprechen, als wären all diese schrecklichen Dinge gar nicht ihm widerfahren, als würde ihn das alles gar nichts angehen. Etwas in seiner Haltung konnte sie sich nicht so recht erklären.

»Ich möchte Ihnen Kirsten Nigaard von der Polizei in Oslo vorstellen«, begann Servaz. »Aus Norwegen«, fügte er noch erklärend hinzu.

Sie musterte jedes Gesicht, während er für alle zusammenfasste, was er soeben erfahren hatte. Sie hatte das Gefühl, als würden alle Servaz neugierig und höchst aufmerksam mustern. Sie hörten nicht einfach nur zu: Sie beobachteten. Nicht nur seine Worte, nein, er selbst interessierte sie.

Als er verkündete, dass in Norwegen eine Spur von Julian Hirtmann gefunden worden war, veränderte sich die Haltung seiner Zuhörer leicht. Sie starrten nicht mehr ihn an, sondern wechselten Blicke untereinander. Die Entspannung und Lockerheit der ersten Minuten war mit einem Mal verschwunden. Eine befangene Atmosphäre machte sich breit, eine morbide Stimmung griff um sich, während die Blicke zwischen Servaz und ihr hin und her wanderten.

»Kirsten«, sagte er schließlich und drehte sich dabei zu ihr um.

Einen Moment lang schwieg sie, man hörte den Regen draußen herunterprasseln, wie eine Art Pulsschlag. Dann wandte sie sich an die Versammelten.

»Wir haben uns an Eurojust gewandt«, verkündete sie. »Schritt für Schritt wird eine internationale Ermittlung eingeleitet, zunächst einmal in fünf Ländern: in Norwegen, Frankreich, Polen,

Österreich und in der Schweiz. Eurojust ist eine Einheit der justiziellen Zusammenarbeit auf europäischer Ebene, um gegen die grenzüberschreitende Kriminalität vorzugehen. Justizbeamte aus ganz Europa leiten internationale Ermittlungen ein und fungieren als Bindeglied zwischen Eurojust sowie der Polizei und dem Gerichtswesen im jeweiligen Land.« Sie machte eine Pause und sah, dass alle Blicke auf ihr ruhten. Sie wusste, was alle gerade dachten. Norwegen, war das nicht das skandinavische Land, in dem Gefängnisse nordische Versionen irgendwelcher Club Meds waren und Polizisten niemals unangenehme Fragen stellten? Die hier anwesenden Polizisten wussten bestimmt nicht, dass Norwegen über Jahrzehnte hinweg aufgrund seiner missbräuchlichen Inanspruchnahme von Zellen für Polizeigewahrsam auf seinen Polizeirevieren und der Isolationshaft in seinen Gefängnissen kritisiert wurde. Oder dass sich der norwegische Rechtsextremist Kristian Vikernes, in Frankreich verhaftet und dann wieder freigelassen, positiv über das vorbildliche Verhalten der französischen Polizei geäußert hatte, dem er das Verhalten »der Verbrecher, auch als norwegische Polizei bekannt« entgegensetzte.

Kirsten selbst hätte diesem kleinen beschissenen Nazisympathisanten gerne seine Metallgitarre in eines seiner nicht für diesen Zweck vorgesehenen Löcher gerammt. Zudem war ihr durchaus zu Ohren gekommen, dass in den französischen Kommissariaten auch nicht alles eitel Sonnenschein war.

Sie drückte auf den Knopf der Fernbedienung, und der Fernsehbildschirm hinten im Raum schaltete sich ein. Alle Köpfe drehten sich zu ihm um. Sie wartete. Nach ein paar Sekunden Flimmern tauchten die ersten Bilder auf. Metallische Abstandshalter, eine Gangway, die aus einem Stahlrost bestand, darunter das stürmische Meer: Bilder einer Überwachungskamera auf der Bohrinsel.

Am Ende der Gangway tauchte eine Silhouette auf, trat näher zur Kamera. Kirsten ließ das Bild anhalten. Servaz starrte auf das Phantom, das aus der Vergangenheit aufgetaucht und auf dem Bildschirm festgehalten war. Kein Zweifel, das war er. Seine Haare waren ein bisschen länger und wehten im Wind um sein Gesicht. Der Rest war genau so, wie er ihn in Erinnerung hatte.

»Hirtmann hat zwei Jahre auf dieser Bohrinsel gearbeitet. Die Adresse, die er seinem Arbeitgeber genannt hatte, war erfunden, genau wie sein Lebenslauf, und sein Ausweis war gefälscht. Den Unterlagen, die er in seiner Kabine zurückgelassen hatte, konnten wir nicht viele Infos entnehmen, mit Ausnahme einer, auf die wir später zu sprechen kommen. Nach Durchsicht der Bankunterlagen und des Kontos, auf das sein Gehalt überwiesen wurde, konnten wir zumindest einen Teil seiner Reisen rekonstruieren, aber eben nur einen Teil: Hirtmann hat nämlich sehr viel Geld auf andere, in irgendwelchen Steueroasen angesiedelte Konten überwiesen. Momentan versuchen wir, mehr über diese Konten in Erfahrung zu bringen. Die norwegische Polizei mutmaßt, dass Hirtmann nicht nur für den Mord an dieser Frau verantwortlich ist, sondern auch für das Verschwinden von anderen Frauen in der Gegend um Oslo. Das ist einer der Gründe, weshalb ich hier bin.«

Sie verzichtete darauf, den anderen Grund bereits jetzt zu nennen, ließ ihren Blick durch den Raum schweifen.

»Hirtmann hat Norwegen bestimmt schon lange verlassen. Er ist im Dezember 2008 aus dem Institut ... ähm ...«, sie sah ihre Notizen durch, »... Wargnier entkommen. Im Juni 2010 ist er erneut hier in der Gegend gewesen. Und 2011 dann in Polen. In Polen sind die Überreste mehrerer seiner Opfer in einem abgelegenen Haus in der Nähe der Bialowiezer Heide gefunden worden. Alles junge Frauen. Das ist jetzt bereits fünf Jahre her. Fünf Jahre, über die wir rein gar nichts wissen. Fünf Jahre, die sich als schwarzes Loch zusammenfassen lassen, mal abgesehen von den letzten beiden, in denen er auf dieser Bohrinsel in der Nordsee gearbeitet hat. Machen wir uns nichts vor: Ein Mann wie Julian Hirtmann kann sehr lange untertauchen, und es ist gut möglich, dass wir seine Spur über Monate oder gar Jahre nicht ausfindig machen können.« Sie warf einen Blick auf Servaz, doch der schien noch immer seinen Gedanken nachzuhängen, starrte stur auf den

Bildschirm, auf dem die Person nach wie vor so zu sehen war, wie Kirsten sie per Knopfdruck festgehalten hatte, genau wie die Möwe, die im Hintergrund im Flug erstarrt zu sein schien. »Doch ein Mann wie er kann keine fünf Jahre verbracht haben, ohne zu töten. Das ist unvorstellbar. Diese Ermittlung hat zum Ziel, seinen kriminellen Parcours nachzuvollziehen. Und wir wollen davon profitieren, dass wir endlich aktuelle Daten über ihn haben, um seine Spur wiederaufzunehmen. Nehmen wir mal an, dass er die ganze Zeit über irgendwo in Europa war – was wir angesichts seiner Arbeit, die es ihm erlaubte, Flugmeilen zu sammeln und für wenig Geld überallhin zu fliegen, nicht mit Sicherheit sagen können. Nebenbei bemerkt, ist das übrigens der perfekte Job für einen Mann wie ihn: mehr Urlaubs- als Arbeitstage, ein sehr gutes Gehalt und ein fast uneingeschränkter Aktionsradius, dank der Ermäßigungen bei den Fluglinien. Wir werden sein Foto zur Fahndung freigeben. Aus seinen Aufzeichnungen geht hervor, wie er agiert, außerdem haben wir das Profil seiner bisherigen Opfer. Alles junge Frauen, die in den Grenzgebieten zur Schweiz lebten: in den Dolomiten, Bayern, den österreichischen Alpen … und ein paar in Polen … Im Untergrund konnte er überall leben und töten. Frühere Nachforschungen, um seine Spur ausfindig zu machen, haben nichts ergeben. Es ist unnötig, euch zu sagen, wie gering unsere Chancen stehen, tatsächlich fündig zu werden …«

Sie brach ab und sah Servaz an – der mehr schlecht als recht für diejenigen übersetzte, die kein Englisch sprachen. Dann reichte sie der Frau rechts neben ihr das Foto von Gustav.

»Lassen Sie das rumgehen«, sagte er.

»Der zweite Punkt der Ermittlung dreht sich um dieses Kind. Dieses Foto ist bei Hirtmanns Sachen gefunden worden, an Bord der Bohrinsel. Wir wissen nicht, wer dieser Junge ist oder wo er sich befindet. Oder ob er überhaupt noch lebt … wir wissen rein gar nichts über ihn.«

»Hirtmann hat sich doch noch nie an Kindern vergriffen«, unterbrach da die junge, hässliche Frau, die Samira hieß und ausgezeichnet Englisch sprach. »Er ist kein Pädophiler. Seine Opfer waren immer Erwachsene, junge und attraktive Frauen, wie Sie betont haben.«

Kirsten sah, wie sie sich mit ihren Stiefeln aus Schlangenlederimitat an der Tischkante abstützte und sich auf den beiden hinteren Stuhlbeinen wiegte. Bekleidet war sie mit einer Lederjacke, und um den Hals trug sie einen kleinen Totenkopf.

»Ganz genau. Wir vermuten, dass dieses Kind sein Sohn ist. Oder aber der Sohn eines seiner Opfer …«

»Was weiß man sonst noch über ihn?«, fragte ein großer Kahlköpfiger, der gerade dabei war, ein Porträt von ihr in seinen Notizblock zu zeichnen.

»Rein gar nichts außer seinem Vornamen. Wir wissen nicht einmal, welche Nationalität er hat. Wir wissen nur, wo dieses Foto aufgenommen wurde. In Hallstatt, in Österreich. Die österreichische Bundespolizei ist an der Sache dran. Da Hallstatt jedoch ein viel besuchter Touristenort ist, kann es gut sein, dass das Kind nur die Ferien dort verbracht hat.«

»Hirtmann soll einen auf Tourist gemacht haben?«, ließ Samira mit unverhohlen skeptischem Ton verlauten.

»Inmitten von einem Haufen anderer«, bemerkte Vincent. »Gar nicht mal so dumm … stimmt, da sieht man den Wald vor lauter Bäumen nicht mehr.«

»Das ist ja alles gut und schön, aber was hat das mit uns zu tun?«, fragte der große Glatzköpfige. »Vertrödeln wir hier nicht gerade unsere Zeit? Ich weiß ja nicht, wie das bei euch aussieht, aber ich hab noch was anderes zu tun.«

Der Mann hatte auf Französisch gesprochen, und Kirsten hatte ihn nicht verstanden, allerdings ahnte sie aufgrund des Tonfalls und der Befangenheit der anderen, dass er sich abfällig geäußert hatte – vielleicht eine Bemerkung hinsichtlich ihrer Person oder der norwegischen Polizei.

»Natürlich haben wir seinen Zimmergenossen und seine Kollegen auf der Bohrinsel eingehend befragt«, fügte sie hinzu. »Dabei stellte sich heraus, dass er ein ziemlicher Eigenbrötler und höchst verschwiegen war, was seine Unternehmungen an Land betraf. Auf der Bohrinsel hat er in seiner Freizeit Musik gehört. Klassik.«

Sie warf einen Blick in Servaz' Richtung.

»Am aussagekräftigsten sind allerdings diese Fotos von eurem Commandant. Sie beweisen, dass sich Hirtmann sehr lange in eurer Stadt aufgehalten hat – und irgendetwas führt ihn unerklärlicherweise immer wieder hierher zurück, ähm, zu dir ... ähm ... zu Ihnen, Martin. Die Anfrage, die gerade bei seiner Bank läuft, aber auch das Überprüfen seiner Ausgaben, bestätigen diese Vermutung: Hirtmann ist in den letzten beiden Jahre häufig hier gewesen.«

Sie warf ihm einen Blick zu.

»Es ist nicht auszuschließen, dass der Schweizer ein weiteres Mal hierherkommen wird«, sagte sie an die Zuhörerschaft gerichtet. »Das hat er schon viele Male gemacht: Wir kennen seine Vorgehensweise. Und das Profil seiner Opfer. Also suchen wir in der ganzen Region, und darüber hinaus, nach ähnlichen Verbrechen. Nach Frauen, die in den letzten Monaten verschwunden sind.«

»Diese Untersuchungen haben schon stattgefunden«, sagte Samira, »und dabei ist nichts herausgekommen.«

Kirsten sah, wie mehrere Anwesende beipflichtend nickten.

»Das war vor einigen Jahren«, schaltete sich Servaz ein. »Seitdem haben wir uns mit anderen Dingen beschäftigt.«

Kirsten sah, wie Vincent und Samira, die weiter hinten im Raum saßen, einen Blick wechselten. Sie wusste, was sie dachten: viel zu einfach, viel zu unkompliziert.

»Ich weiß, dass ihr ausgezeichnete Arbeit geleistet habt«, sagte sie diplomatisch, »auch wenn sie nicht von Erfolg gekrönt war. Ich habe die Absicht, eine Weile hierzubleiben. Commissaire Stehlin hat mir die Genehmigung erteilt, mit Commandant Servaz zusammenzuarbeiten. Ich weiß, dass ihr auch anderes zu tun habt und dass das keine eurer Prioritäten ist, aber wir sollten Folgendes bedenken: Falls Hirtmann hier sein sollte, dann würde es sich doch lohnen, Augen und Ohren ein bisschen offen zu halten, oder nicht?«

»Falls Hirtmann hier sein sollte.« *Geschickt,* dachte Servaz. Sehr geschickt. Er sah, wie sich dieser Satz in den Gedanken eines jeden einnistete, sie wie mit Raureif überzog. Das war ein Bluff, aber er hatte funktioniert: Das sah er ihren Augen an. Das Phantom des Schweizers würde auch ihre Gedanken infizieren, wie es das mit seinen bereits gemacht hatte – und es würde ihnen allen keine Ruhe lassen.

Genau das hatte die Norwegerin beabsichtigt.

11
ABEND

Auf dem Wiener Karlsplatz hob sich die neoklassizistische Fassade des Musikvereins – der vollständige Name lautete »Haus der Gesellschaft der Musikfreunde in Wien« – von der österreichischen Nacht ab, durch die ein paar Schneeflocken segelten. Mit seinen von Scheinwerfern angestrahlten dorischen Säulen, den hohen Spitzbogenfenstern und dem Dreiecksgiebel erinnerte das Gebäude an einen Tempel – und es handelte sich durchaus um einen: einen Tempel der Musik, die Akustik war weltweit eine der besten und garantierte eine nahezu einzigartige Klangerfahrung für Musikliebhaber. Zumindest wurde dies von offizieller Seite behauptet, denn untereinander nörgelten die Wiener Spezialisten manchmal über das fade Programm all dieser Konzerte, Mozart und Beethoven bis zum Abwinken, dieser ganze Kitsch für Touristen mit ihren faulen Ohren.

Doch an diesem Abend spielten die Wiener Philharmoniker im Prunksaal des Musikvereins die *Kindertotenlieder* von Gustav Mahler unter der Leitung von Bernhard Zehetmayer. Mit seinen dreiundachtzig Jahren hatte der »Kaiser«, wie man ihn nannte, nichts von seiner Begeisterungsfähigkeit verloren. Auch nichts von seiner anspruchsvollen Leidenschaft für die perfekte Note, die ihn manchmal dazu brachte, einem für seinen Geschmack etwas zu dilettantischen Musiker während der Proben schonungslos die Leviten zu lesen. Die Legende besagte, dass er einmal von seinem Pult herunterkam, sich zwischen den Musikern des Orchesters bis zu einer mittelmäßigen zweiten Geige hindurchschlängelte, die sich gerade mit ihrem Nachbarn unterhielt, und ihr eine derart schallende Ohrfeige verpasste, dass der Musiker vom Stuhl fiel.

»Hast du gehört, wie richtig sie geklungen hat, diese Ohrfeige?«, soll er anschließend von seinem Pult aus doziert haben.

Eine Legende, sicher. Es war nicht die einzige, die über den

»mahlerischsten« Dirigenten von Wien seit Bernstein kursierte. Angesichts des intimen Charakters dieser Lieder fand das Konzert nicht im pompösen Goldenen Saal, sondern im kleineren Brahms-Saal statt. Der Kaiser hatte das entschieden – trotz der Einwände des Intendanten, denn im Goldenen Saal gab es 1700 Sitzplätze, im Brahms-Saal hingegen nur 600. Was das betraf, so folgte Zehetmayer einfach nur dem Meister selbst, dessen Werk im Januar 1905 uraufgeführt wurde. Und während heutzutage die meisten dieser Lieder Frauenstimmen übertragen wurden, hatte er, genau wie Mahler zu seiner Zeit, einen Tenor und zwei Baritone dafür gewählt.

Im Gewölbe des Brahms-Saals verhallten die letzten Takte der Koda, elegisch und zutiefst friedvoll nach der unkontrollierten Wut zu Beginn des Musikstücks; die verwaschene Stimme des Horns vereinte sich mit dem sterbenden Tremolo der Celli in einer letzten Agonie. Ein paar Sekunden lang herrschte Schweigen, dann explodierte der Saal. Alle standen auf und bejubelten den Kaiser mit seinem Orchester. Genüsslich ließ Zehetmayer diese Bravorufe über sich ergehen, schließlich war der alte Mann schon zeitlebens eitel gewesen. Er verbeugte sich tief, so tief, wie es ihm sein malträtierter Rücken, die Schmerzen in den Lenden und sein Stolz erlaubten, entdeckte das Gesicht im Zuschauerraum und bedeutete ihm, zu seiner Loge zu kommen.

Zwei Minuten später klopfte es an seine Logentür.

»Komm rein!«

Der Mann, der eintrat, war in etwa gleich alt – um die zweiundachtzig –, hatte im Gegensatz zu Zehetmayer, der fast kahl war, eine prächtige weiße Mähne, war allerdings von gedrungener Statur, während der Musiker groß und hager war. Nie wäre ihm in den Sinn gekommen, dem Dirigenten der Wiener Philharmonie den Spitznamen »Kaiser« zu verpassen. Wenn hier im Raum ein Imperator war, dann er, Josef Wieser: Er hatte eines der mächtigsten Industrieimperien Österreichs erschaffen. In der Erdölchemie- und Papier-Zellulose-Branche. Das verdankte er den großzügigen österreichischen Wäldern sowie einer ausgezeichneten Heirat, die ihm ein entsprechendes Kapital und den notwendigen Zugang zum elitären Wiener Kreis von Geschäftemachern und Entscheidern gewährte – in der Zwischenzeit hatte er noch zweimal geheiratet und erwog mit seinen zweiundachtzig Jahren eine vierte Hochzeit mit einer vierzig Jahre jüngeren Wirtschaftsjournalistin.

»Was ist passiert?«, fragte der Besucher.

»Es gibt Neuigkeiten«, sagte der Dirigent, während er ein frisches, gestärktes weißes Hemd über ein Unterhemd anzog.

»Neuigkeiten?«

Mit funkelndem, fieberhaftem Blick wandte sich Zehetmayer zu ihm um, ein Blick, der dem deutschen expressionistischen Film zur Ehre gereicht hätte.

»Man hat seine Spur wiedergefunden.«

Einen Moment lang stand der Mund des Industriellen erstaunt offen.

»Was?«

Die Stimme des Milliardärs zitterte vor Ergriffenheit.

»Wo das?«

»In Norwegen. Auf einer Bohrinsel. Eine meiner Quellen ließ mir diese Information zukommen.«

Aufgrund der ausbleibenden Reaktion seines Freundes fuhr Zehetmayer fort: »Anscheinend hat der Mistkerl dort gearbeitet. Er hat eine Frau in einer Kirche in Bergen umgebracht und ist dann spurlos von der Bildfläche verschwunden.«

»Er konnte einfach verduften?«

»Ja.«

»Scheiße …«

»So kommt man leichter an ihn ran, als wenn er im Gefängnis sitzt«, bemerkte der Dirigent.

»Da bin ich mir nicht so sicher.«

»Da ist noch was …«

»Was?«

»Ein Kind.«

Wieser warf dem Dirigenten einen eigenartigen Blick zu.

»Wie, ein Kind?«

»Unter seinen Sachen befand sich das Foto eines fünfjährigen Kindes. Dreimal darfst du raten, wie es heißt.«

Ahnungslos schüttelte der Milliardär den Kopf.

»Gustav.«

Mit weit aufgerissenen Augen starrte Wieser den Dirigenten an.

Ganz offensichtlich wurde er gerade von intensiven Gedankengängen und sehr widersprüchlichen Gefühlen überwältigt – Überraschung, Hoffnung, Verständnislosigkeit.

»Denkst du, das könnte …?«

»Sein Sohn sein? Möglich.« Der Blick des Dirigenten verlor sich im Spiegel, in dem er sein ernstes, trauriges Gesicht betrachtete und in seine kleinen, bösartigen Augen unter den Brauen abtauchte, die ebenso buschig wie bei seinem Gegenüber waren. »Das eröffnet ganz neue Perspektiven, nicht wahr?«

»Was weiß man über das Kind?«

»Momentan nicht viel.« Der Kaiser zögerte. »Mal abgesehen davon, dass er an diesem Balg hängen muss, wenn er ein Foto von ihm aufbewahrt«, fügte er noch hinzu und reichte ihm das Foto, auf dem Gustav mit den Bergen, dem See und dem Glockenturm von Hallstatt im Hintergrund zu sehen war.

Die beiden Männer schauten einander an. Sie hatten sich – ob nun göttliche Vorsehung oder reiner Zufall – bei einer anderen Darbietung der *Kindertotenlieder* »gefunden«, bei der Bernhard Zehetmayer brilliert hatte. Josef Wieser hatte im Zuschauerraum gesessen und war von dieser Interpretation der *Kindertotenlieder* zutiefst bewegt gewesen. Nachdem die Musik in dem hohen Saal verklungen war, liefen dem Milliardär brennende Tränen übers Gesicht, was ihm schon sehr lange nicht mehr passiert war. Aber diese Lieder sprachen direkt zu seinem zutiefst verletzten Vaterherzen, wo er doch seine Tochter verloren hatte. Und die Interpretation, die gerade vom Orchester dargeboten worden war, bewies, dass derjenige, der hier dirigierte, ein tiefes, intimes Verständnis dieses visionären Werks besaß – schließlich hatte Mahler selbst miterleben müssen, wie seine Tochter, kurze Zeit nachdem er es geschrieben und zur Aufführung gebracht hatte, vom Scharlach dahingerafft wurde.

Zum Ende des Konzerts hatte Wieser darum gebeten, sich von dem renommierten Wiener Dirigenten persönlich zu verabschieden. Man brachte ihn zu dessen Loge. Noch sehr bewegt hatte er den Meister beglückwünscht und ihn gefragt, worin das Geheimnis liege, einen solchen Wahrheitsgehalt in der Interpretation zu erreichen.

»Dazu muss man selbst ein Kind verloren haben, das ist alles«, hatte Zehetmayer schlicht geantwortet.

Wieser war erschüttert.

»Sie haben ein Kind verloren?«, hatte er mit zitternder Stimme gefragt.

Kühl hatte der Orchesterdirigent ihn gemustert.

»Eine Tochter. Das sanfteste, schönste Wesen überhaupt. Sie studierte Musik in Salzburg.«

»Wie?«, hatte Wieser zu fragen gewagt.

»Sie wurde von einem Monster umgebracht ...«

Der Milliardär hatte das Gefühl, als würde ihm der Boden unter den Füßen weggezogen.

»Von einem Monster?«

»Julian Hirtmann. Ein Staatsanwalt des Genfer Gerichts. Er hat so viele getötet, mehr als ...«

»Ich weiß, wer Julian Hirtmann ist«, hatte ihn Wieser unterbrochen.

»Ah. Sie haben die Artikel in der Zeitung gelesen ...«

Wieser wurde ganz schwindlig.

»Nein. Ich hatte selbst eine ... Tochter, die ... von diesem Monster ermordet wurde. Zumindest nimmt man das an ... Man hat ihre Leiche niemals gefunden ... Aber Hirtmann war in der Gegend, als sie verschwand. Die Polizei hält es für sehr wahrscheinlich ...«

Er hatte so leise gesprochen, dass er sich nicht sicher war, ob der andere ihn gehört hatte. Aber der Kaiser hatte ihn voller Verblüffung angesehen, dann hatte er den anderen Anwesenden bedeutet, sie sollten hinausgehen.

»Und was fühlen Sie?«, hatte er ihn gefragt, sobald sie allein waren.

Wieser hatte den Kopf gesenkt und nach unten gesehen.

»Verzweiflung, Wut, eine unglaubliche Sehnsucht, die zerbrochene Liebe eines Vaters ...«

»Ein Verlangen nach Rache? Hass?«

Wieser hatte aufgesehen, er und der Dirigent, der sehr viel größer war als er, sahen einander an. In seinem Blick las er unermesslichen, wilden Hass – und das Aufblitzen von Wahnsinn.

»Ich hasse ihn seit dem Tag, an dem ich erfahren habe, was meiner Tochter widerfahren ist«, hatte ihm Zehetmayer gesagt. »Das war vor fünfzehn Jahren. Seitdem wache ich jeden Morgen mit diesem Hass auf. Rein, unversehrt, unverändert. Ich dachte, mit der Zeit würde er weniger, aber das Gegenteil ist der Fall. Ist Ihnen auch schon mal der Gedanke gekommen, dass die Polizei ihn nie finden wird, wenn sie nicht ein bisschen Hilfe bekommt?«

Sie hatten sich angefreundet – eine eigenartige Freundschaft, basierend auf Hass und nicht auf Liebe, zwei Greise, die sich in der Trauer und im Kult der Vergeltung miteinander austauschten. Zwei Monomanen, die dieselbe geheime Laune teilten. Und wie andere, die ihre ganzen Ersparnisse in eine Leidenschaft steckten und nur für und durch diese lebten, waren auch ihnen die Kosten egal. Zunächst unternahmen sie lediglich Ausflüge miteinander und diskutierten in irgendwelchen Wiener Kaffeehäusern über dieses und jenes. Sie entwickelten Hypothesen, tauschten Informationen aus. Vor allem über eines: Zehetmayer hatte so gut wie alles gelesen, was auf Deutsch, Englisch und Französisch über den Schweizer veröffentlicht und herausgegeben worden war: Bücher, Artikel, Fernsehsendungen, Dokumentarfilme ... Allerdings ist der Wahnsinn ansteckend, und schon sehr bald war Wieser mit zunehmendem Interesse in die Unmenge der Informationen eingetaucht, mit der ihn der Dirigent versorgt hatte. Sie hatten sich weiter getroffen und miteinander ausgetauscht. Über Wochen und Monate hinweg. Während dieser Unterhaltungen hatte das Projekt Form angenommen. Zunächst war es nur darum gegangen, ihr Vermögen und ihre Kontakte zu nutzen – vor allem Wiesers –, um die Spur des Schweizers ausfindig zu machen. Sie hatten Privatdetektive beauftragt – jedoch ohne großen Erfolg. Wieser hatte einige ihm bekannte österreichische Polizisten kontaktiert. Auch das ohne Ergebnis. Also hatten sie beschlossen, das Internet und die sozialen Netzwerke zu nutzen. Es war ihnen gelungen, mehr als zehn Millionen Euro zusammenzubekommen. Die zehn Millionen waren als Belohnung für denjenigen ausgeschrieben, der seine Spur ausfindig machte. Sowie eine Million für jeden wertvollen Hinweis. Sie hatten eine Webseite erstellt, damit die Anwärter auf diese Goldgrube sie kontaktieren konnten. Sie hatten Hunderte von bizarren Nachrichten erhalten – aber sie waren auch von ernst zu nehmenden Leuten kontaktiert worden. Von Profis. Detektiven, Journalisten und sogar von Polizisten aus mehreren Ländern.

»Das ist doch Hallstatt, nicht wahr?«, sagte Wieser und zeigte auf das Foto.

»Ja, aber natürlich ist das Hallstatt«, antwortete Zehetmayer schroff, als hätte der Milliardär gesagt: *Das ist doch der Eiffelturm?* »Ein bisschen zu offensichtlich, findest du nicht?«

»Wie meinst du das?«

»Also bitte! Da hätte er doch auch gleich eine österreichische Karte schicken können, auf der steht: ›Ich bin da.‹«

»Dieses Foto sollte eigentlich weder uns noch der Polizei in die Hände fallen.«

»Hirtmann hat es in seiner Kabine zurückgelassen, als er dort wegging. Nehmen wir mal an, das wäre sein Sohn.« Er zögerte: Er konnte sich noch immer nicht mit dem Gedanken anfreunden, dass der Schweizer einen Sohn hatte. »Warum sollte er dieses Foto dann nicht mitnehmen?«

»Vielleicht hatte er ja noch andere …?«

Der Musiker schnaubte gereizt.

»Oder aber er wollte, dass jemand es findet. Um die Polizei aller Länder auf die falsche Fährte zu schicken. Weil sich dieser Junge in Wahrheit an einem ganz anderen Ort aufhält.«

Der Dirigent schnappte sich den kleinen, birnenförmigen Zerstäuber, der auf dem Pult stand – ein Eau de Toilette, das er exklusiv von einem berühmten französischen Parfümeur hatte kreieren lassen.

»Was machen wir jetzt?«, fragte Wieser, der die Nase rümpfte, als der Musiker auf den Zerstäuber drückte und sich eine Duftwolke in der Loge verteilte.

Verächtlich musterte Zehetmayer ihn. Wie hatte dieser Trottel es nur bis zum Milliardär gebracht, wo er doch anscheinend nicht einmal die einfachste Entscheidung treffen konnte?

»Wir finden dieses Kind«, sagte er. »Für den Anfang veröffentlichen wir sein Foto auf der Webseite. Und dann stecken wir unsere ganzen Ressourcen da hinein.«

12
ABEND 2

»Martin, ich habe mir das gut überlegt«, sagte Stehlin. »Ich werde jemand anders damit beauftragen.«

Servaz fragte sich, ob er sich gerade verhört hatte.

»Was?«

»Sollte tatsächlich Hirtmann hinter dem Ganzen stecken, dann bist du nicht in der Verfassung …«

»Das verstehe ich nicht«, warf die norwegische Polizistin ein. »Keiner kennt diesen Mann besser als Commandant Servaz, und er ist auf diesen Fotos zu sehen. Warum?«

»Ähm … also … Commandant Servaz befindet sich in der Rekonvaleszenz.«

»Aber es geht ihm doch wieder gut, oder nicht? Schließlich hat er die Arbeit wiederaufgenommen …«

»Ja, schon, sicher, aber …«

»Ich würde gern mit Commandant Servaz zusammenarbeiten, wenn Sie nichts dagegen haben«, verkündete sie bestimmt. »Meiner Ansicht nach verfügt er über die meisten Kompetenzen, um sich dieser Sache anzunehmen.«

Servaz lächelte, als er sah, wie Stehlin das Gesicht verzog.

»Einverstanden«, stimmte er widerwillig zu.

»Wie viele Tage haben Ihre Vorgesetzten Sie dafür freigestellt?«

»Fünf. Dann fahre ich zurück. Es sei denn, wir finden etwas.«

Servaz fragte sich, was er mit dieser norwegischen Polizistin am Rockzipfel anfangen sollte. Er hatte wahrlich keine Lust, einen auf Stadtführer zu machen oder seine Zeit damit zu vergeuden, auf Englisch zu palavern, um sich irgendwie verständlich zu machen. Es war auch so schon schwierig genug, die Arbeit wiederaufzunehmen und allen beweisen zu müssen, dass er wirklich fit war. Indem man diese ausländische Polizistin auf ihn abwälzte, setzte man ihn außer Gefecht, so kam es ihm zumindest vor.

Doch auf den Fotos, die sie mitgebracht hatte, war er zu sehen. Und die Vorstellung, dass Hirtmann diese Fotos höchstpersönlich gemacht hatte, brachte sein Blut in Wallung.

»Und falls Sie, wider Erwarten, etwas Bedeutsames herausfinden sollten, dann will ich unverzüglich darüber informiert werden«, sagte Stehlin.

Wider Erwarten ... Servaz grübelte über diese Worte nach.

»Und falls das Foto des Kindes wider Erwarten dazu bestimmt ist, uns in die Irre zu leiten?«

Kirsten und Stehlin musterten ihn einen Augenblick lang.

»Meinst du, das Foto soll uns auf die falsche Fährte locken?«, fragte die Norwegerin.

Er nickte.

»Dann hätte er das Foto des Kindes also ganz bewusst dort zurückgelassen?«, fuhr sie fort. »Ja, sicher, wir haben daran gedacht«, fügte sie mit angestrengt zusammengekniffenen Augen hinzu. »Aber das scheint etwas zu offensichtlich, ein bisschen zu einfach, oder nicht?«

»Und was habt ihr sonst noch so gedacht?«, fragte Servaz.

»Wie?«

»Was dieses Foto betrifft.«

»Worauf willst du hinaus?«

»Vielleicht kann man daraus ja auch noch etwas anderes schlussfolgern?«

Jetzt starrten ihn beide an, Kirsten mit einer Mischung aus Neugier und Verblüffung, Stehlin mit der Ungeduld dessen, der zum Abschluss kommen und sich anderen Dingen zuwenden wollte: Die Polizei von Toulouse hatte ganz offensichtlich noch andere Sorgen. Denselben Eindruck hatte Servaz im Sitzungssaal auch gehabt, als alle aufgestanden waren. Selbst Vincent und Samira hatten nur mäßiges Interesse gezeigt und es sehr eilig gehabt, sich wieder ihren laufenden Ermittlungen zuzuwenden, natürlich nicht, ohne sich vorher nach seinem Befinden zu erkundigen.

»Warum sollte Hirtmann uns auf eine falsche Fährte locken

wollen, wo er doch einfach untertauchen kann – zusammen mit dem Jungen –, und zwar überall auf der Welt? Was nützt ihm das? Das braucht er doch gar nicht.«

Kirsten ließ ihn nicht aus den Augen.

»Ich höre«, sagte sie.

»Ich kenne ihn viel zu gut, er würde niemals auf einen so plumpen Trick zurückgreifen. Mir scheint jedoch eine andere Sache ganz offensichtlich: All diese Fotos von mir und ... dein Name auf diesem Zettel, damit wollte er uns zusammenbringen. Die Frage ist nur: Warum?«

Sie legte die Kette an der Tür vor, stellte den Koffer auf dem Bett ab und öffnete ihn.

Sie holte Blusen, Röcke und Hosen heraus. Zwei Pullover, einen Kulturbeutel, eine Schminktasche und ihren Pyjama – bestehend aus einer Baumwollhose mit Blumendruck und einem T-Shirt. Sie breitete sie auf dem Bett aus. Dann die Spitzenwäsche, die sie bei Steen & Strøm gekauft hatte. Unterwäsche der Marken Agent Provocateur und Victoria's Secret. Sie wusste, dass niemand ihr schickes Höschen mit dem kleinen dezenten Satinknoten am unteren Rücken zu Gesicht bekäme, aber das war ihr egal: Es machte ihr nun mal Spaß, diese provozierenden Wäschestücke unter einem strengen Äußeren zu tragen – wie ein Schatz, der sich nur dem offenbarte, der so wagemutig war, bis zu ihm vorzudringen. Während sie ihre Sachen in den Schrank räumte, fragte sie sich, ob sie während ihres Frankreichaufenthalts wohl jemanden von dieser Sorte kennenlernen würde.

Vincent Espérandieus Blick war ihr nicht entgangen. Und sie hatte ihn sofort in eine Schublade gesteckt: bisexuell. Für solche Dinge hatte Kirsten einen sechsten Sinn. Sie stellte ihre Tagescreme, ihr Parfüm, ihr Shampoo – sie hielt nicht viel von den Pflegeprodukten in Hotels – und ihre Zahnbürste auf die Ablage im Badezimmer. Nickte sich zu, als sie sich im Spiegel erblickte. Sie sah dort ein hübsches Gesicht, das jedoch ein starkes Kontrollbedürfnis und einen Hang zur Unnachgiebigkeit verriet. Kurz, eine Frau um die vierzig, ernst und leicht verklemmt. Perfekt. Was sie sah, war genau das, was sie darstellen wollte ...

Zwei Männer auf einmal: Das könnte durchaus eine interessante Erfahrung sein, sagte sie sich beim Abschminken. In Oslo wäre das undenkbar. Bestimmt bekämen ihre Kollegen dort irgendwie Wind davon, und dann würde sich diese Nachricht wie ein Lauffeuer auf dem Revier verbreiten. Aber hier ... weit weg von zu Hause.

Sie holte ihr »Spielzeug« heraus. Sie hatte es bei Kondomeriet in der Karl Johans Gate, gegenüber der ehemaligen Markthalle Basarene, erstanden, im hinteren Teil der Boutique, inmitten von einem Haufen sehr junger, kichernder Frauen, die sich gegenseitig die Ellbogen in die Seiten stießen, Frauen ihres Alters und Pärchen. Eine Frau, die mit ihrem Partner dort war, hatte die Finger langsam um einen imposanten Dildo gelegt, als würde sie ihn mit der Hand befriedigen wollen. Im Flughafen Oslo-Gardermoen hatte sie die Reaktion des Mannes beobachtet, der vor dem Bildschirm saß und ihr Handgepäck scannte. Sie hatte ihn dabei überrascht, wie er den Kopf umwandte und sie beobachtete, als sie nach dem Scannen ihr Gepäck auf dem Laufband wieder in Empfang nahm.

Plötzlich wurde sie von einer unbändigen Lust erfasst. Sie ging ins Badezimmer und dachte dabei über Servaz nach. Der war deutlich schwieriger einzuschätzen. Heterosexuell, da bestand kein Zweifel. Aber ihn umgab etwas, das sich ihrer Analyse widersetzte. Eine Zerbrechlichkeit, gepaart mit Stärke. Und dann noch Samira, so hässlich und zugleich so sexy. Auch sie ließ sich nur schwer einordnen.

Sie zog ihre Unterhose herunter, setzte sich auf die Toilette und zückte ihr Handy.

Dann wählte sie die Nummer, die sie nicht hätte kennen sollen.

Der Junge beobachtete, wie das Mondlicht die frische Schneedecke erstrahlen ließ. Der erste Schnee der Saison. Ein Tier, das die

Scheune umrundet hatte und dann Richtung Wald verschwunden sein musste, hatte tiefe Spuren im Schnee hinterlassen.

Der Schnee glitzerte, erinnerte an Goldstaub. Die Berge auf der anderen Talseite zogen eine nahezu unüberwindbare Grenze, die der Junge verwirrt wie eine Art Festungswall wahrnahm, die Garantie dafür, dass sein sicheres, behagliches Kindheitsuniversum für immer erhalten bliebe. Anders als der Großvater schaute der Junge keine Nachrichten, nur hin und wieder bekam er mit, wie ein paar Bilder über den Bildschirm flackerten. Dennoch stellte er sich trotz seines jungen Alters die Kriege und Schlachten hinter diesen friedlichen, schützenden Bergen vor. Er war erst fünf Jahre alt, das alles war also noch recht verwirrend, doch wie ein junges Tier hatte auch er die Fähigkeit, Gefahr zu wittern.

Und der Junge wusste, dass die Gefahr aus der Gegend außerhalb des Tales kommen konnte, von den Fremden, die dort hinter den Bergen, weit weg von ihnen, wohnten. Großvater hatte zu ihm gesagt: Rede niemals mit Fremden, lass dich nie von Fremden oder Touristen, die auf dem Weg zu den Skistationen sind, ansprechen. Außerhalb der Schule sah der Junge fast niemanden, abgesehen von seinem Arzt und seinen Großeltern. Er hatte nur wenige Freunde, und die, die zu ihm nach Hause kommen durften, hatte der Großvater sorgfältig ausgewählt.

Etwa hundert Meter entfernt hingen die Gondeln reglos an ihren Kabeln und warteten auf den nächsten Tag; ein fahler Mond beleuchtete sie wie Papierlampions. Jedes Mal, wenn der Junge sie betrachtete, stellte er sich vor, wie jemand darin gefangen und der Kälte ausgesetzt war, wie er schrie und gegen die angelaufene Scheibe klopfte und ihm wild zuwinkte. Und er, der Junge, war der Einzige, der ihn hörte. Er schaute ihn an, lächelte ihm zu, um ihm zu verstehen zu geben, dass er ihn gesehen hatte, machte dann kehrt und ließ ihn zurück, allein in der eisigen Nacht; er dachte an den nahezu erfrorenen Körper, den man am nächsten Tag finden würde. Und an dieses Bild, das der Mann vor seinem Tod mit sich nahm: das eines kleinen Jungen, der ihm zugewinkt hatte und dann nach Hause gegangen war. Lange, bestimmt bis zu seinem letzten Atemzug, hoffte dieser Mann, dass der kleine Junge Hilfe holen und dann zurückkehren würde.

Der Junge ging zurück zum Bauernhof und wurde sofort von der Wärme im Haus umfangen und willkommen geheißen. Auf dem Fußabtreter klopfte er sich den Schnee von den Schuhen, hinterließ dabei kleine weiße Krusten, dann zog er die Schuhe aus sowie die Mütze, die Jacke und seinen vom Atem und vom geschmolzenen Schnee nassen Schal, den er an einen der Garderobenhaken an der Wand hängte. Schon im Gang hörte er das Feuer im Kamin knistern, und als er weiterging, streiften warme Wellen sein gerötetes Gesicht.

»Was hast du um diese Uhrzeit noch draußen gemacht, Gustav?«, fragte sein Großvater, der in seinem Sessel saß.

»Ich habe mir die Spuren von einem Wolf angeschaut«, antwortete er, ging zu ihm, ließ sich von ihm hochheben und auf den Schoß nehmen.

Großvater roch nicht gerade gut: Er wusch sich nicht oft und wechselte auch seine Kleidung nur selten, aber das war Gustav völlig egal. Er streichelte gern den Bart seines Großvaters, während der ihm eine Geschichte vorlas.

»Hier gibt es keine Wölfe«, sagte der Großvater.

»Doch, gibt es wohl. Sie sind im Wald und kommen nachts raus.«

»Hast du sie gesehen?«

»Nein, nur ihre Spuren.«

»Hast du keine Angst, dass sie dich fressen könnten?«

»Sie sind nicht böse. Außerdem mögen sie mich.«

»Woher weißt du das?«

»Sie passen auf das Haus auf …«

»Ah, ich verstehe schon. Soll ich dir etwas vorlesen?«

»Ich habe Bauchweh«, sagte der Junge.

Einen Moment lang schwieg der Großvater.

»Tut es sehr weh?«

»Ein bisschen. Wann kommt Papa wieder?«, fragte er unvermittelt.

»Das weiß ich nicht, mein Kleiner.«

»Ich will meinen Papa.«

»Du wirst ihn schon ganz bald sehen.«

»Wann ist bald?«

»Du weißt doch, dass Papa nicht das macht, was er gern machen würde.«

»Und Mama?«

»Bei Mama ist das genauso.«

Mit einem Mal war dem kleinen Jungen nach Weinen zumute.

»Nie sind sie da.«

»Das stimmt nicht. Papa kommt ganz bald. Oder wir besuchen die beiden.«

»Beide?«, fragte der Junge hoffnungsvoll.

Schon sehr lange hatte er seine Eltern nicht mehr zusammen gesehen.

»Alle beide, das verspreche ich dir.«

»Versprich nichts, was du nicht halten kannst«, ließ eine gestrenge Stimme aus der Küche verlauten.

»Lass mich in Ruhe«, erwiderte der Großvater genervt.

»Der arme Junge, du setzt ihm lauter Flöhe ins Ohr.«

Die Großmutter wischte sich die Hände, die mit dicken Adern überzogen waren und an Wurzeln erinnerten, an ihrer Schürze ab. Gustav schaute fasziniert in die Flammen, die an den Holzscheiten im Kamin leckten. Wie Schlangen oder vielmehr wie Drachen, wenn sie so tanzten, sich zurückzogen und dann erneut hervorzüngelten. Er versuchte, die Worte der Großmutter auszublenden. Er mochte die Großmutter nicht. Sie beklagte sich die ganze Zeit und schimpfte mit seinem Großvater. Er wusste, dass sie nicht seine wirkliche Großmutter war. Und dass es auch nicht sein richtiger Großvater war – aber Großvater spielte seine Rolle sehr gut, und er liebte Gustav, wohingegen Großmutter kaum so tat, als ob. Das alles konnte der Junge natürlich nicht bewusst begreifen, dafür war er zu klein, es war vielmehr ein undeutliches

Gefühl, ein Unterschied in ihrem Verhalten. Der Junge spürte vieles, ohne es wirklich zu begreifen, mit dem Instinkt eines Wolfswelpen, den er entwickelt hatte.

»Du brauchst keine Angst vor dem zu haben, was du bist, Gustav«, hatte ihm sein Vater eines Tages gesagt; auch das hatte Gustav nicht so richtig verstanden, und doch hatte er gewusst, was sein Vater ihm sagen wollte.

Oh, ja.

13
TRAUM

Es war halb zehn Uhr morgens, als ihn die Sonnenstrahlen weckten, die durch die Rollos nach drinnen fielen. Er war erst gegen vier Uhr morgens eingeschlafen und hatte dann von dem Jungen, von Gustav, geträumt. In seinem Traum stand er mitten in den Pyrenäen auf einem großen Staudamm. Mit einer Bogenstaumauer. Es war Winter, und es war Nacht. Das Kind war über die Brüstung geklettert. Stand am Rand über dem Nichts, gerade noch so auf Zehenspitzen, über einem schwindelerregenden Abgrund von mehr als hundert Metern, von dem ihn nichts als Luft trennte.

Servaz war etwa fünf Meter entfernt, stand auf der anderen Seite der Brüstung.

»Gustav«, sagte er.

»Komm nicht näher, oder ich springe.«

Ein paar Schneeflocken wirbelten durch die eisige Nacht, und sowohl der Staudamm wie auch die Berge waren von Schnee und Eis überzogen. Kleine Eiszapfen hingen an der Brüstung. Servaz war wie erstarrt, denn auch der Betonrand, auf dem das Kind stand, war von einer dicken Eisschicht überzogen. Wenn der Junge die Brüstung losließ, könnte er ins Leere stürzen und würde dann hundert Meter weiter unten inmitten der Tannen auf den Felsen zerschellen.

»Gustav ...«

»Ich will meinen Papa.«

»Dein Papa ist ein Monster«, antwortete er in seinem Traum.

»Du lügst!«

»Wenn du mir nicht glaubst, dann lies doch die Zeitung.«

In der rechten Hand hielt Servaz eine Ausgabe der *Dépêche,* die ihm der immer stärker werdende Wind zu entreißen drohte. Durch die Schneeflocken weichte das Papier auf, und die Farbe verlief.

»Das steht hier drin.«

»Ich will meinen Papa«, wiederholte das Kind, »sonst springe ich. Oder meine Mama …«

»Wie heißt denn deine Mama?«

»Marianne.«

Die umgebenden Berge, die im Mondlicht nahezu leuchteten, schienen auf etwas zu warten. Auf eine Wendung. Servaz' Herz pochte wie wild. Marianne …

Nur ein Schritt.

Und noch einer.

Das Kind wandte ihm den Rücken zu und blickte in den Abgrund. Servaz sah seinen zierlichen Hals und die feinen blonden, widerspenstigen Haare, die im Wind um seine Ohren herumflatterten. Und dahinter die Leere …

Noch ein Schritt.

Er streckte den Arm aus. In dem Moment drehte sich das Kind um. Aber das war nicht mehr der Junge. Nicht mehr das unschuldige Gesicht von Gustav. Sondern das Gesicht einer Frau. Große grüne, vor Schreck geweitete Augen. Marianne …

»Martin, bist du das?«, fragte sie.

Wie hatte er sie nur verwechseln können? Er war sich so sicher, dass er Gustav gesehen hatte. Was war das für eine Hexerei? Sie ließ das Geländer bereits los, drehte sich zu ihm um und streckte ihm die Hand entgegen, rutschte dann aber auf dem vereisten Rand ab, riss ihre grünen Augen furchterfüllt auf, und ihr Mund öffnete sich zu einem stummen Schrei, während sie nach hinten kippte.

In dem Augenblick war er aufgewacht.

Er sah sich im von Sonnenlicht gefluteten Zimmer um, sein Herz schlug mit mehr als hundertsiebzig Schlägen pro Minute, seine Brust war schweißgebadet. Was hatte Xavier in Bezug auf Träume gesagt? »Und wenn Sie dann aufwachen, ist die Erinnerung an Ihren Traum noch sehr eindringlich, Sie sind erstaunt von der Intensität des Traumes, der so … *real* wirkte.«

Ja, genau das war es. So real. Dieser Junge, er hatte ihn gesehen. Das hatte er nicht nur geträumt.

Er hatte die ganze Nacht an ihn gedacht. Deshalb hatte er einfach nicht einschlafen können. Ihn schauderte. Vor Kälte – der Schweiß auf seinem Körper war eiskalt – und vor Angst, aber auch vor Traurigkeit. Er schob die Decke von sich und stand auf. Wer war dieses Kind? War es wirklich das Kind des Schweizers? Schon allein die Vorstellung war erschreckend, doch eine andere, noch sehr viel trostlosere hatte in seinem Geist Form angenommen, und sein Traum war das Echo davon gewesen. Was, wenn Marianne die Mutter wäre? Bei diesem Gedanken hatte er gespürt, wie jegliche Kraft aus ihm gewichen war.

Er ging in die Küche. Margot hatte ihm eine Nachricht auf dem Tresen hinterlassen. *Running*. Was war das nur für eine alberne Modeerscheinung, dass englische Begriffe so unermüdlich in unseren Alltag drängten? Für jedes Wort, das aus dem Wörterbuch verschwand, kamen zehn neue hinzu. Dann musste er wieder an dieses anhaltende Unwohlsein denken, das sich seit der Entdeckung dieser Fotos in ihm breitgemacht hatte und ihm das Atmen erschwerte. Ein Kind … Wonach suchte er von jetzt an? Nach einem monströsen Mörder oder nach einem Kind? Mit der Kaffeetasse in der Hand ging er zum Bücherregal und ließ seinen Geist zusammen mit seinem Blick schweifen. Letzterer blieb an einem Titel hängen. Eine alte Ausgabe der *Unheimlichen Geschichten* von Poe, übersetzt von Charles Baudelaire. Er setzte sich wieder an den Küchentisch, trank seinen Kaffee.

Die Haustür ging auf. Margot tauchte auf, rotgesichtig, weil sie vom Laufen kam. Sie lächelte ihn an, ging zum Spülbecken, schenkte sich ein großes Glas Wasser ein und trank es fast in einem Zug leer.

Dann setzte sie sich an den Küchentisch, ihrem Vater gegenüber.

Er spürte, wie er gegen seinen Willen übellaunig wurde. Er frühstückte gern allein, und seit Margot da war, hätte er heute zum ersten Mal die Gelegenheit dazu gehabt.

»Was machst du den ganzen Tag so?«, fragte er plötzlich.

Ihr schien sofort klar zu sein, worauf er hinauswollte; sie wurde umgehend argwöhnisch.

»Stört es dich, dass ich hier bin?«, fragte sie rundheraus. »Bin ich dir lästig?«

Margot war schon immer sehr direkt gewesen – und manchmal etwas unfair. Sie war der Meinung, man müsse immer die Wahrheit sagen. Nur gab es aber manchmal mehrere Wahrheiten, was seine Tochter einfach nicht akzeptieren wollte. Für sie hatte man sich an seine Meinung zu halten – basta. Er schämte sich für diesen Gedanken und verneinte aufs Heftigste: »Überhaupt nicht! Wie kommst du darauf?«

Ohne ein Lächeln musterte sie ihn. Sah geradewegs durch ihn hindurch, als wäre er durchsichtig.

»Ich weiß nicht … Nur so ein Eindruck, den ich seit einiger Zeit habe … Ich geh duschen.«

Sie stand auf und ging hinaus.

14
SAINT-MARTIN

Servaz prüfte gerade die 440, als Kirsten in sein Büro kam. Die »440« war ein Register, das täglich von Meldungen gespeist wurde, die, alle möglichen Angelegenheiten betreffend, landesweit erstellt wurden. Dazu gehörten verschwundene Minderjährige, Mord, Brandstiftung sowie Suchanfragen, und die meisten Polizisten der Kripo konsultierten sie täglich. Servaz wusste nicht, wer sie so genannt hatte, ihren Namen – und ihre Frequenz von 440 Hz – hatte sie jedenfalls von der Referenznote erhalten, nach der die Instrumente eines Orchesters gestimmt wurden. Servaz wusste, dass diese Methode inzwischen weiterentwickelt worden war und die meisten Orchester sich heutzutage auf 442 Hz stimmten. Ähnlich wie bei einem Orchester diente die 440 bei der Polizei dazu, die Dienststellen auf den gleichen Stand zu bringen und Informationen weiterzuleiten.

Ihm war dabei nichts Außergewöhnliches aufgefallen. Er erwartete auch nicht gerade, eine Spur des Schweizers darin zu entdecken, er hatte einfach seine alten Angewohnheiten wiederaufgenommen. Ihn fröstelte. Es gelang ihm noch nicht, das Unwohlsein abzuschütteln, das der Traum in ihm ausgelöst hatte. Ihn hatte eine Ahnung erfasst, als stünde die Vergangenheit kurz davor, wieder hervorzubrechen. Die Ahnung einer bevorstehenden Katastrophe. Nachdem er herausgefunden hatte, dass das Herz in der Kühlbox nicht Mariannes war, hatte er über Monate hinweg versucht, ihre und Hirtmanns Spur ausfindig zu machen. Mühevoll hatte er sein Englisch verbessert, Hunderte von Mails an Dutzende von Polizisten überall in Europa verschickt, mindestens ebenso viele Anrufe getätigt, schlaflose Nächte damit zugebracht, eingegangene Berichte zu durchforsten, Nachforschungen in nationalen und internationalen Unterlagen anzustellen und online auf Nachrichtenseiten nach irgendwelchen Vorkommnissen zu suchen, die der Vorgehensweise des helvetischen Mörders entsprachen. Vergeblich. Das alles hatte ihn kein Stück weitergebracht.

Er hatte sogar Irène Ziegler kontaktiert, die Gendarmin, die ihm in der Vergangenheit geholfen hatte, den Schweizer ausfindig zu machen. Sie war am gleichen Punkt wie er angelangt. Nichts. Dabei hatte sie alle nur erdenkliche Spitzfindigkeit bewiesen, um etwas über ihn in Erfahrung zu bringen. So hatte sie zum Beispiel überprüft, ob sich in der Nähe der letzten Aufenthaltsorte von jungen verschwundenen Frauen in ganz Europa Konzertsäle befanden, in denen Mahler gespielt wurde. Auch dieses Vorgehen war nicht von Erfolg gekrönt. Hirtmann war von der Erdoberfläche verschwunden. Und Marianne mit ihm. Nach Monaten der Frustration hatte er schließlich für sich beschlossen, dass Marianne tot sein müsse. Vielleicht waren ja sogar beide umgekommen – bei einem Unfall, einem Brand, wer wusste das schon? Er war entschlossen, sie aus seiner Erinnerung zu streichen, zwang sich, jeden Gedanken an sie zu vermeiden. Das war ihm mehr oder weniger gelungen. Die Zeit hatte das Ihre dazu beigetragen, wie sie es immer tat. Zwei Jahre, drei, vier, fünf ... Marianne und Hirtmann waren im Nebel verschwunden, in weite Ferne gerückt, dorthin, wo die Erinnerung nur noch eine verschwommene Landschaft im Hintergrund war. Ein Schatten, der Hauch eines Lächelns, einer Stimme, einer Geste – kaum mehr.

Und nachdem er das alles höchst penibel ausgelöscht hatte, tauchte es nun wieder auf. Das schwarze Herz – das in der Vergangenheit darauf wartete, in der Gegenwart erneut zu schlagen und jeden seiner Gedanken zu verseuchen.

»Hallo«, sagte Kirsten auf Französisch.

»Hallo.«

»Gut geschlafen?«

»Kann ich nicht gerade behaupten.«

»Was machst du?«

»Nichts Besonderes. Ich gehe eine Akte durch.«

»Was für eine Akte?«

Er erklärte ihr, was es mit der 440 auf sich hatte. Sie erzählte ihm, dass es in Norwegen etwas Ähnliches gab.

Er schloss die 440, tippte etwas in den Computer ein. Betrachtete die Suchergebnisse.

Scrollte am rechten Bildschirmrand ganz nach unten.

»Es gibt hundertsechzehn Kindertagesstätten in Toulouse«, verkündete er schließlich. »Und fast ebenso viele Grundschulen. Ich habe nachgezählt.«

Fragend sah sie ihn an.

»Du glaubst, er ist dort irgendwo angemeldet?«, fragte sie verwundert.

»Keine Ahnung.«

»Aber du willst doch nicht etwa mit diesem Foto alle Schulen abklappern?«

»Wenn wir zwei Schulen pro Stunde schaffen und mit einrechnen, wie lange man braucht, um von einer zur anderen zu gelangen, jemanden zu finden, der uns behilflich ist und das Foto dem Personal zeigt, dann dauert das Wochen. Außerdem bräuchten wir ein Rechtshilfeersuchen.«

»Ein was?«

Servaz zwinkerte ihr zu und griff zum Telefon.

»Roxane, kannst du mal eben kommen? Danke. Wir können nicht einfach so ohne offizielle Genehmigung eine Untersuchung starten«, erklärte er, als er sich wieder zu Kirsten umwandte. »Da es sich um ein Kind handelt und kein Verbrechen vorliegt, fällt das eher in die Zuständigkeit der Abteilung für Kinder- und Jugendschutz.«

Er fragte sich einen Moment lang, ob es in ihrem Land wohl auch so komplizierte Vorschriften gab. Roxane Varin kam zwei Minuten später zu ihnen. Sie war klein, recht hübsch, hatte einen braunen Pony und rundliche Wangen: Kirsten hatte sie während des Meetings gesehen. Und wie am Vortag musste sie an die französische Schauspielerin Juliette Binoche denken. Sie trug ein Jeanshemd über einer grauen Skinny-Jeans.

»Hallo«, sagte sie und küsste Servaz auf die Wangen.

Leicht schüchtern reichte sie Kirsten die Hand. Die Norwegerin vermutete, dass sie in Gegenwart von Kindern entspannter war als in der von Erwachsenen. Roxane hatte das Foto von Gustav in der Hand und ließ sich auf dem letzten freien Stuhl nieder.

»Ich habe eine Suche zur Schuleinschreibung bei der Schulaufsicht eingereicht«, teilte sie ihnen mit. »Die kümmert sich um derartige Fälle. Leider enthält die Schülerdatenbank keine Fotos. Wir können also nur nach dem Vornamen suchen, der nicht allzu weit verbreitet sein dürfte«, fügte sie hinzu, wobei ihr Pessimismus unverkennbar war.

»Was ist das für eine Datenbank?«, fragte Servaz.

»Eine Software-Applikation: Sie ermöglicht die Verwaltung und Dokumentation der schulischen Laufbahn der Kinder in der ersten Phase, vom Kindergarten bis zum Ende der Grundschulzeit.«

»Für alle Schulen? Öffentlich wie privat?«

»Ja.«

»Wie funktioniert das?«

»Die Daten werden bei der Akademie gesammelt und von jedem Schuldirektor und den Rathäusern gespeist, die mit den Einschreibungen der Schüler und der Wahl der Schule betraut sind: Familienstand des Kindes – Name, Vorname, Geburtsdatum und -ort, Adresse –, die Namen des oder der Erziehungsberechtigten des Kindes, seine schulische Laufbahn und seine INE-Nummer.«

»Seine ›INE-Nummer‹?«

»Jedes Kind in Frankreich hat eine nationale Identifikationsnummer, die INE. Anhand dieser Applikation verwalten die Akademien die Anfragen über den schulischen Werdegang. Früher haben manche Einrichtungen, je nachdem, in welchem Gebiet sie lagen, bis zu einem Dutzend Anfragen pro Woche erhalten. Seit es die Schülerdatenbank gibt, ist diese Zahl deutlich zurückgegangen, und man kann Schüler sehr viel einfacher ausfindig machen, zum Beispiel, wenn die Nachfrage von einem geschiedenen Elternteil kommt, dem das Sorgerecht zugesprochen wurde. Von diesem Gesichtspunkt aus ist die Datenbank überaus nützlich. Natürlich sind zunächst diverse Verbände und Eltern schulpflichtiger Kinder wegen besagter Registrierung auf die Barrikaden gegangen, das wurde dann von den Medien aufgebauscht, und das Ministerium hat schnellstens bestimmte Felder gestrichen, wie zum Beispiel Nationalität, Fehlstunden, das Ankunftsjahr in Frankreich, der ursprüngliche Kulturkreis, Beruf der Eltern … Die Gegner behaupteten, diese Seite sei lediglich dafür geschaffen worden, den Migrationsfluss zu überwachen. Im Jahr 2010 hat die Staatsanwaltschaft von Paris über zweitausend Anzeigen von Eltern zu den Akten gelegt. Zweitausend … Trotzdem ist diese Datenbank sehr praktisch für die Verwaltung der Klassen und das Auffinden von Schülern.«

»Und du hast Zugriff darauf?«

Kirsten sah, wie Roxane lächelte. Ein hübsches Lächeln, das ihre Augen zum Strahlen brachte.

»Nein. Keine Verwaltung, die nicht zur staatlichen Schulbehörde gehört, hat Zugriff darauf. Abgesehen von den Rathäusern, die die Schüler einschreiben. Und noch nicht einmal die Rathäuser bekommen alle Daten zu sehen, sie haben zum Beispiel keinen Zugriff auf die Information, ob ein Kind psychologische Unterstützung benötigt. Das Problem ist, dass die Namen und Vornamen für die Schulaufsicht zu sehen sind, im Rektorat dann aber ausgeblendet werden. Auch das dient dem Schutz der Privatsphäre.«

Sie wandte sich zu Kirsten um und fasste auf Englisch zusammen, was sie gerade gesagt hatte, sehr zögerlich und mit vielen Korrekturen und wiederholtem Stirnrunzeln der Norwegerin, wenn sie etwas nicht verstand.

»Das zweite Problem besteht darin, dass die Daten nur so lange aufbewahrt werden, bis das Kind die Grundschulzeit beendet hat. Sobald es die Grundschule verlässt, werden alle Daten gelöscht …«

Wieder übersetzte sie mehr schlecht als recht. Die Norwegerin nickte.

»Selbstverständlich habe ich auch eine klassische Suchmeldung mit Foto herausgegeben, die, wie ich hoffe, an die Schulen weitergeleitet wird, falls von der Schülerdatenbank eine negative Rückmeldung kommt. Wie lange das dauern wird, ist wiederum eine ganz andere Sache.«

Sie stand auf.

»Glaubst du wirklich, dass dieses Kind hier in der Nähe ist, Martin?«

In ihrem Tonfall lag dieselbe Skepsis wie in dem seiner Kollegen während ihres Meetings. Servaz antwortete nicht. Er begnügte sich damit, das Foto, das Roxane ihm reichte, entgegenzunehmen und gut sichtbar auf seinem Schreibtisch abzulegen. Er schien ganz in Gedanken zu sein. Roxane zwinkerte ihm zu, lächelte Kirsten noch einmal zu und ging dann schulterzuckend hinaus. Ganz offensichtlich hatte sie Wichtigeres zu tun. Die Norwegerin lächelte ihr zu und betrachtete dann Servaz, der mit dem Rücken zu ihr dastand und aus dem Fenster sah.

»Lust auf einen kleinen Spaziergang?«, fragte er unvermittelt.

Sie betrachtete seinen Rücken.

»Kennst du ›The purloined letter‹ von Edgar Allan Poe?«

Er hatte den englischen Titel für »Der entwendete Brief« zitiert, den er am Vorabend im Internet herausgesucht hatte. Er drehte sich um.

»Was hat es damit auf sich?«

»*Nil sapientiae odiosius acumine nimio* – Nichts ist der Wahrheit verhasster als zu viel Scharfsinn. Ein Satz von Seneca, der der Erzählung als Epigraf vorangestellt ist. ›Der entwendete Brief‹ lehrt uns, dass wir häufig direkt vor der Nase haben, wonach wir an ganz anderer Stelle suchen.«

»Du glaubst also wirklich, dass Gustav hier sein könnte?«

»In dieser Geschichte gelingt es der Polizei nicht, einen Brief in einer Wohnung zu finden, weil die Beamten davon ausgehen, dass er darin versteckt wurde«, fuhr er fort, ohne auf ihre Unterbrechung einzugehen. »Dupin, Poes Protagonist, der Vorgänger von Sherlock und allen Schnüfflern mit ausgezeichneten Analysefähigkeiten, versteht, dass die beste Methode, ihn zu verstecken, tatsächlich darin besteht, ihn im Gegenteil für alle sichtbar auf dem Schreibtisch liegen zu lassen. Er ist einfach nur verkehrt herum gefaltet, trägt ein anderes Siegel und eine andere Handschrift.«

»O Mann, wie verrückt ist das denn?«, sagte sie auf Englisch. »Ich verstehe nur Bahnhof. Worauf willst du hinaus?«

»Ersetze den Schreibtisch aus der Geschichte durch Saint-Martin-de-Comminges, den Ort, wo alles begann. Du hast es selbst gesagt: Hirtmann ist mehrfach in der Gegend gewesen. Warum?«

»Deinetwegen. Weil er besessen von dir ist.«

»Und wenn es dafür noch einen anderen Grund gibt? Bedeutender, als von einem Bullen besessen zu sein? Einen Sohn zum Beispiel ...«

Kirsten schwieg, wartete auf das, was noch kam.

»Ein verschleierter Sohn und doch für alle sichtbar, wie der entwendete Brief auf dem Schreibtisch in der Erzählung. Ein einfacher Namenswechsel. Er geht zur Schule, wird von jemand anderem großgezogen, der sich um ihn kümmert, wenn Hirtmann nicht da ist, sprich, die meiste Zeit.«

»Und das soll niemandem aufgefallen sein?«

»Was soll denn auffallen? Ein Junge unter vielen anderen. Der zur Schule geht ...«

»Ja, eben. Hätte sich dort denn niemand gefragt, wer dieses Kind ist?«

»Ich nehme an, dass er jeden Tag zur Schule gebracht wird. Das Bildungsministerium ist ja noch nicht mal in der Lage, seine Angestellten aufzulisten, die durch Pädophilie auffällig geworden sind. Und vielleicht geben sich diejenigen, die ihn zur Schule bringen, ja als Adoptiveltern aus, was weiß ich?«

»In Saint-Martin, sagst du?«

»Ja, genau.«

»Und warum genau da?«

Tja, warum genau da? Angenommen, der Schweizer kam tatsächlich hier in die Gegend, um seinen Sohn zu treffen, warum sollte sich Gustav dann gerade in Saint-Martin befinden? Warum nicht sonst irgendwo in der Region?

»Weil Hirtmann mehrere Jahre in Saint-Martin verbrachte ...«

»Eingeschlossen in einer Anstalt.«

»Ja. Aber er hatte Komplizen draußen, Leute wie Lisa Ferney.«

»Die Stationsschwester des Institut Wargnier, oder? Sie arbeitete dort. Das war nicht einfach nur jemand, der dort lebte.«

Er dachte nach. Warum hatte er immer gedacht, dass Hirtmann noch andere Komplizen gehabt hatte? Dass sie damals nicht alle seine Komparsen hochgenommen hatten? Er wusste, dass seine Argumentation nicht stichhaltig war, dass sie jeder Logik entbehrte. Oder dass seine Logik zumindest verzerrt war und irgendwie hinkte, dass er Zeichen sah, merkwürdige Zufälle, wo gar keine waren – als wäre er paranoid. Dennoch kreisten seine Gedanken immer wieder um Saint-Martin, wurden von diesem Ort angezogen wie eine Kompassnadel vom Norden.

»Saint-Martin, da wärst du fast umgekommen, oder?«

Sie hatte sich gut informiert. Er nickte.

»Ich habe immer gedacht, dass er dort noch jemanden hatte, der ihm half«, sagte er. »Wie er von dort entkommen ist, in dieser Nacht; zu Fuß über die Berge – sein verunglücktes Auto, mitten im Schneesturm ... Ohne Hilfe hätte er das nicht geschafft.«

»Und dieser Komplize zieht jetzt Gustav groß?« Sie klang genauso zweifelnd wie Roxane.

»Wer sonst?«

»Dir ist schon klar, wie winzig diese Chance ist?«

»Ich weiß.«

Auf der Höhe von Montréjeau fuhren sie von der Autobahn ab, ließen die Eintönigkeit der Ebene hinter sich und hielten auf die Berge zu. Zunächst waren es nur kleine, dicht bewachsene Bergkuppen unter einer Schneedecke. Die Landschaft war weiß, rein. Mal führte die Straße zwischen lichten Wäldern hindurch oder an einem wilden Bachlauf entlang, dann wieder schlängelte sie sich neben verschneiten Wiesen entlang oder streifte Dörfer, die im Winterschlaf zu sein schienen. Nach und nach rückten die Berge näher, wurden höher, doch die wahrhaftige, unüberwindbare Barriere zeichnete sich weiter hinten ab: die gezackte, wilde Linie der höchsten Berge der Pyrenäen.

An einem Kreisverkehr verließen sie die vierspurige Straße, überquerten einen Bach und bogen am nächsten Stoppschild nach links ab. Der Abstand zu den Bergen verringerte sich immer mehr. Die Straße führte über einen wilden Wasserlauf, der zwischen zwei hohe Felswände eingebettet war. Sie entdeckten ein kleines schäumendes Wehr und den schwarzen Schlund eines in die Felswand gehauenen Wasserkraftwerks auf der anderen Seite, durchquerten einen Tunnel mit Haarnadelkurve. Als sie auf der anderen Seite des Tunnels herauskamen, tauchte die Stadt unterhalb der Brüstung auf: Saint-Martin-de-Comminges, 20 863 Einwohner. Die Straße führte sie nach unten und in die Stadt hinein.

Die Schneeverwehungen in den Straßen beeindruckten Kirsten nicht weiter; sie war in Nesna, nördlich von Oslo, aufgewachsen, mitten in Norwegen. Die Bürgersteige waren voll: Skifahrer, die gerade von den Gondeln der Skistationen kamen, Kurgäste, die die Therme gegen die Cafés und Restaurants des Stadtzentrums eingetauscht hatten, Familien mit Kindern und Kinderwagen ... Servaz fragte sich, ob Hirtmann, ohne aufzufallen, wohl auch durch diese Straßen spaziert war. Sein Gesicht war auf den Titelseiten der regionalen und nationalen Tageszeitungen gewesen – und es war kein Gesicht, das man leicht vergaß. Hatte er sein Aussehen verändert? Hatte er sich womöglich einer Schönheits-OP unterzogen? Servaz kannte sich mit diesem Thema nicht so gut aus, hatte jedoch gehört, dass sie heutzutage wahre Wunder vollbringen konnten. Allerdings ließen ihn die Folgen, die man hin und wieder bei ehemals hübschen, dann aber von einem Tag auf den anderen nahezu entstellten Schauspielerinnen konstatierte, am Wahrheitsgehalt dieser Wunder zweifeln.

Sie parkten vor dem Rathaus und stiegen aus. Er hörte das Rauschen des Wasserfalls, der einen silbernen, horizontalen

Strich auf der bewaldeten Bergflanke hinterließ, und spürte, wie ein Schauer seinen Rücken hinunterrann: Es wäre durchaus Hirtmanns Stil, wieder hierherzukommen und sich inkognito unter die Menschen zu mischen. Sowie ihm dieser Gedanke gekommen war, suchte er den Platz, den Park, die Cafés, den Musikpavillon und die Gesichter ab – als würde ihn irgendein unsichtbares Band mit dieser anonymen Menge verbinden. Der über den Dächern aufragende Berg mit seinem weißen Tannenkleid betrachtete ihre Ankunft mit derselben Gleichgültigkeit, mit der er die Verbrechen des Winters 2008/2009 empfangen hatte.

»Wieso sind wir beide hier?«, fragte er plötzlich.

»Was?«

»Wenn wir beide jetzt hier sind, dann weil er das so wollte. Warum? Warum hat er uns zusammengebracht?«

Sie warf ihm einen fragenden Blick zu, bevor sie das Rathaus betraten.

Der Bürgermeister war nicht mehr der von damals. Diesen Posten hatte jetzt ein junger Mann inne, groß und korpulent, mit dichtem Bart, der sein Gesicht zuzuwuchern schien, riesigen Tränensäcken unter den blassen, leicht wässrigen Augen, die von Schlafmangel herrührten und auf einen ungesunden Lebenswandel oder aber auf schlechtes Erbgut hindeuteten. Sein Bart war von schwer definierbarer Farbe: irgendetwas zwischen Braun und Rot mit weißen Stellen.

»Servaz, dieser Name sagt mir etwas«, bemerkte er mit schmetternder Stimme.

Mit seiner riesigen Pranke ergriff er die Hand des Polizisten. Sie war feucht und kühl. Dann bedachte er Kirsten mit seinem schönsten Lächeln. Servaz betrachtete seine Hände: kein Ring. Der große Mann musterte ihn erneut.

»Meine Sekretärin sagte mir, dass Sie ein Kind suchen.« Damit drehte er sich um und ging vor ihnen her in ein riesiges Büro, hell erleuchtet und luftig, mit zwei großen Fenstertüren und einem Balkon, von wo aus man die höchsten Gipfel der Bergkette sah.

Bürgermeister in Saint-Martin zu sein hatte wohl auch seine angenehmen Seiten.

Servaz legte das Foto von Gustav auf den Tisch und nahm dann Platz.

»Vielleicht ist er hier zur Schule gegangen«, sagte er.

»Wie kommen Sie darauf?«

»Tut mir leid. Laufende Ermittlung.«

Der Bürgermeister saß inzwischen am Schreibtisch, zuckte mit den Schultern und ließ seine Finger über die Tastatur klappern.

»Wenn er noch hier ist, dann befindet er sich in der Schülerdatenbank. Treten Sie näher.«

Sie stellten sich hinter ihn. Der Bürgermeister holte eine Art Plastikschlüssel mit einem kleinen digitalen Bildschirm aus seiner Schublade und hielt ihnen einen kurzen Vortrag über besagte Datenbank.

»Sie ist natürlich gut gesichert.«

Sie sahen auf dem Computerbildschirm die Worte »Login« und »Benutzername« sowie »Passwort« auftauchen.

»Ich muss meinen Benutzernamen eingeben, dann das Passwort, das aus meinem persönlichen Code mit vier Zahlen und der sechsstelligen Zahl, die auf diesem Sicherheitsschlüssel angezeigt wird, besteht. Die Verbindungsadresse ist für jede Schule anders.«

Kurz darauf war eine Homepage zu sehen, oben ein dreifarbiger Streifen: orange, blau und grün. Darunter stand »Schule« (orange), »Schüler« (blau) und »Verwaltung« (grün).

»Das Modul für das Rathaus betrifft nur die Einschreibungen«, erklärte der Beamte.

Servaz sah, wie er auf »Weiterverfolgung der Einschreibungen und Aufnahmen« klickte.

»Wie heißt er?«

»Wir haben nur den Vornamen.«

Der Bürgermeister drehte sich mitsamt Stuhl um und sah sie verblüfft an. Sein wässriger Blick wanderte zwischen ihnen hin und her.

»Wirklich? Nur den Vornamen? Bislang habe ich immer Name und Vorname eingegeben. Und sehen Sie: Da ist ein Sternchen, das Feld ›Name‹ ist also obligatorisch.«

Da hatte sich Roxane wohl geirrt. Kaum begonnen, schon führte ihre Spur in eine Sackgasse.

»Er heißt Gustav«, sagte Servaz. »Sie müssen doch irgendwo die Klassen der letzten Jahre archiviert haben, es gibt doch gar nicht so viele Schulen in Saint-Martin.«

Der Bürgermeister dachte nach.

»Haben Sie ein Rechtshilfeersuchen?«, fragte er plötzlich.

Servaz zog es aus der Hosentasche.

»Das müsste ich für Sie herausfinden können«, antwortete der Bürgermeister. »Gustav ist heutzutage schließlich kein sehr geläufiger Name.«

Servaz wusste, wie gering die Chancen waren, dass Hirtmann ihn mit seinem richtigen Namen angemeldet hatte. Aber dann wieder, warum auch nicht? Wer würde schon eine Verbindung zwischen einem Kind und einem Schweizer Mörder herstellen? Wer könnte sich vorstellen, dass er ein Kind auf eine Schule in Saint-Martin schickte? Gab es ein Versteck, das weniger verdächtig war als dieses?

Er schaute sich auf dem Platz um. Wolken hatten sich wohl an den Gipfeln gesammelt, denn ein dunkler Schleier hatte sich darübergelegt, überzog alles mit einem eigenartigen Graugrün, als würde man die Welt durch einen Filter betrachten. Ein kleiner Lichtschimmer hing noch am Musikpavillon.

»Ich werde sehen, was ich machen kann. Aber das könnte ein paar Stunden dauern, okay?«

»Wir bleiben vor Ort.«

Da war ein Typ, da unten. Aufgrund des verschleierten Lichts konnte er ihn nicht genau ausmachen. Er war groß. Trug einen dunklen Wintermantel, vielleicht schwarz. Er sah nach oben zu den Fenstern des Rathauses. Servaz hatte sogar den Eindruck, als würde dieser Mann ihn ansehen.

»*Try* Gustav Servaz«, sagte Kirsten unvermittelt hinter ihm.

Er zuckte zusammen. Wirbelte herum. Der Bürgermeister musterte die Norwegerin erneut, leicht überrascht, dann sah er zu Martin.

»Ich soll Gustave Servaz eingeben?«, übersetzte er.

»*Yes. Gustav without e.*«

»Wie schreibt man Servaz? *How do you write it*?«

Sie buchstabierte es.

»Das ist doch Ihr Name?«, sagte der Bürgermeister an Servaz gewandt, verstand ganz offensichtlich nicht mehr so recht, was hier vor sich ging.

Servaz ging es nicht anders, in seinen Ohren rauschte es nur noch. Am liebsten hätte er ihm gesagt, er solle es nicht tun, doch stattdessen nickte er nur.

»Machen Sie, worum sie gebeten hat.«

Sein Herz pochte wie wild. Das Atmen fiel ihm mit einem Mal schwer. Er sah aus dem Fenster. Inzwischen war er sich ganz sicher, dass *der andere* sie beobachtete. Reglos und aufrecht stand der Mann da, mitten in einer der Alleen des Parks, sah noch immer zu den Fenstern des Rathauses hoch; Erwachsene wie Kinder machten einen Bogen um ihn, wie das Wasser eines Bachs um einen großen Stein herumfloss.

»Los geht's«, sagte da der Bürgermeister.

Die Stille hielt nur wenige Sekunden an.

»Servaz Gustave: mit einem e«, verkündete er triumphierend.

15

SCHULE

Ein eisiger Schauer durchzuckte Servaz. Ihm war, als würde sich derselbe Schatten, der die Landschaft verdunkelte, jetzt auch über seine Gedanken legen. Er sah nach draußen. Da, wo der Mann noch vor einer Sekunde gestanden hatte, war niemand mehr, nur noch der ganz normale Strom von Menschen.

Wer war dieser Junge, verdammt noch mal?

»Er hat bis letztes Jahr die Jules-Verne-Schule besucht«, verkündete der Bürgermeister, als hätte er seine stumme Frage verstanden. »Aber da ist er nicht mehr.«

»Und Sie wissen nicht, wo er jetzt ist?«, fragte Kirsten.

»Ich weiß nur, dass er nirgendwo hier zur Schule geht. Sonst würde er in meiner Datenbank auftauchen«, antwortete der Bürgermeister auf Englisch.

Er wandte sich zu Servaz um und musterte ihn mit zusammengekniffenen Augen. Bestimmt entging ihm nicht, wie blass und angespannt Servaz mit einem Mal war, und wahrscheinlich fragte er sich, was hier eigentlich genau vor sich ging.

»Zeigen Sie uns, wo die Jules-Verne-Schule liegt«, bat Kirsten und deutete zum Stadtplan an der Wand.

Angesichts von Servaz' Trägheit und Erstarrung nahm sie die Dinge in die Hand. Servaz fragte sich, wie sie nur auf diese Idee gekommen war. Ganz offensichtlich kannte sie den Schweizer und seine Denkweise besser, als sie zugeben wollte.

»Das kann ich gerne machen.«

Eine lange weiße Allee zwischen zwei Reihen von alten Platanen, die der vorzeitige Winter bereits entblättert hatte. Ihre dicken, knotigen Äste waren schneebedeckt und erinnerten an lebende Figuren, deren Arme die Äste waren, eine anthropomorphe Gestalt, wie in den Disneyfilmen seiner Kindheit. Der Schneepflug war hier schon durchgefahren, hatte die Mitte der Allee freigeräumt, die zum Tor der Schule führte. Sie kamen an einem Schneemann vorbei, den bestimmt kleine Kindern gebaut hatten, denn er stand ganz schief da und sein Kopf hatte eine eigenartige Form. Man hätte ihn für einen hässlichen, arglistigen Gnom halten können.

Hinter der Allee und dem Tor wurde ein alter Schulhof sichtbar, und Servaz musste an »Der große Meaulnes« denken und an seine eigene Kindheit im Südwesten. Wie viele Kinder waren hier aufgewachsen, wie viele Persönlichkeiten hier geformt und herausgearbeitet worden, bis sie dann ganz plötzlich aus dem familiären Kokon hinausgeworfen wurden und feststellten, dass da draußen eine Welt existierte – und dass sie voller Stacheln war? Wie viele Kinder hatten diese Schule verlassen, bereit, es mit dem Leben aufzunehmen, das Pech zu bezwingen, oder aber als zukünftige Opfer von Widrigkeiten, die stets aufs Neue von den Unwägbarkeiten des Lebens gebeutelt wurden, unfähig, sie je zu überwinden? Wovon war das abhängig? Wie viele Kinder hatten hier ihr erstes soziales Umfeld erlebt, die Grausamkeit ihrer Artgenossen erduldet oder die ihre ausgelebt? Servaz hatte an diese Zeit kaum Erinnerungen.

Der Schulhof war verwaist, die Schüler beim Unterricht. Durch die Kälte bildeten sich weiße Wölkchen vor ihren Mündern, als sie den Schulhof überquerten, und der Wind zerzauste ihre Haare und wehte den Schnee von den Bäumen. Eine Frau tauchte auf dem Schulhof auf, zog ihren Mantel fest um sich. Servaz schätzte sie auf etwa fünfzig, die Haare waren blond gefärbt, ihr Gesicht offen, aber streng.

»Der Bürgermeister hat mich darüber informiert, dass Sie kommen würden. Sie sind doch von der Polizei, oder?«

»Kripo Toulouse«, antwortete er und hielt ihr seine Karte hin. »Und das ist Kirsten Nigaard von der norwegischen Polizei.«

Fragend sah die Rektorin sie an. Streckte die Hand aus.

»Darf ich mal sehen?«

Servaz reichte ihr den Ausweis.

»Das verstehe ich nicht«, sagte sie, während sie ihn beäugte.
»Genau das hat mir der Bürgermeister gesagt. Sie haben denselben Familiennamen wie Gustave. Ist er Ihr Sohn?«

»Reiner Zufall«, meinte Servaz, sah aber sehr wohl, dass sie ihm nicht glaubte.

»Hmmm. Was wollen Sie von diesem Kind?«

»Der Junge ist verschwunden. Schwebt vielleicht in Gefahr.«

»Ah. Könnten Sie etwas deutlicher werden?«

»Nein.«

Er sah ihren säuerlichen Gesichtsausdruck.

»Was wollen Sie wissen?«

»Könnten wir vielleicht reingehen? Es ist ganz schön kalt hier.«

Eine Stunde später wussten sie etwas mehr über Gustav. Das Porträt, das die Rektorin der Schule gezeichnet hatte, war ziemlich genau. Ein brillantes Kind, mit manchmal eigenartigen Stimmungsschwankungen. Auch ein melancholischer Junge, ziemlich eigenbrötlerisch, der nur wenige Freunde in der Schule hatte und folglich vielen anderen eine ganze Weile als Prügelknabe gedient hatte. Zum Teufel mit Rousseau, dachte Servaz, Kinder brauchten niemanden, um grausam, böse und heuchlerisch zu werden: Das trugen sie in sich, genau wie der Rest der Menschheit. Vielmehr war eher das Gegenteil zutreffend: Durch den Kontakt zu anderen lernte man manchmal, besser zu werden, und mit ein wenig Glück blieb man das dann für sein restliches Leben. Oder auch nicht. Servaz glaubte, die Unbescholtenheit mit zehn Jahren erfahren zu haben, als er *Bob Morane* gelesen hatte oder den Abenteuern der beispielhaften Helden von Jules Verne gefolgt war.

Die Großeltern von Gustav waren als Erziehungsberechtigte des Kindes vermerkt. Wie der Bürgermeister fand die Rektorin die Informationen in der Schülerdatenbank. Sie erklärte ihnen, dass die Anmeldung vom Rathaus bestätigt worden sei, ohne dass Eltern vermerkt worden wären, sodass bei ihr eine Warnmeldung aufgepoppt sei, als sie das Dossier konsultierte, schließlich handle es sich bei diesem Feld um ein Pflichtfeld.

Sie hatte die Akte vor ihnen geöffnet, und sie konnten sich selbst davon überzeugen, dass nur das Feld mit den Namen ausgefüllt war, eine Adresse aber fehlte.

»Monsieur und Madame Mahler«, las Servaz.

Servaz hatte das Gefühl, als würde ihm das Blut in den Adern gefrieren, das Rauschen in seinen Ohren war zu einem wasserfallartigen Getöse angeschwollen. Er wechselte einen Blick mit Kirsten und war sich sicher, dass in seinen Augen dieselbe Fassungslosigkeit lag wie die, die er in den Augen der Norwegerin sah. In der Rubrik »Nächste Angehörige« waren die Felder »Großvater« und »Großmutter« angekreuzt.

Das war alles.

»Haben Sie mit seinen Großeltern gesprochen?«, fragte er mit rauer, kratziger Stimme, die an eine Säge erinnerte.

Er räusperte sich.

»Nur mit dem Großvater«, antwortete die Rektorin mit verwirrt gerunzelter Stirn. »Ich machte mir Sorgen. Wie ich Ihnen bereits gesagt hatte, wurde Gustave immer wieder von seinen Kameraden auf dem Schulhof gehänselt, und ich konnte wohl versuchen, sie zu trennen, am nächsten Tag ging alles wieder von vorn los. Er sagte nichts, weinte nicht.« Sie warf ihnen einen kummervollen Blick zu. »Außerdem war er ein zierliches, kränkliches Kind, deutlich kleiner als die anderen. Er sah so aus, als wäre er ein Jahr jünger als seine Mitschüler. Häufig fehlte er. Mal eine Grippe, ein Schnupfen, Durchfall: Immer gab es irgendeinen Grund. Und immer hatte der Großvater eine Erklärung parat. Außerdem wirkte der Junge so traurig. Nie lächelte er. Es war schrecklich, ihn auf dem Schulhof zu beobachten. Können Sie sich das vorstellen? Ein Kind, das niemals lächelt? Na ja, man hat ganz deutlich gesehen, dass irgendetwas nicht stimmte. Und ich wollte herausfinden, was es war. Also habe ich mit dem Großvater gesprochen …«

»Was für einen Eindruck hat er auf Sie gemacht?«

»Wie meinen Sie das?«

»Was für eine Art Mensch war er?«

Sie zögerte. Servaz war sich sicher, dass sie gerade an etwas ganz Bestimmtes dachte.

»Ein Opa, sicher ... Der Junge warf sich immer in seine Arme, zwischen den beiden herrschte eine große Vertrautheit und Zuneigung, das konnte man deutlich sehen. Aber ...« Wieder bemerkte er ihr Zögern. »Ich weiß auch nicht ... da war noch etwas anderes an ihm, an der Art, wie er einen ansah ... Kein Zweifel, er liebte dieses Kind sehr, aber ... jedes Mal, wenn ich versuchte, etwas mehr in Erfahrung zu bringen, dann ... wie soll ich sagen? ... veränderte sich seine Haltung ... Ich habe mich sogar gefragt, was er wohl vor der Rente gemacht hat.«

»Wie soll ich das verstehen?«

»Na ja, er gehört nicht zu der Sorte Mensch, die sich gern provozieren lässt, verstehen Sie? Er muss fast achtzig gewesen sein, aber aus irgendeinem Grund habe ich mir immer gesagt, wenn jemals bei ihm eingebrochen würde, dann müssten wohl eher die Einbrecher Angst haben ... Keine Ahnung, wie ich darauf kam.«

Servaz sah die Verblüffung in ihrem Gesicht. Ihm wurde klar, dass er unter seiner Jacke und seinem Mantel schweißgebadet war. War das eine Folgeerscheinung seines Komas?

»Hat er Ihnen etwas über Gustavs Vater erzählt?«

Sie nickte.

»Ja, er hat mir gesagt, sein Sohn sei häufig lange Zeit abwesend. Wegen seines Jobs. Und das würde den Jungen ziemlich verwirren, er frage auch ständig nach ihm. Aber er hat mir gesagt, dass der Vater bald zurückkehren würde, dass er viel Urlaub habe, wodurch er dann viel Zeit mit seinem Sohn verbringen könne.«

»Hat er Ihnen gesagt, welchen Beruf Gustavs Vater ausübt?«

Seine Worte drängten ganz hastig aus ihm heraus.

»Ja, das wollte ich gerade sagen. Er arbeitet auf einer Bohrinsel. In der Nordsee, glaube ich.«

Wieder tauschten Servaz und Kirsten einen Blick, der der Rektorin nicht entging.

»Was ist denn los?«, fragte sie.

»Das untermauert gewisse Informationen, die uns vorliegen.«

»Und natürlich können Sie mir nicht mehr darüber verraten«, sagte die Rektorin entnervt.

»Ganz genau.«

Ihr Gesicht lief rot an.

»Gustavs Großeltern – Sie haben nicht zufällig die Adresse?«

»Nein.«

»Und die Großmutter haben Sie nie gesehen?«

»Nein. Nie. Nur ihn.«

Er nickte.

»Sie müssen bitte nach Toulouse zur Kripo kommen, damit wir mit Ihrer Hilfe ein Phantombild von ihm erstellen und Sie noch weitere Fragen beantworten können. Fragen Sie nach Roxane Varin von der Abteilung für Kinder- und Jugendschutz.«

»Wann denn?«

»Je schneller, desto besser. Nehmen Sie sich einen Tag frei. Haben Sie je mit ihm über die Mutter gesprochen?«

»Natürlich.«

»Und was hat er Ihnen da mitgeteilt?«

Der Blick der Rektorin verfinsterte sich.

»Nichts. Das war einer der Momente, von denen ich Ihnen erzählt habe, in denen man wusste, dass man besser nicht weiter nachhakte.«

»Und Sie haben tatsächlich nie nachgehakt?«, fragte er erstaunt.

»Äh, nein …«

Er sah, wie sie errötete.

»Ist Gustave etwas zugestoßen? Hat man ihn irgendwo aufgefunden …«

»Nein, nein. Darüber hätte die Presse berichtet. Er ist verschwunden, das ist alles … Vielen Dank für Ihre Hilfe.«

Sie standen auf, reichten einander die Hände.

»Commandant«, sagte sie. »Ich habe noch eine Frage.«

Sie waren bereits bei der Tür angelangt, da drehte er sich noch einmal um.

»Was verbindet Sie mit diesem Kind?«

Verblüfft sah er sie an. Wurde mit einem Mal von einer schrecklichen Intuition erfasst.

Über die Allee mit den Platanen aus dem Zeichentrickfilm gingen sie zum Auto zurück. Eigenartigerweise war der Schneemann inzwischen geköpft worden – vielleicht hatte auch der Wind seinen großen Kopf heruntergeweht, jetzt lag er jedenfalls auf dem Boden; noch eigenartiger war allerdings, dass es ihn an die Propagandabilder des Islamischen Staates erinnerte, die die Weltanschauung der Menschen im Abendland mit passivem oder aktivem Zutun der Medien vergiftet hatten. Zu anderen, noch gar nicht so lange zurückreichenden Zeiten hätten diese Bilder niemals das Tageslicht erblickt und wären noch weniger veröffentlicht worden. War es ein Segen oder ein Fluch, dass heutzutage jeder Zugang zu ihnen hatte?

»Also hat er hier gelebt«, bemerkte Kirsten, nachdem Servaz ihr sein Gespräch mit der Rektorin übersetzt hatte.

Er klang angespannt.

»Servaz, Mahler … Eine richtige Inszenierung … Er wusste, dass wir seine Spur eines Tages bis hierher verfolgen würden. Wie ist das möglich?«, fragte sie.

Er steckte den Schlüssel ins Zündschloss, ohne zu antworten. Fuhr vorsichtig rückwärts auf die nasse und an einigen Stellen vereiste Straße zurück. Er wollte gerade den ersten Gang einlegen, als er sich zu ihr umdrehte.

»Wie bist du auf die Idee gekommen, seinen Vornamen und meinen Familiennamen zusammenzusetzen?«

16
RÜCKKEHR

Schweigend fuhr er über die A61 – die Autobahn der Pyrenäen – und dachte dabei unablässig über Kirstens Antwort nach. »Reine Intuition.« Sie war wie ein langsam wirkendes Gift – wie Rizin oder irgendwelche Amatoxine –, das sich verteilte und letztlich jeden seiner Gedanken infizierte. Eine Eingebung, ähnlich wie die, die er hatte, als die Rektorin ihn gefragt hatte, was ihn mit Gustav verband?

Marsac ... Claire Diemar, die Lehrerin für Altphilologie, die tot in ihrer Badewanne aufgefunden worden war, eine brennende Taschenlampe im Rachen, ein Dutzend aufgeblasener Puppen im Pool. Und Marianne, die ihn angerufen und um Hilfe gebeten hatte, weil ihr Sohn am Boden zerstört vor dem Haus der Ermordeten gesessen hatte. Im Verlauf dieser Ermittlung war Servaz buchstäblich ins Schwimmen geraten. Er hatte an eine Vergangenheit angeknüpft, die ihn schon einmal zerstört hatte, hatte all seine Prinzipien über Bord geworfen und mit der Mutter des Hauptverdächtigen geschlafen. Dafür musste er dann auch prompt bezahlen ... O ja. Erst Monate später hatte er sich halbwegs davon erholt. Wobei – hatte er sich überhaupt je davon erholt?

Und falls ... falls Marianne schwanger war, als sie von dem Schweizer entführt wurde? Bei diesem Gedanken erfasste ihn eine Welle der Furcht, und ihm wurde übel. Er öffnete den Mund, als ringe er nach Luft. Nein: Das konnte nicht sein, das durfte nicht sein. Auf gar keinen Fall. Das durfte er sich nicht erlauben, der Psychiater hatte das gesagt: Er war zu schwach, zu verletzlich.

Sein Blick fiel auf den Lkw, den er überholte. Eines war sicher: Hirtmann hatte verstreute Hinweise für sie hinterlassen, wie eine Spur von Steinen. Er war also hier gewesen, das hatte der Großvater der Rektorin mitgeteilt. Er war regelmäßig hier gewesen, um seinen Sohn zu sehen, wenn er Urlaub hatte – und die Mitarbeiter einer Bohrinsel hatten viel Urlaub. Somit war naheliegend, dass er sein Aussehen verändert hatte, damit er in Saint-Martin nicht erkannt wurde. Dazu brauchte es vermutlich gar nicht viel. *Und Marianne, wo ist sie?*, fragte er sich. *Lebt sie noch?* Das hatte er geglaubt, als sich herausgestellt hatte, dass das Herz in der Kühlbox nicht ihres war, doch mittlerweile zweifelte er daran. Wieso sollte der Schweizer sie so lange am Leben gelassen haben? Das entsprach nicht seinen Gewohnheiten. Und faktisch war das sehr schwer zu organisieren. Aber hätte er ihn nicht auf irgendeine Weise wissen lassen, dass sie tot war? Ganz bestimmt hätte er »seinem« Polizisten ein für diesen so bedeutsames Ereignis nicht verschwiegen.

Seine Finger krampften sich um das Lenkrad, er hatte das Gefühl, als würde sein Schädel gleich explodieren.

»Hey, Mann!«, sagte Kirsten neben ihm. »Langsam.«

Er warf einen Blick auf den Tacho. Verdammt! Hundertachtzig! Er nahm den Fuß vom Gas, woraufhin das Raunen des Motors schwächer wurde.

»Bist du sicher, dass alles okay ist?«, fragte sie.

Er nickte mit einem Knoten im Hals, warf ihr einen flüchtigen Blick zu. Sie beobachtete ihn ruhig, distanziert. Ihr Rock war etwas über ihre Knie nach oben gerutscht, aber ihr dunkler Mantel schnürte sie ein, war sorgfältig bis zum Hals zugeknöpft. Sie hatte einen ordentlichen Scheitel in den blonden Haaren mit dunklerem Ansatz, und ihre perlmuttfarbenen Fingernägel waren makellos. Was verbarg sich hinter diesem kühlen Äußeren? War das so üblich in Norwegen, dieses rigorose, gezügelte Temperament? Oder war das typisch für sie? Etwas aus ihrer Kindheit, ihrer Erziehung?

Sie schien nicht gerade empfänglich für menschliche Wärme und Berührungen zu sein. Fünf Tage würde sie hierbleiben, hatte sie gesagt. Was erhoffte sich die norwegische Polizei in einem so kurzen Zeitraum zu erreichen? Bestimmt war es eine Frage des Budgets wie bei ihnen auch. Umso besser: Er konnte sich kaum vorstellen, dass er ihr verschlossenes Wesen länger zu ertragen vermochte, auch wenn er selbst nicht gerade eine Stimmungskanone oder sonderlich gesprächig war. Er hatte das Gefühl, dass sie ihn permanent beobachtete und beurteilte, und das gefiel ihm ganz und gar nicht. Sie erinnerte ihn an eine Lehrerin oder an eine Vorgesetzte, die sich in einem männlichen Umfeld Respekt verschaffen musste. War das typisch für sie, oder passte sie ihr Verhalten an die jeweilige Situation an? Wie auch immer, je schneller sie wieder nach Norwegen zurückkehrte, umso besser.

»Das ist so widerlich«, sagte sie unvermittelt.

»Was? Was meinen Sie?«

»Wenn dieser Junge sein Sohn ist … dann ist das einfach widerlich.«

Er dachte über diesen Satz nach. Ja, das war widerlich, aber vielleicht ging es auch noch schlimmer.

17
SPUREN

Es wurde Abend, war fast achtzehn Uhr, als die Wanderer in der Hütte ankamen, und die Temperatur lag knapp über null. Die Sonne hatte sich schon vor mehreren Stunden hinter die Berge verzogen, und noch viel länger folgten sie der weißen Piste im Wald. Sie liefen in dieser Stille hintereinander her, zwischen den Bäumen hindurch, während sich der Tag dem Ende zuneigte. Diese fünf in Daunenanoraks vermummte Gestalten mit Kapuzen und Mützen, Schals und gefütterten Handschuhen glitten auf ihren Skiern dahin. Bahnten sich ihren Weg. Ganz allein in dieser weißen Wüste. Es hatte lange gedauert, war ein sehr langer Tag gewesen, und sie sprachen nicht mehr, waren zu müde, begnügten sich damit, immer schneller zu atmen, sodass ihr Atem weiße Origamiwölkchen vor ihren Lippen bildete.

Beim Anblick der Hütte wurde die Gruppe wieder lebendiger, als wäre die dunkle Silhouette in der verschneiten Lichtung wie ein letzter Peitschenhieb, der sie antrieb.

Rundstämme, Schiefer, Stein, Tannen: Eine kanadische Postkartenansicht kam auf sie zu, auch wenn sie diejenigen waren, die in der verfrühten Dunkelheit auf die Postkarte zugingen. Gilbert Beltran dachte an *Wolfsblut*, an *Ruf der Wildnis*, an seine Kindheitslektüren voller Abenteuer, endloser Wildnis und Freiheit. Mit zehn Jahren hatte er geglaubt, das mache das Leben aus: Abenteuer und Freiheit. Stattdessen hatte er herausgefunden, dass der Handlungsspielraum gering war und es einem, sobald man sich für eine Richtung entschieden hatte, nahezu unmöglich war, eine andere einzuschlagen; dass alles deutlich weniger aufregend war, als es zunächst den Anschein hatte. Er hatte die fünfzig überschritten, hatte sich unlängst von seiner sechsundzwanzigjährigen Freundin getrennt – oder vielmehr war sie es gewesen, die ihn verlassen hatte. Die nicht sonderlich sparsame junge Frau, die ihn zusammen mit seinen drei Ex-Frauen, denen er jeweils Unterhaltsgeld zahlte, praktisch ruiniert hatte, hatte ihn wissen lassen, er sei nichts weiter als ein Idiot, und ihm dann die Tür vor der Nase zugeknallt. Tatsächlich hatte sie sich sogar viel unflätiger ausgedrückt. Er hatte sich heute völlig verausgabt, seine Muskeln brannten, und seine Lunge sehnte sich nach Sauerstoff. Er schnaufte und keuchte.

Wie auch die anderen Teilnehmer dieser Wanderung machte er eine Thermalkur in Saint-Martin-de-Comminges, um seine Depressionen und Schlafstörungen in den Griff zu bekommen, allerdings war er körperlich immer noch nicht richtig fit, ganz im Gegenteil. Er erinnerte sich daran, dass die Helden in den Büchern und Comics seiner Kindheit – egal, ob Mensch oder Tier – alle mutig, anständig und ehrlich waren. Heutzutage sah er in den Serien oder Filmen immer nur Helden, die willensschwach oder zynisch waren, logen und manipulierten. An der Börse der fiktionalen Werte standen Rechtschaffenheit, körperlicher Mut und moralische Eleganz nicht mehr hoch im Kurs.

Die Stimme der Frau hinter ihm holte ihn aus seinen Gedanken.

»Ich bin fix und fertig.«

Er drehte sich um. Es war die Blonde. Ein hübscher Feger; besonnen, unkompliziert. So um die fünfunddreißig. Er sagte sich, dass er das gern im Bett von ihr gehört hätte. Und wieso auch nicht? Immerhin war er zu haben. Er würde heute Abend mal einen Vorstoß wagen. Vorausgesetzt, da drin gab es genug Privatsphäre.

Er ahnte, dass die Hütte nicht viel größer war, als sie den Anschein machte. Auf einer Seite reichte das Dach bis auf den Boden, wo sich seit dem Herbst achtzig Zentimeter Schnee aufgetürmt hatten. Auf der anderen Seite streifte es eine hohe Felswand, deren Gipfel von Tannen verdeckt wurde. Dazwischen verteilte sich der Schatten wie Tinte, die sich mit Wasser vermischte, schien das Bergmassiv hinunterzusteigen. Jetzt wurde es schnell dunkel, und die dunkle Masse der Berghütte hob sich vor dem gräulich blauen Hintergrund ab, erschien ihm nur wenig einladender als der Wald selbst.

Mit einem Mal fühlte er sich wie als kleiner Junge, wenn er im

Bett Jack London las. Verdammt, was war nur los mit ihm, dass er so in Selbstmitleid zerfloss? Was hatte es mit diesen blöden Büchern seiner Kindheit auf sich?

Ihr Führer, ein junger blonder Mann etwa im Alter seiner Ex-Freundin, schloss die Hütte auf und schaltete das Licht ein, das wie ein gelber Fleck aus der Tür herausfiel und den von ihnen zertrampelten Schnee färbte. Ihre Spuren, aber auch noch andere, von Schneeschuhen und Schritten, ganz frisch und tiefer: Er sah, wie sie einmal um die Hütte herumspazierten, einander entgegenkamen und sich kreuzten. Jemand war vor ihnen hier gewesen. Bestimmt, um das Stromaggregat einzuschalten. Oder um zu überprüfen, dass sie trotz der dicken Schneeschicht auf den Solarpanels überhaupt Strom hatten. Vielleicht auch um ein paar Reparaturen vor der Wintersaison durchzuführen, wenn die Hütte nicht wie im Sommer bewirtschaftet war, aber man fand dort natürlich trotzdem eine Matratze und Decken, Geschirr, Holz zum Feuermachen im Ofen und ein Notfunkgerät.

Frische Spuren jedenfalls ...

Beltran sah sich um. Sein Blick blieb bei dem anderen Typen hängen, dem eigenartigen, der seine Kapuze nie abnahm – dem mit den Brandnarben um den Mund und auf der linken Wange und dem leicht irren Blick. In der Therme hatte er gehört, die Verbrennungen würden von einem starken Stromschlag von einer Oberleitung herrühren. Der Mann habe zunächst Wochen in einem speziellen Brandverletztenzentrum, dann in einer Reha-Klinik verbracht, die auf die Behandlung von Brandnarben spezialisiert war, bevor er hierhergekommen sei. Normalerweise hätte er für jemanden, dessen Gesicht so entstellt war, Mitleid empfunden, aber etwas an diesem Kerl jagte ihm kalte Schauer über den Rücken, fast wie die Winternacht. Vielleicht lag es an dem wahnsinnigen Blick, der mal auf dem einen, mal auf dem anderen ruhte, dass Beltran dabei an reine Boshaftigkeit denken musste. Oder daran, wie er bei jeder Gelegenheit auf die Hintern und Brüste der beiden Frauen der Gruppe starrte, die Blonde und die Braunhaarige. Oder daran, wie er die Blättchen seiner selbst gedrehten Zigaretten leicht obszön ableckte und einem dabei direkt ins Gesicht sah?

Beltran bemerkte, dass der Typ ihn unter seiner Kapuze musterte, und ihn schauderte. Er ging als Erster in die Hütte; ihm war nicht ganz wohl, mitten im Wald, wenn es dunkel wurde. Er war der kleine Gilbert, der in seinem Bett lag und Jack London las. *Völlig regressiv, armer Kerl ...*

Emmanuelle Vengud lächelte dem jungen Bergführer zu und zog ein Päckchen Zigaretten aus ihrem Anorak. Noch mal schnell eine qualmen, in dieser reinen Luft, schien ihr jetzt genau das Richtige zu sein. Einfach herrlich, derartige Verstöße. Sie hatte schon seit mindestens einer Stunde Lust darauf. Dieser ganze Sauerstoff, mit dem sie ihre Lunge während der Anstrengung gefüllt hatte, war ihr zu Kopf gestiegen, genau wie die Höhenluft. Allgemeine Trunkenheit. Plötzlich zerriss ein schauriger, spitzer Schrei, so durchdringend wie das Aufheulen einer Säge, die zunehmende Dunkelheit.

»Was war das?«

Matthieu, ihr junger Führer, schaute in den Wald und zuckte mit den Schultern.

»Keine Ahnung. Mit Vögeln kenne ich mich nicht aus.«

»Dann war das ein Vogel?«

»Was sonst?«

Er streckte seine behandschuhte Hand nach ihren Zigaretten aus.

»Darf ich?«

»Ein junger, gesunder und sportlicher Mann wie du raucht?«

War das Duzen etwas zu auffällig gewesen? Ach, und wenn schon.

»Das ist nicht mein einziges Laster«, sagte er und sah sie dabei eindringlich an.

Sie erwiderte seinen Blick. War das ein Wink mit dem Zaunpfahl? Oder einfach nur unschuldiges Geplänkel? Wäre das ihr Mann gewesen, dann hätte sie keinen Moment gezögert. Im mentalen Scrabble ihres werten Gatten brachte einem das Wort »Unschuld« keinen Punkt ein – im Gegensatz zu »Ehebruch, Hintergehen, Vögeln, Möse, Pornografie« und vor allem aber »Verrat«. Scrabble mit sieben Buchstaben, mit dem V von »Vögeln« legen, wenn das bereits im Spiel war. Das konnte einem einen Haufen Punkte einbringen. Verrat. Das Wort zählte für sie tatsächlich doppelt. Wenn die beste Freundin mit dem eigenen Mann schlief, an wen sollte man sich dann wenden? An das Haustier? Die Schwägerin? Sie sog den Rauch ganz tief in ihre Lunge ein.

»Ihr Mann geht nicht gern auf Skitouren?«

Sie schauderte – er stand hinter ihr und hatte diese Worte ganz dicht an ihrem Ohr ausgesprochen.

»Kann man nicht behaupten.«

»Hat es Ihnen denn gefallen?«

Wieder schauderte sie, aber dieses Mal war es anders. Wegen der Stimme … es war nicht die von vorhin. Die des jungen Bergführers. Diese hier pfiff und zischte wie … Sie schreckte zusammen. Der mit dem verbrannten Gesicht und dem merkwürdigen Blick, den Narben um den Mund und auf der Wange. Erst dann fiel ihr auf, dass sie die Einzigen draußen waren. Dass der Führer sie dort hatte stehen lassen und selbst hineingegangen war. Es war kalt und feucht, aber an Hals, Wangen und im Schritt war ihr auf einmal sehr heiß. Eine Hitze, die nicht unangenehm war. Ein Adrenalinschub, der sie leicht schwindeln ließ. Sie spürte, wie das Blut unter ihrem Skianzug ungestüm durch ihren Körper gepumpt wurde, dazu der heiße Atem, der ihre Ohrmuschel streifte. Sie vermied es, den Kopf zu drehen, damit sie nicht versucht war, die Narben anzusehen.

»Warum ist dein Mann nicht mitgekommen?«

Sie war überrascht, sowohl über das Duzen als auch über die erklärte Unverfrorenheit dieser Frage. Jetzt war es an ihr, mit den Schultern zu zucken.

»Der mag seine kleinen Annehmlichkeiten. In einem Gemeinschaftssaal inmitten von Schnarchern in einem Schlafsack zu schlafen ist nicht so sein Ding. Außerdem, und da wiederhole ich mich, steht er nicht auf Skiwanderungen. Er zieht Abfahrtski vor.« Das und Ohrfeigen, dachte sie.

»Und was macht er jetzt gerade?«

Sie verkrampfte sich leicht. Das ging nun wirklich zu weit. *Er schläft mit meiner besten Freundin,* dachte sie. Hätte sie das gesagt, würde er vielleicht die Klappe halten. Außerdem war ihr aufgefallen, wie lüstern der mit den Verbrennungen während der Wanderung ihre Brüste und ihren Hintern gemustert hatte. Da konnte es ihr noch so leidtun, was ihm widerfahren war – was auch immer das war –, er kam ihr deswegen nicht weniger bizarr, wenn nicht sogar gestört vor. Sie drehte sich um und starrte ihn an, vor allem, damit er sie nicht länger von hinten streifte. Als Erstes sprang ihr das vernarbte Gesicht ins Auge, und sie konnte den Blick nur schwer davon abwenden.

»Weshalb willst du das wissen?«

»Einfach so ... Weißt du, dass vor zehn Jahren was Schreckliches in dieser Hütte passiert ist? Was ganz Schreckliches ...«

Sie schauderte. Das hatte er mit einer eigenartigen Stimme gesagt: Sie war tiefer, ernster. Genüsslich ... Genau das war es. *Da gehen die Gäule mit dir durch, Süße.* Sanfter Wind strich durch die Äste. Die dann ihrerseits erzitterten, und ein paar Schneeladungen plumpsten herunter, wie eine nervöse Kuh ihre Fladen fallen ließ. Es wurde immer dunkler. Mit einem Mal wäre sie gern zu Hause gewesen.

»Von was für einer schrecklichen Sache redest du da?«, fragte sie.

»Eine Frau ist vergewaltigt worden. Hier. Von zwei Wanderern. Vor den Augen ihres Mannes ... Das ging fast die ganze Nacht, bis die beiden Typen vor Müdigkeit nicht mehr konnten.«

Vor Furcht zogen sich ihre Eingeweide zusammen.

»Das ist ja schrecklich«, sagte sie. »Hat man die beiden Typen gefasst?«

»Ja. Ein paar Tage später. Beide hatten ein ellenlanges Vorstrafenregister. Und weißt du was? Beide haben wegen guter Führung Straferlass bekommen.«

»Und die Frau? Ist sie gestorben?«

»Nein, sie hat überlebt.«

»Weißt du, was aus ihr geworden ist?«

Er schüttelte den Kopf in dem immer undurchdringlicher werdenden Grau, das sie umfing.

»Ihr Mann hat sich anscheinend umgebracht. Aber das ist bestimmt nur irgend so ein bescheuertes Gerücht. Die Leute hier lieben Gerüchte ... Vielen Dank für die Zigarette«, sagte er mit seiner sanften, säuselnden Stimme. »Und für den ganzen Rest.«

»Welchen Rest?«

»Na, dafür, dass wir zwei hier so in aller Ruhe quatschen konnten ... Du gefällst mir.«

Er war ihr wieder näher gekommen. Sie schaute ihn an, und ihr gefiel gar nicht, was sie da sah.

Als wäre die Nacht, die zwischen den Stämmen herumwaberte, urplötzlich in seine Pupillen geflossen und hätte seine Iris verschlungen, ein Blick, dunkel und matt, wie der Blick in einen bodenlosen Brunnen. Von einer so reinen, so brennenden Gier, dass sie einen Schritt nach hinten machte.

»Hey, hey, immer schön langsam«, hörte sie sich sagen.

»Immer schön langsam was, Emmanuelle?« Ihr missfiel auch, wie er ihren Vornamen aussprach. »Du machst mich schon die ganze Zeit an.«

»Was?!«

In der Stimme des Verbrannten lag etwas Brutaleres, Ungebändigtes, und ihr Herz pochte wie wild.

»Sie sind ja nicht ganz bei Trost!«

Sie sah, wie Wut die Brutalität in seinem Blick ablöste. Dann tauchte sein ironisches Lächeln wieder auf. Seine Lippen öffneten sich leicht, streckten die Narben um seinen Mund, und sie wartete auf die Worte, die sie durch den Schmutz ziehen, zutiefst erniedrigen würden, doch sie kamen nicht. Er begnügte sich damit, auf dem Absatz kehrtzumachen und schulterzuckend zum Eingang der Hütte zu gehen.

Ihr Herz pochte bis zum Hals, ihr Blick ging in den Wald und darüber hinaus zur schwarzen Silhouette des Berges. Der Vogel schrie erneut im hintersten Winkel des Waldes, und ein kalter Schauer wanderte von ihrem Nacken den Rücken hinunter bis zum Steißbein. Wie ein Stromschlag. Rasch machte sie sich auf den Weg zu den anderen.

Beltran beobachtete, wie die Blondine die Schuhe im Eingangsbereich auszog. Über fünf Minuten waren sie und der Verbrannte allein draußen gewesen, und als sie hereinkam, war sie genauso rot wie das Tischtuch, auf dem er sich abstützte. Irgendwas war da draußen vorgefallen, das sie weder amüsant noch angenehm zu finden schien.
»Alles in Ordnung?«, fragte er.
Sie bestätigte dies zwar mit einem Nicken, doch ihr Gesichtsausdruck sagte etwas ganz anderes.
Emmanuelle Vengud rollte ihren Schlafsack schweigend und etwas abseits der anderen aus. Zum einen gab es nicht mehr genug Platz in den Schlafkojen, zum anderen tat sie sich nachts schwer mit den Gerüchen und dem Schnarchen von anderen. Außerdem hatte sie keine Lust, in der Nähe des Verbrannten zu schlafen. An sechs Tagen in der Woche war sie Finanzbuchhalterin. Sie arbeitete von zu Hause, in aller Ruhe. Dies war ihre erste Kur und ihre erste Wanderung mit einer Gruppe. Sie hatte gedacht, alle wären müde, wenn sie bei der Hütte eintrafen – sogar zu müde, um zu reden –, aber die anderen hörten gar nicht auf zu quatschen. Vor allem die drei Typen.
»Und sie haben sie vor den Augen ihres Mannes vergewaltigt, sagst du?«, fragte derjenige, der so um die fünfzig war und Beltran hieß.
»Jep, nachdem sie sie hier festgebunden haben.«
Der Verbrannte zeigte auf einen Stützbalken in der Mitte des Raumes, der das Dach der Hütte stützte. Dann schenkte er ihnen nach.
»Also quasi am Marterpfahl«, sagte der junge Bergführer leicht angewidert und kippte das Glas in einem Zug hinunter, als wäre es Wasser.

Sie trat etwas näher an den Ofen; die sanfte Wärme, die er abstrahlte, lockerte ihre verspannten Muskeln.

»Wann ist das denn passiert?«, wollte Beltran wissen.

»Vor zehn Jahren.«

Der Verbrannte bedachte sie wieder mit seinem sadistischen Lächeln. Er hatte die Kapuze noch immer auf, vermutlich um einen teilweise kahlen oder mit tiefen Narben übersäten Kopf zu verstecken, sagte sich Beltran.

»An einem zehnten Dezember, um genau zu sein.«

»Heute ist doch der zehnte Dezember«, bemerkte die Frau namens Corinne mit den kurzen braunen Haaren und dem gebräunten Gesicht mit zittriger Stimme.

»Das war ein Scherz«, sagte er und zwinkerte ihr dabei zu.

Keinem war bei seinem Scherz zum Lachen zumute, Schweigen breitete sich aus.

»Woher weißt du von dieser Geschichte?«, fragte Beltran.

»Alle kennen diese Geschichte.«

»Ich kannte sie nicht«, sagte die braunhaarige Frau. »Dabei komme ich von hier.«

»Damit meinte ich die Führer, die Bergleute. Du bist Zahnärztin.«

»Vielleicht war sie ja sogar meine Patientin ... Wie hieß sie denn?«

»Keine Ahnung.«

»Können wir nicht von was anderem reden?«, unterbrach Emmanuelle sie.

In ihrer Stimme mischten sich zwei Emotionen: Gereiztheit und etwas anderes, Ursprünglicheres – Angst. Plötzlich war ein lautes Geräusch auf dem Dach über ihnen zu hören. Emmanuelle und die anderen schreckten auf und sahen nach oben. Alle, bis auf den Verbrannten.

»Was war das?«, fragte sie.

»Was?«

»Sagt nicht, dass ihr das nicht gehört habt.«

»Was gehört?«

»Diesen Rums auf dem Dach.«

»Bestimmt nur eine Ladung Schnee«, antwortete der junge Bergführer.

»Schnee macht nicht so ein Geräusch.«

»Na, dann vielleicht ein Ast, der unter dem Gewicht des Schnees abgebrochen ist«, sagte die Braunhaarige und warf der Blondine dabei einen verächtlichen Blick zu. »Ist doch scheißegal.«

Einen Moment lang schwiegen sie. Der Wind heulte um das Dach; im Ofen knisterte ein Feuer. Emmanuelle stellte sich das mit einer dichten Schneedecke versehene Dach über ihren Köpfen vor, die Tannenzweige über dem Dach, die stillen, vereisten Gipfel über den Tannen und die stummen Sterne über den Gipfeln. Und sie hier, lächerliche Winzlinge, verkrochen in diesem Tal, wie die ersten Höhlenmenschen.

»Man hat sie nicht nur vergewaltigt«, fuhr der Verbrannte versteckt unter seiner Kapuze mit seiner eigenartig fiepsenden Stimme fort, »sondern auch gefoltert, sie und ihren Mann. Die ganze Nacht. Sie dann vermeintlich tot zurückgelassen ... Ein Bergführer hat sie am nächsten Tag gefunden. Ein Freund von mir.«

Emmanuelle sah, wie die Augen der Braunhaarigen neugierig funkelten und wie sie den jungen Bergführer begehrlich musterte.

»Das ist ja schrecklich«, sagte sie, doch in ihrer Stimme schwang noch etwas anderes mit – etwas, das dem jungen Bergführer sagte: »Es ist schrecklich erregend, hier mit dir darüber zu sprechen, zu wissen, dass wir hier nebeneinander schlafen werden ...«

Sie war so um die fünfundvierzig, trug die Haare in einem kurzen, absichtlich zerzausten Bob, fast schon ein Herrenhaarschnitt, dunkle Haut und haselnussbraune, leicht schlitzförmige Augen. Ihr Ellbogen streifte beständig den des Bergführers, und sie sah, dass es mit dem Fuß unter dem Tisch genauso war. Emmanuelle lief rot an. Sie würden doch wohl nicht heute Nacht, hier, vor allen, übereinander herfallen wollen!

»Am schlimmsten ist, dass ...«, fuhr der Bergführer fort.

»Scheiße, Mann! Jetzt reicht's aber!«

Sie sah, wie die anderen vier sich zu ihr umdrehten. Ein spöttisches Lächeln umspielte die Lippen des jungen Bergführers.

»Tut mir leid«, sagte sie.

»Ich glaube, wir sind alle müde«, warf Beltran ein. »Vielleicht sollten wir einfach ins Bett gehen?«

Irritiert sah ihn die Braunhaarige an. Der Bergführer und sie hatten noch nicht genug geflirtet.

»Gute Idee«, sagte der Mann mit dem verbrannten Gesicht in seiner kaltschnäuzigen, hohen Stimme.

»Ich rauche noch eine, bevor ich ins Bett gehe«, sagte der Bergführer und stand auf. »Kommst du mit?«, fragte er die Braunhaarige ganz unverblümt.

Lächelnd nickte sie und folgte ihm nach draußen. Sie war mindestens fünfzehn Jahre älter als er. Schlampe, dachte Emmanuelle. Der Bergführer öffnete die Tür, und einen Moment lang hörten alle den heulenden Wind in den Tannenzweigen. Dann schloss sich die Tür wieder.

»Das macht einem schon ganz schön Angst, diese Geschichte«, sagte die Braunhaarige, sobald sie draußen standen.

Er lächelte, holte eine Zigarette aus seinem Päckchen. Sie streckte die Hand aus, um sich eine zu nehmen, aber er nahm sie ihr aus den Fingern und steckte sie sich ostentativ zwischen die Lippen und saugte dann daran. Jetzt lächelte sie. Sie ließ die hübschen Lippen des jungen Mannes nicht aus den Augen. Sie waren wie eine köstliche rote Frucht, die inmitten seines blonden Bartes aufblitzte. Dann steckte er ihr eine Zigarette zwischen die Lippen und hielt die flackernde Flamme des Feuerzeugs daran, ohne sie auch nur einen Moment aus den Augen zu lassen.

»Matthieu, das ist doch richtig, oder?«, fragte sie.

»Genau.«

»Ich schlafe nicht gern allein, Matthieu.«

Sie standen dicht nebeneinander, wegen der Zigaretten nicht ganz so nah, wie sie es gerne gewollt hätte. Sie war geschieden, konnte tun und lassen, was sie wollte, und nutzte diese Freiheit auch ganz ungeniert, wann immer sich eine Gelegenheit bot.

»Du bist ja nicht allein«, antwortete er. »Du wirst drei Typen in deiner Nähe haben ...«

»Ich meinte damit: allein in meinem Schlafsack ...«

Fast gleichzeitig nahmen sie die Zigaretten aus dem Mund, und ihre Gesichter näherten sich einander. Sein Atem roch nach Wein, streifte ihr Gesicht.

»Du willst es tun, während die anderen daneben schlafen«, stellte er fest. »Das macht dich an.«

Das war keine Frage.

»Ich hoffe, dass zumindest einer davon nicht schläft«, erwiderte sie.

»Und wenn wir uns gleich hier vergnügen?«

»Zu kalt.«

Sie tauchte in seine Augen ein; sie waren leer, völlig ausdruckslos; sein Gesicht war ganz nah, sie sah fast nur noch ihn und dann plötzlich etwas im Gebüsch hinter ihm, in dem Winkel, den sein Hals und seine Schulter beschrieben; ein Schatten, der sich bewegte – sie schauderte, ihr Gehirn hatte urplötzlich und radikal vom Flirtmodus abgeschaltet.

»Was war das?«

»Was?«, fragte er, während sie sich aus dem engen Raum zwischen der Mauer und ihm zwängte.

»Ich hab da was gesehen ...«

Widerstrebend drehte er sich um, betrachtete den dunklen Wald.

»Da ist nichts.«

»Ich hab da was gesehen, ganz sicher! Da, zwischen den Bäumen.«

Ihre Stimme zitterte inzwischen ganz panisch.

»Und ich sage, da ist nichts. Wahrscheinlich hast du nur gesehen, wie sich ein Ast im Wind bewegt hat.«

»Nein, da war etwas«, insistierte sie.

»Vielleicht irgendein Tier ... Scheiße, Mann, was soll das?«

»Lass uns reingehen«, meinte sie und warf ihre Kippe in den Schnee.

»Da draußen ist jemand«, sagte sie.

Alle schauten sie an, und der junge Bergführer hinter ihr verdrehte die Augen.

»Ich habe jemanden gesehen«, beharrte sie. »Da war jemand.«

»Nur irgendwelche Schatten«, sagte der junge Bergführer, der an ihr vorbeilief und sich zu den anderen gesellte. »Schatten im Wald, Bäume, die vom Wind durchgeschüttelt werden. Da ist keiner. Also echt, wer würde sich bei der Kälte schon draußen im Wald aufhalten? Und weshalb? Um uns die iPhones und die Ski zu klauen?«

»Ich bin mir sicher, dass ich da jemanden gesehen habe«, widersprach sie. Ihr war jede Lust vergangen, mit diesem Schwachkopf zu flirten.

»Dann gehen wir doch nachsehen«, sagte Beltran. »Gibt es hier Taschenlampen?«

Der Bergführer seufzte, ging zu seinem Rucksack und holte zwei heraus.

»Gehen wir.«

Die beiden Männer machten sich auf den Weg nach draußen.

»Ich hatte recht«, sagte der junge Bergführer. »Da ist niemand.«

Die Strahlen ihrer Taschenlampen tanzten ein abgehacktes, stroboskopisches Ballett zwischen den Bäumen und offenbarten die beunruhigende Unermesslichkeit des Waldes. Und ganz am Ende davon die Nacht – abgrundtief. Die Nacht, genau wie der Schnee, macht alles gleich, verschlingt, verschleiert.

»Da sind Spuren, da drüben. Die sehen ganz frisch aus.«

Widerstrebend ging der Bergführer dorthin. Tatsächlich, da waren Spuren, tiefe Spuren, am Waldrand. Wenige Meter von der Hütte entfernt, da, wo der Schnee sich auftürmte, da, wo die Brünette meinte, etwas gesehen zu haben. Der Schnee glitzerte im Lichtstrahl ihrer Taschenlampen.

»Na und? Da ist jemand vorbeigekommen. Gut möglich, dass die Spuren von gestern sind. Bei dieser Kälte verwischt nichts, also sind sie vielleicht gar nicht so frisch.«

Beltran schaute den Bergführer nicht gerade begeistert an. Ihm gefiel das nicht, aber der junge Mann hatte bestimmt recht. Wen interessierte das schon? Gab es hier in der Nähe ein Haus, einen Bauernhof? Spuren im Wald: Ja und? Ohne diese Geschichte des durchgeknallten Typen wären sie jetzt gar nicht so paranoid.

»Okay, gehen wir wieder?«, fragte der Bergführer.

Beltran nickte.

»Ja, lass uns wieder reingehen.«

»Wir haben nichts gesehen, okay? Wir müssen die anderen ja nicht damit verrückt machen.«

18
HELLER AUFRUHR

Kirsten kam kurz vor Mitternacht wieder in ihr Hotelzimmer zurück. Sie stellte sich unter die Dusche, seifte sich ausgiebig unter dem heißen Strahl ein und ließ sich dabei besonders viel Zeit im Intimbereich. Martin hatte sie im Zentrum abgesetzt, bevor er nach Hause gefahren war, weil sie ihm gesagt hatte, sie brauche noch etwas frische Luft.

Sie sah den Studenten in dieser Bar an der Place Saint-Georges wieder. Während sie allein in einer Ecke an einem Bistrotisch saß und einen Kamikaze trank – Wodka, Triple Sec, Limettensaft –, hatte er sie lange angesehen, inmitten all der anderen. Nein, nicht angesehen: Er hatte sie gierig, begehrlich, unumwunden mit Blicken verschlungen, voll jugendlicher, aufwallender Lust. Irgendwann hatte sie seinen Blick erwidert. Sie hatte ihn nicht angelächelt, hatte den Blick aber auch nicht abgewandt. Also hatte er die Gruppe seiner Kumpel verlassen und war zwischen den Tischen auf sie zugekommen. Ihr kühles, strenges Auftreten, das Männer für gewöhnlich abschreckte, schien ihn nicht einzuschüchtern.

Mit einem Lächeln, das er für unwiderstehlich hielt – und das man tatsächlich als solches bezeichnen konnte –, hatte er ein paar Worte auf Französisch gesagt.

»Ich kann kein Französisch«, hatte sie geantwortet.

Sofort wechselte er zu einem Schulenglisch, das deutlich mit dem Akzent des Südwestens eingefärbt war.

»Warten Sie auf jemanden?«

»Nein.«

»Dann warten Sie also auf mich.«

Diese ziemlich armselige Anmache rang ihr nur ein schwaches Lächeln ab.

»Wer weiß?«, hatte sie aufmunternd gesagt – und gesehen, wie seine Augen sofort aufleuchteten.

Er wirkte irgendwie unschuldig, ein Gesicht, das gerade erst die Kindheit hinter sich gelassen hatte, doch dann war ein finsterer Schatten über seine Augen gehuscht, die eine ganz andere Geschichte erzählten. Er hatte auf den freien Stuhl gezeigt.

»Darf ich mich setzen?«

Eine Stunde später wusste sie alles über ihn. Und so langsam langweilte er sie. Er machte gerade einen *Master of Science* – wenn sie sein gebrochenes Englisch richtig verstanden hatte – am ISAE, dem Institut für Luft- und Raumfahrt in Toulouse. Er wollte etwas mit Trägerraketen oder so machen. Unablässig plapperte er von seinem zukünftigen Job, und eine Weile tat sie so, als würde sie sich dafür interessieren, dann gab sie auf. Sie holte ihr iPhone 6 heraus und ging ihre Nachrichten durch, während er weiterredete.

»Wie jetzt, langweile ich Sie etwa?«

»Ein bisschen.«

Er wurde blass. Sie sah seinem Blick an, dass er kurz davor war, unangenehm zu werden. Dass er gar nicht unbedingt so ein netter Kerl war. Also war sie mit der Schuhspitze unter dem Tisch an seinem Knöchel entlanggefahren. Hatte sich zu ihm vorgebeugt. Er tat es ihr nach. Ihre Gesichter waren nur noch wenige Zentimeter voneinander entfernt. Sie sah ihn eindringlich an.

»Ich habe Lust auf was anderes.«

Sein Körper reagierte auf ihre Worte, seine Pupillen wurden weiter, sie erahnte, wie sich sein Herzschlag beschleunigte, sein Blutdruck nach oben ging. Ihre Schuhspitze hatte sich zwischen die Hose und sein Bein geschoben, und fast war es, als könnte sie sehen, wie das Blut in seinen Genitalbereich strömte, während er gleichzeitig rot anlief.

»Wir können woanders hingehen, wenn Sie wollen«, hatte er gesagt.

Eine elegante Art, die Frage »Zu dir oder zu mir?« zu stellen.

»Nein«, hatte sie erwidert. »Hier. Das ist okay.«

Mit Blick und Kinn hatte sie auf die Tür zu den Toiletten im hinteren Bereich gedeutet, dann war sie aufgestanden. In dem winzigen Bereich zwischen der Herren- und Damentoilette hatte sie auf ihn gewartet, den Rücken an das einzige weiße Keramikwaschbecken gelehnt. Er hatte sich auf sie gestürzt, sobald er durch die Tür kam. Seine Hände waren fieberhaft, wanderten direkt zwischen ihre Schenkel, unter ihr Kleid. Schluss mit den Höflichkeiten. Sie war nur noch ein Objekt der Begierde, und er war fest entschlossen, seine Begierde mit ihr zu stillen. Sie ließ seine Hände wandern, wohin sie wollten, und spürte, wie sie feucht wurde. Er hatte sie im Stehen genommen, in einer der Toiletten, während sie sich mit flachen Händen an der Wand über der Toilettenbrille abgestützt hatte, nachdem ihr noch die glorreiche Idee gekommen war, ihm ein Kondom überzustreifen. Ohne große Umschweife war er heftig in sie eingedrungen, wollte sein Verlangen rasch befriedigen. Sie hatte ihr eigenes Stöhnen kaum wahrgenommen, genauso wenig wie ihr abgehacktes Atmen oder wie sich ihre Hände ins Holz krallten, bis sich ein Splitter unter den Nagel ihres Zeigefingers bohrte. Sie war sehr schnell gekommen. Genau wie er. Dann hatte sie ihn geküsst, sich bedankt und war in die verregnete Nacht hinausgegangen.

Als sie aus der Dusche kam, nahm sie ihr Handy, das sie gerade auflud, und setzte sich damit auf den Toilettendeckel.

»Hallo Kasper«, sagte sie, als auf der anderen Seite abgenommen wurde.

»Na, wie weit seid ihr?«, fragte der Bulle aus Bergen.

Servaz rauchte vor seinem Wohngebäude an der Place Victor-Hugo noch eine Zigarette, nachdem er Kirsten abgesetzt hatte. Er legte den Kopf in den Nacken, sah zu seinem Balkon und zu seinem beleuchteten Wohnzimmer und beobachtete, wie hin und wieder eine Silhouette hinter dem großen Glasfenster vorbeiging: Margot. Sie wartete auf ihn. Sie bereitete das Essen zu. Der Nachthimmel über den Dächern war wolkenlos, und hinter sich spürte er die für ihn seit jeher leicht beunruhigende Gegenwart des

Marktes Victor Hugo, der bis zum nächsten Tag geschlossen war, mit den vier menschenleeren Etagen des Parkhauses darüber. Das sah er von seiner Wohnung aus: Reihen von Autos, wie schlafende Tiere.

Während er rauchte, dachte er an Gustav.

An den Satz der Rektorin: »Was verbindet Sie mit diesem Kind?« Und dieser Zweifel war furchtbar, diese schreckliche Beklommenheit, die ihn im Auto überfallen hatte und seitdem mit ihrer kaum merklichen Zerstörung weitermachte: *Was, wenn Marianne schwanger war, als der Schweizer sie kidnappte?* Nein, das war unmöglich. Dennoch konnte er sich nicht davon abhalten, bei jeder Gelegenheit das Foto herauszuholen und das Gesicht des Kindes zu betrachten. Er zählte lieber nicht, wie häufig er das heute schon getan hatte, denn dann hätte er sich eingestehen müssen, dass er kurz vor irgendeiner Art Wahnsinn stand. Was suchte er in diesen Gesichtszügen? Eine Ähnlichkeit oder, im Gegenteil, das Fehlen einer solchen, den Beweis, dass Hirtmann sehr wohl der Vater war?

Er hielt das Foto in der Hand. Trotz der schwachen Beleuchtung an diesem Ort sah er den Jungen an, der seinen Blick geradewegs zu erwidern schien, als plötzlich das dumpfe Klingeln seines Handys in den Tiefen seiner Hosentasche ertönte. Er schaute auf den beleuchteten Bildschirm: eine unbekannte Nummer – nicht in seinem Adressbuch.

»Hallo?«

»Na, wie geht's dem Herz?«

Er schreckte auf, schaute sich an diesem verlassenen Ort um, entlang der vereinsamten Bürgersteige. Weit und breit niemand zu sehen, ob mit oder ohne Handy.

»Wie bitte?«

»Das war eine Wahnsinnsnacht, was, Martin? Auf diesem Eisenbahnwaggon …«

Er kannte diese Stimme, hatte sie schon gehört.

»Wer spricht da?«

Ein Motorrad fuhr vorbei, übertönte mit seinem Geknatter die

Stimme am Telefon, sodass er nicht sicher war, ob er richtig gehört hatte.

»... hätten beide durchgeschmort werden können ...«

»Jensen?«

»Verdammte Scheiße, deinetwegen sehe ich aus wie Freddy Krueger. Jetzt hab ich die passende Visage, keine Frage.«

Servaz hielt den Atem an und lauschte aufmerksam.

»Jensen? Wo bist du? Man hat mir gesagt, du seist in der Reha, dass ...«

»Ganz genau. Letzte Phase meiner Rehabilitation. Saint-Martin-de-Comminges, sagt dir das was? Ich hab dich da heute gesehen, mein Lieber. Wie du ins Rathaus rein und wieder raus bist ...«

Die Silhouette auf dem Platz, der schwarze Mantel, das Gesicht dem Himmel zugewandt, die Passanten, die um ihn herumliefen ... Aber dieser Mann war ihm groß vorgekommen, Jensen hingegen war klein.

»Was willst du?«

Ein Moment Schweigen.

»Ich will reden.«

Servaz hielt sich davon ab, einfach aufzulegen. Zum Teufel mit ihm. Er musste sich von diesem Typen fernhalten. Um jeden Preis. Er war reingewaschen worden, Notwehr, doch er war sich sicher, dass die Schnüffler von der Aufsichtsbehörde ihn weiterhin im Visier hatten, auf einen Fehltritt seinerseits warteten. Er trat in den Schatten der Galerie, die sich entlang des Marktes erstreckte, als wollte er möglichen Blicken ausweichen.

»Worüber?«

»Das weißt du.«

Er schloss die Augen, presste die Kiefer aufeinander. Das war ein Bluff. Jensen wollte ihn in eine Falle locken, ihn der Belästigung beschuldigen.

»Tut mir leid, ich hab was anderes zu tun.«

»Deine Tochter, ich weiß ...«

Dieses Mal spürte er, wie ein vertrautes Gefühl in ihm aufstieg: blanke Wut.

»Was hast du da gesagt?«

»Wie lange brauchst du, bis du in Saint-Martin bist? Ich werde um Mitternacht vor der Therme auf dich warten. Bis später, *amigo*.«

Er machte eine Pause.

»Grüß deine Tochter von mir.«

Servaz schaute auf sein Handy, hätte es am liebsten gegen die Betonwand des Marktes geknallt. Jensen hatte aufgelegt.

Er fuhr viel zu schnell. Die Autobahn war leer, abgesehen von ein paar Lkws, deren Rücklichter immer viel zu schnell näher kamen. Er rauschte an ihnen vorbei, blieb immer auf der linken Spur, fuhr mindestens dreißig Stundenkilometer schneller als erlaubt, eine unsägliche Wut im Bauch.

Ganz bestimmt würde er einen Bericht schreiben müssen. Was würde er darin festhalten? Dass Jensen seine Tochter erwähnt und er somit keine Wahl gehabt hatte? Keiner von der Dienstaufsichtsbehörde würde das als Argument durchgehen lassen. Er hätte dort nichts zu suchen gehabt, würden sie sagen. Er hätte seine Vorgesetzten informieren müssen und vor allen Dingen nicht auf eigene Faust agieren sollen. Ja, klar doch ... Was würde jetzt passieren? Was wollte Jensen?

Sobald er die Autobahn verließ, tauchte er in die schwarze, unheilvolle ländliche Abgeschiedenheit ein, hier standen nur noch vereinzelt Häuser, und der Mond war häufig die einzige Lichtquelle. Dann verschluckte ihn die Nacht der Berge. Er fuhr dasselbe breite Tal hinauf wie schon zuvor, als würde er zwischen großen Tempelruinen hindurchfahren, erdrückt von dieser gedoppelten Präsenz: zum einen die Nacht, zum anderen die Berge.

Die Straßen von Saint-Martin waren verlassen, als er in die Stadt fuhr. Keine Menschenseele auf den Gehsteigen, nur dunkle Fenster, abgesehen von ein paar wenigen Ausnahmen. Die Innenstadt lag in tiefem Schlaf da, erfüllt von den Geheimnissen und den Träumen einer kleinen Stadt auf dem Land. Er fuhr die Allées d'Étigny hinauf, vorbei an den unbeleuchteten Terrassen der Cafés und den heruntergelassenen Eisenrollos der Läden, in Richtung Therme. Diesem ländlichen Schlaf wohnte ein gewisser Vorgeschmack des Todes inne. Doch der schreckte ihn inzwischen nicht mehr. Er hatte dem Tod bereits ins Gesicht gesehen.

Er stellte das Auto am Eingang zur ausladenden Esplanade ab. Niemand zu sehen. Zu seiner Linken die schwarzen Bäume und das Gebüsch des öffentlichen Parks, wo man sich problemlos verbergen konnte; rechts von ihm der leicht griechisch-römisch inspirierte Säulengang der Therme vor der Kulisse der Berge; und hinter den Säulen der neue quaderförmige Anbau, ganz in Glas gehalten, dessen Fenster im Mondschein erstrahlten.

Mit einem Mal wäre er am liebsten von hier verschwunden. Er wollte nicht hier sein. Er wollte nicht ohne Zeugen mit Jensen reden. Das war eine sehr schlechte Idee.

»*Grüß deine Tochter von mir.*«

Er stieg aus.

Machte seine Tür so leise wie möglich zu. Alles war still. Eigentlich erwartete er, Jensen hinter irgendeiner Säule auftauchen zu sehen. Wäre er in einem Film, dann würde sich das ganz genau so abspielen. Dann würde er als unheimliche Silhouette hervortreten, die von einem Lichttechniker mit Gegenlicht gekonnt in Szene gesetzt wurde. Stattdessen suchte er das Gebüsch und die Schatten des öffentlichen Parks auf der gegenüberliegenden Seite ab. Der Wind hatte sich gelegt, die kahlen Äste der Bäume hingen so reglos herunter wie die Gliedmaßen eines Skeletts.

Er lief auf der Esplanade weiter nach vorn, drehte sich dann um und ließ die lange Perspektive auf sich wirken, die mitten am Tag das pulsierende Herzstück der Stadt darstellte, zu dieser Stunde aber an die verlassene Kulisse eines Filmsets erinnerte.

»Jensen!«

Dieser Schrei erinnerte ihn an einen anderen, identischen, in einer Gewitternacht ausgestoßenen, und Angst befiel ihn. Wie damals hatte er auch jetzt seine Waffe im Handschuhfach gelassen. Kurzzeitig war er versucht, zu seinem Auto zurückzukehren, doch stattdessen lief er weiter auf die Gebäude und den Säulengang zu seiner Rechten zu. Einziger Zeuge seines Tuns war der Mond. Es sei denn ... Ihn schauderte, als er daran dachte, dass Jensen vielleicht ganz in der Nähe war. Urplötzlich hatte er einen kurzen Flashback: wie der Regen auf das Dach des Eisenbahnwaggons klatschte, die Blitze über den Himmel zuckten und dann Jensen, der sich umdrehte, die Flamme, die aus dem Lauf seiner Waffe aufblitzte, und das Geschoss, das sein Herz durchbohrte. Im ersten Moment hatte er fast nichts gespürt ... nichts weiter als einen Faustschlag gegen die Brust ... Würde er wie beim letzten Mal wieder auf ihn schießen? »Na, wie geht's dem Herzen?« Er hatte keinen Grund, das zu tun. Er war, was die drei Vergewaltigungen betraf, freigesprochen worden. Beim letzten Mal hatte er das Gefühl gehabt, in der Falle zu sitzen, war bedrängt worden. Warum also wollte Jensen ihn jetzt sehen? Und weshalb zeigte er sich nicht?

»Jensen?«

Der Gang hinter den Säulen lag genauso verlassen da wie der Rest. Servaz trat wieder auf die weitläufige Esplanade hinaus, zwischen zwei Säulen, suchte die Schatten im Park erneut ab. Plötzlich blieb sein Blick an einem davon hängen, etwa dreißig Meter von ihm entfernt. Das war kein Busch. Das war eine Silhouette. Schwarz. Reglos. Am Rand des Parks. Er kniff die Augen zusammen. Die Silhouette kam deutlicher zum Vorschein: eine menschliche Gestalt.

»Jensen!«

Servaz lief los, überquerte die Esplanade in Richtung Park. Da bewegte sich die Silhouette, kam jedoch nicht näher, sondern verzog sich stattdessen ins Innere des Parks. Überrascht zuckte er zusammen. Verflixt noch mal! Wo wollte er denn hin?

»Hey!«

Er rannte los. Die Gestalt lief mit raschen Schritten zwischen den Büschen des Parks davon, drehte sich ab und an um, als würde sie die Entfernung abschätzen, die sie noch trennte. Servaz erreichte nun seinerseits die Alleen des Parks. Da er aufholte, rannte die Gestalt los. Servaz wurde ebenfalls schneller. Plötzlich sah er, wie der andere nach rechts abbog und zum hinteren Bereich des großen Glasgebäudes hastete, die ansteigende, gekieste Allee hinauf, die kurz danach in einen Wanderweg überging, der in den Wald führte. Er rannte der Gestalt hinterher, doch langsam machte sich bei ihm Seitenstechen bemerkbar, als würde ein Nagel in seiner Seite stecken. Nachdem er das Glasgebäude umrundet hatte, hinter dem die schwarzen Tannen wie eine Wand aufragten, wurde er langsamer.

Der Himmel war klar, der bewaldete Berg erhob sich über ihm, und seine beeindruckende Masse zeichnete sich im Mondlicht ab.

Nichts als Schatten und Dunkelheit. Mit den Händen auf den Knien rang er nach Atem, war sich seiner erbärmlichen körperlichen Verfassung durchaus bewusst. Er dachte nach. Wenn er sich dort hineinbegab, wäre er blind. Er hatte weder seine Waffe noch eine Lampe bei sich. Da drin konnte alles Mögliche geschehen. Was wollte Jensen? Was sollte dieses Spielchen? Dann fiel ihm ganz plötzlich ein, dass Jensen durchaus einen Grund hätte, ein zweites Mal auf ihn zu schießen, und dass er an seiner Stelle voller Groll wäre. Schließlich hielt Jensen ihn für das verantwortlich, was ihm zugestoßen war: Sein Gesicht war für immer entstellt, sein Leben hatte sich für immer verändert, und er, Servaz, hatte diese ganzen Veränderungen herbeigeführt. Sicherlich versteckte er sich irgendwo da drin im Wald und wartete auf ihn. Aber was wollte er machen? Hatte er vor, es ihm heimzuzahlen? Und falls ja, wie? War er so verzweifelt, dass er zum Schlimmsten bereit war?

Gänsehaut überzog Servaz' Arme. Dennoch ging er weiter. Folgte dem Pfad, der in die tiefen Schatten des Waldes hineinführte. Es war stockfinster um ihn herum. Nach wenigen Metern blieb er stehen. Da war niemand. Er sah rein gar nichts. Plötzlich wurde ihm klar, dass sein heftiges Atmen nicht nur auf das Rennen zurückzuführen war. Es war nicht gut für ihn, dass er hier der einzige lebende Mensch war.

»Jensen?«

Sein Tonfall gefiel ihm dieses Mal so gar nicht. Er hatte versucht, seine Besorgnis zu kaschieren, war sich aber sicher, dass ihn seine Stimme verriet, dass sich Jensen, der sich hier irgendwo ganz in der Nähe versteckt hielt, daran ergötzte, wie er ihm einen Schrecken einjagte.

Er blieb etwa zwanzig Minuten am selben Fleck stehen, ohne sich zu rühren, achtete auf jede Bewegung der Schatten, wenn der Wind durch das Laub raschelte. Als er der festen Überzeugung war, dass er allein und Jensen schon lange verschwunden war, verließ er den Wald, durchquerte den Park in Richtung Therme und kehrte frustriert, aber erleichtert zu seinem Auto zurück. Und dort entdeckte er dann den Zettel, der unter seinem Scheibenwischer klemmte:

Hast du Angst gehabt?

Kasper Strand wartete, bis es Mitternacht war. Er wohnte in einer Dreizimmerwohnung mit Balkon an den Hängen der Berge, unweit der Standseilbahn, von wo der Blick über die Stadt und den Hafen ging. Das war der Hauptvorzug dieser sündhaft teuren Wohnung. Selbst wenn es regnete – was in Bergen genau genommen jeden zweiten Tag der Fall war –, hatte er sich noch immer nicht an dieser Stadt mit ihren sieben Hügeln und den sieben Fjorden sattgesehen, wenn abends die Lichter angingen. Und Gott weiß, dass der Abend schnell hereinbrach, im Winter, in Bergen.

Er wusste, dass er alle Prinzipien, die ihn bislang in seinem beruflichen Leben geleitet hatten, mit Füßen trat – und dass er sich danach nicht mehr im Spiegel würde betrachten können, aber er brauchte das Geld. Und die Info, die er zu Geld machen wollte, war für die entsprechenden Personen Gold wert, das wusste er. Was er soeben von Kirsten Nigaard erfahren hatte, war einfach unglaublich. Jetzt musste er herausfinden, wie viel ihm das einbringen würde.

Er betrachtete die Baustelle in seinem Wohnzimmer: eines von diesen bescheuerten Möbelstücken zum Selbstzusammenbauen, mit denen ein schwedischer Möbelhersteller reich geworden war. Nach zweistündiger Anstrengung war ihm aufgefallen, dass er die Schienen, die für die Schubladen bestimmt waren, verkehrt herum montiert hatte. Das war nicht sein Fehler: Diese Montageanleitungen waren von irgendwelchen Typen erstellt worden, die ganz offensichtlich ihre Möbel nie als Bausatz kauften. Spanplatten, Schrauben, Schraubenzieher, Dübel: Alles lag mitten im Wohnzimmer wild durcheinander, als wäre hier etwas explodiert. Er pfefferte den Schraubenzieher in eine Ecke und sagte sich, dass sein Leben genau dem ähnelte, seit er Witwer war: ein Leben als Bausatz, begleitet von einem unverständlichen Montagezettel. Er war für ein Leben allein nicht gewappnet. Und noch weniger dafür, ein vierzehnjähriges Mädchen zu erziehen, das mitten in der Pubertätskrise steckte. Es gab einen ganzen Haufen Dinge, die er falsch machte, seit seine Frau gestorben war.

Er schaute auf die Uhr. Marit hätte schon seit über einer Stunde zu Hause sein müssen. Wie immer verspätete sie sich, und wie immer würde sie sich nicht einmal dafür entschuldigen. Er hatte alles versucht: Vorhaltungen, Drohungen mit Ausgehverbot, Pädagogik, Schlichtung. Nichts hatte gewirkt. Seine Tochter war gegen jedes Argument immun. Dabei würde er diesen Anruf gleich für sie machen, damit sie diese Wohnung behalten konnten, die eigentlich viel zu teuer für sie beide war – für die Miete war seine verstorbene Frau mit ihrem deutlich höheren Gehalt aufgekommen –, und um ein paar Spielschulden zu begleichen ...

Er ging zu dem verglasten Balkon, auf dem ein Sessel und ein kleiner Tisch für seinen Whisky standen. Hinter dem Sprühregen erstrahlte Bergen mit seinen tausend Lichtern, seinen nassen, sich im schwarzen Wasser des Hafens spiegelnden Lampen und seinen ehrwürdigen Holzhäusern, die all die hässlichen Seiten verdrängten.

Sobald er saß, zog er die Telefonnummer aus seiner Hosentasche, die er im Internet gefunden und auf einem Zettel notiert hatte. Warum hatte er sie nicht gleich im Handy gespeichert? Machte das einen Unterschied, sollte ihn eines Tages jemand dafür zur Rechenschaft ziehen?

Er konzentrierte sich auf das Geld – er brauchte es, dringend, kneifen kam folglich nicht infrage – und wählte die Nummer mit einem überaus flauen Gefühl im Bauch.

19
PENG

In der Hütte wurde sie von Hecheln und Stöhnen geweckt.

Sie hatte Kopfschmerzen, das Gefühl, als würde sich alles um sie herum rasend schnell drehen, obwohl es fast stockdunkel war und sie eigentlich nichts sah. Da, wieder dieses Hecheln und Stöhnen. Vermutlich die Brünette und der Schwachkopf von Bergführer. Sie hatte gesehen, wie sie flirteten, bevor sie zum Rauchen nach draußen gegangen waren. Genau genommen kam das Hecheln aber nur von einer einzigen Person: von einem Mann. Die zweite war still. Sie waren ganz nah, nur wenige Zentimeter von ihr entfernt.

Mit einem Mal bekam sie Angst, hätte am liebsten losgeschrien. Aber was würden die anderen von ihr denken, wenn sie die ganze Hütte grundlos weckte? Dann hatte das Hecheln unvermittelt aufgehört. Nur das Blut pulsierte noch in ihren Ohren.

Hatte sie das vielleicht geträumt?

Etwas später glaubte Emmanuelle, ein anderes Geräusch zu hören. Trotz ihrer Müdigkeit – und bedingt durch die Angst – fand sie einfach keinen Schlaf. Es war dunkel, doch sie war sich sicher, dass sich da drüben jemand bewegte, in der Küche. Geräuschlos oder nahezu geräuschlos schlich dort jemand herum, verstohlen wie ein Dieb ...

Weil er sie alle nicht wecken wollte, oder gab es dafür einen anderen Grund? Ihr Puls ging leicht in die Höhe. Etwas an der Art, wie sich dieser Schatten bewegte, lähmte sie, fixierte sie auf ihrer Matratze. Als könnte sie die negativen Schwingungen wahrnehmen, die derjenige abstrahlte. Etwas Durchtriebenes, Verborgenes, *Feindseliges* ... Sie schluckte, hatte einen regelrechten Knoten im Hals. Sie dachte an das Geräusch, das sie am Abend zuvor gehört hatten, an die Brünette, die sich sicher war, draußen jemanden gesehen zu haben. Also presste sie sich noch etwas tiefer in ihre Matratze. Sagte sich, beim Aufwachen würde ihr diese Reaktion lächerlich vorkommen, irrational und kindisch – nur der nächtlichen Fantasie geschuldet. Doch das beruhigte sie nicht. Ganz im Gegenteil. Am liebsten hätte sie sich in Luft aufgelöst oder die anderen geweckt ... Aber sie bekam keinen Ton heraus, denn jetzt konnte sie den verschwommenen Schatten ausmachen – *und der Schatten kam direkt auf sie zu ...*

Gleichzeitig mit der Hand, die auf ihren Mund gepresst wurde, spürte sie etwas Spitzes an ihrem Hals.

»Pssst.«

Sie roch den metallisch bitteren Geruch der Hand, die sie mundtot machte. Seltsamerweise musste sie dabei an den Geruch eines Kupferrohrs denken: Sie hatte die alten Rohrleitungen in ihrem Haus selbst repariert, also war ihr dieser Geruch vertraut. Dann wurde ihr klar, dass das, was sie da roch und in der Nase hatte, Blut war: Wie so häufig, wenn sie von einer heftigen Gefühlsregung übermannt wurde, hatte sie Nasenbluten bekommen.

Die Stimme an ihrem Ohr – noch zischender, pfeifender als zuvor: »Wenn du schreist oder versuchst, dich zu wehren, dann bringe ich dich um. Und danach bringe ich alle anderen um.«

Als wollte er ihr beweisen, wie ernst ihm damit war, drückte er die Spitze der Klinge noch ein bisschen tiefer in ihren Hals und ritzte sie leicht. Ihr war, als würde plötzlich ein riesiger Stein auf ihrer Brust liegen und sie am Atmen hindern. Sie hörte, wie der Reißverschluss ihres Schlafsacks im Dunkeln aufgezogen wurde.

»Du kommst jetzt hier ganz leise raus und stehst auf ...«

Sie versuchte, seinen Anweisungen zu folgen, aber ihre Beine zitterten so sehr, dass sie stolperte und sich mit dem Knie an der Holzbank stieß. Ein leiser Schmerzensschrei entfuhr ihr, mehr ein Quietschen. Er packte sie mit eisernem Griff, zerquetschte ihren dünnen Arm fast.

»Halt bloß die Fresse!«, zischte er leise. »Sonst mache ich dich hier und jetzt alle!«

Im Dämmerlicht konnte sie ihn inzwischen ganz gut sehen, diese Silhouette mit der Kapuze. Er hatte sich wohl nicht einmal zum Schlafen umgezogen, nur abgewartet, bis die anderen schliefen. Vom Schlaflager war Schnarchen zu hören. Der Boden unter ihren bloßen Füßen war eisig kalt. Der Typ hielt sie weiter am Arm fest.

»Gehen wir.«

Sie wusste, wohin er wollte: nach draußen. Dahin, wo er sie in aller Ruhe vergewaltigen konnte, ohne gestört zu werden. Und danach – würde er sie dann umbringen? Jetzt war der Moment gekommen, etwas zu unternehmen. Anscheinend spürte er ihren Widerstand, denn erneut presste er ihr die Klinge an den Hals.

»Eine falsche Bewegung, ein Schrei, dann schneide ich dir die Kehle durch.«

Einen Moment lang dachte sie, dass es ihr wie einer Gazelle oder einem Elefantenbaby erging, das die Raubtiere von der Gruppe abgesondert hatten. Niemals den Kreis der Gruppe verlassen. Ihr warmer Pyjama konnte sie nicht vor der Kälte draußen schützen. Sie krallte die Zehen ein, als sie in den Schnee trat, ihr Zittern wurde heftiger. Noch nie hatte sie sich so allein gefühlt.

»Weshalb tun Sie das?«, fragte sie.

Ihr war bewusst, wie weinerlich sie klang. Sie musste mit ihm reden, konnte ihn so vielleicht aufhalten, wenn es ihr gelang, ihn zur Vernunft zu bringen …

»Warum? Warum nur?«

»Halt's Maul.«

Jetzt, wo sie draußen waren und der heulende Wind die Schneeflocken um sie herumwehte, scheute er sich nicht mehr, laut zu werden.

»Tun Sie das nicht! Bitte, ich flehe Sie an! Tun Sie mir nichts!«

»Halt endlich die Klappe!«

»Ich gebe Ihnen Geld, ich werde nichts verraten … Ich kann Ihnen …«

Sie wusste nicht mehr, was sie da redete, ein ganzer Schwall unzusammenhängender, wirrer Worte brach aus ihr heraus.

»Scheiße, Mann, sei still!«

Er verpasste ihr einen Faustschlag in die Magengrube, der ihr den Atem raubte, keuchend fiel sie auf die Knie in den Schnee. Galle stieg in ihrer Kehle auf und wieder hinunter, brannte in ihrem Unterleib. Plötzlich packte er sie an den Füßen, sodass sie nach hinten wegkippte und ihr Kopf gegen die Steinmauer der Hütte knallte. Sie sah Sternchen, fand sich auf dem Rücken wieder, wurde auf dem Po durch den Schnee gezogen. Gleich darauf stürzte sich der Mann auf sie. Sie spürte, wie er ihr hastig die Pyjamahose herunterzog, bis ihr nackter Po im Schnee lag. Sie sah seine wilden Augen im Schatten der Kapuze aufleuchten, roch seinen schlechten Atem, und ihr wurde ganz schlecht. Mit einer Hand presste er ihr die kalte Klinge des Messers an die Kehle, sodass sie kaum noch Luft bekam, mit der anderen ließ er seine Hose herunter.

Die Bäume hinter ihm waren schwarz und wiegten sich im Wind.

Als sie die Hand des Mannes zwischen ihren Schenkeln spürte, wehrte sie sich und rief: »Nein, nein, nein!«, doch die Klinge presste sich tiefer in ihren Hals, drückte ihr den Atem ab und ließ sie verstummen. Mit offenem Mund lag sie da – und der Typ beugte sich gerade nach vorn, um sie zu küssen, als sich hinter ihm etwas regte. Sie hätte zunächst nicht sagen können, was genau das war, nur, dass ihr das noch mehr Angst machte als der Verbrannte. Sie sah einen schwarzen Schatten, der sich von den anderen Schatten löste, in ihre Richtung stürzte und das kurze Stück, das sie vom Wald trennte, durchquerte und mit verblüffendem Tempo größer wurde. Ihr Angreifer bekam nichts davon mit, verstand nicht, was vor sich ging, hatte keine Zeit, zu überlegen, und noch weniger, sich darauf vorzubereiten. Der Schatten tauchte aus dem Wald auf, warf sich auf ihn und lag fast auf seinem Rücken – als wollte er jetzt wiederum ihn vergewaltigen –, dann sah sie eine schwarze behandschuhte Hand und in der Verlängerung dieser Hand eine Waffe, deren Lauf auf die rechte Schläfe des Verbrannten gerichtet war.

Das war das erste Mal, dass sie eine Waffe im echten Leben und nicht in einem Film sah, aber für sie bestand kein Zweifel an dem, was sie da vor sich hatte. Kino und Fernsehen haben uns an eine Welt gewöhnt, die die meisten von uns nicht kennen: eine Welt voller Gewalt, Waffen und Blutvergießen.

Mehr als ein »Was soll …?« hatte der Verbrannte nicht herausgebracht, als sich der andere auf ihn gestürzt hatte.

Im darauffolgenden Moment wurde das gesamte Universum auf den Kopf gestellt: Eine Flamme tauchte zwischen dem Lauf der Waffe und der Kapuze auf, dann – PENG! – erschütterte ein einziger Schuss die Nacht, laut und ohrenbetäubend. Sie spürte den Druck auf ihren Ohren, die sofort zu pfeifen begannen. Der Hals ihres Angreifers kippte zur Seite, als würde er brechen, eine dunkle Wolke von Teilchen – Blut, Knochen und Gehirnmasse – tauchte auf der anderen Seite der Kapuze auf wie ein schwarzer Geysir, dann fiel auch schon der ganze Körper ihres Angreifers in den Schnee, mausetot, befreite sie von seinem Gewicht. Dieses Mal glaubte sie, dass sie tatsächlich loskreischte, auch wenn sie sich rückblickend nicht sicher war, ob sie den Schrei tatsächlich ausstieß oder er in ihrer Kehle stecken blieb. Ihr Trommelfell surrte, als hätte sie einen Bienenschwarm in jedem Ohr. Ein spitzes Geräusch. Der Schatten war bereits aufgestanden, musterte sie, als könnte er auch sie noch umbringen. Doch stattdessen verschwand er, wie er aufgetaucht war.

Und dieses Mal, da war sie sich ganz sicher, dieses Mal schrie sie.

Der laute Schuss und ihr hysterisches Gekreische weckten die Schlafenden in der Hütte. Einer nach dem anderen richtete sich auf dem Lager auf, schnappte sich seine Jacke und stürzte nach draußen. Zunächst riefen sie nach ihr, aber da sie nicht antwortete, gingen sie einmal um die Hütte herum.

»Scheiße Mann!«, rief der junge Bergführer, der sie als Erster entdeckte – sie im Pyjama, die Leiche daneben –, und machte einen Schritt nach hinten.

Der Schnee saugte das Blut auf, sodass die Pfütze, die sich unter dem Schädel des Vergewaltigers bildete, gar nicht so groß war: Im Gegenteil, die Hirnmasse und das warme Blut hatten eine kleine Kuhle geschaffen, einen fast vertikalen Trichter im frischen Schnee.

Emmanuelle zitterte heftig, sowohl aufgrund des Schocks als auch aufgrund der Kälte. Sie schluchzte und japste gleichzeitig, ganz so, als würde sie ertrinken und vergeblich nach Luft schnappen. Der Bergführer kniete sich neben sie und fasste ihr an die Schultern.

»Es ist vorbei«, sagte er. »Es ist vorbei.«

Aber was war denn vorbei? Er hatte verdammt noch mal keine Ahnung, was hier passiert war. Ganz offensichtlich hatte irgendjemand diesem Typen das Gehirn weggepustet. Er zog Emmanuelle an sich, nahm sie in den Arm, um sie zu beruhigen und aufzuwärmen.

»Warst du das?«, fragte er vorsichtig. »Hast du ... das gemacht? Hast du *geschossen*?«

Heftig und nach wie vor schluchzend und japsend, schüttelte sie den Kopf, brachte kein Wort heraus. Inzwischen standen auch die anderen um sie herum, schauten wie verschreckte Tiere zwischen der Leiche und Emmanuelle hin und her.

»Wir dürfen nichts anfassen«, sagte Beltran. »Und wir müssen die Polizei verständigen.«

Er holte sein Handy heraus, warf einen Blick auf das Display.

»Scheiße, ich hab hier kein Netz.«

»Benutz das Notfalltelefon in der Hütte«, sagte der Bergführer, der noch immer neben Emmanuelle kniete und kurz zu ihm aufschaute, dann galt seine Aufmerksamkeit wieder ihr.

»Kannst du aufstehen?«

Er half ihr dabei, stützte sie, denn Emmanuelles Beine zitterten und drohten, unter ihr nachzugeben. Vorsichtig umrundeten sie die Leiche, gingen um die Hütte herum zurück ins Innere, wo sich die beiden anderen bereits hingeflüchtet hatten.

»Was ist passiert?«, fragte die Brünette so sanft wie möglich.
»Du ... Du hattest ... recht: Da war ... wirklich jemand.«
Emmanuelles Zähne klapperten laut aufeinander.
»Ja. Jemand ist da draußen«, sagte der Bergführer schaudernd.
»Und er ist bewaffnet.«

20
GOLD DOT

Die ersten Lichter des Tages überzogen den Himmel, die Berggipfel und die Wolken mit einem rosafarbenen Schleier, als die KTs, die Kriminaltechniker der Gendarmerie Nationale, endlich auftauchten, gleichzeitig mit den Leuten von der kriminologischen Abteilung. Capitaine Saint-Germès war froh, ihre Scheinwerfer zwischen den Bäumen aufblitzen zu sehen: Er hatte erste Befragungen durchgeführt, zusammen mit seinen Kollegen den Tatort abgesperrt und war dabei beständig von einer Angst verfolgt worden, der Angst zu versagen. Nicht jeden Tag sah sich das Team der Gendarmerie von Saint-Martin-de-Comminges mit einer solchen Aufgabe betraut.

Die Luft am Morgen war kalt und frisch, brannte an den Wangen und roch nach Tannen. Der Himmel wurde inzwischen schnell heller, und jedes Detail der Berge trat aus den Schatten heraus. Er beobachtete, wie der Tross über den Schnee rumpelte und langsam näher kam. Fünf Fahrzeuge, darunter ein Transporter mit erhöhtem Dach, in dem, wie er wusste, ein transportables Labor der kriminologischen Abteilung von Pau untergebracht war. Ein solches Arsenal war Saint-Germès noch nicht untergekommen. Wie alle hier wusste er über die Ereignisse des Winters 2008/2009 Bescheid – sie gehörten mit zu den örtlichen Legenden, über die sich die Alten hier gern ausließen, vor allem, wenn der Winter herannahte –, aber damals hatte er diesen Posten noch nicht innegehabt. Sein Vorgänger, Capitaine Maillard, hatte diese Angelegenheit mit der kriminologischen Abteilung von Pau und der Kripo von Toulouse gemanagt. Maillard war versetzt worden, wie viele Gendarmen, die damals dabei gewesen waren. Seitdem war das der erste gewalttätige Mord, mit dem sein Revier zu tun hatte. Was war in dieser Nacht vorgefallen? Er hatte nicht die leiseste Ahnung. Alles war überaus konfus. Ein totales Chaos.

Die Zeugenbefragung hatte nur noch weiter zur allgemeinen Verwirrung beigetragen. Denn was dabei herauskam, ergab keinerlei Sinn: Den Aussagen zufolge hatte einer der Wanderer eine Frau der Gruppe um drei Uhr morgens nach draußen geschleppt, um sie im Schnee zu vergewaltigen, als ein Schatten aus dem Nichts aufgetaucht sei, ihn in die Schläfe geschossen habe und dann wieder verschwunden sei. Das ergab irgendwie keinen Sinn.

Die Autos parkten vor der Hütte, und Saint-Germès sah mehrere Mitglieder der kriminologischen Abteilung aussteigen. Allen voraus lief einer mit Brille und kantigem Gesicht. Wie die anderen trug auch er einen dicken Pullover unter seiner taktischen Weste mit den vielen Taschen. Während er auf ihn zukam, musterte er Saint-Germès aus hellblauen Augen hinter den Brillengläsern und zerquetschte pflichtbewusst die Hand des Capitains.

»Wo ist es?«

»Mal sehen. Sie sagt also, das Opfer hätte sie mit einem Messer bedroht, sie nach draußen geschleppt, wo es sie gerade vergewaltigen wollte, als ein Typ aus dem Wald aufgetaucht sei und ihm eine Kugel verpasst habe, stimmt das so?«

»Ganz genau.«

»Ich habe noch nie eine derart absurde Geschichte gehört«, schloss der Typ mit den blauen Augen namens Morel.

»Aber wir haben das Messer gefunden«, warf Saint-Germès ein, der diesen Typen, der sich hier so aufplusterte, schon jetzt nicht leiden konnte.

»Ja und? Das hat sie sehr gut selbst hier ablegen können. Wir müssen überprüfen, ob es bei dieser Frau irgendeine psychiatrische Vorgeschichte gibt, ob sie Mitglied eines Schützenvereins ist, ob sie schon massive Beziehungsprobleme mit irgendwelchen Typen hatte und ob sie und das Opfer sich bereits vor der Wanderung kannten. Diese ganze Geschichte ist absolut nicht schlüssig.«

Im Klartext hieß das: »Sie haben die Zeugen falsch befragt.«

Saint-Germès zuckte mit den Schultern: Das war nicht länger

sein Problem. Er beobachtete den Mahlstrom um sie herum. Überall wurden Kabel ausgerollt, Lampen eingeschaltet, die den Tatort und die Hütte taghell erleuchteten, als wäre es irgendein verfluchtes, denkmalgeschütztes Gebäude. Der grelle Lichtschein traf auf die undurchdringliche Wand von schneebedeckten Tannen; erleuchtete jeden Stein, jeden Dachschiefer, jede Spur, jeden Ast, jede Silhouette. Die Kriminaltechniker in ihren weißen Overalls wurden fast eins mit dem Schnee, als hätten sie Tarnanzüge an. Sie gingen zwischen den anderen hin und her, schaufelten Schnee weg, nahmen Abdrücke und Rückstände des Schusses, biologische Proben, maßen ab, riefen einander etwas zu … Ein trügerischer Eindruck von Chaos: Jeder wusste, was er zu tun hatte. Was für ein eigenartiger Job, dachte der Capitaine, sie waren heute Morgen aufgestanden, hatten auf die Schnelle gefrühstückt, wohl wissend, dass eine Leiche und ein neues Zeugnis der nicht enden wollenden Gewalt der Menschheit auf sie wartete. Der Rechtsmediziner kauerte neben dem Kopf des Opfers, hielt eine kleine Xenonlampe in der Hand, schaute zu ihnen auf und zog den blauen Mundschutz herunter.

»Die Kugel ist in den Schädel eingedrungen, hat ihn wieder verlassen und dabei die Vitalfunktionen zum Erliegen gebracht. Der Typ hat nicht sonderlich viel gespürt. Das kommt einem Schalter gleich: *on/off*. War wohl kein gutes Jahr für ihn«, fügte er noch hinzu und zeigte mit seiner behandschuhten Hand auf die Verbrennungen um den Mund und an der Wange, die erst vor Kurzem abgeheilt waren. »Angesichts der gleichbleibenden Temperatur im Lauf der Nacht würde ich sagen, dass sich das zwischen drei und fünf Uhr morgens ereignet hat.«

Das bestätigte, was die Zeugen ausgesagt hatten.

»Wir haben hier Spuren, die weder zu den Schuhen des Opfers noch zu denen der Frau passen«, ließ sie ein etwas abseits stehender Spurensucher wissen. »Jemand ist aus dem Wald rausgekommen, hat sich den beiden genähert und ist dann auf dem gleichen Weg wieder verschwunden.« Er zeigte auf die Spuren. »Auf dem Hinweg ist er gerannt. Diese Spuren sind an der Fußspitze deutlich tiefer als am Absatz. Und dann stand er hier, ohne sich zu rühren. Da sind die Spuren ganz gleichmäßig. Er hat sich zu ihm umgedreht« – dabei zeigte er auf die Leiche –»und ist dann wieder in die Richtung verschwunden, aus der er gekommen war. Dieses Mal ohne zu rennen.«

Saint-Germès warf Morel einen flüchtigen Blick zu, der keine Miene verzog.

»Wo bleibt die Hundestaffel?«, rief er stattdessen.

»Ist angefordert«, antwortete ein anderer.

»Hey! Kommt mal her!«, rief da ein Kollege nur wenige Meter von ihnen entfernt.

Sie drehten sich zu dem Kriminaltechniker um, der eine thermische Kamera in der Hand hielt. *Wärmebildkamera*, dachte Saint-Germès. Er sah, wie der Techniker die Kamera neben sich abstellte, eine Klemme aus seinem Anzug holte, sich hinkauerte und ihnen bedeutete, näher zu kommen. Dann richtete der Mann sich wieder auf. Mit seiner blau behandschuhten Hand hielt er eine Patronenhülse in seiner Klemme fest. *Die* Patronenhülse – schließlich war nur ein einziger Schuss abgegeben worden.

»Was ist das?«, wollte Morel wissen.

Der Techniker zog den Mundschutz herunter und runzelte perplex die Stirn.

»Ein Teilmantelgeschoss«, sagte er.

Saint-Germès wurde hellhörig. Der Verkauf von Teilmantelgeschossen war in Frankreich verboten, mit Ausnahme von Jägern, Sportschützen und ... der Polizei.

»Das ist eine neun Millimeter Luger«, fügte der Techniker hinzu, drehte sie dabei hin und her und wirkte immer besorgter. »Capitaine ...«, sagte er plötzlich mit verändertem Tonfall.

»Was gibt's?«, fragte Morel.

»Scheiße, Mann, das ist eine Speer Gold Dot ...«

»Sind Sie sicher?«

Der Kriminaltechniker nickte langsam. Saint-Germès und Morel tauschten einen Blick. Sieh an, sieh an, jetzt hatte Morel seine Überheblichkeit verloren. *Er weiß, dass das nichts Gutes be-*

deutet, sagte sich Saint-Germès. Das war nicht gut, gar nicht gut. Denn eigentlich gab es fast nur eine Sorte Leute in Frankreich, die Speer Gold Dots verwendeten: Polizisten und Gendarmen.

»Sie behaupten, der Mann hätte Sie mit einem Messer bedroht und nach draußen gezerrt, während die anderen schliefen?«
»Ja.«
»Ihnen einen Faustschlag verpasst und Sie dann in den Schnee gezerrt, damit er Sie ... vergewaltigen konnte?«
»Ja.«
»Dass das Opfer sich auf Sie gelegt und Ihnen die Pyjamahose runtergezogen hat?«
»Ja.«
»Und dass in dem Moment jemand mit einer Waffe aus dem Wald kam und auf das Opfer geschossen hat?«
»Ganz genau.«
»Und derjenige hat ihm die Waffe dabei an die Schläfe gehalten? In etwa so?«
Er ahmte die Geste nach.
»Ja.«

»Der war total schräg«, sagte Beltran. »Irgendwie wirkte er ... ich weiß auch nicht ... krank. Hatte einen echt irren Blick. Der machte einem Angst. Echt ...«

»Dem hat man schon angesehen, dass er durchgeknallt war«, sagte die Brünette. »Wir hätten uns mehr vor ihm in Acht nehmen sollen. Wenn ich daran denke, was Emmanuelle ...« Sie schluchzte auf. »Himmel! Und ich hatte ihnen noch gesagt, dass da draußen jemand war. Aber sie wollten mir ja nicht glauben.«

»Er hat sich wie die anderen für die Wanderung eingetragen«, erklärte der junge Bergführer. »Sie sind alle zur Kur hier, in der Therme von Saint-Martin. Alle aus unterschiedlichen Gründen. Ich war zuerst ein bisschen zögerlich. Er hatte einen schweren, beinahe tödlichen Stromschlag bekommen, war dann lange in der Reha, und ich war mir nicht sicher, ob er fit genug war. Aber Sie verstehen das sicher, bei einem solchen Typen, bei dem, was er durchgemacht hat – da konnte ich einfach nicht Nein sagen.«

»Und?«, fragte Saint-Germès nach der zweiten Befragungsrunde.
Morel warf ihm einen schiefen Blick zu.
»Passt alles so weit«, räumte er widerstrebend ein.
»Sie meinen, in Bezug auf das, was ich Ihnen gesagt habe?«
Keine Antwort. Saint-Germès zögerte, bevor er ihm die nächste Frage stellte.
»Glauben Sie das? Glauben Sie, dass ein … ein *Polizist* das getan hat?«
Noch immer erhielt er keine Antwort.

21
BELVÉDÈRE

Trotz der Kälte – aber immerhin regnete es wenigstens nicht – nahm Kirsten das Frühstück auf einer Terrasse der Place du Capitole ein; ein typisch französisches Frühstück: Café crème, Croissants, Orangensaft. Dann sah sie, wie Servaz über die Esplanade auf sie zukam. Ihr war sofort klar, dass etwas vorgefallen sein musste.

Und dass er nicht viel geschlafen hatte.

Er hatte wohl einen schlechten Tag, wie man das gemeinhin bezeichnete, auch wenn sie ihn seit ihrem ersten Aufeinandertreffen im Büro des Leiters der Kripo nur selten mit einem Lächeln im Gesicht angetroffen hatte.

Ganz offensichtlich quälte ihn etwas.

Als er ihr gegenüber Platz nahm, wurde ihr klar, dass es tatsächlich noch schlimmer sein musste: Er wirkte völlig verwirrt. Wie ein Kind, das seine Eltern in der Menschenmenge verloren hatte.

»Was ist los?«, fragte sie auf Englisch.

Er sah so aus, als könnte er eine Tasse Kaffee vertragen, also bestellte sie zwei beim Kellner. Martin richtete seinen Blick auf sie, aber es war, als würde er durch sie hindurchsehen, als wäre sie unsichtbar. Dann erzählte er ihr mit tonloser Stimme, was sich alles in dieser Nacht und vor ihrer Ankunft in Toulouse ereignet hatte.

»Warum hast du mich nicht gebeten, dich heute Nacht zu begleiten?«, fragte sie, als er fertig war.

»Weil das nichts mit dem zu tun hat, weshalb du nach Toulouse gekommen bist.«

»Hast du schon mit Stehlin darüber geredet?«

»Noch nicht.«

»Hmm. Aber das machst du noch?«

»Ja.«

Der Kellner brachte ihnen die beiden Kaffee, und Martins Hand zitterte so stark, als er die Tasse zum Mund führte, dass etwas Kaffee auf den Tisch und seine Schenkel tropfte.

»Dann hast du also lange im Koma gelegen? Vielleicht bist du mir deshalb am Anfang ein bisschen ... eigenartig vorgekommen?«
»Schon möglich.«
»Scheiße, Mann! Die Geschichte haut einen glatt um.«
Er konnte sich ein Lächeln nicht verkneifen.
»Kann man wohl sagen.«
»Martin ...«
»Ja?«
»Du musst mir vertrauen, vor allem aber möchte ich, dass du mich als echte Partnerin siehst, nicht nur als eine Polizistin, die aus dem hohen Norden gekommen ist und kein Wort Französisch spricht. Okay?«

Dieses Mal lächelte er ganz offen, während sie ihn streng ansah, aber er wusste, dass sich hinter dieser Strenge eine gewisse Zuneigung verbarg.

»Martin, heiliger Bimbam, du bist mitten in der Nacht allein da hingefahren, ohne irgendjemandem Bescheid zu geben, Himmel noch mal!«

Stehlin würde wohl demnächst explodieren. Und zwar buchstäblich. Eine große, gewundene Ader pulsierte an seiner linken Schläfe, und sein Gesicht hatte die Farbe einer reifen Tomate angenommen.

»Ich hatte keine andere Wahl«, rechtfertigte sich Servaz. »Er hat gedroht, Margot anzugreifen.«

Das entsprach zwar nicht ganz der Wahrheit, aber Schwamm drüber.

»Doch, die hattest du!«, blaffte der Leiter der Kripo mit ein paar Speicheltröpfchen als Dreingabe. »Du hättest uns informieren müssen. Himmel noch mal, wir hätten jemand anderes dort hinschicken können!«

»Ich wollte wissen, was er mir zu sagen hatte.«

»Ach ja? Entschuldige mal, aber auf mich macht das eher den Eindruck, als wärst du von dem Typen verschaukelt worden und keinen Schritt weitergekommen, du darfst mich aber natürlich gerne korrigieren.«

Servaz erwiderte nichts.

»Wenn die Typen von der Dienstaufsichtsbehörde davon Wind bekommen, dann steckst du ganz schön in der Scheiße und ich mit dir, das ist das Problem«, fuhr Stehlin fort.

Ach, darum geht es also, dachte Servaz.

»Warum sollten sie Wind davon bekommen? Wer wird ihnen davon berichten? Jensen etwa? Soll der denen erzählen, dass er sich einen Spaß mit mir erlaubt, mich mitten in der Nacht durch den Wald gehetzt und mir am Telefon was von meiner Tochter erzählt hat?«

Stehlin warf einen bedeutsamen Blick auf Kirsten, als würde ihre Gegenwart ihn daran hindern, gewisse Dinge anzusprechen.

»Martin, wir haben keine andere Wahl: Du musst einen Bericht schreiben, und Florian Jensen muss vernommen werden. Und was wird er deiner Meinung nach wohl sagen?«

»Keine Ahnung.«

»Diese Geschichte gefällt mir ganz und gar nicht.«

»Mir genauso wenig.«

»Glaubst du, das mit deiner Tochter war ein Bluff?«

»Ich hab keine Ahnung. Dieser Typ ist wütend auf mich. Er gibt mir die Schuld daran, dass er diesen Stromschlag bekommen hat und seine Fresse heute so aussieht, wie sie aussieht.«

»Soll ich jemanden damit beauftragen, deine Tochter zu überwachen?«

Servaz zögerte. Er dachte an Hirtmann.

»Ja«, sagte er schließlich. »Nicht nur wegen Jensen. Auch für den Fall, dass Hirtmann in der Gegend ist; ich will nämlich nicht, dass es Margot so ergeht wie Marianne Bokhanowsky. Nur so lange, bis ich sie davon überzeugt habe, dass sie wieder nach Quebec zurückgehen kann. Dort ist sie in Sicherheit.«

In Wien betrachtete Bernhard Zehetmayer durch ein Fenster den regengepeitschten Garten des Belvedere Museums, der mit leichtem Gefälle Richtung Rennweg hinunterführte und von gestutzten Hecken, Wasserbecken und Skulpturen gesäumt war. Auf der großen Terrasse empfing die Sphinx jeden Besucher mit einem anderen Lächeln, wie jeden Tag, völlig unempfänglich für den herunterprasselnden Regen. Das war das Wien, das er liebte, dieses ewige Wien, das sich seit Canaletto kaum verändert hatte. Gleichgültig gegenüber Modeerscheinungen, Dekadenz, dem Verfall der Sitten und der Hässlichkeit, die seiner Meinung nach die moderne Welt regierte. Dennoch schien es dem Dirigenten in letzter Zeit Grund zur Hoffnung zu geben: Überall in Europa war es zu Umwälzungen an der Basis gekommen – die alten Werte würden schon bald wiederhergestellt sein –, eine unaufhaltsame Bewegung, die von Jahr zu Jahr größer wurde. Selbst hier, in Österreich, hatte ein Kandidat der Rechten in der Woche zuvor nur knapp den Sieg verfehlt. Er mochte ihn nicht mehr als diesen Idioten, der letzten Endes nach einer endlosen Wahlkampagne von dreihundertfünfzig Tagen gewonnen hatte, aber er wusste, dass die Stunde kommen würde, in der sich die Mächte der Reaktion überall in Europa durchsetzten – und auf diesen Tag wartete er voller Ungeduld.

Zehetmayer drehte sich um.

Eine Unmenge triefender Anoraks drängte sich auf den Dielen des Museums zusammen. Die meisten kamen, um die unbedeutenderen Werke von Klimt zu bewundern. Was für eine Hingabe für einen gewöhnlichen Innenausstatter. Was für ein Haufen Idioten. Noch ein Gustav. Aber ein Gnom im Vergleich zum anderen … Dem *Kuss* von Klimt zog er bei Weitem *Tod und Mädchen* von Schiele vor. Wenigstens überzog Schiele seine Werke nicht mit goldenem Konfetti, Augenwischerei und Kunstgriffen, die kaum eines Kabarettplakats würdig waren. Sein Strich war krude, ohne Schnörkel, brutal, beherrscht. Die letzten Werke von Schiele waren Bilder seiner Frau Edith gewesen, die, im sechsten Monat schwanger, leidend auf ihrem Totenbett lag. Er malte sie, bevor er selbst drei Tage später von der Spanischen Grippe hinweggerafft wurde. Meine Güte, das war vielleicht ein Mann von Format ... Dass Klimt zum Symbol für Wien geworden war, zeigte nur, wie tief die Stadt gesunken war.

Er sah die kurze und gedrungene Silhouette von Wieser durch die Menge auf ihn zueilen.

So langsam ermüdete ihn dieser ganze Aufwand, diese Treffen an öffentlichen Orten. Genauso gut hätten sie sich doch in einem Kaffeehaus treffen können, oder nicht? Herrgott noch mal, wer interessierte sich schon für ihre Unterhaltung? Doch die Neuigkeiten, die er erfahren hatte, vertrieben seine schlechte Laune wieder.

»Hallo«, grüßte Wieser, sobald er bei ihm ankam. »Gibt es was Neues?«

Auch der Milliardär schien nicht sonderlich begeistert darüber, hier zu sein. Zehetmayer verkniff es sich, seinen Unwillen in Worte zu fassen. Was dachte Wieser denn? Dass er nichts Besseres zu tun hatte? Dass er das zu seinem Vergnügen machte? Oder weil er etwas über dieses Flittchen herausfinden wollte, das Wieser auf seiner vierten Hochzeit zur Frau nehmen wollte – nur um sich erneut wie ein Hühnchen rupfen zu lassen? Aber was soll's? Es war ja sein Geld ...

»Wir haben Gustavs Spur gefunden«, sagte er.

Wieser erschauerte.

»Das Kind?«

Genervt zog Zehetmayer die Schultern hoch. *Nein: Gustav Klimt, Idiot.*

»Er hat sich im Südwesten Frankreichs aufgehalten, in einem kleinen Bergdorf. Bis letzten Sommer ist er dort sogar zur Schule gegangen.«

»Woher wissen wir, dass er es ist?«

»Daran besteht kein Zweifel: Die Schulleiterin hat sein Foto erkannt, und er war unter dem Namen dieses Polizisten dort angemeldet, von dem Hirtmann anscheinend ganz besessen ist.«

»Was? Ich verstehe das nicht.«

Das wundert mich nicht weiter, dachte der Kaiser.

»Wichtig ist nur, dass wir Fortschritte machen«, sagte Zehetmayer, sehr darum bemüht, die Fassung zu bewahren. »Tatsächlich waren wir noch nie so nah dran. Das ist eine einzigartige Gelegenheit. Es kann gut sein, dass Hirtmann dieses Kind besucht, sobald ihm das möglich ist. Wenn wir die Spur des Kindes ausfindig machen, dann wissen wir, wo der Schweizer früher oder später auftauchen wird. Dieses Mal müssen wir alles daransetzen. Dieses Kind ist ein Geschenk des Himmels.«

22
PHANTOMBILD

»Haben Sie sein Gesicht gesehen?«

Emmanuelle Vengud runzelte die Stirn. Morel sah, wie sie ihre Erinnerung durchforstete.

»Er trug eine Kapuze, wie … wie der *andere*«, antwortete sie nach einem kurzen Moment des Überlegens. »Und es war dunkel. Viel habe ich nicht gesehen. Aber ja, einen kurzen Blick habe ich auf ihn erhascht, im Schatten seiner Kapuze … Sie müssen verstehen, er war ganz nah und …«

»Auf wie alt würden Sie ihn schätzen?«

Wieder zögerte sie.

»So um die fünfundvierzig, würde ich sagen … Kein junger Kerl auf jeden Fall.«

»Blond, dunkelhaarig?«

»Er trug eine …«

»… Kapuze, ja, ich weiß«, sagte er verständnisvoll und doch ungeduldig. »Sie kennen sich nicht aus mit Waffen, oder?«

»Nein, kein bisschen.«

Er seufzte und tippte etwas auf seiner Tastatur ein.

»Warten Sie«, sagte sie da.

Morel schaute auf.

»Ich meine, etwas gesehen zu haben …«

Ihr Tonfall hatte etwas Alarmierendes. Er drehte seinen Stuhl zu ihr um und nickte ihr auffordernd zu, um sie nicht von ihren Gedanken abzulenken.

»Was die Waffe betrifft, meine ich.«

»Ja?«

»Ich glaube, er trug ein Holster … Ich habe es kurz gesehen, als er sich aufrichtete und sich dann zum … Opfer beugte.«

»Ein … ein Holster?«

Morel hatte das Gefühl, als bekäme er einen Faustschlag verpasst. Er atmete tief durch, ließ die Knöchel seiner verschränkten Finger knacken.

»Ja. Da, an der Hüfte«, fügte sie hinzu und zeigte auf die Stelle.

Dieses Mal wurde Morel blass.

»Sind Sie sicher?«

Ihm war klar, dass sein Tonfall nun im Gegenzug sie alarmierte.

»Warum, ist das wichtig?«

»Ziemlich, ja«, antwortete er.

»Ja, da bin ich mir sicher. Er trug ein Holster, da am Gürtel.«

Um Himmels willen!

»Einen Moment bitte.«

Er griff zum Telefonhörer.

»Colonel«, sagte er, nachdem ein paar Sekunden verstrichen waren, »hier Capitaine Morel, ich muss mit Ihnen reden, aber nicht am Telefon. So schnell wie möglich.«

Dann drehte er sich zu der jungen Frau um.

»Wir werden versuchen, ein Phantombild zu erstellen. Mit Kapuze«, fügte er hinzu. »Seien Sie ganz unbesorgt, und fühlen Sie sich nicht unter Druck gesetzt: Das dient nur dazu, ein paar verdrängte Erinnerungen wachzurufen, okay? Man weiß nie. Vielleicht haben Sie mehr gesehen, als Sie glauben.«

Stehlin war sehr blass, als er auflegte. Er hatte soeben bei der Gendarmerie von Saint-Martin angerufen, um sie zu bitten, Jensen in Polizeigewahrsam zu nehmen. Gemeinsam hatten sie schließlich beschlossen, dass Servaz einen Bericht schreiben würde: Er würde den Anruf von Jensen und die indirekte Drohung erwähnen, die er Margot gegenüber ausgesprochen hatte – aber verneinen, wenn dieser behauptete, Servaz in Saint-Martin gesehen zu haben. Immerhin gab es keinen Zeugen. Das einzige Risiko stellte Martins Handy dar, das auf der Fahrt bei ein paar Sendemasten registriert worden war, aber Stehlin ging davon aus, dass es keinem Anwalt gelingen würde, allein aufgrund der Behauptung seines Klienten einen Beweisantrag zu stellen.

Dieses Risiko mussten sie eingehen. Es war gering. Und sollte es eintreffen, dann würde Stehlin sich schützen, indem er behauptete, von nichts gewusst zu haben. Servaz hatte diesen Deal akzeptiert.

»Was gibt's?«, fragte Letzterer, als er den Gesichtsausdruck seines Vorgesetzten sah.

Dieser blickte ihn an, als hätte er einen Fremden vor sich. Ein Rätsel. Servaz war, als bekäme er eine eisige Flüssigkeit ins Rückenmark gespritzt. Ganz offensichtlich überschlugen sich die Gedanken des Kripoleiters, aber worum sie sich drehten, wusste er nicht.

»Was haben sie gesagt?«

Stehlin schien wieder im Hier und Jetzt anzukommen. Abwechselnd musterte er Servaz, Kirsten und dann wieder Servaz.

»Jensen ist tot. Jemand hat ihn erschossen. Heute Nacht. Ein Schuss in den Kopf, aus nächster Nähe. Sie gehen davon aus, dass es ein Polizist war.«

MARTIN

23
MUTTER NATUR, DIESE BLUTRÜNSTIGE HÜNDIN

Später konnte niemand mehr nachvollziehen, wie diese Neuigkeit so schnell nach draußen dringen konnte. Kam sie von der Gendarmerie, von der Staatsanwaltschaft oder von der Polizei? Noch vor Ende des Tages hatte sich die Nachricht jedenfalls in den verschiedenen Abteilungen verbreitet und war mit einigen Varianten versehen worden, doch alle hatten sie einen gemeinsamen Nenner: Im Wesentlichen hieß es, ein Bulle hätte Jensen, diesen miesen Scheißer, allegemacht, als dieser gerade eine weitere Vergewaltigung begehen wollte.

Wie in den Marvel oder DC Comics, in denen maskierte Rächer nachts im buchstäblich letzten Augenblick auftauchten, um den guten Bürgern von Gotham oder New York zu Hilfe zu eilen.

In manchen Versionen hatte die Vergewaltigung schon stattgefunden, in anderen nicht. Mal war Jensen durch eine Kugel in den Kopf, mal ins Herz niedergestreckt worden, in noch gewagteren Varianten hatte der Rächer ihm zuerst in die Eier geschossen. Alle waren sich allerdings einig, dass keiner – mit Ausnahme von seiner alten Mutter vielleicht – diesem Scheißkerl nachweinen würde und viele Frauen in der Region ganz bestimmt freier atmen und sich sicherer bewegen könnten. Dennoch nahm die Sorge unter den Ordnungskräften zu, denn der Rächer – keiner oder so gut wie keiner verwendete das Wort »Mörder« – war einer von ihnen, und die Dienstaufsichtsbehörde würde ihre Freude daran haben.

Außerdem tauchte in allen Unterhaltungen immer wieder ein Name auf: Servaz.

Jeder Bulle in Toulouse war im Bilde darüber, was auf dem Dach des Eisenbahnwaggons passiert war, und wusste, dass der

Leiter des Ermittlungsteams im Koma gelegen hatte, nachdem Jensen auf ihn geschossen hatte. So dauerte es nur wenige Stunden, bis die verwegensten Hypothesen kursierten. Doch niemand von der Mordkommission war besorgter und bestürzter als Stehlin, der Leiter der Kripo. Immer wieder ging er im Kopf dieses Gespräch durch, das er mit Martin geführt hatte, nachdem dieser aus dem Koma erwacht war und ihm seine feste Überzeugung mitgeteilt hatte, dass Florian Jensen eine Frau in Montauban umgebracht hatte. Diese lächerliche Geschichte von einer weißen Katze, der ein Ohr fehlte.

Ihm war auch nicht entgangen, dass sich Martin seit seinem Koma verändert hatte. Genauso wenig wie den anderen, selbst wenn alle dieses Thema vermieden. Zumindest in seiner Gegenwart, denn hinter seinem Rücken wurde getuschelt. Wenn man sichergehen will, dass ein Geheimnis nicht ausgeplaudert wird, dann sollte man es definitiv keinem Bullen erzählen. Irgendetwas war während des Komas passiert, das dazu geführt hatte, dass der Mann, der aus dem Krankenhaus in Rangueil entlassen wurde, nicht derselbe war wie derjenige, der zuvor dort eingewiesen worden war. War es möglich, dass dieser Mann zu einem Mörder geworden war? Stehlin konnte sich das kaum vorstellen – aber der Zweifel ließ ihn nie ganz los, und der Zweifel ist ein sehr viel fürchterlicheres Gift als alle Gewissheiten, auch wenn sie negativ sind.

Stehlin wusste, dass der Martin von früher niemals eine solche Tat hätte begehen können. Aber der von heute?

Irgendwo hatte er gelesen, dass es Wissenschaftlern gelungen war, bei Versuchspersonen nur mithilfe eines Scanners und eines Computers Signale des Gehirns zu entschlüsseln und Bilder des Films nachzustellen, den sie sich ansahen, und dass andere Wissenschaftler eine Benutzeroberfläche am Computer erstellt hatten, die es erlaubte, auf dieselbe Art Worte zu erzeugen, die Versuchspersonen lasen. »Der nächste Schritt besteht darin, Worte zu entschlüsseln, die die Menschen sich vorstellen«, hatte einer der Wissenschaftler verkündet. Demnächst würde man also Gedanken lesen können ... Ein absoluter Albtraum: ein Leben ohne

Geheimnisse, ohne die Möglichkeit, zu lügen oder etwas zu verschleiern. Ohne Lüge oder zumindest ohne ein mögliches Zurechtbiegen der Wahrheit würde das Leben unerträglich werden. Für die Polizei wäre das allerdings ein unglaublicher Fortschritt. Auch wenn man dann bald die Ermittler durch Maschinen und Techniker ersetzen könnte. Doch an diesem Tag hätte Stehlin liebend gern eine solche Technologie besessen.

Er war müde und besorgt, als er am Ende des Tages das Revier verließ. Er hatte einen Termin am Obersten Gerichtshof, eine der unzähligen Sitzungen, die der französischen Verwaltung die Illusion eines Vorankommens vermittelten. Als er den Parkplatz der Mordkommission verließ und dann entlang des Boulevards de l'Embouchure fuhr, spürte er, wie das nagende Gift des Zweifels wieder in ihm aufkeimte. Wie viel Wahrheit und wie viel Lüge steckten in Servaz' Bericht? Eines zumindest war sicher: Er war in jener Nacht nach Saint-Martin-de-Comminges gefahren. Er hatte sich auf den Weg zu Jensen gemacht. Und in derselben Nacht war Jensen wenige Stunden später durch die Pistole eines Bullen niedergestreckt worden.

Abgesehen von Stehlin waren auch Servaz' Kollegen, insbesondere Vincent Espérandieu und Samira Cheung, überaus besorgt. Wie alle anderen hatten auch sie davon gehört, dass Jensen weggepustet worden sei und Martin ihn getroffen habe, allein, in derselben Nacht. Sie teilten sich ein Büro, und seit ihnen das Gerücht zu Ohren gekommen war, vermieden sie es tunlichst, auch nur ein Wort darüber zu verlieren. Doch ihre Gedanken kreisten einzig darum.

Irgendwann räusperte sich Samira.

»Glaubst du, dass er wirklich dazu in der Lage wäre?«

Espérandieu zog die Kopfhörer herunter, über die M83 gerade ihre klanglichen Raffinessen entfaltete.

»Was?«

»Glaubst du, dass er wirklich dazu in der Lage wäre?«

Er warf ihr einen finsteren Blick zu.

»Das soll wohl ein Witz sein.«

»Sehe ich so aus, als wäre mir nach Scherzen zumute?«

Espérandieu drehte sich mitsamt seinem Stuhl um.

»Scheiße, Mann, Samira! Wir sprechen hier von Martin!«

»Das weiß ich doch«, erwiderte sie hitzig. »Aber die Frage ist ja wohl: Von welchem Martin sprechen wir hier? Von dem vor oder dem nach dem Koma?«

Mit einer unwirschen Geste wischte er diese Bemerkung vom Tisch und wandte sich wieder seinem Bildschirm zu.

»Lass gut sein. Ich will mir das nicht anhören.«

»Jetzt sag nicht, dir wäre nichts aufgefallen …«

Er seufzte. Drehte sich abermals um.

»Was aufgefallen?«

»Dass er sich verändert hat …«

Er sagte nichts.

»Er bezieht uns gar nicht mehr mit ein …«

»Gib ihm ein bisschen Zeit. Er ist gerade erst wieder zurückgekommen.«

»Und diese Tussi, was hat die hier zu suchen?«

»Die Norwegerin? Das hast du doch genauso gehört wie ich.«

»Mit der hat es noch mehr auf sich! Erzähl mir nicht, das ist dir nicht aufgefallen.«

»Bist du etwa eifersüchtig?«

Er sah, wie sich Samiras Gesicht verfinsterte.

»Echt jetzt, du kannst manchmal so was von bescheuert sein. Findest du es nicht eigenartig, dass er einer Fremden mehr vertraut als uns?«

»Ich weiß nicht …«

Samira schüttelte den Kopf. »Mich macht das fertig, echt, so richtig fertig. Selbst wenn er es nicht war, werden sie es ihm anhängen, scheiße, Mann. Das ist doch jetzt schon klar.«

»Es sei denn, wir finden heraus, wer es war«, erwiderte Vincent.

»Ach ja? Und wie sollen wir das anstellen? Und was, wenn wir dabei herausfinden, dass er es doch war?«

Am nächsten Tag machte Olga Lumbroso, die stellvertretende Staatsanwältin am Amtsgericht von Saint-Gaudens, einen erschöpften Eindruck. Sie versuchte nicht, ihre Verdrossenheit zu kaschieren. Eine Sache wie diese war der Traum eines jeden Haftrichters – doch die Staatsanwältin, die diese Funktion am Amtsgericht innehatte, war davon gar nicht begeistert. Lumbroso hatte sich angehört, was der Gendarm zu sagen hatte, den Bericht gelesen, und die junge Richterin, die sich für gewöhnlich um Familienangelegenheiten kümmerte, hatte ihrer Meinung nach nicht das Zeug dazu, diesen Fall zu übernehmen. Sie war dem Gericht anstelle eines fehlenden richtigen Ermittlungsrichters zugeteilt worden. Als das Gericht 2014 erneut eröffnet wurde, hatte eine wichtige Regionalzeitung das ganz triumphal als »die Rückkehr der Justiz nach Comminges« betitelt, doch seitdem musste der kleine Gerichtshof mit den wenigen ihm zur Verfügung gestellten Mitteln zurechtkommen.

Elf Beamte alles in allem. Mit einem stetig wachsenden Arbeitspensum: Die Aktenstapel wurden immer größer und mehr schlecht als recht verteilt. Und ausgerechnet jetzt bekamen sie diese XXL-Geschichte aufgebürdet.

»Ein Polizist, sagen Sie?«

»Oder jemand, der sich als solcher ausgibt«, differenzierte Morel. »Aber diese Hypothese ist ziemlich unwahrscheinlich: Wer besitzt solche Munition und trägt sein Holster an der Hüfte, mit Ausnahme eines Polizeibeamten?«

»Oder eines Gendarmen«, merkte sie an.

»Ja.«

Morel wurde etwas verschlossener. Die Frau ihm gegenüber beugte sich über seinen Bericht. Morel sah, dass sie am linken Ringfinger einen helleren Streifen von einem Ehering hatte, der Ehering allerdings verschwunden war. Er wusste nicht, dass die Arbeitsüberlastung und das Engagement als Staatsanwältin für ihre Arbeit sie die Ehe gekostet hatten. Und dass die Zahl der Scheidungen am Gericht von Saint-Gaudens gleichbleibend war: jedes Jahr um die 160 mit einer rätselhaften Senkung 2002.

»Er ist also um drei Uhr morgens aus dem Wald aufgetaucht, bei mehreren Grad unter null, um auf diesen Typen, diesen Jensen, zu schießen, bevor er dann wieder verduftet ist?«

Sie hatte diesen Teil des Berichts gelesen, wie sie ihrem Sohn ein Märchen von Perrault vorgelesen hätte.

»Ich weiß, ich weiß ... Ich habe dasselbe gedacht wie Sie: Das ergibt alles keinen Sinn. Aber genau so hat es sich ereignet.«

»Irgend so eine Art nächtlicher Rächer also. Wie in einem dieser bescheuerten Filme. Wer taucht schon mitten während einer Vergewaltigung auf ... allein das.«

Ihre Skepsis hätte nicht offensichtlicher sein können.

»Ich hoffe, er trug zumindest keinen Umhang und auch keinen knallbunten Turnanzug!«

Morel erwiderte nichts. Er erinnerte sich noch gut an seine eigenen Gedanken, als Capitaine Saint-Germès ihm die Fakten mitgeteilt hatte. Und Humor gehörte nicht zu seinen Stärken.

Sie schloss die Akte und legte ihre fleckigen Hände darauf, als könnte sie sich sonst gegen ihren Willen wieder öffnen.

»Das ist eine Angelegenheit für das Landgericht«, entschied sie. »Wir haben hier weder die technischen Mittel noch das Personal, um einen solchen Fall zu bearbeiten. Ich werde Cathy d'Humières in Toulouse anrufen. Ich gehe davon aus, dass sie die Polizeiaufsichtsbehörde und die Gendarmerieaufsichtsbehörde hinzuziehen werden.«

Die Polizei der Polizei also. Morel nickte vorsichtig. Diese Angelegenheit stank zum Himmel und stellte nichts als einen Haufen Ärger und Scherereien im Format XXL in Aussicht. Das war der Staatsanwältin durchaus bewusst.

»Wie viele Menschen wissen von der Waffe und dem Holster?«

»Zu viele«, sagte er. »Am Tatort waren ziemlich viele Leute. Wir haben versucht, Schadensbegrenzung zu betreiben, aber es ist unmöglich zu sagen, wer was mitbekommen hat.«

Er sah, wie sie das Gesicht verzog.

»Dann wird die Presse also früher oder später Wind davon bekommen.« Sie griff zum Telefonhörer. »Wir müssen schnell reagieren. Zumindest zeigen, dass wir nicht überrumpelt wurden und sofort agiert haben ...«

Kurz hielt sie in ihrer Bewegung inne.

»Aber machen wir uns nichts vor: Der Hurrikan kommt geradewegs auf uns zugerast und wird alles mit sich reißen. Ein Polizist, der nachts den Rächer spielt, was für ein Schlamassel. Ein gefundenes Fressen für die Presse.«

Cathy d'Humières nahm gerade im Restaurant *Les Sales Gosses* in Toulouse ihr Mittagessen ein, eine Lammkeule mit pochiertem Ei, als das Handy in ihrer Handtasche klingelte. Was hatte ihr Horoskop heute noch mal gesagt? »Sie werden in einer Angelegenheit eine rasche Entscheidung fällen müssen. Stellen Sie sicher, dass Sie über alle nötigen Informationen verfügen.«

Die Präsidentin des Obersten Gerichtshofs von Toulouse schwor Stein und Bein auf die Gestirne und erstellte, sofern ihr das möglich war, das Horoskop aller, mit denen sie beruflich zu tun hatte, von Anwälten bis hin zu Polizisten. Sie hatte ganz unten angefangen, war die Karriereleiter hinaufgeklettert, Staatsanwältin, erste Staatsanwältin, stellvertretende Oberstaatsanwältin, stellvertretende Generalstabsanwältin, hatte ihre ersten Schritte am Gericht von Saint-Martin-de-Comminges gemacht, wo der Prozess um das enthauptete Pferd und der wegen des Ferienlagers ihr zu einer kurzzeitigen Bekanntheit verholfen hatten. Aber Saint-Martin war ein viel zu kleines Gericht, viel zu fern vom Tagesgeschehen für ihre hochgesteckten Ziele, und so hatte sie es nach ein paar Jahren ans Gericht von Toulouse geschafft, wo sie mehr Angelegenheiten nach ihrem Geschmack vorfand.

Vom Aussehen her entsprach sie fast dem Klischee: strenges Gesicht, ein Adlerprofil, funkelnder Blick, schmaler Mund und energisches Kinn. Die meisten Menschen, die sie nur flüchtig kannten, fanden sie einschüchternd, und die, die sie besser kannten, bewunderten oder fürchteten sie, häufig beides zugleich. Es gab aber auch noch eine dritte Kategorie: diejenigen, die sie gedemütigt hatte – hauptsächlich Unfähige oder aber Intriganten –, und diese Gruppe hasste sie.

Cathy d'Humières zog ihr Handy aus der Tasche und hörte der Staatsanwältin von Saint-Gaudens zu, ohne ein Wort zu sagen. Als Olga Lumbroso geendet hatte, sagte sie nur: »Sehr gut, schicken Sie mir die Akte.«

Eine zusätzliche Falte war auf ihrer Stirn aufgetaucht.

»Ihr Lieblingsdessert?«, schlug der Kellner vor.

Hierbei handelte es sich um eine Mischung aus einer *banoffee pie* und einem Blätterteiggebäck mit Karamelleis.

»Nein, heute nicht. Ein doppelter Espresso. Nein, einen dreifachen bitte. Danke. Und falls Sie eine Aspirin hätten …«

»Haben Sie Kopfschmerzen?«

Sie lächelte über die scharfsinnige Kombinationsgabe des jungen Mannes.

»Noch nicht. Aber die lassen nicht mehr lange auf sich warten.«

In seinem Buch *The Lucifer Principle* hat Howard Bloom, ein ehemaliger PR-Agent, der sich zu einem Spezialisten für das Verhalten von Massen entwickelt hat, die Hypothese aufgestellt, dass Mutter Natur eine blutrünstige Hündin sei, die Gewalt und das Böse Teil ihres Plans, und dass Hass, Aggression und Krieg in einer Welt, die immer hin zu höher entwickelten, komplexeren Formen tendiere, als Motoren agierten und die Evolution nicht etwa ausbremsten. Sollte das der Fall sein, dachte Cathy d'Humières, die das Buch von Bloom in ihrem Bücherregal hatte, müsste die Entwicklung in der letzten Zeit einen enormen Schritt nach vorn gemacht haben. In Toulouse zum Beispiel hatten die Gewalttaten im letzten Jahr mit dreitausend Verfahren eine beunruhigende Schwelle überschritten, darunter Angriffe mit Stichwaffen in der Innenstadt, was hauptsächlich darauf zurückzuführen war, dass Alkohol und Drogen ebenso ungehindert auf den Straßen des Zentrums zirkulierten wie EPO durch Lance Armstrongs Venen. Zudem war gleichzeitig die Zahl der Staatsanwälte am Gerichtshof von dreiundzwanzig auf achtzehn gesunken. Das lag daran, dass Toulouse immer die unbedeutende Rolle eines Provinzgerichtshofs zugewiesen bekam, es der Staatsanwaltschaft vorn und hinten an Mitteln fehlte, und das obwohl die Bevölkerung stetig anstieg und auch die Kriminalität immer weiter voranschritt. Somit sah sich der Oberste Gerichtshof mit allen möglichen unüberwindbaren Herausforderungen konfrontiert, wie zum Beispiel den ungenügenden Anhörungen, um dieser Flut von Strafsachen Herr zu werden. Ohne zusätzliche Mittel reichten die drei Strafkammern nicht mehr aus, ihre ansteigende Zahl abwickeln zu können. Zu dieser Flut kam noch hinzu, dass Zivilsachen für die Herren der Anwaltschaft deutlich lukrativer waren. Die Folge davon: In den letzten Jahren hatte die Zahl der eingestellten Ermittlungsverfahren stark zugenommen; bei schwerem Diebstahl wurden 95 Prozent erreicht, bei allen anderen Strafsachen zusammen 93 Prozent.

Das war eine knifflige Aufgabe für eine Präsidentin des Gerichts.

Wenn man versucht, mitten in einem Sturm und bei einer Windstärke von sechzig Knoten Wasser aus einem Boot zu schöpfen, das überall leckt, dann kann man sich nicht auch noch mit einer großen, von Steuerbord herannahenden Welle befassen. Genau darum handelte es sich jedoch gerade, sagte sich Cathy d'Humières, als sie den Bericht las.

Metzger, der Generalstaatsanwalt, saß ihr gegenüber. Wie immer war er wie aus dem Ei gepellt, sein Krawattenknoten war perfekt, und er hatte wohl erst vor Kurzem dem Friseur einen Besuch abgestattet. Er hatte sich die Zeit genommen, den Bericht zu lesen, bevor er zu ihr gekommen war, und sie entdeckte ein gieriges Leuchten in seinen Augen. Dieser Arsch freute sich. Wie viele andere Generalstaatsanwälte liebte Metzger den Medienrummel, wenn sein Name in den Zeitungen erschien oder er Auftritte im Fernsehen hatte. Eine Pseudoberühmtheit, umschwirrt von allen Faltern, die begierig darauf waren, sich ihre Flügel an den Medien zu verbrennen.

»Sagen Sie mir jetzt nicht, dass Sie Gefallen daran finden, Henri«, sagte sie.

Er richtete sich auf seinem Stuhl auf, als hätte sie ihn beleidigt.

»Wie bitte? Natürlich nicht! Das hat uns gerade noch gefehlt!«

Er war ebenso glaubhaft wie ein Kind, das von seiner Mutter kurz vor dem Abendessen mit nutellaverschmiertem Mund überrascht wird und alles abstreitet.

»Wer sollte Ihrer Meinung nach mit diesem Fall betraut werden?«, fragte sie vorsichtig.

»Desgranges.«

Sie nickte. Ja, Desgranges … wer sonst? Eine logische Wahl. Sie kniff die Augen zusammen und starrte Metzger an: Er und Desgranges konnten einander nicht ausstehen. Mit seinen weißen, etwas zu langen Haaren, seinen bunten Jacketts und seinem aufbrausenden Temperament war Desgranges' Erscheinungsbild und Verhalten eine Art Antithese des Generalstaatsanwalts. Er hielt die Standarte der Unabhängigkeit der Justiz hoch und sah in jedem Generalstaatsanwalt einen mächtigen Feind. Metzger wiederum, besessen von seiner Karriere und mit all den Kontakten, die er pflegte, war die perfekte Verkörperung von allem, was Desgranges verachtete. Immer wieder war einer der beiden in ihr Büro geplatzt, um sich über den anderen zu beschweren. Sie wusste sehr wohl, was Metzger im Sinn hatte: Diese Angelegenheit war ein trügerisches Geschenk. In diesem Fall schien ihr Desgranges allerdings die beste Wahl zu sein. Er würde seine Beweisaufnahme zügig durchführen und in den Augen der Medien als der erscheinen, der er war, ein unbeirrbarer Richter und erbittert unabhängig, und genau dieses Bild musste die Justiz gerade von sich verbreiten. Außerdem war Desgranges zweifelsohne der kompetenteste ihrer Haftrichter.

»Okay, Desgranges«, stimmte sie ihm zu. »Ich nehme an, dass er die Polizeiaufsichtsbehörde von Bordeaux hinzuziehen wird.«

Die Polizeiaufsichtsbehörde hatte insgesamt sieben Vertretungen: in Paris, Lyon, Marseille, Lille, Bordeaux, Rennes und Metz.

»Ich weiß nicht, was er sonst machen könnte«, stimmte Metzger boshaft zu. »Zusätzlich zur Gendarmerieaufsichtsbehörde.«

Vermutlich träumte er bereits davon, wie sein liebster Feind im Schlamm der Justiz stecken blieb – ein bleibender Fleck in seinem Lebenslauf.

»Du musst deinen Bericht ändern«, sagte Stehlin, der gerade von einer Sitzung bei der Staatsanwaltschaft zurückkam, wo er sich mit dem Generalstaatsanwalt unterhalten hatte.

Servaz erwiderte nichts.

»Früher oder später werden sie sich für dich interessieren – und dafür, wo du in dieser Nacht gewesen bist. Du kannst dir sicher vorstellen, was das für Konsequenzen nach sich zieht, wenn sie herausfinden, dass du in Saint-Martin warst und das nicht angegeben hast, oder?«

»Durchaus.«

»Zum Glück habe ich den Bericht noch nicht abgeschickt …«

In Servaz brodelte es. Er hatte bemerkt, wie misstrauisch Stehlin war, als dieser vom Gericht zurückgekommen war. Als wäre dort etwas besprochen worden, weshalb er seine Meinung geändert hätte. Hätte er seinem Untergebenen nicht von Anfang an sehr viel mehr Glauben schenken müssen, jemandem, mit dem er schon seit Jahren zusammenarbeitete? Servaz fragte sich, was wohl passierte, wenn es hart auf hart käme. Würde Stehlin für ihn kämpfen oder aber im Gegenteil versuchen, sich aus der Affäre zu ziehen, und die eigene Karriere in den Vordergrund rücken? Stehlin war ein aufrechter Kerl, nicht wie Vilmer, sein Vorgänger, und Servaz verstand sich gut mit ihm. Doch Freunde lernt man erst in schwierigen Situationen richtig kennen, genau wie auch Chefs.

»Martin …«

»Ja?«

»Vor zwei Nächten, hast du ihn da in Saint-Martin gesehen oder nicht?«

»Jensen? Nein.« Er zögerte. »Also, ich habe eine Silhouette gesehen ... und ich wiederhole mich: Ich bin jemandem hinterhergerannt, der Jensen gewesen sein könnte oder auch nicht. Da war nur diese Silhouette, die mich im öffentlichen Park beobachtete. Als ich auf sie zuging, ist sie weggerannt. Ich bin ihr gefolgt, aber sie ist im Wald hinter der Therme verschwunden. Das war nach Mitternacht. Dann bin ich zurück zu meinem Auto und hatte diesen Zettel an der Windschutzscheibe.«

»Einen Zettel?«

»Ja. Darauf stand: ›Hast du Angst gehabt?‹«

»Um Himmels willen.«

Stehlin schien den Geist seiner vor zwei Jahren verstorbenen Frau zu sehen.

»Jensen ist von einer Dienstwaffe niedergestreckt worden«, sagte er. »Sie werden nach einem Motiv suchen. Und da wirst du ihnen natürlich ganz gelegen kommen.«

Servaz versteifte sich. Er dachte an das, was er als Erstes getan hatte, nachdem er erfahren hatte, dass Jensen mit einer Dienstwaffe erschossen worden war: Er hatte nachgesehen, ob seine noch immer an ihrem Platz war.

»Was? Was für ein Motiv?«

»Verdammt, Martin! Dieser Typ hat dir eine Kugel mitten ins Herz verpasst! Als du aus dem Koma erwacht bist, hast du mir selbst gesagt, du seist überzeugt davon, dass er der Mörder einer Frau aus Montauban ist. Aber es ist zu keiner Anklage gekommen. Und er hat deine Tochter bedroht!«

»Er hat nur eine Andeutung gemacht ...«

»Und du bist schnurstracks nach Saint-Martin gedüst«, unterbrach ihn Stehlin. »Mitten in der Nacht, verdammt! Du hast Jensen gesehen, nur wenige Stunden bevor er abgemurkst wurde, Himmeldonnerwetter!«

Der Direktor drückte sich für gewöhnlich nicht so aus. Da musste er schon mächtig wütend oder aber sehr in Bedrängnis sein.

»Wir stecken so richtig in der Scheiße«, fügte er finster hinzu.

Endlich hatte Stehlin ausgespuckt, was er wirklich auf dem

Herzen hatte. In der Stimme seines Vorgesetzten schwang die leise Melodie der Angst mit. Nicht zum ersten Mal war Servaz der Meinung, dass dieser zu vorsichtig, zu zaghaft war – vermutlich wollte er tunlichst vermeiden, dass die Sache Wellen schlug, koste es, was es wolle. Selbst wenn das den Erfolg seiner Abteilung beeinträchtigte. Mit einem Mal gelangte er zu der tiefen Überzeugung, dass Stehlin ihn aufgeben würde, um seine eigene Haut zu retten. Er schaute ihn an. Sein Vorgesetzter hatte einen aschfahlen Teint und war bereits dabei, sich in sein Schneckenhaus zurückzuziehen.

»Ich übernehme die Verantwortung«, sagte Servaz mit fester Stimme.

»Ich will einen neuen Bericht, ohne irgendwelche Grauzonen«, unterbrach ihn Stehlin und schaute zu ihm auf, als würde er gerade aufwachen. »Du musst ganz genau beschreiben, was passiert ist.«

»Muss ich dich daran erinnern, dass es nicht meine Idee war, die Fahrt nach Saint-Martin auszulassen?«, entgegnete Servaz, der aufstand und den Stuhl etwas zu unsanft nach hinten stieß.

Stehlin erwiderte nichts darauf. Er war gedanklich bereits wieder woanders. Wollte sich den Rücken freihalten, dachte an die Folgen für seine Karriere, die bislang immer so angenehm und linear nach oben geführt hatte.

Wie wurde er den faulen Ast los, bevor der den ganzen Baum infizierte? Wie bekam er eine Feuerschneise zwischen sich und Servaz?

»Und?«, fragte Kirsten auf der Terrasse des *Cactus*.

»Nichts und«, sagte Servaz und setzte sich. »Das gibt eine interne Ermittlung.«

»Oh.«

Die letzte interne Ermittlung in Norwegen, an die sie sich erinnern konnte, war die nach dem Blutbad auf Utøya – diese kleine Insel, auf der Anders Breivik angelegt und neunundsechzig Tote zurückgelassen hatte, die meisten davon Jugendliche. Die Ermittlung sollte dazu dienen, herauszufinden, weshalb die Norweger Polizei für den Weg dorthin so lange gebraucht hatte. Sie waren über eine Schießerei auf der Insel informiert worden, hatten aber eineinhalb Stunden gebraucht, um dorthin zu kommen, und so die Teenager vor Ort Breiviks mörderischer Raserei überlassen. Die Polizei musste erklären, weshalb sie mit Auto und Boot dorthin gefahren waren und nicht den Hubschrauber genommen hatten und warum das Boot eine Panne gehabt hatte – tatsächlich war es für die Anzahl der Personen und das zu befördernde Material zu klein gewesen und hatte Schiffbruch erlitten!

»Was hat er gesagt?«

»Dass ich einen Bericht schreiben soll, in dem ich erläutere, dass ich mich mit einem Typen drei Stunden bevor er durch eine Dienstwaffe umgebracht wurde, getroffen habe, mit einem Typen, der mich wenige Wochen zuvor ins Krankenhaus befördert hatte, der meine Tochter bedrohte und von dem ich zudem vermute, dass er für einen weiteren ungeklärten Mord verantwortlich ist … Das war's im Großen und Ganzen …«

Seine letzten Worte hatte er leicht fatalistisch ausgesprochen. Kirsten unterließ es, anzumerken, dass die elftausend Polizisten Norwegens ihre Waffe im vergangenen Jahr nicht gezogen hatten und nur zwei Schüsse abgefeuert wurden. Ohne dass es einen Verletzten gegeben hätte! Das letzte Mal, dass die Polizei dort einen Mann niedergestreckt hatte, lag dreizehn Jahre zurück …

»Ich denke, ich werde zurück nach Norwegen fahren«, sagte sie. »Ich habe hier nichts mehr zu tun. Wir stecken in einer Sackgasse.«

Er schaute sie an. Seine Finger berührten ganz automatisch das Foto von Gustav in seiner Tasche.

»Wann fährst du?«

»Morgen. Ich habe einen Flug um sieben Uhr früh nach Oslo gebucht, mit einem Zwischenstopp in Paris-Charles-de-Gaulle.«

Er nickte. Sagte nichts. Sie stand auf.

»In der Zwischenzeit spiele ich noch ein bisschen Tourist. Essen wir heute Abend zusammen?«

Er nickte. Sah ihr nach, ihren hübschen Beinen, die unter dem dunklen Mantel herausschauten, der so gut geschnitten war, dass er auch ihre Taille betonte. Servaz dachte bei sich, dass wohl viele Männer beim Anblick dieses Rückens herausfinden wollten, was für ein Gesicht dazu gehörte. Sobald sie weg war, zog er seine Hand aus der Hosentasche.

»Die Fantasie reicht vom Normalen bis zum Pathologischen. Dazu gehören Träume, Wahnvorstellungen, Halluzinationen …«, sagte Dr. Xavier, der in seinem Sessel saß.

»Ich spreche nicht von Halluzinationen, sondern von Amnesie«, erwiderte Servaz. »Das ist das Gegenteil von Fantasie, die Amnesie, oder nicht?«

Er hörte, wie sich Xavier hinter ihm bewegte. Ein Geruch von Marseiller Seife kam von dort, wo der Psychiater saß.

»Wovon sprechen wir hier genau?«

Er hatte kurz gezögert, bevor er diese Frage stellte. Servaz hatte den Eindruck, als würde der Psychiater seine Sätze wählen, wie man Farben auf einer Farbpalette wählte.

»Angenommen … mal angenommen, ich wäre eines Abends nach Saint-Martin gefahren – als würde ich glauben, eine Sache getan zu haben, tatsächlich habe ich aber etwas ganz anderes, viel Schlimmeres getan, das ich vergessen habe …«

Schweigen hinter ihm.

»Du kannst nicht etwas genauer werden?«

»Nein.«

»Okay. Es gibt verschiedene Formen von Amnesie. Jene, die dem entsprechen könnten, was du beschreibst – gemessen an den wenigen Informationen, über die ich verfüge –, sind folgende: partielle Amnesie, kurzzeitige Gedächtnisstörungen, für gewöhnlich als Folge eines Schädeltraumas oder einer geistigen Verwirrung … Hast du ein Schädeltrauma in dieser … ähm … besagten Nacht erlitten?«

»Nein. Zumindest nicht, dass ich wüsste.«

»Verstehe. Dann gibt es da die kongrade Amnesie, die sich auf eine oder mehrere konkrete Ereignisse bezieht. Dasselbe gilt für die selektive Amnesie. Diese Art Amnesie trifft man bei Patienten an, die an einer Neurose oder an psychiatrischen Störungen leiden.«

Xavier machte eine kurze Pause.

»Und dann gibt es noch die Fixationsamnesie, die es einem unmöglich macht, eine Erinnerung abzuspeichern … Das, wovon du denkst, es getan und vergessen zu haben …

»Nein, nein. Ich glaube nicht, dass ich das getan habe. Das war eine rein theoretische Frage.«

»Verstehe, alles klar. Aber diese ›rein theoretische Frage‹ hat nicht zufällig etwas mit der Tatsache zu tun, dass vor zwei Nächten hier in der Nähe ein Typ mit einer Dienstwaffe erschossen wurde?«

Siebzehn Uhr. Als er aus der Praxis von Dr. Xavier kam, senkte sich der Abend über die Straßen von Saint-Martin, und die Luft roch nach Tannen und nach den nahen Bergen, nach Holzfeuer und Autoabgasen. Ein paar Flocken schwirrten durch die kalte Luft. Kunstvoll gearbeitete Holzbalkone, Giebel, die an Chalets erinnerten, und dunkle, gepflasterte Sträßchen verliehen diesem Teil der Stadt eine halb kindliche, halb düstere Märchenatmosphäre. Er hatte in der Nähe des Flusses gehalten, spürte die Frische und Feuchtigkeit des unterhalb der Promenade schnell dahinfließenden Gewässers in der Dunkelheit.

Nachdem er am Steuer Platz genommen hatte, saß er einen Moment lang reglos da. Was war das? Im Wagen war ein eigenartiger Geruch … es erinnerte an Aftershave. Er drehte sich nach hinten um, aber natürlich war da niemand. Er beugte sich zu seinem Handschuhfach – auch die Waffe war noch immer da, steckte in ihrem Holster. Kam der Geruch vielleicht von draußen? Hatte er ihn beim Einsteigen mit hereingebracht?

Er steckte den Schlüssel ins Zündschloss, fuhr einmal um den Platz vor dem Rathaus und von dort in die angrenzenden Sträßchen, um auf die Allées d'Étigny zu gelangen und von dort dann weiter aus der Stadt herauszufahren. Er war gerade auf dem letzten verschneiten Kreisverkehr und wollte bei dem Schild abbiegen, das den Weg zur Ebene und zur Autobahn wies, als er eine andere Eingebung hatte. Er fuhr an dem Schild vorbei. Auch an der nächsten Ausfahrt, die zum Campingplatz und zu einem kleinen Industriegebiet führte. Er nahm erst die dritte Ausfahrt. Gleich darauf stieg die Straße an. Nach zwei Haarnadelkurven entdeckte er Saint-Martin etwas weiter unten.

Die Eingebung nahm immer deutlichere Formen an. Er war schon seit Jahren nicht mehr hier entlanggefahren. Inzwischen war es wirklich Nacht. Unter ihm leuchteten die Lichter von Saint-Martin auf einer weißen Schneedecke und erinnerten an Diamanten im Schaufenster eines Juweliers, an allen Seiten von dem schwarzen Band der Berge eingerahmt. Kirsten musste eine solche Landschaft vertraut sein, dachte er und bedauerte auf einmal, dass sie nicht bei ihm war. Dann verschwanden die Lichter. Er fand sich mitten im Wald wieder, unter den Baumkronen.

Er durchquerte einen Weiler mit vier Häusern. Einen Kilometer weiter einen zweiten, mit weißen Dächern und geschlossenen Fensterläden – was für eine Manie in diesem Land, sich einzusperren, wegzuschließen, sobald es dunkel wurde, als warteten die Wegelagerer auf die Dämmerung, um sich auf die armen Leute zu stürzen. An der nächsten Gabelung bog er nach links auf die abfallende Straße ab, die an einem kleinen Hang entlangführte. Die verschneiten Wiesen schimmerten im Dämmerlicht leicht bläulich, und Nebelbänke tauchten aus den Tälern auf. Er fuhr den Hang hinunter, hinein in ein anderes, etwas größeres Dorf, das aber genauso verschlafen war wie die vorangegangenen. Abgesehen von dem Café auf dem Platz, in dem er die Silhouetten von ein paar Stammgästen hinter den beleuchteten Fenstern erblickte, waren die Straßen völlig leer. Kurz darauf lag das Dorf hinter ihm, und er fuhr abermals in den Wald hinein.

Er erahnte sie schon bald zu seiner Linken, etwas weiter weg zwischen den Bäumen: die Ruinen des Ferienlagers Isards – aber das rostige Schild an der Abzweigung war verschwunden. Im

Wald verdichtete sich die Dunkelheit immer mehr. Servaz spürte, wie ihm ein Schauer über den Rücken rann. Aber er war nicht wegen der Ruinen hier. Er fuhr an dem Ferienlager vorbei. Seine Scheinwerfer gruben helle Tunnel zwischen die Tannen, ließen die schneebedeckten, tief hängenden Zweige, die die Straße streiften, Scherenschnitten gleich hervortreten, durchlöcherten den immer dichter werdenden Nebel. Die einzige andere Lichtquelle waren die bläulich schimmernden Anzeigen auf dem Armaturenbrett. Ihm schien, als hätte er mit einem Mal jegliches Raum- und Zeitgefühl verloren.

Aber nicht die Erinnerung ...

Die Bilder tauchten auf, als hätte man einen Bildschirm in seinem Kopf montiert. Kurz darauf fuhr er in einen Tunnel hinein, der mitten in den Felsen gesprengt worden war.

Er fragte sich, ob das Schild gleich danach noch immer da war. Es war da. Festgemacht an der Brüstung der kleinen Brücke, die über den Wildbach führte: »PSYCHIATRISCHE VOLLZUGSANSTALT CHARLES WARGNIER«.

Es war, als hätte er sich, indem er diese Straße nahm, die sich, gesäumt von ein paar hohen Schneeverwehungen, kühn die Serpentinen zwischen den Tannen hinaufwand und dann über die weniger steile Strecke aus dem Wald hinausführte, mit den Bergen als Kulisse und den paar Gebäuden mittendrin, in eine Zeitmaschine gesetzt und wäre in die Vergangenheit gereist.

Das durch Lisa Ferney, die Oberschwester, verursachte Feuer hatte nichts als die niedrigen Überreste der Wände zurückgelassen, und er dachte an die riesigen Steine von Stonehenge, als er jetzt im Mondschein in die eisige Nacht hinaustrat. Viel war nicht übrig geblieben, doch man konnte die beeindruckende Größe des Gebäudes erahnen, wie wenn man durch die Überreste des Forum Romanum schritt. Einer dieser zyklopischen Bauten aus der ersten Hälfte des zwanzigsten Jahrhunderts, wie man sie überall in den Pyrenäen antraf: Hotels, Wasserkraftwerke, Thermen, Skistationen ... Hier jedoch wurden keine Kurgäste oder Touristen empfangen. Das Institut Wargnier hatte ein paar Jahre lang achtundachtzig überaus gefährliche Individuen beherbergt, deren psychische Probleme mit Gewalt und Kriminalität einhergingen: Patienten, selbst für eine geschlossene Anstalt zu gewalttätig, Insassen, deren Psychosen zu schwerwiegend waren, um sie im Gefängnis unterzubringen, Vergewaltiger und Mörder mit von der Justiz anerkannter Demenz. Von überallher aus Europa. Das Institut Wargnier war ein Pilotprojekt. Man hatte sie in diesen Bergen isoliert, fernab von anderen Menschen. Man hatte alle möglichen mehr oder weniger experimentellen Behandlungsmethoden an ihnen erprobt ... Servaz erinnerte sich, dass Diane Berg, die junge Psychologin, sie mit »Tigern auf einem Berg« verglichen hatte. Und mitten in der Gruppe das Alphamännchen:

Der König der Löwen.

Das Individuum am Ende der Nahrungskette.

Julian Hirtmann ...

Servaz' Scheinwerfer malten inzwischen zwei strahlende Kreise auf die Mauer, die ihm am nächsten war und auf der er ein paar Graffiti erkannte. Über den riesigen, bedrohlichen Bergen lag eine sternenklare Nacht von eisiger Gleichgültigkeit – und diese Steinidole beschworen im Mondlicht eine Vergangenheit des Wahns und des Todes herauf, die ihn an seine jugendliche Lektüre von Lovecraft erinnerte. Mit einem Mal spürte er, wie sich sein Herz beim Gedanken an Gustav, der bei einem von diesen Monstern lebte, mit einer eisigen Schicht überzog. Und er dachte an Jensen, ermordet mit einer Dienstwaffe. An die Geister der Vergangenheit und die Schatten der Gegenwart. Seine Besorgnis wuchs. Die Vorgehensweise war klar: *Jemand wollte ihm die Schuld in die Schuhe schieben.* Aber mit welcher Absicht?

Ein Knirschen kam von der Ruine, als er durch den frischen Schnee auf sie zuging, und er erstarrte. Seine Sinne waren in Alarmbereitschaft. Er spürte, dass er unter seiner Kleidung am ganzen Körper eine Gänsehaut bekam, und wurde sich mit einem Mal bewusst, dass er hier der einzige Mensch weit und breit war und dass dieser verlassene Ort mit dem Einbruch der Nacht einen ganzen Haufen durchgeknallter, schräger Vögel anziehen musste, die nach einem Nervenkitzel suchten. Reglos stand er da und lauschte, aber alles war ruhig. Bestimmt war es nur ein Tier, wie jene, die im Tal in seinem Scheinwerferlicht über die Straße gehuscht waren.

Warum war er nur hierhergekommen? Was hatte ihn da geritten? Was für einen Sinn hatte das? Und was hoffte er zu finden? Hier herrschte völlige Stille, aber ganz plötzlich hörte er ein Geräusch in der Ferne, das gedämpft vom Tal heraufdrang. Wie das Brummen eines Insekts. *Motorengeräusche* ... Wer würde diese Straße nehmen, die er genommen hatte? Sein Blick wanderte vom Tal nach oben, bis zu dem leer stehenden Ferienlager, und er zuckte kurz zusammen, als flüchtig ein Lichtschein hinter den Bäumen aufleuchtete – erst einmal und wenige Sekunden später erneut.

Ein Auto näherte sich von da unten.

Er kniff die Augen zusammen, bis er die Scheinwerfer wieder im Wald auftauchen sah. Mehrere Minuten lang beobachtete er, wie sie zwischen den Bäumen über die schmale Straße hinaufwanderten; dann verschwanden sie im Tunnel, und er sah sie nicht mehr, denn der Teil der Straße wurde vom Bergrücken verdeckt.

Er erwartete, die Scheinwerfer jeden Moment wieder auftauchen zu sehen, in etwa hundert Metern Entfernung, und geradewegs auf ihn zukommen. Wer nahm diese Strecke um eine solche Uhrzeit? War ihm jemand gefolgt? Zwischen Saint-Martin und dem Tal hatte er kein einziges Mal in den Rückspiegel gesehen. Wieso hätte er das auch tun sollen?

Rasch ging er zurück zum Auto, machte die Beifahrertür auf und holte seine Waffe aus dem Holster. Als er sie in der Hand hielt, wurde ihm klar, dass seine Hände ganz feucht waren.

Das Holster aus Cordura ließ er auf dem Beifahrersitz liegen. Als er sich aufrichtete, hörte er, wie der Motor auf der anderen Seite des Hügels mühsam hinaufbrummte. Mit einem Mal wurde das Dröhnen lauter, und nur noch die Tannen bildeten ein Hindernis, dann tauchten die Scheinwerfer zwischen den Stämmen auf. Die Lichtstrahlen bohrten sich in seine Augen, als das Auto um die Kurve bog und die Scheinwerfer sich auf ihn richteten, ebenso strahlend wie der krönende Abschluss eines Feuerwerks. Er hatte eine Kugel im Lauf, löste die Abzugssicherung und hielt die Waffe neben seinem Körper.

Jetzt rumpelte das Auto geradewegs auf ihn zu, mit auf- und abwärts tanzenden Scheinwerfern, als wären es leuchtende Peitschenhiebe. Geblendet schirmte er seine Augen mit der freien Hand ab.

Er hörte das Aufheulen des Motors, als der Fahrer das Gaspedal durchdrückte.

Hob seine Waffe.

Das Auto fuhr mit hoher Geschwindigkeit in seine Richtung, wurde dann aber ganz plötzlich langsamer. Er blinzelte, Schweiß tropfte ihm in die Augen, seine Sicht wurde verschwommen, als würden sich seine Augen mit Tränen füllen. Er war sich nicht einmal sicher, ob er das Auto treffen würde, sollte er schießen: In der gesamten Kripo gab es keinen schlechteren Schützen als ihn. Mit dem Ärmel wischte er sich den Schweiß von der Stirn. Verfluchtes Koma, dachte er.

Überraschend ebbte das Motorengeräusch ab, der Fahrer schaltete vom dritten in den zweiten Gang zurück und kam in etwa zehn Metern Entfernung mit über den Schnee und den Kies knirschenden Reifen zum Stehen. Servaz wartete. Hörte, wie er atmete – schwer, bemüht. Er erahnte, dass die Tür aufging, irgendwo hinter dem grellen Licht der Scheinwerfer.

Außer einer Silhouette, die sich deutlich von der helleren Nacht abhob, konnte er nichts erkennen.

»Martin!«, rief da die Gestalt. »Nicht schießen! Nimm die Waffe runter!«

Er kam der Bitte nach. Das rasche Absinken des Adrenalins verursachte einen Schwindelanfall bei ihm, er bekam weiche Knie und musste sich auf der Kühlerhaube seines Autos abstützen. Xaviers Silhouette kam im Scheinwerferlicht auf ihn zu, sein Atem bildete kleine Wölkchen.

»Herr Doktor«, stieß er aus. »Du hast mir vielleicht eine Heidenangst eingejagt!«

»Tut mir leid. Entschuldige.«

Xavier wirkte außer Atem, bestimmt lag das an der Anspannung über die auf ihn gerichtete Waffe.

»Was hast du hier zu suchen?«

Xavier kam weiter auf ihn zu. Er hatte etwas in der Hand, aber Servaz konnte nicht erkennen, was es war.

»Ich komme oft hierher.«

Xaviers Stimme war eigenartig, angespannt, zögerlich.

»Was?«

»Sehr oft ... am Ende des Tages ... ich betrachte die Ruinen ... die Ruinen meines vergangenen Ruhms, die Ruinen eines gescheiterten, begrabenen Traums ... Dieser Ort hier bedeutet mir sehr viel ...«

Xavier kam immer näher. Er hielt den Arm neben seinem Körper, hatte einen zylindrischen Gegenstand in der Hand, wie Servaz erkannte. Noch immer konnte er nicht sagen, was es war. Xavier war nur noch drei Meter von ihm entfernt.

»Als ich gesehen habe, dass schon jemand hier ist, wäre ich fast umgekehrt. Das ist schon einmal vorgekommen, und das war keine sehr angenehme Begegnung: mit einem ehemaligen Bewohner ... der ganz besessen von diesem Ort ist. Ich nehme an, dass das bei vielen der Fall ist. Bei mir trifft es zumindest zu ... und dann ... dann habe ich gesehen, dass du es bist ...«

Seine Hand ging nach oben. Servaz war nervös. Er sah, wie Xavier den Gegenstand in seine Richtung bewegte. Eine Taschenlampe.

»Hast du Lust, eine kleine Runde zu drehen?«, fragte Xavier, schaltete die Taschenlampe ein und zeigte damit auf die Ruine. »Komm mit, ich muss dir was erzählen.«

24
DER BAUM

Ein einziges Licht brannte in der obersten Etage der alten kaiserlichen Villa in der Elßlergasse in Wien-Hietzing. Bernhard Zehetmayer, bekleidet mit einem edlen Morgenmantel, Seidenpyjama und Pantoletten, saß in seinem Büro und hörte sich die *Trois Nocturnes* von Debussy an, bevor er zu Bett ging.

In diesem kleinen Palast zog es durch alle Ritzen, dementsprechend hatte sich der Dirigent die oberste Etage in ein Luxusappartement mit zwei Badezimmern umbauen lassen und alle anderen Bereiche zugesperrt. Marmorspringbrunnen, Efeu, der sich an der Fassade hochrankte, Standerker und ein Garten mit den Ausmaßen eines Parks verliehen dem Ganzen eine antiquierte Vornehmheit.

Er war ganz allein in seinem von Zugluft heimgesuchten Palast. Maria war schon vor zwei Stunden nach Hause gegangen, nachdem sie ihm sein Abendessen, sein Bad und sein Bett hergerichtet hatte. Tassilo, sein Fahrer, würde erst am nächsten Morgen zurückkommen, und Brigitta, die Krankenschwester – jedes Mal, wenn er ihre Beine sah, war er ganz ergriffen und wurde von Sehnsucht überwältigt –, würde erst am nächsten Abend wiederkommen. Er wusste, dass die Morgendämmerung noch weit entfernt war und ihm bis dahin nicht viel Schlaf, dafür aber viele düstere Gedanken und finstere Grübeleien bevorstanden. Und wie immer drehten sie sich um Anna. Seinen Augapfel. Seine geliebte Tochter.

Sein Licht.

Licht, das war sie gewesen, ihre ganze Kindheit und Jugend hindurch, und jetzt gehörte sie der Finsternis an. Ein so hübsches Kind, so begabt. Spät von einer Mutter zur Welt gebracht, die nur eine einzige Fähigkeit zu besitzen schien: jene, genau zu wissen, was Männer gerne hören wollten, und ihnen das dann auch sagte. Die Feen der Schönheit, der Intelligenz und des Talents hatten sich über die Wiege seiner Tochter gebeugt. Ihr stand eine strahlende Zukunft bevor, die den Stolz ihrer Eltern und den Neid ihrer Freunde hervorrufen würde. Manchmal hatte er sich gefragt, woher dieser schwere schwarze Zopf stammte, der sich so von den Haaren ihrer Mutter unterschied, und ihre braunen Augen, die ihr einen überaus ausdrucksvollen und unergründlichen Blick verliehen. Er lächelte, wusste, dass dieses Kind trotz der Untreue seiner Frau nicht von einem anderen sein konnte: Das Mädchen hatte seinen Charakter, durch und durch, seine Unbeugsamkeit, vor allem aber eine überwältigende Gabe für die Musik, die jene weit übertraf, die er selbst im selben Alter besessen hatte.

Als seine Tochter drei wurde, hatte er – am Rand der Verzückung – herausgefunden, dass sie über das absolute Gehör verfügte. Danach hatte Anna eine unglaublich frühreife Veranlagung für das Piano, das Musizieren, Komponieren und Improvisieren gezeigt, in ganz jungen Jahren schon. Mit fünfzehn war sie auf das Mozarteum in Salzburg gegangen. Salzburg ... eine Stadt, in die er seit Jahrzehnten keinen Fuß mehr gesetzt hatte. Verfluchte Stadt, käufliche Stadt, kriminelle Stadt. Ganz bestimmt war sie Hirtmann in den Straßen von Salzburg aufgefallen. Wie hatte er es angestellt, sich ihr zu nähern? Vermutlich über die Musik: Zehetmayer hatte eines Tages ganz fassungslos festgestellt, dass der Schweizer ein Bewunderer von Mahler war.

Was danach passiert war, wusste keiner, aber der Dirigent hatte es sich viele Tausend Male vorgestellt: Man hatte ein Tagebuch gefunden, in dem Anna von diesem »mysteriösen Unbekannten« erzählte, mit dem sie sich schon »zum dritten Mal heimlich getroffen« hatte. Sie fragte sich, ob sie etwa dabei war, »sich gerade zu verlieben«, ob das »aufgrund des Altersunterschieds nicht völlig verrückt« war. Fragte sich auch, weshalb er sie bislang »weder berührt noch geküsst« hatte. Siebzehn Jahre, sie war siebzehn Jahre alt gewesen ... Ihr stand eine großartige Zukunft bevor. Wenige Tage darauf war sie verschwunden.

Nach einem endlosen Monat hatte man dann neben einem Paar Turnschuhen ihre Leiche gefunden, am Rand des Gestrüpps eines Wanderpfads, der sich über der Stadt erstreckte. Nackt. Und Zehetmayer wäre fast verrückt geworden, als ihm mitgeteilt wurde, wie viele und was für Misshandlungen ihr widerfahren waren. Er hatte Gott, Salzburg und die Menschheit verflucht, Polizisten und Journalisten beleidigt, einen von ihnen sogar geschlagen, als der sich angemaßt hatte, ihn nach seinem Schmerz zu befragen, und mehrfach versucht, sich das Leben zu nehmen. Annas Tod hatte auch seine Ehe zerstört und zu einer Trennung der Eheleute geführt – doch das war bedeutungslos neben dem Verlust des Menschen, den er am meisten auf der Welt liebte. Als er herausgefunden hatte, wer dafür – sowie für Dutzende weitere Opfer – verantwortlich war, hatte er endlich jemanden gefunden, gegen den er seinen Zorn richten konnte.

Nie hätte er es für möglich gehalten, dass man so sehr hassen konnte. Dass der Hass ein reineres Gefühl als die Liebe ist, das versucht uns die Literatur schon seit Kain und Abel beizubringen. Ohne Musik wäre er verloren gewesen, dachte er, als er den letzten Takten der dritten *Nocturne* lauschte. Doch selbst sie hatte den Wahnsinn, der wie eine eingesperrte Blume in ihm erblühte, nicht unterbinden können, diesen Zorn, dem des Alten Testaments würdig, dieses Verlangen nach shakespearischer Rache. Zehetmayer war ein arroganter, dickköpfiger und nachtragender Mensch. Sobald der Krebs seine Frau hinweggerafft hatte, hatte der Wahnsinn in der Einsamkeit seines Elfenbeinturms einen Nährboden gefunden, auf dem er gedeihen konnte. Bis er auf Wieser getroffen war, hatte er sich niemals vorgestellt, dass er sich auch in Taten umsetzen ließ.

Doch jetzt erwachte die Hoffnung wieder in Gestalt eines Kindes. Er stand auf, denn die letzten Töne verhallten in den beiden sphärischen, weißen Lautsprechern, die zu beiden Seiten des Raumes standen, die einzigen futuristischen Elemente, die so gar nicht zum restlichen Mobiliar passten. Auf dem Weg zu seiner erstklassigen französischen Stereoanlage spürte er einen stechenden Schmerz im Bauch, verzog das Gesicht und verharrte einen Moment.

An diesem Nachmittag war ihm aufgefallen, dass er erneut Blut im Stuhlgang hatte. Bislang hatte er der Krankenschwester nichts davon gesagt. Es kam nicht infrage, dass er wie beim letzten Mal über Wochen im Krankenhaus feststeckte. Er schaltete die Anlage und die Lichter aus, dann lief er durch den langen Gang zu seinem Zimmer am anderen Ende. In der Öffentlichkeit zeigte er sich immer kernig und voller Schwung, aber in der Zurückgezogenheit seines Palasts schleifte er die Füße etwas über das Sternparkett hinter sich her. Während er sich auf sein Bett schob, plötzlich mit der Gebrechlichkeit eines gewöhnlichen Sterblichen konfrontiert, fragte er sich, ob der Krebs, der Anna-Christina dahingerafft hatte und nun zurückgekommen war, um ihn, Zehetmayer, zu holen, ihm wenigstens noch genug Zeit ließ, seine Rache auszukosten.

Kirsten Nigaard machte einen Schaufensterbummel im Zentrum, um die Zeit totzuschlagen, und entdeckte dabei erneut die Silhouette in einer Spiegelung. War das jetzt das vierte oder das fünfte Mal? Dieser Typ mit der Brille … Mit dieser Strähne, die ihm über die Augen fiel, wie bei einem Teenager. Er drehte ihr den Rücken zu und tat so, als würde er sich für ein anderes Schaufenster interessieren, aber sie ließ sich nicht täuschen: Immer wieder drehte er sich um und warf einen Blick in ihre Richtung.

Hatte Martin einen Bullen auf sie angesetzt, um sie zu überwachen? Das hätte er ihr doch gesagt. Außerdem wirkte der Typ nicht wie ein Polizist. Eher wie ein Perversling. Seine kleinen Augen schienen hinter den dicken Brillengläsern ständig hin und her zu wandern und erinnerten etwas an die Minions. Sie musste schmunzeln. Ja, an genau diese Figuren musste sie bei ihm denken. Sie wurde von einem Minion verfolgt.

Kirsten setzte ihren Weg über die gepflasterte, von Bäumen gesäumte Straße fort.

Warf im Vorbeilaufen einen kurzen Blick in ein anderes Schaufenster. Sah seine Spiegelung erneut: keine zehn Meter hinter ihr, auch er lief jetzt weiter. Es war inzwischen dunkel in Toulouse, aber die Straßen des Zentrums waren noch immer voller Menschen. Dennoch überkam sie ein unangenehmer Schauer. Aus Erfahrung wusste sie, dass eine Menschenmenge nur ein schwacher Schutz vor einer Vergewaltigung oder einem Überfall war. Früher oder später verzog sich die Menge, und die Straßen würden sich leeren. Hatte er es zufällig auf sie abgesehen, oder gab es einen anderen Grund?

Ein Sexualverbrecher? War er vielleicht krankhaft schüchtern? Oder aber … Es gab da noch eine andere Hypothese, aber nein, das war ganz unmöglich.

Sie kam auf die Place Wilson, machte sich zu einer der Caféterrassen auf, nahm an einem Tisch Platz und winkte den Kellner zu sich. Einen Moment lang suchte sie nach dem Typen und meinte schon, er hätte sich verzogen. Aber dann entdeckte sie ihn. Er saß auf einer Bank auf dem Platz in der Nähe des Brunnens. Über die Hecken hinweg, die den Platz einfassten, war nur sein Kopf zu sehen. Es sah so aus, als hätte ihn jemand enthauptet und seinen Kopf auf der Hecke abgelegt. Ein eiskalter Schauer rann ihren Rücken hinunter. Zum ersten Mal war er ihr aufgefallen, als sie an der Place Saint-Georges zu Mittag gegessen hatte. Er saß drei Tische von ihr entfernt und verspeiste einen riesigen Cheeseburger, ohne sie aus den Augen zu lassen.

Als der Kellner ihr das Cola Zero brachte, wandte sie den Blick kurz ab. Gleich danach hielt sie wieder nach ihm Ausschau, suchte den Ort ab, an dem sie ihn gesehen hatte, doch da war er nicht mehr. Ihr Blick schweifte über den gesamten Platz. Er hatte sich in Luft aufgelöst. Ein unangenehmes Gefühl erfasste sie, wie wenn man Ammoniak einatmete, und ihre Muskeln verkrampften sich. Sie verfluchte Servaz, der sie versetzt hatte; er hatte sie angerufen, um ihr zu sagen, dass er heute Abend keine

Zeit habe, aber morgen da sein würde, um sich zu verabschieden. Eine ungewohnte Traurigkeit erfasste sie. Sie würde mit einem Taxi zum Hotel fahren und den Fahrer bitten, so lange zu warten, bis sie im Hotel war. In einer solchen Nacht mit diesem Schatten hinter sich war sie nicht sonderlich erpicht darauf, zu Fuß dorthin zu gehen.

Roxane Varin meinte ihren Augen nicht zu trauen, als sie den offiziellen Briefkopf auf dem Brief sah. Entgegen allen Erwartungen hatte die Suche der Schulbehörde nach dem schulpflichtigen Jungen zu der Rückmeldung von einer Schule geführt: Es handelte sich um die Grundschule von L'Hospitalet-en-Comminges. Der dortige Schulleiter bestätigte, dass Gustav bei ihnen angemeldet sei. Eine Telefonnummer war dabei. Roxane griff zum Hörer.

»Jean-Paul Rossignol«, meldete sich der Mann am Telefon.

»Roxane Varin von der Abteilung für Kinder- und Jugendschutz in Toulouse. Ich rufe sie wegen des Jungen an, wegen Gustav. Sind Sie sich sicher, dass er bei Ihnen angemeldet ist?«

»Natürlich bin ich mir da sicher. Was ist los mit diesem Kind?«

»Nicht am Telefon. Wir erklären es ... Wer außer Ihnen hat die Suchmeldung gelesen?«

»Der Lehrer von Gustav.«

»Hören Sie: Sprechen Sie mit niemand anderem darüber. Teilen Sie das auch seinem Lehrer mit. Das ist sehr wichtig.«

»Könnten Sie mir nicht ...?«

»Später«, erwiderte Roxane und legte auf.

Sie wählte eine andere Nummer, erreichte aber nur die Mailbox. *Verdammt noch mal, wo bist du, Martin?*

»Norwegen, ich habe schon immer davon geträumt, mal dorthin zu fahren«, sagte der Typ, der seit drei Minuten an ihrem Tisch saß.

Kirsten bedachte ihn mit einem bescheidenen Lächeln. Um die vierzig, Anzugträger und verheiratet – wie sein Ehering verriet.

Zunächst hatte er sie vom Tisch nebenan angesprochen, dann hatte er sie gefragt, ob er sich mit seinem Bier zu ihr setzen dürfe.

»Die Fjorde, die Wikinger, der Triathlon, das alles ...«

Dieses Mal musste sie sich zusammenreißen, um ihn nicht zu fragen, ob sie in diesem Land hier wirklich Frösche und verschimmelten Käse aßen, ob das Streiken tatsächlich ein Nationalsport war und ob sie wirklich alle Nieten in Fremdsprachen waren. Abgesehen davon sah er ganz interessant aus, nicht banal, sondern interessant. So könnte sie vielleicht zwei Fliegen mit einer Klappe schlagen: ihn mit zu sich aufs Zimmer nehmen und Herrn »Minion« davon abhalten, sich an ihr zu vergreifen. Ja, aber trotzdem ... Das Aussehen war nicht alles, auch für eine Nacht ... Außerdem war da noch dieser andere Franzose, der schon seit geraumer Zeit durch ihre Gedanken geisterte.

Sie war völlig ratlos, wie sie weiter vorgehen sollte, als ihr Handy auf dem Tisch vibrierte. Sie erhaschte den verärgerten Blick des Franzosen. Sieh an, sieh an, Herr »König aller Klischees über Norwegen« mochte wohl keine Konkurrenz oder ungebetenen Zwischenfälle.

»Kirsten«, meldete sie sich.

»Kirsten, Roxane hier«, sagte Roxane Varin in gebrochenem Englisch. »Weißt du, wo Martin steckt? Ich habe Gustav gefunden!«

»*What?*«

Der Mond, der seine kalten Strahlen zuvor auf die Ruine des Gebäudes geworfen hatte, war hinter den Wolken verschwunden, und es schneite wieder. Innerhalb weniger Minuten wirbelten immer mehr Flocken zwischen dem Gemäuer des ehemaligen Instituts Wargnier herunter. Sie tanzten in wilden Trauben inmitten der breiten, deckenlosen Gänge herunter, ungeordnet, als wüssten sie nicht, wo sie liegen bleiben sollten. Wehten über die Überreste der Treppen, über die vom Feuer geschwärzten und verformten Metallrahmen, die alten, inzwischen Wind und Wetter ausgesetzten Säle unter der Schneedecke … Ganz offensichtlich hatte Xavier nichts von der Topografie vergessen. Er kam in diesem Labyrinth ohne Schwierigkeiten zurecht.

»Ich glaube, dass ich ihn gesehen habe«, sagte er unvermittelt, als sie zwischen zwei hohen Mauern hindurchgingen.

»Wie bitte?«

»Hirtmann. Ich glaube, ich habe ihn mal gesehen.«

Servaz blieb stehen.

»Wo?«

»In Wien, vor etwa zwei Jahren. 2015. Als dort der 23. Europäische Psychiatrie-Kongress stattfand. Über tausend Mitglieder, die zur EPA gehören, zur European Psychiatric Association. Dieser Verband zählt mehr als sechzigtausend Mitglieder.«

Wien … Servaz hatte das Foto in der Tasche: das Foto, auf dem Gustav vor einer der berühmtesten Kulissen Österreichs abgebildet war.

»Ich wusste gar nicht, dass es so viele Psychiater in Europa gibt«, sagte er, während der Wind die Schneeflocken in immer stärkeren Böen in der Ruine heranwehte.

Er hatte den eisigen Wind im Nacken und klappte den Kragen seines Mantels nach oben.

»Der Wahnsinn ist nun mal überall, Martin. Ich würde sogar sagen, dass er die Welt regiert, wie siehst du das? Man versucht zu rationalisieren, zu verstehen – aber da gibt es einfach nichts zu verstehen. Die Welt wird jeden Tag verrückter. Und zwischen über tausend Vertretern aus ganz Europa ist es einfach, nicht aufzufallen.«

»Warum hast du mir nichts davon gesagt?«

»Weil ich ganz lange geglaubt habe, ich hätte mir das nur eingebildet. Dass ich ein Gespenst gesehen habe. Doch je länger ich darüber nachdenke, umso sicherer bin ich mir, dass er es war. Und ich denke oft darüber nach …«

»Erzähl.«

Xavier machte kehrt, und in den Spuren, die sie beim Herkommen hinterlassen hatten, stapften sie wieder zurück, stiegen über

Bauschutt und Metallpfeiler hinweg, die auf den Boden gestürzt waren, während die Flocken sich wie Schuppen auf ihre Schultern legten.

»Ich nahm an einer der Konferenzen teil, als ein Typ mich fragte, ob er sich neben mich setzen könne. Er stellte sich als Hasanovic vor. Er war sehr nett, und wir tauschten schon bald ein paar Scherze auf Englisch aus, denn die Konferenz war ziemlich langweilig und der Vortragende überaus schlecht. Also schlug er mir vor, einen Kaffee an der Bar zu trinken.«

Xavier wartete, bis er auf der anderen Seite eines Trümmerhaufens war, ehe er weitersprach.

»Er erzählte mir, er sei Psychiater in Sarajevo. Zwanzig Jahre nach dem Bosnienkrieg behandelte er noch immer sehr schwere posttraumatische Syndrome. Ihm zufolge zeigten über fünfzehn Prozent der bosnischen Bevölkerung dieses Syndrom, in manchen während des Krieges besetzten Städten sei sogar die Hälfte der Bevölkerung betroffen. Der Verband, zu der er in Sarajevo gehörte, bot Gruppentherapien an.«

»Und du denkst, das war Hirtmann? Wie sah er aus?«

»Er entsprach seiner Größe und seinem Alter. Aber er war natürlich nicht zu erkennen. Augenfarbe, Gesichtsform, Nase, implantierte Haare – sogar die Stimme. Und er trug eine Brille.«

Servaz blieb stehen. Er versuchte, die Gefühle, die sich in ihm überschlugen, unter Kontrolle zu bekommen.

»Hatte er zugenommen? Oder Gewicht verloren?«

»Ich würde sagen, dass er in etwa genauso korpulent war wie früher. Abends haben wir uns dann bei einem Empfang wiedergetroffen. Er kam in Begleitung einer sehr schönen Frau, überaus elegant, mit einem Kleid, nach dem sich alle umdrehten. Wir haben uns weiter über unseren Job unterhalten, und als ich erzählte, dass ich das Institut Wargnier geleitet habe, zeigte er sich überaus interessiert. Bei allem, was dort vorgefallen ist, hat das Institut in der psychiatrischen Gemeinschaft gewissermaßen den Status einer Legende erlangt … Er hat mir erzählt, das Thema habe ihn lange fasziniert und er habe meinen Namen wiedererkannt, sei sich aber nicht sicher gewesen, ob ich darüber reden wolle, deshalb habe er es nicht von sich aus angesprochen ...«

Eine Legende ... nicht nur unter Psychiatern, dachte Servaz. Aber er sagte nichts.

»Er hat mir eine Unmenge Fragen gestellt. Über die Behandlungsmethoden, die Insassen, die Sicherheit, über das, was zum Schluss passiert ist ... Und dann haben wir uns natürlich über Hirtmann unterhalten ...«

Xaviers Stimme war immer gedämpfter geworden. Das Licht seiner Taschenlampe tanzte über die Wände. Ihre Schritte erzeugten ein dumpfes Knirschen, während sie über die Berge aus Schutt stiegen, und Servaz sah, dass Xaviers Hosenaufschlag ganz weiß war. Sie näherten sich dem Ausgang.

»Nach einer Weile wurde mir klar, dass er sehr gut über dieses Thema informiert war, sowohl über das, was hier passiert war, als auch über den Schweizer selbst. Er begnügte sich nicht damit, Fragen zu stellen, er hatte eine sehr dezidierte Meinung und erstaunliches Wissen. Manche Details haben mich besonders aufhorchen lassen. Ich konnte mich nicht daran erinnern, dass die Presse darüber berichtet hatte.«

»Was für Details?«

»Zum Beispiel wusste er, was Hirtmann von seinem Fenster in der Zelle des Instituts aus gesehen hatte.«

»Das hat durchaus in der Presse auftauchen können ...«

»Glaubst du? Wo denn? Und diese Info soll es dann bis zu einem Psychiater in Bosnien geschafft haben?«

»Das ist alles?«

»Nein. Er hat sehr nachdrücklich von dieser großen Tanne gesprochen, deren Wipfel der Schweizer von seinem Fenster aus gesehen hatte, von der Symbolik der Bäume grundsätzlich, ›die die drei Ebenen des Kosmos verbinden: das Unterirdische, in das er seine Wurzeln ausstreckt, die Oberfläche und den Himmel‹, vom Baum des Lebens und vom Baum des Wissens über Gut und Böse in der Bibel, vom Baum, unter dem Buddha die Erleuchtung widerfährt, und auch vom Baum des Todes in der Kabbala. Er war sehr präzise, was diese ganzen Symbole betraf.«

»Ja, und?«

»Da ist mir bewusst geworden, dass Hirtmann einmal mit mir darüber gesprochen und sich dabei fast genauso ausgedrückt hatte …«

Servaz blieb einmal mehr stehen. Er zitterte – vielleicht aufgrund der Kälte.

»Bist du dir sicher?«

»Im ersten Moment war ich es. Da war ich regelrecht schockiert. Ich habe gemerkt, was für ein diebisches Vergnügen es Hasanovic bereitete, mich so durcheinander zu sehen. Und du weißt ja, wie das dann so ist: Mir kamen Zweifel darüber, was genau ich gehört hatte. Ich hätte mir Notizen machen sollen, aber das habe ich nicht getan. Das war eine Abendveranstaltung, Himmel noch mal. Ich fing an, mich zu fragen, ob mir hier nicht mein Gedächtnis ein Schnippchen schlug, ob er das gesagt hatte oder ob ich mir dieses Gespräch im Nachhinein so zusammenreimte. Je mehr Zeit verstrich, umso stärker wurden meine Zweifel.«

»Du hättest mit mir darüber reden sollen.«

»Ja, gut möglich. Aber was hätte das geändert?«

Sie tauchten wieder aus der Ruine auf. Große Flocken schneiten herunter. Unglaublich viele: Milliarden in der Nacht, dicht gedrängt und fluffig, der Schnee hatte die Autos eingepudert.

»Und was glaubst du heute?«, fragte Servaz, als sie durch den Schneesturm auf die Autos zugingen.

Xavier blieb stehen, und Servaz musste sich umdrehen.

»Ich glaube, dass er es war«, sagte der Psychiater und sah ihn dabei an.

»Hast du überprüft, ob es einen Psychiater namens Doktor Hasanovic in Sarajevo gibt?«

»Ja, habe ich. Den gibt es.«

»Und wie sieht er aus?«

»Woher soll ich das wissen? Weiter bin ich mit meinen Nachforschungen nicht gegangen. Zu diesem Zeitpunkt war ich bereits davon überzeugt, dass ich mir das nur zusammengereimt hatte.«

»Aber heute denkst du das Gegenteil?«

»Ja.«

Plötzlich meldete sich Servaz' Handy mehrfach in seiner Hosentasche: Er hatte wieder Netz. In der Zwischenzeit hatte er einige Anrufe erhalten. Er zog das Handy heraus. Er hatte zwei Nachrichten bekommen.

Sein Puls schlug etwas schneller.

Kirsten und Roxane.

25

EIN TREFFEN

»Was machst du denn?«

Er sah auf. Margot stand in der Tür zu seinem Zimmer, die Schulter an den Türrahmen gelehnt, und sah ihn mit fragendem Blick an.

»Ich muss ein paar Tage wegfahren«, sagte er, faltete eine Strickjacke zusammen und legte sie auf den Stapel Kleidung, der bereits im Koffer lag. »Beruflich.«

»Du musst was …?«

Wieder schaute er zu ihr auf. Vor Wut war ihr Gesicht ganz rot, und ihre Augen funkelten. So war Margot schon immer gewesen: Im Bruchteil einer Sekunde war sie auf hundertachtzig, und dafür reichte irgendeine Kleinigkeit, ein völlig unverständlicher Grund – oder irgendetwas, das zumindest bei ihm niemals eine solche Wut ausgelöst hätte.

Er hielt in seinem Tun inne.

»Was ist los?«, fragte er seufzend.

»Du fährst weg?«

»Nur für ein paar Tage.«

Sie schüttelte den Kopf.

»Ich glaub's einfach nicht. Seit ich hier bin … sehe ich dich so gut wie nie. Du verschwindest, kommst mitten in der Nacht nach Hause. Du bist vor gerade mal einer Stunde zurückgekommen, Papa … Und jetzt packst du deinen Koffer und verkündest mir, dass du erst in ein paar Tagen wieder da sein wirst! Kannst du mir mal sagen, was ich eigentlich hier mache? Was soll ich hier? Ich verbringe die ganze Zeit hier allein, verdammt! Darf ich dich daran erinnern, dass du vor Kurzem noch im Koma lagst und die Ärzte gesagt haben, du sollst es langsam angehen lassen?«

Er spürte, wie ihre Wut langsam auf ihn überschwappte. Er

konnte es nicht leiden, so angefahren zu werden. Dabei wusste er, dass sie recht hatte.

»Mach dir keine Sorgen«, sagte er, versuchte ruhig zu bleiben. »Es geht mir gut. Wirklich, sei unbesorgt. Aber du solltest dich wieder um dein Leben kümmern, du bist eine junge Frau. Du bist hier nicht glücklich.«

Er bedauerte seinen letzten Satz, kaum dass er ihn ausgesprochen hatte. Er wusste, dass Margot sich darauf stürzen würde wie ein Hund auf einen Knochen. Margot hatte die Fähigkeit, einen Satz aus seinem Kontext herauszulösen und ihn einem wie einen Bumerang zurückzuwerfen. Sie hätte eine ausgezeichnete Generalanwältin abgegeben.

»Was?«

Seine Stimme war noch etwas lauter geworden.

»Scheiße, Mann, ich glaub's einfach nicht.«

Er hätte sich in dem Moment einfach auf die Zunge beißen sollen, das wusste er. Doch stattdessen stopfte er eine gefütterte Hose in seinen Koffer und sagte: »Hör endlich auf, die Glucke zu spielen, ich bitte dich. Es geht mir gut.«

»Du kannst mich mal.«

Er hörte, wie sie sich rasch entfernte, klappte den Koffer zu und verließ sein Zimmer.

»Margot!«

Er sah, wie sie ihre Jacke von der Lehne eines Stuhls nahm und sich ihren iPod auf dem Esstisch schnappte.

»Wohin gehst du?«

Sie drehte ihm den Rücken zu. Er mutmaßte, dass sie an ihrem iPod herumfingerte, denn auf einmal ertönte höllischer Lärm aus ihrem Kopfhörer. Das Kreischen von E-Gitarren, das über die Kopfhörer erklang, erinnerte an das Geräusch einer holzfressenden Termite in tausendfacher Verstärkung. Sie nahm den Kopfhörer kurz von ihren Ohren.

»Sei unbesorgt. Wenn du zurückkommst, werde ich nicht mehr da sein.«

»Margot …«

Sie hörte ihn nicht. Sie hatte den Kopfhörer wieder aufgesetzt und wich seinem Blick aus. Er fragte sich, wie er sich in diesem Moment verhalten sollte; sie war kurz davor loszuweinen, und er war noch nie sonderlich gut darin gewesen, mit den Gefühlen anderer, am wenigsten mit der immer wiederkehrenden Traurigkeit seiner Tochter umzugehen.

»Margot«, sagte er schließlich ganz laut, aber da war sie schon auf dem Weg zur Tür.

Dabei schnappte sie sich noch ihre Schlüssel, und dann fiel auch schon die Tür hinter ihr zu, ohne dass sie sich noch einmal zu ihm umgedreht hätte.

»Scheiße!«, brüllte er. »Scheiße, scheiße, scheiße aber auch!«

Eine halbe Stunde später war sie noch nicht wieder zurück. Sein Koffer war gepackt, er hatte ihr ein halbes Dutzend SMS geschickt. Sein Handy klingelte, und er drückte hastig auf die grüne Taste, um den Anruf anzunehmen.

»Ich bin unten«, ließ ihn Kirsten wissen.

»Schon unterwegs«, sagte er und verbarg seine Enttäuschung.

Ich muss los. Kirsten ist da. Ruf mich bitte an.

Er hätte ihr gerne gesagt, dass er sie liebte – und dass er sich darum bemühte, sich zu ändern –, doch obwohl er in diesem Moment vor lauter Liebe für seine Tochter überquoll und zutiefst verletzt war, begnügte er sich damit, sein Handy zuzuklappen. Auf dem Weg zur Tür fiel ihm ein, dass Stehlin ihm versprochen hatte, jemanden zu Margots Schutz abzustellen, dass aber noch immer nichts passiert war.

Gleich morgen würde er verlangen, dass er sich darum kümmerte.

»Bist du dir sicher, dass er dich verfolgt hat?«

Servaz hatte diese Frage gestellt, ohne den schwarzen Streifen Autobahn vor sich, der von den Scheinwerfern verschlungen wurde, samt den weißen, gestrichelten Linien, aus den Augen zu lassen, die mit nahezu hypnotischer Intensität an ihm vorbeirauschten. In der Dunkelheit des Autos ertönte Kirstens Stimme.

»Ja.«

»Vielleicht ist das nur so ein durchgeknallter Typ, der sich einen Spaß daraus macht, Frauen auf der Straße zu verfolgen ...«

»Schon möglich, aber ...«

Er warf ihr einen flüchtigen Blick zu. Auch sie starrte durch die Windschutzscheibe auf die Autobahn, ihr Profil wurde vom schwachen Licht des Armaturenbretts angestrahlt. Einen Moment lang schwiegen beide, und er hörte nur das Vibrieren des Sattelschleppers, den sie gerade überholten. Auf dieser Höhe schneite es nicht, aber nicht mehr lange, dann würde es regnen: Erst klatschte ein großer Regentropfen auf die Scheibe, dann ein zweiter, ein dritter ...

»Aber du glaubst das nicht«, sagte er.

»Nein.«

»Weil es doch ein eigenartiger Zufall ist, dass dir ausgerechnet jetzt ein Typ durch die Straßen von Toulouse folgt ...«

»Ganz genau.«

Sie hatten Toulouse vor einer Stunde verlassen und fuhren auf der A64 in Richtung Westen, nach L'Hospitalet-en-Comminges. Anscheinend auch in Richtung des Sturms, so wie der Wind die Bäume links und rechts durchrüttelte.

»Glaubst du wirklich, dass wir Gustav dort finden werden?«, fragte sie.

»Das wäre zu einfach, was?«

»Sagen wir mal so, das passt nicht zu Hirtmann.«

Servaz nickte, wusste aber nicht, was er dazu sagen sollte.

»Als Erstes suchen wir uns ein Hotel. Und morgen früh fangen wir wieder an: Rathaus, Schulen ... Vielleicht weiß ja diesmal jemand etwas. L'Hospitalet hat zweihundert Einwohner. Wenn er hier ist, dann finden wir ihn.«

Glaubte er das etwa selbst? Kirsten hatte recht: Das wäre zu einfach. Irgendetwas stimmte da nicht. Es konnte nicht so einfach sein. Das war es vielleicht häufig – aber nicht bei dem Schweizer. O nein, nicht bei ihm.

Margot saß hinter den großen Scheiben des VH-Cafés und sah, wie ihr Vater aus dem Gebäude kam und zu der norwegischen Polizistin auf dem Gehsteig trat. Sie beobachtete, wie sie sich gemeinsam zum Parkplatz aufmachten und sich dabei angeregt unterhielten. Es versetzte ihr einen kleinen Stich. Eifersucht. Sie haderte mit sich, weil sie so empfand.

Sie hatte aus einem Impuls heraus gehandelt, wollte ihren Vater auf die Probe stellen. Sie wollte ihn zu einer Reaktion zwingen, ihn nötigen, zwischen ihr und seiner Arbeit zu wählen, wenigstens dieses eine Mal. Sie hatte gehofft, er würde ihretwegen auf seine Reise verzichten. Wie bescheuert! Sie sah auf ihr Handy, das neben ihrem Weinglas lag und noch die letzten Nachrichten von ihm anzeigte:

Ich muss los. Kirsten ist da. Ruf mich bitte an.

Da hatte sie ihre Antwort.

»Wir müssen anhalten«, sagte er plötzlich und zeigte auf ein Schild mit vielen Symbolen, das einen Rastplatz in einem Kilometer anzeigte. »Uns geht das Benzin aus.«
»Sehr gut. Ich muss ohnehin mal auf die Toilette.«
Vorsichtig nahm er die vom Regen überflutete Abfahrt zum Parkplatz mit der Tankstelle, wobei das Wasser in Fontänen zur Seite spritzte, als sie den leichten Hang hinauffuhren. Vor ihnen fuhr ein dunkelblauer Transporter im Schneckentempo, und er musste sich am Riemen reißen, um nicht auf die Hupe zu drücken. Unter dem Vordach mit den Zapfsäulen blieb er stehen. Die Wolken hatten ein Leck, es regnete in Strömen. Der Wind wehte so stark, dass er an der Karosserie des Autos rüttelte. Vor dem kleinen, vom Regen gepeitschten Shop hatten etwa zehn Autos

geparkt. Sobald Servaz den Motor abgestellt hatte, löste Kirsten den Sicherheitsgurt, öffnete die Tür, klappte ihren Kragen hoch und hastete dann zum beleuchteten Shop. Er stieg ebenfalls aus. Der Wind peitschte die Regentropfen, dass sie ihn selbst unter dem Dach noch erreichten. Abgesehen vom Transporter standen noch zwei weitere Autos an benachbarten Zapfsäulen. Er sah nach, welche Nummer er hatte, dann griff er zum Zapfhahn; betätigte ganz automatisch den Hahn. Während das Benzin durch den Schlauch strömte und sein Handgelenk erzittern ließ, musste Servaz wieder daran denken, was Xavier ihm in der Ruine erzählt hatte.

Natürlich, das war die einfachste Erklärung: Der Schweizer hatte sein Aussehen verändert. Aber dann dachte er an die Videoaufnahmen. Darauf sah Hirtmann genau so aus, wie er ihn kennengelernt hatte, und diese Aufnahmen waren jüngeren Datums als das Treffen von Xavier und dem bosnischen Psychiater. Vielleicht täuschte Xavier sich ja? Vielleicht war dieser Dr. Hasanovic doch nicht Hirtmann? Vielleicht spielte die Erinnerung seinem Freund einen Streich? Oder aber der Schweizer hatte irgendwelche Hilfsmittel benutzt: einen falschen Bart, farbige Kontaktlinsen, ein paar abnehmbare Prothesen, wie man sie im Kino für Kiefer und Nase verwendete.

Er sah zu dem dunkelblauen Transporter mit den Rostflecken an Chassis und Türen, der direkt auf der anderen Seite der Zapfsäule stand. Die Seitentür stand weit offen, und im Inneren war es stockdunkel.

Der Fahrer war wohl gerade drinnen und bezahlte, denn hier draußen war keiner. Ganz automatisch warf er einen Blick zur Kasse hinter den regennassen Scheiben des kleinen Shops: Auch da war keiner.

Servaz schauderte.

Er hasste Transporter. In einem ähnlichen Fahrzeug war Marianne entführt worden. Sie hatten den Transporter auf einer Autobahnraststätte wie dieser gefunden. Ein dunkelblauer Transporter ... Mit Rostflecken ... Genau wie dieser hier. Er wusste noch,

dass ein Rosenkranz mit Perlen aus Olivenholz und ein silbernes Kreuz am Rückspiegel hingen.
Sein Blick wanderte nach vorn zur Fahrerkabine.
Am Rückspiegel hing etwas. Im Schatten hinter der dreckigen Scheibe konnte er nicht genau erkennen, was es war.
Aber er hätte schwören können, dass es sich dabei um einen Rosenkranz handelte.
Er atmete tief ein. Ließ den Zapfhahn los. Schob sich zwischen den zwei Zapfsäulen hindurch. Ging langsam um den Transporter herum. Warf einen Blick auf das Nummernschild und erstarrte.
Die Buchstaben und Zahlen waren nahezu vollständig entfernt worden, sodass es völlig unleserlich war.
Kirsten, dachte er dann.
Und rannte im strömenden Regen los.

Als sie die Damentoilette betrat, bemerkte Kirsten das Parfüm, das noch immer im Raum hing, vermischt mit dem chemischen Reinigungsmittel. Ein Herrenparfüm. Keiner da. Vielleicht ein Angestellter oder jemand, der hier rein- und gleich wieder rausgegangen war, als ihm klar wurde, dass er sich in der Tür geirrt hatte.
Ganz offensichtlich hatte das Dach ein Leck, denn mitten im Raum stand ein Eimer zusammen mit einem Wischmopp vor zwei Türen, an denen jeweils ein Schild mit der Aufschrift »defekt« hing. Sie schaute nach oben, konnte dort aber keinen Fleck erkennen. Doch das kleine Dachfenster stand leicht offen, und das Geräusch des Regens war bis hier zu hören. Von den drei Lampen, die die Toilette beleuchten sollten, funktionierte nur noch eine und verbreitete ein schäbiges Licht, flackernd und trist, das die dunklen Schatten in den Ecken nicht verdrängen konnte.
Sie verzog das Gesicht, ging aber bis zur dritten Tür weiter, der einzigen, die zugänglich war, schloss hinter sich ab, zog Strumpf- und Unterhose herunter und setzte sich. Sie dachte an das, was

Servaz ihr gesagt hatte: zu einfach. Gustavs Foto, zurückgelassen auf der Plattform, und jetzt die Schule. Zu einfach, fand er. Er hatte recht, natürlich war es zu einfach.

Sie schreckte auf. Sie meinte, ein Geräusch gehört zu haben. Das Quietschen einer Tür. Ihr war, als käme das nicht von der Tür direkt neben ihr, sondern von der ersten, an der sie vorbeigegangen war. Sie lauschte angestrengt. Doch der prasselnde Regen draußen überdeckte alle anderen Geräusche.

Kirsten wischte sich ab, zog sich wieder an, stand auf und betätigte die Spülung. Kurz zögerte sie, bevor sie die Tür öffnete. Aber sie hörte nicht mehr das geringste Geräusch, abgesehen vom herunterklatschenden Regen. Sie trat aus der Kabine, betrachtete die Reihe mit Spiegeln und Waschbecken vor sich. Sah, dass sich eine Silhouette darin spiegelte, links von ihr, außer ihrer eigenen.

Sie wandte den Kopf und hielt den Atem an.

Er stand neben dem Eimer, den Wischmopp in der Hand – der große Brillenträger, der sie in den Straßen von Toulouse verfolgt hatte. Gleich darauf zerschlug er die letzte, über ihm hängende Lampe mit dem Stiel des Wischmopps.

Finsternis.

Noch ehe sie irgendetwas unternehmen konnte, presste er sich auch schon an sie, drückte sie gleich neben dem offen stehenden Dachfenster an die Wand. Nur wenige Zentimeter von ihr entfernt klatschte der Regen auf das Fenster, und zwar so fest, dass ein paar Tropfen auf ihrer linken Wange landeten, wie Speicheltröpfchen.

»Hallo Kirsten.«

Sie musste schlucken. *Kirsten* ... Sie bemühte sich, ruhig zu atmen, doch es gelang ihr nicht. Das Blut pochte in ihren Schläfen, ließ kleine Sternchen vor ihren Augen tanzen. Durch das Licht, das vom Parkplatz hereinfiel, konnte sie seine Gesichtszüge vage erkennen, und ihr Herz machte einen Satz. Jetzt, wo sie einander so nah waren, erkannte sie ihn. Er hatte etwas mit seinem Mund und seinen Augen machen und Haare einpflanzen lassen sowie die Haarfarbe verändert – oder war das etwa eine Perücke? –, aber es bestand kein Zweifel: Das war er.

»Was willst du?«, presste sie hervor.

»Pssst ...«

Ganz plötzlich glitt seine Hand unter ihren Rock und Mantel. Streichelte erst oberhalb des rechten Knies ihren Schenkel, dann wanderte sie weiter hinauf. Sie war groß, warm. Kirsten biss sich auf die Lippen.

»Darauf habe ich mich schon lange gefreut«, flüsterte er ihr zu.

Sie erwiderte nichts, aber ihr Puls raste, und ihre Beine fingen an zu zittern. Seine Finger streichelten sie durch die Unterhose und die Strumpfhose hindurch, und sie presste automatisch die Schenkel zusammen und schloss die Augen.

Servaz rannte durch den Eingang zum Shop, rempelte dabei ein Pärchen an, das ihm nicht schnell genug aus dem Weg ging.

»Hey!«, brüllte der Mann hinter ihm her, bereit, auf ihn loszugehen.

Aber er rannte einfach weiter zu den Toiletten, bog in den Gang ab. Die Männer rechts, die Frauen links.

Er stieß die Tür auf. Trat ein. Rief nach ihr.

Ging weiter hinein.

Drinnen war es stockdunkel, und mit einem Mal war er höchst wachsam. Dann sah er sie. Sie saß auf dem Boden, in der hinteren Ecke, neben einem Fenster, durch das etwas Licht und Regen hereinfielen. Ihr Schluchzen klang hysterisch. Er ging auf sie zu, behielt dabei aber die drei geschlossenen, im Schatten liegenden Türen auf der anderen Seite der Waschbecken im Blick. Er kniete sich zu ihr, streckte die Arme aus, und fast gleichzeitig presste sie sich an ihn. Zu zweit knieten sie auf dem Boden und umklammerten einander in einer eigenartigen Pantomime.

»Was hat er dir angetan?«

Sie war angezogen, er sah keine Kampfspuren, ihre Kleidung war nicht zerknittert.

»Er hat mich ... er hat mich einfach nur angefasst ...«

»Der ist schon über alle Berge«, sagte er, nachdem sie drinnen und draußen alles nach ihm abgesucht und dabei festgestellt hatten, dass der Besitzer den Transporter wohl einfach zurückgelassen hatte. Er hatte alles kalkuliert.

»Können wir die Autobahn nicht schließen lassen?«

»Drei Kilometer von hier gibt es eine Abfahrt. Der ist schon lange nicht mehr auf der Autobahn unterwegs.«

Ein paar Minuten zuvor, als sie alles absuchten, hatte sich ein Kunde des Ladens beklagt, er würde sein Auto nicht wiederfinden. Servaz hatte erwogen, das Kennzeichen des Fahrzeugs an die Gendarmen weiterzugeben, doch bis irgendwelche Straßensperren errichtet wären, hätte sich der Schweizer schon längst in Luft aufgelöst. Er hatte auch gezögert, den Erkennungsdienst zu informieren. Würde er das tun, dann würden auch Stehlin und alle anderen Vorgesetzten umgehend informiert. Dann würde man ihm die Ermittlung entziehen und sie jemandem übertragen, der nicht »in Rekonvaleszenz« war. Das kam nicht infrage. Außerdem brauchte er keine Bestätigung: Er war sich sicher, dass sie hier, auf dieser Autobahnraststätte, gerade dem Schweizer begegnet waren.

»Das ist nicht möglich. Wie hat er es geschafft, zur gleichen Zeit wie wir hier zu sein?«, fragte sie.

Ihre Augen waren noch ganz verheult. Durch die verregneten Scheiben beobachtete Servaz die Autos, die vom Rastplatz fuhren und dabei große Wasserfontänen aufspritzen ließen. Sie hatten sich auf eine der orangefarbenen Plastikbänke des Restaurants gesetzt, das um diese Zeit leer war.

»Er muss schon eine ganze Weile vor uns hergefahren sein. Und davor muss er hinter uns gewesen sein. Ich nehme an, dass er, als er gesehen hat, dass ich den Blinker setze, ebenfalls rausgefahren ist. Und dann hat er die Gelegenheit beim Schopf ergriffen. Hirtmann ist ein wahrer Meister der Improvisation geworden.«

Er warf einen Blick Richtung Toiletten.

»Wie fühlst du dich?«, fragte er.

»Geht schon.«

»Bist du dir sicher? Sollen wir nach Toulouse zurückfahren? Willst du mit jemandem darüber sprechen?«

»Was meinst du damit? Mit irgend so einem bescheuerten Psychiater? Es geht mir gut, Martin. Ehrlich.«

»Okay. Gehen wir«, sagte er. »Hier gibt es nichts mehr für uns zu tun.«

»Informierst du die anderen nicht?«

»Wozu? Hirtmann hat schon längst das Weite gesucht. Und wenn ich das tue, dann zieht Stehlin mich von der Ermittlung ab«, fügte er hinzu. »Suchen wir uns ein Hotel, wir fahren morgen weiter.«

»Jedenfalls ist jetzt eine Sache sicher: Er ist hier, ganz in der Nähe«, erwiderte sie. »Und er folgt unseren Spuren …«

Ja, dachte er. Wie eine Katze einer Maus folgte. Er sah sich die SMS an, die er wenige Minuten zuvor erhalten hatte. Nachdem sie an der Raststätte angehalten hatten, hatte er Margot zweimal angerufen. Jedes Mal war er auf der Mailbox gelandet.

Die SMS lautete:

Ruf nicht mehr an. Mir geht's gut.

Draußen regnete es noch immer in Strömen, und als er in die pechschwarze Nacht hinausschaute, sah Servaz seine Spiegelung im Fenster. Kurz überraschte ihn der Ausdruck auf seinem Gesicht: Ein Mann in äußerster Bedrängnis, erfüllt von Wut. Er war allein. Nicht nur allein am Tisch, sondern auch der einzige Gast im ganzen Restaurant. Kirsten war direkt auf ihr Zimmer gegangen. Sie hatte verkündet, sie wolle duschen. Er aß ein Entrecote mit Pommes, die etwas zu fettig waren. Er war nicht allzu hungrig und ließ die Hälfte davon auf dem Teller liegen.

»Stimmt etwas nicht?«, fragte die Chefin.

Er beschwichtigte sie, so gut es ging, und sie verstand, dass er keine Lust hatte, sich zu unterhalten, und entfernte sich wieder.

Plötzlich musste er an Gustav denken. Wusste Hirtmann, wohin sie unterwegs waren und wen sie dort finden wollten? Mit einem Mal befürchtete er, Hirtmann könnte den Jungen verschwinden lassen, wieder einmal. Wie ein Taschenspieler, der einem eine Taube zeigt, bevor er sie verschwinden lässt. Und wenn der Junge morgen nicht zur Schule kam? Am liebsten hätte er die nächstgelegene Gendarmerie angerufen, um sie zu bitten, den Jungen ausfindig zu machen und in Sicherheit zu bringen.

Aber er war viel zu erschöpft, um heute Abend noch irgendetwas zu organisieren.

Außerdem verstand er Hirtmanns Verhalten nicht. Was für ein Interesse hatte er daran? Wenn er von ihren Plänen wusste, hätte er diskret agieren und den Jungen ohne großes Aufheben wegbringen können. Es sei denn, das hatte er bereits organisiert.

Dann konnten sie nichts mehr ausrichten.

Der Gedanke an Gustav war ihm unangenehm. Dann dachte er an etwas anderes, das ihm ebenso wenig gefiel. Einen Moment lang stellte er sich vor, er würde den Jungen entführen, aber diesen Gedanken verdrängte er rasch wieder, weil er ihn durcheinanderbrachte. Auch ein weiterer Gedanke ließ ihn einfach nicht los: der Tod von Jensen. Diese Dienstwaffe, die dafür benutzt wurde. Dass er in dieser Nacht ganz in der Nähe des Tatorts gewesen war. Und die Verdächtigungen, die sich unweigerlich um ihn drehten.

Er fühlte sich schrecklich allein. Alles war still, und er fragte sich, ob sie die beiden einzigen Gäste im Hotel waren. Seit dem Zwischenfall auf der Autobahn hatte ihn eine Migräne fest im Griff, und sie wurde immer schlimmer. Er blickte in seinen Kaffeesatz, als könnte er darin eine Lösung finden, dann klingelte überraschend sein Handy.

Es war Kirsten.

»Ich habe Angst«, sagte sie nur. »Kannst du bitte hochkommen?«

Er trat aus dem Aufzug und ging bis zu seiner Tür, Nummer dreizehn, direkt gegenüber der vierzehn. Er klopft bei ihr an. Keine

Antwort. Er wartete kurz, dann klopfte er erneut. Noch immer keine Antwort. Langsam wurde er nervös und wollte schon gegen die Tür trommeln, als sie endlich aufging. Kirsten Nigaard stand im Morgenmantel und mit nassen Haaren vor ihm.

Sie hielt ihm die Tür auf, schloss sie hinter ihm, ging einen Schritt zurück und lehnte sich an einen kleinen Schreibtisch, auf dem ein Wasserkocher und ein paar Päckchen Nescafé standen. Er wusste nicht, was er tun sollte. Außerdem fühlte er sich in diesem Hotelzimmer nicht wirklich wohl. Sie war eine äußerst attraktive Frau, und angesichts dessen, was sie gerade durchgemacht hatte, wollte er sie auf keinen Fall in Verlegenheit bringen.

»Ich bin direkt nebenan, einmal über den Gang«, sagte er. »Schließ die Tür ab, und ruf mich an, wenn was ist. Ich habe das Handy bei mir und lasse es eingeschaltet.«

»Mir wäre es lieber, du würdest hier schlafen«, sagte sie.

Er schaute sich um. Da stand nur ein Sessel, der äußerst unbequem aussah.

»Wir könnten ein Zimmer mit Verbindungstür nehmen, wenn sie hier so was haben«, schlug er vor.

Später fragte er sich, wer von beiden den ersten Schritt gemacht hatte, sie oder er, wer das Eis zum Schmelzen gebracht hatte. Er erinnerte sich an die blaue Neonreklame des Hotels über ihrer Schulter, als sie sich an ihn presste, und dass sie sich in den Karosserien der Autos spiegelte. Dass am Eingang zum Parkplatz zwei große schwarze Tannen standen. Dass irgendwo dahinter die Pyrenäen lagen, direkt vor ihm, die Nacht sie jedoch verschleierte.

In dem Moment, als sie sich küssten, sah er ihre offenen Augen, als würde jeder von ihnen darauf warten, dass der andere sie zuerst schloss, einander so nah, dass sie nur noch eins zu sein schienen. Sie suchte in seinen nach etwas, ganz bestimmt nach einer verborgenen Wahrheit unter den Schichten der Zivilisation. Dann biss sie in sein Ohrläppchen, seine Ohrmuschel und leckte daran, einmal, zweimal. Er schob die Zipfel ihres Morgenrocks auseinander, streichelte ihre Brüste, die kleiner waren, als er gedacht hatte. Sie legte eine Hand auf die Ausbuchtung in seinem Schritt. Wanderte mit ihren Fingern nach oben und unten. Als Kind hatte sie einst einen Kiesel vom Fluss in ein Stück Stoff eingewickelt und mehrere Tage bei sich getragen, aus genau demselben Grund, wegen dieser Mischung aus Weichheit und Härte.

Rückwärts ging sie zum Bett.

GUSTAV

26
KONTAKTE

Sie war rückwärts bis zum Bett gegangen, hatte sich darauf ausgestreckt, die Füße auf dem Boden, die Knie angewinkelt, ihren Morgenmantel ganz aufgeschlagen.

Nur die Nachttischlampe brannte, drang aber nicht bis in die Ecken des Zimmers vor, bis dahin, wo die Geister seines Lebens sich verkrochen hatten. Die Nacht umfing sie, sie sah den Schein der Lampe, der sich in seinen Augen spiegelte; als er auf sie zukam, lag nichts Unschuldiges mehr in seinem Blick. Er zog sein Jackett aus, knöpfte sein Hemd auf. Sie hörte, wie der Regen gegen die Scheibe prasselte. Sie hatte die Balkontür leicht aufstehen lassen, und jetzt ließ die feuchte Luft die Laken und ihre Haut erzittern. In dem Moment, als er sich über sie beugen wollte, hob sie das rechte Bein hoch und presste ihren Fuß gegen seine Brust.

Er streichelte ihre Wade, dann ihren Knöchel, fuhr ebenso sanft über ihre Zehen und Ferse. Ohne ihn aus den Augen zu lassen, ließ sie ihren Fuß an seinem nackten Oberkörper entlangstreifen, zwischen das aufstehende Hemd. Weiter hinunter, über die Schnalle des Gürtels zu seinem erigierten Geschlecht, das sie durch den Stoff hindurch spürte.

Sobald sie das Bein abgestellt hatte, war er auf ihr. Sie küsste ihn, während sie seinen Gürtel öffnete, seinen Hosenschlitz aufzog.

Er nahm eine Brustwarze in seinen Mund, ließ eine Hand zwischen ihre Schenkel gleiten und spürte, wie heiß sie war. Und wie schnell sie feucht wurde. Das erregte ihn noch mehr, und am liebsten wäre er sofort in sie eingedrungen, aber er leckte seine Finger ab und machte weiter. Kirsten stöhnte, wand sich auf dem Bett – als wollte sie sich ihm gleichzeitig mehr hingeben und sich ihm verweigern. Er streichelte sie noch etwas länger, dann entfernten sich seine Finger.

Inzwischen wand sie sich und stöhnte immer mehr, stieß mal raue, mal ganz spitze Töne aus. Ihre Scheide war feucht. So wälzten sie sich auf dem Bett herum, verloren jegliches Zeitgefühl, sie gab sich seinen Zärtlichkeiten hin, versuchte gleichzeitig, ihnen zu entkommen, rieb sich an ihm, schob seine Finger in sich und zog sie genau in dem Moment heraus, in dem sie ihn an sich zog, damit er in sie eindrang. Sie drückte ihr Becken gegen seines, gab den Rhythmus vor, einen schnellen, frenetischen, und ihre Fingernägel malträtierten seine Schultern und seinen Rücken. Erneut knabberte und leckte sie an seinem Ohr, spürte, wie sein Geschlecht noch härter wurde. Dann biss sie richtig zu. Erst ins Ohrläppchen, worauf ihn ein Schmerz durchzuckte, dann in die Schulter. Kurz davor hatte sie die Augen geöffnet. Ihr Blick war finster, wild, musterte ihn herausfordernd und neugierig. Er presste sie auf die Matratze und drang so tief in sie ein wie nur möglich. Sie gab ihrem Kommen und Gehen noch immer einen wahnsinnigen Rhythmus vor, beschleunigte sogar noch, eine Hand auf seiner Pobacke, auf der Suche nach ihrem Höhepunkt, ein Rhythmus, der ihm fast zu schnell war, aber sie schien sich nicht mehr bremsen zu können, bis sie gekommen war – bis sie sich aufbäumte, den Rücken auf dem Bett durchdrückte und mit geschlossenen Augen und angespannten Lippen ein langes spitzes Stöhnen ausstieß.

Sie wechselten die Position, sie legte sich auf ihn, ihre Brüste an seinem Oberkörper. Er spürte ihre Hitze, wie feucht sie war, als er erneut in sie eindrang, und auch wie sie ihr Schambein an ihm rieb. Sie war erstaunlich leicht. Gelenkig und leicht. Er streichelte ihre Brüste, als sie sich aufrichtete, um sich rittlings auf ihn zu setzen, die Knie auf der Matratze. Sie hatte eine Tätowierung von der Leiste bis zur Hüfte, einen Satz, vermutlich auf Norwegisch – mit Buchstaben und Zahlen.

Kirsten Nigaard versteckte ihre eigentliche Persönlichkeit hinter einer strengen Fassade, sagte er sich. Feuer unter dem Eis: das übliche Klischee. Doch er ging davon aus, nicht getäuscht worden zu sein. Von Anfang an war ihm ihr leicht zu entflammendes Wesen aufgefallen. Eine andere Sache änderte sich hingegen kein bisschen: Auch im Bett behielt sie gerne die Kontrolle.

Kirsten wachte um sechs Uhr auf und betrachtete den schlafenden Servaz. Eigentümlicherweise fühlte sie sich nach den Ereignissen des Vortags erholt. Sie schlüpfte in eine kurze Baumwollhose, auf der der Name einer norwegischen Rockband stand, zog sich ein T-Shirt und dann einen Jogginganzug über und ging nach draußen, wo sie ihre Runden in dem kleinen Park drehte, der das Hotel umgab. In fünf Minuten war sie mit der ersten Runde fertig und absolvierte das Ganze noch weitere sechsmal, rannte über den Kies und den Schnee, ohne sich weiter vom Hotel zu entfernen.

Die eisige Luft brannte in ihrer Lunge, aber sie fühlte sich gut. In der Nähe einer Bank und einer Faun-Statue blieb sie stehen, um sich mit Blick auf die Pyrenäen zu dehnen, von denen sich ein paar Gipfel in der Morgendämmerung abhoben. Das Boxen fehlte ihr. Es diente ihr gleichermaßen als Ventil und als Ausgleich. Auf einen Boxsack einzuschlagen oder gegen einen Sparringpartner zu kämpfen, ermöglichte es ihr, den Frust abzubauen, der sich durch ihren Job aufgestaut hatte. Sobald sie wieder zu Hause in Oslo wäre, würde sie zum Training gehen. Ein weiteres Bild drängte sich ihr auf – das von der dunklen Damentoilette mit dem Wischmopp mitten im Raum –, doch sie schob es beiseite und konzentrierte sich auf das, was vor ihnen lag.

Um 6.30 Uhr wachte Servaz auf und fand das Bett leer vor. Kirstens Geruch und Abdruck hing noch in den Laken. Er spitzte die Ohren – aber im Zimmer sowie im Badezimmer war alles still. Daraus schloss er, dass sie ihn nicht hatte wecken wollen und schon zum Frühstücken nach unten gegangen war. Er stand auf, zog sich an und kehrte in sein Zimmer zurück.

Beim Duschen dachte er an die vergangene Nacht. Nachdem sie miteinander geschlafen hatten, hatten sie geredet, mal auf dem

Balkon, wo sie zusammen eine Zigarette rauchten, mal im Bett, wo er ihr von der Frau erzählte, die möglicherweise Gustavs Mutter war. Lange hatte sie ihn dazu befragt, was sich in Marsac ereignet hatte, zu Marianne, seiner Vergangenheit. Er hatte sich ihr geöffnet, wie er es seit den Ereignissen von Marsac nur äußerst selten getan hatte, und sie hatte ihm zugehört, ihn dabei ruhig und verständnisvoll angesehen. Er war ihr dankbar, dass sie kein Mitleid zeigte, und vermied es, sich in Selbstmitleid zu ergehen. Sie hatte ganz bestimmt ihre eigenen Probleme. Wer hatte die nicht? Dann fiel ihm ihre Frage wieder ein. Sie war intelligent. Fast unmittelbar hatte sie den Nagel auf den Kopf getroffen. Die Frage, um die er schon so lange herumschlich, ohne es zu wagen, sie sich zu stellen: »Könnte das demnach dein Sohn sein?«

Er zog frische Klamotten an und fuhr mit dem Aufzug ins Erdgeschoss. Als er den Frühstückssaal betrat, suchte er den Raum mit Blicken nach ihr ab, fand sie aber nirgends. Weit konnte sie nicht sein. Er spürte den bittersüßen Stich einer leichten Enttäuschung, schob sie von sich und ging zum Büfett mit dem Kaffee- und Teeautomaten.

Sobald er Platz genommen hatte, holte er sein Handy hervor und rief Margot an.

Mailbox.

Sie schloss die Tür zu ihrem Zimmer mit der elektronischen Schlüsselkarte auf und stellte erstaunt fest, dass das Bett leer war.

»Martin?«

Keine Antwort. Er war wohl in sein Zimmer zurückgegangen. Sie empfand einen leichten Stich in der Magengegend. Sie wollte nicht darüber nachdenken. Rasch zog sie sich aus und ging dann ins Bad. So langsam hatte sie wirklich Hunger.

Beim Betreten des Badezimmers wurde ihr klar, dass er nicht einmal hier geduscht hatte: Die Handtücher lagen gefaltet an ihrem Platz, die Duschkabine war trocken und unbenutzt. Wieder dieses Stechen, etwas stärker diesen Mal. Sie hatten miteinander geschlafen, wunderbar. Sie hatten eine nette Zeit zusammen gehabt, aber weiter würde es nicht gehen. Sie würden einander nicht besser kennenlernen: Das war die Botschaft, die er ihr damit übermittelte.

Sie betrachtete ihr Gesicht in dem großen Spiegel über dem Waschtisch.

»Okay«, sagte sie laut zu sich selbst. »Genau so war es beabsichtigt, oder nicht?«

Sie betrat den Frühstückssaal, sah, dass er allein an einem Tisch saß, und ging auf ihn zu.

»Hallo«, sagte sie und schnappte sich eine Tasse. »Gut geschlafen?«

»Ja. Und du? Wo warst du?«

»Ich war laufen«, sagte sie, dann ging sie zum Kaffeeautomaten.

Servaz sah ihr nach. Ihr Austausch war kurz und unverbindlich gewesen. Mehr musste sie nicht sagen, er hatte es verstanden: Sie würden nicht mehr über das reden, was in dieser Nacht passiert war. Ein intensives Gefühl der Frustration übermannte ihn, gerne hätte er ihr nämlich gesagt, wie gut es ihm getan hatte, mit ihr zu reden, und dass er sich schon lange nicht mehr so wohl mit jemandem gefühlt hatte. Lauter Dinge, die man manchmal eben so sagte ... ohne irgendeine Erwartungshaltung. Jetzt kam er sich bescheuert vor. *Na gut,* dachte er. *Konzentrieren wir uns auf die Arbeit und halten Abstand.*

Kirsten verschlang ihre Brote mit Marmelade, Wurst und Rührei, trank einen Kaffee und zwei große, randvoll gefüllte Gläser Orangensaft – in Norwegen war das Frühstück besonders üppig –, wohingegen sich Servaz mit einem Espresso, einem halben Croissant und einem Glas Wasser begnügte.

»Du isst nicht viel«, sagte sie schließlich.

Sie ging davon aus, dass er ihr gleich eines dieser albernen Klischees über die Norweger auftischen würde, die alle wie Holzfäller gebaut seien, so wie der Typ, der sie an der Place Wilson angesprochen hatte, aber er lächelte nur.

»Mit vollem Bauch lässt es sich deutlich schlechter nachdenken«, sagte er schließlich.

Sie wusste nicht, dass er manchmal, wenn man aufs Essen zu sprechen kam, noch immer an dieses köstliche Mahl, begleitet von erlesenen, aber vergifteten Weinen, denken musste, das ein Richter ihm einmal serviert hatte.

L'Hospitalet war ein weit oben in einer imposanten Bergkulisse angesiedeltes Dorf, nur einen Steinwurf von der spanischen Grenze entfernt. Sie mussten steile Serpentinen hinauffahren, die oberhalb des tiefen, mit dichtem Wald bewachsenen Tals verliefen, einen Gebirgspass in etwa tausendachthundert Metern passieren, dunkle, windgepeitschte Tannenwälder durchqueren, in denen aufgescheuchte Krähen im Nebel aufflogen und ihre finsteren Prophezeiungen ausstießen. Die Straße war schmal, gewunden, mal von einer Steinbrüstung gesäumt, mal ging es geradewegs den Abhang hinunter, ohne dass ein Auto auf irgendein Hindernis getroffen wäre, war es erst einmal vom Weg abgekommen.

Sie überquerten den Berg, entdeckten den Glockenturm einer Kirche und die Dächer eines Dorfes auf der anderen Seite weiter unten, die sich in dieser weißen, strahlenden Kulisse verfroren aneinanderkauerten, wie eine Schafherde die Wärme der Artgenossen suchte.

Das Dorf erschien ihnen von Anfang an mönchisch, traurig und Besuchern gegenüber feindselig eingestellt. Seine schmalen, steilen Gässchen – die Häuser reihten sich terrassenförmig an den Hang –, bekamen nur wenige Stunden am Tag Sonne ab. Schließlich gelangten sie zu einem schlichten Platz mit einem Kriegerdenkmal in der Mitte, der mit seinem Karree aus unbelaubten Platanen, vor allem aber mit seinem Aussichtspunkt über ein eindrucksvolles Panorama sehr ansprechend war. Der Himmel war wolkenlos, und die Sicht reichte bis zu der Stelle, wo sich die drei Täler vereinten und man die Straßen und Dächer von Saint-Martin-de-Comminges erkennen konnte. Das Rathaus war bescheiden, grau und einfach, profitierte aber von derselben Aussicht.

Sobald sie ausgestiegen waren und die Türen zugeschlagen hatten, umfing sie ein eisiger Wind. Während der ganzen Fahrt hatte keiner von ihnen etwas gesagt, jeder hatte sich hinter seinem Schweigen verschanzt und war in die Erinnerungen der Nacht abgetaucht, doch seit sie das Ortsschild passiert hatten, dachte Servaz nur noch an eines: Gustav.

Er schaute sich um, als könnte der Junge jeden Moment von irgendwoher auftauchen. Keine Menschenseele weit und breit. Auf dem Platz sahen sie den Vorhof einer romanischen Kirche, wie man sie häufig auf der spanischen Seite antraf. Der Polizist betrachtete einen Moment lang den mit einem Tympanum geschmückten Torbogen mit seinen archaischen Motiven: der Schöpfer, umgeben von der Sonne, dem Mond und den Symbolen der Evangelisten. Neben der Kirche befanden sich eine Bäckerei und ein Herrenfriseur, und Servaz fragte sich, wie es diesem wohl gelang, an einem solchen Ort ausreichend Kundschaft zu finden.

Sie betraten die zweistufige Vortreppe zum Rathaus, an dem eine leicht verblasste französische Flagge hing, versuchten die Glastür aufzudrücken, die allerdings noch verschlossen war. Er klopfte an, erhielt aber keine Antwort. Der Schnee auf den Stufen war mehr schlecht als recht weggeschippt worden, also achtete er darauf, beim Hinuntergehen nicht auszurutschen.

An der Ecke des Platzes, am Eingang zu einem schmalen, gekrümmten Sträßchen, stand ein Hinweisschild: »Grundschule Pasteur«.

Servaz schaute Kirsten an, die mit den Schultern zuckte. Vorsichtig liefen sie die kurze, rutschige Straße hinunter. Er sah, wie im ersten Stock eines Hauses ein Vorhang zur Seite geschoben wurde, allerdings war dahinter niemand zu erkennen, als wäre das Dorf von Geistern bewohnt.

Als sie die Kurve hinter sich gebracht hatten, entdeckten sie den etwas weiter unten liegenden Schulhof. Wie der Aussichtspunkt auf dem Platz profitierte er von einem Blick über das Tal, der einem den Atem raubte. Ein weiterer Ort, der mit seinem

Schulhof und der verrosteten Glocke am Tor an die Kindheit erinnerte. Servaz spürte, wie ihm eng ums Herz wurde.

Gerade war Pause, also rannten die Kinder draußen herum, schubsten einander und kreischten fröhlich um die einzelne Platane auf dem Schulhof. Die Wurzeln des alten Baumes hatten den Teerboden angehoben, und auch hier hatte jemand den Platz freigeschippt und den Schnee in die Ecken verbannt. Ein Mann in einem grauen Kittel und mit Brille beaufsichtigte die Kinder auf dem Schulhof. Etwas an diesem Bild war eigenartig anachronistisch: Man glaubte sich hundert Jahre in die Vergangenheit zurückversetzt.

Mit einem Mal erstarrte Servaz. Er hatte das Gefühl, einen Faustschlag mitten ins Gesicht versetzt zu bekommen.

Kirsten war weitergegangen, blieb dann aber auch stehen und drehte sich um. Reglos stand er da, kleine Atemwölkchen bildeten sich vor seinem offen stehenden Mund. Sie entzifferte seinen Blick, wirbelte herum und richtete ihren Blick ebenfalls auf den Schulhof. *Suchte das, was er gesehen hatte.*

Und dann verstand sie es.

Er war da.

Gustav.

Der Junge war blond. Stand zwischen den anderen Kindern. Der Junge vom Foto. Der vielleicht sein Sohn war.

27
EINE ERSCHEINUNG

»Martin.«
Keine Antwort.
»Martin!«
Die Stimme war tief, sanft, gebieterisch. Er hatte die Augen aufgemacht.
»Papa?«
»Steh auf«, hatte sein Vater gesagt. »Komm mit.«
»Wie spät ist es?«
Sein Papa hatte nur gelächelt, als er neben seinem Bett stand. Also war er aufgestanden, halb benommen und lethargisch, mit schweren Augenlidern. In seinem blauen Pyjama, barfuß auf den kühlen Fliesen.
»Komm mit.«
Er war mitgekommen. Durch das stille Haus: Gang, Treppe, das lichtdurchflutete Wohnzimmer, das frühe Morgenlicht, dessen Strahlen durch die vorhanglosen Fenster im Osten hereinströmten. Er hatte einen Blick auf die Uhr geworfen. Fünf Uhr morgens! Er war noch schrecklich müde. Und hatte nur ein Verlangen: sich wieder hinzulegen, weiterzuschlafen. Es würde keine drei Sekunden dauern, dann wäre er wieder eingeschlummert. Doch er war seinem Papa nach draußen gefolgt, weil er es niemals gewagt hätte, sich ihm zu widersetzen. Damals widersetzte man sich nicht. Und auch weil er ihn liebte. Mehr als alles sonst auf der Welt. Abgesehen von Maman vielleicht.

Draußen kam die Sonne hinter dem Hügel zum Vorschein, fünfhundert Meter von ihnen entfernt. Im Sommer. Alles war absolut still und reglos. Selbst der reife Weizen. Kein Erzittern der gezackten Blätter der Eichen. Er hatte geblinzelt, als er die Sonnenstrahlen betrachtete, die die ganze Umgebung in Licht tauchten. Der morgendlichen Ruhe wurde durch Vogelgezwitscher ein Ende bereitet.

»Was ist los?«, hatte er gefragt.

»Das«, hatte sein Papa geantwortet und dabei eine große Geste beschrieben, die auf die ganze Landschaft deutete.

Er hatte es nicht verstanden.

»Papa?«

»Was, mein Sohn?«

»Wo muss ich hinsehen?«

Sein Vater hatte gelächelt.

»Überall, mein Junge.«

Dann war er ihm durch die Haare gefahren.

»Ich wollte einfach, dass du das siehst, einmal in deinem Leben: wie die Sonne aufgeht, das Morgengrauen, der Tagesanbruch ...«

Ihm war aufgefallen, dass die Stimme seines Papas zitterte.

»Mein Leben fängt doch gerade erst an, Papa.«

Schmunzelnd hatte sein Vater ihn angesehen und ihm seine große Hand auf die Schulter gelegt.

»Ich habe einen sehr intelligenten kleinen Jungen«, hatte er gesagt. »Aber manchmal muss man seine Intelligenz vergessen und stattdessen seine Sinne, sein Herz sprechen lassen.«

Damals war er zu jung, um das zu verstehen, aber heute verstand er es. Und dann war etwas passiert: Ein Reh war unten am Hügel aufgetaucht. Leise, vorsichtig, langsam. Wie eine Erscheinung. Aber eine wunderbare, zerbrechliche, edle Erscheinung. Es war aus dem Wald aufs freie Feld gekommen, mit hoch gerecktem Hals, misstrauisch. Der kleine Martin hatte noch nie zuvor etwas so Schönes gesehen. Es war, als würde die gesamte Natur den Atem anhalten. Als würde gleich etwas geschehen, das diese Magie in tausend Stücke zerplatzen lassen würde. Servaz erinnerte sich daran: Sein Herz hatte gepocht wie eine Trommel.

Tatsächlich war auch etwas passiert. Ein trockenes Knallen. Er hatte nicht gleich verstanden, was das war. Aber er hatte gesehen, wie das Reh erstarrte und dann umkippte.

»Papa, was war das?«

»Gehen wir zurück«, hatte sein Vater wutentbrannt erwidert.

»Papa? Was war das für ein Geräusch?«

»Da war nichts. Komm.«

Das war der erste Schuss, den er gehört hatte, aber nicht der letzte.

»Es ist tot, oder? Sie haben es getötet.«

»Weinst du, mein Junge? Na, na, komm schon. Wein doch nicht. Komm. Es ist vorbei. Es ist vorbei.«

Er wäre gern zu dem Reh gerannt, aber sein Vater hatte ihn am Arm zurückgehalten. Er hatte gesehen, wie Männer unten am Hügel mit geschulterten Gewehren aus dem Wäldchen kamen, und er hatte gespürt, wie er von Wut erfasst wurde.

»Papa«, hatte er gebrüllt. »Dürfen die das machen? Haben die das Recht dazu?«

»Ja. Sie haben das Recht. Komm, Martin. Gehen wir wieder rein.«

Er schnaubte, mitten auf der Straße. Bemerkte Kirstens Blick, die zu ihm zurückkam. *Und Hirtmann,* fragte er sich, *was bringt der seinem Sohn bei? Oder meinem?*

Sie hielt den Atem an, hatte das Gefühl, als würde die Zeit kurz stillstehen. Die Sekunden verstrichen sehr viel langsamer als gewöhnlich. Die Schreie der Kinder brachen durch die kalte Luft wie Glassplitter, die Schule schien der einzige lebendige Ort in diesem ausgestorbenen Dorf zu sein. Nichts um sie herum rührte sich – mal abgesehen von dem Gewimmel auf dem Schulhof und einem Auto, so groß wie eine Ameise, ganz weit hinten im Tal auf gerader Strecke, das man außerdem kaum hörte.

Servaz selbst war wie zur Salzsäule erstarrt. Sie ging den Weg bis zu ihm hinauf.

»Er ist da«, sagte sie.

Er erwiderte nichts. Er verfolgte mit Blicken, wie Gustav über den Hof ging, und sie ahnte, welche Gefühle ihn gerade übermannten. Schweigend und reglos stand er da, nur sein Blick wanderte umher, folgte unablässig dem Kind und seinem Wollschal, der im Wind tanzte. Sie ließ ein paar Augenblicke verstreichen, beobachtete ebenfalls den Jungen. Er war kleiner und zierlicher als die anderen. Vor lauter Kälte hatte er ganz rote Pausbäckchen, war jedoch warm in eine blaue Daunenjacke und einen klatschmohnfarbenen Schal eingepackt. Nichts von dem kränklichen zarten Kind, das man ihnen beschrieben hatte, mal abgesehen von der Größe. Auch nichts von einem Einzelgänger: Begeistert machte er bei den Gruppenspielen mit. Sie beobachtete ihn einen Moment lang, wartete darauf, dass Martin reagierte. Aber das dauerte ihr zu lange, Kirsten war viel zu ungeduldig.

»Was machen wir?«, fragte sie schließlich.

Er sah sich um.

»Gehen wir hin?«, drängte sie weiter. »Wir könnten mit dem Mann da drüben sprechen.«

»Nein.«

Das war ein endgültiges Nein. Erneut schaute er sich um.

»Wir können nicht hierbleiben. Sonst fallen wir noch auf.«

»Wem denn?«

»Denen, die damit beauftragt sind, auf Gustav aufzupassen, Himmel noch mal!«

»Da ist keiner.«

»Momentan.«

»Was machen wir dann?«

Er deutete zu der Straße, von der sie hergekommen waren.

»Das ist eine Sackgasse. Der einzige Zugang zur Schule. Diejenigen, die Gustav abholen werden, müssen hier entlangkommen. Entweder wohnen sie im Dorf und kommen zu Fuß, oder aber sie parken oben auf dem Platz.«

Er machte kehrt, ging das rutschige Pflaster wieder hinauf.

»Wir werden auf sie warten. Aber wir bleiben im Auto«, er zeigte auf das Fenster, in dem sich der Vorhang bewegt hatte, »es dauert keine Stunde mehr, dann weiß das ganze Dorf, dass wir hier sind.«

Sie kamen wieder oben auf dem Platz an. Servaz deutete auf das Rathaus, dessen Fassade das Zentrum nach Osten hin begrenzte.

»Das wäre doch ein guter Beobachtungsposten.«
»Das ist zu.«
Er schaute auf die Uhr.
»Jetzt nicht mehr.«

Der Bürgermeister war ein gedrungener kleiner Mann mit eng stehenden Augen und kräftigem Kiefer, einem schnürsenkeldünnen braunen Schnurbärtchen unter breiten, haarigen Nasenlöchern. Ganz offensichtlich war er ein Anhänger von Gesetz und Ordnung, denn er hatte mit Begeisterung in ihre Bitte eingewilligt.

»Hier, was halten Sie davon?«, fragte er sie und zeigte auf die Fenster im zweiten Stock.

Der lange, gewachste Tisch und die Anzahl der Stühle ließen darauf schließen, dass sich hier ganz offensichtlich der Gemeinderat versammelte. Der kleine Saal roch nach Bohnerwachs. An der Wand, die den Fenstern gegenüberlag, stand ein großes Möbel mit verglasten Türen, hinter denen gebundene Gemeindeverzeichnisse aufbewahrt wurden, die so alt wie das Möbel selbst zu sein schienen. Die Knäufe waren aus geschliffenem Glas, und das dunkle Holz war mit Intarsien von Blättern und anderen Motiven versehen. Servaz musste bei sich denken, dass das ganze Dorf vermutlich voll mit ähnlichen, schweren, altmodischen Möbelstücken war. Bestimmt waren sie einst von den schwieligen Händen einiger Schreiner erbaut worden, von denen heute keiner mehr lebte; und bestimmt waren sie stolz auf ihre Arbeit gewesen, die so gar nichts mit den Bausätzen in den heutigen Großstädten gemein hatte. An den Fenstern, die auf den Platz hinausgingen, hingen staubige Cretonnevorhänge, und der Eingang zur Sackgasse, die zur Schule führte, war perfekt zu sehen.

»Das ist wunderbar. Danke.«

»Bedanken Sie sich nicht. In schwierigen Zeiten muss ein jeder seiner bürgerlichen Pflicht nachkommen. Wir müssen einander helfen und einander schützen. Sie tun, was Sie können, aber heutzutage muss sich ein jeder für die Sicherheit aller einsetzen. *Wir sind im Krieg ...*«

Servaz nickte vorsichtig. Kirsten, die kein Wort davon verstanden hatte, sah Martin mit gerunzelter Stirn an, aber der zuckte nur mit den Schultern, als der Bürgermeister sich abwandte und hinausging. Er klebte mit der Nase an der Scheibe, die beschlug, und schaute auf die Uhr.

»Jetzt heißt es abwarten.«

Gegen Mittag tauchten nach und nach die Eltern der Schüler auf und eilten die Sackgasse in Richtung der Schule hinunter. Die Norwegerin und der Polizist aus Toulouse hörten das scheppernde, an Kindheit erinnernde Geläute der Glocke und drückten sich die Nasen an den Fenstern platt. Wenige Minuten später tauchten die Eltern mit ihren plappernden Sprösslingen an der Hand wieder auf. Also gab es hier wohl kein Mittagessen, und es war anzunehmen, dass die kleine Schule nicht über eine Kantine verfügte.

Servaz schluckte. Vor Angst war sein Magen wie zugeschnürt. Irgendjemand würde mit Gustav an der Hand auftauchen.

Doch der Strom von Eltern und Kindern ebbte ab, ohne dass Gustav zu sehen gewesen wäre. Irgendetwas stimmte da nicht.

Wieder beugte er sich nach vorn, widerstand dem Drang, das Fenster zu öffnen. Er schaute auf die Uhr. Fünf nach zwölf. Der Platz hatte sich geleert. Kein Gustav weit und breit. Scheiße, bedeutete das etwa, dass er in einem der Häuser in der Sackgasse wohnte? Wenn dem so wäre, dann könnten sie hier mit Unterstützung des Bürgermeisters bestimmt einen Beobachtungsposten installieren ...

Er trat vom Fenster weg, als ein grau metallischer Volvo etwas zu schnell auf den Platz fuhr und mit quietschenden Reifen zum Stehen kam. Kirsten und Servaz drehten sich gleichzeitig zum

Fenster um. Gerade rechtzeitig, um zu sehen, wie ein eleganter Mann zwischen fünfunddreißig und vierzig, in einem gut geschnittenen Wintermantel und mit ordentlich gestutztem Ziegenbärtchen nach draußen stürzte. Er warf einen Blick auf die Uhr und rannte in die Sackgasse.

Sie wechselten einen Blick. Servaz spürte, wie sein Puls sich beschleunigte. Schweigend warteten sie ab. Nach dem Lärm der Kinder war die Stille auf dem Platz noch ohrenbetäubender. Dann näherten sich Schritte, und sie konnten zwei Stimmen ausmachen – eine erwachsene und eine kindliche –, die vom Echo weitergetragen wurden. Noch immer wagte Servaz es nicht, das Fenster aufzumachen, um sie besser hören zu können. Kurz darauf tauchte der Mann mit dem Ziegenbärtchen aus der Sackgasse auf.

An der Hand hielt er Gustav.

»*Dammit!*«, rief die Norwegerin.

Der Mann mit dem Ziegenbärtchen kam unter ihrem Fenster vorbei und ging mit Gustav im Schlepptau zum Auto zurück.

»Du bist zu viel herumgerannt«, hörte Servaz ihn durch das geschlossene Fenster sagen. »Du weißt doch, dass du dich mit deiner Krankheit nicht so verausgaben darfst.«

»Wann kommt Papa wieder?«, fragte das Kind, das mit einem Mal blass und müde wirkte.

»Psst! Nicht hier«, sagte der Mann besorgt und schaute sich rasch um.

Aus der Nähe wirkte er älter, als seine Silhouette und sein Gang vermuten ließen: Bestimmt war er fast fünfzig, vielleicht war er sogar schon so alt. Ein leitender Angestellter in einer Bank oder einem Unternehmen, der Chef einer Firma für digitale Technologien, ein erfolgreicher Vertreter oder ein Universitätsprofessor; er sah ganz nach jemandem aus, der Geld verdiente, ohne sich die Hände zu sehr schmutzig zu machen. Das Kind hatte tiefe Augenringe und einen wächsernen Teint, irgendwie gelblich, trotz der Farbe, die die Kälte auf seine Wangen gezaubert hatte – und

Servaz erinnerte sich an die Worte der Schulleiterin: »Außerdem war er ein zierliches, kränkliches Kind, deutlich kleiner als die anderen. Der Junge sah aus, als wäre er ein Jahr jünger als die anderen. Er fehlte häufig. Mal eine Grippe, ein Schnupfen, Durchfall …« Servaz drehte sich zu Kirsten um, und fast gleichzeitig hasteten sie zur Tür, stürzten die zwei Etagen die Treppe hinunter, über der ein abgewetzter Teppich lag, der von Kupferstangen festgehalten wurde, und durchquerten die Eingangshalle mit dem gewachsten, glatten Boden. Genau in dem Moment, als der graue Volvo vom Platz fuhr, rissen sie die Tür zum Rathaus auf, und ein paar Flocken wehten herein.

Hastig rannten sie zum Auto.

Hofften, dass es nur einen Weg aus dem Dorf gab.

Servaz fuhr die Straße, über die sie zum Platz gefahren waren, etwas zu schnell hinauf und nahm den Fuß vom Gas, als er den Volvo etwas weiter vorn erblickte. Mit einer Hand riss er sich den Schal vom Hals und warf ihn nach hinten, zog dann den Reißverschluss seiner gefütterten Jacke auf. Schließlich wurde er noch langsamer, damit die Entfernung zwischen ihnen nicht zu gering wurde. Er wusste nicht, ob der Mann am Steuer Vorsicht walten ließ, aber er ging davon aus, dass der Schweizer ihn dahin gehend gebrieft hatte.

Wer war er?

Eines war sicher: Es war nicht Hirtmann. Auch die Chirurgie hatte ihre Grenzen. Natürlich konnte man Wangenknochen hervorheben, Brauen oder eine Nase modifizieren, Haare implantieren oder die Augenfarbe verändern, aber seines Wissens konnte man niemanden fünfzehn Zentimeter kleiner machen.

Servaz war von einem Hochgefühl ergriffen, gleichzeitig war er desorientiert, hatte das verstörende Gefühl, dass sie gegen ihren Willen an Kreuzungen geführt wurden und Entscheidungen von anderen aufoktroyiert bekamen, wie Mäuse in einem Labyrinth, während irgendwo ein anderer eine übergeordnete, globale Sicht des Gesamten hatte. Und dann war da diese Ermittlung zu Jensens Tod. Das Zusammentreffen dieser beiden Ereignisse – der

Tod des Vergewaltigers und das Auftauchen des Schweizers – verwirrte ihn nach wie vor. Zumindest hatte er jetzt wenigstens das Gefühl, jemandem zu folgen, statt selbst verfolgt, beobachtet und ausspioniert zu werden, aber vielleicht war er dabei, sich geradewegs in eine ... Falle führen zu lassen?

Der Beamte der Polizeiaufsichtsbehörde hieß Rimbaud. Wie der Poet. Aber Roland Rimbaud hatte noch nichts von seinem Namensvetter gelesen. Seine Lektüre beschränkte sich auf die Seiten der *L'Équipe* (mit einer Vorliebe für die Fußball- und Rugbyseiten), die seine Finger mit Druckerschwärze färbten, und auf seine Mails. Er wusste nicht, dass der Poet mit demselben Namen *Eine Zeit in der Hölle* geschrieben hatte. Ansonsten hätte er diesen Titel bestimmt als sehr passend für das erachtet, was er sich anschickte zu tun: einem seiner Kollegen das Leben zur Hölle zu machen.

Rimbaud saß im Büro des Richters Desgranges und nahm Witterung von frischem Blut auf. Diese Angelegenheit schien ein großes Ding zu sein. Der Oberkommissar – den manche, ebenso poesiebesessene Kollegen wie er selbst »Rambo« nannten – war ein gieriger Wolf, ein unermüdlicher Aufstöberer korrupter Polizisten. Zumindest sah er sie gerne als solche. Seitdem er die Regionalstelle der Polizeiaufsichtsbehörde leitete, hatte Rimbaud ein paar kriminelle Vereinigungen in der öffentlichen Sicherheit und im Drogendezernat sowie eine Einheit zur Verbrechensbekämpfung zerschlagen, deren Mitglieder der »Bandenkriminalität, Erpressung sowie des unrechtmäßigen Erwerbs und Besitzes von Drogen« angeklagt wurden. Dass seine Ermittlungen auf dem dubiosen Vertrauen in die Aussage eines Dealers fußten und die Anschuldigungen inzwischen etwas gemildert waren und dass er Methoden anwandte, die in anderen Regionen als Belästigung eingeordnet worden wären, schien seine Vorgesetzten nicht sonderlich zu stören. Wo gehobelt wurde ... Für Rimbaud war der Polizeiapparat nicht nur eine Institution, sondern ein undurchdringlicher Haufen von Cliquen, Revieren, Rivalitäten und Egos auf zwei Beinen – kurz, ein Dschungel mit großen Raubkatzen, Affen, Schlangen und Parasiten. Er wusste auch, dass man die Reißzähne von Wachhunden nicht abfeilte. Dass man die Hunde einfach nur von Zeit zu Zeit spüren lassen musste, wie lang die Leine war.

»Was wissen wir?«, fragte Desgranges.

Wenn einer von beiden einem Poeten ähnelte, dann der Richter, mit seinen zu langen Haaren, seiner schwarzen Strickkrawatte und seinem karierten Jackett, das sicherlich schon über tausendmal in der chemischen Reinigung war.

»Dass Jensen allem Anschein nach mit einer Dienstwaffe umgelegt wurde, als er eine junge Frau vor einer Hütte in den Bergen vergewaltigen wollte, dass er eine Zeit lang für die Vergewaltigung von drei Frauen und die Ermordung einer von ihnen verdächtigt, dann aber freigesprochen wurde, dass er an einer Oberleitung einen Stromschlag bekommen hat, als bei einer vorläufigen Festnahme etwas schieflief ...«

Er unterbrach sich. Bislang hatten sie sich an die Fakten gehalten, ein sicherer Boden. Jetzt würde er sich auf anderes Terrain begeben, das rutschig, um nicht zu sagen regelrecht morastig war.

»Dass er im Lauf dieser Festnahme auf Commandant Martin Servaz von der Kripo in Toulouse geschossen hat, dem er eine Kugel mitten ins Herz verpasste und der daraufhin mehrere Tage im Koma lag, dass ebendieser Commandant ihn als mutmaßlichen Mörder von Monique Duquerroy verdächtigte, einer Neunundsechzigjährigen, die im Juni in ihrem Haus in Montauban ermordet wurde. Man muss sagen, dass dieser Polizist, Servaz ...«

»Ich weiß, wer Servaz ist«, unterbrach ihn Desgranges. »Machen Sie weiter ...«

»Hmm ... dass der Rechtsberater von Jensen die Aussagen eines Polizisten anfechten wollte: Er behauptet, Servaz hätte ... ähm ... seinem Klienten mit einer Waffe gedroht und ihn gezwungen, auf das Dach des Eisenbahnwaggons zu klettern, obwohl es regnete und er ganz genau wusste, dass Jensen dort einen tödlichen Stromstoß bekommen konnte ...«

»Und er etwa nicht?«, erwiderte Desgranges. »Wenn ich mich nicht irre, dann war er auch auf dem Dach. Und Jensen hat auf ihn geschossen, oder etwa nicht? Er war ebenfalls bewaffnet, wie mir scheint ...«

Rimbaud sah, dass sich eine dritte tiefe Falte in die Stirn des Richters grub, die schon von vielen Fältchen durchzogen war.

»Der Rechtsberater von Jensen behauptet, der Commandant hätte versucht, seinen Klienten durch einen elektrischen Schlag zu töten«, sagte er.

Der Richter hustete.

»Solche Aussagen nehmen Sie doch hoffentlich nicht ernst, oder, Commissaire? Ich weiß, dass Sie den Worten eines Dealers mehr Glauben schenken als denen von Polizisten, aber trotzdem ...«

Rimbaud fragte sich, ob der Richter das eben wirklich gesagt hatte. Er wirkte schockiert. Desgranges beobachtete ihn weiter, ohne eine Miene zu verziehen. Der Ermittler zog ein Blatt aus einer Akte und schob es dem Richter über den Schreibtisch hinweg zu.

»Was ist das?«, fragte dieser.

»Die Gendarmerie hat ein Phantombild von dem Mann erstellt, der Jensen erschossen hat. Dank der Zeugenaussage von Emmanuelle Vengud, der jungen Frau, die fast vergewaltigt worden wäre.«

Desgranges bedachte ihn mit einem Murren, von dem Rimbaud nicht sagen konnte, was genau es zu bedeuten hatte, und griff nach der Zeichnung. Regelmäßige Gesichtszüge im Schatten einer Kapuze. Damit konnte man nicht viel anfangen.

»Viel Glück«, sagte er und gab ihm die Zeichnung zurück.

»Finden Sie nicht, dass es ihm ähnelt?«

»Wie bitte? Wem?«

»Servaz.«

Desgranges seufzte. Sein Gesicht lief rot an.

»Ich verstehe«, sagte er leise. »Hören Sie, Commissaire, man hat mir schon von Ihren Methoden berichtet ... Sie sollten wissen, dass ich sie nicht gutheiße. Was das Zerschlagen dieser Zelle zur Verbrechensbekämpfung betrifft, da revidieren meine Kollegen nach und nach die verschiedenen Elemente der Anklage: Die Aussage, auf der Ihre Ermittlung basiert, ist, gelinde gesagt, fragwürdig. Lassen Sie uns nicht lange um den heißen Brei herumreden: Ich habe keine Lust, mich in derselben Situation wiederzufinden ... Darüber hinaus haben ein paar Polizisten von anderen Dienststellen einen Brief an den übergeordneten Leiter der öffentlichen Sicherheit geschrieben, um anzuprangern, was sie eine Belästigung Ihrerseits erachten. Befolgen Sie meinen Rat: Lassen Sie es dieses Mal vorsichtiger angehen.«

Desgranges war nicht laut geworden. Aber die Drohung war unüberhörbar, kein bisschen verschleiert.

»Missverstehen Sie mich jedoch nicht, das heißt nicht, dass ich ein solches Vorgehen, wenn es denn existieren sollte, decke oder dass ich zu verhindern versuche, die Wahrheit herauszufinden. Ermitteln Sie innerhalb der Grenzen, die ich Ihnen aufgezeigt habe. Wenn Sie mir ein konkretes Ergebnis vorlegen, etwas Reales, Greifbares – Servaz oder auch nicht –, dann wird allen Gerechtigkeit widerfahren.«

»Ich würde gerne ein Rechtshilfeersuchen für eine ballistische Analyse einreichen«, sagte Rimbaud unbeirrt.

»Eine ballistische Analyse? Wissen Sie, wie viele Polizisten und Gendarmen es in diesem Departement gibt? Wollen Sie alle Waffen analysieren lassen?«

»Nur die von Commandant Servaz.«

»Commissaire, ich habe Ihnen bereits gesagt ...«

»Er war an diesem Abend in Saint-Martin-de-Comminges!«, unterbrach ihn Rimbaud. »In der Nacht, in der Jensen wenige Kilometer von der Stadt entfernt erschossen wurde. Das steht in dem Bericht, den er geschrieben hat! Ich habe ihn gerade bekommen.«

Der Polizist der Polizeiaufsichtsbehörde holte einige Blätter aus seiner Akte und reichte sie dem Richter.

»Hier steht, dass Jensen ihn mitten in der Nacht angerufen hat! Er hat Servaz gesagt, er hätte ihn früher am Abend in Saint-Martin gesehen. Außerdem erwähnt er den Abend, an dem er den Stromschlag auf dem Waggon bekommen hat, und wirft ihm vor, sein Leben zerstört zu haben. Dann sagt er, dass er mit ihm reden will, und als Servaz ablehnt, macht er eine Andeutung hinsichtlich seiner Tochter.«

»Wessen Tochter?«

»Servaz'.«

Mit einem Mal wirkte Desgranges interessiert.

»Was für eine Anspielung?«

Rimbaud schaute seine Kopie des Berichts durch.

»Nicht viel. Servaz sagte ihm, er hätte was anderes zu tun. Und der andere sagt daraufhin: ›Deine Tochter, ich weiß.‹ Anscheinend hat das gereicht; Servaz wurde fuchsteufelswild und ist postwendend mitten in der Nacht nach Saint-Martin gedüst. Wenn das stimmt, dann können wir das sicherlich anhand seines Handys überprüfen. Und dann … und jetzt wird es richtig interessant …«

Der Polizist warf dem Richter einen flüchtigen Blick zu. Dieser betrachtete ihn abschätzig. Er schien kein bisschen irritiert zu sein. Aber Rimbaud wusste, dass er seine Überheblichkeit gleich verlieren würde.

»Servaz behauptet, jemand habe sich im öffentlichen Park bei der Therme von Saint-Martin versteckt und sei dann weggerannt, als er sich ihm nähern wollte. Er sei hinterhergerannt, aber die Person sei im Wald hinter der Therme verschwunden. Seinen Worten zufolge wollte Servaz sich nicht weiter in den Wald vorwagen. Wer's glaubt! Er sei dann zu seinem Auto zurückgekehrt, wo ein Zettel an der Windschutzscheibe gesteckt habe.«

»Was stand darauf?«

»›Hast du Angst gehabt?‹ Das behauptet er zumindest.«

»Hat er diesen Zettel aufgehoben?«

»Das steht nicht in seinem Bericht.«

Der Richter betrachtete ihn noch immer skeptisch.

»Das heißt, er hätte in der Nacht, in der Jensen ermordet wurde, Kontakt zu ihm gehabt, sehe ich das richtig?«

»Ermordet mit einer Dienstwaffe«, sagte Rimbaud mit Nachdruck.

»Oder mit einer Waffe, die einem Polizisten gestohlen wurde. Haben Sie recherchiert, ob jemand seine Waffe als verloren gemeldet hat?«

»Das mache ich gerade.«

»Ich verstehe das nicht. Jensen ist um drei Uhr morgens mitten in den Bergen ermordet worden, Servaz gibt an, gegen Mitternacht in Saint-Martin gewesen zu sein. Und was ist zwischen den beiden passiert, Ihrer Meinung nach?«

»Vielleicht hat er gelogen. Das werden wir mittels Handy-Ortung in Erfahrung bringen. Es gibt aber auch eine andere Hypothese: Er ist nicht dumm und weiß, dass sein Handy ihn verraten wird. Und dass ihn jemand in Saint-Martin gesehen haben könnte. Also fährt er zurück nach Toulouse, lässt sein Handy dort und fährt dann wieder zurück ...«

»Haben Sie herausfinden können, wo Jensen um Mitternacht war?«

»Das versuche ich gerade.«

Das war gelogen. Das wusste Rimbaud bereits. Allen Zeugenaussagen zufolge konnte Jensen um Mitternacht nicht in Saint-Martin gewesen sein: Zu diesem Zeitpunkt war er bereits mit den anderen bei der Hütte. Es sei denn, er hätte den Moment genutzt, als die anderen schliefen, und wäre wieder gegangen. Es gab aber auch noch eine andere Hypothese: Servaz hatte weder Jensen noch sonst eine Silhouette in der Stadt gesehen, sondern sich das nur ausgedacht. Aus irgendeinem Grund hatte er gewusst, wo sich sein Opfer aufhielt. Er hatte die Fahrt hin und zurück auf sich genommen, sodass sein Handy zweimal am Sendemast registriert wurde, und war dann ohne Handy zurückgekehrt ... Ziemlich verdrehtes Alibi, aber eben unwiderlegbar, weil man schon ganz schön blöd sein musste, wenn man als Polizist zunächst einmal mit dem Handy zu einem Tatort fuhr, an dem man ein Verbrechen verüben wollte.

Er schaute sich das Phantombild noch einmal an. Ja, sicher, viel war darauf nicht zu erkennen, aber das konnte durchaus Servaz sein.

Oder auch nicht ...

Die Waffe.

Die Waffe würde eine Geschichte erzählen. Es sei denn, Servaz verkündete, er hätte sie verloren. Er musste wieder an die Spuren im Schnee denken.

»Ich weiß nicht«, sagte Desgranges, verschränkte die Hände unter dem Kinn und rieb mit beiden Daumen an seiner Unterlippe herum. »Ich habe das unerfreuliche Gefühl, dass Sie nur *eine* Spur verfolgen.«

»Aber alles deutet auf ihn hin!«, widersprach Rimbaud und verdrehte die Augen. »Er war am Abend des Mordes dort. Und er hat ein Motiv.«

»Reden Sie nicht mit mir, als hätten Sie einen Idioten vor sich!«, empörte sich der Richter. »Welches Motiv? Selbst für Gerechtigkeit zu sorgen? Jemanden abknallen zu wollen, weil er von seiner Tochter geredet hat und der Typ ein bekannter Vergewaltiger ist? Sich rächen zu wollen, weil er auf ihn geschossen hat? Ich kenne Servaz, Sie nicht. Das ist nicht sein Stil«, wandte Rimbaud ein.

»Ich habe schon ein paar seiner Kollegen befragt: Alle sagen, dass er sich seit seinem Koma verändert hat.«

»Na gut, ich gebe Ihrer Anfrage statt. Aber ich will keinesfalls, dass er der Presse zum Fraß vorgeworden wird. Da sickert schnell was durch. Führen Sie die ballistische Analyse für die gesamte Mordkommission durch, verschleiern Sie, worum es geht.«

Ein breites Lächeln erstrahlte auf dem Gesicht des Polizisten der Dienstaufsichtsbehörde, und er nickte kurz.

»Außerdem will ich ihn vernehmen, ebenso seine Vorgesetzten und alle aus seinem Ermittlerteam«, sagte er.

»Als Zeugen verhören«, bestimmte der Richter.

Er erhob sich und setzte der Unterhaltung damit ein Ende. Ohne Herzlichkeit schüttelten sie einander die Hand.

»Commissaire«, sagte Desgranges, als Rimbaud bereits die Hand nach dem Türgriff ausstreckte.

»Ja?«

»Ich weiß noch, dass es die Zerschlagung der Verbrechensbekämpfungseinheit unter Ihrer Leitung auf die Titelseite der Zeitungen geschafft hat. Dieses Mal will ich nichts dergleichen erleben, ist das klar? Nichts an die Presse, verstanden? Zumindest nicht zu diesem Zeitpunkt.«

28
DAS CHALET

Die Straße schlängelte sich am eisig schillernden Hang des Berges entlang, zog eine tiefe Spur durch all das makellose Weiß. Der Wald lag hinter ihnen, der Hang war an dieser Stelle glatt, kahl und nur von Schnee bedeckt. Servaz verkrampfte sich. Wenn sie so weiterfuhren, ein Farbfleck in dieser weißen Ödnis, dann würden sie noch entdeckt.

Niemand sonst war auf der schmalen Straße unterwegs, nur sie und der Volvo. Sie sahen, wie er in ein am Hang gebautes Dorf abbog, das nur aus einem Hotel, einer stillgelegten Sägerei am Dorfeingang sowie etwa dreißig Häusern und ein paar Läden bestand. Als Servaz die Haarnadelkurve an der Ausfahrt des Dorfes vor dem Hotel nahm, wurde er abrupt langsamer: Keine dreihundert Meter vor ihnen war das Auto vor einem großen Chalet stehen geblieben, das das gesamte Tal überschaute. Die Straße endete dort.

Er hielt neben der verwaisten Terrasse des Hotels mit den zusammengeklappten Sonnenschirmen und einer Stützmauer, die sich der Form der Kurve anpasste. Ihre Blicke wanderten zu den beiden Gestalten, die dort ausgestiegen waren und deren ausgestoßene Atemwölkchen federleicht vor ihnen herschwebten. Das Chalet war groß, luxuriös, holzverkleidet und besaß mehrere Terrassen und Balkone, wie man sie in Megève, Gstaad oder auch in Courchevel antraf. Es schien groß genug für mehrere Bewohner zu sein, aber die Garage stand auf, und darin sah Servaz nur ein weiteres Auto.

Ein Pärchen? Wohnte Gustav wirklich dort? Mit diesem Mann? Und mit wem sonst noch?

Servaz sah, dass sie eintraten. Er öffnete die Autotür.

»Hast du auch Lust auf einen Kaffee?«, fragte er.

Kurz darauf saßen Kirsten und er auf der Terrasse des Hotels, wie zwei Touristen auf Erkundungstour, vor ihm stand ein doppelter Espresso, vor ihr eine Cola Zero – sie hatte die Eiswürfel entfernt, als befänden sie sich in einem Land, in dem das Wasser nicht trinkbar war und man Gefahr lief, sich irgendwelche Keime einzufangen. Es war eiskalt, aber die Sonne schien auf den glitzernden Schnee und wärmte sie ein bisschen. Hinter seiner Sonnenbrille musterte Servaz das Haus, lauerte auf die kleinste Bewegung.

Plötzlich bedeutete er Kirsten, sich umzudrehen. Eine große blonde Frau war auf einem der Balkone aufgetaucht. Sie trug einen naturfarbenen Pullover und eine braune Hose. Sie waren etwas zu weit entfernt, um ihr Alter schätzen zu können, aber Servaz tippte auf etwa vierzig. Sie war schlank, hochgewachsen und trug die Haare zum Pferdeschwanz.

Als der Hotelier wieder auftauchte, obwohl kein anderer Gast auf der Terrasse war, winkte Servaz ihn zu sich.

»Wissen Sie, ob dieses große Chalet da zu mieten ist?«, fragte er.

»Nein, das wird nicht vermietet. Es gehört einem Professor von der Universität in Toulouse.«

»Und er wohnt dort?«, fragte Servaz und ließ gleichzeitig Bewunderung und etwas Neid anklingen.

Der Hotelier lächelte.

»Zu dritt. Sie haben ein Kind. Adoptiert. Manche Leute können sich so ein großes Chalet leisten ...«

Servaz hielt sich mit weiteren Fragen zurück. Er wollte momentan keine Aufmerksamkeit erregen.

»Und Sie, haben Sie Zimmer zu vermieten?«

»Sicher doch.«

»*What?*«, fragt Kirsten, sobald der Hotelier sich wieder entfernt hatte.

Er übersetzte.

Eine Stunde später kam der Mann mit dem Ziegenbärtchen in Begleitung von Gustav wieder aus dem Chalet heraus, um ihn zur

Schule zurückzubringen. Offensichtlich arbeitete der Professor an diesem Tag nicht in Toulouse. Sie saßen jetzt schon seit einer Stunde auf der Terrasse. Es war an der Zeit, sich von hier wegzubewegen, wenn sie nicht auffallen wollten.

»Wir nehmen uns ein Zimmer, dann gehen wir spazieren und kommen heute Abend zurück«, sagte er auf Englisch.

»Ein Zimmer oder nicht doch zwei?«, wollte sie wissen.

Er sah sie an. Ganz offensichtlich hatte sie nicht die Absicht, das fortzusetzen, was letzte Nacht geschehen war. Sie war schön bei Tageslicht, mit ihrem eng anliegenden Rollkragenpullover und der Sonnenbrille, die einen Großteil ihres Gesichts verdeckte. Unvermittelt spürte er einen Stich in der Magengrube. Er wusste nicht genau, was zwischen ihnen vorgefallen war, und noch weniger, was weiter geschehen würde. Aber er wurde einfach nicht schlau aus ihr. War das gestern die Nachwirkung des Adrenalins und der Angst gewesen? Hatte Kirsten einfach nur jemanden bei sich im Bett gebraucht? Soeben hatte sie eine unmissverständliche Andeutung dahin gehend gemacht, dass sie es dabei bewenden lassen sollten.

Er beschloss, fürs Erste nicht auf dieses Thema einzugehen.

»Alle Waffen der Mordkommission?«, fragte Stehlin ungläubig.

»Ganz genau.«

»Und Richter Desgranges hat das autorisiert?«

»Ja.«

Der Leiter der Kripo nahm einen Schluck Kaffee, um etwas Zeit zum Nachdenken zu haben.

»Wer wird die ballistische Analyse durchführen?«, fragte er.

»Haben Sie ein Problem damit?«, erwiderte Rimbaud.

»Nein, ich frage mich das nur. Wie wollen Sie das anstellen? Packen Sie alle Waffen gleichzeitig in einen gepanzerten Transporter? Richtung Bordeaux? Über die Autobahn? Tatsächlich?«

Rimbaud richtete sich in seinem Sessel auf und beugte sich zu dem imposanten Schreibtisch seines Gegenübers nach vorn.

»Wir werden Ihre Männer nicht alle gleichzeitig entwaffnen,

und die Waffen werden das Gebäude nicht verlassen: Die Analyse wird direkt hier durchgeführt, in Ihrem Labor, unter unserer Aufsicht.«

»Warum die Kripo? Warum nicht die Gendarmerie oder die Abteilung für Innere Sicherheit? Warum denken Sie, der Schuldige würde sich hier befinden? Ich kann mir nicht vorstellen, dass einer meiner Männer darin verwickelt ist«, sagte Stehlin, musste dabei jedoch kurz an Servaz denken.

»Beim Schachspiel sind die Narren den Königen immer am nächsten«, antwortete Rimbaud rätselhaft.

Sie waren den Nachmittag über in L'Hospitalet und in Saint-Martin spazieren gegangen, hatten verschiedene Hypothesen aufgestellt und so viel Kaffee getrunken, dass Servaz langsam davon schwindelte. Sobald sich der Tag dem Ende neigte, kehrten sie zum Hotel zurück, gaben vor, müde zu sein, und verzogen sich auf das Zimmer. Es besaß zwei Betten, ein großes und ein schmales, was ihnen ein Zeichen zu sein schien. Servaz hatte die Aufmerksamkeit nicht auf sie lenken wollen, indem er um zwei Zimmer bat. Er wäre bereit gewesen, in einem Sessel zu schlafen, sollte das vonnöten sein, aber das stand nun nicht mehr zur Debatte.

Sein Problem war, dass sie nicht vorgesehen hatten, nach der vergangenen Nacht erneut zusammen in einem Hotelzimmer zu sein. Dass es aufgrund der Ereignisse nun doch notgedrungen so war, machte die Situation nur noch peinlicher. Er spürte, dass es Kirsten ebenso unangenehm war wie ihm. Jede Bewegung, die sie in diesem engen Raum machte, schien so kontrolliert zu sein wie die eines Astronauten an Bord einer internationalen Raumstation. Es gab nur ein Fenster – weshalb sie dicht nebeneinanderstehen und einander zwangsweise leicht berühren mussten, und fast spürte er die Wärme, die ihr Körper abstrahlte, genau wie er das Parfüm roch, das sie an Hals und Handgelenken aufgetragen hatte.

Während des Spaziergangs hatte Servaz eine Bestätigung für

die Autozulassung und mehr Informationen über das Ehepaar erhalten: Roland und Aurore Labarthe, achtundvierzig und zweiundvierzig Jahre alt. Offiziell kinderlos. Laut Espérandieu unterrichtete er interkulturelle Psychologie und Psychopathologie an der Universität Jean Jaurès von Toulouse, und sie übte offiziell keinen Beruf aus.

Sie mussten sich über Gustavs Adoption informieren – ob sie nun fiktiv oder real war. Unter welchen Bedingungen hatte sie stattgefunden? Wo waren die entsprechenden Dokumente? Was wussten der Bürgermeister und die Schule von seiner Situation? War es im Jahr 2016 möglich, ein Kind großzuziehen, das nicht das eigene war? Vermutlich. Zumindest für eine gewisse Zeit. Das Chaos auf diesem Planeten und die Wirren der Bürokratie führten dazu, dass ganze Teile der Gesellschaft völlig unkontrolliert der Willkür ausgesetzt waren.

An dem vereisten Berg wurde es rasch dunkel; die Finsternis breitete sich in den Tälern und Senken wie an den Gipfeln aus, und im großen Chalet waren in mehreren Zimmern die Lichter angegangen. Doch Labarthe und Gustav waren noch nicht wieder aufgetaucht. Von Zeit zu Zeit sahen sie die stolze, schlanke Silhouette der Hausherrin, die von einem Zimmer ins nächste ging, manchmal telefonierte sie oder tippte irgendwelche Nachrichten in ihr Handy. Servaz überlegte, den Richter zu bitten, sie abhören zu dürfen. Dann tauchte urplötzlich der Volvo unter dem Fenster auf, fuhr vorsichtig und leise durch die weißen Spurrillen der verschneiten Straße; sie hatten ihn nicht gehört. Seine Bremslichter erinnerten an zwei rot glühende Augen, die sich in Richtung des Chalets entfernten, und die Blondine erschien im Licht der Scheinwerfer lächelnd auf der Türschwelle. Sie begrüßte Gustav, nahm ihn in den Arm und schob ihn nach drinnen, dann küsste sie ihren Mann. Servaz fand, dass ihre Körpersprache etwas Gestelltes und Gekünsteltes hatte. Er hatte das Fernglas aus dem Handschuhfach geholt und reichte es Kirsten.

Durch das Fernglas war Aurore Labarthe besser zu erkennen. Ein Vollblutweib. Schön, aber eine extravagante, frostige Schönheit, die Nase etwas lang, die Lippen schmal, der Hals elegant, die Haut sehr blass. Er schätzte, dass sie mindestens einen Meter fünfundsiebzig groß sein musste, bestimmt sogar noch größer. Durchtrainierte, aber sehnige Silhouette. Sie trug ein langes naturfarbenes Kleid, das ihr bis zu den Knöcheln reichte, man hätte sie für eine römische Vestalin halten können. Servaz bemerkte, dass sie barfuß war, selbst als sie auf die Holztreppe trat, auf der noch etwas Schnee lag. Etwas an ihren Gesichtszügen, ihrem Blick, ihrer Haltung verursachte ihm ein ungutes Gefühl. Statt Aurore hätte sie »Schatten« oder »Nacht« heißen sollen, dachte er bei sich.

»*Look*«, sagte Kirsten plötzlich neben ihm.

Sie hatte den Laptop auf den Knien und war schon seit geraumer Zeit im Internet zugange. Sie drehte den Bildschirm zu ihm. Servaz sah die Webseite eines Onlineshops für Bücher. Auf der Titelseite stand der Name Roland Labarthe. Er ging die Liste der Titel durch. *Sade, Befreiung durch Abschottung; Tu, was du willst: Von Thélème de Rabelais bis Aleister Crowley; Eloge des Bösen und der Freiheit; Der Garten der Lüste, von Sacher-Masoch bis zu BDSM.* Beim fünften Titel blieb sein Blick hängen.

Julian Hirtmann oder der Prometheus-Komplex.

Er zitterte. Plötzlich fiel ihm wieder ein Satz ein: »Dämonen sind bösartig und mächtig.« Wo hatte er das gelesen? Sie war da, die Verbindung ... Abgesehen davon, dass die Titel genauso schnarchnasig waren, wie man das von einem Akademiker erwarten konnte, stellten sie doch eine direkte Verbindung zwischen den beiden Männern her. Der Schweizer war ein Forschungsobjekt für Labarthe gewesen. War diese intellektuelle Neugier zur Faszination ausgewachsen? War daraus eine Komplizenschaft entstanden? Ganz offensichtlich hatte er den Beweis vor Augen. Servaz wusste sehr wohl, dass Hirtmann zahlreiche Fans im Internet hatte, diese wunderbare Erfindung, die die Welt dauerhaft veränderte und es dem Islamischen Staat ermöglichte, empfängliche Gehirne mit ihren todbringenden Ideen zu infizieren, mit der Kinder davon überzeugt wurden, andere in den Suizid zu treiben, durch die Pädophile einander Bilder von nackten Kindern zukommen lassen und Millionen Menschen im Schutz der Anonymität ihren Hass verbreiten konnten ...

Er musste sich eine Ausgabe des Buches besorgen. *Der Prometheus-Komplex* ... Servaz erinnerte sich noch dunkel an seinen Philosophieunterricht, der lange zurücklag, damals, als er noch Schriftsteller werden wollte und Neuphilologie studiert hatte. Der Prometheus-Komplex tauchte in einem Werk von Gaston Bachelard auf, *Psychoanalyse des Feuers*. Wenn er sich richtig erinnerte, dann musste sich der kleine Prometheus, um das Feuer zu erobern – um also Wissen über die Sexualität zu erlangen –, laut Bachelard über das Verbot des Vaters hinwegsetzen; der Prometheus-Komplex beschrieb die Tendenz von Söhnen, mit der Intelligenz und dem Wissen ihrer Väter zu konkurrieren, zumindest ebenso viel wie sie oder aber mehr wissen zu wollen. Etwas in der Richtung ... Hatte Labarthe etwas in der Vergangenheit des Schweizers entdeckt? Hatte der Schweizer mit dem Akademiker Kontakt aufgenommen, nachdem er das Buch gelesen hatte, das ihm gewidmet war?

Er sah aus dem Fenster.

Mittlerweile war es stockdunkel. Nur der bläuliche Schnee schimmerte in der Finsternis, wie ein Laken, das man in einem dunklen Zimmer über die Möbel geworfen hatte. In den Fenstern des Chalets brannte Licht. Plötzlich tauchte Gustav an einem der Fenster auf, presste seine Nase platt und sah nach draußen. Durch das Fernglas sah Servaz, dass der Junge einen Pyjama trug. Er schien ganz in Gedanken versunken zu sein. Einen Moment lang konnte er nicht anders und starrte in dieses müde, traurige Gesicht – und er meinte, er würde sich in einem Abgrund verlieren, der sich in ihm auftat. Servaz wandte den Blick ab. Gab es auch nur eine verschwindend kleine Wahrscheinlichkeit, dass er gerade seinen Sohn beobachtete? Diese Möglichkeit verstörte ihn über alle Maßen. Was würde passieren, sollte das der Fall sein? Er wollte keinen unerwünschten Sohn. Er verweigerte sich dieser Verantwortung. *Sein Sohn ...* Der bei einem von Überschreitungen besessenen Akademiker und einer Frau lebte, die ein regelrechter Eiszapfen war. Nein, das war einfach absurd. Dennoch wandte er sich an Kirsten.

»Wir brauchen seine DNA.«

Sie nickte. Sie fragte nicht, wessen DNA: Sie wusste, was ihm durch den Kopf ging.

»In der Schule gibt es bestimmt ein paar Sachen, die ihm gehören.«

Er schüttelte den Kopf. »Zu gefährlich. Was, wenn sie Labarthe davon erzählen? Nein, dieses Risiko können wir nicht eingehen.«

»Wie sollen wir sie dann bekommen?«

»Keine Ahnung. Aber wir brauchen sie.«

»Du willst wissen, ob du sein Vater bist, darum geht's doch, oder?«

Er antwortete nicht. Kirstens Handy klingelte in ihrer Hosentasche. Die ersten Töne von *Sweet Child O' Mine* von Guns N' Roses. Die Norwegerin nahm den Anruf an.

»Kasper?«

»Ich wollte fragen, was es Neues gibt«, sagte der Polizist aus Bergen. »Und?«

Es war 18.12 Uhr, als Samira Cheung im Dezernat der Mordkommission von Toulouse ihre Sig Sauer an Rimbaud weiterreichte. Sie trug an diesem Tag ein T-Shirt mit dem Logo der Misfits, einer Horrorpunkgruppe, die sich schon lange aufgelöst hatte, und zwei neue Piercings: zwei kleine schwarze Stahlkreolen, die eine in der Nase, die andere in der Unterlippe.

»Meine ich das nur, oder riecht es hier nach toter Ratte?«

»Die muss wohl durchs Abwasserrohr hochgekommen sein«, sagte Espérandieu, als er seine Waffe aus der Schublade holte.

»Wir haben hier wohl zwei Poeten, was?«, erwiderte Rimbaud.

»Bei dem Namen müssten Sie doch was von Poesie verstehen, Commissaire.«

»Übertreiben Sie es besser nicht, Cheung. Das ist nur eine Routineüberprüfung. Ich habe nichts gegen Sie. Sie sind eine ausgezeichnete Polizistin.«

»Was wissen Sie schon von der Polizeiarbeit? Und gehen Sie damit ja vorsichtig um, Commissaire«, fügte sie noch hinzu, als er mit ihren Waffen im Gehen begriffen war. »Das ist kein Spielzeug, Sie könnten sich verletzen.«

»Wo ist Servaz?«, fragte Rimbaud, ohne auf ihre Bemerkung einzugehen.

»Keine Ahnung. Weißt du was, Vincent?«

»Ich hab keinen Schimmer.«

»Sagen Sie ihm, dass ich seine Waffe benötige, wenn Sie ihn sehen.«

Samira grinste breit. »Martin würde sogar am Todesstern vorbeischießen, wenn er ihn direkt vor der Nase hätte. Seine Ergebnisse im Schießstand sind einfach nur lächerlich. Es könnte ihm durchaus passieren, sich in den Fuß zu schießen.«

Rimbaud bedauerte seine Antwort im Nachhinein, doch in dem Moment konnte er sich einfach nicht zurückhalten.

»Vielleicht hat er genau das getan«, sagte er, bevor er hinausging.

Um 18.19 Uhr legte Servaz sein Handy beiseite.

»Ich muss kurz zum Auto«, sagte er. »Bin gleich wieder da.«

»Was ist los?«

»Nichts. Ich brauche nur eine Zigarette, und ich habe ein Päckchen im Auto.«

Mit einem Mal war er nervös: Samira hatte angerufen und ihm gesagt, alle Waffen würden untersucht. Er hatte keinen Grund, nervös zu sein, er hatte seine immer bei sich gehabt.

Als er aus dem Hotel kam, peitschte ihm ein eisiger Wind entgegen. Die Böen ließen die Flaggen flattern – zweifelsohne ein Sinnbild für die internationalen Ambitionen des Hotels trotz seiner veralteten Einrichtung – und ließen ihn in seinem viel zu dünnen Pullover zittern. Er hätte seine Daunenjacke anziehen sollen. Ein heftiger Windstoß drängte ihn zum Eingang des Hotels zurück, doch er stemmte sich ihm entgegen und ging nach vorn zur Treppe, die am Rand der Terrasse zur Straße führte. Als er aufschaute, sah er sie. Labarthe und Gustav. Sie waren nach draußen gegangen und kämpften lachend gegen den Wind an. Sie kamen auf das Hotel zu, also auf ihn!

Scheiße.

Er konnte jetzt nicht umdrehen und zum Hotel zurückgehen. Aber er wollte nicht, dass Labarthe sein Gesicht aus nächster Nähe sah. Das würde jede zukünftige Beschattung erschweren. Vorsichtig ging er die verschneiten Stufen hinunter, öffnete die Tür auf der Beifahrerseite und dann das Handschuhfach. Da waren die Zigaretten. Er hob den Kopf und streckte den Hals, um einen Blick über die Steinmauer zu werfen. Labarthe und Gustav nahmen eine andere Treppe auf die Terrasse. Sofort beugte er sich wieder in den Fahrzeugraum und tat so, als würde er etwas suchen. Als er sich das nächste Mal aufrichtete, waren sie im Inneren des Hotels verschwunden.

Eisige Böen erfassten ihn, und Schauer rannen über seinen Körper. Er schaute auf. Sein Herz machte einen gefährlichen Satz, als er Aurore Labarthe auf dem Balkon stehen sah, die das Hotel im Auge behielt. Scheiße! War ihr sein Verhalten verdächtig erschienen? Genau wie ihr Mann war sie bestimmt überaus vorsichtig. Er konnte nicht länger hierbleiben ... Er würde an ihnen vorbeigehen müssen, denn die Rezeption des Hotels, gleich neben der Bar, war winzig, und der gerade mal streichholzschachtelgroße Aufzug befand sich direkt daneben.

Er warf noch einen flüchtigen Blick auf die Silhouette auf dem Balkon. Beobachtete sie ihn gerade? Oder beobachtete sie das Hotel? Er ging die Stufen hinauf, überquerte die Terrasse mit festen Schritten ... Labarthe und Gustav standen mit dem Rücken zu ihm da; Labarthe sprach mit dem Hotelier, der ihm etwas überreichte.

»Danke, das hilft uns aus der Patsche«, sagte er. »Was bin ich Ihnen schuldig?«

Er kramte in seinem Geldbeutel. Servaz trat in die Eingangshalle. Gustav hatte wohl seine Schritte im Schnee gehört, denn er drehte sich zu ihm um. Die hellen Augen des Jungen musterten ihn. Servaz hatte das Gefühl, als würde sein Innerstes gerade aus ihm herausgesaugt, als wäre da nur noch ein Vakuum. Ihn schwindelte. Der Junge beäugte ihn noch immer.

»*Du bist mein Sohn, nicht wahr?*«

Der Junge antwortete nicht.

»*Du bist mein Sohn, das weiß ich.*«

Er schüttelte sich. Vertrieb dieses Hirngespinst. Ging an ihnen vorbei. Labarthe wandte den Kopf kurz zu ihm um.

»Guten Abend.«

»Guten Abend«, erwiderte er.

Der Hotelier sah ihn an, Labarthe sah ihn an, das Kind sah ihn an. Er betätigte den Schalter des Aufzugs, widerstand dem Drang, sich umzudrehen.

»Entschuldigung«, sagte Labarthe da hinter ihm.

Wandte er sich an ihn oder an den Hotelier?

»Entschuldigung.«

Dieses Mal bestand kein Zweifel: Die Stimme war direkt hinter ihm. Er drehte sich um. Labarthe musterte ihn.

»*Das hat Ihnen gefallen, was, Servaz? Die Folter, Sie haben den Schmerz genossen!*«

»Bitte?«

»Ich glaube, Sie haben die Scheinwerfer eingeschaltet gelassen«, wiederholte der Akademiker.

»Oh!«

Er bedankte sich und ging zurück zum Auto. Aurore Labarthe war wieder im Chalet verschwunden. Danach ging er zurück aufs Zimmer.

»Was war los?«, fragte Kirsten.

»Nichts. Ich habe Labarthe getroffen. Und Gustav. Unten in der Eingangshalle.«

Zehetmayer saß in einem dieser Wiener Kaffeehäuser, die sich wohl nicht verändert hatten, seit Stefan Zweig sie in *Die Welt von*

Gestern beschrieben hatte, kurz bevor er seinem Leben ein Ende setzte. Diese Kaffeehäuser bildeten in den Augen des Dirigenten eines der seltenen Überbleibsel des einstigen Wiens, des Wiens, das Theater, Literatur und die schönen Künste liebte, Kaffeehäuser, die von Gesprächen erfüllt waren, gepflegtere Gespräche als die von heute, vermutete er.

Was war tatsächlich noch davon übrig? Was war von den Juden übrig, die den Ruhm dieser Stadt begründet hatten? Was war mit den Mahlers, Schönbergs, Strauss, Hofmannsthals, Schnitzlers, Beer-Hofmanns, Reinhardts, Altenbergs, Zweigs – oder auch Freud, diesem alten Unterhosenfanatiker?

Er saß auf einer Bank ganz hinten im alten Saal des Café Landtmann – für nichts auf der Welt würde er sich nach draußen setzen, in den neuen, verglasten Saal inmitten der ganzen Touristen – und aß ein Schnitzel zum Abendessen, las dabei die *Krone* und warf von Zeit zu Zeit einen Blick zwischen den schweren Vorhängen nach draußen auf den Rathausplatz, der zusehends erblasste. Kurz zuvor hatte er sein Spiegelbild in der Scheibe gesehen; er sah ganz nach dem aus, was er war: ein Greis mit fleckiger, gelblich verfärbter Haut, in dessen Augen die Bosheit aufblitzte, jedoch mit stattlichem Auftreten in seinem langen Mantel mit dem Biberkragen. Die ersten Töne von Brahms' *Ungarischem Tanz Nr. 1* erklangen in seiner rechten Manteltasche. Alle wichtigen Menschen, mit denen er zu tun hatte, hatten einen eigenen Klingelton. Diese Musik gehörte zu einem *überaus* wichtigen Gesprächspartner.

»Hallo?«, sagte er nur.

»Wir haben das Kind gefunden«, sagte die Stimme am anderen Ende.

»Wo?«

»In einem kleinen Dorf in den Pyrenäen.«

»Und ihn?«

»Noch nicht. Aber früher oder später wird er dort auftauchen.«

»Wer durch den Schnee wandelt, kann seine Spuren nicht verwischen«, zitierte Zehetmayer ein chinesisches Sprichwort. »Gute Arbeit.«

Als Antwort hörte er nur einen lang gezogenen Ton am anderen Ende: Auch die Höflichkeit war eine Tugend, die anscheinend der Vergangenheit angehörte. Jetzt war es wohl an der Zeit, die andere Nummer zu wählen. Diejenige, die er bekommen hatte, als er Häftlingen Musikunterricht erteilt hatte. Mit Mahler hatte er ihnen im Grunde geholfen »auszubrechen«. Das war schließlich auch das, was er selbst tat: mithilfe der Musik aus dieser modernen Welt ausbrechen, die er so verabscheute.

29
UNERBITTLICH

In dieser Nacht in dem Hotel in den Bergen träumte Servaz davon, in der Pariser Metro unterwegs zu sein und Gustav in der Menschenmenge zu sehen. Mit pochendem Herzen stand er auf, schob und drängte sich durch den Mittelgang, um zu dem Jungen zu gelangen, während die Metro in eine Haltestelle namens Saint-Martin einfuhr. Er konnte sich an keine Haltestelle erinnern, die so hieß. Saint-Michel, Saint-Sulpice, Saint-Ambroise, Saint-Germain-des-Prés, Saint-Philippe-du-Roule, das ja ... Aber kein Saint-Martin. Außer in seinem Traum. Die Fahrgäste, die er zur Seite stieß, warfen ihm feindselige, vorwurfsvolle Blicke zu. Nach längerem Bemühen erreichte er ihn endlich, als die Metro zum Stehen kam; die Türen öffneten sich, und die Menge stieg aus. Servaz eilte auf den Bahnsteig. Gustav war unterwegs zur Rolltreppe. Servaz rempelte die Menschen um sich herum noch immer an, aber die dichter werdende Menge bremste ihn aus, drängte ihn sogar immer weiter von dem Jungen weg.

»Gustav!«, schrie er.

Der Junge drehte sich um. Schaute ihn an. Er glaubte vor Freude gleich explodieren zu müssen. Doch in den Augen des Jungen zeichnete sich Angst ab, und mit einem Mal rannte er los ... flüchtete vor ihm. Ein fünfjähriger Junge. Allein in der Metro. Servaz hastete die Rolltreppe immer zwei Stufen auf einmal nehmend hinauf, stieß die Körper, die ihm im Weg standen, mit verzweifelter Energie von sich weg. Oben erreichte er eine Kreuzung von Gängen, blieb stehen. Aber da war keiner mehr. Die Gänge waren auf einmal leer.

Er war allein.

Sah die endlosen Gänge um sich herum, aber weit und breit keine Menschenseele. Selbst die Stille schien eine besondere Frequenz zu haben. Er wirbelte herum. Die Rolltreppe, die er genommen hatte, war ebenfalls leer – ihre Stufen zogen unnötigerweise vorbei –, genau wie der Bahnsteig weiter unten. Er rief nach Gustav, aber nur das Echo antwortete ihm. Er war verloren. Allein. Ihm schien, als gäbe es keinen Ausweg aus diesen Gängen, als wäre es hoffnungslos. Als wäre er hier in diesem unterirdischen Netz gefangen, für immer und ewig. Er wollte schreien, wachte stattdessen aber auf. Kirsten schlief. Er hörte, wie sie atmete.

Sie hatten die Vorhänge nicht zugezogen, und ein schwaches Leuchten zeichnete sich da ab, wo das Fenster war, im bläulichen, irrealen Halbschatten des Zimmers. Er schob Laken und Decke von sich, ging zum Sprossenfenster und presste sein Gesicht an die Scheibe. Alle Lichter im Chalet waren ausgeschaltet, das Gebäude lag in der Dunkelheit da. Seine schwarze Silhouette hob sich vor der helleren Nacht ab, sie barg etwas Feindliches, Beunruhigendes. Die Landschaft darum herum ließ ihn an einen Burggraben denken, der seine Bewohner vor etwaigen Invasoren schützte.

Dann lief die Fensterscheibe durch seinen Atem an, und er kehrte zurück ins Bett.

»Ich bleibe hier«, verkündete Kirsten am nächsten Morgen beim Frühstück. »Vielleicht kann ich mir Schneeschuhe leihen und so gleichzeitig das Chalet im Auge behalten. Dann bin ich nicht die ganze Zeit eingesperrt.«

»Okay.«

Er hatte vor, nach Toulouse zurückzufahren, dort seine Waffe abzugeben und in die Bibliothek oder in eine Buchhandlung zu gehen, um sich das Buch von Labarthe zu besorgen. Er würde vor dem Abend wieder zurück sein. Heute war Samstag, dennoch beabsichtigte er, Roxane Varin anzurufen, damit sie sich gleich am Montagmorgen nach der Adoption von Gustav erkundigte. Espérandieu rief er zu Hause an. Der hörte sich gerade *We're on Fire* von Airplane Man an, als sein Handy klingelte.

»Roland und Aurore Labarthe, jag die beiden Namen durch

das Vorstrafenregister, durch die Datenbank für Sexual- und Gewaltstraftäter und alle sonstigen Strafregister ...«

Die Schriften von Labarthe zeugten von seinem Interesse für sexuelle Praktiken, die ihre Adepten manchmal dazu brachten, Gesetzesverstöße zu begehen.

»Ohoh! Was sind denn das für Clowns? Weißt du, dass heute Samstag ist?«

»Ein Uniprof und seine Frau. Das machst du als Allererstes am Montag«, sagte er. »Grüß Charlène ...«

»Ein Prof von der Uni? Echt jetzt? Was haben sie denn angestellt?«

»Genau das will ich herausfinden.«

»Irgendein Bezug zu dem Jungen?«

»Wir haben ihn gefunden. Die beiden kümmern sich um ihn.«

Schweigen.

»Und das teilst du mir so beiläufig mit?«

»Wir wissen es erst seit gestern.«

Er ahnte, wie wütend sein Stellvertreter war.

»Martin, man könnte meinen, dass du deine Freunde vergisst, seit du mit dieser Eskimofrau unterwegs bist. Ich werde noch eifersüchtig ... Pass bloß auf, hier wartet jemand auf dich ... macht ganz den Eindruck, als hätte er dich auf dem Kieker. Außerdem wartet er auf deine Waffe.«

»Ich weiß. Ich bin mit ihm verabredet.«

Er hatte keine Lust, länger mit ihm zu sprechen. Nicht jetzt. Also legte er auf, startete den Motor und fuhr vorsichtig über die vereiste Straße. Er brauchte zwei Stunden, bis er in Toulouse und auf der Polizeistation war. An diesem Samstagmorgen war sie zu drei Vierteln leer, aber Rimbaud hatte dennoch darauf bestanden, ihn unverzüglich zu vernehmen. Da er das nicht in seinem Büro machen konnte, erwartete der Commissaire ihn in einem kleinen, abseits gelegenen Büro, das er für diesen Zweck beschlagnahmt hatte. Servaz fand, dass er an einen alten Boxer erinnerte, mit seiner platten Nase und seinem massiven Kiefer. Ein Boxer, der schon mehr Schläge eingesteckt als ausgeteilt hatte. Doch Servaz wusste, dass jetzt der Moment gekommen war, in dem er ihm als Boxsack dienen würde.

»Ihr Handy bitte, Commandant«, sagte Rimbaud einleitend.

»Wie bitte?«

»Stellen Sie Ihr Handy bitte auf ›lautlos‹.«

Servaz hielt ihm sein Handy hin.

»Das können Sie selbst machen. Ich weiß nicht, wie das geht.«

Rimbaud musterte ihn, als würde er sich fragen, ob Servaz ihn auf den Arm nehmen wollte. Widerstrebend kam er der Bitte nach und gab Servaz das Handy dann zurück.

»Ich beabsichtige, Sie zum Mord von Florian Jensen zu befragen«, verkündete er. »Wie Sie vielleicht bereits vermuten, handelt es sich hierbei um eine überaus wichtige Sache, immerhin wurde er mit einer Dienstwaffe ermordet, das ist also eine äußerst knifflige Angelegenheit.«

»Als was befragen Sie mich? Als Verdächtigen?«

Rimbaud antwortete nicht darauf. Servaz fragte sich, welche Haltung er einnehmen würde: Konfrontation oder Kooperation? Sie saßen einander am Schreibtisch gegenüber: Konfrontation also.

»Ich möchte, dass Sie mir insbesondere von dem erzählen, was auf diesem Waggon passiert ist, und natürlich von der Nacht, in der Sie nach Saint-Martin gefahren sind …«

»Das steht alles in meinem Bericht.«

»Den habe ich gelesen. Man hat mir gesagt, Sie hätten mehrere Tage im Koma gelegen, wie fühlen Sie sich?«

Offene Frage, dachte Servaz. Laut Lehrbuch dienten offene Fragen dazu, »den Gesprächspartner zum Reden zu animieren und ihm so viele Informationen wie möglich zu entlocken«. Danach wechselte man schrittweise zu geschlossenen Fragen: die Trichtermethode. Das Problem dabei war, dass die Ganoven die Befragungstechniken fast genauso gut beherrschten wie die Polizeibeamten. Das Problem der Polizisten bei der Dienstaufsichtsbehörde: Sie befragten andere Polizisten; also mussten sie noch gewiefter und durchtriebener vorgehen.

Aber genau das war Rimbauds Problem.

»Wie ich mich fühle? Wollen Sie das wirklich wissen?«

»Ja.«

»Vergessen Sie's, Rimbaud. Wenn ich einen Psychiater brauche, dann gehe ich zu einem.«

»Hmm, brauchen Sie denn einen Psychiater, Commandant?«

»Okay, das ist also Ihre Taktik? Wiederholen, was der andere gesagt hat?«

»Und was ist Ihre Taktik?«

»Verdammt! Wie lange wollen Sie mich noch zum Narren halten?«

»Ich halte Sie nicht zum Narren, Commandant.«

»Vergessen Sie's ...«

»Okay, gut, also, was wollten Sie auf dem Dach? Warum sind Sie mitten in einem Gewittersturm da hochgeklettert? Sie hätten da gegrillt werden können wie ein Hühnchen.«

»Ich habe einen Verdächtigen verfolgt, der geflohen war, nachdem er uns mit seiner Waffe bedroht hatte.«

»Zu diesem Zeitpunkt war die Bedrohung aber schon lange nicht mehr vorhanden, oder?«

»Was wollen Sie damit sagen? Dass ich ihn hätte entwischen lassen sollen?«

»Ihre Waffe, hatten Sie die bei sich, als Sie auf den Waggon geklettert sind? Hatten Sie sie auf Jensen gerichtet?«

»Was? Wie? Ich war nicht bewaffnet! Sie war ... äh ... in meinem Handschuhfach.«

»Sie sagen also, dass Sie einen bewaffneten und zugedröhnten Verdächtigen verfolgt haben, der seine Waffe bereits schon zuvor auf Sie gerichtet hatte, und Sie selbst waren gar nicht bewaffnet?«

Eine geschlossene Frage, aber etwas lang und rhetorisch, wie Servaz fand.

»So könnte man das sehen, ja«, sagte er.

»So könnte man das sehen?«

»Fangen Sie wieder damit an, alles zu wiederholen, was ich sage?«

»Schon gut. Jensen schießt also auf Sie, und gleichzeitig bekommt er einen Stromschlag, der ihn in einen lebendigen Weihnachtsbaum verwandelt.«

»Sie mögen Metaphern, Rimbaud. Das liegt vermutlich an Ihrem Namen.«

»Hören Sie mit dem Mist auf, Servaz. Dumm gelaufen, was? Wäre er eine Sekunde früher gegrillt worden, dann hätten Sie nicht im Koma gelegen.«

»Oder aber er hätte mir das Hirn weggepustet.«

»Denken Sie, dass Sie sich seit dem Koma verändert haben?«

Servaz schluckte. Vielleicht war Rimbaud ja doch schlauer, als er vermutet hatte.

»Wir alle verändern uns, Commissaire, ob mit oder ohne Koma.«

»Haben Sie Erscheinungen gehabt? Haben Sie Dinge gesehen, Ihre toten Eltern oder etwas in der Art?«

Dreckskerl, dachte er.

»Nein.«

»Funktioniert alles wie zuvor?«

»Und bei Ihnen, Rimbaud?«

Rimbaud nickte nur, ohne darauf einzugehen. Er war schlagfertige »Kunden« gewohnt und ließ sich davon nicht aus dem Konzept bringen.

Ich auch nicht, dachte Servaz.

»Als Jensen Sie neulich abends angerufen hat, erinnern Sie sich noch an das, was er Ihnen als Erstes gesagt hat?«

Servaz dachte nach.

»›Na, wie geht's dem Herz?‹«

»Okay. Und dann?«

»Dann hat er von dieser Nacht gesprochen ... auf dem Bahnwaggon ... das war vielleicht eine Wahnsinnsnacht oder so was in der Art ...«

»Okay. Fahren Sie fort.«

»Er hat gesagt, meinetwegen würde er jetzt aussehen wie was weiß ich wer, irgendein Name, der mir gar nichts sagte ... Er meinte auch, jetzt hätte er die entsprechende Visage ...«

»Okay.«

»Er hat gesagt, er hätte mich an jenem Tag in Saint-Martin gesehen.«

»Ach ja? Was haben Sie dort gemacht?«

»Ich bin einer Spur nachgegangen. Im Rathaus. Einem verschwundenen Jungen ...«

»Ein verschwundenes Kind, kümmert sich neuerdings die Mordkommission um solche Angelegenheiten?«

»Das ist doch völlig egal. Das hatte nichts mit Jensen zu tun.«

»Gut. Weiter. Wie haben Sie reagiert?«

»Ich habe ihn gefragt, was er will.«

»Und was hat er geantwortet?«

»Er wollte reden.«

Rimbaud musterte ihn ganz eigenartig.

»Ich habe ihn gefragt, worüber«, fügte Servaz unaufgefordert hinzu, auch wenn er seinem Gegenüber die Arbeit eigentlich nicht erleichtern wollte.

»Und was hat er gesagt?«

»Das wüsste ich.«

»Stimmt das?«

»Nein.«

»Okay. Was haben Sie erwidert?«

»Dass ich was anderes zu tun hätte.«

»Und da hat er von Ihrer Tochter gesprochen«, fuhr Rimbaud fort. Darauf zielte er schon von Anfang an ab.

»Ja.«

»Wie hat er sich ausgedrückt?«

»Er hat nur gesagt: ›Deine Tochter, ich weiß.‹«

»Und in dem Moment haben Sie beschlossen, dorthin zu fahren.«

»Nein.«

»Wie haben Sie reagiert, als er Ihre Tochter erwähnte?«

»Ich habe ihn gebeten, das zu wiederholen.«

»Waren Sie wütend?«

»Ja.«

»Was hat er danach gesagt?«

»Dass er um Mitternacht vor der Therme von Saint-Martin auf mich warten würde.«

»Hat er erneut von Ihrer Tochter gesprochen?«

»Ja.«

»Okay. Was hat er gesagt?«

»›Grüß deine Tochter von mir.‹«

»Hmm. Und daraufhin waren Sie noch wütender ...«

»Ja.«

Rimbauds Augen waren nur noch zwei schmale Schlitze. Servaz saß gefasst da, allerdings fühlte er sich von den Andeutungen seines Gegenübers beleidigt. Schon allein die bloße Existenz von Rimbaud empfand er als persönliche Beleidigung.

»Wir haben nachgesehen, wann Ihr Handy zwischen Toulouse und Saint-Martin registriert wurde. Eine kurze Berechnung hat ergeben, dass Sie an diesem Abend die vorgeschriebene Geschwindigkeit deutlich überschritten haben, Commandant. Was war nur mit Ihnen los, dass Sie so schnell nach Saint-Martin gerast sind?«

»Nichts.«

»Nichts?«

»Nichts Besonderes. Ich wollte ihm einfach nur gegenüberstehen und ihm ins Gesicht sagen, dass er sich von meiner Tochter fernhalten soll.«

»Sie hatten also vor, ihm zu drohen?«

Servaz spürte, worauf Rimbaud hinauswollte, genau wie die Fische spürten, wo die Reuse sie hinzog, auch wenn es in dem Moment bereits zu spät für sie war.

»So würde ich das nicht ausdrücken.«

»Wie würden Sie es dann ausdrücken?«

»Warnen. Ich wollte ihn warnen.«

»Wovor?«

»Dass er Ärger bekommen würde, sollte er sich meiner Tochter nähern.«

Rimbaud schien diese Formulierung zu genießen, er deutete

ein Lächeln an, notierte sich etwas in sein Notizbuch und tippte dann etwas in die Tastatur.

»Was für eine Art Ärger?«

»Was nutzt es schon, zu spekulieren? Schließlich habe ich ihn gar nicht gesehen.«

»Aber an welche Art Ärger dachten Sie, Commandant?«

»Machen Sie sich keine Mühe, Rimbaud. Ich spreche von legalem Ärger.«

Ohne große Überzeugung nickte der Commissaire.

»Erzählen Sie mir von Saint-Martin, was ist dort passiert?«

»Ich habe schon alles erzählt.«

»Wie war das Wetter in dieser Nacht? Hat es geschneit?«

»Nein.«

»War es eine sternenklare Nacht? Konnte man den Mond sehen?«

»Ja.«

»Also konnte man so gut sehen wie tagsüber?«

»Nein, nein, nicht wie bei Tag. Aber die Nacht war ziemlich klar, das schon.«

»Okay. Dann erklären Sie mir doch Folgendes: Wenn die Nacht so klar war, wie ist es dann möglich, dass Sie Jensen mit seiner verkohlten Visage à la Freddy Krueger nicht erkannt haben?«

»Das war der Name.«

»Was?«

»Als er sagte, meinetwegen würde er jemandem ähneln, da hat er diesen Namen genannt.«

Unwirsch schüttelte Rimbaud den Kopf, und Servaz verkniff sich ein Grinsen.

»Ja, ja. Aber trotz seiner Visage und des Mondscheins wollen Sie ihn nicht erkannt haben?«

»Er stand unter den Bäumen im Park, etwa dreißig Meter von mir entfernt. Wenn er es war.«

»Bezweifeln Sie das?«

»Wie hätte er da sein können, wenn er doch gleichzeitig bei dieser Berghütte war?«

»Tja, wie auch. Also denken Sie, dass es nicht Jensen war?«
»Das scheint offensichtlich, oder?«
»Haben Sie eine Idee, wer es gewesen sein könnte?«
»Nein«, log er.
»Sie müssen zugeben, dass das schon eine eigenartige Geschichte ist, Servaz.«
Er schwieg.
»Und die Stimme am Telefon? Wer war das dann?«
Servaz zögerte.
»Im ersten Moment habe ich darauf geschlossen, dass es Jensen sein müsste. Doch wenn ich jetzt darüber nachdenke, dann hätte das genauso gut jemand anders sein können. Immerhin stand alles, was gesagt wurde, irgendwann mal in der Zeitung.«
»Hmm. Wem könnte daran gelegen sein? Das kann ich nicht so recht glauben.«
Servaz spürte, wie die Wut in ihm aufwallte. Am liebsten wäre er explodiert, aber er wusste, würde er diesem Drang nachgeben, dann würde Rimbaud das gegen ihn verwenden, um zu beweisen, dass er cholerisch war und leicht die Nerven verlor. Dieser Typ von der Dienstaufsicht zog seine Nummer so geschickt ab wie ein Torero, der auf den besten Moment wartete, um dem Stier den Todesstoß zu versetzen.
»Wo waren Sie in dieser Nacht gegen drei Uhr?«
»In meinem Bett.«
»In Toulouse?«
»Ja.«
»Hat Ihre Tochter gehört, wie Sie heimgekommen sind?«
Rimbaud wusste mehr, als er sich anmerken lassen wollte.
»Nein, sie schlief.«
»Sie sind also von Saint-Martin heimgefahren und haben sich hingelegt?«
»Ganz genau.«
»Was haben Sie für eine Schuhgröße, Servaz?«
»Wie bitte?«
»Ihre Schuhgröße …«

»Zweiundvierzig. Weshalb?«

»Hmm. Sehr gut. Dann habe ich für den Moment keine weiteren Fragen. Ihre Waffe bekommen Sie in ein paar Tagen wieder. Wir halten Sie auf dem Laufenden.«

Er stand auf.

»Servaz ...«

Rimbaud hatte so leise gesprochen, dass er ihn fast nicht gehört hätte. Er drehte sich um.

»Ich nehme Ihnen das Ganze keine Sekunde lang ab. Und ich werde beweisen, dass Sie gelogen haben.«

Servaz betrachtete den Polizisten der Dienstaufsichtsbehörde, hätte fast etwas erwidert, überlegte es sich dann aber anders, zuckte mit den Schultern und ging.

30
VÖGEL

»Deine Labarthes sind ein paar schräge Vögel.«

Er saß auf der Terrasse des Café des Thermes, am Boulevard Lazare Carnot, in Begleitung von Lhoumeau, dem Ermittler bei der Sitte. Nach dieser lapidaren Feststellung nahm er einen Schluck Bier. Durch dieses ständige nach Sonnenuntergang Um-die-Häuser-Ziehen, um auf den Straßen draußen »herumzuschnüffeln« oder die Bars im Bereich Matabiau-Bayard-Kanal im Auge zu behalten, war sein Teint ganz grau geworden, und er hatte *Kingsize*-Tränensäcke unter den Augen. Die eingefallenen Wangen und die knochige Nase – die von einem feinen Adernetz überzogen war, zweifelsohne einem Hang zu Hochprozentigem geschuldet – verliehen ihm das Aussehen einer Nachteule. Sein fieberhafter Blick war immer wachsam.

»Wir haben sie mehrfach geschnappt, als sie Nutten anheuern wollten.«

»Alle beide?«

»Alle beide. Die Frau hat ausgesucht.«

Servaz wusste, dass sich etwa hundertdreißig Frauen in Toulouse prostituierten, hauptsächlich Bulgarinnen, Rumäninnen, Albanerinnen und Nigerianerinnen. Fast alle gehörten irgendwelchen Netzen an und tingelten von einer Stadt zur nächsten oder gar von einem Land zum nächsten. »Die Kehrseite Europas«, wie Lhoumeau es nannte. Er zog an seiner Zigarette, um sich aufzuwärmen.

»Ein Mädchen hat auch Anzeige gegen sie erstattet: Sie sei gegen ihren Willen auf einer SM-Party gelandet und dort misshandelt worden. Aber sie hat ihre Anzeige zurückgezogen. Danach ist das Pärchen aufs Land umgesiedelt.«

»Ich weiß«, erwiderte Servaz finster.

»Wieso interessierst du dich für sie?«

»Sie tauchen in einer Sache auf...«

Der Polizist mit dem eulenähnlichen Erscheinungsbild zuckte mit den schmalen Schultern.

»Okay. Du kannst nicht mehr sagen, verstehe schon. Du solltest aber wissen, dass die Labarthes so richtig durchgeknallte Spinner sind... Irgendwann wird bei einer ihrer verfluchten Partys mal so richtig was schiefgehen. Ich habe schon immer gedacht, dass das dann Aufgabe der MK ist.«

»Wie meinst du das?«

Servaz hatte das Buch von Labarthe zwischen ihnen auf den Tisch gelegt. Der Himmel hing grau und tief über Toulouse. Im Dezemberlicht wirkte das Vogelgesicht von Lhoumeau fast wie eine Maske.

»Die Partys, die sie organisierten, waren immer von einer gewissen Brutalität. Da ging es manchmal richtig zur Sache. Die Labarthes hatten viele Beziehungen ins Sexmilieu von Toulouse. Und genau wie ihre reichen Gäste waren sie ganz versessen darauf, neue Erfahrungen zu machen, neue Empfindungen zu erleben.«

»Neue Empfindungen erleben.« Das klang fast so, als sollte man das weiterempfehlen. Servaz dachte an ähnliche Partys, die Julian Hirtmann in seiner Villa am Genfer See veranstaltet hatte, damals, als er Staatsanwalt in Genf war. Noch so eine Gemeinsamkeit.

»Woher weißt du das alles?«

Die Nachteule zuckte abermals mit den Schultern, vermied es jedoch, ihn dabei anzusehen.

»Ich weiß es eben. Das ist alles. Es gehört zu meinem Job, solche Dinge zu wissen.«

»Brutal in welcher Hinsicht?«

»Das Übliche. Aber manchmal entgleiste es ein bisschen, manchmal ging es zu weit. Ein paar der Mädchen wollten deswegen Anzeige erstatten, wurden aber davon abgehalten.«

»Von wem?«

»Zuerst vom Geld. Labarthes Gäste hatten genug davon. Sie

bezahlten sogar Eintritt. Und dann gehörte ein Haufen mächtiger Leute zu ihnen, Richter, Politiker – sogar Bullen ...«

Immer dieselben Gerüchte, dachte Servaz. Diese Stadt liebte ihre Gerüchte. Er kniff die Augen zusammen, musterte Lhoumeau etwas intensiver.

»Geht es nicht etwas genauer?«

»Nein.«

Langsam, aber sicher war Servaz von Lhoumeaus Haltung genervt. Er nahm an, dass er sich nur aufspielte, ohne so viel zu wissen, wie er vorgab. Servaz sah zu einem jungen Pärchen, das sich fünf Meter von ihrer Terrasse entfernt küsste; er lehnte an einem Auto, sie an ihm.

Dann konzentrierte er sich wieder auf Lhoumeau, und auf einmal verstand er: Lhoumeau hatte daran teilgenommen. Er wäre weder der erste noch der letzte Ermittler, der sich in illegalen Spelunken, Spielkreisen oder auf Sexorgien herumtrieb.

»Die Frau war am schlimmsten«, sagte Lhoumeau da unvermittelt.

»Wie das?«

»Domina, du weißt, welcher Typ. Aber es war nicht nur das. Sobald sie eine Schwachstelle bei einem Mädchen entdeckte, zielte sie genau darauf ab. Sie erregte die anwesenden Männer, ließ die Sporen spielen wie ein Cowboy, stachelte die anderen mit Worten und Gesten an. Sie ermutigte sie dazu, sich gehen zu lassen, keine Hemmungen zu haben. Manchmal hatten sich zehn Männer um ein Mädchen versammelt. Ein richtiger Zoo ... Und je ängstlicher das Mädchen wurde, umso mehr törnte es sie an. Die Frau jagt einem eine Scheißangst ein, echt ...«

»Warst du dabei?«

Lhoumeau räusperte sich. Er schien sich fast übergeben zu müssen.

»Einmal, ja ... ein einziges Mal. Frag mich nicht, was ich dort zu suchen hatte.«

Er sah, wie Lhoumeau schluckte und ihm einen eigenartigen Blick zuwarf.

»Halte dich von dieser Tussi fern. Glaub mir.«

»Und er?«

»Ein Intellektueller. Einer, der von sich eingenommen ist. Arrogant, eingebildet, aber den einflussreichsten seiner Gäste devot zugewandt. Ein richtiges Backpfeifengesicht. Hält sich für eine Koryphäe, ist aber nichts weiter als ein Mitläufer. Von den beiden hat sie die Hosen an.«

Charmantes Pärchen, dachte Servaz, als er seine Zigarette ausdrückte. Das junge Pärchen auf dem Boulevard stand nicht mehr eng umschlungen da. Plötzlich verpasste das Mädchen dem Jungen eine Ohrfeige und lief weg.

Er dachte an Margot. Das Mädchen hier war ein paar Jahre jünger, aber es ähnelte ihr ein bisschen. Und ganz offensichtlich hatte die junge Frau einen ebenso ausgeprägten Charakter. Auf dem Weg hierher hatte er sich vorgenommen, sich mit seiner Tochter zu treffen. Jetzt fragte er sich, wie sie es wohl aufnehmen würde, wenn er ihr verkündete, dass er nicht bleiben würde. Vermutlich wäre sie sauer. Sie war kein Typ, der einlenkte. Mit einem Mal fühlte er sich nicht stark genug, sich einer neuerlichen Auseinandersetzung zu stellen.

Er war am Ende des Nachmittags wieder zurück, als die Sonne schon seit geraumer Zeit hinter den Gipfeln verschwunden war. Der Himmel über den Bergen war rot, der Schnee hatte eine rosa Färbung angenommen, und das Wasser im Fluss, der daran entlangfloss, erinnerte an eine Kupferplatte. Er fuhr aus dem Tal heraus, die Hänge hinauf, und flauschige Flocken wirbelten um ihn herum. Ganz offensichtlich hatte der Schneepflug hier noch nicht geräumt, er musste höchst konzentriert bis zum Hotel weiterfahren. Ein-, zweimal brach sein Heck am Rand eines Abgrunds aus und jagte ihm einen riesigen Schrecken ein; als er schließlich parkte, hatte er leicht zittrige Knie.

Wie jeden Abend legte sich ein dunkler Schleier über alles, und das tiefer liegende Tal wurde langsam vom Nebel verschluckt. Die kleinen Lichter in den Dörfern gingen an und leuchteten im Nebel auf, der so an ein blaues Tuch erinnerte, das Feuer gefangen hatte; der Wald über dem Hotel wurde immer dunkler. Für das herannahende Weihnachten hatte der Hotelier eine gelb-rote Girlande am Vordach angebracht. Ihr Blinken schien das einzige Lebendige in der zunehmenden Finsternis zu sein.

Servaz traf Kirsten an der Bar des Hotels an, wo sie sich gerade mit dem Hotelier unterhielt. Sie hatte etwas Farbe bekommen, und ihre Haare schienen durch die Sonne und die Reflexionen auf dem Schnee etwas heller geworden zu sein. Vor ihr stand eine heiße Schokolade. So schön, dachte er. Und sie würden noch eine Nacht zusammen verbringen müssen.

»Und?«, fragte er.

»Hier ist nichts los. Die Frau hat Gustav heute Morgen in die Schule gebracht und mittags wieder abgeholt. Nachmittags ist eine Frau zum Saubermachen gekommen. Gustav hat draußen einen Schneemann gebaut. Ihn hat man seit heute Morgen nicht gesehen. Er ist wohl in Toulouse ...«

Sie zögerte.

»Das ist irgendwie viel zu normal.«

»Was meinst du damit?«

»Ich frage mich, ob sie uns vielleicht entdeckt haben.«

»So schnell?«

»Sie sind äußerst wachsam. Und dein Labarthe hat möglicherweise mit dem Hotelier hier gesprochen.«

Er zuckte mit den Schultern.

»Ein Touristenpaar in einem Hotel, das wird hier ja wohl ab und an vorkommen. Du bildest dir da was ein. Dass sie sich normal verhalten, das ist doch ganz normal«, sagte er mit einem Lächeln.

31
LASST, DIE IHR EINGEHT, JEDEN STOLZ FAHREN

Er legte das Buch von Labarthe weg. Enttäuscht. Eine Fiktion, basierend auf Tatsachen, ein gefälschtes Tagebuch, nullachtfünfzehn, nicht von Interesse.

Alles, was darin beschrieben wurde, war nachgewiesen. Labarthe hatte jedoch noch persönliche Überlegungen hinzugefügt, indem er sich in die Lage eines Mörders hineinversetzte. Heraus kam dabei ein hochtrabendes, anmaßendes Werk, das sich für Literatur erachtete.

Servaz dachte wieder an das, was sein Vater ihm immer gesagt hatte, als er seine ersten Texte schrieb: »Verzichte auf anspruchsvolle, gelehrte Wörter an den Stellen, wo einfache genügen.« Erst später hatte er herausgefunden, dass der Satz gar nicht von ihm, sondern von Truman Capote stammte. Was er da vor sich hatte, war elaboriert, gefällig, prahlerisch.

Hatte sich Hirtmann wirklich durch eine solche Lektüre blenden lassen? Stolz machte bekanntlich blind. Das Porträt, das Labarthe in diesem fiktiven Tagebuch von ihm gezeichnet hatte, war ein hagiografisches; man spürte die Faszination, die die Taten des Schweizers beim Schreiberling hervorriefen. Vielleicht hatte er von genau denselben Dingen geträumt und sich nur nicht getraut, sie in die Tat umzusetzen? Bestimmt war es nicht die Moral, die Labarthe davon abhielt, sondern vielmehr die Angst vor dem Gefängnis, schließlich wusste jeder, was im Knast mit Leuten wie ihm passierte, und Labarthe machte nicht den Eindruck, als wäre er besonders mutig. Warum hatte er dann zugestimmt, Gustav bei sich aufzunehmen? Warum war er ein solches Risiko eingegangen? Hatte der Schweizer sie in irgendeiner Form dazu gezwungen?

Servaz hatte schon zwei Verbindungen entdeckt: die Sadomaso-Partys und das Buch. Gab es noch andere? Kirsten schlief. Einen Moment lang betrachtete er ihr Profil. Wie viele Erwachsene erinnerte sie im Schlaf an ein Kind, als würden wir jede Nacht wieder zu unseren Ursprüngen zurückkehren.

Er griff zum Fernglas und stellte sich ans Fenster. Erstarrte sofort. Aurore Labarthe war soeben an eines der Fenster im ersten Stock getreten, dem einzigen Zimmer, in dem noch Licht brannte. Sie trug ein äußerst eng anliegendes Lederoutfit – man hätte sie für eine Bikerin halten können – und sah in Richtung des Hotels. Ihr Outfit hatte in der Mitte einen Reißverschluss, der bis zum Schritt hinunterreichte. Servaz sah, wie ihre Finger nach oben zum Reißverschluss wanderten und diesen langsam aufzogen. Er bekam einen ganz trockenen Hals und ging einen Schritt zurück, um nicht entdeckt zu werden.

Als der Reißverschluss auf Höhe des Bauchnabels war, zog Aurore Labarthe das weiche Leder über ihr linkes Schlüsselbein, entblößte ihre Schulter. Dann drehte sie sich um. Er konnte das Schulterblatt erkennen und der Linie der Halswirbel unter ihren hochgesteckten Haaren nach oben folgen. Das weiche Leder glitt weiter nach unten, gab die zweite Schulter frei, die Oberarme, wie ein Schmetterling, der aus seinem Kokon schlüpfte. Als der gesamte Oberkörper von seiner Lederhülle befreit war, musste Servaz schlucken.

Sie war nackt bis zur Taille. Doch das Leder folgte dem Gesetz der Schwerkraft weiter nach unten, und Servaz sah gerade oberhalb des Fensterrands zwei perfekte runde Pobacken auftauchen. Ein heißer Blitz durchzuckte seinen Unterleib. Gerne wäre er mit der Zunge über seinen Gaumen gefahren, aber sein Mund war ganz trocken. Genau da drehte sie sich noch einmal um. Sehr glatte Haut. Sie führte eine Hand zwischen ihre Schenkel und starrte dabei unverwandt zum Hotel.

Ein Ritual, sagte er sich. *Jemand beobachtet sie bei dem, was sie da tut.*

Der Hotelier?

Exhibitionismus gehörte ganz offensichtlich auch zu den kleinen Vergnügungen, denen sich Aurore Labarthe in ihren Mußestunden hingab. Wusste ihr Mann davon? Vermutlich. Die beiden waren auf der gleichen Wellenlänge.

Er zoomte auf das Geschlecht der Frau, die Stelle, an der ihre Finger mit den langen, perlmuttfarbenen Fingernägeln zwischen ihren versteckten Schamlippen aktiv waren. Dann wanderte sein Blick nach oben. Sie hatte den Kopf in den Nacken geworfen, doch trotz der leichten Unschärfe war der harte Ausdruck in ihrem Gesicht, das wilde Aufblitzen hinter ihren halb geschlossenen Lidern wie ein Schock für ihn. Das war das Gesicht eines Raubvogels, einer Hexe, und unweigerlich musste er an Lhoumeau denken. Jäh flaute seine Erregung ab. All diese Menschen, die vom schwarzen Herzen der Menschlichkeit angezogen wurden. Ihm war leicht schlecht, und er wollte nur weg von hier, weit weg. Bis wohin waren sie bereit zu gehen?

Er hatte genug gesehen und wandte sich ab.

Betrachtete Kirsten, die noch immer den Schlaf der Unschuldigen schlief. Als Zuflucht vor ihren Albträumen am Tag. Dafür empfand er eine ganz eigentümliche Dankbarkeit.

Er hatte sich an der Kreuzung des Markts Victor Hugo platziert, in einer dunklen Ecke, in der sich sein Schatten mit anderen vermischte, und stand dort neben ein paar großen Müllcontainern. Von dort aus sah er perfekt zum Balkon, zu den großen Panoramafenstern des Wohnzimmers, zur beleuchteten Küche, und gleichzeitig hatte er auch die Umgebung des Gebäudes im Blick.

Hin und wieder kamen ein Auto, ein Pärchen oder eine Person allein oder in Begleitung eines Hundes durch die Straße, dann zog er sich noch weiter in den Schatten zurück. Schon seit Langem hatte er den Typen im Auto in etwa zehn Metern Entfernung ausgemacht. Die Kühlerhaube zeigte zum Eingang des Gebäudes, und der Typ konnte ihn nicht sehen, es sei denn, er warf einen Blick in den Rückspiegel, er stand nämlich hinter ihm. Auch deshalb achtete er darauf, sich möglichst wenig zu bewegen.

Also hatten sie die Überwachung nach Jensens Tod nicht eingestellt.

Über Kopfhörer lauschte er dem ersten Satz der *Symphonie Nr. 7 – langsam, allegro risoluto, ma non troppo.*

Er dachte an Martin in diesem Hotel und lächelte. Ob er wohl die Norwegerin flachlegte? Hirtmann hätte wetten können, dass dem nicht so war. Unterdessen beobachtete der Schweizer den Balkon und die Fenster, hinter denen ab und an die Silhouette von Margot vorbeilief. Er hatte noch nicht entschieden, was er als Nächstes tun würde. Noch einmal so wie bei Marianne vorzugehen, schien ihm erbärmlich monoton. Noch dazu mit der Überwachung, die alles etwas erschwerte.

Doch er brauchte Martin. Er musste ihm irgendwie Druck machen. Für Gustav.

Gut, sagte er sich. *Legen wir los.*

Er kam aus seinem Versteck hervor und ging den Gehsteig entlang wie jemand, der sich verspätet hatte, eine Flasche Champagner in der Hand. Kam an dem Auto vorbei, bemerkte, dass der Polizist am Steuer den Kopf zu ihm umwandte, ihn im Vorbeigehen ansah.

Im letzten Stock des Gebäudes war gerade eine Party im Gange, also zwei Stockwerke über Servaz' Wohnung. Die Musik war bis nach draußen zu hören, die Bewohner hatten wohl die Fenster geöffnet. Hirtmann blieb vor der Glastür stehen. Tat so, als würde er die Gegensprechanlage betätigen und dann etwas sagen. Tatsächlich hatte er aber schon längst den Eingangscode herausgefunden. Eine ältere Dame hatte ihn vor seinen Augen eingegeben, während er in einem perfekt sitzenden Anzug dabeigestanden und vorgegeben hatte zu telefonieren: »Ja, ich bin's, gib mir bitte den Code durch, die Sprechanlage funktioniert nicht.«

Er wartete, bis die Tür summte. Dann drückte er sie auf. Kein Polizist im Eingangsbereich.

Julian Hirtmann ging weiter zum Aufzug, betätigte den Knopf, nahm aber die Treppe, die sich um den vergitterten Aufzugschacht schlängelte. Im zweiten Stock befand sich ein weiterer

Polizist, saß auf dem Treppenabsatz auf einem Stuhl in der Nähe der Tür. Er sah von seiner Zeitung auf. Hirtmann gab sich überrascht: Immerhin traf man nicht jeden Tag jemanden Zeitung lesend auf einem Treppenabsatz an.

»Guten Abend«, sagte er. »Ähm ... wo geht's zur Party?«

Verdrossen und ohne etwas zu sagen, zeigte der Polizist nach oben. Wie oft hatte er diese Geste heute Abend schon vollführt? Dennoch war er ein Profi, kniff die Augen zusammen und musterte ihn.

»Danke«, sagte Hirtmann und ging weiter.

Er blieb nicht vor der Wohnung stehen, in der die Party stattfand, sondern ging weiter hinauf bis zu einer niedrigen Tür – gerade mal einen Meter dreißig hoch –, die zu einem Dachboden führte. Julian Hirtmann setzte sich auf die letzte Stufe, entkorkte den Champagner, setzte den Kopfhörer wieder auf und nahm einen Schluck aus der Flasche. Das war ein ausgezeichneter Champagner. Ein trockener Blanc de Blancs Armand de Brignac.

Zwei Stunden später tat ihm der Hintern weh, und seine Knie schmerzten, als er sich aufrichtete. Er wischte sich seinen Allerwertesten ab, dann schwankte er bis zu Servaz' Stockwerk hinunter, wobei er sich schwer auf das Treppengeländer stützte.

»Sssie sssind ja noch da?«, lallte er dem Beamten betrunken zu, der dieses Mal eine Tasse Kaffee in der Hand hatte. »Wasss ham Sssie hier zu sssuchen? Woh'n Sssie vielleich hier?«

Der Polizist warf ihm einen genervten Blick zu und trat auf den Kerl mit dem trunken herumbaumelnden Kopf und dem schwankenden Gang zu.

»Was ham Sssie hier draußßßen zu sssuchen? Hat Ihre Frau Sssie rausssgeworfn oder wasss?«

Er kicherte dümmlich, hob den Zeigefinger an die Nase.

»Müssn Sssie die ganzzze Nacht hier verbringen, echt jetz? Dasss sssoll ich Ihnen abkaufen?«

»Wenn Sie jetzt bitte gehen würden«, sagte der Polizist genervt.

Hirtmann runzelte die Stirn und schwankte noch mehr.

»Hey, oh! Ssso redess du nich mit mir, okay?«

Eine blau-weiß-rote Karte tauchte in der Hand des Mannes auf.

»Kümmern Sie sich um Ihre Angelegenheiten, gehen Sie weiter.«

»Ah, ssssoo ... wer wohnt denn hier, hmmmm?«

»Verschwinden Sie.«

Hirtmann tat, als würde er stolpern, wobei er dem Polizisten den Kaffeebecher aus der Hand schlug. Ein brauner Fleck breitete sich auf seinem hellblauen Hemd und seiner grauen Jacke aus.

»Scheiße, Mann!«, schrie der Mann und stieß ihn unsanft von sich. »Ich hab gesagt, du sollst verschwinden, Arschloch!«

Hirtmann fiel nach hinten, landete auf dem Po. Die Tür zur Wohnung ging auf, und Margot Servaz tauchte barfuß in Morgenmantel und Pyjama mit zerzausten Haaren auf. Obwohl sie dunkle Schatten unter den Augen hatte und erschöpft wirkte, ging ein Strahlen von ihrem Gesicht aus, so frisch wie ein Frühlingsmorgen. Der Schweizer entdeckte Ähnlichkeiten mit ihrem Vater, zum Beispiel dieser kleine Höcker auf der Nase.

»Was ist hier los?«, fragte sie, eine Hand am Türgriff, und schaute zwischen ihm und dem Polizisten hin und her.

Er sah, wie dessen Nervosität zunahm, während sein Blick zwischen ihm und Servaz' Tochter hin und her wanderte.

»Gehen Sie rein! Gehen Sie rein, und schließen Sie ab!«

Jetzt hatte der Polizist die Waffe auf ihn gerichtet und funkte einen Kollegen an.

»Komm hoch, ich hab hier ein Problem!«

Hirtmann saß noch immer auf dem Boden, als der zweite Polizist kurz darauf auftauchte. Der aus dem Auto. Sie waren also nur zu zweit.

»Nimm diesen Besoffenen mit runter und bring ihn raus, verdammte Scheiße!«

Am Sonntagmorgen sahen Servaz und Kirsten, dass im Chalet irgendwelche Vorbereitungen im Gange waren: Skier und Snowboards wurden auf dem Dach des Volvos fixiert, Kleidung kam in den Kofferraum, ein Picknickkorb auf den Rücksitz, mehrmals ging jemand zwischen dem Haus und dem Fahrzeug hin und her. Die Labarthes und Gustav stiegen ins Auto, Labarthe wendete und fuhr dann am Hotel vorbei.

Ein Tagesausflug. Kirsten und Servaz wechselten einen Blick.

»Sehr schlechte Idee«, ließ sie ihn wissen.

Zur Mittagszeit hatte sich dichter Nebel festgesetzt, und das Chalet war nur noch als undeutlicher Umriss in dieser Suppe auszumachen. Zu diesem Zeitpunkt waren Servaz und Kirsten mit den Schneeschuhen oberhalb des Dorfes unterwegs, in der Nähe des Col du Couret; der Hotelier hatte ihnen versichert, die Schneedecke sei stabil.

Keuchend blieb Servaz am Waldrand stehen und betrachtete die Dächer, die kaum sichtbar unterhalb von ihnen waren, dann sah er zu Kirsten.

»Bei dem Wetter kommen sie bestimmt bald zurück«, fügte sie hinzu, um ihn von dem abzubringen, was sie in seinem Blick zu lesen glaubte.

»Nimm das Auto«, sagte er. »Fahr ins Dorf runter. Und gib mir Bescheid, wenn sie auftauchen.«

Er überprüfte sein Handy und zeigte ihr das Display.

»Alles gut, ich habe Netz.«

Dann ging er mit großen Schritten den Hügel hinunter und verschwand im Nebel.

Er sah die schwarze Silhouette des Chalets langsam aus dem Nebel auftauchen, und es war noch stattlicher als in seiner Vorstellung. Wie viele Zimmer hatte es wohl? Er ging an der Seite entlang, die dem Hotel abgewandt war. Aus der Nähe erkannte Servaz, dass es einmal ein Bergbauernhof gewesen sein musste, der umgebaut worden war: Man sah den Sockel aus Stein, wo einst Mensch und Tier untergebracht waren, und darüber den Holzbau, wo früher Heu und Getreide gelagert wurden.

Alles war – vermutlich von einem Architekten und mit den

entsprechenden finanziellen Mitteln – umgebaut, neu gestaltet und für möglichst viel Licht im Inneren mit großen Fensterflächen versehen worden, ganz im Stil von Architekturzeitschriften. Gewissermaßen war das hier das architektonische Pendant zur Schönheitsoperation: Alle sanierten Fassaden ähnelten einander letzten Endes.

In manchen Skistationen der Alpen hätte ein solches Domizil mehrere Millionen Euro gekostet. Doch aus der Nähe sah man, dass die schwarz angelaufene Holzverkleidung eine Verjüngungskur gebraucht hätte, und auch die vom Nebel umwaberten Fenster- und Türrahmen schienen in miserablem Zustand zu sein. Selbst mit dem Gehalt eines Universitätsprofessors stellten Kauf und Unterhalt eines solchen Gebäudes anscheinend einen sehr großen Budgetposten dar. Neigten die Labarthes etwa zu Größenwahn? Oder hatten sie versteckte Einkünfte? Gab es bei ihnen finanzielle Engpässe? Servaz nahm sich vor, am nächsten Tag seine Kollegen beim Finanz- und Wirtschaftsdezernat anzurufen.

Er hatte wieder festen Grund unter den Füßen, als er auf die Erdaufschüttung trat, auf der das Haus am Hügel errichtet worden war. Der Boden bestand aus großen Kieselsteinen, die in Beton eingelassen waren. Dann ging es eine Stufe hinauf, und er stand auf unbehandelten Holzdielen, die sich ebenfalls um das ganze Chalet erstreckten. In den Ecken lag Schnee; einen Meter von ihm entfernt befand sich ein Dienstboteneingang aus Holz. Kein Alarmsystem und auch kein Sensor waren zu sehen. Allerdings musste er einräumen, dass es bereits eine Leistung war, überhaupt bis hierher zu kommen.

Servaz sah sich um. Keiner da. Wie vor dem Haus von Jensen holte er seine Schlagschlüssel aus der Jackentasche. Wenn er so weitermachte, dann könnte er beruflich noch mal umsatteln. Er sah sich das Schloss an. Im Gegensatz zur Tür war es vor Kurzem ausgetauscht worden. Umso besser. Verrostete Schlösser waren immer schwer zu knacken.

Sieben Minuten und fünfunddreißig Sekunden später war er

drinnen. Ein kleiner Wasch- und Heizraum mit einer Waschmaschine und einem Trockner, in dem es angenehm warm war und gut nach Waschmittel roch. Er kam an Metallregalen vorbei, ging den Gang hoch und gelangte in ein Wohnzimmer mit hoher Decke. Ein pyramidenförmiger Kamin thronte in der Mitte des Raumes, darüber ein offener Rauchabzug. Bei klarem Wetter musste man durch die verglasten Fronten einen beeindruckenden Panoramablick haben. Eierfarbene Ledersofas, Stein, helles Holz, Schwarz-Weiß-Fotos, ein Dachgebälk, das einer Kirche zur Ehre gereicht hätte, Strahler: Was die Deko betraf, schienen sich die Labarthes mit dem Geschmack der breiten Masse zu begnügen.

Draußen zogen Nebelschwaden über die Terrasse, als wäre es die Brücke eines Geisterschiffs.

Vorsichtig ging er ein paar Schritte weiter. Die hier herrschende Stille hatte etwas Irreales. Er suchte nach dem kleinen roten Punkt eines Bewegungsmelders, entdeckte aber nichts. Danach startete er seine Suche, mied jedoch die Fenster, die nach Osten gingen und auch bei diesem Wetter vom Hotel aus zu sehen waren.

Sechzehn Minuten später musste er sich eingestehen, dass im Hauptraum und in der Küche nichts zu finden war.

Er prüfte und testete die drei Fernbedienungen: die des 48-Zoll-Flachbildfernsehers, die des Decoders darüber und die der brandneuen Stereoanlage.

Auch da nichts zu finden.

Das Büro von Labarthe war kaum weniger enttäuschend. Ein Raum, der an zwei von vier Seiten verglast war, eingezwängt wie eine Ecke zwischen zwei Flügeln des Chalets. Angesichts der Interessen von Labarthe war auch bei seiner Lektüre nichts großartig überraschend: Bataille, Sade, Guyotat – und auch Deleuze, Foucault, Althusser … Labarthes eigenen Büchern war ein besonderer Platz vorbehalten. Auf dem Schreibtisch ein Mac, eine Architektenlampe, ein Brieföffner mit Ledergriff. Ein Haufen Rechnungen und unentzifferbare Notizen, vielleicht für einen Kurs oder für sein nächstes Buch.

Ein schmaler Gang nach dem Büro. Servaz kam zu einem Badezimmer am hinteren Ende sowie zu einer Sauna und zu einem Zimmer, das mit Ruder- und Hantelbank, einem Boxsack und einem Hantelgestell in einen Trainingsraum verwandelt worden war.

Er machte kehrt. Ging die breite Treppe hinauf. Im ersten Stock befanden sich drei Zimmer, ein Badezimmer und eine Toilette.

Die beiden ersten Zimmer waren leer; das letzte war Gustavs Zimmer – das stand in großen blauen Buchstaben auf der Tür. Er stieß die Tür auf und spürte, wie seine Körpertemperatur ein paar Grad anstieg und er von Nervosität und Aufregung erfasst wurde, hier am zentralen Punkt des stillen Hauses.

Es war so dekoriert, wie man sich das bei dem Zimmer eines kleinen Jungen vorstellte.

Poster an den Wänden, Bilderbücher auf einem Regal, auf dem Bettbezug unzählige Spidermen, die sich in allen möglichen akrobatischen Verrenkungen darauf entlanghangelten, Spielzeug und Plüschtiere – darunter ein ein Meter großer Elch oder Karibu. Servaz trat näher, sah sich das Etikett an:

Made in Norway.

Bleib nicht hier.

Er warf einen Blick auf die Uhr. Die Zeit verflog nur so. Er ging zum Bett, sah es sich genau an, wie auch die Kinderkleidung in der Kommode. Und dann fand er, was er suchte: ein blondes Haar. Sein Puls beschleunigte sich. Er holte ein durchsichtiges Plastiktütchen aus seiner Jackentasche und legte das Haar hinein. Am liebsten hätte er das Zimmer von oben bis unten durchsucht, aber er wusste nicht, wie viel Zeit er noch hatte, und ging hinaus. Zurück zur Treppe, die unter das Dach führte. Seine Beine zitterten. Er ging die Stufen bis zu dem kleinen Treppenabsatz hinauf. Hinter einer offen stehenden Tür das elterliche Schlafzimmer. Er ging hinein, lief über einen dichten, sandfarbenen Schlingenteppich. Die Landschaft hinter der Balkontür war weiß und neblig, und Servaz erblickte eine große, schneebedeckte Tanne. Er dachte an die Aussicht, die Hirtmann aus seiner Zelle gehabt hatte.

Fast alles in diesem Zimmer war weiß: die Holzverkleidung an der Dachschräge, das Bett, der Teppich. Ihm fiel wieder die naturfarbene Tunika ein, die Aurore Labarthe getragen hatte, als er sie zum ersten Mal sah.

Das Bett war nicht gemacht. Kleidungsstücke lagen darauf, wie auch auf einem Stuhl. Er trat näher, schnüffelte von beiden Seiten des Bettes an den Laken. Ihr Parfüm war schwer, penetrant; es hatte sich in den Laken festgesetzt. Er öffnete die Schubladen des Nachttisches. Zeitschriften, Ohropax, eine Schlafmaske, ein Röhrchen mit Paracetamol und eine Lesebrille.

Weiter nichts.

Die beiden angrenzenden Ankleidezimmer – eines für sie, eines für ihn – waren in etwa so groß wie ein studentisches Einzimmerappartement. Jeans, Kleider, mehrere Outfits aus weißem oder schwarzem Leder für Madame, bei Monsieur fand er Jacketts, Hemden, Pullover und Anzüge vor.

Scheiße.

Als er sich sicher war, dass er auch hier nichts finden würde, ging er wieder hinunter ins Erdgeschoss. Trat in die Küche. Eine Tür neben dem riesigen Gefrierschrank. Die war ihm schon zuvor aufgefallen. Er öffnete sie. Eine Wendeltreppe aus Beton ... er schaltete das Licht ein, ging Stufe um Stufe nach unten.

Sein Puls raste geradezu, als er sich in den Schoß des Hauses aufmachte. Vielleicht wurde er ja hier fündig ...

Die Treppe führte zu einer Metalltür. Er drehte den Türknauf. Sein Puls überschlug sich geradezu.

Der Türflügel leistete etwas Widerstand, dann gab er quietschend nach. Neuerliche Enttäuschung: Die Tür führte zur großen Garage, die man vom Hotel aus sehen konnte. Ihr Zweitwagen war ein kleiner SUV. Rasch ging er einmal durch die Garage, dann wieder hinauf ins Erdgeschoss. Frustration und zunehmende Ungeduld übermannten ihn.

Nachdenklich sah er nach draußen. Der Tag neigte sich dem Ende zu. Plötzlich hatte er eine Eingebung.

Aber natürlich, warum hatte er nicht schon früher daran gedacht?

Er ging wieder ein Stockwerk hinauf. Der kleine Treppenabsatz vor der elterlichen Suite. Ein Blick nach oben: Da war die Falltür zum Dachboden.

Aus einem angrenzenden Raum holte er einen Stuhl, stellte sich darauf und streckte die Hand nach dem Griff aus. Unerreichbar für Gustav, dachte er. Quietschend öffnete sich die Tür – ein Schlund der Finsternis –, dann ließ er die Metallleiter nach unten gleiten und stellte den Stuhl zurück an seinen Platz.

Er kletterte die Stufen hinauf, die unter seinen Schritten federten. Ein Schalter ganz in der Nähe des Schlunds. Er betätigte ihn. Flackernd leuchtete eine Neonröhre auf; er kletterte weiter nach oben, streckte den Kopf durch die Öffnung.

Er hatte ihn gefunden.

Den geheimen Zufluchtsort der Labarthes, ihren »Garten der Lüste«. Kein Zweifel. An der Wand ihm gegenüber prangten gotische Buchstaben in einem Rahmen:

> LASST, DIE IHR EINGEHT,
> JEDEN STOLZ FAHREN
> KEHRT EIN IN DIE TYRANNISCHE KRYPTA
> ZEIGT KEIN MITLEID MIT UNS
> STREBT NACH WEISHEIT UND WOLLUST
> LASST JEDE STUNDE KÖSTLICH WERDEN
> LEIDET UND SCHREIT
> GEBT EUCH HIN

Die bloße Vorstellung hatte etwas Bedrückendes für ihn.

Die unendliche Weite der Schleifen, Umwege und Windungen des menschlichen Geistes konnte einen durchaus schwindeln lassen. In jeder anderen Situation hätte dieser Jargon für einen Lacher gesorgt, aber hier hatte er etwas Bedrohliches.

Er schob sich durch die Luke, richtete sich auf dem Dielenboden auf, der mit einer Kunststoffverkleidung versehen und bestimmt abwaschbar war. Auf den ersten Blick hatte der Raum etwas von einem privaten Tanzsalon. Sitzbänke, eine Tanzfläche, eine Bar, eine Stereoanlage, eine schalldämpfende Verkleidung, wie man sie in Aufnahmestudios fand. Hier oben herrschten drückende Hitze und der süßliche Geruch von aufgeheiztem Staub vor.

Dann fiel sein Blick auf eine an der hinteren Wand fixierte Sprossenwand, wie man sie aus Turnhallen kannte. Er mutmaßte, dass diese nicht für Bauchmuskeltraining genutzt wurde. Außerdem entdeckte er einen Flaschenzug und zwei Haken, die in die schräge Decke eingelassen waren. Zwei weitere Haken befanden sich in der Wand. Dazu eine Kamera auf einem Stativ und Material für Videoaufzeichnungen. Ein großer alter Eichenschrank mit eingelassenen Spiegeln ragte etwas weiter hinten auf, direkt neben einer Öffnung ohne Tür, die zu einem anderen Zimmer führte.

Er ging dorthin – durchscheinende Fliesen, eine Umkleide und eine Dusche –, dann wieder zurück ins erste Zimmer. Öffnete den Schrank. Wurde sich bewusst, dass er selbst zu einem Voyeur wurde, als er im Schatten Peitschen, Gummiknebel, Lederbänder, glänzende Ketten und Karabinerhaken betrachtete – alle ordentlich aufgereiht, wie das Werkzeug eines Heimwerkers. Die Labarthes hatten hier genug Material, um ein ganzes Bataillon zu versorgen. Er dachte an Lhoumeaux' Worte über Aurore Labarthe, und ihn schauderte. Wie weit gingen sie bei ihren kleinen Spielchen?

Ein Blick auf die Uhr.

Er war nun schon seit fast einer Stunde hier und hatte noch immer nicht den kleinsten Hinweis auf Hirtmann gefunden.

Du musst hier endlich verschwinden, dachte er.

Auf dem Weg zur Dachluke hörte er es.

Motorengeräusch.

Servaz erstarrte. Es kam zum Chalet ... nein, es war schon hier.

Gerade wurde der Motor abgestellt. *Scheiße!* Er hörte, wie Türen zugeschlagen wurden, und Stimmen, die der Schnee verschluckte. Er sah auf sein Handy. Warum hatte Kirsten ihn nicht gewarnt? Kein Netz! Der Dachstuhl war wohl mit einem Störsender ausgestattet.

An der Dachluke verharrte er. Die Haustür ging gerade auf, drei Stimmen drangen zu ihm nach oben – darunter die helle, fröhliche Stimme von Gustav.

Er saß in der Falle.

Mit feuchten Händen und so vorsichtig wie möglich zog er erst die Leiter, dann die Luke zu sich nach oben. Kurz bevor er sie schloss, betätigte er noch den Lichtschalter.

Dann saß er im Dunkeln da und zwang sich, ruhig und regelmäßig zu atmen, doch es gelang ihm nicht.

32
DIE GEFANGENE MIT DEN HELLEN AUGEN

Es war schon seit geraumer Zeit dunkel geworden. Kirsten beobachtete das beleuchtete Chalet vom Hotel aus. Von Zeit zu Zeit sah sie eine Silhouette an einem der Fenster vorbeigehen.

Was treibst du nur, Martin?

Seit der Volvo unten an den Serpentinen vorbeigekommen war, hatte sie schon ein Dutzend Mal versucht, ihn anzurufen, und ihm ebenso viele Nachrichten geschickt, aber keine Antwort erhalten. Jedes Mal war sie auf der Mailbox gelandet.

Inzwischen war sie bereits seit über einer Stunde auf ihrem Zimmer, und er war noch immer nicht da.

Da musste etwas vorgefallen sein. Hatte er sich einfach nur irgendwo versteckt, oder hatten sie ihn bei sich überrascht? Je mehr Zeit verstrich, umso dringlicher suchte sie nach einer Antwort auf diese Frage. Sollte sie Verstärkung rufen? Mit seinem Eindringen hatte Martin jedoch alle Vorschriften missachtet. Nach den Verdächtigungen, die seit dem Tod von Jensen auf ihm lasteten, wäre das vermutlich das Ende seiner Karriere. Aber war das von Bedeutung? Es kam jedenfalls nicht infrage, Martin diesen beiden Individuen zu überlassen.

Sie spürte, wie ihr Nacken langsam etwas steif wurde und eine Migräne einsetzte, beides vermutlich dem Stress geschuldet. Sie massierte sich den Nacken und nahm im Badezimmer eine Paracetamol-Tablette ein, bevor sie zum Fenster zurückging.

Solange Gustav wach war, würden sie nichts unternehmen. Sie würden warten, bis er schlief. Es sei denn, sie hatten bereits … Sie verdrängte diesen Gedanken. Hatte Hirtmann ihnen von Martin erzählt? Sie musste handeln, etwas unternehmen. Aber was? Noch einmal tippte sie eine Nachricht in ihr Handy ein.

Wo bist du? Antworte!

Verzweifelt starrte sie auf das Display, auf dem sich nichts tat. *Shit!* Vor lauter Anspannung und Sorge stand ihr ganzer Körper so sehr unter Strom, dass sie am liebsten einfach nach draußen gerannt wäre. Warum hatte er auch in dieses Chalet eindringen müssen? Hinter den Fenstern schlängelte sich Gustav aus der Umarmung von Labarthe und rannte lachend davon. Eine berührende Szene aus einem Familienleben voller Frieden und Glück.

Er lag in völliger Dunkelheit auf der Seite da, das Ohr auf den Boden gepresst. Manchmal hob er den Kopf etwas an, wenn das Rattern der Heizung oder eines anderen Geräts sich plötzlich über die Wände übertrug und alle anderen Geräusche überdeckte.

In der Dunkelheit fiel ein dünner Lichtstrahl um den Umriss der Luke nach oben, wie ein mit dem Schweißbrenner ausgeschnittenes Rechteck.

Gustavs spitze Stimme drang manchmal aus dem Erdgeschoss zu ihm nach oben, die Stimmen der Erwachsenen waren weniger deutlich auszumachen. Nicht mehr lange, dann würden sie Gustav zu Bett bringen. Wie lange würde es dauern, bis sie alle tief und fest schliefen? Doch selbst wenn sie irgendwann schliefen, die Dachluke war neben ihrem Zimmer. Er erinnerte sich an das Quietschen, mit dem die Metallleiter aufgeklappt war – die konnte er unmöglich benutzen. Die Alternative dazu: direkt nach unten springen und abhauen.

Er wollte nicht die ganze Nacht hier verbringen. Was, wenn jemand auf den Dachboden kam?

Seine Achseln waren ganz feucht. Die Hitze stieg gewöhnlich auf, und hier auf dem Dachboden war es sehr heiß. Er war durstig, schrecklich durstig, seine Zunge war schon ganz dick und angeschwollen, wie aufgequollener Karton. Sein Ellbogen und seine Schulter wurden langsam ganz steif, weil er schon so lange in derselben Position dalag.

Er sah auf sein Handy. Keine seiner Nachrichten war abgeschickt worden.

Mit dem Hemdärmel wischte er sich über die Stirn und lauschte wieder angestrengt nach unten. Im Erdgeschoss wurde ein Fernseher eingeschaltet. Ein Zeichentrickfilm. Aufgrund des leisen Echos, das zu ihm drang, wusste er, dass die Geräusche aus dem großen Wohnzimmer kamen. Plötzlich hörte er schwere Schritte auf der Etage unter ihm. Jemand war nach oben gekommen. Als Nächstes wurde die Dusche im elterlichen Schlafzimmer eingeschaltet.

Fünf Minuten später kam derjenige aus der Dusche heraus und blieb direkt unter der Falltür stehen.

Servaz' Adamsapfel hüpfte einmal auf und ab. Er hätte schwören können, dass es Aurore Labarthe war. Kam sie jeden Abend nach oben, um ihren geheimen Garten, ihr kleines höllisches Paradies zu betrachten?

Rasch drehte er sich um die eigene Achse und entfernte sich von der Luke. Auf der anderen Seite hatte jemand die Hand nach dem Griff ausgestreckt, um die Luke zu öffnen.

Kirsten warf einen Blick auf die Uhr. Schon zwei Stunden waren vergangen, seit sie ins Hotel zurückgekommen war … Scheiße, sie konnte nicht länger warten. Abgesehen von ein paar Schleiern, die noch in den Tälern hingen, hatte sich der Nebel verzogen –, aber vom Himmel schneiten wieder dicke Flocken herunter. Die Landschaft erinnerte an diese virtuellen, animierten Weihnachtskarten, die man via Mail verschickte. Alles war in eine gelbliche Dunkelheit getaucht.

Da drüben flimmerte etwas im Wohnzimmer: der Fernseher. So langsam konnte sie das nervöse Kribbeln, das sich in ihr ausbreitete, nicht mehr ignorieren. In ihrem Geist hatte sie sich bereits die unterschiedlichsten Szenarien ausgemalt – einige davon höchst unheilvoll. Eine amerikanische Studie hatte nachgewiesen, dass die Ungewissheit für den menschlichen Geist und die Gesundheit des Menschen schlimmer war als eine unangenehme Gewissheit.

Das könnte sie jetzt durchaus bestätigen. Die große Frage war, ob der Schweizer den Labarthes von Martin erzählt hatte oder nicht, ob sie wussten, wie wichtig der Ermittler in seinen Augen war. Die Chancen standen eher gering. Sehr wahrscheinlich hatte Hirtmann ihnen nur die Details mitgeteilt, die sie unbedingt wissen mussten.

Das Licht strömte durch die offen stehende Luke, wie leuchtende Lava mitten in der Nacht aus einem Vulkankrater aufstieg. Servaz hielt den Atem an. Aber derjenige, der darunterstand, hatte die Leiter noch nicht zu sich gezogen. Mit einem Mal befürchtete er, das Hämmern seines Herzens könnte dort unten zu hören sein. Es war Aurore Labarthe, daran bestand kein Zweifel. Ihr schweres, berauschendes Parfüm verströmte sich bis zu ihm nach oben.

Unter ihm bewegte sich niemand und machte auch sonst kein Geräusch. Sah sie gerade zum Dachboden hinauf? Wahrscheinlich. Spürte sie seine Gegenwart? Ahnte sie, dass sich jemand da oben im Dunkeln versteckte?

Genau in dem Moment klingelte es an der Haustür.

Was auch immer sie vorgehabt hatte, sie ließ davon ab, und die Luke schloss sich wieder. Seine Wange klebte am Kunststoffboden, während er langsam wieder zu Atem kam.

Sie drückte ein zweites Mal auf die Klingel. Endlich ging die Tür auf, und Aurore Labarthe erschien. Sie war noch größer, als sie es sich vorgestellt hatte – knapp einen Meter achtzig –, und dabei war sie barfuß. Sie hatte sich einen alten Bademantel übergeworfen, der warm und bequem aussah, ihre Haare waren nass vom Duschen, hatten die Farbe von feuchtem Heu und fielen streng wie ein Vorhang um ihr Gesicht. Sie baute sich vor Kirsten auf. Eine hochgewachsene Silhouette, ein knochiger, muskulöser Körper. Blassblaue Augen, die keine Wärme ausstrahlten.

»*Hi*«, sagte Kirsten mit breitem Lächeln auf Englisch.

Er spitzte die Ohren. Eine neue Stimme. *Und so vertraut ...* Er konnte nicht hören, was gesagt wurde. Er brauchte einen Moment, bis er wusste, weshalb. *Da wurde Englisch gesprochen. Kirsten. Grundgütiger!* Was wollte sie hier? Schon seit geraumer Zeit hatte er einen Druck auf der Blase, wie er jetzt bemerkte. Er stand auf, tastete sich im Dunkeln bis zur Duschwanne vor, wo er sich erleichterte, ohne sich großartig darum zu sorgen, ob er in die richtige Richtung pinkelte. Dann zog er den Reißverschluss hoch und nahm seinen Posten wieder ein.

Alle waren unten. Er musste das Risiko eingehen. Er öffnete die Luke ein paar Zentimeter, und sogleich waren die Stimmen deutlicher zu hören.

»Sprechen Sie Englisch?«, fragte Kirsten auf dem Treppenabsatz.

Madame Labarthe antwortete mit einem kurzen Nicken, ohne ein Wort zu sagen oder sie aus den Augen zu lassen.

»Ich ... ich wohne gerade im Hotel. Ich ... ich bin Architektin in Oslo, in Norwegen ... und seit heute Morgen muss ich ständig Ihr Chalet ansehen.«

Ohne eine Miene zu verziehen hörte die Blondine ihr zu, zeigte sich ihren Ausführungen gegenüber völlig gleichgültig.

»Es fasziniert mich. Ich habe schon Fotos von außen gemacht, als Sie nicht da waren. Aber ich hätte gerne eine Einverständniserklärung von Ihnen, dass ich sie in einer norwegischen Zeitschrift als Beispiel für die französische Architektur in den Bergen verwenden darf. Und wenn Sie es erlauben, dann würde ich mich auch gerne innen umsehen ...«

Das war alles, was ihr eingefallen war. Ausreichend abstrus, um glaubwürdig zu sein. Ihr Vorteil hierbei war es, dass sie nicht an jemanden von der französischen Polizei erinnerte – keiner von denen, mit denen sie sich unterhalten hatte, sprach so perfekt Englisch wie sie – und dass sie einen fremdländischen Eindruck machte. Dennoch hatte ihr Gegenüber bislang keinen Ton von sich gegeben, und auch ihrem Gesicht konnte sie nichts ablesen. Aurore Labarthes Blick bohrte sich in den von Kirsten. Die Norwegerin spürte, wie sich ihre Nackenhärchen aufstellten: Diese Frau verbreitete etwas Eisiges. Einen Moment lang fragte sie sich, ob sie sagen sollte, wer sie tatsächlich war.

»Mir ist bewusst, dass es schon spät ist und dass ich Sie störe. Entschuldigen Sie. Ich komme morgen wieder.«

Mit einem Mal strahlte Aurore Labarthe.

»Aber nicht doch. Kommen Sie herein«, bat sie sie mit breitem Lächeln.

Servaz hörte unten Stimmen, konnte aber nicht verstehen, was gesagt wurde. Ganz offensichtlich drehte sich die Unterhaltung um etwas Harmloses. Kein aggressiver oder bedrohlicher Tonfall. Das beruhigte ihn aber keineswegs. Weiß der Henker wozu die Labarthes in Anwesenheit einer so attraktiven Frau wie Kirsten in der Lage waren, die allein bei ihnen auftauchte. Kirsten hatte sich in die Höhle des Löwen begeben. Jetzt, wo er ihren ganzen Kram auf dem Dachboden gesehen hatte, fragte er sich, ob hier auch schon einmal jemand gegen seinen Willen hergebracht worden war.

Vor lauter Anspannung war er ziemlich erschöpft. Das Ganze entglitt ihnen langsam. War sich Kirsten dessen bewusst? Er musste etwas tun. Er konnte nicht einfach untätig da oben bleiben.

Wieder spitzte er die Ohren, die Unterhaltung unten ging weiter, im Fernseher lief der Zeichentrickfilm, in dem sich die Protagonisten lauthals unterhielten, inmitten einer Kakofonie aus »Klirr!«, »Rums!«, »Brummm!«, »Peng!«, »Quiiiietsch!« und »Doiiiing!«. Das hieß, Gustav war noch nicht im Bett. Solange dem so war, würden sie nichts mit Kirsten anstellen. Er stieß die Luke auf, ließ sich an den Armen nach unten hängen, schaukelte kurz hin und her und ließ dann los. Genau in dem Moment hörte er, wie sein Hemd am Rücken riss.

Er kam etwas zu laut auf dem Boden auf, aber das Geräusch wurde vom dichten Teppich gedämpft. Ob ihn wohl jemand gehört hatte? Außer dem Lärm des Zeichentrickfilms war jedoch nur noch irgendwo das Schlagen eines Fensterladens zu hören. Er lauschte einen Moment lang, hörte das Lachen von Aurore Labarthe – irgendwie finster. Dann holte er das Handy heraus, stellte es auf lautlos, suchte in seinen Kontakten nach Kirsten, tippte nur zwei Worte ein:

Get out!

»Das ist sehr interessant«, sagte Aurore Labarthe und schenkte Kirsten von dem lieblichen Weißwein nach, der ihrer Aussage nach eine Spezialität des Südwestens war. »Architektur ist eine meiner Leidenschaften«, bemerkte sie lächelnd und zwinkerte ihr zu. »Santiago Calatrava, Frank Gehry, Renzo Piano, Jean Nouvel ... Wissen Sie, was Churchill gesagt hat? ›Der Mensch erschafft Mauern, aber es sind die Mauern, die den Menschen erschaffen.‹«

Ihr Englisch war perfekt. Kirsten durchlebte einen Moment der Panik. In Wahrheit kannte sie sich mit Architektur nicht sonderlich gut aus. Sie sah von ihrem Glas auf, bedachte Aurore Labarthe mit einem wohlwollenden Lächeln, von dem sie hoffte, es würde den Profi zeigen, der das schon tausendmal von begeisterten, interessierten Laien gehört hatte. Ihr fiel nur ein Name ein.

»Also, wir haben auch ein paar bemerkenswerte Architekten in Norwegen«, sagte sie lächelnd, »angefangen bei Kjetil Traedal Thorsen.«

Er war einer der Architekten des Opernhauses von Oslo, den alle Einwohner dort kannten. Mit zusammengekniffenen Augen nickte Aurore bedächtig. Noch immer ließ sie sie nicht aus den Augen. Kirsten mochte diesen Blick nicht. Außerdem bemerkte sie, dass sie und Aurore Labarthe einander in einer Ecke des Wohnzimmers gegenübersaßen, während Roland Labarthe etwas abseits von ihnen stand. Von dort aus konnte er sie in aller Ruhe mustern – ohne gesehen zu werden. Sie stellte ihr Glas ab. Sie hatte schon genug getrunken. Ihr Handy vibrierte in ihrer Hosentasche. Eine Nachricht.

»Sollten wir nicht Gustav zu Bett bringen?«, fragte Aurore Labarthe da ihren Mann.

Kirsten fing den Blick auf, den das Ehepaar miteinander wechselte, und dieser stumme Austausch war weitaus aussagekräftiger, als er vermuten ließ; mit einem Mal war sie überaus wachsam. Wo war Martin? Dass er hier nirgendwo war, bereitete ihr immer mehr Sorgen. Sie fragte sich erneut, ob sie nicht ihre tatsächliche Identität preisgeben sollte. Ganz verzweifelt versuchte sie, ein Geräusch, ein Zeichen aufzuschnappen. Sie hoffte von ganzem Herzen, dass Martin sie gehört hatte und irgendeine Möglichkeit fand, sich davonzustehlen, während sie die Aufmerksamkeit der Labarthes auf sich gelenkt hatte. Aber was, wenn er irgendwo festgekettet war? Sie stand kurz vor einer Panikattacke.

Labarthe schaltete den Fernseher aus.

»Kommst du, Gustav?«, sagte er.

Gustav ... sie schluckte. Der blonde Junge stand auf.

»Sie haben einen sehr süßen Jungen«, sagte sie. »Und so brav.«

»Ja«, sagte Madame Labarthe. »Gustave ist ein lieber kleiner Junge. Nicht wahr, mein Schatz?«

Aurore Labarthe fuhr ihm durch die blonden Haare. Das Kind hätte durchaus ihres sein können. Mit Gustav zwischen ihnen ging das Paar zur Treppe.

»Wir brauchen nicht lange«, rief ihr Aurore Labarthe noch zu, bevor sie nach oben verschwanden.

Kirsten wurde mit einem Mal bewusst, wie ruhig es im Haus der Labarthes war. Sie holte ihr Handy hervor. Sie hatte Netz. Vier Balken. Sie sah die Nachricht. Martin! Seine Nachricht könnte nicht unmissverständlicher sein:

Get out!

Er hatte kaum Zeit, sich in eines der Zimmer im ersten Stock zu verziehen, da waren sie auch schon da. Durch die spaltbreit aufstehende Tür sah er, wie sie den Gang in Richtung Kinderzimmer entlanggingen, sie deutlich größer als er, Gustav im Pyjama.

»Ich will sie«, sagte die Blondine.

»Aurore, nicht vor dem Kind.«

»Sie gefällt mir«, sagte sie eindringlich, ohne auf seine Bemerkung einzugehen. »Sie gefällt mir wirklich.«

»Woran denkst du?«, fragte Labarthe mit warmer, gediegener Stimme, die Servaz so zum ersten Mal hörte, als sie an ihm vorbeikamen. »Das ist doch einfach zu schön, um wahr zu sein, findest du nicht?«

»Ich will, dass du sie da hochbringst«, sagte die Frau entschieden. »Sie wird perfekt sein.«

»Ist das nicht ein bisschen gefährlich? Immerhin logiert sie im Hotel nebenan.«

Sie gingen weiter bis zu Gustavs Zimmer.

»Bei dem, was ich ihr in den Wein gemischt habe, wird sie sich morgen an nichts mehr erinnern«, sagte die Frau.

»Du hast ihr was ins Glas gemischt?«, fragte Labarthe ungläubig.

Servaz' Magen krampfte sich zusammen, als hätte man ihn in eine Badewanne voller Eiswürfel gesteckt. Er beugte sich zur leicht offen stehenden Tür, damit er sie weiterhin hören konnte, aber in seinen Ohren rauschte es nur so.

»Wovon redet ihr da?«, fragte Gustav.

»Von nichts, mein Schatz. Geh jetzt ins Bett.«

»Ich habe Bauchschmerzen.«

»Ich gebe dir was.«

»Also ein Sedativum für Gustav?«, fragte der Mann ruhig.

»Ja, ich hole ihm ein Glas Wasser.«

Servaz hörte, dass die Frau kehrtmachte, und zog sich hastig zurück. Sie ging ins Badezimmer auf der gegenüberliegenden Seite und stellte den Wasserhahn an. Mit einem Glas in der Hand kam sie wieder an ihm vorbei. Er sah ihr hartes Profil, ihren Blick ohne jede Wärme, und auf einmal wurde ihm richtig übel. Die Absichten der Labarthes hätten nicht eindeutiger sein können.

Und Kirsten hatte bereits irgendeine beschissene Droge geschluckt.

»Kann ich mal auf Ihre Toilette?«

Kirstens Stimme unten im Erdgeschoss.

»Ich gehe schon«, sagte der Mann. »Sieh nach, ob Gustav wirklich eingeschlafen ist.«

Servaz hielt sich davon ab, auf Labarthe loszugehen, als dieser an ihm vorbeikam. Einen winzigen Moment lang hätte er dann zwar den Überraschungseffekt auf seiner Seite gehabt, aber die Frau war schließlich auch da – und er ahnte bereits, dass die beiden zusammen nicht so einfach zu schlagen wären, wenn es hart auf hart käme. Ihm fielen die Ruder- und die Hantelbank, das Hantelgestell und der Boxsack wieder ein. Da würde er nicht die Oberhand behalten. Nicht, wenn es zwei gegen einen stand, seine Waffe im Hotelzimmer lag und Kirsten zugedröhnt war. Er würde etwas gewiefter vorgehen müssen.

»Kann ich mal auf Ihre Toilette?«, rief sie nach oben.

Schwere Schritte kamen die Treppe herunter. Labarthe tauchte auf. Zuerst seine Beine, dann sein schmales Gesicht mit diesem zweideutigen Lächeln.

»Hier entlang bitte«, sagte er und zeigte auf eine Tür.

Sobald sie auf der Toilette war, spritzte sich Kirsten kaltes Wasser ins Gesicht. Was war nur mit ihr los? Sie fühlte sich so komisch, als würde sie sich gleich übergeben müssen. Ihre Stirn war schweißnass. Als Nächstes setzte sie sich mit heruntergelassener Hose auf die Toilette. Während sie pinkelte, hatte sie das Gefühl, als würde sich ihr Herzschlag beständig verändern, mal rasend schnell und dann wieder langsam werden.

Verdammt, was ist nur mit mir los? Sie wischte sich ab, richtete sich mühsam wieder auf, atmete einmal tief durch und verließ die Toilette.

Beide Labarthes saßen inzwischen in einer Ecke des Wohnzimmers. Ihre Gesichter und Blicke wandten sich gleichzeitig zu ihr um, als würden sie von einem Marionettenspieler dirigiert, und Kirsten hätte fast losgeprustet.

Lach bloß nicht. Du solltest dich vor diesen beiden in Acht neh-

men, warnte sie eine innere Stimme. *An deiner Stelle würde ich die Beine in die Hand nehmen und von hier verschwinden.*

Sie war sich sicher, dass die beiden sie in ihrem Zustand, angenommen, sie würde wirklich in Richtung Tür losrennen, sofort eingeholt hätten. Außerdem hatten sie gerade gesagt, sie könnten noch ein Gläschen trinken und ihr Fotos vom Chalet während des Aufbaus – oder besser gesagt des Umbaus – zeigen, schließlich handelte es sich ursprünglich um einen alten Bauernhof.

Darüber dachte sie nach, während sie das große Wohnzimmer durchquerte und auf sie zuging. Plötzlich fragte sie sich, wie lange das gedauert hatte, dieses Durchqueren. Verdammt, sie hatte überhaupt kein Raum- und Zeitgefühl mehr – auch der Boden schien mit einem Mal Wellen zu schlagen. Aurore Labarthe klopfte neben sich aufs Sofa, und Kirsten ließ sich dorthin plumpsen.

Die Blondine lächelte, ließ Kirsten keinen Moment aus den Augen, genau wie ihr Mann.

Wenn ihr glaubt, ich hätte die Kontrolle verloren, dann seid ihr aber auf dem Holzweg …

»Noch ein Glas?«, fragte die Blondine.

»Nein danke.«

»Ich schenke mir noch mal nach«, sagte der Mann.

»Hier«, sagte Aurore Labarthe und reichte Kirsten das iPad, »das sind die Fotos vom Umbau des Chalets.«

»Oh!«

Sie schaute auf das iPad, versuchte, sich auf die Fotos zu konzentrieren, die nacheinander auftauchten, hatte aber große Mühe, sie klar zu sehen, auch die Farben schienen eigenartig gesättigt, wie bei einem schlecht eingestellten Fernseher: grelle, ineinander verlaufende Rot-, Grün- und Gelbtöne.

»Die Farben sind irgendwie eigenartig, oder nicht?«, rutschte ihr mit träger Stimme heraus.

Sie hörte das trockene, ironische Lachen von Roland Labarthe, das durch ein Echo in ihren Ohren seltsam schief klang. Was brachte den denn so zum Lachen? Sie hätte sich gerne entspannt, sich auf dem Sofa ausgestreckt. Sie fühlte sich schwach und kraftlos.

Dann fiel ihr wieder Martins Nachricht ein:

Get out!

Reiß dich am Riemen, verdammt.
»Ich fühle mich nicht so gut«, sagte sie.

Ein Echo hallte in ihrer Stimme nach. Aurore Labarthe streichelte ihr mit dem Zeigefinger über die Wange. Beugte sich zu ihr, presste ihre Brust gegen ihren Arm.

»Sehen Sie«, sagte sie, und ließ die Fotos durchlaufen.

Sie hatte schwarz lackierte Fingernägel, die sehr lang waren.

»Das ist …«, setzte sie an.

Was hatte sie da gesagt? Sie hatte Norwegisch und Englisch gemischt! Ihre Gastgeber betrachteten sie amüsiert. Ein Schauer durchzuckte sie. In den Blicken der beiden lag noch etwas anderes: etwas Gewieftes, Falsches, Begierde … Sie sagten etwas und lachten, aber ihr Gehirn musste wohl einen Moment lang abgeschaltet haben, denn ihr fiel einfach nicht ein, worüber die beiden lachten.

Ihr wurde klar, dass sie stand und dass sie sie jetzt in Richtung Treppe zogen, wobei jeder sie an einer Seite stützte. Wann bin ich denn aufgestanden? Es wollte ihr einfach nicht einfallen.

»Wohin gehen wir?«, fragte sie.

»Sie müssen sich ausruhen«, sagte Aurore Labarthe sanft. »Da, wo wir Sie hinbringen, haben Sie mehr Ruhe.«

»O… okay«, stammelte sie. »Ich will, dass man mich in Ruhe lässt, ich will meine Ruhe haben …«

Plötzlich drehte sich Aurore Labarthe um, packte sie am Kinn und küsste sie. Die Zunge der Frau drang in ihren Mund ein. Sie ließ es zu. Etwas in ihrem Gehirn – eine Art Blockade, ein Riegel – hielt sie davon ab, zu reagieren.

»Sie gefällt dir«, sagte der Mann hinter ihr.

»Sehr sogar. Gehen wir.«

Servaz betrachtete Gustav. Der Junge schlief, die Hände zu Fäusten geballt, im bläulichen Schein seines Nachtlichts. In diesem Licht waren die Spidermen, die über die Bettdecke wirbelten, violett. Einmal mehr fragte er sich, wer dieser Junge war – und vor allem, wer sein Vater war.

Das blonde Haar steckte eingetütet in seiner Hosentasche.

Er hatte mitbekommen, wie sich Kirstens Stimme unten veränderte, wie sie lallend wurde, immer mal wieder ein paar Oktaven nach oben schnellte. Er hatte gehört, dass sie Norwegisch und Englisch mischte, wie sie sich darüber beklagte, dass es ihr nicht gut ging. Er hatte die Labarthes lachen gehört, ihre süßlichen Stimmen, und platzte fast vor Wut.

Aber ihm war klar, dass sie beide dort oben festgekettet enden könnten, im Liebesnest der Labarthes, sollte er sie jetzt konfrontieren. Er musste ausgefuchster vorgehen als sie.

Ein Geräusch auf der Treppe ließ ihn aufhorchen, er verzog sich hinter die Tür. Stummes Entsetzen. *Kirsten.*

»Hilf mir«, sagte der Mann. »Sie kann nicht mehr allein stehen.«

Er wagte einen Blick. Sah, wie sie auf dem Weg nach oben an ihm vorbeikamen, Kirsten zwischen ihnen. Sie war halb bewusstlos, ließ sich gewissermaßen von ihnen mitziehen. Servaz hörte, wie die Dachluke geöffnet und die Leiter heruntergezogen wurde.

»Du bist schön, weißt du das?«, sagte Aurore.

»Ach ja?«, sagte Kirsten mit fragendem Tonfall, als würde sie sich über das Kompliment freuen.

»Du wirst uns ein bisschen helfen müssen«, sagte Labarthe deutlich frostiger.

»Aber natürlich«, sagte Kirsten, »ich spüre nur meine Beine nicht mehr.«

»Das ist nicht schlimm«, erwiderte Aurore schmeichlerisch.

»Sieh mal nach, ob Gustav schläft«, trug der Mann ihr auf.

Servaz wurde von Panik erfasst. Die Schritte von Aurore Labarthe eilten schon die Treppe herunter und über den Gang. Er stellte sich hinter die Tür – die weit geöffnet wurde. Presste sich an die Wand.

Aber die Tür wurde wieder zugezogen, und die Schritte entfernten sich. Gustav maunzte im Schlaf, drehte sich im Bett und steckte den Daumen in den Mund.

Servaz war, als würde sein Gehirn gleich explodieren. Seit seinem Aufenthalt auf dem viel zu heißen Dachboden bekam er kaum noch Luft. Er musste so bald wie möglich hier raus, frische Luft schnappen.

Fest entschlossen ging er zur Treppe. Weiter oben kletterten die drei die Leiter hinauf, die unter ihrem Gewicht quietschte und ächzte. Leichtfüßig ging Servaz hinunter ins Erdgeschoss und zur Haustür.

Die eisige Nachtluft schlug ihm ins Gesicht, weckte ihn.

Er nahm ein paar tiefe Atemzüge, die Hände auf die Knie gestützt, als hätte er einen Hundertmeterlauf hinter sich, bevor er die Außentreppe hinunterging, zwei Hände voll Schnee nahm und sich das Gesicht damit abrieb.

Dann griff er zum Handy.

Verstärkung rufen.

Doch er hielt inne. Wie lange würde es dauern, bis sie hier wären? Und was würde in der Zwischenzeit da oben passieren? Was, wenn die Gendarmen sich weigerten, dort hineinzugehen? So etwas war schon vorgekommen. Und danach wäre ihre Tarnung aufgeflogen. Dann bestand keine Chance mehr, dass Hirtmann hier auftauchte.

Er dachte nach.

Ging die Stufen wieder hinauf, atmete tief durch und drückte auf die Klingel.

33

EIN GEWAGTER SCHACHZUG

Erst nach dem fünften Dauerklingeln ging die Tür auf.

»Herrgott noch mal!«, rief Labarthe. »Was ist …?«

Servaz hatte seinen blau-weiß-roten Polizeiausweis gezückt und hielt ihn dem Akademiker unter die Nase. Ebenso rasch ließ er ihn wieder verschwinden, bevor der Mann sich noch fragte, weshalb ein Kripobeamter und kein Gendarm bei ihm klingelte.

»Wir haben eine Beschwerde vom Hotel erhalten«, sagte er. »Findet bei Ihnen gerade eine Party statt? Man hat sich wegen des Lärms beschwert. Ist Ihnen klar, wie spät es ist?«

Völlig perplex starrte Labarthe ihn an. Offensichtlich versuchte er zu verstehen, was hier gerade vor sich ging. Das Haus lag ruhig und unbeleuchtet da.

»Was? Lärm? Was für Lärm?« Ungläubig gestikulierte der Akademiker nach drinnen. »Sie sehen doch selbst, dass das nicht hier sein kann.«

Er schien es eilig zu haben, dieser Unterhaltung ein Ende zu bereiten.

»Wir wollten gerade zu Bett gehen«, fügte er noch hinzu, bevor seine Augen zu schmalen Schlitzen wurden. »Wir sind uns doch schon mal begegnet, oder? Sie sind der Typ von gestern, vom Hotel … der die Scheinwerfer eingeschaltet gelassen hat …«

»Haben Sie etwas dagegen, wenn ich mich mal eben ein wenig umsehe?« Servaz ließ nicht locker.

Doch, es störte ihn. Ganz offensichtlich. Das konnte man ihm deutlich ansehen. Dennoch lächelte der Professor.

»Ich glaube nicht, dass Sie berechtigt sind, das zu tun«, sagte er. »Schönen Abend noch.«

Noch bevor er allerdings einen Schritt nach hinten machen

und die Tür schließen konnte, hatte Servaz ihn zurückgedrängt und war eingetreten.

»Hey! Wo wollen Sie denn hin, verdammt? Das dürfen Sie nicht! Kommen Sie zurück! Im ersten Stock schläft ein Kind!«

Das ihr mit irgendwelchen Betäubungsmitteln vollgepumpt habt, du Arschloch, dachte Servaz und ging weiter in das Wohnzimmer mit der hohen Decke. Im Erdgeschoss waren alle Lampen ausgeschaltet, die einzige Helligkeit kam vom Schnee hinter den Scheiben, reichte aber kaum aus, um die dunklen Umrisse des Mobiliars hervorzuheben. Anscheinend waren sie bereit für ihre kleine, sehr private Feier. Am liebsten hätte er dem Akademiker gehörig zwischen die Beine getreten, damit ihm jede Lust verging, aber er hielt sich zurück.

»Sie können hier nicht einfach aufgrund einer Nachbarschaftsklage hereinkommen, dann feststellen, dass nichts los ist, und alles auf den Kopf stellen! Verschwinden Sie!«

Labarthe klang nicht so sehr wütend als vielmehr besorgt. Servaz hörte ein von oben kommendes Geräusch, vielleicht war jemand auf der Leiter.

»Was ist das für ein Geräusch?«, fragte er.

Labarthe wirkte mit einem Mal angespannter.

»Was für ein Geräusch?«

»Ich habe ein Geräusch gehört.«

Er tat, als würde er zur Treppe gehen wollen. Der Akademiker versperrte ihm den Weg.

»Stopp! Dazu haben Sie kein Recht!«

»Warum sind Sie so nervös? Was verstecken Sie da oben?«

»Was? Aber wovon reden Sie denn, verdammt noch mal? Ich habe Ihnen doch gesagt: Mein Sohn schläft da oben.«

»Ihr Sohn?«

»Ja! Mein Sohn!«

»Was ist da oben?«

»Wie bitte? Nichts, das sagte ich doch. Was soll das Ganze? Sie haben nicht das Recht …«

»Was verheimlichen Sie?«

»Sie sind doch wahnsinnig! Wer sind Sie überhaupt, verdammt? Sie sind kein Gendarm ... Sie waren das gestern im Hotel ... Was wollen Sie von uns?«

Genau in diesem Moment ertönte mehrfach sein Handy in der Hosentasche. Servaz wusste, was das war: alle Nachrichten, die Kirsten ihm geschickt hatte, als er auf dem Dachboden war; all die verpassten Anrufe kamen auf einmal bei ihm an.

»Was ist ...? Ihr Handy klingelt!«, sagte der Mann, der immer misstrauischer wurde.

Er durfte nicht zulassen, dass der Kerl wieder Oberwasser bekam ...

»Okay. Ich gehe nachsehen«, sagte Servaz, ging um ihn herum und machte sich auf den Weg zur Treppe.

»Warten Sie! Warten Sie!«

»Was?«

»Sie brauchen einen Durchsuchungsbefehl, Sie dürfen das nicht tun!«

»Einen Durchsuchungsbefehl? Sie sehen zu viele Krimis, mein Guter.«

»Nein, nein. Ein Rechtshilfeersuchen ... irgend so einen Wisch ... wie auch immer der heißt, das ist mir doch völlig schnuppe ... Sie wissen ganz genau, was ich damit meine ... Sie können nicht einfach so zu jemandem ins Haus kommen. Ich weiß nicht, wer Sie sind, aber ich rufe jetzt die Gendarmerie an«, sagte er und holte sein Handy heraus.

»Einverstanden«, sagte Servaz, ohne mit der Wimper zu zucken. »Tun Sie das.«

Labarthe klappte die Hülle seines Handys auf, wartete einen Moment und klappte sie dann wieder zu.

»Okay. Was wollen Sie?«

»Warum rufen Sie die Gendarmerie denn nicht an?«

»Weil ...«

»Was haben Sie für ein Problem? Da oben ist doch irgendwas faul. Da stimmt was nicht. Und ich werde herausfinden, was es ist. Danach bin ich beruhigt. Nur mal eben schnell nach Saint-

Martin runterfahren, einen Richter aus dem Bett klingeln, dann stehe ich hier mit meinem Rechtshilfeersuchen.«

Er ging Richtung Haustür und spürte Labarthes Blick in seinem Rücken, während er durch die kalte Nacht zum Auto ging, das Kirsten vor dem Hotel abgestellt hatte.

Labarthe war schweißgebadet, als er den Kopf durch die Dachluke steckte. Die Norwegerin stand mit den Armen über dem Kopf da, ihre Handgelenke waren an den Flaschenzug gefesselt. Aurore wischte ihr mit einem feuchten Tuch über Gesicht, Haare und Hals, um sie wach zu bekommen. Ihre Gesten waren von großer Zärtlichkeit, bis sie ihr eine Backpfeife verpasste, die wie ein Peitschenhieb knallte und einen roten Abdruck auf Kirstens linker Wange hinterließ.

»Das war gerade richtig übel da unten!«, rief ihr Mann, als er auf dem Dachboden erschien. »Sie kann auf keinen Fall hierbleiben. Wir müssen sie ins Hotel zurückbringen!«

Die Blondine drehte sich um.

»Wer war das?«

Er warf einen argwöhnischen Blick auf Kirsten, deren Kopf willenlos herumbaumelte, während ihre Augenlider auf und wieder zu gingen.

»Ein Bulle!«

Seine Frau versteifte sich.

»Was? Und was wollte er?«

»Er hat behauptet, jemand im Hotel hätte sich über Lärm bei uns beschwert. Völliger Schwachsinn!«

Labarthe gestikulierte wild herum.

»Ich habe ihn gestern im Hotel gesehen. Was hatte er dort bloß zu suchen? Er hat gesagt, er würde zurückkommen … Das wird richtig übel!«

»Was soll denn dieser ganze Humbug?«, fragte Aurore, ohne sich sonderlich aus der Ruhe bringen zu lassen.

Ganz im Gegenteil zu ihrem Mann.

»Wir müssen uns beeilen und sie hier rausbringen! Zurück

zum Hotel! Sofort! Wir sagen einfach, sie hat ein bisschen zu tief ins Glas geschaut.«

Jetzt warf auch sie einen Blick zu Kirsten und hielt ihrem Mann das Handy der Norwegerin vors Gesicht. Auf dem Display wurde eine Nachricht angezeigt:

Get out!

»Das sage ich dir doch schon die ganze Zeit! Wir müssen …«
»Jetzt halt mal die Luft an«, unterbrach sie ihn. »Erzähl mir lieber alles von Anfang an, okay? Atme tief durch, beruhige dich, und dann erzähl mir, was passiert ist.«

Er klebte am Fenster des Hotelzimmers, suchte das Chalet ab. Wenn sich in drei Minuten nichts rührte, würde er dorthin zurückgehen. Er war ins Auto gestiegen und hatte so getan, als würde er wegfahren, hatte das Auto dann aber nach der ersten Kurve am Straßenrand abgestellt und war zu Fuß zum Hotel zurückgekehrt.

Er warf einen Blick auf die Uhr. Noch zwei Minuten. Jetzt hätte er gerne seine Waffe bei sich gehabt.

Er erstarrte.

Eine Silhouette. Sie tauchte gerade auf der Außentreppe auf. Labarthe. Er schaute zum Hotel herüber, dann beobachtete Servaz, wie er jemandem im Inneren des Chalets bedeutete zu kommen. Gleich darauf tauchte Aurore Labarthe auf, die Kirsten untergehakt hatte. Sie halfen ihr die Treppe hinunter und weiter zum Hotel, stützten sie zu beiden Seiten, als wäre sie betrunken. Genau diesen Eindruck vermittelte sie zumindest.

Servaz atmete tief durch. Vierzehn Minuten waren verstrichen, seit er das Chalet verlassen hatte. Sie hatten keine Zeit gehabt, ihr zu sehr zuzusetzen.

34
LECKERBISSEN

Mit einem kühlen, feuchten Tuch fuhr er über Kirstens schweißnasses Gesicht, richtete sich auf, ging zum Badezimmer, holte ein neues Glas Wasser und versuchte, ihr etwas davon einzuflößen – aber beim zweiten Schluck würgte sie und schob das Glas von sich.

Der Hotelier hatte sie zu ihm nach oben gebracht.

Das Ehepaar Labarthe habe ihm mitgeteilt, sie hätten die Norwegerin, die bei ihm logiere und sich für Architektur interessiere, auf ein Glas Wein eingeladen, aber sie habe sich volllaufen lassen. In ihrem Land sei es wohl üblich, ohne Sinn und Verstand zu trinken.

Servaz wusste nicht, was der Hotelier darauf erwidert hatte, aber auf dem Rückweg zum Chalet hatten sich die beiden mehrfach umgedreht und zu den Fenstern des Hotels gesehen. Und jedes Mal war er vom Fenster weggetreten.

Ihre Tarnung war aufgeflogen. Ab sofort würden die Labarthes höchst wachsam sein.

Bestimmt hatten sie Hirtmann über diesen Zwischenfall informiert.

Wie stellten sie es an, Kontakt zu ihm aufzunehmen? Vermutlich über irgendeine Mailadresse, die nur über das Darknet zugänglich war, oder über einen Chat auf Telegram oder ChatSecure. Verschlüsselte, umgeleitete Kommunikation: Vincent hatte ihm einmal gezeigt, was für unzählige Möglichkeiten das Internet denen bot, die Wert auf Geheimhaltung legten.

»*Fuck*, ich fühle mich total beschissen«, sagte Kirsten da plötzlich.

Er drehte sich um. Blass lag sie auf dem Bett, die klatschnassen Haare klebten an ihrer Stirn und an den Schläfen, und mit Nacken und Schultern lehnte sie an drei aufeinandergestapelten Kissen.

»Ich sehe richtig scheiße aus, was?«

»Ja, schrecklich«, bestätigte er.

»Wir haben es total vermasselt«, sagte sie oder zumindest etwas in dieser Richtung. Servaz konnte das, was sie als Nächstes sagte, nicht genau verstehen. »Diese fiese, sadistische Schlampe hat uns so was von dranbekommen. Ich könnte sie umbringen.«

Das geht mir nicht anders, dachte Servaz.

»Der Kaffee schmeckt beschissen, ich glaube, ich muss mich übergeben.«

Sie stand auf und hastete ins Badezimmer. Er hörte, wie sie sich dreimal erbrach, dazwischen immer nach Luft schnappte und dann die Spülung betätigte.

Zehetmayer nahm sein Frühstück im Sheraton-Hotel in Prag ein, umgeben von chinesischen Touristen. Wie er das hasste. Er hatte im Zimmer 429 geschlafen, nachdem er den Abend damit zugebracht hatte, durch Malá Strana und die Altstadt zu bummeln. Natürlich hatte er einen Abstecher zum jüdischen Friedhof gemacht, und wie jedes Mal inmitten des Chaos der aufgestellten Steine – umgeben von der Stille und dem düsteren Licht der Dämmerung, zwischen den alten Fassaden, die die Erinnerung der Jahrhunderte bargen – war die Zeit ausgelöscht worden, und er war so gerührt, dass ihm die Tränen kamen.

Einen Moment lang schämte er sich dafür, dass sie über seine Wangen flossen, aber er hatte sie nicht abgewischt, sondern sie auf den Kragen seines Hemdes tropfen lassen und das Salz auf seinen Lippen geschmeckt. Dafür musste er sich nicht schämen: Im Lauf seines langen Lebens hatte er sehr mutige Männer weinen sehen und feige, die keine Träne vergossen hatten. Er spürte, wie ihn das Licht erfüllte und reinigte, die Stille, das Gedenken all der Seelen mit ihrer Geschichte. Er hatte an Kafka gedacht, den Golem – an seine Tochter, geschändet und ermordet von einem Monster. Denn dem Hass wohnte eine Reinheit inne, genau wie der Liebe.

Der Mann, auf den er an diesem Morgen wartete, hieß Jiri. Er war Tscheche.

Zehetmayer sah, wie er zwischen den Tischen auf ihn zukam. Jiri hatte ein faunartiges, bärtiges Gesicht, das man nicht so schnell vergaß – was in seiner Berufssparte durchaus hinderlich sein konnte –, von tiefen Falten durchzogene Wangen, als wären sie mit dem Cutter hineingeschnitten, eine breite Brust und einen durchdringenden Blick. Er sah nicht aus wie ein Mörder, sondern eher wie ein Poet, ein Theatermensch. Er hätte Schauspieler in einem Tschechow-Stück sein können, Opernsänger. Was Zehetmayer betraf, so war er auf seine ganz eigene Weise ein Künstler.

Sehr gut. Zehetmayer glaubte nicht an diesen romantischen Quatsch über Mörder und Diebe. Diese ganze Mythologie über die Bourgeoisie, die davon träumte, sich mit den unteren Schichten zu verbinden.

Jiri setzte sich ihm gegenüber und winkte den Kellner heran.

»Kaffee«, sagte er. »Schwarz.«

Dann stand er auf, ging zum Büfett, kam mit einem Teller voller Würstchen, Rührei, Bacon, Kuchenstückchen und Früchten zurück.

»Ich liebe das Frühstück in Hotels«, sagte Jiri erklärend.

Er verschlang eines nach dem anderen.

»Man hat mir gesagt, Sie seien ein Profi«, ließ Zehetmayer einleitend verlauten.

»Wer hat Ihnen das gesagt?«

»Unser gemeinsamer Freund.«

»Das ist kein Freund«, korrigierte Jiri. »Das ist ein Kunde. Lieben Sie Ihre Arbeit, Herr Zehetmayer?«

»Das ist mehr als nur eine Arbeit, das ist ...«

»Lieben Sie Ihre Arbeit?«, wiederholte Jiri.

Zehetmayers Gesicht verdüsterte sich.

»Ja, leidenschaftlich.«

»Das zu lieben, was man tut, ist sehr wichtig. Lieben ... es gibt nichts Wichtigeres im Leben.«

Zehetmayer runzelte die Stirn. Früh am Morgen in Prag saß er einem Mörder gegenüber, der ihm etwas von der Liebe erzählte.

Es war kurz nach neun Uhr am Montagmorgen, als Roland Labarthe mit seinem iPhone über die App »Telegram« ins Netz ging. Diese Messaging-App war erst neulich durch die Presse berühmt geworden, die sie als Lieblingsapp von Terroristen hervorgehoben hatte. Auch wenn diese kostenlose Werbung sie kurzzeitig ins Rampenlicht der Aktualität gezogen hatte, so war Telegram mit den zehn Milliarden Nachrichten, die jeden Tag darüber verschickt wurden, alles andere als ein vertraulicher Dienstleister. Eine ihrer Optionen ermöglichte es, verschlüsselte Nachrichten von A nach B zu schicken und diese Nachrichten nach einer vom Benutzer gewählten Zeitspanne zerstören zu lassen.

Diese Option, »geheimer Chat« genannt, hatte Labarthe an diesem Montagmorgen aktiviert. Der Empfänger nannte sich »Mary Shelley«. Doch Labarthe wusste ganz genau, dass es sich dabei nicht um eine Frau handelte. Die einzige Gemeinsamkeit zwischen Julian Hirtmann und der Autorin von *Frankenstein* war Cologny, eine Gemeinde des Kantons Genf, wo sie beide gelebt hatten. Die erste Nachricht der Schweizers kam fast postwendend.

[Ich habe einen Alarm erhalten.
Was ist los?]

[Heute Abend ist etwas
Eigenartiges passiert]

[Betrifft es Gustav?]

[Nein]

[Erzähl. Detailliert. Sei genau.
Knapp. Sachbezogen]

Labarthe schrieb so kurz wie möglich, was sich am Abend zuvor ereignet hatte: der Besuch der Norwegerin, angeblich Architektin, von dem Polizisten, den er schon am Vorabend im Hotel gesehen hatte, wie dieser zu ihnen gekommen war und versucht hatte, überall herumzuschnüffeln.

Er unterließ es jedoch zu erwähnen, dass sie die Frau mit auf den Dachboden genommen hatten. Und vor allem auch, dass sie Gustav ruhiggestellt hatten. Als sie das das erste Mal gemacht hatten, war es Aurores Idee gewesen. Labarthe hatte es missbilligt. Er wagte nicht, sich vorzustellen, was für Konsequenzen das haben könnte, sollte Hirtmann davon erfahren; schon allein bei der Vorstellung gefror ihm das Blut in den Adern. Doch wie üblich hatte Aurore das getan, was sie wollte.

[Keine Panik. Das ist alles normal]

[Normal? Was, wenn sie sich für Gustav interessieren?]

[Das tun sie]

[Wie das?]

[Sie sind wegen Gustav da. Und wegen mir]

[Woher wissen Sie das?]

[Ich weiß es einfach]

Labarthe stieß einen stummen Fluch aus. Manchmal ging ihm sein Meister wirklich auf die Nerven.

[Was sollen wir tun?]

[Bleibt wachsam. Behaltet sie ebenfalls im Auge. Tut so, als ob nichts wäre]

[Bis wann?]

[Solange ich mich nicht blicken lasse, werden sie nichts unternehmen]

[Und werden Sie sich blicken lassen?]

[Das werdet ihr sehen]

[Sie wissen, dass Sie uns voll und ganz vertrauen können]

Die Antwort ließ auf sich warten.

[Glaubt ihr, ich hätte euch Gustav anvertraut, wenn dem nicht so wäre? Macht weiter. Ändert nichts]

[Sehr gut]

Roland Labarthe wollte noch etwas hinzufügen, aber er sah, dass sich sein Gesprächspartner bereits ausgeloggt hatte. Er tat es ihm nach. In wenigen Sekunden würde sich ihr Chat selbst zerstören, und dann gab es nirgendwo eine Spur davon.

Es sei denn, Telegram speicherte die verschlüsselten Nachrichten seiner Nutzer ohne deren Wissen, wie es ihnen die Nichtregierungsorganisation Electronic Frontier Foundation vorwarf.

Der Schweizer schaltete sein Handy aus und schaute auf. Wenige Meter vor ihm ging Margot Servaz durch die Gänge des überdachten Marktes Victor Hugo mit all seinen Geräuschen und Gerüchen. Sie blieb vor den Auslagen mit Früchten, Fisch und Käse stehen, die alle überaus appetitanregend aussahen. Sie begutachtete, wägte ab, verglich, kaufte und ging weiter. Mit drei Metern Abstand folgte ihr ein Polizist in Zivil und ließ sie nicht aus den Augen.

Fehler, dachte Julian Hirtmann, während er an einem kleinen Tresen seinen Kaffee trank. Er hätte sich mal besser für das interessieren sollen, was um sie herum so los war. Er stellte seine Tasse ab, bezahlte und lief weiter. Margot war vor einem Stand der Metzgerei Garcia stehen geblieben. Hirtmann ging hinter ihr vorbei, an der Auslage entlang, die sich über drei Seiten erstreckte, und weiter bis zu der Stelle, wo der Chef seinen sündhaft teuren iberischen Pata-Negra-Schinken in Scheiben schnitt.

Sündhaft teuer, aber einfach göttlich.

Der Schweizer bat um zweihundert Gramm von der edelsten Sorte und schaute dabei zu Margot, die gerade ihren Einkaufskorb füllte. Sie war wirklich schön, ganz nach seinem Geschmack. Ebenso appetitanregend in ihrem Wintermantel wie die Fische, die auf dem Eis lagen, ebenso zart wie der Schinken von Garcia, mit ihren vor Hitze und Kälte rot glänzenden Wangen, die an die wunderschönen Äpfel in der Obstabteilung erinnerten.

Martin, dachte er, *deine Tochter gefällt mir. Aber du wärst wohl nicht sonderlich begeistert, wenn du einen Schwiegersohn wie mich bekämst, was? Tja, würdest du mir wohl erlauben, sie zum Tanz auszuführen?*

Während er das Chalet durch das Fenster beobachtete, hörte Servaz, wie sich Kirsten auf der Toilette übergab. Er fragte sich, was das Ehepaar Labarthe ihr nur verabreicht hatte. Er hatte sie befragt. Sie hatte nur eine sehr undeutliche Erinnerung an diesen Abend.

Sein Handy klingelte. Er schaute auf das Display, fluchte innerlich. Margot! Durch die letzten Ereignisse war sie in seinen Gedanken etwas in den Hintergrund gerückt. Er nahm den Anruf an, befürchtete bereits neuerliche Vorwürfe.

»Papa«, sagte seine Tochter zaghaft. »Kann ich mit dir reden?«

Er hörte, wie sich Kirsten hinter ihm weiter übergab und dann etwas durch die geschlossene Tür sagte, was er nicht verstand.

»Klar. Ich rufe dich in fünf Minuten zurück, okay? Fünf Minuten.«

Er legte auf. Kirsten redete gerade mit ihm, aber seine Gedanken kreisten nur um Margot.

»Martin?«, rief sie schließlich aus dem Bad.

»Margot hat gerade angerufen«, antwortete er, ohne sich umzudrehen, und hörte, wie die Tür aufging.

»Alles gut?«

»Ich weiß es nicht. Ich gehe nach unten und rufe sie zurück. Ein bisschen frische Luft … könnte mir guttun.«

»Martin …«

Er war bereits auf dem Weg zur Tür. Sah überrascht den fragenden Blick seiner Kollegin auf der Schwelle des Badezimmers.

»Was?«, fragte er.

»Würde es dir was ausmachen, mir das Medikament zu besorgen?«

»Welches Medikament?«, fragte er und kam sich etwas dumm dabei vor.

»Ich sagte, am Dorfeingang gibt es eine Apotheke, etwa dreihundert Meter von hier. Könntest du da vorbeigehen und mir was gegen diese Übelkeit holen?«, wiederholte sie geduldig.

»Natürlich.«

»Danke.«

Ihm wurde klar, dass Kirsten bereits mehrfach dasselbe gefragt haben musste. Das hatte sein Gehirn einfach nicht registriert. Mit einem Mal hatte er eine schreckliche Befürchtung: Konnten derartige Ausfälle Auswirkungen des Komas sein? Oder war er einfach nur unkonzentriert? Gab es einen Bereich in seinem Gehirn, der geschädigt worden war und jetzt nicht mehr funktionierte? Er versuchte verzweifelt, sich zu erinnern, ob er so etwas schon einmal erlebt hatte, seit er aus dem Koma erwacht war.

Verwirrt ging er zum Aufzug und holte sein Handy hervor,

während er einstieg. Er hatte mehrere Nachrichten. Alle von Margot. Sie hatte ihn in der vergangenen Nacht mehrfach zu kontaktieren versucht, die letzte Nachricht hatte sie nur wenige Minuten vor ihrem Anruf geschrieben. Er öffnete sie.

Papa, ich habe das nicht ernst gemeint. Und du auch nicht, das weiß ich. Aber sag mir bitte, dass es dir gut geht. Ich mache mir Sorgen.

Als er in die Eingangshalle trat, kam der Hotelier auf ihn zu.
»Wie geht es Ihrer Kollegin?«, fragte er. »Sie war gestern Abend ziemlich angetrunken.«
Servaz blieb stehen.
»Meiner was …?«
»Sie sind von der Polizei, nicht wahr?«
Servaz erwiderte nichts.
»Sie überwachen das Chalet?«
Servaz blieb stumm, starrte den Mann nur an.
»Ich hab nichts gesagt«, versicherte der ihm. »Als sie Ihre … Kollegin gestern Abend zurückgebracht haben, habe ich nichts von Ihnen gesagt. Ich habe meine Klappe gehalten und so getan, als würde ich ihnen den Mist abkaufen. Ich weiß nicht, was Sie ihnen vorwerfen, aber mal unter uns, die beiden sind mir schon immer nicht ganz astrein vorgekommen. Guter Fang!, wenn Sie mich fragen.«
Diese Marotte der Leute heutzutage, immer zu allem ihren Senf dazugeben zu müssen, auch wenn man sie gar nicht darum gebeten hatte. Servaz blickte ihm hinterher.

35

GALLE

Unser ganzes Leben sind wir damit beschäftigt, Vergleiche anzustellen. Wir vergleichen Häuser, Fernseher, Autos. Wir vergleichen Hotels, Sonnenuntergänge, Städte, Länder. Wir vergleichen den Film und sein Remake, diese oder jene Interpretation einer Rolle. Wir vergleichen unser Leben von früher mit dem von heute, unsere Freunde, wie sie einst waren und was aus ihnen geworden ist. Die Polizei vergleicht Fingerabdrücke, DNA-Spuren, Zeugenaussagen, aufeinanderfolgende Versionen bei vorläufigen Festnahmen und auch – wenn sie Gelegenheit dazu hat – Waffen und Munition.

Dazu werden Vergleichsschüsse abgegeben. In Toulouse war die ballistische Abteilung im Labor der Kriminalpolizei im dritten Stock des Polizeireviers damit beauftragt. Der Schießstand und die Schussvorrichtung befanden sich im Keller. In einem ersten Schritt wurde die Waffe untersucht. Gab es zum Beispiel Pulverspuren, so konnte das einen Hinweis darauf liefern, wann mit der Waffe zum letzten Mal geschossen worden war. Befand sich etwa mehr Pulver in der Nähe des Laufs als am Verschluss, so deutete das darauf hin, dass die Waffe seit Langem nicht benutzt worden war. Eigenartigerweise traf das allerdings nicht bei der Sig zu, die der Kriminaltechniker vor sich hatte. Dabei behauptete ihr Besitzer, Commandant Servaz, er hätte seine Waffe seit Monaten nicht benutzt. Seinen Aussagen zufolge hatte er sie das letzte Mal im Schießstand benutzt – mit den bedauerlichen Ergebnissen, die alle kannten. Eigenartig, sagte sich Torossian und verzog das Gesicht. Er mochte Servaz. Aber es sah ganz danach aus, als wäre diese Waffe erst vor Kurzem abgefeuert worden.

Er notierte das in seinem Notizbuch, dann räumte er die Waffe weg und stellte sie mit einem Etikett versehen neben die anderen. Sobald er den ersten Arbeitsschritt beendet hatte, würde er die Vergleichsschüsse abfeuern.

Margot anrufen.

Er ließ das Telefon klingeln, ging die Treppe der Terrasse hinunter und dann über die verschneite Straße zu den Läden, die ein paar Hundert Meter vor ihm lagen.

»Papa«, begann sie schließlich, als er sie zurückrief, »sag mir, dass es dir gut geht. Ich mache mir solche Sorgen.«

Ihre Worte klangen gepresst, als würde sie gleich losweinen. Er spürte, wie sich sein Magen zusammenkrampfte.

»Es geht mir gut«, sagte er, während er unbeholfen durch die Schneeverwehungen am Straßenrand stolperte. »Wir hatten eine ... ziemlich turbulente Nacht. Ich habe deine Nachrichten gerade erst gesehen. Tut mir leid.«

»Das macht nichts, ich war stinksauer. All das, was ich da geschrieben habe, war nicht so gemeint.«

»Das ist jetzt nicht wichtig«, beruhigte er sie.

Dabei war es ihm in Wahrheit sehr wichtig. Denn er hatte sie gerade gelesen, diese Nachrichten. Sie strotzten nur so vor Kummer und Vorwürfen. Zum ersten Mal in ihrem Leben fragte sich seine Tochter ganz unumwunden, ob sie ihm etwas bedeutete, verkündete ihm, das Gefühl zu haben, auf seiner Prioritätenliste an letzter Stelle zu stehen. Und wer weiß, sagte er sich, vielleicht steckte ja auch ein Fünkchen Wahrheit darin. Vielleicht war er, ohne es zu merken, zu einem beschissenen Vater geworden ...

»Was soll das heißen, das ist jetzt nicht wichtig?«, platzte sie sofort heraus.

Scheiße, fluchte er innerlich. *Jetzt fängt sie schon wieder damit an.* Er hätte ihr gerne auf der Stelle gesagt, dass er sie liebte, dass er Zeit für sie finden würde, dass sie ihm eine Chance geben sollte. Stattdessen ließ er die verbleibenden Meter Margots Sermon über sich ergehen, wäre zweimal fast der Länge nach hingeschlagen und begnügte sich damit, ein paarmal einsilbig zu antworten, ohne jedoch den Redefluss seiner Tochter zu unterbrechen. Da sie ohne Punkt und Komma weiterredete, blieb er noch fünf geschlagene Minuten vor dem Eingang der Apotheke stehen, bevor er eintrat. Er hielt das Handy mit einer Hand zu und bat um ein Medikament gegen Übelkeit und Erbrechen.

»Gab es letzte Nacht irgendwo im Dorf eine Party?«, fragte die Apothekerin grinsend.

Fragend zog Servaz die Augenbrauen hoch.

»Sie sind bereits die zweite Person innerhalb von fünf Minuten, die darum bittet.«

Er verließ die Apotheke, ohne dass der Monolog seiner Tochter versiegt wäre, hielt auf die Terrasse eines Cafés zu und setzte sich trotz der Kälte nach draußen. Margot redete sich weiterhin alles von der Seele.

»Guten Tag«, sagte der Kellner.

»Einen Kaffee bitte.«

»Mit wem redest du da?«, fragte seine Tochter irritiert.

»Mit einem Kellner«, erwiderte er leicht gereizt.

»Schon gut. Ich lass dich in Ruhe. Aber sag mir nie wieder, ich würde mich verhalten, als wäre ich deine Mutter. Tatsächlich verhältst du dich nämlich wie ein kleiner Junge. Und das macht die Sache so schwierig, Papa.«

»Das tut mir leid«, sagte er widerwillig.

»Braucht es nicht. Ändere dich. Tschüss.«

Ungläubig sah er auf sein Handy. Sie hatte aufgelegt! Nach einer fünfzehnminütigen Moralpredigt, während deren er kein einziges Wort hatte sagen dürfen, geschweige denn sich rechtfertigen oder verteidigen konnte, legte sie einfach auf.

Kirstens Bauch krampfte sich immer noch zusammen, aber nicht mehr so stark: Die Übelkeit war etwas abgeflaut. Zumindest gelang es ihr nun, sich nicht davon überwältigen zu lassen. Wo blieb Martin nur so lange? Er war jetzt schon seit zwanzig Minuten weg. Inzwischen wurde sie von Migräne geplagt, ihr Mund war ganz belegt, als wäre er voller Sand, und zwischen ihren Schulterblättern strahlte ein Schmerz aus, als hätte man ihr dort einen Nagel hineingerammt, sicherlich von den Krämpfen, unter denen sie in der Nacht ihren gesamten Mageninhalt erbrochen hatte. Sie ging ins Badezimmer. Vermutlich roch sie nicht gerade angenehm, und sicherlich hatte sie auch ekelhaften Mundgeruch.

Sie putzte sich die Zähne, warf ein Handtuch auf den Boden, zog sich aus, betrat die Duschkabine, schaltete das Wasser ein und stellte sich unter den Strahl.

Vier Minuten später kam sie heraus, ein Handtuch auf Brusthöhe umgebunden. Das Zimmer müsste wohl auch dringend mal gelüftet werden, dachte sie, ging zum Fenster und riss es weit auf.

Die kalte Luft war wie Balsam, die Sonne wie eine Liebkosung, und der Wind ließ kleine Schneewolken aufstieben. Irgendwo bellte ein Hund. Eine Glocke in der Ferne. Eine Stimme, die nach jemandem rief. *Wie schön das Leben doch ist,* dachte sie.

Links von ihr sah sie ein Auto heranfahren. Sofort wandte sie ihre Aufmerksamkeit dem Chalet zu. *Der Volvo war verschwunden. Scheiße ...* Kirsten holte das Fernglas, das auf Martins zerwühltem Bett lag, ging damit zum Fenster und stellte es scharf.

Eindeutig, der Volvo fuhr in ihre Richtung. Doch von hier oben konnte sie unmöglich sagen, wer darinsaß. Sie sah mit dem Fernglas zum Chalet, fokussierte sich auf die Fenster. Eines stand weit offen, der Wind bauschte die Vorhänge auf und ließ sie vor dem Fenster tanzen.

Einen Moment lang sah Kirsten wie hypnotisiert dorthin, auf diesen stummen Tanz, dieses weiße, leuchtende Aufwallen.

Bis dann ganz plötzlich Aurore Labarthe auftauchte und diesem anmutigen Tanz ein Ende bereitete, indem sie sich nach draußen beugte, die Vorhänge wieder nach innen holte und das Fenster schloss.

Das alles hatte weniger als zehn Sekunden gedauert, aber sie hatte einen Teil der Informationen erhalten, nach denen sie gesucht hatte. Es gab nur zwei mögliche Optionen, was die Leute im Auto betraf:

1. das Arschloch von Labarthe.
2. das Arschloch von Labarthe und Gustav.

Aurore Labarthe schloss das Fenster, nachdem sie einen Blick auf den Volvo geworfen hatte, der von der Apotheke zurückkam, weiter hinten auf der Straße, wo sein Auspuff eine dicke schwarze Wolke voller Feinstaub in die kalte Nachtluft ausstieß. Was verdammt noch mal machte er? Die Apotheke war gerade mal einen Kilometer vom Chalet entfernt. Ging es vielleicht noch langsamer! Ihr Schlappschwanz von Ehemann … Er machte sie rasend, aber diesmal musste sie einräumen, dass er recht hatte: Sie hatten richtig Mist gebaut. Noch wütender machte sie bei dem Ganzen, dass es ihre Schuld war. Sie hatte die Nebenwirkungen des Beruhigungsmittels für Gustav unterschätzt. Dabei kannte sie doch die Krankheit des Kindes und seine Anfälligkeit für Leberbeschwerden. Hirtmann hatte sie lang und breit davor gewarnt.

»Gallengangatresie« nannte sie sich. Eine Krankheit mit ungeklärter Ursache, die etwa eines von zehn- oder zwanzigtausend Kindern betraf. Sie ging mit einem Verschluss der Gallenwege einher, sodass die Galle nicht mehr aus der Leber abtransportiert werden konnte und somit – wenn sie nicht behandelt wurde – zum Tod des Kindes durch Leberzirrhose führte.

Wenn der Schweizer davon erfuhr, dass sie den Jungen wiederholt mit Medikamenten vollgepumpt hatten, damit sie einen ungestörten Abend verbringen konnten, dann räumte Aurore ihnen keine großen Chancen ein. Er würde keine Gnade walten lassen. Hirtmann hing mehr an diesem Kind als an seinem eigenen Leben.

Wer war dieser Junge wirklich? Das hatte sie sich schon oft gefragt. War er wirklich sein Sohn? Und falls ja, wo war dann die Mutter? Weder Roland noch sie hatten sie je zu Gesicht bekommen.

Sie ging den Gang entlang und betrat Gustavs Zimmer. Rümpfte die Nase angesichts des Geruchs nach Erbrochenem. Schnappte sich Bettdecke und schmutziges Laken, zog beides vom Bett und ließ es auf den Boden fallen.

Aus dem angrenzenden Badezimmer war ein Rumoren zu hören.

Sie ging um das Bett herum und trat ins Badezimmer. Gustav kniete in seinem blauen Pyjama vor der Toilette. Er übergab sich, hatte den Kopf über die Toilette gebeugt.

Der Ärmste keuchte, sein Atem ging pfeifend, seine blonden Haare klebten strähnig zusammen, ließen seinen rosafarbenen Schädel durchscheinen. Als er sie hörte, richtete er sich auf und warf ihr einen traurigen, erschöpften Blick zu. Grundgütiger, dieses Kind beschwerte sich niemals, es sei denn, es verlangte nach seinem Vater, dachte sie. Eine Welle der Scham erfasste sie, die ihr fast den Atem raubte.

Sie kam näher, legte eine Hand auf Gustavs Stirn. Er glühte.

Dann hörte sie, wie die Haustür unten aufging.

Rolands Schritte auf der Treppe.

Sie half Gustav, sich auszuziehen, überprüfte die Wärme des Wassers mit dem Handrücken, dann schob sie ihn vorsichtig in die Dusche.

»Das wird dir guttun, mein Schatz.«

Gustav nickte stumm, stellte sich unter den Strahl. Er schreckte zusammen.

»Das ist heiß!«, sagte er.

»Das wird dir guttun«, wiederholte sie und regelte die Temperatur.

Labarthe kam ins Zimmer. Er sah den Haufen schmutziger Bettwäsche auf dem Boden, ging weiter zum Badezimmer.

»Der Bulle war in der Apotheke!«, sagte er ohne Umschweife.

Sie drehte sich um, warf ihm einen Blick zu, so schneidend wie eine Rasierklinge. Sie seifte Gustavs Rücken weiter ein, zeigte mit ihrer freien Hand auf die Tüte, die Labarthe in der Hand hielt.

»Gib mir das.«

»Hast du gehört, was ich gesagt habe?«, fragte er und reichte ihr das Mittel gegen Übelkeit.

»Gustav, sieh mich an«, sagte Aurore sanft, ignorierte ihren Mann völlig.

Sie schraubte den Deckel von der Plastikflasche, hielt sie dem Jungen an den Mund.

Der verzog das Gesicht. »Das mag ich nicht.«

»Ich weiß, mein Liebling. Aber es hilft dir.«

»Langsam!«, rief Labarthe, der ihr zusah. »Du gibst ihm viel zu viel!«

Die blonde Frau nahm die Flasche vom Mund des Jungen und warf ihrem Mann einen vernichtenden Blick zu.

»Ich habe das Bett dreckig gemacht«, sagte der Junge geknickt.

Sie küsste ihn auf die Stirn und streichelte über seine nassen blonden Haare.

»Das macht nichts, wir beziehen es gleich neu.«

Sie drehte sich zu ihrem Mann um.

»Kannst du mir bitte helfen? Und das Zimmer wieder in Ordnung bringen?«

Ihr Tonfall war scharf. Er nickte mit zusammengepresstem Kiefer und verließ das Bad. Aurore trocknete Gustav ab und reichte ihm dann einen sauberen Schlafanzug.

»Geht's dir besser?«

»Ja, ein bisschen.«

»Wo genau tut es denn weh?«

Er legte eine Hand auf den Bauch, sie tastete ihn ab: Er war hart und aufgedunsen.

»Du bist ein ganz tapferer Junge, weißt du das?«

Sie sah ein schwaches Lächeln auf seinem Gesicht. Das stimmte, dachte sie, dieser Junge war so tapfer. Das hatte er bestimmt von seinem Vater. Er bot der Krankheit die Stirn wie ein kleiner tapferer Soldat. Hatte er in seinem kurzen Leben denn überhaupt etwas anderes erfahren als diesen Mist? Sie betrachtete ihn eine Weile, während sie vor ihm kniete und ihn anlächelte. Dann stand sie auf.

»Gehen wir«, sagte sie. »Ich bringe dich wieder ins Bett, okay? Heute bleibst du zu Hause.«

Als sie aus dem Bad herauskamen, war das Bett gemacht, und das Fenster stand weit offen. Wie zuvor bei dem anderen Fenster schienen die nach draußen gewehten Vorhänge davonfliegen zu wollen.

»Leg dich schon mal hin«, sagte Aurore und beeilte sich, die Fenster zu schließen. »Ich bin gleich wieder da. Geht es dir jetzt wirklich ein bisschen besser?«

Gustav lag in seinem Bett und nickte sehr ernst.

»Schön. Wenn du Hunger hast, dann gib Bescheid.«

Sie verließ sein Zimmer und ging zur Treppe.

»Dieser Typ heute Abend ...«, fing Labarthe an, kaum dass sie die Küche betreten hatte.

»Ja. Ich habe verstanden. Heute ist es sehr windig. Wieso hast du das Fenster bei dem Jungen offen gelassen?«

»Weil es darin gestunken hat ...«

»Soll er sich vielleicht nicht nur erbrechen, sondern auch gleich noch draufgehen?«

»Ich habe gewartet, um herauszufinden, wo er hinwollte«, fuhr er fort, als hätte er sie nicht gehört. »*Der Bulle* ... Der hat mich nicht gesehen. Der hat gerade telefoniert und wirkte sehr schlecht gelaunt. Ich wollte wissen, ob er wieder ins Hotel zurückgeht.«

»Und?«

Sie schob eine schwarze Kaffeekapsel in die Kaffeemaschine und schaltete die Maschine ein.

»Er hat sich auf eine Caféterrasse gesetzt und einen Kaffee bestellt. Ich bin dann heimgefahren, da ... da das hier wichtiger war ...«

Sein Tonfall war fast schon entschuldigend – was er sofort bedauerte: In Aurores Anwesenheit Schwäche zu zeigen, führte nur dazu, dass sie Lust bekam, ihre Reißzähne in einen hineinzuschlagen.

»Ja, ich habe schon geglaubt, sie müssten diesen verfluchten Sirup erst noch zusammenmischen«, sagte sie. »Dieser Junge wird uns noch richtig in Schwierigkeiten bringen. Er übergibt sich ständig, es hört einfach nicht auf. Ich hoffe, dein Ausflug zur Apotheke war hilfreich.«

Sie drückte auf einen Knopf der Maschine, und diese spuckte ihren braunen Saft prustend und spritzend heraus. Der vorwurfsvolle Unterton war ihm nicht entgangen. Er fragte sich, warum sie ihm das in die Schuhe schieben wollte. Sicher, er hatte dem Meister vorgeschlagen, den Jungen bei sich aufzunehmen, als die Schulleiterin seiner früheren Schule angefangen hatte, dem »Großvater« zu viele Fragen zu stellen, aber Aurore war von dieser Idee begeistert gewesen. Sie konnten keine Kinder bekommen. Und er sah sehr wohl, wie sich Aurore um Gustav kümmerte, Zeit mit ihm verbrachte, seine Gesellschaft genoss. Und doch war sie es gewesen, die die Idee gehabt hatte, Gustav mit einem Beruhigungsmittel vollzupumpen. Und er hatte versucht, sie davon abzubringen.

Aber er wusste, dass es keinen Sinn hatte, mit Aurore zu diskutieren. Vor allem wenn sie so angespannt war. Also bemühte er sich, nicht schon wieder einen Streit vom Zaun zu brechen.

»Vielleicht sollten wir *ihn* benachrichtigen«, sagte er dann jedoch.

Die Stille, die darauf folgte, verhieß nichts Gutes. Ihre Antwort traf ihn wie ein Peitschenhieb.

»Ihn benachrichtigen? Bist du wahnsinnig oder bescheuert?«

Kirsten sah, wie er zum Hotel zurückkam. Sie drückte ihre Zigarette aus, schloss das Fenster und zog den Mantel aus, den sie sich übergezogen hatte. Sie ging ins Badezimmer und betrachtete sich im Spiegel.

Unmöglich, die dunklen Augenringe zu übersehen. Dasselbe galt für ihren leichenhaften Teint. Sie überprüfte, ob sie Mundgeruch hatte, indem sie eine Hand vor ihren Mund hielt und hineinatmete.

Außer Atem kam Martin ins Zimmer herein. Er reichte ihr die Tüte aus der Apotheke. Sie holte die Flasche heraus und trank direkt daraus, als wäre es Wasser, ertappte ihn dabei, wie er sie beobachtete.

»Ich habe jemanden aus dem Chalet herauskommen und wieder hineingehen sehen«, sagte sie.

»Wen?«

»Labarthe. Er hatte eine Tüte in der Hand. Ähnlich wie diese ...«
Er runzelte die Stirn.
»Eine Tüte aus der Apotheke, bist du dir sicher?«
»Nein, sicher bin ich mir nicht. Er war zu weit weg. Aber sie sah dieser hier ziemlich ähnlich. Und er schien es eilig zu haben.«
Servaz trat ans Fenster und sah zum Chalet. Und plötzlich machte er sich Sorgen – um Gustav.

Das Handy auf dem Schreibtisch vibrierte. Nicht das für den Alltagsgebrauch. Das andere Handy. Labarthe zuckte zusammen. Scheiße, war es möglich, dass Hirtmann irgendwie Wind davon bekommen hatte, was hier los war? Wegen diesem Mann wurde er noch richtig paranoid. Er sah auf das Display.

[Bist du da?]

Labarthe tippte die Antwort mit dem Zeigefinger ein.

[Ja]

[Gut. Kurzfristige Planänderung]

[Welche?]

[Ich will Gustav sehen. Heute
Abend. Üblicher Treffpunkt]

Verdammt! Labarthe seufzte. Es fühlte sich an, als hätte er nicht nur einen Frosch, sondern eine riesige Kröte im Hals, die ihn am Atmen hinderte.

[Was ist los?]

[Nichts. Ich will Gustav sehen.
Das ist alles. Heute Abend]

Labarthe stockte vor Schreck das Blut in den Adern. Am liebsten hätte er Aurore zu Hilfe gerufen. Aber die Sekunden verrannen. Er musste etwas antworten, ohne dass der Schweizer Verdacht schöpfte. Die nächste Nachricht zeigte, dass genau das bereits der Fall war:

[Gibt's ein Problem?]

Scheiße, verdammt noch mal! Antworte! Irgendwas!

[Gustav ist gerade krank, hier grassiert eine Grippe]

[Hat er Fieber?]

[Ja, ein bisschen]

[Seit wann?]

[Gestern Abend]

[War er beim Arzt?]

[Ja]

Labarthe schlug das Herz bis zum Hals. Er sah auf das leuchtende Display, wartete auf die nächste Nachricht.

[Beim gleichen wie sonst auch?]

Labarthe zögerte. Ahnte der Schweizer womöglich etwas? Versuchte er, ihm eine Falle zu stellen?

[Nein. Bei einem anderen. Das war am Sonntag]

[Was gebt ihr ihm?]

[Darum kümmert sich Aurore. Soll ich sie holen?]

[Nein. Nicht nötig. Ich komme heute Abend vorbei]

[Was? Aber im Hotel sind Polizisten, die das Chalet überwachen!]

[Das ist mein Problem]

[Meister, ich halte das nicht für eine gute Idee]

[Lass das mal meine Sorge sein. Heute Abend. 20 Uhr]

Hirtmann hatte sich abgemeldet.

Scheiße! Labarthe musste schlucken. Ihm war, als würden ihm gerade tausend Ameisen den Rücken hinaufkriechen. Luft, er brauchte Luft … Er ging zum Fenster, riss es auf. Atmete tief durch und betrachtete die weiße, funkelnde Landschaft.

Der Schweizer würde heute Abend vorbeikommen.

Warum zum Teufel hatte er auch von einer Grippe gesprochen? Warum nicht von einer Magen-Darm-Grippe? Scheiße, was hatte ihn da nur geritten?

Was, wenn Gustav seinem Vater sagte, dass er gar nicht beim Arzt war? In der Zeit, als er das Buch über ihn geschrieben hatte, hatte er sich in Hirtmann hineinversetzt, hatte sich für ihn gehalten. Wenn er durch die Straßen von Toulouse ging, wenn er eine Frau ansah, dann sah er sie mit Hirtmanns Augen an, fühlte sich stark, mächtig, grausam und erbarmungslos. Was für ein Witz!

Nichts als Worte. Hatte er Schiss? Verdammt, er hatte so richtig Schiss. Der Schweizer war keine Fiktion, er war eine verfluchte Realität – die Einzug in ihr Leben gehalten hatte.

Er musste an ihre erste Begegnung zurückdenken: Er signierte gerade Bücher in einer Buchhandlung in Toulouse. Oder zumindest hätte er sie signieren sollen, denn eine geschlagene halbe Stunde lang war niemand gekommen. Dann hatte sich schließlich ein Leser eingefunden, der eine Widmung wollte. Als Labarthe ihn gefragt hatte, wie sein Vorname lautete, hatte der Mann »Julian« geantwortet. Labarthe hatte gelacht. Der Mann war jedoch völlig ernst geblieben – und so, wie er Labarthe durch seine Brillengläser gemustert hatte, war es ihm eiskalt den Rücken hinuntergelaufen.

Labarthe war gerade auf dem Weg zu seinem Auto im zweiten Untergeschoss des Parkhauses Jean Jaurès gewesen, als der Mann aus einer dunklen Ecke aufgetaucht war und ihn zu Tode erschreckt hatte.

»Verdammt, Sie haben mir vielleicht Angst eingejagt!«

»Auf der Seite 153 gibt es einen Fehler«, hatte Hirtmann gesagt. »So hat es sich nicht zugetragen.«

Ohne zu wissen, warum, vielleicht lag es am Tonfall, an der majestätischen Ruhe, die der ungebetene Gast ausstrahlte, an den Worten, die er benutzte, Labarthe war jedenfalls sofort klar gewesen, dass er es nicht mit einem Hochstapler zu tun hatte, sondern dass er den echten Julian Hirtmann vor sich hatte …

»Sie sind das?«, hatte er gestammelt.

»Sie brauchen keine Angst zu haben. Es ist ein gutes Buch. Andernfalls täten Sie hingegen gut daran, sich zu fürchten.«

Labarthe wollte lachen, doch das Lachen war ihm im Hals stecken geblieben.

»Ich … ich … ich weiß nicht, was ich sagen soll … das ist eine solche … Ehre.«

Er hatte aufgesehen, nach oben, zum Schatten an der Decke: Labarthe war nicht einmal einen Meter siebzig groß. Hirtmann hatte ein Handy aus der Hosentasche gezogen und es ihm gegeben.

»Hier. Wir werden uns sehr bald wiedersehen. Erzählen Sie aber niemandem davon.«

Doch Labarthe hatte es jemandem verraten. Aurore. Er hatte keine Geheimnisse vor ihr.

»Ich will ihn unbedingt kennenlernen«, hatte sie sogleich gesagt.

Er verließ sein Büro und suchte vergeblich im Erdgeschoss nach ihr. Da waren Stimmen im ersten Stock ... er ging nach oben, rannte den Gang entlang. Aurore und Gustav waren im Badezimmer des Jungen.

»Es wird immer schlimmer«, sagte sie und fuhr mit einem feuchten Schwamm über die Stirn des Jungen. »Das Fieber steigt.«

O nein, nicht auch das noch!

»Ich habe gerade mit Hirtmann gesprochen.«

»Hast du ihn etwa angerufen?«, fragte sie, als könnte sie es nicht fassen.

»Nein! Er hat mich angerufen! Ich weiß nicht, was mit ihm los ist. Er will den Jungen sehen!«

»Was?«

»Er kommt heute Abend vorbei.«

»Was hast du ihm gesagt?«

»Dass Gustav krank ist, dass er ... die Grippe hat.«

»Die Grippe? Aber warum denn ausgerechnet die Grippe?«

»Weiß ich doch nicht! Das ... das war das Erste, was mir in den Sinn gekommen ist! Er wollte auch wissen, ob Gustav beim Arzt war.«

Sie warf einen vorsichtigen Blick auf den Jungen, dann sah sie wieder ihren Mann an.

»Was hast du ihm gesagt?«

»Dass er bei einem war.«

Aurore wurde blass. Sie betrachtete Gustav – der sie traurig und erschöpft ansah, den Tränen nahe, aber auch voller Zuneigung und Vertrauen, und zum ersten Mal empfand diese hartherzige Frau ein wirklich menschliches Gefühl, und Schuld zerfraß ihre Eingeweide. Sie streichelte seine Wange und drückte den

Jungen, einem Impuls folgend, an sich, atmete den Duft seines Gesichts und der nassen Haare ein. Am liebsten hätte sie losgeheult.

»Mach dir keine Sorgen, mein Schatz. Alles wird gut, alles wird gut.«

Sie drehte sich zu Labarthe um.

»Wir müssen ihn in die Notaufnahme bringen«, sagte sie.

»Auch das noch, verdammt.«

»Sie kommen raus«, sagte Kirsten.

Servaz trat zu ihr ans Fenster.

»Sieh nur, wie sie Gustav eingepackt haben. Sieht nicht so aus, als würde es ihm gut gehen, sogar auf die Entfernung.«

Sie reichte ihm das Fernglas.

»Er war heute nicht in der Schule«, merkte er an.

Wieder kreisten seine Sorgen um den Jungen. Er sah auf die Uhr. Gleich fünfzehn Uhr. Labarthe war vor knapp drei Stunden von der Apotheke zurückgekehrt, wenn er wirklich dort gewesen war. Ganz offensichtlich hatte sich Gustavs Zustand verschlimmert. Servaz hätte nahezu alles gegeben, um zu erfahren, was dem Kind fehlte. Die Angst zermürbte ihn regelrecht.

Er sah, wie sie Gustav auf die Rückbank verfrachteten; Aurore Labarthe warf eine Decke über ihn, streichelte seinen Kopf. Ihr Mann setzte sich ans Steuer – nicht ohne vorher einen Blick in Richtung Hotel geworfen zu haben.

»Was machen wir jetzt?«, fragte Kirsten.

Seine Gedanken überschlugen sich.

»Wir lassen sie ziehen. Sie sind ohnehin schon alarmiert. Auf diesen Straßen würden sie uns sehr schnell entdecken. Außerdem bist du noch nicht ganz auf dem Damm. Warten wir, bis sie zurückkommen.«

»Sicher?«

»Ja.«

Dabei wäre er am liebsten zum Auto gerannt. Ihm war klar, dass er diese Ungewissheit nicht lange aushalten würde. Wo brachten sie Gustav hin? In diesem Moment war ihm das Ehepaar Labarthe völlig egal und auch Hirtmann – er dachte nur an Gustav. *Warum mache ich mir solche Sorgen?*, fragte er sich. *Wenn er nicht mein Kind ist, warum beschäftigt mich das dann so?*

Aurore saß auf der Rückbank und presste Gustav an sich. Sie hatte rasch nach der ersten Hose und dem erstbesten Pullover gegriffen, die ihr in die Hände kamen. Im Auto war es feuchtkalt. Obwohl sie den Jungen in eine Decke eingewickelt hatte, zitterte er unablässig.

»Willst du, dass wir hier erfrieren?«, rief sie nach vorn.

Wortlos und ohne den Blick von der tückischen Fahrbahn abzuwenden, stellte Labarthe die Heizung ganz hoch.

Nach den Serpentinen kamen sie auf eine breitere, geräumte Straße. Er bog nach links ab. Richtung Saint-Martin.

Gab Gas.

»Mir ist schlecht«, sagte der Junge.

Dr. Franck Vassard ruhte sich gerade im Pausenraum aus, als ihn eine Krankenschwester dort aufsuchte.

»Gerade ist ein Junge eingetroffen, der sich ständig übergibt.«

Müde richtete er sich auf dem Sofa auf und sah sie an, dann streckte er sich. Er war ein junger Assistenzarzt, hatte heute Dienst in der Notaufnahme, und man sah ihm an, wie viel Energie noch in ihm steckte; die Energie der Jugend, aber auch die Energie dessen, der noch nicht von den vielen Jahren, in denen er sich mit zwei unbesiegbaren Gegnern herumschlagen musste, besiegt war: der Krankheit und dem Tod. Zu denen man häufig noch weitere zählen konnte: die Unwissenheit und den Argwohn der Patienten. Er rieb sich über seinen Hipster-Bart und musterte die Krankenschwester.

»Wie alt?«

»Fünf. Er hat auch leichte Anzeichen von Ikterus. Das könnte durchaus auf ein Leberversagen hindeuten.«

In anderen Worten: Gelbsucht. Eine gelbliche Verfärbung der Haut und der Augen aufgrund einer erhöhten Konzentration von Bilirubin im Blut.

»Ist er mit seinen Eltern hier?«

»Ja.«

»Fieber?«

»38,5.«

»Ich komme.«

Er stand auf, ging zur Kaffeemaschine. Verdammt, er hatte gehofft, er würde ein bisschen länger dösen können. Saint-Martin war ein kleines Krankenhaus, die Mitarbeiter in der Notaufnahme mussten nur selten einen Ansturm bewältigen, wie er in den Großstädten üblich war.

Zwei Minuten später verließ Vassard den kleinen Raum und lief den Gang voller Krankenschwestern und Servierwagen entlang. Das Kind saß auf einer Krankentrage, und das Ehepaar beobachtete, wie er auf sie zukam. Ohne es benennen zu können, kam ihm dieses ungleiche Paar eigenartig vor – die Frau war fast zehn Zentimeter größer als der Mann –, und ihn erfüllte eine ungute Vorahnung.

»Sind Sie die Eltern?«

»Nein, Freunde«, antwortete der Mann. »Der Vater müsste bald hier sein.«

»Sehr gut. Was fehlt ihm denn?«, fragte er und trat zu dem blonden Jungen mit dem fiebrigen Blick.

»Wir verabreichen ihm Aktivkohle und etwas, das den Brechreiz unterbindet«, sagte er. »Ich bin kein Befürworter von Darmspülungen. Außerdem werden die fast nur noch nach der Einnahme von äußerst giftigen Stoffen durchgeführt, was bei dem Beruhigungsmittel, das Sie ihm gegeben haben, nicht der Fall ist« – er konnte allerdings nicht umhin, seinen Worten einen äußerst missfallenden Tonfall zu geben. »Wir werden ihn bis morgen früh zur Beobachtung hierbehalten. Am meisten Sorge bereiten mir die Gelbsuchtsymptome, die geschwollene Leber und die

Bauchschmerzen. Mit einer Gallengangatresie ist nicht zu spaßen. Ist er deswegen in Behandlung?«

Er schaute zu der Frau, deren Blick von höchster Wachsamkeit war.

»Er hatte eine Kasai-Operation«, antwortete sie. »Dr. Barrot ist sein behandelnder Arzt.«

Der junge Assistenzarzt nickte. Er kannte Barrot. Ein kompetenter Mann. Die Kasai-Operation war ein chirurgischer Eingriff, der bewirkte, dass die Gallenflüssigkeit der Leber wieder in den Darm ablaufen konnte, nachdem der durch die Krankheit beschädigte Gallengang entfernt und durch ein neues, aus Darmgewebe bestehendes System ersetzt wurde. Dieser Eingriff verlief bei einem von drei Fällen erfolgreich. Aber auch bei einem erfolgreichen Eingriff ließ sich die Zirrhose nicht stoppen. *Was für eine beschissene Krankheit, diese Gallengangatresie,* dachte der junge Assistenzarzt und sah dabei den Jungen an.

»Sieht ganz so aus, als wäre die OP fehlgeschlagen«, sagte er und betrachtete Gustav mit gerunzelter Stirn. »Vielleicht sollte man eine Transplantation ins Auge fassen. Wissen Sie, ob Derartiges erwogen wird? Wie denkt Dr. Barrot darüber?«

Sie starrten ihn an, als würde er Chinesisch sprechen. Was für ein eigenartiges Paar, dachte er.

»Und beim nächsten Mal kein Beruhigungsmittel«, sagte er eindringlich, nachdem sie nicht geantwortet hatten. »Auch dann nicht, wenn er sehr unruhig ist.«

Er musterte die beiden nacheinander, hätte sie am liebsten an den Schultern gepackt und geschüttelt. Die Frau nickte. Sie war größer als er. Ihre Lederhose und ihr eng anliegender Pulli betonten ihre Silhouette. Er vermochte nicht zu sagen, was bei ihm überwog, wenn er sie ansah: die körperliche Anziehung oder die Abneigung. Noch nie zuvor hatte er angesichts einer Frau derart ambivalente Gefühle verspürt.

Er behielt den Eingang zum Krankenhaus und den weitläufigen Vorplatz zum Vorbau eines hundert Meter entfernten Gebäudes im Blick. Inzwischen war es dunkel. Die Lampen des großen Gebäudes warfen gelbe Flecken auf das Mauerwerk aus Ziegelstein. Ein paar vereinzelte Flocken schwebten in ihrem Lichtschein zu Boden. Nervös zog er an seiner Zigarette, seine kleinen Augen hinter den Brillengläsern betrachteten die Umgebung äußerst wachsam.

Alles war so ruhig, so düster. Nichts regte sich. Wohin gingen die Bewohner von Saint-Martin-de-Comminges, wenn die Nacht hereingebrochen war? Er warf die Zigarette in den Schnee auf dem Gehsteig.

Sah sich um.

Trat nach vorn.

Überquerte mit langsamen Schritten den verlassenen Vorplatz, obwohl er vor Ungeduld fast verging. Dann betrat er das Krankenhaus, ging zum Empfang.

»Heute Nachmittag ist ein fünfjähriger Junge in die Notaufnahme gebracht worden«, sagte er zur Krankenschwester hinter dem Tresen, als diese ihm endlich einen Teil ihrer Aufmerksamkeit schenkte. »Gustav Servaz. Ich bin sein Vater.«

Sie warf einen Blick auf den Computer.

»Alles klar«, sagte sie und zeigte auf die Glastür links neben dem Tresen. »Gehen Sie durch diese Tür, den Gang bis ganz nach hinten durch und da dann nach rechts. Es ist ausgeschildert. Fragen Sie dort weiter nach. In einer Viertelstunde ist übrigens die Besuchszeit vorüber.«

Er sah sie etwas zu lange an.

Den Bruchteil einer Sekunde stellte er sich vor, wie er sich über den Tresen beugte, sie an den Haaren packte, den Cutter aus seiner Tasche holte und ihr die Kehle durchschnitt.

»Danke«, sagte Julian Hirtmann.

Er nahm den Weg, den sie ihm beschrieben hatte. Am Ende des zweiten Ganges war ein weiterer Empfangstresen. Wieder trug er sein Anliegen vor.

»Kommen Sie bitte mit«, sagte die Krankenschwester mit dem müden Gesicht und dem stumpfen Haar.

Da standen sie, am Ende des Ganges – das Ehepaar Labarthe. Hastig kam Roland auf ihn zu, Aurore hielt sich im Hintergrund, musterte ihn vorsichtig. Er umarmte diesen Idioten von Akademiker wie ein Papst, der seinen Segen verteilte. Dabei ließ er die Frau nicht aus den Augen. Einen kurzen Moment sah er sich, wie er sie auf dem Dachboden nahm, wie ihre Handgelenke an den Ringen an der Decke festgemacht waren, sie selbst völlig nackt und ihm ausgeliefert, während Labarthe geduldig unten im Wohnzimmer darauf wartete, dass sie fertig waren.

»Wo ist er?«

Labarthe zeigte auf eine Tür.

»Er schläft. Sie haben ihm ein Beruhigungsmittel und etwas gegen den Brechreiz gegeben.«

Die Aktivkohle erwähnte er nicht, aber er wusste, dass der Meister früher oder später erfahren würde, was vorgefallen war.

»Was war los?«, fragte der, wie ein Echo auf seine Gedanken hin. »Du hattest mir etwas von einer Grippe erzählt.«

Labarthe hatte ihm geschrieben, dass der Zustand des Jungen sich verschlechtert hatte und sie ins Krankenhaus müssten.

»Es ging ihm plötzlich sehr schlecht«, unterbrach Aurore und kam langsam auf sie zu. »Er war sehr unruhig, deshalb habe ich ihm ein leichtes Beruhigungsmittel gegeben.«

»Du hast was …?«

Hirtmanns Stimme war auf einmal ganz frostig.

»Der Arzt meinte, das habe damit nichts zu tun«, log sie. »Und Gustav geht es gut.«

Plötzlich verspürte er den Impuls, sie am Hals zu packen, gegen die Wand zu pressen und so fest zuzudrücken, bis ihr Gesicht blau anlief. Seine Stimme klang gefährlich ruhig, als er sagte: »Darüber reden wir noch. Fahrt nach Hause. Ich bleibe hier.«

»Wenn Sie wollen, können wir auch hierbleiben«, sagte Labarthe.

Erst starrte er den kleinen Mann mit dem Ziegenbärtchen an, dann die blonde Frau. Stellte sie sich tot, steif und kalt vor.

»Fahrt nach Hause. Und gebt diesen Umschlag im Hotel ab.«

Labarthe warf einen flüchtigen Blick darauf. Er war an Martin

Servaz adressiert. Natürlich kannte er diesen Namen. Er hatte sogar am Abend zuvor Zweifel gehabt, als er diesen Typen dort gesehen hatte. War der Meinung gewesen, dieses Gesicht von irgendwoher zu kennen. Was war nur los, verdammt noch mal? Er brannte vor Neugier.

Hirtmann sah ihnen nach. Dann betrat er das Zimmer. Gustav schlief, seine Gesichtszüge waren entspannt. Eine ganze Weile stand Hirtmann am Fußende des Bettes und betrachtete den Jungen – dann setzte er sich auf den einzigen Stuhl im Zimmer.

Servaz stand hinter dem Fenster.

Er lauschte und suchte die Gegend ab. Ganz verzweifelt. Starrte zu dem verlassen und dunkel daliegenden Chalet in die leere Nacht hinaus und war von einem unguten Gefühl erfüllt.

Wo waren sie nur? Und was war mit Gustav? Sie waren jetzt schon einige Stunden fort. Er hielt das Warten kaum noch aus. So langsam bedauerte er, ihnen nicht nachgefahren zu sein. Auch Kirsten hatte schon zweimal angedeutet, dass sie vielleicht die falsche Entscheidung getroffen hatten. Sie wirkte ebenfalls äußerst angespannt.

Gerade war sie durch die Anstrengungen und die Übelkeit in der vergangenen Nacht erschöpft ins Bett gesunken und schnarchte nun leise.

Dann plötzlich ein sich näherndes Motorengeräusch. Er klebte mit der Nase am Fenster und sah ihn: Der Volvo der Labarthes kam zurück! Vor dem Hotel wurde er langsamer und blieb schließlich stehen. Servaz sah nur das Dach, konnte unmöglich feststellen, wer im Auto saß.

Labarthe stieg aus, nahm die Stufen bis zur Terrasse des Hotels und trat dann ein. Kurz darauf kam er wieder heraus, und das Auto fuhr in Richtung Chalet weiter.

Servaz spürte, wie sich seine Brust hob, als die Autotüren aufgingen. Labarthe und seine Frau stiegen aus, allein. *Gustav war nicht im Auto ...* Wo war der Junge bloß? Was hatten sie mit ihm angestellt?

In diesem Moment klingelte das Telefon. Nicht sein Handy, sondern der große, schwarze, vorsintflutliche Apparat des Hotels auf dem kleinen Tisch. Er hob schnell ab, bevor Kirsten wach wurde.

»Für Sie ist ein Umschlag abgegeben worden«, sagte der Hotelier.

Labarthe ... Was war denn jetzt los? Wieder hatte er das Gefühl, dass ein Marionettenspieler an irgendwelchen unsichtbaren Fäden zog.

»Ich komme runter.«

Keine Minute später war er unten in der Eingangshalle. Ein brauner Umschlag wartete dort auf ihn. Handschriftlich war darauf vermerkt:

MARTIN SERVAZ

»Den hat der durchgeknallte Professor abgegeben«, sagte der Hotelier.

Servaz' Hand zitterte leicht, als er den Umschlag aufriss und ein zweifach gefaltetes Blatt herauszog.

Er spürte, wie sich die Hotellobby um ihn herum drehte, wie sein gesamtes Universum anfing, sich zu drehen – Planeten, Sterne, der Raum, die Leere ... Im Bruchteil einer Sekunde war die Schöpfung aus den Fugen geraten, das Universum aus den Angeln gerissen, und alle Festpunkte waren aufgehoben worden.

Auf dem Blatt stand:

Gustav ist im Krankenhaus von Saint-Martin. Ich erwarte dich. Komm allein. Es wird keine Kindertotenlieder geben, wenn wir unsere Kräfte vereinen.
J.

36
H

Er hatte Kirsten schlafend im Hotel zurückgelassen. Seine Schläfen pochten, als bekäme er intravenös Adrenalin verabreicht. Er fuhr schnell, war die Serpentinen hinuntergedüst und hatte einen gehörigen Schrecken bekommen, als er zu weit auf den verschneiten Randstreifen gefahren und das Auto daraufhin ins Schleudern gekommen war. Er war gefährlich nahe am Abhang entlanggeschlittert, ehe er wieder auf die vereiste Fahrbahn zurückkam.

Ein Satz ging ihm nicht aus dem Kopf: »Es wird keine *Kindertotenlieder* geben, wenn wir unsere Kräfte vereinen.«

»Die Kindertotenlieder.« Gustav Mahler. »J.« Seines Wissens konnte nur ein Einziger diese Nachricht geschrieben haben. Und auf diese Weise teilte er ihm mit, dass Gustav in Lebensgefahr schwebte. Dass seine Rettung von ihm abhing. Kurz kam ihm der Gedanke, das alles könnte eine Falle sein, gleich darauf verwarf er ihn jedoch wieder. Eine Falle – mit welchem Ziel? Hirtmann hatte ihn über Monate hinweg fotografiert, er hätte ihm jederzeit eine Falle stellen können. Außerdem gab es dafür bessere Orte als ein Krankenhaus.

Als er nach Saint-Martin hineinfuhr, nahm er den Fuß vom Gas. Hielt nach dem Schild mit der Aufschrift »H«, für *hôpital*, Ausschau und verließ den Kreisverkehr an der gegenüberliegenden Seite. Sechs Minuten später hielt er auf einem dem Personal vorbehaltenen Parkplatz und betrat das Krankenhaus.

»Die Besuchszeit ist zu Ende«, teilte ihm die Frau hinter dem Empfangstresen mit, ohne von ihrem Handy aufzusehen.

Er beugte sich nach vorn und hielt seine blau-weiß-rote Karte zwischen die Nase und das Display seines Gegenübers. Die Frau schaute auf und blitzte ihn wütend an.

»Sie müssen nicht gleich unangenehm werden«, sagte sie. »Was wollen Sie?«

»Heute Nachmittag ist ein Junge in der Notaufnahme eingeliefert worden.«

Sie kniff die Augen zusammen, musterte ihn misstrauisch, dann sah sie im Computer nach.

»Gustave Servaz«, bestätigte sie.

Er spürte, wie sich der Abgrund in seinen Eingeweiden auftat, als er zum zweiten Mal diesen Vornamen in Verbindung mit seinem Nachnamen hörte. War das wirklich möglich? Jetzt, wo seine Befürchtungen und Hoffnungen Form annahmen, fragte er sich, was er sich mehr wünschte: dass Gustav sein Sohn war oder eben genau das nicht. Eine andere, diffusere und gefährlichere Hoffnung flammte gleichzeitig in ihm auf. Eine vor vielen Jahren ausgelöschte Hoffnung, die insgeheim aber darauf gewartet hatte, wieder entfacht zu werden: Marianne. Würde er endlich herausfinden, was mit ihr geschehen war? Sein Geist versuchte vergeblich, diese Frage zu verdrängen, sie in eine dunkle Ecke zu vertreiben, weit weg von jedem Lichtstrahl.

Die Frau deutete auf eine Glastür links vom Tresen.

»Gehen Sie diesen Gang entlang und dann den Gang nach rechts weiter.«

»Danke.«

Sie beugte sich wieder über ihr Handy. Noch leicht verwirrt von der Kombination dieses Vornamens mit seinem Nachnamen drückte er die Tür zum Gang auf.

Seine Schritte hallten über den glatten Boden. Vollkommene Stille. Eine weitere Tür. Ein anderer Gang. Ganz hinten ein beleuchtetes Schild: »Notaufnahme«.

Nur eine einzige Person in einem vollgestellten Büro, dessen Wände mit Dienstplänen voller bunter Markierungen tapeziert waren.

Erneut zückte er seinen Dienstausweis.

»Gustav«, sagte er nur – ihm war nicht danach, seinen Nachnamen ebenfalls auszusprechen. »Der Junge, der heute Nachmittag eingeliefert wurde.«

Verständnislos sah sie ihn an. Sie wirkte sehr erschöpft. Dann nickte sie, stand auf, trat aus dem engen Büro und zeigte auf eine Tür.

»Die dritte auf der rechten Seite.«

Irgendwo ertönte ein Piepsen, und sie ging in die andere Richtung davon.

Er ging weiter. Seine Beine waren so butterweich wie ein in der Sonne schmelzender Schneemann. Ein Gefühl von Unwirklichkeit. Die entsprechende Tür war nur noch vier Meter entfernt. Er kam an zwei leeren, an die Seite geschobenen Krankenbetten vorbei und an einem Apparat auf Rollen mit vielen Knöpfen. Er ignorierte die innere Stimme, die ihm riet, kehrtzumachen und zu verschwinden.

Sein Herzschlag rauschte in seinen Ohren, Panik breitete sich in ihm aus.

Drei Meter.

Zwei ...

Noch einer ...

Das Geräusch eines Beatmungsgeräts, eine weit offen stehende Tür ... eine Gestalt im Zimmer auf einem Stuhl, die ihm den Rücken zudrehte ... eine Männerstimme, die sagte: ... *Komm rein, Martin. Ich habe schon auf dich gewartet. Herzlich willkommen ... Das ist schon so lange her ... Du hast dir vielleicht Zeit gelassen ... Tausendmal haben sich unsere Wege gekreuzt, tausendmal hast du mich nicht gesehen ... Aber jetzt bist du ja da, endlich ... Komm rein, nur nicht so schüchtern! Komm her ... sieh dir deinen Sohn an ...*

MARTIN UND JULIAN

37
DURCH EIN KIND WIRD MAN VERLETZLICH

»Komm rein, Martin.«
Dieselbe tragende, donnernde Stimme. Tief und wohlklingend. Derselbe urbane Tonfall. Das alles hatte er fast vergessen.
»Komm rein.«
Er trat vor. Ein Krankenhausbett zu seiner Linken, darin der schlafende Gustav – Servaz verspürte einen dumpfen Schmerz mitten in der Brust –, friedlich und sorglos, aber mit geröteten Wangen, die Hitze im Zimmer, das Fenster ganz hinten, wo die Strahlen der Laternen horizontale Linien zwischen die Lamellen der Jalousie malten.
Sonst keine andere Lichtquelle.
Er konnte die Gestalt, die mit dem Rücken zu ihm dasaß, kaum ausmachen.
»Du wirst mich nicht festnehmen, nicht wahr? Nicht, bevor wir miteinander geredet haben.«
Servaz sagte nichts. Ging noch einen Schritt weiter ins Zimmer. Hirtmann war links von ihm. Servaz betrachtete sein Profil. Er trug eine Brille, eine Haarsträhne fiel ihm in die Stirn, und seine Nase hatte eine andere Form. Wäre er ihm so auf der Straße begegnet, hätte er ihn nicht erkannt.
Doch als der Schweizer den Kopf drehte, das Kinn anhob und ihn durch seine Brillengläser musterte, erkannte Servaz das Lächeln und den Mund mit den leicht femininen Zügen wieder.
»Hallo Martin, schön, dich zu sehen.«
Noch immer antwortete er nicht, fragte sich, ob der Schweizer das Hämmern seines Herzens wohl hörte.
»Ich habe die Labarthes nach Hause geschickt. Das sind treue Lakaien, aber so was von bescheuert. Er ist völlig dämlich. Sein

Buch taugt rein gar nichts, weißt du das? Hast du es gelesen? Sie ist schon deutlich gefährlicher. Sie haben es tatsächlich gewagt, Gustav mit Medikamenten vollzupumpen.« Seine Stimme war mit einem Mal eiskalt. »Und sie glauben, sie könnten sich mit Ausflüchten aus der Affäre ziehen. Aber du weißt ja, dass es so nicht ablaufen wird.«

Servaz sagte nichts.

»Ich weiß noch nicht, wie ich die Sache lösen werde. Mal sehen. Das gehe ich lieber spontan an.«

Servaz wurde hellhörig, versuchte, andere Geräusche außer der Stimme auszumachen. Aber da waren keine. Alles war ruhig.

»Erinnerst du dich noch an unsere erste Unterhaltung?«, fragte der Schweizer ihn unvermittelt.

Und ob er sich erinnerte. Tatsächlich war in den letzten acht Jahren kein einziger Tag vergangen, an dem er nicht daran zurückgedacht hatte. Manchmal war es eine Angelegenheit von wenigen Sekunden, manchmal dauerte es länger.

»Erinnerst du dich noch an das erste Wort, das du gesagt hast?«

Servaz erinnerte sich. Aber er überließ es Hirtmann, es auszusprechen.

»Mahler.«

Der Schweizer lächelte, sein Gesicht strahlte mit einem Mal.

»Du hast ›Mahler‹ gesagt. Und mir war sofort klar, dass da etwas passierte. Erinnerst du dich noch an die Musik?«

O ja, und wie er sich erinnerte.

»Die vierte, erster Satz«, erwiderte Servaz mit heiserer Stimme, als würde er seit mehreren Tagen zum ersten Mal sprechen.

»Bedächtig ... nicht eilen ... recht gemächlich ...«, sagte Hirtmann.

Seine Hände erhoben sich und flatterten durch das Zimmer, als könnte er sie hören.

»Bedächtig ... nicht eilen ... recht gemächlich«, wiederholte Servaz.

»Ich muss zugeben, dass du mich an diesem Tag schwer beeindruckt hast. O ja. Und ich bin nicht leicht zu beeindrucken.«

»Sind wir hier, um über die guten alten Zeiten zu reden?«

Der Schweizer gab ein amüsiertes Lachen von sich, fast ein Husten. Dann drehte er sich zum Bett um.

»Sprich leiser, sonst weckst du ihn noch auf.«

Servaz hatte das Gefühl, als würden seine Beine nachgeben.

»Wer ist dieses Kind?«, fragte er.

Einen Moment herrschte Stille.

»Errätst du es nicht?«

Er schluckte.

»Habe ich dir erzählt, dass ich in meinem alten Beruf einmal eine Kinderleiche gefunden habe?«, fuhr der Schweizer fort. »Damals war ich noch jung, hatte erst drei Wochen zuvor am Genfer Gericht angefangen. Die Polizei hat mich mitten in der Nacht geweckt. Der Typ am anderen Ende der Leitung war völlig durch den Wind. Ich fuhr zur angegebenen Adresse. Ein deprimierender Ort. Ein schäbiges Haus, das von Junkies besetzt worden war. Kaum hatte ich es betreten, hatte ich auch schon diesen ekligen Geruch in der Nase: Es stank nach Erbrochenem, nach Katzenpisse, Essen, Scheiße, Tabak, Dreck und nach verbranntem Alupapier. Im Flur und in der Küche wimmelte es nur so von Kakerlaken. Dann kam ich ins Wohnzimmer. Alle darin waren völlig zugedröhnt, hingen auf den Sofas herum, die Mutter lag auf den Knien von zwei Typen und hat so gut wie gar nichts mitbekommen, einer der Typen beschimpfte die Polizei, der Couchtisch war übersät mit Spritzen. Sie hatten sich alles reingezogen, was sie nur kriegen konnten. Das Mädchen war in dem Zimmer am Ende des Ganges, es lag in seinem Bett. Ich schätzte es auf vier oder fünf. Später habe ich herausgefunden, dass es schon sieben Jahre alt war ... Aber durch die jahrelange Misshandlung und Unterernährung war es kleiner und zartgliedriger, als es seinem Alter entsprach.«

Er warf einen Blick zum Bett.

»Der Gerichtsarzt, der kurz vor der Pensionierung stand und dem schon so einiges untergekommen war, wirkte ganz blass. Er hat die Kleine äußerst vorsichtig untersucht, vielleicht um die

Härte auszugleichen, mit der sie zusammengeschlagen worden war. Die Leute vom Rettungsdienst standen noch vor dem Haus. Einer von ihnen hat sich auf der Wiese übergeben. Sie hatten alles in ihrer Macht Stehende unternommen, um das Mädchen zu reanimieren, Herzmassage, Defibrillator. Einer der Sanitäter wäre fast ins Haus zurückgestürmt, um die Eltern zu verprügeln. Die Polizisten mussten ihn zurückhalten. Das Zimmer der Kleinen war regelrecht zugemüllt, genau wie das restliche Haus: überall Flaschen, Dosen, verschimmeltes Essen in irgendwelchen Kartons, alles dreckig, auch das Bett ...«

Hirtmann schwieg, hing seinen Gedanken nach.

»Wir haben den Täter ausfindig gemacht, der für die tödlichen Schläge verantwortlich war. Das war keiner der drei Missgeburten vor Ort, sondern der Vater, der ebenso zugedröhnt bei ihnen aufgetaucht war und die Mutter schlafend mit den beiden anderen vorgefunden hatte. Und da hat er seine Wut an der Kleinen ausgelassen. Ich habe die Mutter zwei Monate später ermordet. Nachdem ich sie gefoltert hatte. Ich habe sie nicht vergewaltigt. Sie widerte mich viel zu sehr an.«

»Warum erzählen Sie mir das?«

Der Schweizer schien ihn nicht gehört zu haben.

»Du hast eine Tochter, Martin. Du weißt es schon sehr lange ...«

Servaz versteifte sich.

Sprich ja nicht von meiner Tochter, du Schwein ...

»Was weiß ich schon sehr lange?«, fragte er abweisend.

»Wenn man ein Kind hat, dann verhält man sich plötzlich anders als zuvor. Dann ist die Welt auf einmal wieder gefährlich, nicht wahr? Mit einem Kind muss man sich eingestehen, dass man vergänglich ist, durch ein Kind wird man verletzlich. Das alles weißt du natürlich. Sieh ihn dir an, Martin. Was würde passieren, sollte ich verschwinden? Oder sterben? Oder ins Gefängnis kommen? Was wird dann aus ihm? Wer wird sich um ihn kümmern? In welchem liebevollen oder gestörten Umfeld wächst er dann auf?«

»Ist das dein Sohn?«, fragte Servaz mit einem Knoten im Hals.

Hirtmanns Blick wanderte von Gustav zu Servaz, den er mit zusammengekniffenen Augen durch seine Brillengläser musterte.

»Ja, das ist mein Sohn. Ich habe ihn großgezogen, habe ihn aufwachsen sehen, du kannst dir gar nicht vorstellen, wie wunderbar er ist.«

Er machte eine Pause.

»Gustav ist mein Sohn, aber er ist auch dein Sohn. Ich habe ihn wie meinen Sohn großgezogen – weil er das ist –, aber in seinen Zellen steckt deine DNA. Nicht meine.«

Martin hörte ihm nicht weiter zu. In seinen Ohren rauschte und pfiff es, als hätte er einen Tinnitus bekommen. Seine Kehle war wie mit Sandpapier überzogen.

»Kannst du das beweisen?«, fragte er unvermittelt.

Hirtmann zog ein durchsichtiges Plastiktütchen hervor. Darin befand sich eine Haarsträhne. Blond. Das gleiche Haar, das er in der Hosentasche hatte.

»Ich habe diese Frage schon erwartet. Hier, nimm schon, mach den Test. Aber ich habe ihn bereits für dich gemacht: Ich wollte wissen, ob er von mir oder von dir ist …«

Kurzzeitig verstummte Hirtmann.

»Gustav. Dein Sohn. Er braucht dich.«

»Deshalb also …«

»Was?«

»Deshalb konnten wir ihn so einfach finden … Du hast es so eingerichtet.«

»Du bist ganz schön clever, Martin.«

»Aber nicht so clever wie du, was?«

»Es stimmt schon, ich selbst bin auch nicht auf den Kopf gefallen. Du kennst mich gut genug, um zu wissen, dass ich für gewöhnlich nicht so viele Fehler mache. Das hätte dich hellhörig machen müssen.«

»Das hat es auch. Doch obwohl ich dachte, dass du der Drahtzieher hinter all dem bist, ging ich davon aus, dass du deine

Gründe haben würdest – und dass der Marionettenspieler früher oder später in Erscheinung treten würde … Und damit hatte ich recht, nicht wahr?«

»Absolut. Und jetzt sind wir beide hier.«

»Das Problem ist, dass alle Ausgänge des Krankenhauses von der Polizei kontrolliert werden. Du kannst nicht entkommen.«

»Nein, das glaube ich nicht. Willst du mich etwa festnehmen? Hier? Im Zimmer deines kranken Sohnes? Das wäre doch ziemlich geschmacklos, ganz ehrlich.«

Servaz betrachtete Gustav in seinem Bett, die blonden, an der Stirn klebenden Strähnen, die leicht geöffneten Lippen und den schmalen Brustkorb, der sich sachte unter seinem Nickischlafanzug hob und senkte. Seine blonden Wimpern lagen wie Pinselhaare auf seinen Lidern.

Hirtmann richtete sich zu seinen 1,88 Meter auf. Servaz bemerkte, dass er ein paar Kilo zugelegt hatte. Er trug einen groß gemusterten Pullover und eine unförmige Cordhose. Dennoch ging zugleich etwas Anziehendes und Furchterregendes von ihm aus.

»Bist du müde, Martin? Ich schlage vor, dass …«

»Was hat er?«, unterbrach ihn Servaz mit festem Tonfall.

»Gallengangatresie.«

Servaz hatte noch nie von dieser Krankheit gehört.

»Ist das schlimm?«

»Tödlich, wenn man nichts dagegen unternimmt.«

»Geht's etwas ausführlicher?«

»Das dauert.«

»Mir egal. Ich habe Zeit.«

Er spürte, dass der Blick des Schweizers auf ihm ruhte.

»Von dieser Krankheit ist etwa eins von zwanzigtausend Kindern betroffen. Ein schöner Mist, der schon vor der Geburt des Kindes einsetzt. Im Großen und Ganzen verengen sich die Kanäle, durch die die Leber die Galle abtransportiert, und verstopfen. Die so in der Leber zurückbleibende Galle verursacht unwiederbringliche Schäden, die zum Tod führen, wenn man nichts dagegen unternimmt. Du hast bestimmt schon von der Leberzirrhose bei Alkoholikern gehört. Genau das passiert auch hier: Die in der Leber gestaute Gallenflüssigkeit führt zu einer Fibrose, dann zu einer sekundär biliären Zirrhose. Daran stirbt das Kind dann: an einer guten alten Leberzirrhose.«

Wieder verstummte Hirtmann einen Moment lang und warf einen Blick auf Gustav, ehe er fortfuhr.

»Bis zum heutigen Tag ist die Ursache der Gallengangatresie unbekannt. Die davon betroffenen Kinder haben beständig mit irgendwelchen gesundheitlichen Problemen zu kämpfen. Für gewöhnlich sind sie kleiner als der Durchschnitt und leiden häufig an irgendwelchen Infekten. Sie haben Bauchschmerzen, aufgedunsene Bäuche, Gelbsucht, schlafen schlecht, und es treten Blutungen im Magen-Darm-Trakt auf. Wie ich schon gesagt habe: ein ziemlicher Mist.«

In seiner Stimme lag keine besondere Gefühlsregung, er zählte einfach nur die brutalen Fakten auf.

»Eine erste Behandlung besteht darin, das Abfließen der Galle wiederherzustellen. Dieser Eingriff heißt Kasai-Operation, benannt nach dem Chirurgen, der ihn erfunden hat. Die erkrankten und verschlossenen Gallenwege werden entfernt, und eine Darmschlinge wird in die Leberpforte eingenäht, um die Galle aufzunehmen. Chirurgie ist letzten Endes nichts anderes als Klempnerarbeit. In einem von drei Fällen ist die Operation erfolgreich. Bei ihm scheint sie misslungen zu sein.«

Wieder brach er ab.

»Nun kann es zu einem Leberversagen kommen, und wenn sich die Symptome verschlimmern, stirbt das Kind.«

Servaz hatte das Gefühl, dass die Stille, die im Krankenhaus herrschte, eine gewisse Vibration hervorrief – oder lag das an seinen Ohren?

»Gibt es eine andere Behandlungsmethode?«

Hirtmann sah ihn durchdringend an. »Ja. Eine Lebertransplantation.«

Servaz, dem das Herz in der Kehle schlug, wartete auf das, was folgte.

»Die Gallengangatresie ist der häufigste Grund für eine Lebertransplantation bei Kindern«, erläuterte Hirtmann. »Wie du dir vorstellen kannst, ist die größte Hürde für eine Transplantation der Mangel an Spendern in dieser Altersgruppe.«

Eine Frau im Schwesternkittel kam den Gang entlang. Das Geräusch ihrer Gummisohlen auf dem Linoleumboden klang für Servaz wie das dumpfe Echo seines pochenden Herzens.

»Was Gustav betrifft«, fuhr der Schweizer fort, »so würde das einen Haufen Formalitäten mit sich bringen, er müsste aus dem Untergrund auftauchen und würde bestimmt in einer Pflegefamilie, also bei Fremden, landen. Bei Leuten, die ich nicht kontrolliere und die ich nicht selbst ausgesucht habe.«

Servaz hielt sich zurück, ihm zu sagen, dass die Labarthes in seinen Augen keinesfalls eine geeignete Wahl waren.

»Es gibt allerdings eine andere Option, für Gustav die einzig mögliche: eine Transplantation von einem kompatiblen, lebenden Spender. Man entnimmt etwa sechzig bis siebzig Prozent der Leber eines gesunden Spenders, was für diesen kein großes Problem darstellt, da die Leber nachwächst. Diese wird dem Kind transplantiert. Dabei darf es sich allerdings nicht um irgendeinen Spender handeln. Es muss ein naher Verwandter sein: ein Bruder, eine Mutter, ein Vater …«

Das war es also … Servaz widerstand dem Drang, den Schweizer am Kragen zu packen. Marianne, dachte er mit einem Mal. Er hatte »eine Mutter, ein Vater …« gesagt. Warum also nicht Marianne?

»Warum nicht die Mutter? Marianne, warum nicht sie?«, fragte er mit rauer Stimme. »Weshalb kann sie ihre Leber nicht spenden?«

Hirtmann sah ihn ernst an, er schien nach einer Antwort zu suchen.

»Sagen wir mal so, ihre Leber steht nicht zur Verfügung.«

Servaz atmete tief durch. »Sie ist tot, oder nicht?«

Der Blick des Schweizers war von vorgetäuschtem Mitleid gefärbt, und wieder hätte Servaz ihn am liebsten am Kragen gepackt.

»Und wenn ich mich weigere? Was passiert dann mit ihm?«
»Tja, in diesem Fall stirbt dein Sohn, Martin.«

»Warum?«, fragte er aus heiterem Himmel.
»Wie bitte?«
»Warum hast du ihn nicht umgebracht? Warum hast du ihn als deinen Sohn großgezogen?«
Sie standen noch immer nebeneinander am Fußende des Bettes und betrachteten den schlafenden Jungen, dessen Lippen eine stumme Ansprache hielten.
»Ich töte keine Kinder«, antwortete der Schweizer hart. »Das Schicksal hat mir dieses Kind zugespielt. Habe ich dir schon gesagt, wie wütend ich war, als ich herausfand, dass Marianne schwanger war? Über Wochen hinweg ließ ich sie hungern, damit sie das Kind verlor. Ich wollte dieses Kind nicht töten, ich wollte, dass es auf natürlichem Wege starb. Aber dieser kleine Teufel hat sich festgekrallt. Allerdings war Marianne mit all den Medikamenten, die ich ihr verabreichte, in einem erbärmlichen Zustand. Ich musste ihre Medikamente absetzen, ihr Nahrung zuführen, Vitamine spritzen.«
»In Polen?«, fragte Servaz.
Hirtmann sah ihn an. »Marianne hat niemals einen Fuß nach Polen gesetzt. Das war nur, um dich ein bisschen zu quälen. Ich habe ihre DNA zwischen ein paar anderen verstreut, das ist alles.«
»Wie ist sie gestorben?«
»Als das Kind auf der Welt war und ich diesen Vaterschaftstest machte und herausfand, dass es nicht mein Kind war«, fuhr der Schweizer fort, ohne auf die Frage einzugehen, »wurde mir klar, dass es von dir sein musste. Also kam ich nach Toulouse und habe heimlich etwas von deiner DNA entnommen. Das war nicht weiter schwer. Nicht schwieriger zumindest, als mir deine Waffe zu borgen. In beiden Fällen musste ich einfach nur in dein Auto kommen.«
Servaz hielt den Atem an, versuchte nachzudenken.
»Ich habe Jensen mit deiner Waffe umgebracht«, fuhr der

Schweizer fort. »Ich war es, der den Abzug betätigte. Ich habe deine Waffe an jenem Abend geborgt, als du mich im Park der Therme verfolgt hast, und sie durch eine andere ersetzt, die ich ein paar Tage danach wieder ausgetauscht habe.«

Servaz dachte an das Parfüm, das er in seinem Auto gerochen hatte, als er vom Psychiater kam, an seine Waffe in den Händen von Rimbaud, an die Vergleichsschüsse, die schon bald durchgeführt würden. Er betrachtete das schlafende Kind.

»Bei dieser Gelegenheit habe ich auch überprüft, ob eure Blutgruppen kompatibel sind«, fügte der Schweizer hinzu.

Der Polizist nahm diese Worte auf, auch wenn sie sich irgendwie irreal anfühlten. Ihm war, als träumte er, als würde er gleich aufwachen.

»Mal angenommen, ich würde es tun … wie kann ich sicher sein, dass du mich nach der Operation nicht beseitigst?«

Das schwache Licht der Neonröhre über dem Bett spiegelte sich in den Brillengläsern des Schweizers, wie ein Lichtreflex nachts von der Oberfläche eines Teiches zurückgeworfen wurde.

»Sicher kannst du dir nicht sein«, antwortete er. »Aber dann verdankt Gustav dir sein Leben. Ein Leben für ein anderes. Sagen wir, das ist meine Art, meine Schulden zu begleichen. Aber du musst mir natürlich nicht glauben. Es könnte durchaus sein, dass ich meine Meinung ändere und euch beide umbringe. Das würde mein Leben um einiges einfacher machen …«

»Unter einer Bedingung«, sagte Servaz nach einer Weile.

»Ich denke nicht, dass du in einer Position bist, in der man verhandeln kann, Martin.«

»Ihn den Labarthes anvertrauen, diesen Spinnern, bei aller Liebe!«, stieß der auf einmal wutentbrannt aus.

Hirtmann zuckte zusammen, sagte aber nichts.

»Was schlägst du stattdessen vor?«, fragte er überrascht.

»Immerhin ist es mein Sohn.«

»Ja und?«

»Also sollte ich ihn großziehen.«

Verwundert sah Hirtmann ihn an.

»Wie bitte?«

»Du hast sehr wohl verstanden. Wie willst du das machen? Wo soll die Operation stattfinden?«

Er sah, wie der Schweizer nachdachte.

»Im Ausland. Hier ist es zu gefährlich für ihn und für mich …«

Jetzt war Servaz überrascht. »Wo im Ausland?«

»Das wirst du noch erfahren …«

»Und wie willst du ihn außer Landes schaffen?«

»Dann bist du also bereit dazu?«, fragte der Schweizer, ohne auf die Frage einzugehen.

Servaz ließ Gustav nicht aus den Augen. Die Sorge nagte an ihm. Eine Sorge, die ihn daran erinnerte, wie viel Angst er um Margot gehabt hatte, als sie in Gustavs Alter war.

»Ich habe ja wohl keine andere Wahl, oder?«

38

WIE EIN WOLF
UMGEBEN VON LÄMMERN

»Glaubst du, dass uns jemand dieses Kind geschickt hat? Glaubst du an Gott, Martin? Ich meine, diese Frage hätte ich dir vor langer Zeit schon einmal gestellt. Sollte es ihn wirklich geben, dann wäre das ein ziemlich verkorkster Gott, nicht wahr?«

Sie waren nach draußen gegangen, die frische Nachtluft einatmen, den Schneeflocken zusehen. Hirtmann zog an seiner Zigarette.

»Hast du schon mal von Marcion gehört, Martin? Marcion war ein Christ, der vor tausendachthundert Jahren in Rom lebte. Als er dieses Universum voller Leiden, Massaker, Krankheiten, Kriegen und Gewalt betrachtete, schloss der Häretiker Marcion, dass der Gott, der all das erschaffen hatte, nicht gut sein konnte, dass das Böse ein Bestandteil seiner Kreation sein musste. Die Drehbuchautoren des Christentums fanden eine ziemlich verdrehte Erklärung, um die Frage des Bösen zu beantworten: Sie erfanden Luzifer. In der Version von Marcion ist das viel besser gelöst: Gott ist verantwortlich für das Böse wie für alles andere; er ist auch verantwortlich für die Krankheit von Gustav. Das Böse ist nicht nur Teil seiner Kreation, sondern einer der Ansatzpunkte. Dank der Gewalt und des Konflikts entwickelt sich die Kreation zu immer höheren Formen hin. Sieh dir Rom an. Plutarch zufolge hat Julius Cäsar mehr als achthundert Städte eingenommen, dreihundert Nationen unterworfen, eine Million Gefangene gemacht und eine weitere Million seiner Feinde umgebracht. Rom war eine verruchte Gesellschaft mit einem gewissen Hang zur Gewalt. Doch Roms Aufstieg ermöglichte es der Welt, sich weiterzuentwickeln, das Römische Reich hat Nationen vereint, Ideen wurden weitergetragen und neue Gesellschaftsformen erfunden.«

»Dein Gerede ermüdet mich«, sagte Servaz und zog sein Zigarettenpäckchen heraus.

»Wir träumen von Frieden, aber das ist eine Illusion«, fuhr der Schweizer fort, ohne auf die Unterbrechung einzugehen. »Überall herrschen Rivalität, Wettstreit und Krieg. William James, der Begründer der amerikanischen Psychologie, hat beschrieben, dass das zivilisierte Leben es vielen Menschen ermöglicht, den Weg von der Wiege bis zum Grab zu beschreiten, ohne jemals den geringsten Moment einer wahrhaften Angst durchlebt zu haben. Dementsprechend verstehen viele Menschen das Wesen der Gewalt, des Hasses und des Bösen nicht, die sie doch überall umgeben. Ist es nicht wunderbar, ein Wolf umgeben von Schafen zu sein?«

»Was hast du mit Marianne angestellt? Wie ist sie gestorben?«

Kurz warf ihm der Schweizer einen bekümmerten Blick zu, als fände er es höchst unhöflich, nun schon zum zweiten Mal unterbrochen zu werden.

»Habe ich dir erzählt, dass ich in Gustavs Alter mit einem Hammer auf meinen Onkel eingeschlagen habe? Er saß gerade mit meiner Mutter im Wohnzimmer. Er hatte irgendeinen Vorwand genutzt, um vorbeizukommen, als mein Vater nicht da war, und sie unterhielten sich. Noch heute kann ich meine Tat nicht erklären. Ich hatte es im Übrigen vergessen, bis meine Mutter mich viele Jahre später darauf ansprach, als sie auf dem Totenbett lag. Ich weiß auch nicht ... vermutlich habe ich es einfach nur gemacht, weil der Hammer da war. Ich habe ihn mir geschnappt, mich meinem Onkel von hinten genähert und ihm dann einen heftigen Schlag auf den Schädel verpasst. Meiner Mutter zufolge spritzte das Blut nur so heraus.«

Servaz zündete seine Kippe an.

»Als eines der letzten Dinge sagte mir meine Mutter, wenige Momente bevor der Krebs ihrem Leben endgültig ein Ende bereitete: ›Du warst immer schon böse.‹ Da war ich sechzehn Jahre alt. Lächelnd habe ich ihr geantwortet: ›So böse wie der Krebs, Maman.‹«

Urplötzlich und ohne dass etwas darauf hätte schließen lassen, riss der Schweizer Servaz die Zigarette aus dem Mund und warf den Stummel auf die dünne Schneedecke des Gehsteigs. Dann trat er sie mit der Ferse aus.

»Was soll das …?«

»Wusstest du etwa nicht, dass ein Organspender nicht rauchen darf? Das ist vielleicht ein bisschen spät, aber ab heute keine Zigaretten mehr«, bestimmte Hirtmann, machte kehrt und ging zurück ins Gebäude. »Nimmst du Medikamente für dein Herz?«

Fast wäre Servaz aufbrausend geworden, dann aber dachte er an Gustav. War das wirklich wahr? Würde er sich wirklich mit dem Schweizer darüber unterhalten, welche Medikamente er einnahm?

»Nicht direkt für das Herz«, antwortete er. »Es ist nicht so, als hätte ich einen Bypass oder eine Transplantation erhalten. Keine gerinnungshemmenden oder immunsuppressiven Medikamente. Die Schmerzmittel und entzündungshemmenden Mittel habe ich abgesetzt. Ich denke nicht, dass sie meiner Leber großartig geschadet haben, falls dich das beunruhigt. Wo ist sie? Was hast du mit Marianne angestellt?«, zischte er, als er hinter dem Schweizer herging.

Die Türen schlossen sich hinter ihnen. Der Personaleingang. Servaz schaute sich um. Niemand da.

»Wo ist sie?«, fragte er Hirtmann, packte ihn am Kragen und presste ihn an die Wand.

Der Schweizer ließ es geschehen.

»Marianne …«, wiederholte Servaz mit wutverzerrtem Gesicht.

»Willst du nun deinen Sohn retten oder nicht? Lass mich los. Du erfährst schon noch alles, wenn die Zeit dafür gekommen ist, mach dir keine Sorgen.«

Servaz packte noch fester zu, er hätte am liebsten zugeschlagen, draufgehauen, ihn verletzt.

»Dein Sohn stirbt, wenn wir nichts unternehmen. Wir können nicht länger warten. Und noch eine letzte Sache, falls du dir in den Kopf setzt, dass Gustav sehr wohl hier operiert werden könnte … Denk an Margot. Vor zwei Abenden habe ich sie leicht bekleidet gesehen: Ich hatte Kaffee auf den Anzug ihres Bodyguards geschüttet, und sie hat die Tür geöffnet. Was für eine Schönheit!«

Dieses Mal schlug er zu, mitten ins Gesicht des Schweizers. Blut spritzte in alle Richtungen. Hirtmann brüllte wie ein Raubtier, als Servaz losließ, beugte sich vor, zog ein Taschentuch heraus und presste es sich auf die Nase.

»Dafür könnte ich dich umbringen«, knurrte er. »Du weißt genau wie ich, dass es unmöglich ist, deine Tochter vor jemandem wie mir zu schützen … Apropos Margot, findest du nicht, dass sie zurzeit etwas müde wirkt? Hast du gesehen, was für Augenringe sie hat?«

»Du mieses Aas!«

Er war bereit, erneut zuzuschlagen. Sein Herz pochte wie wahnsinnig. In dem Moment sah er ein Schild an der Wand, neben der Schiebetür:

Jegliche physische und/oder verbale Aggression gegen das Krankenhauspersonal wird automatisch strafrechtlich verfolgt Art. 222-7 und 433-3 des Strafgesetzbuches

Es war ja nicht so, als würde Hirtmann zum Krankenhauspersonal gehören, sagte er sich und holte unverzüglich die Handschellen heraus.

»Was machst du da?«, fragte der Schweizer mit blitzenden Augen.

Servaz ließ eine der Handschellen um das Handgelenk des Schweizers zuschnappen und drehte ihn um.

»Hör auf. Das ist bescheuert.«

Er tat dasselbe mit dem zweiten Handgelenk, packte ihn am Arm und zerrte ihn zum Ausgang.

»Was soll das, verdammt?«, fragte Hirtmann wütend. »Denk an Gustav! An die Zeit, die wir verlieren.«

Die Stimme des Schweizers war aalglatt und kalt, und Servaz hatte das Gefühl, als würde er sich gerade auf eine viel zu dünne Eisschicht begeben, die jederzeit brechen konnte.

Die Krankenschwester rauschte aus dem kleinen Büro heraus, als sie sie vorbeigehen sah. Servaz hielt den Polizeiausweis in ihre Richtung, ohne sich zu ihr umzudrehen, und ging mit seinem Gefangenen weiter.

»Du machst ganz den Eindruck, als wärst du ziemlich durch den Wind, Martin«, sagte der Schweizer mit fieser und zugleich spöttischer Stimme. »Wie eine Katze, deren Schwanz man in der Tür eingeklemmt hat. Nimm mir diese Dinger ab. Ich habe deine Tochter nicht angerührt. Und das werde ich auch nicht. Wenn du machst, was ich verlange ... Letzten Endes hängt alles, wirklich alles, allein von dir ab.«

»Halt die Klappe.«

Servaz drückte die Schwingtür zur Eingangshalle auf und hielt der Dame am Empfang seinen Ausweis hin – diese betrachtete Hirtmanns blutverschmiertes Gesicht, die Handschellen um seine Handgelenke und Servaz' Dienstausweis mit großen Augen –, dann wandte er sich dem Ausgang zu und führte den Schweizer durch die Tür nach draußen.

Kalte Luft schlug ihnen entgegen, aber Servaz achtete nicht weiter darauf. Er ging die Stufen hinunter und dann Richtung Parkplatz, wo sein Auto stand.

»Denk nach«, sagte der Schweizer neben ihm. »Du wirst wegen Mordes eingebuchtet. Der Einzige, der dich entlasten kann, bin ich.«

»Eben deshalb ist es mir lieber, dich im Gefängnis statt irgendwo anders zu wissen«, erwiderte Servaz und öffnete die Beifahrertür.

»Und Gustav?«

»Das ist mein Problem.«

»Ach ja? Wie willst du es anstellen, ihm deine Leber zu spenden, wenn du im Knast sitzt?«

Der Schweizer lehnte am Auto, die gefesselten Hände vor dem Bauch. Er musterte ihn. Servaz zögerte.

»Einverstanden, aber zu meinen Bedingungen«, wiederholte er.

»Die da wären?«

»Du im Gefängnis, ich draußen. Ich werde deine Anweisungen befolgen. Ich gehe in diese Klinik, spende meine Leber, wir retten Gustav. Aber während dieser Zeit wohnst du hinter Gittern.«

Der Schweizer stieß einen Ton zwischen Lachen und Brüllen aus.

»Du denkst, du kannst hier die Bedingungen diktieren? Du hast keine Wahl, Martin; es ist nicht an dir, die nächste Karte zu spielen. Wenn du deinen Sohn retten willst … und deine Tochter … Selbst wenn ich im Knast sitze, denk nur an das, was die Labarthes mit ihm anstellen könnten … Oder, wenn nicht sie, andere Leute, die ich kenne … Du bist auf einmal so blass, Martin …«

Der Wind pfiff unangenehm über die Esplanade und trug die Worte des Schweizers zusammen mit seinen Atemwölkchen davon. Hirtmanns Augen waren nur noch zwei schmale Schlitze, aber Servaz erkannte ein metallisches Leuchten zwischen seinen Lidern. Er zweifelte keinen Moment daran, dass Hirtmann seine Drohung wahr machen würde.

Ein kurzer Schlag in die Leber, so stark, wie er nur konnte, dann brüllte der Schweizer vor Schmerz und Wut auf und ging in die Knie.

»Das wirst du mir bezahlen«, presste er rachsüchtig hervor.

»Früher oder später wirst du mir das bezahlen. Aber nicht jetzt.«

Servaz löste die Handschellen.

Es war vier Uhr früh, als er wieder ins Hotel zurückkam. Er sah, dass das Licht in ihrem Zimmer brannte. Kirsten war wach.

Als er eintrat, fand er sie auf dem Stuhl vor dem kleinen Schreibtisch vor, mit dem Rücken zu ihm und eingeschaltetem Computer.

»Wo warst du?«, fragte sie, ohne sich umzudrehen.

Er antwortete nicht sofort. Kirsten wirbelte herum und sah ihn an.

»Was ist passiert? Du siehst aus, als wärst du zehn Jahre gealtert.«

39
MARGOT

»Und du hast es nicht für nötig erachtet, mich zu informieren?«

Sie war stinksauer. Anscheinend hatte sie nicht viel geschlafen, und die Schatten unter ihren Augen ließen sie noch zarter als sonst erscheinen.

»Ihr habt fünf Stunden in diesem verfluchten Krankenhaus mit diesem Kind zugebracht, und du hattest keinen Moment Zeit, um mich anzurufen?«

»Du hast geschlafen ...«

»*Shut up!*«

Er nahm sie beim Wort und hielt den Mund.

»Und wo ist er jetzt?«

»Das weiß ich nicht ...«

»Was?«

»Das weiß ich nicht.«

»Du ... du hast ihn gehen lassen? Einfach so?«

»Hast du nicht gehört, was ich dir gesagt habe? Gustav ist vielleicht mein Sohn. Und er schwebt in Lebensgefahr ...«

»Ja und?«

»Hirtmann hat alles geplant. Diese Klinik im Ausland, der Chirurg, der operieren wird ...«

»Martin! *Shit!* Dieser Junge kann genauso gut hier operiert werden, wenn du der Organspender bist! Völlig unnötig ...«

»Nein«, sagte er kategorisch.

Sie schaute ihn an.

»Warum?«

»Ich habe meine Gründe.«

»*Bloody hell!*«, fluchte sie.

»Er hat gedroht, sich an Margot zu vergreifen.«

»Dann sagst du, dass sie den Polizeischutz verstärken sollen.«

»Du weißt genauso gut wie ich, dass es unmöglich ist, jemanden hundertprozentig zu schützen«, sagte Servaz und hatte dabei noch die Worte im Ohr, die Hirtmann über Margot hatte fallen lassen. »Selbst mit der besten Einheit der Welt. Und umso mehr, wenn die paar Polizisten nicht einmal dafür ausgebildet wurden. Da gehe ich kein Risiko ein. Außerdem weiß ich, wie lange es dauern würde, Gustavs Situation hier zu regeln. Er ist krank ... Da können wir keine Zeit verlieren. Er muss jetzt operiert werden, nicht erst in sechs Monaten ...«

Sein Tonfall war fest und unbeugsam gewesen. Kirsten nickte ungläubig.

»Dann willst du ihn also laufen lassen, ja? Du wirst ihm gehorchen?«

»Momentan ... ich habe keine andere Wahl.«

»Man hat immer eine Wahl.«

Sie wirkte ziemlich bedrückt.

»Wann wirst du ihn wiedersehen?«

»Er meldet sich bei mir.«

Wieder nickte sie, warf ihm aber einen eindringlichen Blick zu.

»Ich muss los«, sagte er und sammelte ein paar seiner Sachen ein.

»Wohin gehst du?«, fragte sie gereizt und verblüfft.

»Meine Tochter besuchen.«

Er stellte die Heizung in seinem Auto ganz hoch und schaltete das Radio ein. Ein selbst ernannter Experte – einer von denen, die nicht in der Lage gewesen waren, seine Wahl vorherzusehen – erläuterte, weshalb Donald Trump zum Präsidenten der USA gewählt worden war und weshalb genau dasselbe auch in Frankreich passieren könnte – sprich, genau das Gegenteil dessen, was er und seine Kollegen monatelang behauptet hatten.

Es war noch dunkel, als er nach Toulouse hineinfuhr, sein Auto im Parkhaus Victor Hugo abstellte, wieder nach unten auf die Straße ging, sie überquerte und sein Wohnhaus betrat, wobei er dem Polizisten, der davor im Auto saß, kurz zuwinkte. Er grüßte den Beamten vor der Tür und fragte sich, seit wann er wohl schon hier war. Es war 6.12 Uhr morgens.

»Einen Kaffee?«, fragte er.

Der Polizist nickte und erhob sich. Leise schloss er die Tür auf, um Margot nicht zu wecken. Hörte, dass jemand in der Küche zugange war.

»Margot?«

Das Gesicht seiner Tochter tauchte im Türrahmen auf.

»Papa? Was machst du denn hier?«

»Hallo«, sagte der Polizist hinter ihm.

»Hallo«, erwiderte sie. »Wollen Sie einen Kaffee?«

»Und du? Du bist schon auf?«, fragte ihr Vater und musterte ihr müdes Gesicht mit den dunklen Augenringen.

Sie sah ihn an, antwortete aber nicht, drehte sich nur um und ging zurück in die Küche. In dem abgewetzten Morgenmantel wirkten selbst ihre Schultern eingefallen. Er dachte an die Worte des Schweizers: *Findest du nicht, dass sie zurzeit etwas müde wirkt?*

Er hatte die ganze Nacht kein Auge zugetan, und wie immer in einem solchen Fall fühlte er sich leicht betäubt. Alles erschien ihm irgendwie irreal, als er in die Küche ging und die Tasse entgegennahm, die Margot ihm hinhielt. Als befände er sich irgendwo zwischen Schlafen und Wachen. Den Alltag mit den Frühaufstehern zu teilen, diesen armen Arbeitern – darunter viele Ausländer –, die ihre Wohnungen noch vor dem Morgengrauen verließen, um unsere Büros und unsere Sessel zu putzen, bevor wir unsere hübschen Hintern darauf platzierten.

»Ich hau mich noch mal aufs Ohr«, sagte Margot und unterdrückte dabei ein Gähnen.

Sie küsste ihn auf die Wangen und entfernte sich dann durchs Wohnzimmer. Er sah ihr nach. Sie schien wirklich nicht so ganz auf dem Damm zu sein. Ihm fiel auch auf, dass sich das Nichtstun bemerkbar machte: Seit sie hier war, hatte sie ein paar Kilo zugelegt, und auch ihr Gesicht war etwas fülliger geworden. Wusste Hirtmann etwa mehr, als er zugab? Vom Schweizer wanderten seine Gedanken weiter zu Gustav. Das Krankenhaus behielt ihn bis zum Abend zur Beobachtung dort. Danach würde er wieder nach Hause kommen. Besser gesagt zu den Labarthes ... Bei diesem Gedanken schnürte sich sein Magen zusammen.

Er hatte Hunger, also suchte er im Gefrierschrank nach einer Pizza, fand aber keine. Auch seine Mikrowellengerichte waren verschwunden. Wieder einmal spürte er, wie ihn Gereiztheit überkam. Im Kühlschrank waren alle Hamburger durch Obst und Gemüse in rauen Mengen ersetzt worden. Alles natürlich bio.

Er musste dringend mal pinkeln. Als er von der Toilette kam, ging er zum Zimmer seiner Tochter. Die Tür stand ein Stück weit auf. Vorsichtig drückte er sie weiter auf. Margot schlief bereits. Selbst im Schlaf machte sie einen erschöpften Eindruck.

»Dein *Sohn*«, sagte Vincent Espérandieu ungläubig.

Er schaute in seinen Kaffeesatz, als wäre darin irgendeine Botschaft zu erkennen.

»Martin, das ist ja eine ungeheuerliche Geschichte. Dein Sohn ...«

»Vielleicht«, korrigierte Servaz und hielt ihm zwei Tütchen hin, in einem eine blonde Haarsträhne, im anderen ein einziges Haar. »Vielleicht auch nur ein Bluff. Ich brauche die Ergebnisse so schnell wie möglich. Für beide ...«

Espérandieu betrachtete die beiden Tütchen, dann ergriff er sie.

»Weshalb zwei? Das verstehe ich nicht.«

»Ich erkläre es dir später.«

An diesem Tag war es zu kalt für die Terrasse, also hatten sie sich nach drinnen verzogen, in die Nähe des Fensters. Man sah nur wenige Menschen über die Place du Capitole gehen.

»Meinst du nicht, du hättest mir bereits früher davon erzählen sollen?«

Servaz erwiderte nichts, sondern warf nur einen kurzen Blick auf seinen Stellvertreter. Mit der Strähne, die ihm in die Stirn hing, und seinem pausbäckigen Gesicht erinnerte er an einen Teenager, dabei ging er bereits auf die vierzig zu, doch die Zeit schien keinen Einfluss auf ihn zu haben. Servaz fand, dass er sich seit dem Tag, als er vor zehn Jahren zum ersten Mal in sein Büro gekommen war, kein bisschen verändert hatte.

Vincent war ein echter *Geek* und ziemlich affektiert. Zu Beginn war er die Zielscheibe für allerlei Spott und homophobe Beleidigungen gewesen, bis Servaz dem Ganzen Einhalt geboten hatte. Danach waren sie die besten Freunde geworden, genau genommen war er der einzige echte Freund, den er innerhalb und außerhalb der Polizei hatte. Servaz war sogar der Pate seines Sohnes.

»Tut mir leid«, sagte er.

»Ehrlich, Mann. Wie lange kennen wir uns schon, Martin?«

»Was?«

»Verdammt, du erzählst mir rein gar nichts mehr. Weder mir noch Samira.«

»Ich glaube, ich kann dir nicht so recht folgen.«

»Du hast dich verändert, Martin. Seit deinem Koma.«

Servaz versteifte sich. »Überhaupt nicht«, erwiderte er fest. »Und der Beweis: Ich rede als Erstes mit dir.«

»Das ist auch gut so. Verdammte Scheiße, Martin, ich weiß nicht, was ich sagen soll ... Du hast Hirtmann gesehen, du hast dich mit ihm ... getroffen!, warst im selben Raum wie er. Und du hast ihn wieder gehen lassen ... Scheiße, Mann, Martin! Das ist völlig durchgeknallt!«

»Was hätte ich denn tun sollen? Glaubst du etwa, dass ich ihn nicht mehr festnehmen will? Aber dieser Junge schwebt in Lebensgefahr ... Und vielleicht ist er mein Sohn ...«

»Kann er denn nicht hier operiert werden?«

»Hilfst du mir jetzt oder nicht?«

»Was erwartest du von mir?«

»Dieser Typ von der Aufsichtsbehörde, was ist mit dem?«

»Rimbaud? Der ist überzeugt davon, dass du Jensen getötet hast.«

»Das ist ja lächerlich.«

Espérandieu warf ihm einen durchdringenden Blick zu.

»Natürlich ist das lächerlich. Aber dieser Idiot hat keine andere Spur. Also hält er daran fest. Aber sobald die Vergleichsschüsse durchgeführt wurden, wird er nichts mehr gegen dich in der Hand haben.«

Servaz wich dem Blick seines Stellvertreters aus. Mit einem Mal kam ihm ein Gedanke. Hatte Vincent recht? Hatte er sich wirklich seit dem Koma verändert? So sehr, dass ihn selbst seine Freunde nicht mehr wiedererkannten?

»Die Frage, die sich stellt, ist folgende«, fuhr Vincent fort. »Wem könnte daran gelegen sein, diesen Abschaum zu beseitigen?«

»Abgesehen von mir, willst du damit sagen.«

»Martin, verdammt, das wollte ich damit nicht behaupten …«

Servaz nickte, aber Vincent Espérandieu war entschlossen, es nicht dabei bewenden zu lassen.

»Seit wann interpretierst du das, was deine Freunde sagen, so völlig falsch? Scheiße, Mann, was soll ich denn sagen? Seit du aus dem Koma erwacht bist, frage ich mich, mit wem ich rede: mit dir oder mit einem anderen.«

Genau dieselbe Frage stelle ich mir auch.

»Kannst du Rimbaud ein wenig im Auge behalten?«, fragte Servaz.

»Das wird schwierig. Er misstraut Samira und mir.«

»Wer kümmert sich um die Vergleichsschüsse?«

»Torossian.«

»Den kennen wir. Frag ihn mal etwas aus, und finde heraus, wie weit er ist.«

»Einverstanden«, sagte Vincent. »Mal sehen, was ich tun kann.«

Er wedelte mit den beiden Tütchen herum.

»Was machst du, wenn es dein Sohn ist?«

»Keine Ahnung.«

»Und Margot, wie geht's ihr?«

Sofort war Servaz wachsam. »Weshalb fragst du das?«

»Weil ich sie vor zwei Tagen in der Stadt gesehen habe und sie da richtig mies aussah.«

Er zögerte. Sah seinen Stellvertreter an. »Dir ist es also auch aufgefallen.« Er senkte den Blick, dann sah er wieder auf. »Ich fühle mich schuldig«, sagte er. »Sie hat alles stehen und liegen lassen, um bei mir zu sein, und ich lasse sie gerade ständig allein … außerdem frage ich mich … ich weiß auch nicht … ich habe das Gefühl, als hätte sie irgend ein Problem … Sie ist so müde und ständig gereizt. Aber sie erzählt mir nichts … Wir haben gerade ein schwieriges Verhältnis. Und ich weiß nicht, was ich tun soll.«

»Das ist einfach.«

Erstaunt sah Servaz seinen Stellvertreter an.

»Frag sie einfach. Ohne Umschweife. Vergiss das ganze Um-den-heißen-Brei-Herumreden. Du führst schließlich keine Befragung durch: Sie ist deine Tochter.«

Servaz nickte zustimmend. Vincent hatte recht.

»Und diese norwegische Polizistin, läuft da was zwischen euch?«

»Was geht dich das an?«

Espérandieu seufzte. Eine Spur von Verärgerung blitzte in seinen Augen auf.

»Nichts geht es mich an. Nur hättest du mir früher nicht so geantwortet. Ganz ehrlich, du regst mich einfach auf.« Sein Stellvertreter erhob sich. »Ich muss los. Hab viel zu tun. Ich halte dich bezüglich der DNA auf dem Laufenden.«

Kirsten beobachtete, wie die Labarthes gegen fünfzehn Uhr mit dem Kind zurückkamen. Sie hielt mit dem Fernglas nach ihnen Ausschau, dann hatte sie mit einem Mal genug. Was nutzte das schon? Sie warf das Fernglas aufs Bett und wollte sich gerade hinlegen, als ihr Handy vibrierte. Sie warf einen Blick aufs Display.

Kasper. Er wollte sich sicherlich erkundigen, was es Neues gab.

Sie ging nicht ran. Sie hatte gerade keine Lust, mit dem Polizisten aus Bergen zu sprechen, nicht jetzt. Dass er sich für die Ermittlung interessierte, musste man ihm zugutehalten, doch so langsam machten seine ständigen Anrufe sie misstrauisch: Als sie nach Bergen gekommen war, hatte er diesbezüglich weniger ehrgeizig gewirkt. Warum lag ihm also auf einmal so viel an der Ermittlung? Sie hatte sich davor gehütet, ihm mitzuteilen, dass sie den Schweizer ausfindig gemacht hatten. Bestimmt hätte er seine Vorgesetzten darüber informiert. Auch Servaz hatte seinen Vorgesetzten nichts davon erzählt. Warum bloß? Weil er nicht wollte, dass ihm die Ermittlung entzogen und jemand anderem übertragen wurde, oder gab es noch einen anderen Grund? Sie selbst hatte in Oslo ja auch nicht viel gesagt. Wenn sie eine Sache vermeiden wollte, dann dass die Kripos anfing, ihre Nase in diese Angelegenheit zu stecken.

Sie starrte an die Decke und dachte an die Labarthes. An das, was sie mit ihr angestellt hatten. Und vor allem an das, was sie mit ihr anstellen wollten … Bei diesem Gedanken wäre sie ihnen am liebsten an die Kehle gesprungen. Das hätte nicht passieren dürfen. Irgendetwas war schiefgelaufen. Sie gehörte nicht zu denen, die solche Dinge einfach vergaßen. Sie erinnerte sich noch gut an ihre erste Zeit bei der Polizei in den Straßen von Oslo. Sie war am Rosenkrantz' Gate zu einer Schlägerei in einer Bar gerufen worden, wo sie zusammen mit einem Kollegen einen betrunkenen Typen festnahm. Wie zu erwarten, hatte sich der Typ zunächst sie vorgeknöpft und ihr Worte ins Gesicht geschleudert, die manche Männer ganz automatisch benutzten, wenn sich ihnen eine Frau entgegenstellte. Dennoch war der Mann am nächsten Tag wieder freigekommen und hatte die diensthabenden Kollegen sogar noch aufgezogen, ehe er die Dienststelle verließ.

Bestimmt hatte er nicht begriffen, weshalb sich am Abend darauf, als er sturzbetrunken nach Hause torkelte, ein Schatten auf ihn gestürzt hatte. Anschließend hatte der Besoffene mehrere gebrochene Rippen, einen zertrümmerten Kiefer, eine ausgekugelte Schulter, und drei Finger seiner rechten Hand waren verstaucht.

So langsam wurde sie hier noch wahnsinnig. Also zog sie Stiefel und Anorak an, setzte ihre Mütze auf und ging nach draußen. Sie wollte eine Runde durch den Schnee spazieren. Während sie im Pulverschnee mit jedem Schritt zwanzig Zentimeter einsank, dachte sie an Martin, an die Nacht, die sie zusammen verbracht hatten. Das war mehr als nur ein One-Night-Stand gewesen. Sie hatte gespürt, wie da noch etwas anderes entstanden war. Ob er das auch gespürt hatte?

»Was machen wir jetzt?«, fragte Aurore Labarthe.

»Was soll das heißen: Was machen wir jetzt?«

Sie warf ihrem Mann einen genervten Blick zu. Es war einundzwanzig Uhr, und sie hatten Gustav gerade zu Bett gebracht. Es war schon seit Langem dunkel, und im Chalet war es ganz still.

»Hast du etwa seinen Blick im Krankenhaus nicht gesehen?«, fragte sie. »Er kommt zurück. Und diesmal wird er uns bestrafen.«

Sie sah, wie blass Roland mit einem Mal wurde, wie ihm die Gesichtszüge entgleisten.

»Wie das, uns bestrafen?«

»Machst du hier noch lange den Papagei?«, herrschte sie ihn barsch an.

Den mordlüsternen Blick, den er ihr zuwarf, sah sie nicht, sie hatte sich zum Fenster umgewandt.

»Wir müssen von hier verschwinden«, bestimmte sie.

»Was?«

»Bevor er sich uns vorknöpft.«

»Warum … warum sollte er das tun?«

Seine Stimme war ganz zittrig. Was für ein Weichei!

»Warum wohl? Weil er es liebt, andere zu bestrafen. Du müsstest das wissen, schließlich bist du sein Biograf.« Sie stieß ein spöttisches Lachen aus. »Wir haben richtig Mist gebaut.«

»*Du* hast Mist gebaut«, wagte er, sie zu korrigieren. »Es war deine Idee, den Jungen mit Medikamenten ruhigzustellen. Und dein zweiter Fehler war, es ihm zu sagen.«

»Glaubst du etwa, dieser Trottel von Assistenzarzt hätte ihm das nicht gesagt? Halt einfach die Klappe. Und hör auf, dir vor Angst in die Hose zu machen.«

»Aurore, sprich nicht so mit mir.«

»Halt's Maul. Wir können nur eins tun: einpacken, so viel wir können, und verschwinden.«

»Und der Junge?«

»Sobald wir weg sind, rufst du Hirtmann an und sagst ihm, er soll ihn abholen, die Schlüssel zum Chalet seien im Auspuffrohr meines Autos und Gustav schlafe in seinem Bett.«

»Und wohin gehen wir, verdammt noch mal?«

»Weit weg von hier. Ein Tapetenwechsel. Und unsere Namen ändern wir auch, wenn es sein muss. Ein Haufen Leute machen das, verschwinden von einem Tag auf den anderen. Wir haben genug Geld auf dem Konto.«

»Und mein Job an der Universität?«

»Ist mir doch egal.«

»Darf ich dich daran erinnern, dass wir dank dieses Jobs das Haus hier gekauft haben, und wenn wir ...«

Ein Motorgeräusch. Sie verstummten. Zum ersten Mal sah er, wie Angst sich in Aurores Zügen spiegelte, als sie sich erneut zum Fenster umwandte. Dann blickte auch er nach draußen und erstarrte. Ein Auto fuhr sehr langsam über den Schnee, vorbei am Hotel und weiter in Richtung Chalet, die Scheinwerfer wie zwei kleine starke Sonnen.

»Das ist er ...«, sagte sie, als das Auto am Fuß des Chalets vor den Schneeverwehungen stehen blieb und die Scheinwerfer ausgingen.

»Was machen wir jetzt?«

»Dasselbe wie mit der Norwegerin«, bestimmte sie. »Danach bringen wir ihn um. Aber erst amüsieren wir uns ein bisschen mit ihm ...«

Sie drehte das Gesicht zu ihm um, und ihm lief es eiskalt über den Rücken: Aurores Augen funkelten vor Boshaftigkeit.

Kirsten sah, wie er ausstieg und die verschneiten Stufen zur Veranda hinaufging.

Julian.

Sie wanderte mit dem Fernglas weiter und sah Aurore Labarthe an einem der Fenster im ersten Stock. Sie stellte die Frau scharf. In ihrem Gesicht spiegelte sich Besorgnis, aber auch noch etwas anderes: Verwegenheit, Hinterlist, Tücke … Mit einem Mal waren alle Sinne von Kirsten in Alarmbereitschaft. Da braute sich etwas zusammen.

Ganz offensichtlich war sich Aurore Labarthe durchaus bewusst, in welcher Gefahr sie und ihr Mann sich befanden. War Hirtmann hingegen im Bilde, was ihn erwartete, oder nicht? Kirsten hatte das Gefühl, als würde eine tintenschwarze Wolke ihre Gedanken verdüstern. Als hätte ihr im Meer ein Tintenfisch seine Tinte mitten ins Gesicht gespritzt. Was tun? Sie hatte keine Waffe dabei. Wo war Martin? Sicherlich unterwegs. Sie wählte seine Nummer. Erreichte nur die Mailbox.

Shit.

Er stand auf der Veranda, seine dunkle Silhouette steckte in einem dunklen Wintermantel, der von Schneeflocken eingepudert wurde, die Strähne, die ihm in die Stirn fiel, tanzte im Wind über seiner Brille. Aurore Labarthe hatte den schwarzen Seidenmantel mit den roten Borten angezogen, den er so gern mochte, doch als sie die Tür aufmachte, schenkte er ihrem Outfit nicht die geringste Beachtung. Genauso wenig wie er ihren Körper beachtete, den er sonst immer ausgiebig musterte. Der Blick des Schweizers wandte sich keinen Moment von ihren Augen ab.

»Guten Abend, Aurore.«

Sein Tonfall war ebenso frostig wie die Nacht. Ein Schauer rann über ihren Rücken, über jeden einzelnen Wirbel unter dem Seidenstoff, wie die Berührung eines eiskalten Fingers, vom Hals bis zur Lende. Sie sah seine geschwollene, blutunterlaufene Nase und die Watte, die aus seinen Nasenlöchern herausschaute. Was war passiert?

»Guten Abend, Julian. Komm rein.«

Während sie zur Seite trat, fragte sie sich, wann er sich auf sie stürzen würde, aber er tat nichts dergleichen, sondern ging in ihr Wohnzimmer mit der hohen Decke. Sie dachte kurz an Roland, ihren feigen Mann, der in der Küche gerade die Cocktails zubereitete. Bestimmt mit zittriger Hand. Hoffentlich verschätzte er sich nicht bei der Dosierung.

Als Julian dicht an ihr vorbeiging, empfand sie dennoch diese berauschende Mischung aus Erregung und Furcht, die sie immer in seiner Gegenwart verspürte. Wie ein Tier betrat er das große Wohnzimmer – witternd, schnüffelnd, einatmend, taxierend. Sich seiner Stärke bewusst und dennoch wachsam. Bereit, zu agieren oder zu reagieren. Aurore zog den Gürtel ihres Morgenmantels an der Taille zu, bevor sie zu ihm ging. Roland tauchte aus der Küche auf, ein Tablett mit drei großen Cocktailgläsern in der Hand – und sie bemerkte sofort, dass er sich bereits Mut angetrunken hatte.

»Meister«, sagte er respektvoll. »Nehmen Sie doch bitte Platz.«

»Hör mit diesem Mist auf, Roland, ja?«, sagte der Schweizer, zog seinen nassen Mantel aus und warf ihn aufs Sofa.

Hinter seinen dicken Brillengläsern, in denen sich die Flammen des pyramidenförmigen Kamins spiegelten, funkelten seine Augen vor purer, eiskalter Verachtung. Labarthe nickte nur, wagte es nicht, ihn dabei anzusehen. Er stellte den weißschaumigen Cocktail vor ihm ab.

»Ein White Russian, wie immer?«

Hirtmann nickte, ohne Labarthe aus den Augen zu lassen. Der stellte den Champagner-Cocktail vor Aurore und für sich einen Old Fashioned auf dem Couchtisch ab. Das war eine weitere Leidenschaft von Roland, Cocktails mixen. Diese hatten sich schon mehrfach als nützlich erwiesen, wenn es darum ging, ihren Gästen dabei zu »helfen«, sich zu entspannen und sich auf ihr Spielchen einzulassen.

»Habe ich euch schon erzählt, dass ich russische Wurzeln habe?«, sagte der Schweizer und erhob das Glas. Roland ließ es nicht aus den Augen, und Aurore hätte ihn am liebsten angebrüllt, ob es vielleicht auch etwas diskreter ginge. Aber dann galt ihre ganze Aufmerksamkeit wieder dem Schweizer. Der hielt das Glas nur wenige Zentimeter von seinen Lippen entfernt. »Russisch und aristokratisch. Mein Großvater mütterlicherseits war vor der Oktoberrevolution Minister in der Kerenski-Regierung. Die Familie wohnte in Sankt Petersburg, in der Bolchaïa-Morskaïa-Straße, gleich um die Ecke von den Nabokovs.«

Endlich trank er einen Schluck der Mischung, die nach Schlagsahne und etwas anderem aussah.

»Köstlich, Roland. Er ist perfekt.«

Er stellte sein Glas wieder ab. Roland warf einen flüchtigen Blick auf Aurore. Er hatte fast drei Gramm GHB in den Cocktail gemischt. Eine enorme Dosis. Innerhalb weniger Minuten würde sich die Substanz einen Weg durch das Gehirn des Schweizers bahnen, seine Stimmung verändern, ihn euphorisch werden lassen, seine Ängste und Paranoia zerstreuen und seine motorischen Fähigkeiten beeinträchtigen. Dann wäre er nicht länger der gefährliche Julian Hirtmann, sondern nur noch ein leichtes Opfer. Leicht hieß im Fall von Julian Hirtmann jedoch nicht ohne jede Gefahr.

Aurore nahm dem Schweizer gegenüber Platz. Spreizte ostentativ die Beine. Diesmal verweilte Hirtmanns Blick einen Moment zwischen den Schenkeln der jungen Frau und strahlte vorübergehend voller Lüsternheit, war dann aber wieder wuterfüllt.

»Was ihr getan habt, ist unverzeihlich«, sagte er plötzlich mit überaus schneidender Stimme und stellte sein Glas wieder ab.

Aurore versteifte sich. Labarthe wurde ganz schlecht. Nicht die Worte, sondern der Tonfall ließ sie erstarren. Sie dachte an die geladene Waffe, die sie hinter dem Schweizer abgelegt hatte. In einer offen stehenden Schublade der Anrichte. Fragte sich nur, ob sie es bis dorthin schaffen würde.

»Das hättet ihr nicht ... wirklich nicht ... das ist sehr ... enttäuschend.«

Seine süßliche, sämige Stimme, sanft wie eine Liebkosung. Oder der desinfizierende Wattebausch des Arztes vor der Spritze.

»Julian ...«, setzte Aurore an.

»Halt's Maul, du Schlampe.«

Sie richtete sich auf. Noch nie hatte er so mit ihr gesprochen. Das durfte sich niemand herausnehmen. Nicht einmal er. Aber sie sagte nichts.

»Tatsächlich ist das eine Sache, die ich nicht verzeihen kann. Und die, wie ihr ganz bestimmt nachvollziehen könnt, bestraft werden muss.«

Am liebsten hätte Aurore etwas erwidert – aber ihr war klar, dass es nichts nutzen würde. Jetzt konnte nur noch die Droge sie retten. Wenn ihre Wirkung rechtzeitig einsetzte ... Gerade wanderte der Blick des Schweizers noch zwischen ihrem Mann und ihr hin und her, seinen Augen war keinerlei Bewusstseinsveränderung anzusehen.

»Ihr werdet ...«

Er hielt inne. Rieb sich mit einer Hand über die Lider. Als er die Augen wieder öffnete, hatte sich sein Blick verändert. Seine erweiterten Pupillen bildeten zwei große schwarze Löcher. Sein Blick war verschwommen, als hätte er Schwierigkeiten, sich auf sie zu fokussieren.

»Dieser Cocktail«, sagte er, »dieser Cocktail ist absolut ... köstlich ...«

Er warf sich nach hinten, lehnte den Kopf an eines der Kissen, den Blick zur Decke gerichtet, und lächelte.

»Bei den Menschen wie bei den Ratten stimuliert die Kontrolle den Geist, wusstet ihr das? Der Kontrollverlust kann einen lähmen, wird behauptet, zumindest aber die Gehirnfunktionen. Aber manchmal hat er auch sein Gutes, nicht wahr?«

Er kicherte, richtete sich auf, hob das Glas an seine Lippen und nahm einen großen Schluck. Plötzlich prustete er los.

»Scheiße, ich weiß nicht, was da drin ist, aber, heilige Scheiße, ich habe mich noch nie so gut gefühlt!«

In seiner Stimme lag nichts Bedrohliches mehr.

»Nun weiß ich, wenn der letzte Morgen sein wird ... wenn das Licht nicht mehr ... die Nacht und die Liebe scheucht ... wenn ... wenn der Schlummer ewig ... ewig und nur *ein* ... unerschöpflicher ... Traum sein wird ... Himmlische Müdigkeit fühl ich in mir.«

Er stellte sein Glas ab, legte sich seitlich, mit angezogenen Knien auf das Sofa.

»Scheiße ... ich glaube, ich schlafe ein ...«

Aurore musterte ihn. Er schloss die Augen. Machte sie wieder auf. Wieder fielen sie ihm zu. Sie schwieg einen Moment. Dann betrachtete sie ihren Mann, deutete mit dem Kinn Richtung Küche. Labarthe wollte gerade aufstehen, als der Schweizer die Augen aufriss und ihn durchdringend ansah. Der Akademiker spürte, wie das Blut in seinen Adern gefror. Aber der Schweizer schloss die Augen wieder, und sein Kopf fiel zurück auf das Kissen. Mit weichen Knien folgte Labarthe Aurore in die Küche.

»Was hast du angestellt?«, fragte sie, kaum dass sie dort waren. »Hast du gesehen, in welchem Zustand er ist? Wie sollen wir ihn so nach oben bringen?«

Roland sah sie mit großen Augen an.

»Ja und? Er ist uns ausgeliefert. Wir können ihn einfach abmurksen. Jetzt. Sofort.«

Sie schüttelte den Kopf.

»Ich hatte dir doch gesagt, dass ich mich noch etwas mit ihm amüsieren will.«

Labarthe glaubte seinen Ohren nicht zu trauen. War seine Frau völlig übergeschnappt? Er sah die Enttäuschung und Frustration in ihren Augen.

»Scheiße, Mann, dieser Typ ist immer noch gefährlich, selbst wenn er zugedröhnt ist. Wir müssen ihn ausschalten, Aurore! Jetzt! Falls du das noch nicht kapiert haben solltest, dieses Mal handelt es sich um Mord.«

Sie bohrte ihren funkelnden Blick in seinen.

»Du bist nichts als ein feiges Weichei, weißt du das? Deine ganzen albernen Fantasien, nichts als Augenwischerei. Warum verbockst du immer alles? Warum bekommst du nichts auf die Reihe?«

»Was hat er nicht auf die Reihe bekommen?«, fragte da eine Stimme, die von der Tür hinter Labarthe kam.

Der sah, wie Aurore leichenblass wurde, als sie zum Eingang der Küche starrte. Er drehte sich seinerseits um und zuckte zusammen. Die große Silhouette von Julian Hirtmann füllte den Türrahmen aus, auf dem Gesicht hatte er ein breites Lächeln. Labarthes Herz pochte so heftig, es überschlug sich nahezu. Hatte der Schweizer etwas von ihrer Unterhaltung mitbekommen?

»Ich habe gedacht, wir amüsieren uns ein bisschen, bevor ich Gustav mitnehme«, sagte er mit schwankender Stimme. »Wie findet ihr das? Zum Abschied gewissermaßen ... Gehen wir hoch?«

Sein Kopf schwankte von links nach rechts. Er blinzelte, als hätte er Schwierigkeiten, die Augen offen zu halten. Sie rollten in den Augenhöhlen umher, als könnten sie sich auf nichts fokussieren. Misstrauisch beäugte Aurore ihn, dann wurde ihr Lächeln breiter. Dieser Volltrottel ging ganz von selbst in die Falle, der große Julian Hirtmann war ihr ausgeliefert! Ein Schauer der Erregung durchzuckte ihren Körper wie ein Stromschlag.

»Aber natürlich ...«

Labarthe sah sie mit einem Blick an, der sagte: »Na, siehst du, alles bestens!« Der große Schweizer verließ die Küche und torkelte Richtung Treppe.

»Bist du dir sicher, dass er nicht simuliert?«, hatte Labarthe ihr hinter dem Rücken des Schweizers zugemurmelt. Aurore zeigte auf das Cocktailglas. Leer.

»Wie viel hast du reingemischt?«

»Fast drei Gramm.«

»Unmöglich. Selbst bei ihm«, schlussfolgerte sie.

Als wollte er ihr recht geben, stolperte Hirtmann an der ersten Stufe, kicherte, nahm die nächste Stufe, schwankte wieder.

»Verdammt, ich hab vielleicht einen sitzen!«

Das Ehepaar Labarthe musterte einander. Roland ging zum Schweizer, legte ihm einen Arm um die Taille. Hirtmann legte dem Akademiker einen Arm um die Schultern und zog ihn herzlich an sich. Neben dem Schweizer wirkte Labarthe geradezu winzig. Mit einem einzigen Griff hätte Hirtmann ihm das Genick brechen können, und der Universitätsprofessor spürte, wie sich seine Nackenhärchen aufstellten.

»Mein Freund«, sagte der Schweizer da. »Mein treuer, zuverlässiger Freund.«

»Für immer«, antwortete Labarthe und wurde wider Willen Opfer einer eigenartigen und mächtigen Gefühlswallung, die nicht nur von der Angst herrührte.

»Für immer«, bekräftigte Hirtmann im feierlichen Brustton der Überzeugung eines Betrunkenen.

Aurore folgte ihnen nach oben. Auf dem letzten Treppenabsatz vor der offen stehenden Schlafzimmertür der beiden streckte der Schweizer den Arm nach oben. Er erreichte den Griff der Falltür mühelos, öffnete sie und zog die Metallleiter nach unten, die sich quietschend aufklappen ließ. Der Wind heulte um das Dach, der Dachboden war ein finsterer Schlund. Der Schweizer stieg die ersten Stufen hinauf, wie ein Kind, das es eilig hatte, endlich spielen zu dürfen. Aurore betrachtete seinen Hintern.

Mitten auf der Leiter blieb er stehen und beugte sich besorgt zu ihnen nach unten.

»Seid ihr sicher, dass Gustav schläft?«

Sie warf ihrem Mann einen fragenden Blick zu.

»Ich gehe nachsehen«, sagte er. »Fangt schon mal ohne mich an.«

Am liebsten hätte sie ihm gesagt, dass er das nicht tun solle. Ihr gefiel die Vorstellung nicht, allein mit dem Schweizer nach oben zu gehen … aber Hirtmann beobachtete sie, also nickte sie widerwillig.

Labarthe ging wieder ein Stockwerk nach unten. Sie hörte seine Schritte im Gang, Richtung Kinderzimmer. Hirtmann betätigte den Schalter und verschwand auf dem Dachboden, wobei die Leiter unter seinem Gewicht quietschte. Sie stellte einen Fuß auf die Leiter.

Weshalb hatte sie das Gefühl, den Weg zum Schafott anzutreten? Während sie nach oben stieg, dachte sie, dass es vielleicht doch keine so gute Idee gewesen war. Vielleicht hatte Roland ja recht gehabt, und sie hätten ihn gleich unten zur Strecke bringen sollen. Sobald sie den Kopf durch die Dachluke steckte, erzitterte sie: Da stand er, gleich neben der Luke, ragte in voller Größe über ihr auf und beobachtete sie aus kleinen, leuchtenden Augen.

Sie sah ihr Spiegelbild in seinen Brillengläsern. Den Bruchteil einer Sekunde war sie versucht, wieder nach unten zu gehen und zu fliehen. Sie sah die lächerliche Botschaft auf der Mauer:

LASST, DIE IHR EINGEHT,
JEDEN STOLZ FAHREN
KEHRT EIN IN DIE TYRANNISCHE KRYPTA
ZEIGT KEIN MITLEID MIT UNS

Noch so eine Idee von Roland. Was für ein Idiot! Roland war schon immer ein Kopfmensch gewesen, ein Mann mit Hirngespinsten, kein Mann der Tat. Selbst bei ihren tabulosen, dekadenten Abenden war er niemals der Erste, immer hielt er sich im Hintergrund, wartete darauf, dass andere den ersten Schritt machten.

Sie zog sich nach oben und richtete sich dort auf. Hirtmann starrte sie lüstern an. Der Wind peitschte über das Dach. Draußen war es vermutlich eiskalt, aber auf dem Dachboden staute sich die Hitze, ihr schwindelte, und sie spürte, wie sich umgehend Schweißperlen auf ihrem Rücken bildeten.

»Zieh das aus«, sagte er.

Sie tat wie ihr geheißen – der Morgenmantel glitt mit einem sanften, kaum wahrnehmbaren Geräusch nach unten. Lange betrachtete er sie, diesmal mit einem Blick reinsten Verlangens, der keinen Teil ihres Körpers aussparte.

»Ich bestimme hier, vergiss das nicht«, sagte sie dann.

Er nickte, sein Kopf wankte noch immer hin und her, seine Augenlider waren schwer. Sie legte eine flache Hand auf seine

Brust, schob ihn sanft, aber bestimmt nach hinten, und er ließ es bereitwillig geschehen. Sie griff nach einem Lederarmband, das an einem Seil hing, zog an der Laufrolle und fixierte es an seinem linken Handgelenk. Er verschlang ihren Körper mit Blicken.

»Komm her«, sagte er. »Küss mich.«

Sie zögerte, dennoch schaute sie zu ihm auf. Fast berührten ihre Brüste seinen Brustkorb. Er beugte den Kopf nach unten, legte ihr die freie Hand in den Nacken und küsste sie auf den Mund. Sie erwiderte seinen Kuss. Er schmeckte nach Wodka und Kaffeelikör. Sie hatte das Gefühl, ihr Herz würde gleich aus ihrer Brust hervorspringen. Unvermittelt legte sich die Hand des Schweizers, die eben noch in ihrem Nacken war, um ihre Kehle.

»Was habt ihr in meinen Cocktail gemischt?«

Es war, als steckte ihr Hals in einem Schraubstock fest. Sie machte den Mund auf, versuchte vergeblich nach Luft zu schnappen, die jedoch nicht an der Faust des Schweizers vorbeikam. Blut schoss in ihr Gehirn. Schwarze Punkte tanzten vor ihren Augen wie ein kleiner Mückenschwarm.

»Lass mich los …!«

»Antworte.«

»Nichts … ich … schwöre … es …«

Sie schlug mit der Faust gegen seine Brust – mit erstaunlich viel Kraft, angesichts der Tatsache, dass sie nicht wirklich ausholen konnte –, aber sein Griff blieb eisern. Sie wollte schreien, doch mehr als ein halb pfeifendes, halb röchelndes Geräusch brachte sie nicht zustande. Die Hand des Schweizers quetschte ihr die Halsschlagader ab. Ihr Gehirn wurde immer weniger durchblutet. Nicht mehr lange, dann würde sie ohnmächtig. Die Schmerzen waren unerträglich. Sie versuchte zu atmen, aber ihre Kehle war wie zugeschnürt, und ihr Herz pochte ganz wild.

Urplötzlich ließ Hirtmann sie los.

Sie wollte zurückweichen, doch noch bevor sie verstand, was passierte, versetzte er ihr einen Faustschlag mitten ins Gesicht, der ihr die Nase brach und den Linoleumboden mit einem fast schwarzen Schwall Blut überzog. Sie brach zusammen, ihr Geist war ausgelöscht wie eine Kerze, die man auspustete.

Er nahm eine der Kerzen, näherte sich ihr, ließ sie wenige Zentimeter vor ihren Augen hin und her wandern, ließ den Lichtschein von einem Auge zum anderen ihre Hornhaut entlangwandern, wie ein Augenarzt mit einer Lampe.

»Sie strahlen mehr als meine«, stellte er fest.

Sie wehrte sich schwach, war nackt, ungeschützt, zitterte trotz der Hitze auf dem Dachboden, aber ihre Handgelenke waren über ihrem Kopf festgemacht, ein Ballknebel im Mund, die Augen weit aufgerissen und tränennass. Ihre gebrochene Nase bereitete ihr stechende Schmerzen, und sie schmeckte das Blut in ihrem Mund.

Rolands Schritte kamen die Stahlleiter hinauf, und Hirtmann stellte sich an die Luke.

»Komm hoch«, sagte er ermutigend.

Trotz des Knebels war Aurores Stöhnen in seinem Rücken zu hören. Roland erstarrte. Schreckerfüllt riss er die Augen auf. Er wollte wieder nach unten gehen und flüchten, als Hirtmann ihn am Kragen packte und mühelos durch die Dachluke nach oben hievte. Er versetzte ihm einen Stoß, und der Akademiker rollte über den Boden.

»Ich bitte Sie, Meister, tun Sie mir nicht weh!«

Labarthe zeigte auf Aurore.

»Sie war es! Sie ist die Schlampe! Ich ... ich wollte das nicht!«

Seine Augen füllten sich mit Tränen. Hirtmann wandte sich zu Aurore um. Er sah die Wut und den mordlüsternen Hass in ihrem Blick auflodern. Fast empfand er so etwas wie Bewunderung für sie.

»Steh auf«, sagte er zu Labarthe.

Der Akademiker gehorchte. Seine Beine zitterten heftig, genau wie seine Unterlippe. Nicht mehr lange, dann würde er losheulen. Irgendwo ließen die Windböen einen Fensterladen auf- und zuschlagen. Einen Moment lang hatte Hirtmann Angst, das Geräusch könnte das Kind wecken. Er lauschte, aber durch die Dachluke drang kein Geräusch von unten herauf.

Er legte eine Hand auf Labarthes Schulter und führte ihn zur Mitte des Raumes. Niedergeschlagen und zitternd folgte ihm der Akademiker wie ein Schaf, das man zur Schlachtbank führt. Hirtmann fesselte ihn, ohne dass Labarthe versuchte, sich zu wehren. Ein Lamm, das sich für einen Wolf gehalten hatte ... Er schluchzte ungehemmt, als er nun so dastand, die Arme zum V erhoben genau wie bei seiner Frau, mit dem einzigen Unterschied, dass er noch bekleidet war.

Hirtmann löste den Knebel von Aurores Mund. Sie spuckte ihm ins Gesicht, doch er wischte es ganz lässig ab. Lächelnd sah er auf die Blutspur auf seinem Handrücken. Dann wandte sie sich an ihren Mann.

»Du bist nichts als ein Stück Scheiße, Roland! Eine Schwuchtel!«

Ihre Blicke schossen Pfeile ab.

»Hey, hey, immer sachte«, sagte Hirtmann mit einer Stimme, die nichts Zögerliches oder Verwaschenes mehr hatte. »Eure Probleme könnt ihr ein andermal regeln. Na ja ... vielleicht auch nicht ...«

»Fick dich«, antwortete sie.

»Nein, meine Liebe, hier wirst vielmehr du gefickt – und danach gehst du drauf«, sagte er ganz ruhig.

»Fick dich, Hirtmann!«

Pfeilschnell wie eine Klapperschlange tauchte ein kleines spitzes Messer in der Hand des Schweizers auf und hinterließ zwei tiefe vertikale Schnitte auf Aurores Wangen; das Blut tropfte ihr über Kinn und Hals auf ihre Brüste.

Sie schrie.

Sie war inzwischen schweißgebadet, aus jeder Pore ihres nackten Körpers troff der Schweiß, wie der Saft aus einem Baum herauslief. Sie schnappte nach Luft, Kinn und Brüste waren blutverschmiert, ihre blonden Haare klebten an ihrem Schädel, und ihr Bauch flatterte wie das Diaphragma eines Verstärkers.

»Siehst du, du solltest dich nicht mit mir anlegen«, sagte er ruhig. »Eure bescheuerte Droge erzielt so langsam ihre Wirkung, mir schwindelt. Es ist an der Zeit, dass ich von hier verschwinde. Zum Glück habe ich ein Kilo Schmalz und ein paar Amphetamine eingeworfen, bevor ich hergekommen bin, was, Schätzchen? Das Schmalz ist ungeheuer wirksam: Es verlangsamt die Aufnahme der Droge im Bauchraum. Und die Amphetamine wirken dem GHB entgegen. Oder dem Rohypnol. Irgendeinen Mist in der Richtung habt ihr mir doch verabreicht, oder? Genau wie der Norwegerin neulich. In eurem Chalet geschehen vielleicht Dinge …«

Er warf einen Blick auf Labarthe.

»In einer Minute bin ich wieder da.«

Tatsächlich dauerte es drei Minuten, die Aurore ausschließlich damit zubrachte, ihren Mann zu beleidigen. Als Hirtmann wieder auftauchte, sahen sie, dass er einen Benzinkanister in der Hand hielt, und sie schauderten. Er stellte ihn vor Aurore ab, zündete eine weitere Kerze an, ging zu einem der granatroten Vorhänge und hielt die Flamme an den Stoff.

Der Vorhang fing sofort Feuer, und im Nu züngelten die Flammen zur Decke hinauf. Hirtmann kam zurück zu dem Paar, seine Silhouette hob sich vor den heller werdenden Flammen ab. Er öffnete den Benzinkanister, leerte ihn über Aurore aus, die zusammenzuckte.

»Verdammt, nein! Nicht das!«, rief sie. »Nicht das!!«

Der Schweizer ließ den offenen Kanister zu ihren Füßen liegen, schien sie gar nicht gehört zu haben, und drehte sich zu Roland um.

»Du hast vielleicht eine Chance, es hier rauszuschaffen, wer weiß?«

Der Akademiker warf ihm einen verzweifelten Blick zu. Hin- und hergerissen zwischen Hoffnung, Zweifel und abgrundtiefem Entsetzen. Er wollte schon etwas sagen, ihn anflehen, als die kleine Klinge eine fast horizontale, kreisförmige Bewegung beschrieb und seine Halsschlagader durchtrennte. Hirtmann ließ die Klinge einen Moment im Hals von Labarthe stecken, sah ihm dabei direkt in die Augen, dann zog er sie heraus und stach erneut auf ihn ein, diesmal auf Höhe der Unterschlüsselbeinarterie. Es war, als hätte man zwei Löcher in ein Fass gebohrt: zwei kleine leuchtend rote Fontänen spritzten aus dem Hals und dem Leib des Akademikers heraus. Im Blick von Labarthe erkannte er dessen Fassungslosigkeit und Schwäche, diese Ungläubigkeit, die manche Menschen an der Schwelle des Todes erfasste – dann sah er, wie das Leben langsam aus ihm herausspritzte.

»Aber ich schätze nicht«, fügte er noch hinzu.

Hirtmann warf die blutige Klinge auf den Boden und ging zur Dachluke.

40
ZWEI WENIGER

Hohe Flammen schlugen in den Himmel hinauf, erleuchteten die Nacht und verschlangen, was vom Chalet noch übrig war. Die aufsteigende Asche kreuzte nach unten wehende Schneeflocken wie zwei erleuchtete Ameisenkolonnen. Der Lichtschein des Feuers spiegelte sich am Waldrand etwas weiter oben. Eingewickelt in eine Rettungsdecke lehnte Kirsten an einem Streifenwagen und nippte an einem dampfenden Kaffeebecher. Etwa zehn Meter von ihr entfernt ließen die Löscharbeiten der Feuerwehr zischenden Dampf aufsteigen, wann immer das Wasser auf die Flammen spritzte oder auf das, was vom Dachstuhl noch übrig war. Wurde das Feuer an einer Ecke gelöscht, brach es an einer anderen wieder aus.

Kirsten beobachtete dieses Schauspiel, und der Schein des Feuers spiegelte sich in ihren Augen. Sie wusste, dass sie sich rechtfertigen musste, dass Martin eine Erklärung von ihr wollen würde. Sie hatte die Schreie gehört, als alles brannte. Unmenschliche Schreie von Aurore, während sie von den Flammen verschlungen wurde, ihre Augen aus dem Kopf herausragten und ihre Haut wie Wachs in dieser Glut geschmolzen war. Kirsten hatte die Luft angehalten, die Schreie hallten in ihren Ohren nach, dann waren sie mit einem Mal verstummt. Kurz darauf war ein Großteil des Chalets eingesackt, und wenig später hatten die Sirenen der Feuerwehr alle anderen Geräusche übertönt.

»Was ist passiert?«, fragte da eine Stimme neben ihr.

Sie drehte den Kopf und sah ihn.

»Er hat sie da drinnen verbrennen lassen«, sagte sie. »Vermutlich hatte er sie irgendwo festgebunden. Wo warst du?«

»Und du, was ist mit dir passiert?«, erkundigte sich Servaz besorgt, als er Kirstens rußgeschwärztes Gesicht sah.

»Ich wollte da rein, aber da war das Feuer schon in vollem Gange …«

»Etwa um … um sie zu *retten*?«

Sie warf ihm einen überraschten Blick zu.

»Ja und? Nur weil sie …«

»Hast du Hirtmann gesehen?«

Sie verzog das Gesicht.

»Ja. Er ist mit Gustav verschwunden. In dem Moment schlug das Feuer bereits hohe Flammen, und Rauch stieg vom Dach auf.«

Servaz betrachtete sie eingehend.

»Ohne Waffe konnte ich nichts machen … um ihn aufzuhalten, meine ich … Er ist an mir vorbeigegangen, den Jungen an der Hand. Hat ihn hinten einsteigen lassen, dann ist er losgefahren.«

Mit Tränen in den Augen schüttelte sie den Kopf.

»Er hat sie umgebracht, Martin. Und ich, ich habe ihn einfach gehen lassen!«

Er sagte nichts.

»Bleiben Sie nicht hier stehen. Treten Sie zurück, das wird alles zusammenbrechen«, sagte da eine Stimme.

Sie kehrten ins Hotel zurück. Die Terrasse war voller Schaulustiger aus dem Dorf. Wie an einem Johannistag, mal abgesehen von der feuchten Kälte, die einen bis auf die Knochen durchdrang.

Er legte ihr einen Arm um die Schulter, und sie lehnte sich beim Weitergehen an ihn.

»Mach dir keine Sorgen«, sagte er. »Das ist alles bald vorbei.«

Sein Handy vibrierte in seiner Hosentasche. Er zog es heraus und las die SMS. Ein Ort, eine Uhrzeit – weiter nichts. Und zwei Wörter: *Komm allein.*

Er sah zu Kirsten.

»Die ist von ihm. Er will, dass ich allein komme.«

»Wohin?«

»Das sage ich dir später.«

Die Norwegerin wirkte mit einem Mal verschlossen. Kurzzeitig sah er die blinde Wut in ihren Augen aufblitzen, und ihre Gesichtszüge verfinsterten sich, sodass er sie kaum wiedererkannte. Dann nahm ihr Gesicht wieder einen normalen Ausdruck an, und sie nickte widerwillig.

41
VERTRAUEN

»Vertraust du mir, mein Junge?«

Gustav starrte seinen Vater an. Dann nickte er, voller Überzeugung. Der Schweizer nahm die hundert Meter Nichts in sich auf, die sich bis zum Fuß des Stauwerks kreisbogenförmig erstreckten, die Gipfel der vereisten Tannen ganz weit unten, die von Schnee überzogenen Felsen und das Flussbett, das im Mondlicht von einem leichenartigen Weiß überzogen war.

Er packte Gustav, der mit dem Rücken zu ihm dastand, unter den Achseln und hob ihn hoch.

»Bereit?«

»Ich habe Angst«, sagte das Kind da auf einmal mit zittriger Stimme.

Der Junge war sehr warm angezogen, mit einem Daunenanorak, dessen Kapuze er aufgesetzt hatte. Zusammen mit dem Schal, der um seinen Hals gewickelt war, verlieh ihm das das Aussehen einer Matroschka.

»Ich habe Angst!«, wiederholte Gustav. »Ich will das nicht machen, bitte, Papa!«

»Seine Ängste überwinden, darin liegt das Geheimnis des Lebens, Gustav. Diejenigen, die auf ihre Ängste hören, kommen nicht sehr weit. Bist du bereit?«

»NEIN!«

Er hielt Gustav über das vereiste Brückengeländer, sodass er über dem schwindelerregenden Nichts hing. Der Wind pfiff ihm um die Ohren.

Der Junge brüllte.

Sein spitzer Schrei wurde von den weißen Bergen, die um sie herumstanden, kanalisiert, die Schallwelle gelangte bis ins darunterliegende Tal. Das Echo warf den Schrei wie einen Ball beim Squashspielen zurück. Doch weit und breit war niemand, der ihn hören konnte. Nichts als die Gleichgültigkeit der jahrtausendealten Berge. Der ungestüme Wind jagte die Wolken, und hin und wieder linsten die Sterne mit ihrem uralten Blick kurzzeitig zwischen ihnen hervor. Der Mond schien blitzschnell zwischen den Wolken hindurchzurudern, wie ein Schiff Felsklippen umschiffte, dabei waren sie es, die an ihm vorbeizogen.

Dann sah Hirtmann die Scheinwerfer, die langsam die Serpentinenstraße hinaufwanderten. Er lächelte. Im Gegensatz zu seinem Fahrzeug war Martins anscheinend nicht für eine ungeräumte Straße geeignet. Niemand, mit Ausnahme von Betriebsfahrzeugen, sollte mitten im Winter hier hinauffahren. Für gewöhnlich war die Schranke unten im Tal auch zu. Doch der Schweizer hatte das Vorhängeschloss geknackt und sie geöffnet.

Er holte Gustav wieder hinter das Geländer und stellte ihn auf das Stauwerk. Der Junge legte die Arme um ihn und presste sich fest an ihn.

»Mach das bitte nie wieder, Papa.«

»Einverstanden, mein Junge.«

»Ich will nach Hause!«

»Es dauert nicht mehr lange.«

Die Scheinwerfer tanzten über das letzte Stück der vereisten Straße, dann erreichten sie den kleinen Parkplatz, wo sich im Sommer ein provisorisches Restaurant mit Terrasse befand.

»Komm mit«, sagte der Schweizer.

Er sah zu, wie Martin ausstieg, viel zu dünn bekleidet für die sibirische Kälte in diesen Höhen. Servaz entdeckte sie. Er hatte seine Tür offen stehen lassen, stieg wieder ein, und einen Moment lang dachte Hirtmann, er würde nach seiner Waffe greifen. Stattdessen stellte er sein Auto so hin, dass die Scheinwerfer auf sie gerichtet waren, sie blendeten und den gesamten Staudamm in ein weißes Licht tauchten.

Geblendet hielt Gustav eine Hand vor sein Gesicht. Hirtmann begnügte sich damit, die Augen zusammenzukneifen. Martin kam die Stufen herunter, die zum Staudamm führten, und ging weiter auf sie zu. Sie konnten nur seine Silhouette erkennen, die sich im Licht der Scheinwerfer abhob, und den schwarzen Schatten vor ihm, wohingegen er sie perfekt sah.

»Warum hier?«, fragte Servaz. »Diese Straße ist im Winter richtig gefährlich. Der Rückweg wird noch schlimmer. Ich dachte, meine Leber wäre wichtig!«

»Ich vertraue dir, Martin. Und ich habe Schneeketten im Kofferraum. Die legst du nachher an. Komm her.«

Servaz gehorchte, sah dabei nicht den Schweizer, sondern den Jungen an. Gustav beobachtete ihn unter seiner Kapuze, hatte das Gesicht ihm zugewandt. Er stand ganz dicht bei dem Schweizer, ließ Servaz aber nicht aus den Augen, und der Schatten seiner abschirmenden Hand zeichnete einen Wolf auf sein Gesicht.

Der eisige Wind ließ Servaz frösteln.

»Hallo Gustav«, sagte er.

»Hallo«, erwiderte Gustav.

»Weißt du, wer das ist?«, fragte Hirtmann.

Das Kind schüttelte den Kopf.

»Das werde ich dir ganz bald sagen. Das ist jemand, der sehr wichtig für dich ist.«

Servaz hatte das Gefühl, als würde eine Faust von einem dieser philippinischen Heilerscharlatane geradewegs in ihn hineinstoßen und seine Eingeweide malträtieren. Hier oben heulte der Wind und trug die Worte des Schweizers davon. Der steckte eine Hand in seine Manteltasche und holte ein ausgedrucktes Blatt Papier und einen Pass hervor.

»Morgen früh wartet ein Mietwagen am Flughafen Toulouse-Blagnac auf dich. Damit fährst du nach Hallstatt in Österreich. Du wirst etwa fünfzehn Stunden unterwegs sein. Vor Ort holt dich dann jemand auf dem Marktplatz vor dem Brunnen ab. Übermorgen zur Mittagszeit. Sei unbesorgt, du wirst ihn erkennen.«

»Hallstatt? Der Ort von der Postkarte…«

Er sah, wie Hirtmann schmunzelte.

»Wieder einmal ›Der entwendete Brief‹ von Poe«, sagte Servaz. »Dort wird niemand suchen.«

»Zumindest jetzt nicht mehr, nachdem die Polizei jeden Stein dort in der Umgebung umgedreht hat«, sagte Hirtmann.
»Und da ist die Klinik?«, fragte Servaz.
»Begnüge dich damit, den Anweisungen zu folgen. Solltest du auf die Idee kommen, diese norwegische Polizistin zu bitten, dir zu helfen ... Ach, in der Zwischenzeit könnten sie schon herausgefunden haben, dass die Tatwaffe deine ist. Du lässt dich also besser nicht in der Nähe des Kommissariats blicken.«
Servaz dachte mit einem Mal, dass der doppelte DNA-Test, um den er Vincent gebeten hatte, völlig unnötig war: Hirtmann hätte ihn nicht als Spender ausgesucht, wenn er sich nicht hundertprozentig sicher wäre, dass er, Servaz, der Vater war. Gustav war sein Sohn. Bei diesem Gedanken wurde ihm schwindlig. Leicht verloren sah er den Jungen an.
»Bekomme ich von ihm meine Leber, Papa?«, fragte Gustav, als könnte er seine Gedanken lesen.
»Genau so ist es, mein Sohn.«
»Dann hilft er mir, wieder gesund zu werden?«
»Ganz genau. Ich habe es dir ja gesagt: Er ist sehr wichtig. Du musst ihm genauso vertrauen, wie du mir vertraust, Gustav. Das ist sehr wichtig.«

Kirsten beobachtete, wie Martins Auto an die Terrasse heranfuhr und dort abgestellt wurde. Die Lichter im Tal, den schneebedeckten Hang hinunter, erinnerten an einen schimmernden Lavastrom. Gleich darauf kam Servaz mit glänzenden Augen ins Zimmer, und sie wusste, dass etwas passiert war.
»Er ist mein Sohn«, sagte er.
Der Blick, den er ihr zuwarf, war gleichermaßen verstört und bewegt. Kirsten sagte nichts.
»Ich fahre morgen«, fügte er noch hinzu.
»Morgen? Und wohin?«
»Das darf ich dir nicht sagen.«
Er sah, wie sie innerlich zumachte, erkannte die Enttäuschung in ihren Augen und fasste sie an den Schultern.

»Kirsten, das heißt nicht, dass ich dir nicht vertraue.«
»Es sieht mir aber ganz danach aus.«
Beleidigt und distanziert musterte sie ihn.
»Kirsten, ich will einfach kein Risiko eingehen, das ist alles. Wer weiß, ob wir beide nicht von jemandem überwacht werden ...«
»Abgesehen von den Labarthes meinst du? Was stellst du dir denn vor? Dass ihm eine ganze Armee zur Verfügung steht? Du überschätzt ihn, Martin. Außerdem braucht er dich. Also ... deine Leber.«
Sie hatte nicht unrecht. Solange die Transplantation nicht stattgefunden hatte, würde Hirtmann nichts gegen ihn unternehmen. Und danach?, fragte er sich. Was würde danach passieren? Wer weiß, ob er *den anderen Vater* nicht verschwinden lassen würde, der mit einem Mal viel zu lästig war.
»Hallstatt«, sagte er.
»Das Dorf von der Postkarte?«, fragte sie erstaunt.
Er nickte.
»Scheiße. Das ist ganz schön clever. Wo bist du verabredet?«
»Auf dem Marktplatz, übermorgen zur Mittagszeit.«
»Ich könnte schon heute Nacht losfahren und mir dort ein Hotel nehmen«, sagte sie.
Mit einem Mal war er besorgt. Was, wenn der Hotelier mit Hirtmann unter einer Decke steckte? Verdammt, er wurde schon ganz paranoid.
»Wie wirst du dorthin fahren?«, fragte sie.
»Mit einem Mietwagen. Vom Flughafen aus.«
»Lass uns nach Toulouse zurückfahren. Die Labarthes sind tot, Gustav ist verschwunden. Wir haben hier nichts mehr zu tun, und du musst ohnehin morgen dort sein. Du setzt mich bei meinem Hotel ab. Und dann sehe ich zu, dass ich völlig unauffällig dorthin komme. Ein paar Stunden vor dir ...«
Er nickte. Sie betrachtete ihn mit einer Mischung aus Sanftheit und Komplizenschaft, und er spürte, dass sie ihm näherkommen wollte, dass sie das vielleicht brauchte und dass er genau dasselbe

wollte. Einen Moment lang sagte keiner von beiden etwas, mit hängenden Armen standen sie da, ihre Hände berührten sich. Streiften sich, verweilten, ihre Finger verschränkten sich, streichelten einander.

Sie trat einen Schritt auf ihn zu, und ihre Lippen fanden zu einem Kuss zusammen. Sie küsste seinen Hals, während er sie bereits auszog und zum Bett führte. Dieses Mal war es anders als das letzte Mal, zärtlicher, weniger wild. Doch sie biss und kratzte ihn erneut – als wollte sie ihren Abdruck abermals auf seiner Haut hinterlassen. Sie passte sich seinem Rhythmus an, bis er kam.

»Eine Sache habe ich dir nicht gesagt«, meinte sie, sobald sie fertig waren und sie unter der Decke neben ihm lag, seinen Dreitagebart streichelte und ihre Beine ineinander verschränkt waren.

Er wandte ihr den Kopf zu.

»Ich habe eine Schwester«, sagte sie, »jünger als ich ... eine Künstlerin.«

Er schwieg, spürte, dass sie gleich etwas Wichtiges sagen würde, etwas, das sie lange Zeit für sich behalten hatte.

»Sie ähnelt Kirsten Dunst, der Kirsten Dunst aus der Spiderman-Trilogie, nicht der aus Fargo, auch wenn sie innerlich mehr wie die Protagonistin aus Melancholia ist.« Er verzichtete darauf, ihr zu sagen, dass er keinen dieser Filme gesehen hatte. »Ein strahlendes Äußeres – du kennst bestimmt dieses herrliche Klischee über jemanden, der einen Raum betritt und alle Blicke auf sich zieht – und ein düsteres Inneres. Meine Schwester hatte schon immer einen Hang zu Düsterem, zu Dunklem, keine Ahnung, weshalb. Immer wieder durchlebt sie depressive Phasen, obwohl sie so begabt ist und die Männer ihr zu Füßen liegen. Aber das reicht ihr einfach nicht. Immer will sie mehr: mehr Liebe, mehr Sex, mehr Drogen, mehr Aufmerksamkeit, mehr Gefahr ... Sie malt und fotografiert – und da sie talentiert ist und viele Leute kennt, hat sie schon in Oslo, New York und Berlin ausgestellt; es gab sogar Artikel über sie in *ARTnews,* in *Frieze* und in *Wallpaper* ... Aber all das bedeutet ihr nichts. Kunst ist für sie nichts weiter als ein Broterwerb. Als unser Vater starb, ist sie weder ins Krankenhaus noch zur Beerdigung gekommen. Sie sagte, sie habe Angst, zu deprimiert zu sein. Stattdessen malte sie eine Serie – quasi eine Mischung aus Bacon und David Lynch. Auf diesen Bildern sieht unser Vater grässlich aus, aufgedunsen, grotesk und arrogant. Sie sagt, so würde sie ihn sehen. Das hat unsere Mutter nie verwunden.«

Sie zuckte unter der Bettdecke mit den Schultern.

»Versteh mich nicht falsch, ich liebe meine Schwester. Ich vergöttere sie. Auch wenn ich meine gesamte Kindheit damit zugebracht habe, ihren Mist geradezubiegen und vor den Eltern zu verheimlichen, hinter ihr aufzuräumen und als Alibi für sie zu fungieren, wenn sie sich heimlich mit irgendwelchen Typen traf, von denen einer durchgeknallter war als der andere. Letztes Jahr hatte ich dann plötzlich den Eindruck, sie würde sich verändern.«

Sie stützte sich auf einen Ellbogen auf, und ihr Blick, der bis dahin zum Fenster gegangen war, richtete sich auf ihn.

»Ich habe sie gelöchert, und schließlich hat sie zugegeben, dass sie jemanden kennengelernt hatte ... Einen Typen, der älter war als sie, brillant, charmant, lustig ... Noch nie zuvor hat sie so von jemandem gesprochen. Aber sie wollte ihn mir nicht vorstellen, und mir war klar, dass etwas faul an der Sache war. Dass irgendetwas mit ihm nicht stimmte, dass sie deswegen Angst hatte, ihn mir vorzustellen ... Ich dachte, er sei eben doch nur ein weiterer durchgeknallter Typ, einer von diesen Schwachköpfen, zu denen sie sich ständig hingezogen fühlte. Und dann ist sie verschwunden, einfach so, an einem Tag im März. Zack, weg war sie ... Man hat sie nie gefunden ...«

Er tauchte ganz in ihren Blick ein.

»Hirtmann?«

Sie nickte.

»Wer sonst? Nach dem Verschwinden meiner Schwester sind noch weitere Frauen aus der Gegend um Oslo verschwunden, und die Beschreibung, die sie mir von ihm gegeben hatte, passt auf ihn.«

»Deshalb bist du so hinter dieser Sache her. Nicht nur, weil dein Name auf einem Stück Papier stand ... das ist eine persönliche Angelegenheit. Das hätte ich mir denken können. Aber warum hat Hirtmann dich ausgesucht? Warum wollte er dich hierherholen? Warum hat er einen Zettel mit deinem Namen in die Tasche des Opfers gesteckt? Was hat das alles mit Gustav zu tun?«

Sie erwiderte nichts, sondern sah ihm nur tief in die Augen – ein trauriger, verzweifelter Blick. Er schaute auf die Uhr, schob sie vorsichtig zur Seite und setzte sich aufs Bett.

»Martin«, sagte sie. »Warte. Weißt du, was Barack Obama einer seiner Freundinnen erwiderte, nachdem sie ihm gesagt hatte ›Ich liebe dich‹?«

Er drehte sich um und sah sie an.

»Was?«

»Danke. Das hat er ihr geantwortet. Sag bitte nicht Danke.«

Sobald die Probe für die *Symphonischen Dichtungen* von Smetana vorbei war, kehrte Zehetmayer in seine Loge zurück. Wie immer hatte er auf Pralinen, japanischen Whiskey und Rosen bestanden. Seine Forderungen dienten nur dazu, seine Legende weiter auszubauen. Er war eingebildet genug, um zu glauben, dass sie ihn überleben würde, doch das nahm seiner nahenden Vernichtung, dieser ewigen Nacht, nichts von ihrem Schrecken – in letzter Zeit konnte er nicht daran denken, ohne dabei zu erschaudern. Schon zwei Mal hatte der Tod ihn wieder aus seinen Klauen freigegeben – aber diesmal würde es kein Zurück geben.

Lange hatte er den Gedanken an den Tod wie dieser Unglücksrabe Iwan Iljitsch hinter Tapeten und Gold verstecken können, während er sich in Aktionismus und Ruhm stürzte. Letzterer war eine sehr effiziente Lampe, die mit ihrem Leuchten die Nacht vertrieb. Zumindest bis zu einem bestimmten Punkt, und den hatte er jetzt erreicht. Selbst wenn der Applaus im prallvollen Saal aufbrauste, sah er nur diesen leeren, stummen und vereinsamten Raum mit lauter Skeletten auf den Sesseln. Hundert Milliarden: Das war die Zahl der Toten seit Anbeginn der Menschheit. Eine

Zahl, die die der Lebenden um etwa ein Vierzehnfaches überstieg. Und unter ihnen Mozart, Bach, Beethoven, Einstein, Michelangelo, Cervantes. Das verwies einen wieder an seinen Platz, nicht wahr? Wer war er schon, inmitten all dieser Berühmtheiten? Niemand. Ein Skelett unter vielen anderen, das schnell in Vergessenheit geraten würde.

Er glaubte nicht an Gott – dazu war er viel zu hochmütig. Sein alternder Geist war erfüllt von einer erschreckenden Klarheit, diese Klarheit war so rein, sie grenzte an Wahnsinn. Noch war der Musikverein in die Wiener Nacht getaucht – einer dieser windigen und verschneiten Winterabende, an denen er sich seit einigen Jahren fragte, ob er den nächsten Frühling noch erleben würde –, als plötzlich jemand an seine Tür klopfte. Er dachte an die Statue des Komturs, die an Don Giovannis Tür klopfte, an die Flammen der Hölle und fragte sich, ob der Mann, der auf der anderen Seite im dunklen Gang stand – dieser Mann, der schon so oft anderen das Leben genommen hatte –, manchmal auch an seinen eigenen Tod dachte. *Aber wer denkt nicht daran?*, fragte er sich. Trotz seiner massigen Statur schob sich Jiri mit der Leichtigkeit eines Schattens in die Loge. Dabei schien er alle Schatten des Theaters im Gefolge zu haben – wie viele Tode kannte er? Wie viele zu ihrer Zeit berühmte Musiker waren heute in Vergessenheit geraten? Er dachte an die ersten Unterhaltungen mit Jiri im Gefängnis. Unbedeutend. Damals konnte er sich nicht vorstellen, dass er ihn eines Tages aus einem sehr viel düstereren Grund kontaktieren würde. Doch von Anfang an war ihm klar gewesen, dass sich Jiri niemals ändern würde, dass er seine »Aktivitäten« wiederaufnehmen würde, sobald er aus dem Gefängnis herauskam. Das steckte einfach in ihm. So wie ein Musiker seine Musik niemals aufgab.

»Guten Abend, Jiri«, sagte er. »Danke, dass Sie gekommen sind.«

Der Mörder machte sich nicht die Mühe, zu antworten. Er ging zu der offenen Schachtel Pralinen, die neben dem Spiegel stand.

»Darf ich?«

Zehetmayer nickte.

»Es gibt etwas Neues«, sagte er dann ungeduldig. »Sie kommen. Hierher, nach Österreich.«

Jiri kaute eine Praline und hörte dem Dirigenten zerstreut zu, als interessiere er sich nicht für das, was er sagte. Kaum hatte er die Praline gegessen, nahm er sich eine zweite.

»Wohin?«, fragte er.

»Nach Hallstatt. Anscheinend ist das Kind, Gustav, krank. Er soll dort operiert werden.«

»Warum?«, fragte der Tscheche.

»Ich denke mal, dass Hirtmann hier jemanden kennt, von früher. Bevor er festgenommen wurde, war er häufig in Österreich.«

»Und was soll ich machen?«

»Wir fahren dorthin.«

»Und dann?«

»Dann lassen wir uns etwas einfallen.«

Einen Moment lang schwieg der alte Mann. Dann sah er Jiri durchdringend an.

»Ich lasse Sie entscheiden: Entweder bringen Sie ihn um oder seinen Sohn. Welchen von beiden ist mir egal.«

»Was?«

Einen Moment lang breitete sich Stille aus. Die Unterlippe des alten Mannes zitterte leicht.

»Wenn Sie ihn nicht umbringen können, dann bringen Sie das Kind um. So haben Sie zwei Optionen.«

Jiri schien einen Moment lang nachzudenken.

»Sie sind verrückt.«

»Einen Weg muss es doch geben«, drängte der Alte.

Jiri schüttelte den Kopf.

»Es gibt immer einen Weg. Ich will mehr.«

Ein breites Lächeln tauchte auf dem Gesicht des Dirigenten auf.

»Das war mir klar. Eine Million Euro.«

»Wo nehmen Sie die her?«

»Ich habe im Lauf meines Lebens etwas auf die hohe Kante gelegt. Und ich habe keine Kinder. Mir scheint, das ist eine ganz sinnvolle Art, das Geld auszugeben.«

»Wie alt ist das Kind?«

»Fünf Jahre.«

»Sind Sie sicher, dass Sie das machen wollen?«

»Eine Million, hunderttausend als Vorschuss«, sagte der alte Mann. »Der Rest, wenn alles erledigt ist.«

Überrascht schauten die beiden Männer zur Tür, die gerade aufgegangen war. In der Dunkelheit erschien das Gesicht einer müden Frau, wie eine Theatermaske, die Augen zwei leuchtende Steine. Hinter ihr stand ein Putzwagen.

»Oh, Entschuldigung. Ich dachte, in der Loge wäre niemand.«

Sie schloss die Tür wieder. Einen Moment lang sagte keiner der beiden etwas.

»Warum?«, fragte Jiri schließlich. »Warum haben Sie es auch auf das Kind abgesehen? Das würde ich gerne verstehen.«

Die Stimme von Zehetmayer verriet seine Erregung.

»Er hat mir meine Tochter genommen, ich nehme ihm seinen Sohn. Das ist eine ganz einfache Rechnung. Er hängt mehr an diesem Kind als an seinem Leben.«

»Dann hassen Sie ihn also so sehr?«

»Über alle Maßen. Hass ist ein sehr reines Gefühl, müssen Sie wissen.«

Jiri zuckte mit den Schultern. Dieser Dirigent war verrückt, daran bestand kein Zweifel. Aber wenn er bezahlte ...

»Ich weiß nicht«, erwiderte er. »Ich lasse mich niemals von Emotionen leiten. Eine Million Euro also, einverstanden. Zweihundertfünfzigtausend als Vorschuss.«

42
DIE ALPEN

Am nächsten Tag verließ der Ingenieur Bernard Torossian nur widerwillig seine Familie – seine liebevolle Frau, eine fünfjährige Tochter, so quirlig, als hätte sie Hummeln im Hintern, einen zwölfjährigen Sohn, der nicht ganz so umtriebig war, und einen magersüchtigen Greyhound namens Winston – und sein Zuhause in Balma, einem Vorort von Toulouse, um zum Kommissariat zu gehen. Er ließ das Auto auf dem Parkplatz stehen und nahm die Metro-Linie A, die zum Teil überirdisch verlief, bis zur Haltestelle Jean Jaurès. Dort wechselte er in die B-Linie Richtung Borderouge.

Als er an diesem Morgen an der Station Canal du Midi ankam, brachte er die letzten Meter hinter sich, als hätte er Blei in den Sohlen. Noch nie war ihm auf dem Weg zur Arbeit so schwer ums Herz gewesen.

Torossian zeigte seinen Ausweis am Drehkreuz, betrat den Aufzug und drückte auf den Knopf für den dritten Stock, in dem sich die ballistische Abteilung des kriminaltechnischen Labors befand. Sobald er in seinem Büro war, hängte er seine Jacke auf, setzte sich vor seinen Computer und dachte nach. Die letzten Stunden hatten an seinen Nerven gezehrt, und er war erst gegen vier Uhr morgens eingeschlafen. Seine Frau hatte ihn gefragt, was mit ihm los sei, aber er hatte ihr nicht geantwortet. Seit dem Aufwachen schnürte ihm etwas die Kehle zu.

Am Abend zuvor hatte er die Untersuchung der Vergleichsschüsse abgeschlossen. Das Ergebnis war erschütternd für jemanden, den er sehr schätzte. Nicht nur jemand, der seit den Ereignissen in Saint-Martin und Marsac quasi ein Mythos innerhalb der Kripo war, sondern jemand, den er auch als Mensch schätzte, als Bewohner dieses verfluchten Planeten – und das kam nicht so häufig vor.

Doch Physik und Ballistik scheren sich nicht um menschliche Gefühle. Sie sind kalt, faktisch, wahrheitsgetreu und unwiderlegbar. Genau das gefiel ihm eigentlich an seinem Beruf: Er musste sich nicht durch den Dschungel der menschlichen Gefühle, Intuitionen, Hypothesen, Lügen und Halbwahrheiten kämpfen wie seine Kollegen. Bis zum heutigen Tag. Heute hasste er die Tatsachen. Denn die Tatsachen hatten gesprochen: Jensen war mit Servaz' Waffe getötet worden. Daran bestand kein Zweifel. Die Wissenschaft lügt nicht.

Er schüttelte den Kopf, schaute in den Regen hinaus, der trist an den Fenstern herunterlief – Servaz, der seine Waffe benutzte, um einen Mann kaltblütig zu ermorden: nein, das war doch wirklich zu absurd –, dann griff er zum Telefon und wählte die Nummer des Typen von der Aufsichtsbehörde.

Er parkte auf dem Parkplatz der Polizei, nachdem er Kirsten bei ihrem Hotel abgesetzt hatte. Nicht mehr lange, dann würde es hell. Er wollte Espérandieu bitten, während seiner Abwesenheit auf Margot aufzupassen – sie mochte ihn und vertraute ihm – und die Überwachungsteams im Auge zu behalten. Die Ressourcen der Kripo ließen keine intensive Überwachung zu, und er wusste, dass diese zurückgefahren würde, sobald er nicht mehr da war.

Als er auf das Gebäude zulief, musste er wieder an Hirtmanns Worte denken. Begab er sich etwa gerade in die Höhle des Löwen? Aber wenn die ballistische Analyse etwas ergeben hätte, dann hätte Vincent ihn doch bestimmt angerufen, um ihn zu warnen, sagte er sich.

Im Laufschritt durchquerte er die Eingangshalle, in der die Kläger Schlange standen, ging durch die Drehkreuze an der linken Seite und nahm den Aufzug nach oben bis zur Mordkommission. Als er im zweiten Stock aus dem Aufzug trat, traf er auf Mangin vom Erkennungsdienst, zu dem er keinen besonderen Draht hatte. Für gewöhnlich grüßten sie sich nur so kurz und knapp, wie der Anstand es verlangte. Dieses Mal warf Mangin ihm jedoch einen eindringlichen Blick zu und ging dann wortlos weiter.

Nein, nicht eindringlich: Erstaunt. Überrascht.

Sofort wurde Servaz von einer neuerlichen Nervosität erfasst. Als seine Begrüßungen nur ein paar schüchterne »Guten Tag« hervorriefen, spürte er ein Kribbeln in den Beinen. Er widerstand dem Drang, kehrtzumachen und zu verduften. *Verschwinde*, raunte ihm eine leise innere Stimme zu. *Verschwinde sofort.* Er holte das Handy heraus. Keine Nachricht von Rimbaud. Auch nicht von Vincent oder Samira. Er hastete weiter und fand sie in ihrem Büro vor.

»Was ist hier los?«, fragte er, noch in der Tür stehend.

Vincent stand über Samiras Schulter gebeugt da, die vor dem Computer saß. Seine beiden Kollegen, die sich gerade angeregt unterhalten hatten, verstummten, drehten sich zu ihm um und bekamen große Augen.

Er fing ihre Blicke auf.

Und verstand.

Hatte einen Knoten im Hals.

»Ich wollte dich gerade anrufen …«, setzte Vincent zögerlich an. »Ich wollte dich anrufen … deine Waffe …«

Servaz stand noch immer in der Tür, halb auf dem Gang. Er hatte das Gefühl, als würde wieder ein Rauschen in seinen Ohren einsetzen, während Vincent ihn ansah, als hätte er einen Geist vor sich.

Eine Bewegung links von ihm …

Er wandte den Kopf um. Richtung Gang. Erstarrte. Rimbaud kam mit großen Schritten auf ihn zu.

Feindselig …

»Es ist deine Waffe …«, wiederholte Espérandieu wie benommen im Büro. »Martin, verdammt, du …«

Was er als Nächstes sagte, hörte Servaz nicht.

Er ließ den Türstock los, entfernte sich von der Tür.

Machte kehrt. Ging in Richtung Aufzug. Erst langsam, dann immer schneller.

»Hey! Servaz!«, brüllte da der Typ von der Aufsichtsbehörde hinter ihm.

Die Türen standen auf. Er trat in den Aufzug. Hielt seinen Ausweis hin.

»Servaz! Wo wollen Sie hin? Kommen Sie zurück!«

Rimbaud rannte jetzt über den Gang und brüllte etwas, das er nicht verstand. Köpfe tauchten im Gang auf, einer nach dem anderen.

Der Aufzug fuhr nicht los.

Mach schon, verdammt, fahr los ... Nur noch wenige Meter trennten Rimbaud von ihm. Plötzlich schlossen sich die Türen. Er sah, wie sich Frustration, gleichzeitig aber auch Genugtuung darüber, recht behalten zu haben, in der Boxervisage abzeichneten, die hinter den Türen verschwand.

In der Kabine atmete er aus. Zwang sich, mit kühlem Kopf nachzudenken. Doch jegliche Besonnenheit war aus ihm gewichen wie Luft aus einem geplatzten Reifen. Er saß hier fest, während Rimbaud da oben ganz bestimmt herumtelefonierte, Alarm schlug und die Truppen versammelte. Sein Herz pochte immer heftiger.

Sie würden ihn da unten in die Enge treiben: Ein Anruf, dann würde er festgehalten, ehe er das Gebäude verlassen konnte.

Seit den Attentaten des 13. November 2015 standen nicht nur Wachmänner am Eingang, es waren auch Beamte am Empfang abgestellt, die die Türen kontrollierten.

Er saß in der Falle.

Dann kam ihm eine Idee: Immerhin hatte er den Vorteil, dass er in einem großen Gebäude war und die Kommunikation zwischen den verschiedenen Abteilungen nur relativ schlecht funktionierte.

Der Aufzug öffnete sich im Erdgeschoss vor den Drehkreuzen, aber er blieb ganz hinten darin stehen. Erneut hielt er seinen Ausweis an das Lesegerät und drückte auf einen anderen Knopf. Mit leichtem Vibrieren setzte sich der Aufzug wieder in Gang.

Das Untergeschoss. Die Ausnüchterungszellen. Die Zellen für den PG. Den Polizeigewahrsam.

Nicht an die Sekunden denken, die gerade verstrichen.

Bestimmt hatten sie am Empfang bereits Bescheid gegeben. Wie lange würde es dauern, bis ihnen klar wurde, wohin er unterwegs war?

Die Türen gingen auf. Er trat in einen kalten, klinischen Raum ohne Fenster, der nur von elektrischem Licht erhellt wurde.

Bog nach rechts ab.

Verglaste Zellen, manche erleuchtet, andere nicht. Typen, die hinter den Scheiben auf dem Boden lagen, wie Welpen in einer Zoohandlung. Gleichgültige, müde, wütende oder einfach nur neugierige Blicke.

Der große verglaste Raum mit den Wachmännern in hellen Uniformen war etwas weiter hinten.

Er grüßte sie, erwartete, dass jeden Moment jemand aus diesem Käfig preschte, um ihn aufzuhalten, aber sie erwiderten seinen Gruß und schienen anderweitig beschäftigt.

An diesem Morgen war es eher ruhig. Kein Geschrei, kein Lärm. Dennoch wurde gerade jemand in den Polizeigewahrsam gebracht – der Mann ging durch die Sicherheitsschleuse, bevor er abgetastet wurde. Drei Beamte der Brigade zur Verbrechensbekämpfung begleiteten ihn …

Sein Herzschlag beschleunigte sich. Das war vielleicht seine Chance. Er kam an der Sicherheitsschleuse vorbei, ging weiter …

Bog nach rechts ab.

Da war die Tür, die zum Parkplatz führte. *Offen* … Was für ein Dusel!

Der Ford Mondeo wartete im Dämmerlicht des Parkplatzes darauf, dass die Patrouille zurückkam, gleich neben dem Ausgang. Keiner saß darin … Er schluckte, ging darum herum, beugte sich zur Fahrerseite hinein.

Kaum zu glauben! Der Schlüssel steckte!

Eine Millisekunde, um eine Entscheidung zu treffen. Noch war er kein flüchtiger Krimineller – würde er in dieses Auto steigen, dann gäbe es keinen Weg zurück. Er warf einen Blick hinter sich. Die Typen von der Verbrechensbekämpfung überwachten den, der gleich in Polizeigewahrsam landete, bevor er in eine Zelle verfrachtet wurde; für ihn oder ihren Transporter hatten sie keinen Blick übrig. Er hörte, dass irgendwo ein Telefon klingelte.

Entscheide dich!

Servaz machte die Fahrertür auf, setzte sich hinters Steuer, ließ den Motor anlaufen, legte den Rückwärtsgang ein, sah, wie sich weiter hinten ein Kopf zu ihm umdrehte. Dann sah er den perplexen Blick des Beamten, als er die Kupplung kommen ließ.

Beim Abbiegen ließ er die Reifen über den glatten Parkplatzboden quietschen, fuhr zwischen den Autoreihen hindurch und hielt auf die Rampe zu.

Dreißig Sekunden …

So lange brauchte er seiner Schätzung nach, um die Barriere weiter oben zu erreichen, die sich für Fahrzeuge, die aus dem Parkplatz kamen und es in der Regel eilig hatten, automatisch öffnete …

Er fuhr schnell, viel zu schnell. Fast hätte er beim Auffahren auf die Rampe die Kontrolle über das Fahrzeug verloren, mit dem rechten Kotflügel streifte er ein Motorrad, schlitterte mehr oder weniger gekonnt weiter, erst nach links, dann zielstrebig nach rechts. Das große Motorrad, das er erwischt hatte, kippte auf das danebenstehende, das dann ebenfalls umkippte, bis alle Motorräder auf dem Parkplatz in dem ohrenbetäubenden Lärm von zerbeulendem Blech und verdrehten Lenkern umstürzten.

Er hörte das kaum, denn er fuhr bereits mit Vollgas die Rampe hinauf, tauchte in holpriger Fahrt vor den Zapfsäulen auf, stieg dann voll in die Bremsen, bevor er nach rechts abbog und auf das Einfahrtshäuschen und die Schranke zum Boulevard hin zuhielt.

Wie ein Ganove flüchtete er gerade von seiner Arbeitsstelle! Bestimmt hörte man das Quietschen der Reifen im gesamten Polizeigebäude!

Mit verschwitzten Händen umklammerte er das Lenkrad, zwang sich, diesen Gedanken zu verdrängen, war felsenfest davon überzeugt, dass die Schranke nicht hochgehen, dass jemand auftauchen und irgendetwas richtig schieflaufen würde, dass er seine restlichen Tage im Gef...

Konzentrier dich, verdammt!

Die Schranke ...

Sie ging hoch! Er glaubte, seinen Augen nicht zu trauen. Hoffnung keimte in ihm auf, und das Adrenalin war wie ein Tritt in den Hintern. Er fuhr auf den Boulevard, fuhr bei Rot vor einem Mini über die Kreuzung, der mit quietschenden Reifen eine Vollbremsung machen musste und wütend hupte. Dann bog er nach links ab, streifte den Gehsteig, der am Kanal entlangführte, und jagte weiter Richtung Pont des Minimes.

Zwanzig Sekunden.

Das war die geschätzte Zeit, die er benötigte, um die dreihundert Meter, die ihn von der Brücke trennten, zurückzulegen.

Fünfzehn Sekunden später war er auf der anderen Seite des Kanals, auf der Avenue Honoré Serres.

Fünfzig weitere endlose Sekunden später aufgrund einer Verkehrsstockung – bislang war noch immer keine Sirene zu hören – trommelte sein Herz wie wild in seiner Brust. Einen kurzen Moment lang war er versucht, kehrtzumachen und zum Kommissariat zurückzufahren. »Okay, Leute, ich habe Mist gebaut, tut mir leid.« Aber er wusste, dass ein Umkehren nun nicht mehr möglich war, dass er sich selbst zum Schafott geführt hatte.

Fast geschafft. Noch zweihundert Meter, dann konnte er nach links in die Rue Godolin abbiegen – inzwischen glaubte er, Sirenen in einiger Entfernung zu hören –, nach hundertfünfzig Metern dann nach rechts in die Rue de la Balance, wo er sich innerhalb kürzester Zeit im Labyrinth des Chalets-Viertels verlor – bevor er das Auto verließ und zu Fuß weiterging.

Er hätte sich so verdammt gerne eine Zigarette angezündet und seine Tochter gesehen, aber beides war jetzt völlig unmöglich geworden. Eine – ganz und gar unsichtbare – Tür war in dieser Hinsicht soeben zugefallen. Er dachte an Hirtmann, der ihm das Rauchen verboten hatte. Dabei hatte er solche Lust darauf. Er holte ein Päckchen heraus, während er mit großen Schritten über den Bürgersteig lief, der völligen Einsamkeit ausgeliefert.

In der Mietwagenagentur, einem verglasten Käfig inmitten des Parkplatzes vor der Ankunftshalle des Flughafens Toulouse-Blagnac, stellte er sich in eine Schlange von Asiaten – er konnte Japaner nicht von Chinesen oder Koreanern unterscheiden. Als er an der Reihe war, legte er einen Pass auf den Namen Émile Cazzaniga vor, füllte die Unterlagen aus und nahm das Auto in Empfang. In den Kofferraum packte er einen kleinen Koffer mit ein paar Sachen, die er in den Galeries Lafayette im Zentrum gekauft hatte, und ließ den Motor anlaufen.

Fünfzehn Minuten später fuhr er in Richtung Mittelmeer. Der kleine Peugeot 308 GTI war brandneu, der Tank randvoll, und die Sonne schien. Ein paar Minuten schwelgte er in einem berauschenden Gefühl der Freiheit, nicht ohne sich zu vergewissern, dass er deutlich über der erlaubten Höchstgeschwindigkeit fuhr. Dann dachte er plötzlich an die Anweisungen des Arztes: Lange Autofahrten vermeiden. Ihm standen fünfzehn Stunden Fahrt bevor. Was, wenn er draufging, bevor er dort ankam? Was, wenn er bei hundertdreißig Sachen einen Herzinfarkt auf der Autobahn hatte? Er zog es vor, nicht darüber nachzudenken. Stattdessen dachte er an Hirtmann und Gustav bei diesem Staudamm, an seine Tochter, die so extrem müde wirkte, an Rimbaud, wie er ihm sagte: »Ich nehme Ihnen das Ganze keine Sekunde lang ab. Und ich werde beweisen, dass Sie gelogen haben«, an Kirstens Schwester, diese Künstlerin, die die dunklen Schatten mochte und sich zu ihnen gesellt hatte. Und dann sah er Kirsten wieder vor sich, wie sie ihm sagte: »Sag bitte nicht Danke.«

Hatte sie wirklich genau das sagen wollen? Und was empfand er eigentlich? Er war eindeutig nicht verliebt, aber er musste zugeben, dass die Norwegerin in letzter Zeit recht häufig durch seinen Kopf geisterte. Was würde weiter passieren? Er war auf der Flucht, sie würde nach Norwegen zurückkehren. Würden sich ihre Wege endgültig trennen?

Ein paar Stunden später, nachdem er an Nîmes und Orange vorbeigefahren war, fuhr er das Rhonetal hinauf, durch das ein heftiger Mistral wehte, bevor er in der Nähe von Valence-Sud die A7 verließ und auf die A9 wechselte. Sein Mittagessen bestand aus einem Mayo-Thunfisch-Sandwich und einem doppelten Espresso auf einer Autobahnraststätte unweit von Bourgoin-Jallieu, danach fuhr er Richtung Alpen, Annecy und Genf weiter, wo er bei Einbruch der Dunkelheit eintraf.

Er folgte dem nordöstlichen Ufer des Genfersees, bog nach Morges Richtung Norden zum Neuenburgersee ab, bevor er sich zu den makellos weißen Berner Alpen aufmachte. Das Alpenmassiv hob sich vor der wolkenlosen Nacht ab wie riesige Baisertürme vor einem schwarzen Laken. Nach Zürich verließ er die Schweiz und fuhr gegen einundzwanzig Uhr bei Lustenau über die österreichische Grenze, dann weiter am Bodensee entlang, bis er bei Lindau über die deutsche Grenze fuhr und schließlich nach Osten abbog, wo er gegen zweiundzwanzig Uhr die Gegend von München erreichte.

Es war nach dreiundzwanzig Uhr, als er sich erneut an der österreichischen Grenze bei Salzburg wiederfand, wo er zwischen den mächtigen Gipfeln des Salzkammerguts hindurchfuhr, die man trotz des Schnees kaum erkennen konnte, so sehr waren sie in der tiefen alpinen Nacht verborgen. Riesen, die seit dem Paläolithikum über die örtliche Bevölkerung wachten. Nach dreiundzwanzig Uhr erreichte er endlich Hallstatt, diese Postkarte von Österreich im 3-D-Format, eingebettet am Ufer eines Sees und um diese Uhrzeit im Nebel und in der Finsternis versunken. Die kleinen gepflasterten Straßen, die Häuserfassaden der Tiroler Chalets, die Brunnen und Aussichtspavillons: all das erinnerte an eine Filmkulisse – *Heidi* oder *Meine Lieder – meine Träume*.

Er suchte nach dem Hotel, das ihm der Schweizer genannt hatte – die Pension Göschlberger – und fiel zwanzig Minuten später wie ein Stein in ein hohes Bett mit dicken Daunendecken, das geradewegs aus einem Märchen zu stammen schien.

»Er hat seine VISA-Karte gestern Morgen in einer Mietwagenagentur benutzt«, verkündete ein Polizist namens Quintard. »Ein paar Stunden später dann an einer Tankstelle in der Gegend von Bourgoin-Jallieu und zum letzten Mal an der Mautstelle von Annemasse-Saint-Julien vor der Schweizer Grenze.«

»Verdammt!«, wetterte Rimbaud.

»Das Auto, ein Peugeot 308, wurde auf den Namen Émile Cazzaniga gemietet …«

»Na prima!«, tönte Rimbaud weiter. »Dann kann er jetzt überall in Europa unterwegs sein.«

»Oder auch nach Frankreich zurückgekehrt sein«, warf ein weiteres Mitglied der Aufsichtsbehörde ein. »Er ist ziemlich ausgefuchst, das wäre ihm durchaus zuzutrauen.«

Mit düsterer Miene und ohne sich einzumischen verfolgte Stehlin die Unterhaltung. Was für ein Albtraum!

»Hat jemand eine Ahnung, wo er hingefahren sein könnte?«, fragte Rimbaud und schaute mit bitterer Miene einmal über die versammelten Gesichter.

Weder Samira noch Espérandieu gaben einen Mucks von sich, doch als der Typ von der Aufsichtsbehörde wegsah, tauschten sie einen Blick.

»Man braucht eine Vignette, wenn man über die Schweizer Autobahnen fahren möchte«, ließ Rimbaud verlauten. »Sollte er keine gehabt haben, wurde er vielleicht von der Schweizer Polizei kontrolliert, wer weiß? Kann jemand Kontakt zu ihnen aufnehmen?«

Endzeitstimmung hatte sich am Tisch breitgemacht. Die Agonie einer Abteilung, der kein Richter mehr eine wichtige Ermittlung übertragen würde. Espérandieu sagte sich, dass sich Ähnliches in der Verwaltung von Washington abspielen musste, jetzt, wo die Funktionäre von Trump sich dort niederließen. Er könnte um eine Versetzung bitten … Aber was würde dann aus Martin? Hatte er Jensen wirklich abgeknallt? Er konnte das noch immer nicht so recht glauben. Mit Blicken suchte er bei Samira nach Rückhalt, und die junge sino-französisch-marokkanische Frau legte ihm diskret einen kurzen Moment die Hand aufs Knie. Er war unendlich traurig. Was war seit diesem Schuss auf dem Eisenbahnwaggon nur schiefgelaufen? Er hatte schon gebrochene Polizisten gesehen. Aber Martin war sein bester Freund – zumindest war er das gewesen, bevor er ins Koma fiel.

»Und wo steckt diese norwegische Polizistin?«, fragte Rimbaud und sah dabei den Leiter der Kripo an.

Stehlin schüttelte den Kopf so langsam wie ein zum Tode Verurteilter, den man nach seinem letzten Willen fragte.

»Na prima«, sagte der Typ von der Aufsichtsbehörde. »Dann müssen wir wohl bei Interpol eine Rote Ausschreibung für Commandant Servaz beantragen.«

Schon allein das, dachte Espérandieu. In der Presse wurden die Roten Ausschreibungen fälschlicherweise als »internationale Haftbefehle« bezeichnet. Tatsächlich handelte es sich dabei jedoch nicht um Haftbefehle – da die Polizisten eines Landes niemanden allein auf Entscheidung eines nationalen Gerichtswesens hin festnehmen konnten –, sondern um eine Warnmeldung, um eine Person zu finden und die örtlichen Behörden zu bitten, diese festzunehmen.

»Ich will eine ausführliche Meldung, mit Foto, digitalen Abdrücken und dem ganzen Tamtam.«

Er wandte sich Vincent und Samira zu.

»Können Sie sich darum kümmern?«, fragte er gehässig.

Schweigen. Dann kam Samiras Mittelfinger – an dem ein Ring mit Totenkopf steckte – unter dem Tisch hervor, sie stieß ihren Stuhl nach hinten und verließ den Raum.

»Gleiche Antwort«, sagte Espérandieu, der dann seinerseits aufstand.

Den Vormittag über flanierte Martin durch die engen Gässchen dieser Postkartenansicht am Seeufer, trug dabei eine billige Kappe, die er in einem Souvenirladen vor Ort gekauft und mit seinen letzten Euro bezahlt hatte, eine Sonnenbrille und einen dicken Wollschal um den Hals. Er tingelte von einer Terrasse zur nächsten und trank dabei so viel Kaffee, dass er die letzte Tasse angewidert von sich wegschob.

Er würde hier nicht weiter auffallen: Es gab hundertmal mehr Touristen als Einwohner, und sie traten einander in diesem kleinen Dorf, das zwischen See und Bergen eingezwängt war, nahezu auf die Füße. Er hörte alle möglichen Sprachen, aber nur sehr wenig Deutsch.

Das Panorama beeindruckte ihn trotz allem, was gerade vor sich ging: diese weißen, über- und nebeneinander aufragenden Dächer, die adretten, nahezu heiteren Häuserfassaden, die Holzbrückchen und auf der gegenüberliegenden Seite die erdrückende, fast schon feindselige Gegenwart der eisbedeckten Bergwand, ein geriffeltes Weiß mit horizontalen Schraffuren, wie eine mit zittriger Hand ausgeführte Zeichnung, die aus dem eisigen und leicht nebligen Wasser des Hallstätter Sees herausragte wie ein Grabstein.

Fünf Minuten vor zwölf machte er sich zum Marktplatz neben der lutherischen Kirche auf, die etwa fünfzig Meter davon entfernt war. Auch hier waren viele Touristen unterwegs, die alles, was auch nur entfernt an ein altes Gemäuer oder an das klassische Österreich erinnerte, mit ihren Fotoapparaten oder Handys festhielten.

Er wartete ein paar Minuten, ohne sich von der Stelle zu rühren, tat so, als würde er den Brunnen und die Umgebung betrachten, fragte sich, wo Kirsten wohl war. Mehrfach hatte er den Ort nach ihr abgesucht, gehofft, dass sie irgendwo auftauchen würde, aber sie hatte sich nicht gezeigt, und so langsam wurde er unruhig. Dann sagte er sich, dass es nur logisch war: Es war gut möglich, dass er bereits von jemandem beschattet wurde, weshalb Kirsten vielleicht kein Risiko eingehen wollte.

»Mahler ist hierhergekommen, wussten Sie das?«, sagte da mit einem Mal ein Tourist, der nebenbei weiterfotografierte.

Servaz sah ihn an. Der Typ trug eine eigenartige gelbe Pudelmütze. Er war blond, gebräunt, wirkte gesund und sportlich. Etwas kleiner, aber kräftiger als er.

»Haben Sie Ihren Koffer gepackt?«, fragte der Mann und befestigte die Verschlusskappe wieder auf dem Objektiv seines Fotoapparats.

Servaz nickte.

»Sehr gut, dann mal los, gehen wir ihn holen.«

Wenige Augenblicke später verließen sie das Dorf in einem uralten Range Rover, der schwarzen Rauch ausspuckte, über eine kleine Straße, die dem westlichen Ufer des Sees folgte.

Samira Cheung sah Vincent an. An diesem Tag hatte sie ihre Augen so stark mit schwarzem Kajal umrandet, dass man sie für eine Ghula hätte halten können, die einer Erzählung über ein verwunschenes Haus entsprungen war.

»Denkst du dasselbe wie ich?«

»Wovon redest du?«

»Davon, was Quintard bei der Sitzung gesagt hat: die Strecke von Martin, diese Fahrt durch die Schweiz. Die Schweiz, das ist nicht weit weg von …«

»Österreich, ich weiß«, bestätigte er. »Hallstatt …«

»Glaubst du wirklich, er könnte dort sein?«

»Das klingt ziemlich absurd, oder?«

»Es ist ja auch ein ganz schönes Stück«, meinte sie.

Er betrachtete die beiden Ringe mit den Totenköpfen an ihrer rechten Hand und die Lederarmbänder mit den Kreuzen, Nägeln und winzigen Schädeln.

»Schon«, räumte er ein, »ein ganz schönes Stück … Aber es ist auch die Strecke nach Genf, Hirtmanns Stadt. Und die Norwegerin, glaubst du, die ist bei ihm?«

Samira antwortete nicht. Sie tippte bereits etwas in den Computer ein.

»Sieh mal.«

Er kam näher, sah eine Homepage und las dann: »Polizei Hallstatt, Seelände 30«. Daneben stand eine Mailadresse, die auf »polizei.gv.at« endete, und es war sogar eine Webseite angegeben. Samira klickte darauf und musste trotz des Ernstes der Situation schmunzeln: zwei Topmodels vom Typ Barbie und Kenn in Polizeiuniform neben einem Streifenwagen, ebenso glaubwürdig wie Steven Seagal in der Rolle des Präsidenten der Vereinigten Staaten.

»Sprichst du Deutsch?«, fragte sie.
Er verneinte.
»Ich auch nicht.«
»Aber ich spreche Englisch«, sagte er und hob den Hörer ab. »Und die Österreicher sprechen doch auch Englisch, oder nicht?«

Sie ließ den Vorhang wieder fallen. Von ihrem Zimmer im Seehotel Grüner Baum aus hatte sie gesehen, wie sich Martin mit diesem Typen mit der gelben Mütze unterhielt, der fotografierte. Jetzt gingen sie zusammen vom Marktplatz. Sie hastete aus ihrem Zimmer im ersten Stock die Treppe hinunter und tauchte gerade rechtzeitig auf dem Platz auf, um zu sehen, wie sie in einem Gässchen verschwanden. Statt ihnen zu folgen, ging sie dann jedoch in die entgegengesetzte Richtung weiter.

Espérandieu legte auf. Der österreichische Polizist – ein Typ namens Reger oder so – hatte sich erstaunlich kooperativ gezeigt. Es schien ihm Freude zu bereiten, mit der französischen Polizei zusammenzuarbeiten, auch wenn auf seine Bitte zunächst ein langes Schweigen am anderen Ende der Leitung gefolgt war. Espérandieu konnte sich gut vorstellen, dass dies eine willkommene Abwechslung für ihn darstellte. Wie viele Morde gab es wohl jährlich in Hallstatt? Ein chinesischer Tourist, der von einem sinophoben Alpinisten mit dem Eispickel erschlagen wurde? Ein eifersüchtiger Ehemann, der einen schweren Blumentopf an den Fußgelenken seiner Frau festband, bevor er sie auf dem Grund des Sees versenkte? Reger hatte einen starken österreichischen Akzent, aber sein Englisch war flüssig und einwandfrei gewesen.

Martin und sein Führer mit der gelben Mütze kamen gegen vierzehn Uhr zurück nach Hallstatt. Nahmen den Tunnel, der unter dem Berg hindurchführte, und stellten das Auto auf dem Parkplatz P1 ab, dann gingen sie am Seeufer entlang zu Fuß zurück ins Zentrum. Es war kalt und es schneite, und es war so düster wie normalerweise erst am späten Nachmittag.

»Weshalb dieser Umweg?«, fragte Servaz, der erneut seinen Koffer hinter sich herzog.

»Um sicherzugehen, dass uns niemand folgt ...«

»Und was machen wir jetzt?«

»Sie gehen zurück ins Hotel und bleiben dort: Warten, bis jemand Sie abholt. Kein Telefonat, mit niemandem, verstanden? Kein Alkohol, keine Zigaretten. Und verzichten Sie möglichst auch auf Kaffee. Trinken Sie Wasser, ruhen Sie sich aus, schlafen Sie ein wenig.«

Weder Servaz noch der blonde Mann mit der gelben Mütze sahen den grünen Lada mit Prager Kennzeichen, der wenige Minuten später auf demselben Parkplatz anhielt. Zehetmayer stieg als Erster aus. Er trug seinen üblichen Mantel mit dem Biberkragen und einen zerbeulten Filzhut auf dem kahlen Schädel, die mit dem erbärmlichen Zustand des Geländewagens kontrastierten. Jiri trug einen einfachen Anorak, Jeans, gefütterte Stiefel und hätte als Tourist durchgehen können. Sie ließen das Auto stehen und gingen geradewegs zum Zentrum des Dorfes.

Sie nahmen in einem Café Platz und betrachteten den vorbeiziehenden Touristenstrom, ein völlig ungleiches Paar.

Nachdem Servaz drei Stunden in seinem Zimmer ausgeharrt hatte, war er es langsam leid. Er musste ständig an Margot denken. Daran, wie müde und niedergeschlagen sie ausgesehen hatte. Wie ein Dieb hatte er sich aus dem Staub gemacht, und sie kam vor Sorge sicherlich fast um. Es fiel ihm immer schwerer, seine Ungeduld zu zügeln. Er musste mit ihr reden.

Hatten sie die Erlaubnis eines Richters eingeholt, um Margot abzuhören? In so kurzer Zeit? Angesichts der Umstände wäre das durchaus möglich. Aber nicht sicher. Die Polizei und die französische Justiz funktionierten in der Realität nicht so reibungslos wie in den Fernsehfilmen. Da lief häufig etwas schief. Da musste man nur an die europaweit gesuchten Terroristen denken, die tage- oder gar wochenlang zwischen verschiedenen Ländern hin und her reisten, Grenzen überquerten oder Züge nahmen, bevor sie festgenommen wurden.

Er musste dieses Risiko eingehen. Er holte das kleine Handy mit der Prepaidkarte hervor, das er in Toulouse gekauft hatte, bevor er zum Flughafen gefahren war, und wählte die Nummer.

»Hallo?«

»Ich bin's«, sagte er.

»Papa. Wo bist du?«

Ihre Stimme klang äußerst besorgt.

»Das kann ich dir nicht sagen.«

Schweigen.

»Wie bitte?«

Da war sie wieder, die Wut in der Stimme seiner Tochter. Ging das jetzt etwa schon wieder los? … Durch das Fenster sah er ein weißes Schiff, das durch das graue Wasser des nebelverhangenen Sees näher kam; es brachte Touristen vom Bahnhof auf der anderen Seeseite.

»Hör zu. Man wird dich über mich befragen. Die Polizei … Man wird über mich sprechen, als wäre ich ein … ein Krimineller …«

»Die Polizei? Du bist die Polizei. Ich verstehe das nicht.«

»Das ist eine komplizierte Geschichte. Ich musste wegfahren …«

»Wegfahren? Wohin? Könntest du nicht etwas genau…«

»Lass mich ausreden«, unterbrach er sie. »Mir wurde eine Falle gestellt. Man beschuldigt mich einer Sache, die ich nicht getan habe. Ich musste fliehen. Aber ich … ich komme zurück …«

»Papa, du machst mir Angst«, sagte sie plötzlich.

»Ich weiß, das tut mir leid, mein Schatz.«

»Geht's dir gut?«

»Ja, mach dir keine Sorgen.«

»Natürlich mache ich mir Sorgen«, erwiderte sie. »Wie sollte ich mir denn keine …«

»Ich muss dir noch etwas anderes sagen ...«

Sie schwieg. Er zögerte.

»Du hast einen kleinen Bruder. Er heißt Gustav. Er ist fünf Jahre alt.«

Wieder Schweigen.

»Einen ... *kleinen Bruder? Gustav?*«

Allein anhand ihrer Stimme konnte er sich ihren ungläubigen Gesichtsausdruck vorstellen.

»Wer ist die Mutter?«, fragte sie gleich darauf.

Er verkrampfte sich.

»Das ist eine lange Geschichte.«

Er hatte sich etwas Wasser aus der Minibar eingeschenkt und nahm einen Schluck.

»Ich habe alle Zeit der Welt«, sagte sie barsch.

»Eine Frau, mit der ich vor langer Zeit eine Beziehung hatte und die dann gekidnappt wurde.«

»Gekidnappt? Marianne? Redest du etwa von Marianne?«

»Ja.«

»O Gott ... er ist wieder da, oder?«

»Wer?«

»Du weißt sehr wohl wer ...«

»Ja.«

»Verdammt, Papa, das darf einfach nicht wahr sein. Sag mir, dass es nicht wahr ist. Dass dieser verfluchte Albtraum nicht von Neuem beginnt!«

»Margot, ich ...«

»Dieses ... dieses Kind ... wo ist es?«

Er erinnerte sich an die Worte von Espérandieu. »Frag sie einfach. Ohne Umschweife. Vergiss das ganze Um-den-heißen-Brei-Herumreden. Du führst schließlich keine Befragung durch: Sie ist deine Tochter.«

»Völlig egal, wo es ist. Was passiert ist, ist passiert. Jetzt ist es an mir, dir eine Frage zu stellen: Was genau ist mit dir los, Margot? Antworte mir diesmal. Ich will die Wahrheit hören.«

Nun zog sich das Schweigen noch mehr in die Länge.

»Tja, es sieht ganz so aus, als hättest du nicht nur ein zweites Kind, sondern würdest auch noch Großvater werden.«

»Was?«

»Ich bin fast im dritten Monat«, sagte sie.

Er dachte an ihre vielen kleinen körperlichen und psychischen Veränderungen, an die morgendliche Übelkeit, ihre Gereiztheit, die Stimmungsschwankungen, den Kühlschrank voller gesunder Sachen, die paar zusätzlichen Kilo …

Er musste blind gewesen sein, das nicht bemerkt zu haben.

Selbst Hirtmann, der Margot vom Parkplatz gegenüber der Wohnung beobachtet hatte, hatte es kapiert.

»Der Vater … kenne ich ihn?«

»Ja«, sagte sie. »Es ist Élias.«

Im ersten Moment wusste er nicht, von wem sie redete, doch dann fiel es ihm wieder ein. Dieser schweigsame, große junge Mann mit der Strähne, die immer sein halbes Gesicht verdeckte, dieser lange Lulatsch, der viel zu schnell in die Höhe geschossen zu sein schien. Er hatte Margot bei ihrer Ermittlung während der Ereignisse in Marsac geholfen, wo sie beide in derselben Vorbereitungsklasse waren. In genau dem Gymnasium, in dem er selbst einmal war und wo eine Lehrerin ermordet worden war. Élias hatte Margot auch begleitet, als sie in dieses Dorf nach Spanien gekommen war, in dem er sich zurückgezogen und seine Tage nach dem Verschwinden von Marianne mit Saufen zugebracht hatte. Servaz wusste noch, dass Élias nicht viel gesprochen hatte, aber wenn, dann immer gut überlegt.

»Ich wusste gar nicht, dass du dich noch immer mit ihm triffst.«

»Dem war auch nicht so. Er ist letztes Jahr in Montreal aufgekreuzt, angeblich, um Urlaub zu machen … Wir hatten uns drei Jahre nicht gesehen, hatten aber sporadisch Kontakt. Dann ist er zurück nach Paris geflogen, und wir fingen an, uns zu schreiben. Und dann ist Élias zurückgekommen. Dieses Mal ist er geblieben …«

Margot war schon immer sehr gut darin gewesen, die kompliziertesten Sachverhalte in wenigen Sätzen zusammenzufassen.

»Und werdet ihr …?«

»Nein, Papa, o nein. Das steht gerade nicht auf der Tagesordnung.«

»Aber ihr … lebt zusammen?«

»Ist das wichtig? Papa, ganz egal, was bei mir los ist, du musst zurückkommen. Du kannst nicht einfach abhauen wie irgend so ein Krimineller.«

»Das geht leider nicht. Nicht sofort zumindest. Hör zu, ich …«

Dann ein Geräusch am anderen Ende der Leitung, vielleicht eine Tür, danach wurde eine Stimme laut: »Margot? Schätzchen? Ich bin's!« Alexandra, seine Ex-Frau.

»Sag deiner Mutter nichts davon«, fügte er noch hinzu.

Dann legte er auf.

Plötzlich tauchte ein Bild aus sehr lange zurückliegenden glücklichen Tagen vor ihm auf: wie ebendiese junge, inzwischen schwangere Frau brabbelnd und in einer Sprache plappernd, die nur sie verstand, auf das elterliche Bett krabbelte. Dieses Bett, auf das sie fast immer dann kletterte, wenn ihre Mutter gerade schlief. Ihr persönlicher Kilimandscharo. Hinaufklettern und es erobern, um sich dort oben einzunisten, eine Kuhle für sich zu finden – zwischen ihren beiden Körpern. Ihr Geruch nach Baby. Ihre feinen Haare. Für ihn gab es nichts Schöneres, als die Nase an diesen runden, wohlriechenden Bauch seines Töchterchens zu pressen. Dieser Babybauch, der sich nur beim Atmen leicht senkte. Dieser Geruch nach Neugeborenem, vermischt mit dem säuerlichen Geruch von Milch aus dem Fläschchen und Eau de Cologne. Das Parfüm des Aufwachens. Seine Tochter. Deren Bauch bald wieder dick sein würde.

Er hoffte, dass sie eine gute Mutter würde, dass sie gut damit zurechtkam. Und dass ihre Partnerschaft nicht wie die ihrer Eltern in die Brüche gehen würde. Dass sie als Mutter glücklicher sein würde, als sie es als Tochter war. Dass das Kind in einem harmonischen Zuhause aufwuchs. Er versuchte nachzudenken, aber in seinem Kopf drehte sich alles, er sah nur zwei große Planeten und ein paar kleinere, die darum herumnavigierten. Vielleicht waren es auch ein Planet und eine Sonne. Eine schwarze Sonne ... Er hatte das Gefühl, als hätte eine andere Margot den Platz seiner Tochter eingenommen.

Eine Margot, die er nicht kannte.

Er trat ans Fenster, sah den Geist seines Gesichts, das sich über das Bild des weißen Schiffes und des grauen Wassers legte.

Meine Tochter, dachte er mit zugeschnürter Kehle. *Ich weiß, dass du eine gute, eine ausgezeichnete Mutter sein wirst. Und euer Kind wird glücklich sein. Ich weiß nicht, wie lange ich fort sein werde, aber ich ... Ich hoffe, dass du von Zeit zu Zeit an mich denken und es verstehen wirst ...*

Kirstens Handy klingelte, als sie – mit einem kleinen Gebäckstück und einem Kaffee – ihren Überwachungsposten wieder eingenommen hatte.

»Hallo Kasper.«

Schweigen am anderen Ende der Leitung. Sie hatte das Gefühl, von dort, wo sie sich gerade befand, den unermüdlich niederprasselnden Regen in Bergen hören zu können.

»Wo bist du?«, fragte er.

»Ich sitze vor einem Gebäckstück und einem Kaffee.«

»Noch immer im Hotel?«

»Weshalb willst du das wissen?«, fragte sie ihn ganz direkt.

»Bitte?«

»Weshalb willst du wissen, wo ich bin?«

»Ich verstehe deine Frage nicht.«

»Weshalb interessierst du dich so sehr für den Ort, an dem wir uns aufhalten, und das, was wir machen?«

Schweigen.

»Was soll dieser Blödsinn?«, fragte der Polizist in Bergen. »Ich will einfach nur wissen, wo ihr seid ...«

»Kasper, ich habe gestern in Oslo angerufen. Anscheinend wissen sie dort von nichts. Niemand hat ihnen gesagt, dass wir die Spur des Jungen ausfindig gemacht haben. Dabei habe ich dir davon erzählt. Warum hast du niemandem davon berichtet? Warum hast du deine Vorgesetzten nicht darüber informiert?«

Vom anderen Ende war nichts als Regen zu hören.

»Ich weiß auch nicht ...«, sagte er schließlich. »Ich nehme an, ich wollte dir Zeit geben, das selbst zu machen ... Anscheinend hast du auch mit niemandem darüber gesprochen.«

Der Punkt geht an dich, dachte sie.

»Du bist nicht die Einzige, die gewissenhaft arbeitet. Ich will genauso sehr wie du, dass dieser Mistkerl geschnappt wird. Aber mir hat keiner eine Reise nach Frankreich bezahlt ...«

Zweiter Punkt.

»Schon gut. Entschuldige. Ich bin zurzeit extrem angespannt.«

»Warum?« Wieder eine Pause. »Jetzt sag mir aber nicht ... sag mir nicht, dass er wieder aufgetaucht ist.«

»Ich muss los«, sagte sie.

»Was wirst du machen?«

»Ich weiß es nicht.«

»Pass auf dich auf.«

»Okay.«

Er legte auf, sah nach draußen zum Hafen. Er war heute nicht zur Arbeit gegangen. Er hatte sich einen Tag freigenommen, um ein Möbelstück aufzubauen. Was für ein Mistwetter ...

Dann dachte er an das Geld auf seinem Bankkonto. Das, was ihm für die Informationen bereits überwiesen worden war. Mit dem er schon einen Teil seiner Schulden getilgt hatte. Nicht genug, wie er fand, aber immerhin ein Anfang. Er warf einen Blick auf die Uhr und wählte die andere Nummer. Die, die nicht der Polizei gehörte.

43
VORBEREITUNGEN

»Geht es dir gut, Gustav?«

Hirtmann betrachtete das Kind, das in dem Krankenhausbett lag. Er trat ans Fenster, blickte über die weißen Dächer von Hallstatt, über den kleinen verschneiten Parkplatz und dann zum grauen Wasser des Sees. Die Klinik befand sich auf der Anhöhe des Dorfes.

»Ja, Papa«, sagte Gustav hinter ihm.

Er sah, wie ein Schiff vom anderen Ufer, von der Bahnhofsseite, herüberfuhr.

»Umso besser«, sagte er und drehte sich wieder um. »Heute Abend ist es so weit, weißt du?«

Dieses Mal sagte das blonde Kind nichts.

»Du brauchst keine Angst zu haben, Gustav. Alles wird gut.«

»Na, dann mal los«, sagte der Mann mit der gelben Mütze. »Nehmen Sie Ihren Koffer.«

»Wohin gehen wir?«

Er hatte genug von dieser Geheimniskrämerei. Er hatte den gesamten gestrigen Nachmittag und den Abend damit zugebracht, wie ein Raubtier durch das Hotelzimmer zu tigern, ehe er in einen Schlaf voller Albträume hinübergedämmert war.

»In die Klinik«, sagte der blonde Mann.

»Welchen Beruf üben Sie eigentlich aus?«, fragte Servaz.

»Wie bitte? Ich bin Krankenpfleger«, sagte der Mann überrascht. »Was für eine Frage. In der Klinik ... Man hat mich gebeten, Sie in Empfang zu nehmen.«

»Und der kleine Spaziergang gestern, um herauszufinden, ob mir jemand gefolgt ist, war das Teil des Empfangs?«

Der Mann warf ihm ein unergründliches Lächeln zu, während er die Tür abschloss und sie sich zu dem kleinen Aufzug begaben.

»Ich befolge die Anweisungen, die ich erhalten habe, das ist alles«, sagte er.

»Und Sie stellen niemals irgendwelche Fragen?«, wollte Servaz wissen, als sie sich in die kleine Kabine zwängten, die für zwei Erwachsene eigentlich nicht groß genug war.

»Doktor Dreissinger hat mir nur gesagt, Sie seien in Frankreich eine Berühmtheit und wollten keine ... Publicity, keine Paparazzi eben ...«

Zu Servaz' größter Erleichterung öffneten sich die Türen fast sofort wieder, und er trat an die Rezeption, um seinen Zimmerschlüssel dort abzugeben. Er dachte über das nach, was der Kerl ihm soeben gesagt hatte. Dabei kam ihm eine Idee.

»Weshalb sollte ich Wert auf Verschwiegenheit legen?«, fragte er. »Was wird denn für gewöhnlich in dieser Klinik gemacht?«

Der Mann starrte ihn verdutzt an.

»Na ja, Liftings, Nasen-OPs oder Lider, Brustaufbau, Implantate – auch Phalloplastik oder Nymphoplastik ... solche Sachen eben.«

Jetzt machte Servaz ein verdutztes Gesicht.

»Heißt das, wir fahren in eine Klinik für Plastische Chirurgie?«

Sie mussten nur wenige Hundert Meter fahren, den Hang des Dorfes hinauf, über gepflasterte Straßen, bis sie auf dem kleinen Parkplatz der Klinik anhielten, die über die Dächer der Stadt und den See blickte. Sein Begleiter stieg als Erster aus dem VW und öffnete den Kofferraum, dann reichte er Servaz den Koffer, den dieser mit einem unguten Gefühl entgegennahm. Im Internet hatte er gelesen, dass eine Lebertransplantation ein schwerer und heikler chirurgischer Eingriff war, sowohl für den Spender wie für den Empfänger – eine OP, die bis zu fünfzehn Stunden dauern konnte –, und mit einem Mal bekam er Schiss. *Richtig Muffensausen,* dachte er. Um sich zu beruhigen, sagte er sich, dass Hirtmann viel zu sehr an seinem Sohn hing, als dass er ihn in irgendwelche unqualifizierte Hände übergeben würde.

Sein Sohn ... Er konnte sich noch immer nicht an diesen Gedanken gewöhnen. Er war hier, um seinem Sohn einen Teil seiner Leber zu spenden. Das klang ein bisschen nach Science-Fiction.

»Was ist denn das – Phalloplastik?«, fragte er plötzlich, während sie den Parkplatz überquerten und die Stufen zum Eingang hinaufgingen.

»Chirurgie am Penis.«

»Und die Nymphoplastik?«

»Die Schamlippen. Sind sie zu groß, verkleinert man sie.«

»Wie nett.«

Lothar Dreissinger war eine lebende Werbung für Schönheits-OPs. Im Vorher-nachher-Stil. Er verkörperte das Vorher: Er war einer der hässlichsten Männer, die Servaz je gesehen hatte. Sein Gesicht schien das Ergebnis eines genetischen Cocktails zu sein, bei dem so gar nichts zusammenpasste. Nase und Ohren waren viel zu groß und fleischig, die Augen zu klein, das Kinn zu schmal, die Lippen wie die einer Kröte, der Schädel kahl und spitz zulaufend wie ein Osterei ... Gekrönt wurde das Ganze noch von gelblichen, blutunterlaufenen Augen und kleinen, kraterförmigen Narben, als hätte er in seiner Jugend die Pocken gehabt.

Servaz fragte sich, ob das seine Patienten wohl dazu bewegte, sich möglichst rasch unters Messer zu legen – oder ob sie im Gegenteil hier die Grenzen der Chirurgie erkannten, die doch vom Meister dieser Institution so hochgelobt wurde. Wenn er diese himmelschreienden Ungerechtigkeiten der Natur nicht korrigieren konnte, wozu diente das dann alles?

Über einem weißen Hemd trug er einen weißen Arztkittel, seine manikürten Hände wiederum waren wunderschön. Das fiel Servaz auf, als sein Gegenüber die Hände unter dem Kinn verschränkte.

»Hatten Sie eine gute Fahrt?«, fragte ihn der Chirurg auf Englisch.

»Ist das wichtig?«

Die gelblichen Augen des Klinikleiters starrten auch äußerst unangenehm.

»Nicht unbedingt«, sagte er. »Hier zählt nur, dass Sie bei guter Gesundheit sind.«

»Eine hübsche Klinik haben Sie hier«, bemerkte Servaz. »Schönheitschirurgie, nicht wahr?«

»In der Tat.«

»Dann verraten Sie mir doch bitte, ob Sie kompetent genug sind, die anstehende OP durchzuführen.«

»Bevor ich mich dieser ... einträglicheren Aktivität zugewandt habe ... war genau das mein Spezialgebiet. Sie können sich erkundigen: Ich war ausgezeichnet. Mein Ruf erstreckt sich weit über die Grenzen Österreichs.«

»Wissen Sie, wer ich bin?«, fragte Servaz.

»Der Vater des Kindes.«

»Und abgesehen davon ...«

»Nein, das ist mir egal.«

»Was hat er Ihnen mitgeteilt?«

»Hinsichtlich was?«

»Hinsichtlich der Operation ...«

»Dass Gustav eine Spenderleber benötigt. So schnell wie möglich.«

»Was sonst noch?«

»Dass Sie vor ein paar Monaten eine Kugel ins Herz bekommen haben und mehrere Tage im Koma lagen.«

»Besorgt Sie das nicht?«

»Weshalb sollte es das? Der Schuss ging ins Herz, nicht in die Leber.«

»Ist das Ganze deshalb nicht ein bisschen zu ... riskant?«

»Natürlich ist es das. Aber jede Operation birgt ihre Risiken.«

Dreissinger wedelte mit seinen schönen Pianistenhänden herum.

»Es handelt sich dabei um eine sehr schwierige Operation«, fügte er hinzu. »Genau genommen um eine dreifache Operation: Zum einen werden Ihnen zwei Drittel Ihrer Leber entnommen, dann muss Gustav die nekrotische Leber entnommen werden, und als dritte OP muss ihm das gesunde Transplantat eingesetzt und alles wieder vernäht werden. Da gibt es immer Risiken.«

Servaz spürte ein leichtes Stechen in der Bauchgegend.

»Aber lässt die Tatsache, dass ich vor gerade mal zwei Monaten eine Herz-OP hatte, dieses Risiko nicht ungemein ansteigen?«

»Nicht für das Kind: Der Spender könnte genauso gut tot sein, das ist im Übrigen die geläufigste Vorgehensweise.«

»Und für mich?«

»Für Sie, zweifelsohne ja.«

Er hatte das scherzhaft gesagt, aber Servaz spürte, wie seine Kehle trocken wurde. *Ihm ist es völlig egal, ob ich dabei draufgehe ... Und Hirtmann, ist es dem genauso egal?*

»Sie schützen einen Mörder«, sagte er unvermittelt. »Und nicht irgendeinen.«

Das Gesicht des Chirurgen war mit einem Mal verschlossen.

»Das wussten Sie?«

Dreissinger nickte.

»Warum?«, fragte Servaz.

Der kleine Mann schien zu zögern.

»Sagen wir mal so, ich schulde ihm noch etwas ...«

Servaz' Augenbrauen wanderten fragend nach oben.

»Was schuldet man jemandem, um ein solches Risiko einzugehen?«

»Das lässt sich nicht so einfach erklären ...«

»Lassen Sie es auf einen Versuch ankommen.«

»Warum sollte ich? Sind Sie etwa von der Polizei?«

»Ganz genau.«

Dreissinger sah ihn erstaunt an.

»Keine Sorge, ich bin nicht in meiner Funktion als Polizist hier, sondern als Leberspender, wie Sie wissen. Also?«

»Er hat meine Tochter umgebracht.«

Die Antwort war ohne das geringste Stocken herausgeschossen. Verständnislos sah Servaz den Mann an. Flüchtig legte sich ein Schleier der Traurigkeit über dessen hässliches Gesicht, doch der Moment der Schwäche war schnell wieder vorbei. Erneut musterte Dreissinger ihn eindringlich.

»Das verstehe ich nicht.«

»Er hat sie umgebracht ... auf meine Bitte hin ... aber ohne ihr etwas anderes zuzufügen. Das liegt nun schon achtzehn Jahre zurück.«

Servaz' Verständnislosigkeit nahm immer weiter zu.

»Sie haben Hirtmann gebeten, Ihre Tochter umzubringen? Warum?«

»Man muss sich nur mein Gesicht ansehen, um zu verstehen, dass die Natur nicht so perfekt ist, wie manche behaupten. Meine Tochter war ebenso hässlich wie ihr Vater, und deshalb war sie zutiefst ... deprimiert. Doch als wäre das nicht schon genug, litt sie auch noch an einer unheilbaren Krankheit, einer seltenen und schrecklichen Krankheit, die ihr unsägliche Schmerzen bereitete. Bis zum heutigen Tag gibt es keine Behandlungsmethode, und der einzige Ausweg ist der Tod, allerspätestens mit vierzig, doch bis dahin wird das Leiden jeden Tag stärker. Eines Tages unterhielt ich mich mit Julian darüber. Er schlug mir diese Lösung vor. Ich hatte selbst schon mehrfach darüber nachgedacht. Aber in diesem Land wird einzig die passive Euthanasie toleriert, und ich hatte zu große Angst, ins Gefängnis zu kommen. Wie ich bereits gesagt habe: Ich schulde ihm etwas, für das ich mich niemals richtig erkenntlich zeigen kann.«

»Aber Sie gehen das Risiko ein, dafür im Gefängnis zu landen...«

Die Augen des Chirurgen wurden zu schmalen Schlitzen.

»Warum? Beabsichtigen Sie, mich anzuzeigen?«

Servaz antwortete nicht, hatte aber das Gefühl, gerade eine bittere Pille verabreicht zu bekommen. Auf dem OP-Tisch lag sein Leben in den Händen dieses Mannes. Und wie der bereits erwähnt hatte, konnte der Spender auch tot sein.

»Wollen Sie mehr über das wissen, was passieren wird?«, fragte Lothar Dreissinger honigsüß.

Langsam nickte Servaz. Dabei war er sich gar nicht so sicher, ob er wirklich mehr wissen wollte.

»Zunächst entnehmen wir Ihnen das Leberstück. Dann führen wir eine Hepatektomie durch …«

»Eine was?«

»Die operative Entfernung der geschädigten Leber von Gustav. Dabei werden die Verbindungen, die Blutgefäße – Pfortader und Leberarterie – sowie der Gallengang durchtrennt. Aufgrund seiner Leberinsuffizienz müssen wir allerdings doppelt vorsichtig sein, es könnte nämlich zu Problemen bei der Blutgerinnung kommen. Und dann müssen wir natürlich die Spenderleber implantieren. Die Blutgefäße werden als Erstes wieder verbunden, damit das neue Organ mit Blut versorgt wird. Danach kommen die Gefäße an die Reihe, die für den Abtransport der Galle zuständig sind. Und zum Schluss, bevor alles verschlossen wird, bringen wir Drainagen an, damit das Blut, die Lymphflüssigkeit und die Galle ablaufen können, die sich um das Organ angesammelt haben. Das alles passiert natürlich unter Vollnarkose. Eine solche Operation kann bis zu fünfzehn Stunden dauern.«

Servaz war sich nicht sicher, ob er die ganzen medizinischen Erläuterungen auf Englisch verstanden hatte, aber das, was er verstanden hatte, lieferte ihm nichts Brauchbares. Wo war der Schweizer? Wo war Gustav? Keinen von beiden hatte er gesehen, seit er hier war. Man hatte ihn direkt hierhergebracht. Er war nur an den Türen mit der Aufschrift »Anästhesie«, »Operationstrakt 1«, »Operationstrakt 2«, »Röntgen« und »Apotheke« vorbeigekommen.

Alles war weiß, steril und von makelloser Sauberkeit.

»Am Vormittag werden wir eine Reihe Untersuchungen mit Ihnen durchführen«, fügte der Chirurg noch an. »Danach können Sie sich bis zur OP ausruhen, und Sie werden den ganzen Tag über nichts mehr essen. Und natürlich nicht rauchen.«

»Wann findet die Operation statt?«

»Heute Abend.«

Fragend sah Servaz ihn an.

»Warum heute Abend? Warum nicht morgen? Tagsüber?«

»Weil mein Biorhythmus da zur Hochform aufläuft«, antwortete Dreissinger lächelnd. »Manche Menschen sind Frühaufsteher, andere sind Nachteulen. Meine beste Zeit ist nachts.«

Servaz sagte nichts. Tatsächlich war er etwas neben der Spur, und dieses Gefühl der Irrealität nahm immer weiter zu. Außerdem wurde ihm bei diesem Typen angst und bange.

»Jemand bringt Sie gleich zu Ihrem Zimmer. Wir sehen uns im OP wieder. Geben Sie mir bitte Ihr Handy.«

»Was?«

»Ihr Handy, geben Sie es mir.«

Lothar Dreissinger wartete, bis sich die Schritte im Gang entfernt hatten, dann verließ er sein Büro und drückte die Tür daneben auf. Dahinter verbarg sich ein winziger Raum voller Regale, auf denen Dutzende Ordner und beschriftete Kartons standen. Am anderen Ende ein kleines Fenster. Die große Silhouette flankierte die sich abzeichnenden Berge und stand mit dem Rücken zu ihm da.

»Bist du dir sicher, dass er diese Operation übersteht?«, fragte der Chirurg, nachdem er die Tür hinter sich geschlossen hatte.

»Ich dachte, du willst seine Leber«, antwortete der Schweizer, ohne sich umzudrehen. »Und mit einem toten Spender ist alles noch einfacher, oder nicht?«

Er sah nicht, dass Dreissinger bedächtig nickte. Die Antwort war nicht unbedingt nach dessen Geschmack.

»Mal angenommen, dieser Typ überlebt, was passiert, wenn er mich anzeigt, sobald er wieder in Frankreich ist, hast du daran gedacht? Du hattest mir nicht gesagt, dass er bei der Polizei ist.«

Er sah, wie sein Freund die Schultern zuckte.

»Das ist dein Problem. Im OP liegt sein Leben in deiner Hand. Es liegt an dir, die Lösung zu wählen, die dir am besten erscheint: das Leben – oder den Tod …«

Dreissinger bedachte ihn mit einem unwirschen Brummen.

»Wenn er stirbt, werde ich seinen Tod feststellen, und dann

wird man Erklärungen von mir verlangen: Was hatte dieser Typ hier zu suchen? Das führt zu einer Ermittlung. Und früher oder später kommt dann die Wahrheit ans Licht. Ich kann nicht zulassen, dass ...«

»Dann lass ihn am Leben.«

»Außerdem habe ich noch nie jemanden umgebracht«, fügte der Chirurg mit tonloser Stimme hinzu. »Ich bin Arzt, verdammt noch mal ... ich bin nicht ... wie du ...«

»Du hast deine Tochter umgebracht.«

»Nein!«

»Doch. Ich war nur dein Instrument, aber du hast die Entscheidung gefällt. Du hast sie umgebracht.«

Der Chirurg schwieg. Hirtmann hatte sich umgedreht. Wie immer lief es dem Klinikleiter eiskalt über den Rücken, sobald dieser elektrisierende Blick auf ihm ruhte. Eine Ladung aus einer Elektroschockpistole hätte kaum eine größere Wirkung auf ihn haben können. Er hielt dem Schweizer das Handy hin.

»Sollte aber im Gegenzug Gustav etwas passieren, dann sieht es nicht gut für dich aus, mein lieber Lothar.«

Lothar Dreissinger hatte das Gefühl, als wäre soeben ein Vipernnest in seinem Magen aufgewacht. Dennoch bot er ihm die Stirn.

»Die OP ist auch so schon ausreichend schwierig, Julian. Ich glaube nicht, dass eine derartige Drohung mir eine große Hilfe sein wird.«

Hirtmann höhnte.

»Hast du etwa Angst, mein Freund?«

»Natürlich habe ich Angst. Ich werde dir ewig für das dankbar sein, was du für Jasmine gemacht hast, aber von dem Tag an, an dem du tot bist, werde ich etwas ruhiger schlafen können.«

Ein tiefes Lachen, mehr ein Röhren, erfüllte das kleine Zimmer.

An diesem Morgen kam ein Polizist namens Reger mit einem Lächeln auf den Lippen aus der Pension Göschlberger. Das würde seinem französischen Kollegen gefallen. Das war erst das fünfte Hotel, und schon hatte er ins Schwarze getroffen. Er dachte jedoch nicht, dass diese Neuigkeit so wichtig wäre, dass er nicht noch bei Maislinger vorbeischauen, einen Cappuccino trinken und sich etwas Süßes gönnen könnte. Als er in das sahnelastige Stück Torte biss, dachte er darüber nach, dass er in letzter Zeit ein paar Kilo zugelegt hatte und umgehend wieder Sport treiben sollte, sollte er weiterhin den Langfingern nachsetzen wollen. *Welchen Langfingern?*, fragte er sich postwendend. Sicher, es gab den einen oder anderen Einbruch in Hallstatt und auch ein paar Taschendiebe, vor allem im Sommer, wenn all die Touristen da waren, und manchmal – aber deutlich seltener – auch die eine oder andere Schlägerei. Aber in seinen zweiundzwanzig Dienstjahren musste er nicht ein einziges Mal irgendjemandem hinterherrennen.

Sobald er seinen kleinen Gaumenschmaus verspeist hatte, machte er sich zur Dreissinger-Klinik auf. Der Hotelchef hatte nicht nur den Mann auf dem Foto erkannt, sondern auch den, der ihn heute Morgen abgeholt hatte: Strauch. Einer von hier. Er arbeitete als Krankenpfleger in der Klinik. Reger kannte ihn von klein auf. Mit einem Lächeln stieg er das abschüssige Gässchen hinauf: Dieser Morgen war mal etwas aufregender als gewöhnlich.

Servaz betrachtete das zweite Bett neben seinem – seines stand an der Tür, das andere am Fenster –, als er das Zimmer betrat. Ein Kinderbett ... Offensichtlich belegt, denn Bettdecke und Laken waren aufgeklappt, und die Form eines Körpers zeichnete sich darauf ab, auch wenn es momentan leer war.

Er warf einen Blick nach draußen auf die Äste, die sich sanft unter dem grauen Himmel wiegten, sah zu den Autoreihen auf dem kleinen Parkplatz, und sobald die Person, die ihn herbegleitet hatte, verschwunden war, beugte er sich nach unten und zog das kleine Handy mit der Prepaidkarte aus seiner Socke. Er war davon ausgegangen, dass sie ihm das Handy abnehmen würden;

das Vertrauen des Schweizers in ihn war begrenzt und zeitlich beschränkt. Er sah sich im Zimmer um, entdeckte eine zweite Tür, drückte sie auf: ein winziges Badezimmer mit Toilette. Hob den Deckel des Spülkastens hoch und ließ ihn wieder zurückfallen. Ging zurück ins Zimmer.

Der beleuchtete Absatz über dem Bett.

Er trat an das Kopfende, streckte den Arm aus. Fuhr mit der Hand hinter die Abdeckung aus Plastik, die einen ganzen Haufen Steckdosen beherbergte. Zur Wand hin war ein kleiner Hohlraum. Er überprüfte, dass sein Handy noch immer lautlos geschaltet war und er Netz hatte, dann legte er es dort ab, ging einen Schritt zurück und vergewisserte sich, dass es nicht zu sehen war. Danach zog er sich aus, wie man ihn gebeten hatte, und streifte das Krankenhaushemd über, das auf dem Bett lag.

Lächelnd grüßte Reger die Dame am Empfang. Sie hieß Marieke. Er kannte sie gut: Sie waren im selben Bridgeklub. Marieke war geschieden und zog ihre beiden Kinder allein groß.

»Wie geht's deinen Jungs, Marieke?«, fragte er. »Will Matthias noch immer Polizist werden?«

Der Ältere war zwölf und träumte davon, eines Tages eine Polizeiuniform zu tragen – oder irgendeine andere Uniform, Hauptsache, sie beinhaltete Stiefel, einen Gürtel, eine Waffe und verlieh einem die Autorität, die damit einhergehen sollte.

»Er liegt mit Grippe im Bett«, sagte sie.

»Oh.«

Marieke war eine hübsche, etwas rundliche Blondine, und Reger hatte nach ihrer Scheidung eine kurze Affäre mit ihr gehabt. Er schob ihr das Foto, das ihm die französische Polizei zugeschickt hatte, über den Tisch zu.

»Sag mal, habt ihr einen Patienten, der dem hier ähnelt?«

Marieke wirkte verlegen.

»Ja, warum?«

»Wann ist er angekommen?«

»Heute Morgen.«

Das bestätigte das, was der Hotelier gesagt hatte. Reger wurde immer aufgeregter.

»Weißt du, in welchem Zimmer er liegt?«

Sie sah im Computer nach.

»Unter welchem Namen ist er hier?«

»Dupont.«

Seine Aufregung nahm weiter zu. Ein französischer Name.

»Ruf Doktor Dreissinger bitte für mich her«, sagte er, holte sein Handy hervor, doch es klingelte, noch ehe er etwas anderes machen konnte. »Ja, hallo?«, sagte er verstimmt.

Ein paar Sekunden lang hörte er zu.

»Ein Unfall? ... Wo das? ... Auf der Hallstättersee Landesstraße? ... Wo genau? ... Ist es schlimm? ... Ich komme sofort ...«

Er steckte sein Handy weg und sah Marieke ratlos an.

»Sag Doktor Dreissinger, dass ich später vorbeikomme, ich muss los.«

»Ist es schlimm?«, fragte sie ihn.

»Ich denke schon: Ein Lkw und zwei Autos sind involviert. Es gibt einen Toten.«

»Jemand von hier?«

»Ich weiß es nicht, Marieke.«

Durch das Fernglas waren die Fenster der Klinik klar und deutlich zu sehen. Es waren breite, hohe Fenster, die eine ganze Zimmerseite einnahmen, sodass man, wenn die Jalousien nicht heruntergelassen waren, auch in die Zimmer sehen konnte, in denen Neonlichter brannten, obwohl es Tag war. Brannte kein Licht in ihnen, dann hieß das wohl, dass sie nicht besetzt waren, nahm er an.

Jiri zählte ein halbes Dutzend belegter Zimmer, zumindest auf dieser Seite. Der Lada stand etwa fünfzig Meter von der Klinik entfernt, entlang einer leicht vorspringenden Steinmauer. Er saß am Steuer und suchte mit dem Fernglas ein Zimmer nach dem anderen ab. Plötzlich erstarrte er. Der französische Bulle. An einem Fenster im Erdgeschoss. Fast hätte er ihn übersehen, das erste Bett war nämlich leer, und der Bulle war weiter hinten, im zweiten Bett. Er stellte das Fernglas auf das erste Bett scharf. Ein Kinderbett. Mit einem Mal nahm Jiris Interesse deutlich zu.

Er beobachtete die Autos auf dem Parkplatz mit dem Schnee auf den Dächern, dann wandte er sich ab, fragte sich, wo Kirsten nur war. Schon dreimal hatte er versucht, sie zu erreichen, aber sie war nicht ans Telefon gegangen. Und Gustav? Und Hirtmann? Niemand von ihnen war da. Er hielt es hier nicht mehr aus. Er wollte Gustav unbedingt sehen und konnte seine Besorgnis nicht länger unterdrücken: Er fürchtete den Moment, wenn Gustav ihn auf dem OP-Tisch liegen sah und er sich schon in einem anderen Zustand befand, dem gar nicht so unähnlich, in dem er während seines Komas gewesen war. Diese Vorstellung ängstigte ihn deutlich mehr als seine eigene Situation, etwa seine Anästhesie. Er war schließlich schon einmal wieder zurückgekehrt.
 Er wollte unbedingt wieder aufwachen. Um zu erfahren, dass die Operation geglückt war. Dass sein Sohn lebte.
 Sein Sohn.
 Erneut verdrängte er diesen Gedanken. Es war viel zu eigenartig, so von Gustav zu denken. Dieser Junge, der sich in sein Leben geschlichen hatte, ohne dass man ihn nach seiner Meinung gefragt hatte. Unfairerweise dachte er manchmal, dass er wie ein Krebsgeschwür aufgetaucht war – das heimlich im Inneren heranwächst, bis man seine Existenz nicht mehr ignorieren kann. Was würde passieren, wenn die OP erfolgreich verlaufen sollte, wenn sie beide die OP überlebten? Würde Hirtmann sie dann gemeinsam gehen lassen? Bestimmt nicht. Er würde Hirtmann den Jungen schon entreißen müssen, wenn er ihn haben wollte. Aber wollte er das? Aller Wahrscheinlichkeit nach war er nach der OP viel zu schwach, um irgendetwas zu unternehmen. Wo war der Schweizer bloß? Wieso ließ er sich nicht blicken?
 Dann sagte er sich, dass er bestimmt mit Gustav irgendwo in der Klinik unterwegs war, dass er bei ihm war, während der Junge irgendwelche Untersuchungen über sich ergehen lassen musste.

Es klopfte an der Tür. Sie ging auf, und der blonde Krankenpfleger kam herein. Er hatte seine gelbe Mütze abgesetzt.

»Na, dann mal los«, sagte er.

Das war eindeutig sein Lieblingssatz.

»Wir fangen mit einem Elektrokardiogramm und einer Thorax-Echokardiografie an«, erklärte er, als sie im Gang waren, »damit eventuelle Herzkrankheiten ausgeschlossen werden können. Dann hat man mir gesagt, Sie seien Raucher. Deshalb machen wir eine Röntgenaufnahme des Thorax und dann einen Ultraschall des Bauches, um Ihre Harnblase zu untersuchen und die Größe Ihrer Leber abzumessen. Zum Schluss treffen Sie dann noch den Anästhesisten. Das alles dauert ein paar Stunden, ist das okay?«, fragte der Krankenpfleger.

»Wie viele Patienten sind zurzeit hier?«, fragte Servaz, während er mit seinem am Rücken offenen Krankenhaushemd hinter ihm herging, mit dieser komischen Papierhaube auf dem Kopf und den Plastikdingern an den Füßen – und sich schrecklich lächerlich vorkam.

»Ein Dutzend.«

»Und das reicht für ein Krankenhaus wie dieses aus, um genug zu verdienen?«, wunderte er sich.

Der blonde Krankenpfleger lächelte.

»Mit den Rechnungen, die die Patienten bekommen, auf jeden Fall, das können Sie mir glauben.«

Als sie ins Hotel zurückgekehrt war, hatte sie das Paket ausgehändigt bekommen. Der Hotelier hatte es unter dem Empfangstresen hervorgeholt und ihr hingehalten. »Das wurde für Sie abgegeben.« Mit dem Paket unter dem Arm ging sie in ihr Zimmer, löste das Packpapier, öffnete den Karton und entfaltete den Stoff, der darinlag. Die Waffe war in eine fettige Plastikfolie eingewickelt. Eine halbautomatische Handfeuerwaffe Springfield XD. Eine kroatische Waffe, leicht und zuverlässig. Dazu drei Magazine mit je fünfzehn 9-mm-Patronen.

Gegen sechzehn Uhr brachten sie ihn zurück auf sein Zimmer. Er ging sofort zu seinem Koffer, machte ihn auf. Er war durchsucht worden. Seine Sachen lagen nicht mehr so darin, wie er sie dort zurückgelassen hatte. Sie hatten sich noch nicht mal die Mühe gemacht, es zu vertuschen, sondern seine Abwesenheit genutzt und vermutlich auch seine Kleidung durchsucht. Er trat an die Plastikabdeckung über dem Bett, fuhr mit der Hand dahinter. Das Handy war noch immer da.

Dann ging er zum Fenster und sah nach draußen. Über den Bergen wehten unzählige Wolken heran. Sie hatten bereits einen dunklen, farblosen Schleier über die ganze Landschaft geworfen, und Dampf stieg über dem See auf, als würde ein riesiger Brandherd unter seiner Oberfläche schlummern.

Es würde schneien. Es roch nach Schnee.

Er drehte sich um, als die Tür aufging.

Servaz betrachtete die Krankentrage, die neben das Bett des Kindes geschoben wurde. Dann sah er, wie der Krankenpfleger Gustav aufforderte, sich von dem einen aufs andere zu legen. Der Krankenpfleger lächelte dem Jungen zu, als er das bewältigt hatte. Dann deckte er ihn zu, klatschte ihn ab und ging hinaus. Eine weitere Silhouette tauchte aus dem Gang auf und ersetzte ihn umgehend.

»Hallo Martin«, sagte Hirtmann.

Er spürte, wie sich die Härchen in seinem Nacken aufstellten. Der Schweizer hatte einen Dreitagebart, gerötete Augen, wirkte finster, abwesend und besorgt. *Heimgesucht* war das Wort, das Servaz in den Sinn kam. Heimgesucht von irgendwelchen düsteren Gedanken. Eine Hitzewelle überrollte ihn ganz unvermittelt, was er der hohen Zimmertemperatur zuschrieb, obwohl er wusste, dass es nicht daran lag. Er hatte beim Schweizer dieselbe Besorgnis erkannt, die auch ihn umtrieb. Oder gab es da noch etwas anderes? Andere Gründe für Besorgnis? Mit einem Mal war er höchst wachsam. Hirtmann ging dicht an ihm vorbei und schaute aus dem Fenster. Das Licht draußen wurde immer schwächer. Er ließ die Jalousie herunter.

»Was ist los?«, fragte er.

Der Schweizer antwortete nicht. Er ging auf der anderen Seite an ihm vorbei, trat an Gustav heran und streichelte ihm übers Haar. Einen Moment lang verspürte Servaz eine stechende Eifersucht, als er sah, wie vertrauensvoll der Junge zu Hirtmann aufblickte. Dann wanderte Hirtmanns Blick zu ihm, und ihm lief es eiskalt über den Rücken: *Julian Hirtmann hatte vor etwas Angst. Oder vor jemandem.* Das war das erste Mal, dass Servaz Angst in diesen Augen erkannte, und diese Tatsache erschütterte ihn deutlich mehr als bei jedem anderen. Denn er spürte, dass der Grund dafür nicht einzig der Ausgang der Operation war. Wieder sah er, wie der Schweizer zum Fenster hastete und einen Blick zwischen den Lamellen der Jalousie hindurch nach draußen warf, bevor er sie schloss.

Irgendetwas ging da vor sich – da *draußen*.

Kirsten stand in der Nähe der katholischen Kirche. Sie betrachtete den Lada durchs Fernglas. Mit den eigenen Waffen geschlagen werden ... Sie sah das Auto von hinten, konnte den Typen am Steuer aber deutlich ausmachen, dessen Fernglas auf die Klinik gerichtet war.

Sie wanderte weiter zum Nacken des zweiten Insassen. Ihre Waffe steckte in ihrem Hosenbund, unter der Daunenjacke. Dann wandte sie ihre Aufmerksamkeit der Klinik zu: Martins Fenster. Sie erstarrte. Julian Hirtmann war soeben in diesem Fenster aufgetaucht und sah nach draußen. Martin stand hinter ihm, und Gustav lag in seinem Bett. Schlagartig ging ihr Puls in die Höhe. Das Licht im Zimmer malte einen gelben Fleck auf den im schwindenden Licht bläulichen Schnee des Parkplatzes.

Dann schloss Hirtmann die Lamellen der Jalousie, und das Zimmer war nicht mehr zu sehen.

Sie senkte das Fernglas, genau wie der Typ am Steuer. Kein Zweifel, er beobachtete genau dieses Fenster.

Kirsten überlegte, wie sie weiter vorgehen sollte.

Jetzt war es 16.30 Uhr. Schon bald würde man nichts mehr sehen.

Reger beobachtete, wie die letzten Rettungsfahrzeuge über die Hallstättersee Landesstraße in einem wilden Strom aus Blaulicht davonfuhren. Was für ein Chaos! Ein Albtraum aus zerquetschtem Metall und verstümmelten Körpern, zerstörten Leben, Lichtschein wie bei Bränden, Nachrichten, die durch die Funkgeräte knisterten wie bengalische Feuer, und schrille Schreie – die der Rettungssäge. Inzwischen war es wieder ganz still, nur noch ein paar Öl- und Blutflecken auf dem Teer sowie ein paar Reifenspuren erinnerten an die durchlebte Hölle, und er spürte eine heftig einsetzende Migräne.

Zum Glück kannte er weder den Fahrer des Fords, der auf der Stelle tot war, noch die drei anderen schwer verletzten Insassen. Er würde einen Bericht schreiben müssen. Noch immer zitterten seine Knie. Der Fahrer des Lkws war zu schnell unterwegs gewesen und hatte die Kontrolle über sein Fahrzeug verloren, das wie Sissy Schwarz über die spiegelglatte Fahrbahn auf die linke Spur geriet, wo er dann frontal in den entgegenkommenden Ford hineingerast war. Der hinter dem Ford fahrende BMW – der, wie er festgehalten hatte, von einem Pfarrer gefahren wurde – war dann auch noch von hinten in den Ford gekracht. Es war ein Wunder, dass es nur einen Toten gab …

Ihm kam wieder in den Sinn, womit er am Vormittag beschäftigt gewesen war, vor dem Unfall. Er hatte in der Klinik alles stehen und liegen lassen und war hierhergedüst. Was für ein Tag! So war es doch immer. Ganze Tage, an denen nichts Aufregendes geschah, und dann stürzte alles nur so über einen herein.

Seine Gedanken kehrten zur Klinik zurück, und mit einem Mal kam ihm ein schrecklicher Gedanke. Was, wenn der Typ diesen Moment genutzt hatte, um sich aus dem Staub zu machen? Was würden dann seine französischen Kollegen sagen? Hier stand gewissermaßen der Ruf der österreichischen Polizei auf dem Spiel. Er setzte sich in Bewegung, ging nicht einmal auf dem Revier vorbei. Holte sein Handy hervor und rief Andreas an, einen Ehemaligen der Bundespolizei Niederösterreich mit jahrzehntelanger Erfahrung, um ihm die Situation zu schildern.

»Wer ist dieser Typ?«, fragte Andreas erstaunt. »Was wirft man ihm vor?«

Reger musste zugeben, dass der französische Polizist in diesem Punkt nicht sehr ausführlich gewesen war. Anders hingegen bezüglich der Tatsache, dass der Patient unbedingt überwacht werden müsse.

»Wir treffen uns an der Klinik«, sagte er. »Dort werden wir seine Tür überwachen und uns versichern, dass er das Zimmer nicht verlässt, und falls er es doch tut, dann folgst du ihm. Auf keinen Fall darf er die Klinik verlassen. Ist das klar? Nena wird dich in ein paar Stunden ablösen.«

»Kann er nicht durch das Fenster abhauen?«

»Das habe ich überprüft: Die Fenster im Erdgeschoss sind zugesperrt.«

»Sehr gut, aber hat dieser französische Bulle dir denn nicht gesagt, was er ihm vorwirft?«, hakte Andreas weiter nach.

Manchmal fand Reger seinen Stellvertreter richtig nervig – vor allem, wenn er Fragen stellte, die eigentlich er hätte stellen müssen.

»Er sagte, er würde mir das alles erklären, sobald er hier ist, es handle sich um eine komplizierte Angelegenheit.«

»Ah. Eine komplizierte Angelegenheit ... Verstehe. Aber steht er nun unter Gewahrsam oder nicht?«

Reger seufzte und drückte auf das rote Symbol seines Handys.

»Er ist dort«, sagte Espérandieu, sowie er auflegte.

Es war siebzehn Uhr. Samira drehte ihren Stuhl zu ihm um.

»Er war eine Nacht in einem Hotel«, fuhr er fort. »Dann hat er seinen Koffer gepackt und ist mit einem anderen Mann weggegangen.«

Sie wartete darauf, dass er weitersprach.

»Der Besitzer des Hotels hat diesen anderen Mann erkannt. Er kommt aus der Gegend, heißt Strauch. Er ist Krankenpfleger in einer Klinik ...«

»Eine Klinik«, wiederholte sie nachdenklich.

Vincent nickte.

»Dieser Reger hat jemanden von der Klinik befragt. Martin ist heute Morgen dort angekommen.«

»Was machen wir jetzt?«

»Wir machen gar nichts«, antwortete er. »Ich reiche einen Tag Urlaub ein, fahre dorthin und gehe zu Martin … Ich habe darum gebeten, dass er überwacht wird, bis ich dort bin.«

Sie runzelte die Stirn.

»Was hast du vor?«

»Ich will ihn dazu überreden, wieder zurückzukommen und sich zu stellen. Vor allem aber will ich mit ihm reden.«

»Nach dem, was gestern passiert ist?«, fragte Samira und bezog sich damit auf den Zwischenfall, der rasch die Runde im Kommissariat von Toulouse gemacht hatte und inzwischen fast das einzige Gesprächsthema war. »Glaubst du da, dass er Jensen umgelegt hat?«

»Natürlich nicht.«

»Und wenn er sich weigert, auf dich zu hören?«

Sie sah, wie er zögerte.

»Dann werde ich ihn von der österreichischen Polizei festnehmen lassen«, sagte Vincent widerstrebend.

»Sie werden ein offizielles Gesuch benötigen …«

»Dann sage ich ihnen, dass es unterwegs ist, dass sie Martin bis dahin auf keinen Fall unbeaufsichtigt lassen dürfen.«

»Und was passiert, wenn sie feststellen, dass sie nichts erhalten?«

»Das sehen wir dann. In der Zwischenzeit werde ich dort sein. Außerdem haben sie bestimmt die Rote Ausschreibung von Interpol erhalten. Aber es würde mich wundern, wenn sie die täglich durchsehen.«

Er tippte etwas in den Computer ein.

»Scheiße«, sagte er.

»Was ist los?«

»In den nächsten drei Tagen gibt es keinen Flug für Toulouse–Wien über Brüssel und auch nicht für Toulouse–Salzburg oder Toulouse–München.«

»Du könntest über Paris reisen.«

»Bis ich in Paris bin, meinen Anschluss bekomme und dann die Strecke von Wien nach Hallstatt mit dem Mietauto zurücklege, kann ich genauso gut mein Auto nehmen.«

»Dann wirst du nicht vor morgen dort sein.«

»Genau. Ein Grund mehr, sofort loszufahren.«

Er stand auf und griff nach seiner Jacke.

»Halte mich auf dem Laufenden«, sagte sie noch.

Marieke sah zwischen Reger und seinem Kollegen, der langen, rotgesichtigen Bohnenstange, hin und her. Sie hatten sie gerade gefragt, wo der Franzose war.

»Im OP«, antwortete sie. »Sie operieren ihn gerade.«

»Kann man diese OP nicht unterbrechen?«

»Machst du Witze? Er steht unter Vollnarkose. Der wacht erst in ein paar Stunden wieder auf.«

Reger runzelte die Stirn. Was für eine verzwickte Angelegenheit auf einmal. Damit hatte er nicht gerechnet. Was tun? Dann sagte er sich, dass das an der Gesamtsituation nicht viel änderte. Der französische Polizist würde erst in ein paar Stunden da sein, und so bestand zumindest nicht die Gefahr, dass sich der Mann aus dem Staub machte.

»Du bleibst vor der Tür zum OP«, sagte Reger an Andreas gewandt. »Dann begleitest du diesen M… ähm … Servaz in den Aufwachraum und danach in sein Zimmer …«

Reger war auf das Polizeirevier zurückgekehrt, das genau so aussah, wie Espérandieu es vermutet hatte: Mal abgesehen von der Rampe für Menschen mit Behinderung entsprach es ganz dem typischen Alpenchalet. Es gab sogar Blumen an den Fenstern! Ein städtischer Angestellter schippte gerade den Schnee von der Rampe, und Reger grüßte ihn freundlich.

Sobald er auf dem Revier war, rief er seinen französischen Kollegen an. Er hörte ein leises Hintergrundgeräusch, als dieser abnahm.

»Ich bin unterwegs«, sagte er. »Haben Sie ihn unter Aufsicht gestellt?«

»Er ist gerade im OP, unter Vollnarkose«, antwortete Reger. »Aber ich habe einen Mann vor Ort, der ihm nicht von den Fersen weichen wird. Was genau hat dieser Typ denn angestellt? Sie haben was von einem gesuchten Kriminellen gesagt. Das ist ein bisschen schwammig ...«

»Wir gehen davon aus, dass er auf einen Mann geschossen hat«, erwiderte Espérandieu. »Auf einen rückfällig gewordenen Vergewaltiger.«

»Oh, liegt denn ein internationaler Haftbefehl gegen ihn vor?«, fragte der österreichische Polizist.

»Internationale Haftbefehle gibt es nicht«, korrigierte ihn sein Gesprächspartner. Kurzes Schweigen. »Aber es gibt eine Rote Ausschreibung von Interpol für ihn, das ja.«

»In diesem Fall werde ich die Hilfe der Bundespolizei Salzburg für seine Festnahme anfordern«, sagte der Österreicher.

»Nein, tun Sie nichts dergleichen, nicht, bevor ich da bin«, sagte der Franzose. »Dieser Mann stellt keine Gefahr für andere dar. Überlassen Sie es mir, mich darum zu kümmern.«

Stirnrunzelnd saß Reger vor seinem Telefon. Er verstand nur noch Bahnhof.

»Wie Sie wollen«, sagte er schließlich.

Aber er war fest entschlossen, seine Vorgesetzten zu informieren, sobald er aufgelegt hatte.

Marieke hatte sich geirrt: Servaz stand nicht unter Vollnarkose. Noch nicht. Doch er lag bereits auf dem OP-Tisch, eine Sauerstoffmaske im Gesicht und eine Infusion im Arm, war bereit für die Spritze, ängstlich, unsicher, niedergeschlagen. Das OP-Team war emsig um ihn herum beschäftigt, Monitore überwachten Blutdruck, zentralen Venendruck und Temperatur.

Sobald er den Kopf drehte, sah er Gustav, der bereits narkotisiert auf dem benachbarten OP-Tisch lag, wo er von einer Decke und einer OP-Matratze warm gehalten wurde. Er konnte allerlei modernes Teufelszeug um den Jungen herum ausmachen: die gleichen Monitore wie bei ihm, Transfusionsbeutel, durchsichtige Schläuche und mit Heftpflaster fixierte Zugänge, Spritzenpumpen und Schutzkissen. In einem der Schläuche floss Gustavs Blut unwillig ab.

Er schluckte.

So langsam setzte die Wirkung des Anästhetikums ein, und der intensive Stress, den er während der ersten Minuten empfunden hatte, machte einem anormalen Gefühl des Wohlbefindens Platz – anormal angesichts der überaus feindseligen Umgebung, in der er sich befand. Ein letzter klarer Gedanke sagte ihm, dass dieses Gefühl trügerisch war und dass er ihm nicht trauen durfte. Doch dann verschwand auch die Klarsicht.

Wieder sah Servaz zu der Hand des Kindes. Da drüben. Da, wo das Blut aus dem Schlauch zu spritzen versuchte. So war es immer: *Das Blut kämpft darum, sich einen Weg nach draußen zu bahnen.* Rot auf weißer Haut, rot in durchsichtigem Schlauch. Rot. Rot. So rot wie das Blut eines Pferdes mit abgehacktem Kopf, rot wie das Badewasser eines Astronauten, der sich die Adern aufgeschlitzt hatte, rot wie das seines Herzens, das von einer Kugel durchlöchert wurde und dennoch weiterschlug.

Rot ...

Rot ...

Mit einem Mal fühlte er sich gut. Okay. Das ist das Ende, wie Espérandieu sagt. Nein, er sagt es nicht, er singt es. *This is the end, my friend.* Einverstanden. Dann mal los. Das ist das Ende ... Gustav, Kirstens Sohn. Nein, das ist er nicht. Gustav, der Sohn von ... von wem gleich noch mal?

So langsam verlor er die Orientierung.

Sein Hirn funktionierte nicht mehr.

Rot ...

Wie ein Vorhang, der herunterfiel.

»Wo sind sie?«, fragte Rimbaud.

In Toulouse sah ein blasser, ein überaus blasser Stehlin den

Kommissar der Aufsichtsbehörde an. Bestimmt lief vor seinem geistigen Auge der Film seiner Karriere ab, die bis dahin einen makellosen Aufstieg genommen hatte. Doch der Fleck, der sich gerade auf seinem Lebenslauf ausbreitete, würde all die Jahre des guten und treuen Dienstes auslöschen, und schon bald würde man nur noch diesen Fleck sehen und sich an nichts anderes mehr erinnern. All die Jahre der Anstrengungen, all die Ambitionen und Kompromisse, an einem einzigen Tag hinweggefegt. Wie ein wütender Wirbelsturm in wenigen Stunden ein Küstenparadies zerstörte.

»Ich weiß es nicht«, gab er zu.

»Sie wissen nicht, wo sich Servaz aufhält? Sie haben keine Idee, wo er hingefahren sein könnte?«

Schweigen.

»Nein.«

»Und diese norwegische Polizistin. Kirsten …?«

»… Nigaard. Auch nicht.«

»Einer Ihrer Männer ist ein Mörder, und er ist auf der Flucht. Und diese norwegische Polizistin, die eigentlich mit ihm zusammenarbeiten sollte, ist ebenfalls verschwunden. Beunruhigt Sie das nicht?«

Sein Tonfall war schneidend. Das Gesicht des Leiters der Kripo war leichenblass.

»Es tut mir leid, wir tun alles in unserer Macht Stehende, um sie zu finden.«

Rimbaud schnaubte.

»Alles in Ihrer Macht Stehende«, sagte er spöttisch. »Einer Ihrer Männer hat einen Mann kaltblütig ermordet, sie haben einen Mörder in Ihren Reihen. Diese Abteilung ist eine einzige Katastrophe, eine Schande, ein Musterbeispiel für alles, was bei der Polizei im Argen liegt – und da Sie diese Abteilung leiten, sind Sie dafür verantwortlich«, warf ihm Rimbaud mitleidlos an den Kopf. »Dafür werden Sie Rechenschaft ablegen müssen, das können Sie mir glauben.«

Er stand bereits auf.

»Bis dahin lassen Sie nichts unversucht, um sie zu finden. Versuchen Sie, zumindest das korrekt auszuführen.«

Sobald er verschwunden war, griff Stehlin zum Telefon und rief Espérandieu an. Wenn einer Martin kannte, dann sein Stellvertreter.

Samira ging an den Apparat.

»Ja, Chef ...«

»Samira? Wo ist Vincent?«

Schweigen am anderen Ende.

»Im Urlaub.«

»Was?«

»Er hat sich einen Tag freigenommen, um ...«

»Freigenommen? Jetzt? Finden Sie ihn für mich! Sagen Sie ihm, dass ich mit ihm reden will. Sofort!«

Jiri stellte den Klassikradio-Sender ab, der schon seit vielen Stunden Symphonien, Konzerte und Kantaten spielte.

»Schalten Sie wieder ein«, verlangte Zehetmayer neben ihm.

»Nein. Nicht, solange ich in dieser Karre sitze«, erwiderte Jiri. »Klassik geht mir auf den Geist.«

Er ahnte, dass der Alte neben ihm fast vor Empörung platzte, und empfand dabei ein herrliches Gefühl der Befriedigung: Der Dirigent ging ihm so langsam auf die Nerven.

Das Fernglas lag auf Jiris Schoß. Inzwischen gab es nichts mehr zu sehen: Die Klinik war in abendliche Finsternis getaucht, die Jalousie hochgezogen, das Zimmer leer. Ganz offensichtlich hatte die Operation begonnen; sie hatten den Bullen und das Kind in den OP gebracht. Er würde abwarten, bis sie wieder zurück waren, und dann zuschlagen. Solange sie noch benommen waren, nicht reagieren konnten – in diesem Zustand könnte selbst der Polizist nichts gegen ihn ausrichten.

Wo war Hirtmann?, fragte er sich. Bestimmt im OP-Trakt. Bei den anderen ... Vermutlich verfolgte er die OP. Ihrem Informanten zufolge hütete der Schweizer das Kind wie seinen Augapfel.

Tja, und doch spürte Jiri im Halbdunkel des Ladas eine leichte

Anspannung. Es gefiel ihm nicht, dass der Schweizer nirgendwo zu sehen war. Das verlieh ihm das unangenehme Gefühl, nicht alles unter Kontrolle zu haben und sich beständig den Rücken freihalten zu müssen. Noch beunruhigender war, dass er den ganzen Tag das Gefühl hatte, der Schweizer wisse, dass sie da waren, und spiele damit, sich blicken zu lassen und dann wieder zu verschwinden. Als wären sie nicht die Katze, sondern die Maus.

Er schaute in alle Richtungen, versuchte, sich Gewissheit zu verschaffen. Sie hatten alle Trümpfe in der Hand. Vor allen Dingen aber hatten sie ein unschlagbares Ass im Ärmel. Einen Moment lang schloss er die Augen, stellte sich vor, wie sein Messer die Kehle des Schweizers sauber durchtrennte und das Blut aus dessen Halsschlagader spritzte. Er würde ihm schon noch beibringen, wer von ihnen beiden der Bessere war.

Neben ihm hüstelte der Dirigent. Das war immer das Zeichen dafür, dass er gleich etwas sagen würde. Jiri lauschte zerstreut.

»Ich kann das restliche Geld an ›K‹ überweisen«, sagte Zehetmayer und griff zum Telefon. »Sein Teil des Vertrags ist erfüllt.«

In Bergen lief Kasper Strand vor den erleuchteten Fassaden des Restaurant- und Barkomplexes Zachariasbryggen vorbei, der mitten im Hafen aufragte, nachdem er zu Fuß von seinem Hügel – dem mit der Seilbahn – über Øvre und Nedre Korskirkeallmenningen heruntergekommen war. Etwa hundert Meter vor dem Fischmarkt bog er ab und überquerte eine große Esplanade mit glänzenden Pflastersteinen in Richtung des Pubs auf der anderen Seite der Avenue Torget. Das letzte, das noch offen war. In Bergen machten Restaurants und Bars früh zu.

Es nieselte. Ein fast mikroskopischer Sprühregen, der allerdings schon seit Tagen über der Stadt und den Hügeln festsaß. Genau wie das Schuldgefühl, das ihn erfasst hatte, seit er sich dazu entschlossen hatte, die Informationen zu verkaufen, die er von Kirsten Nigaard erhalten hatte.

Da konnte er sich noch so oft sagen, dass er keine andere Wahl hatte, das befreite ihn nicht von diesem immer hartnäckigeren

Gefühl, dass er nichts als ein Stück Scheiße war. Dass er seine Seele verkauft hatte. Noch dazu für ein paar Millionen Kronen. Er betrat das kleine Pub, in dem nur echte Bergener verkehrten. Links vom Eingang die Bar, rechts die kleinen, dicht beieinanderstehenden Tische mit einem winzigen Raum ganz hinten. Eine abgezehrte, fiebrige Kundschaft; fast alle anwesenden Damen wirkten müde und waren viel zu stark geschminkt – und auf eine Frau kamen etwa drei Männer.

Sein Kontaktmann wartete an einem Ecktisch auf ihn, zwischen dem vorderen und dem hinteren Teil des Pubs. Ein diskreter Ort, etwas abseits der anderen Tische.

»Hallo«, sagte Kasper.

»Hallo«, sagte der Journalist.

Ein junger Mann, kaum dreißig, rothaarig, der an ein Wiesel oder einen Fuchs erinnerte – oder etwas in der Art. Sehr helle blaue und leicht vorstehende Augen, die sich nicht von seinem Gegenüber abwandten, genau wie er immer ein Lächeln auf den Lippen hatte. Kasper fragte sich, ob er im Moment seines Todes noch immer lächeln würde.

»Bist du dir sicher, dass Hirtmann wieder aufgetaucht ist?«, fragte er rundheraus.

»Ja«, erwiderte er, musste dabei an Kirstens Stimme am Telefon und an ihr Schweigen denken und war deshalb der festen Überzeugung, dass es stimmte.

»Verdammt, das wird *die* Schlagzeile«, jubilierte der Journalist. »Und du sagst, er hat dieses Kind, diesen Gustav, wie sein eigenes Kind großgezogen?«

»Ganz genau.«

»Und wo sind sie jetzt?«

»Tja … in Frankreich. Im Südwesten.«

»Das Kind, Hirtmann und deine Kollegin, die sie aufspüren will, stimmt das so?«

Der junge Mann machte sich Notizen.

»Ganz genau.«

»Unglaublich, ein Serienmörder, der ein Kind vor dem Sterben rettet. Und der von einer unserer Polizistinnen verfolgt wird. Das bringen wir morgen raus.«

»Morgen?«

»Morgen. Ein großer Bericht darüber.«

Kasper schluckte.

»Und mein Geld?«

Der junge Mann sah sich kurz um, dann holte er einen Umschlag aus seinem Mantel und reichte ihn ihm.

»Hier ist es. Fünfundzwanzigtausend Kronen.«

Kasper betrachtete den Grünschnabel, der seine Verachtung für den Polizisten nicht einmal zu kaschieren versuchte. Einen winzigen Augenblick lang hätte er den Umschlag am liebsten von sich geschoben, um abzumildern, was er getan hatte. *Lüge,* dachte er. Jetzt versuchte er, sich selbst in die Tasche zu lügen. Er hatte schon längst jede Würde verloren.

Er sah auf den Umschlag. Der Preis des Verrats. Dafür, jedes Berufsethos und jede Ehre verloren zu haben, Infos an die norwegische Presse weitergeleitet, alles, was Kirsten Nigaard ihm am Telefon erzählt hatte, an einen Journalisten weitergegeben zu haben. Er steckte den Umschlag in die Tasche seiner feuchten Jacke, stand auf und ging in den Nieselregen hinaus.

In Toulouse fand Stehlin einfach keinen Schlaf. Nicht nur, weil er den beschissensten Tag seiner gesamten Berufslaufbahn hinter sich hatte, es war auch noch etwas anderes vorgefallen – als hätte Ersteres nicht schon ausgereicht –, kurz bevor er niedergeschlagen und völlig erledigt nach Hause gefahren war.

Als er in seinem Haus in Balma um fünf Uhr morgens in die Küche hinuntergegangen war, um ein Glas Wasser zu trinken, musste er an den Anruf zurückdenken, den er kurz vor neunzehn Uhr erhalten hatte.

»Die norwegische Polizei ist dran«, hatte ihm seine Assistentin mit einem Tonfall verkündet, der ihn an seine Mutter erinnerte. »Schönen Abend noch. Ich bin für heute weg.«

Eine Stimme, die ihm wortlos mitteilte: *Es ist spät, ich bin noch immer hier, opfere mein Familienleben, und ich hoffe, dass Ihnen das bewusst ist.*

Er hatte sich bei ihr bedankt, ihr ebenfalls einen schönen Abend gewünscht und den Anruf entgegengenommen. Tatsächlich war aber nicht die Kripos in der Leitung gewesen, sondern eine Einheit, die – wenn er das richtig verstanden hatte – der französischen Aufsichtsbehörde entsprach. Alles in allem war der Typ mit seiner Säuferstimme eine Art norwegischer Rimbaud.

»Sagt Ihnen der Name Kirsten Nigaard etwas?«, hatte er begonnen.

»Ja, sicher.«

»Seit gestern versuchen wir, sie zu kontaktieren. Wissen Sie, wo sie sich aufhält?«

Stehlin hatte einen Seufzer ausgestoßen.

»Nein.«

»Das ist ärgerlich. Sie muss so schnell wie möglich nach Norwegen zurückkehren.«

»Darf ich erfahren, weshalb?«

Ein kurzes Zögern.

»Sie wird beschuldigt … einen weiblichen Fahrgast in einem Zug angegriffen zu haben …«

»Was?«

»Eine gewisse Helga Gunnerud, im Nachtzug von Oslo nach Bergen.«

»Angegriffen? Was soll das heißen?«, hatte der Leiter der Kripo völlig perplex gefragt.

»Sie soll sie verprügelt haben. Das Opfer wurde ins Krankenhaus gebracht. Es hat eine Weile gedauert, ehe sie einwilligte, Anzeige zu erstatten, weil ihre Angreiferin gesagt habe, sie sei von der Polizei, also hatte sie Angst vor den Konsequenzen. Diese Helga hat ausgesagt, sie sei im Bahnhof von Finse zugestiegen, und zunächst hätten sie und Kirsten Nigaard sich angeregt unterhalten, bis die Polizistin irgendwann aggressiv ihr gegenüber geworden sei. Dann sei sie selbst fuchsteufelswild geworden – sie räumt ein, ein ziemlicher Hitzkopf zu sein –, und sie hätten einander alle möglichen Beschimpfungen an den Kopf geworfen. Daraufhin hätte sich Kirsten Nigaard auf sie gestürzt und zugeschlagen – immer wieder von Neuem ...«

Stehlin konnte nicht glauben, was er da hörte. Diese hübsche, kaltschnäuzige und distanzierte Norwegerin, die in seinem Büro war, sollte eine andere Frau bewusstlos geschlagen haben? ... Das war einfach absurd.

»Sind Sie sicher, dass diese Frau sich das nicht nur ausgedacht hat?«, hatte er gefragt.

Er hatte gespürt, wie gereizt der Norweger am anderen Ende der Leitung auf einmal war.

»Wie Sie sich denken können, haben wir unsere Ermittlungen angestellt. Ich fürchte, wir haben zu viele Elemente, die Kirsten Nigaard belasten. Sie können mir glauben, mich betrübt das am allermeisten. Was für eine Geschichte ... Die sich noch dazu bald in den Zeitungen wiederfinden wird, denn diese Helga redet viel zu gerne, als dass sie den Mund halten könnte. Das trägt nicht gerade dazu bei, den Ruf unserer Polizei zu verbessern ... Sie wissen also wirklich nicht, wo sich Nigaard gerade aufhält?«, hatte er zum Schluss noch einmal gefragt. »Wir versuchen, wie gesagt, sie seit gestern zu kontaktieren, erreichen sie aber nicht.«

Schweren Herzens musste Stehlin zugeben, dass er rein gar nichts wusste, dass sie verschwunden war und dass sie hier in Toulouse im Augenblick selbst ein paar unbedeutende Probleme zu lösen hatten.

»Man könnte wirklich meinen, dass die ganze Welt so langsam verrückt wird«, hatte sein norwegischer Kollege noch ganz eigentümlich gesagt, bevor sie das Gespräch beendeten.

Ja, sagte er sich, als er mit dem Rücken an der Arbeitsplatte in der Küche lehnte und sein Glas Wasser austrank. Martin auf der Flucht und unter Mordverdacht, diese norwegische Polizistin ganz offensichtlich an einer Form der Psychopathie erkrankt ... Da konnte man durchaus glauben, dass die ganze Welt so langsam verrückt wurde.

Zwei Stunden früher als erwartet fuhr Espérandieu über die österreichische Grenze. Er war schnell gefahren, hatte sich weder um Radargeräte noch um Streifenwagen gesorgt. Wie ein Blitz war er durch die Schweiz und Deutschland gedüst, und gerade fuhr er, ohne langsamer zu werden, durch das Salzkammergut in Richtung Hallstatt. Es hatte wieder angefangen zu schneien, doch bislang waren die Straßen noch frei. Seine Scheinwerfer bohrten sich in die Nacht, die allerdings weniger einsam war, als er angenommen hatte, denn zu dieser Stunde fuhren die Bewohner des Salzkammerguts zur Arbeit, und die Liefer-Lkws fingen mit ihrer Runde an. So langsam wurde er immer nervöser. Er wusste nicht, was ihn dort erwartete. Er würde Martin davon überzeugen müssen, wieder mit nach Frankreich zu kommen, sich zu stellen. Das war die einzig vernünftige Option. Sie waren in einer Sackgasse angelangt. Aber würde Martin auf ihn hören? Gleichzeitig trieb ihn noch ein anderes Gefühl um: das Gefühl, zu spät dort einzutreffen. Aber zu spät wofür?

44

DER KÖDER

Von Anfang an ging alles schief. Schwere, nasse, große Schneeflocken fielen vom Himmel, als Jiri sich auf den Weg machte. Er stieg aus dem Lada aus und schlich durch die bange Morgendämmerung. Eine ganze Armee von Wolken voller Schnee hing über der Klinik.

Es war 8.10 Uhr morgens, doch der Himmel weigerte sich, heller zu werden. Da drüben, ins beleuchtete Zimmer, hatte das Pflegepersonal den Bullen und das Kind zurückgebracht. Das wusste Jiri, weil er den Bullen gesehen hatte, der auf einer Trage ins Zimmer geschoben worden war, danach waren die Jalousien wieder zugegangen.

Er kam an der kleinen Mauer vorbei, ging vorsichtig den kleinen vereisten Hang zwischen der Straße und dem Parkplatz hinunter und schlängelte sich zwischen den Autos bis zum Eingang hindurch. Eisiger Wind rüttelte an den Ästen der Bäume.

Mit raschen Schritten erklomm er die Stufen und betrat die Klinik. Er kannte die Örtlichkeiten gut, er war schon zweimal hier gewesen. Das erste Mal mit einem Blumenstrauß, das zweite Mal ohne alles: Wie in den meisten Krankenhäusern waren die »Zivilisten« in den Augen des Klinikpersonals unsichtbar, solange sie sich nicht in Bereiche wie den OP-Trakt vorwagten.

Er ging um den Empfang herum, drückte die zweiflügelige Tür auf wie jemand, der wusste, wohin er ging, und bog dann nach rechts ab. Steckte die Hand in die Tasche, in der die Waffe war. Ein kleines Kaliber, sehr platzsparend. Aber ausreichend. Bog nach links ab, da, der Gang…

Jiri blieb stehen.

Am Ende des Ganges saß jemand. Auf einem Stuhl. *Vor der Tür.* Eine Frau. *In einer Polizeiuniform…*

Scheiße.
So war das nicht geplant. Jiri machte kehrt, bevor die Frau ihn sah. Lehnte sich außer Sichtweite an die Wand und dachte nach. Er war ein guter Schachspieler. Während er die Fenster der Klinik mit dem Fernglas abgesucht hatte, war er unterschiedliche Möglichkeiten, Spielzüge und mögliche Reaktionen des Gegners durchgegangen.

Er ging in die entgegengesetzte Richtung davon, drückte die Tür zur Hintertreppe auf und ging die Treppe bis zum ersten Stock hinauf. Zu dieser Zeit war das Pflegepersonal in den Zimmern und Gängen beschäftigt, überall standen Wagen herum. Er musste schnell machen.

Im Laufschritt hastete er den Gang entlang, kam an mehreren Türen vorbei, von denen manche offen standen, andere waren zu. Er zählte sie.

Diese da ...
Eine verschlossene Tür. Er horchte an der Tür, hörte nichts dahinter. Machte auf und trat ein. Erkannte die Frau mit dem bandagierten Gesicht, die er mit dem Fernglas geortet hatte.

Niemand sonst im Zimmer, die Krankenschwestern der Etage waren noch nicht hier angelangt.

Die Frau, von der man nur die Augen, die Nasenlöcher und den Mund sah, warf ihm einen überraschten Blick zu. Mit festem Schritt ging Jiri auf sie zu, las die Verwunderung in ihren Augen, schnappte sich das Kissen unter ihrem Kopf und presste es auf ihr Gesicht. Dann drückte er zu. Stöhnen war durch das Kopfkissen hindurch zu hören, und die Beine bewegten sich unter der Decke wie die Nadeln eines Seismografen.

Mit durchgedrückten Armen wartete er ab. Das Stöhnen und das Aufbäumen wurden schwächer, dann hörten sie ganz auf. Er ließ das Kissen los.

Keine Zeit zu verlieren.
Er blockierte die Tür mit einer Stuhllehne unter dem Türgriff, kam zum Bett zurück, schnappte sich Decke und Laken, hob die Leiche der Frau hoch. Sie war leicht wie eine Feder in ihrem

Krankenhausnachthemd. Jiri legte sie unter dem Fenster ab und öffnete dieses. Der heftige Wind trieb die Schneeflocken ins Zimmer hinein, die kalte Luft von draußen und die Hitze drinnen vermischten sich wie die Ströme des Meeres mit dem einfließenden Wasser an einer Flussmündung.

Er schnappte sich die Kordeln der Jalousie und wickelte sie um den Hals der Frau – einmal, zweimal, dreimal …

Dann zog er ein Laken vom Bett, ging zurück zum Fenster, machte einen Knoten am Griff, den anderen um den Hals der Frau. Als er damit fertig war, hob er die Leiche hoch und warf sie zum offenen Fenster hinaus in den grauen, flockigen Morgen.

Danach zog er seinen Mantel aus.

Darunter trug er eine österreichische Polizeiuniform. Er hatte sie im Dark Web erstanden. Er schnappte sich den Stuhl von der Tür, zog ihn in die Mitte des Raumes, wo der Feuermelder an der Decke angebracht war, und stellte sich darauf.

Dann holte er sein Feuerzeug aus der Hosentasche.

Hirtmann blieb am Anfang des Ganges stehen. Eine Frau hatte den langen Lulatsch vor Martins Tür abgelöst. Von der Hallstatter Polizei wie ihr Kollege, der Uniform nach zu urteilen. Irgendwie musste er sie loswerden. Sonst funktionierte die Falle nicht. Diese verfluchten Bullen würden ihm noch das Wild vertreiben. Nach der OP hatte er Gustav in Sicherheit gebracht. Weggeschlossen hinter einer Stahltür, zu der nur er den Schlüssel hatte, in einem Krankenhauszimmer, das die Klinik für gewöhnlich für ihre berühmtesten Patienten reservierte. Zehetmayer und sein Kumpan dachten bestimmt, er wäre im anderen Zimmer, in dem er die Jalousien mehrfach auf- und wieder zugezogen hatte. In Martins Zimmer. Da, wo er auf sie wartete. Aber wenn sie einen Bullen vor der Tür vorfanden, dann würden sie kehrtmachen. Es sei denn? Bestimmt ließen sie sich nicht von einem einfachen Polizisten abschrecken und von ihrem Vorhaben abbringen.

Noch während er darüber nachdachte, ging ein Feueralarm los. Scheiße, was war das? *Gustav,* dachte er und ging mit großen Schritten davon.

Jiri machte sich zum Zimmer des Jungen und des französischen Bullen auf. Die Tür stand offen. Die Polizistin, die dort ihren Posten bezogen hatte, beobachtete, wie er auf sie zukam. Kurz wanderte ihr Blick über seine Uniform.

»Wer sind Sie?«, fragte sie.

»Jemand hat den Alarm ausgelöst«, erwiderte er. »Eine Frau hat sich an ihrem Fenster erhängt. Mir wurde gesagt, sie sei hier.«

Er sah, wie die Polizistin die Stirn runzelte. Plötzlich ertönte ein Schrei aus dem Zimmer, durch die offen stehende Tür. Eine Krankenschwester rannte heraus.

»Da … da hängt jemand vor dem Fenster!«, platzte sie heraus. Dann rannte sie den Gang entlang. Die Polizistin sah ihr nach, dann wandte sie sich wieder ihm zu. Misstrauisch.

»Wer sind Sie?«, wiederholte sie. »Ich kenne Sie nicht … Und was ist das für eine Uniform?«

Er zog ihr den Kolben seiner Waffe über den Schädel.

Die Geräusche: Sie durchdringen sein noch getrübtes Bewusstsein. Schrill. Zerreißen den Nebel in seinem Gehirn. Seine Lider zittern, ohne dass sie sich öffnen. Er spürt das Licht hinter ihnen – und riecht den aseptischen Geruch des Zimmers, wenn er einatmet.

Er blinzelt mehrfach. Ist sich der Schmerzen bewusst, die das Leuchten des Schnees jedes Mal in seinen Augen hervorruft. Und dieser schrille, wahnsinnig machende Ton, der immer aufs Neue wiederkehrt, den regelmäßigen Rhythmus des Monitors übertönt. Er dachte, er wäre bei sich zu Hause und dieses Geräusch wäre sein Wecker, aber nein, das ist es nicht. Das ist viel lauter, viel aggressiver.

Er macht die Augen auf.

Sieht die weiße Decke, die weißen Wände. Da wabert etwas an der Wand – ein Schatten –, wabert hin und her wie der Schwengel einer Standuhr, überlagert die weißen und grauen Linien, die die Jalousie auf die Wand wirft.

Plötzlich weiß er, wo er ist. Und warum.

Mit seiner rechten Hand hebt er langsam und vorsichtig erst die Decke und dann sein Krankenhaushemd hoch. Er muss den Po etwas anheben, um es weiter nach oben ziehen zu können. Ein Verband um seinen Bauch. Er spürt, dass es etwas zieht. Ihm wurde der Bauch aufgeschnitten, man hat die Hälfte seiner Leber entfernt und dann alles verschlossen und zugenäht.

Er lebt noch ...

Noch immer dieser schrille Ton. Er hört Schritte über den Gang rennen. Türen, die zuschlagen. Stimmen ...

Er dreht den Kopf zur Seite. *Da ist jemand* ... hinter den Jalousien, auf der anderen Seite des Fensters – eine Form, die das Grau des anbrechenden Tages abhält und leicht hin und her schwingt: wie der Schwengel einer Standuhr. *Ein Leib ... da schwingt ein Leib hinter dem Fenster hin und her ...*

Panik erfasst ihn, er sieht zum anderen Bett – zu dem von Gustav. Der Junge ist da. Er erkennt seine reglose Form unter dem bis nach oben gezogenen Laken und der Decke. Er würde ihn am liebsten wecken, ihn fragen, wie es ihm geht, aber er weiß, dass der Junge länger als er auf dem OP-Tisch war. Er muss ihm Zeit lassen.

Und dieser große Schatten dort ... dieser Leib ... Wem gehört er?

Er schwingt immer langsamer hin und her.

Vielleicht sind es ja die Äste eines Baumes, die sich unter dem Gewicht des Schnees bewegen. Oder er hat Halluzinationen aufgrund der Medikamente, die noch immer in seinem Blutkreislauf sind.

Nein, nein: Das ist eindeutig ein Körper ...

Er tastet die Wunde durch den Verband hindurch ab, übt vorsichtig Druck aus. Denn schiebt er Laken und Decke von sich und bewegt sich vorsichtig. Das sollte er nicht; eine ganz schlechte Idee, das weiß er auch. Er schiebt seine Füße zum Rand des Bettes, richtet seinen Oberkörper langsam auf, setzt sich mit baumelnden Beinen hin. Einen Moment lang lässt er das Kinn auf die Brust sinken und schließt die Augen. Hält dadrin alles? Wird er nichts ab- oder aufreißen? Er ist eben erst aufgewacht, verdammt noch mal! Er hat Angst, sich zu hastig zu bewegen, irgendetwas in seinem Inneren kaputt zu machen, aber er muss sich vergewissern, er muss herausfinden, wer der Schatten vor dem Fenster ist. Er atmet tief ein. Macht die Augen auf, hebt den Kopf und richtet sich auf. Er entfernt den Klips an seinem Zeigefinger. Ein weiterer Piepton setzt ein.

Vorsichtig stützt er sich auf dem Nachttisch ab und steht dann auf. Ganz langsam.

Er hat nicht das Gefühl, als könnte er sich wirklich auf seine Beine verlassen, aber sie halten ihn. Sollte er stürzen, dann könnte er irreparable Schäden davontragen, das weiß er. Trotzdem läuft er langsam los. Richtung Fenster. Ganz langsam. Er hat das Gefühl, als würde dieser große, inzwischen nahezu reglose Schatten das ganze Zimmer ausfüllen, sich in ihm ausbreiten und jeden verfügbaren Raum in seinem noch benebelten Hirn einnehmen.

Er sieht einen ähnlichen Schatten, wie ein großer Schmetterling, schwarz und unheilvoll, der oben an einer Seilbahn hängt.

Ein Stechen im Bauchraum erinnert ihn daran, dass er steht, wo er doch eigentlich liegen sollte, und so langsam wird ihm schwindlig. Und schlecht. Aber er geht weiter. Meter um Meter. Er will diese verfluchte Jalousie hochziehen – sehen, was für ein Körper sich dahinter verbirgt.

Als es ihm schließlich gelingt, hört er, wie die Tür aufgeht und eine Frauenstimme sagt: »Was stehen Sie denn schon? Kommen Sie her! Sie sollen sich nicht bewegen! Wir müssen Sie evakuieren! Wir müssen alle hier evakuieren!«

Er zieht an der Kordel, und die Lamellen der Jalousie wandern langsam nach oben.

Die Form wird sichtbar.

Er fragt sich, ob er sich vielleicht noch mitten in einem Traum befindet, noch bewusstlos auf dem Operationstisch liegt. Denn er sieht zwei Beine, etwa einen Meter vom Boden entfernt, einen Körper, der ganz wundersam in der Luft schwebt. Eine Frau. Eine schwebende Frau ... dann taucht der Kopf auf – ein Mumienkopf, mit einem Verband versehen –, und er sieht, dass ein Laken um ihren Hals gebunden ist, das von der oberen Etage nach unten hängt.

Die Krankenschwester hinter ihm kreischt los. Er hört ihre Schritte, die sich über den Gang entfernen – und da ist noch immer dieser schrille Ton, noch lauter, jetzt, wo die Tür offen steht.

Er dreht sich um. Ein Mann ist eingetreten.

Er trägt eine österreichische Polizeiuniform, hat aber ein bärtiges Faungesicht und einen durchdringenden Blick. Er mag diesen Blick nicht. Der Blick des Mannes wandert durchs Zimmer, ganz offensichtlich sucht er nach jemand anderem.

Er stiert zu Gustavs Bett, und Martin wird immer argwöhnischer. Er geht auf den Eindringling zu. Zu schnell. Ihm schwindelt, seine Beine geben nach. Er kann gerade so einen Sturz vermeiden, indem er sich an der Wand abstützt. Ihm ist heiß, dann kalt, dann heiß ... Er atmet mit offen stehendem Mund. Sieht, wie der Mann auf Gustavs Bett zugeht. Er streckt einen Arm aus, will ihn aufhalten, aber der Mann stößt ihn weg, und dieses Mal kippt er nach hinten um. Ein durchdringender Schmerz zuckt durch seinen Bauch, und er verzerrt das Gesicht.

Er sieht nach oben zu dem Mann, der seine Waffe aus dem Holster gezogen hat und erneut zur Tür sieht, ehe er Decke und Laken aufschlägt.

Er will losbrüllen, doch sobald er den Blick des Mannes sieht, versteht er.

Er muss keinen Blick in Gustavs Bett werfen, das der bärtige Faun ungläubig anstarrt. Der dreht sich zu ihm um. Er sieht, wie der Mann seine Waffe auf dem Bett ablegt, dann packt er ihn am

Kragen seines Krankenhaushemds und zieht ihn hoch. Ein quälender Schmerz zerreißt seine Eingeweide. Der Mann presst sein Gesicht an seines und schüttelt ihn. Es fühlt sich an, als würde die Tatze eines Tigers durch seine Eingeweide wühlen.

»Wo sind sie?«, brüllt der Mann. »Wo ist der Junge? Wo ist Hirtmann? Wo sind sie?!«

Weiter hinten geht die Tür auf …

45
TOT ODER LEBENDIG

Er sah, wie die Tür hinter dem Mann aufging. *Kirsten!* Er sah, wie eine Hand zu ihrem Rücken ging, eine Waffe hervorzog und dann damit in ihre Richtung zielte.

»Lass ihn los!«, brüllte die Norwegerin.

Sie hatte die klassische Position aller Polizisten eingenommen, stand fest auf beiden Beinen, hielt die Waffe mit beiden Händen umklammert – und ihm war sofort klar, dass sie bei dieser Übung deutlich besser abschnitt als er.

»*Fuck,* loslassen habe ich gesagt!«

Der Mann gehorchte, Servaz fiel auf den Po, und es war, als würde etwas in seinem Inneren explodieren. Er würde an einer inneren Blutung sterben, hier, auf dem Boden der Klinik. Schweiß rann ihm wie Wasser über die Stirn in die Augen, und er blinzelte mehrmals, ehe er sich mit dem Ärmel über die Stirn wischte. Gerade fand Tschernobyl in seinen Eingeweiden statt.

»Ich bin von der Polizei«, sagte der Mann. »Eine Frau hat sich vor Ihrem Fenster erhängt.«

»Umdrehen«, verlangte Kirsten. »Die Hände hinter den Kopf.«

»Ich sage dir doch, dass …«

»Klappe. Hände hoch.«

Einen kurzen verwirrten Moment lang glaubte Servaz, dass sie mit ihm redete, und er nahm die Hände hoch, bevor er verstand, dass diese Aufforderung gar nicht ihm galt. Der Bärtige kam Kirstens Aufforderung ruhig nach, und Kirsten ging auf ihn zu. Die Waffe des Mannes auf dem Bett war nur wenige Zentimeter von ihm entfernt, aber er hatte die Hände im Nacken.

»Alles okay, Martin?«

Er nickte, dabei hätte er am liebsten gebrüllt: »Nichts ist okay! Alles tut weh! Ich geh hier noch drauf!« Er presste die Kiefer so fest zusammen, dass ihm das Zahnfleisch wehtat. Schritte im Gang ... Eine vertraute Stimme war von der Tür zu hören.

»Gustav ...«, sagte Hirtmann.

Da ging alles erst so richtig los. Eine Situation, die urplötzlich eskaliert, eine unvorhersehbare Verkettung von Ereignissen, ein Rad, das sich immer weiterdreht, Zeit, die auf einmal beschleunigt und sich überschlägt. Die Flucht nach vorn. Das Chaos. Die Entropie. Stopp. Pausetaste. Zurückspulen. Er sah Hirtmann reglos im Türrahmen stehen, wie ausgebremst in seinem Elan. Aus dem Augenwinkel verstand er Kirstens Fehler, diese Millisekunde derer Ablenkung in diesem verhängnisvollen Moment, während deren ihr Lauf sich leicht von der Zielperson entfernte. Für einen Mann wie den bärtigen Faun reichte eine halbe Sekunde aus. Diese halbe Sekunde machte den Unterschied zwischen Leben und Tod.

Er nutzte den Moment nicht, um die Waffe auf dem Bett an sich zu nehmen, wie es eine weniger erfahrene Person tun würde, nein, so dumm war er nicht: Instinktiv wusste er, dass er dafür nicht genug Zeit hatte, dass er die andere Waffe an sich reißen musste, die, mit der er bedroht wurde.

In der Konfusion, die auf das Erscheinen des Schweizers hin eintrat, warf er sich auf Kirsten, verdrehte ihr brutal das Handgelenk und brachte die Springfield XD in seinen Besitz. Er zielte damit auf die Tür, und Kirsten diente ihm als Schutzschild, aber er drückte nicht auf den Abzug, denn da war niemand mehr.

Hirtmann war verschwunden.

Dennoch drehte er die Norwegerin um, verdrehte ihr dabei noch immer den Arm und murmelte ihr mit der Waffe an der Schläfe, gleich neben den blonden Strähnen mit den dunklen Haarwurzeln, ins Ohr: »Und jetzt gehen wir hier raus.«

Servaz sah zu, wie sie das Zimmer verließen. Er versuchte aufzustehen, doch seine Beine trugen ihn kaum bis zum Bett, auf dem er zusammenbrach. Sein Bauch brannte, und er war schweißgebadet. Sein Herz pochte wie wild. Er hob das Hemd hoch und sah auf den Verband an seinem Bauch. Ein roter Fleck breitete sich darauf aus.

»Wohin gehen wir?«, fragte sie.

»Gleich da hinten ist ein Notausgang«, sagte Jiri und zeigte auf die Metalltür am Ende des Ganges. »Da gehen wir raus.«

»Und dann?«

Er antwortete nicht, begnügte sich damit, sie weiterzustoßen und sich immer wieder nach hinten umzusehen, wo sich mehrere Krankenschwestern und Ärzte versammelt hatten, wohlweislich auf Abstand blieben und sie anstarrten wie die Zombies in *The Walking Dead*. Die Polizistin, die zuvor die Tür bewacht hatte, war bei ihnen. An der Schläfe hatte sie einen großen Bluterguss, genau da, wo er zugeschlagen hatte.

Aber noch immer weit und breit kein Hirtmann ...

»Ich gehöre zu euch«, sagte seine Geisel da plötzlich so leise, dass er sie kaum verstand.

»Was?«

»Ich habe deinem Boss die ganzen Infos zukommen lassen«, sagte sie etwas lauter. »Dank mir habt ihr sie gefunden, verdammt noch mal. Lass mich los.«

Er schob sie dennoch weiter zur Tür und sah sich dabei beständig nach hinten um.

Wo war der Schweizer, verdammt noch mal?

»Du bist die Quelle?«, fragte er überrascht.

»Das versuche ich dir doch schon die ganze Zeit zu sagen, verdammt: Ich gehöre zu euch. Frag doch einfach Zehetmayer. Lass mich los!«

»Wo ist der andere?«, fragte er, drückte den Sicherheitsriegel herunter und dann die Metalltür nach draußen auf.

Gleich darauf wehte ihnen der Wind um die Ohren, die Flocken machten sie ganz blind, und die Kälte biss in ihre Wangen.

»Wer?«

»Hirtmann, wo ist er abgeblieben?«

»Keine Ahnung!«

Er schubste sie die Treppe hinunter, und fast wäre sie auf einer Eisplatte ausgerutscht und hätte ihn mit sich nach unten gerissen.

»Pass auf!«, sagte er, während er ihr half, das Gleichgewicht zu halten.

Er verdrehte ihr Handgelenk noch stärker, und sie verzerrte das Gesicht, während ihre Schuhe im Schnee einsanken.

»Au! Du tust mir weh, verdammt!«

»Geh weiter!«

Er schob sie nach rechts weiter, entlang der Klinikmauer – in Richtung der Straße, in der der Lada stand. Um sie herum breitete sich der weiße Wald aus, die Tannen hielten Wache. Die Flocken wirbelten im Nebel umher wie ein Hornissenschwarm, der durch Rauch vertrieben wurde.

»Geh weiter!«

»Wohin gehen wir?«

»Halt die Klappe!«

Er hörte die Sirenen noch nicht, aber lange würde es nicht mehr dauern. Die Polizistin in der Klinik hatte bestimmt Alarm gegeben. Verzweifelt suchte er nach einem Ausweg, nach irgendeiner Möglichkeit, die Oberhand zu gewinnen – und die Situation zu seinen Gunsten umzukehren. Zum Teufel mit Zehetmayer, zum Teufel mit dem Geld, zum Teufel mit Hirtmann und dem Jungen: Er wollte nicht ins Gefängnis zurück. Seine Gedanken wirbelten so wild durcheinander wie Tiere in einem brennenden Stall, während sie weiter durch den Schnee gingen. Gefangen in diesem inneren Tumult sah er die Silhouette hinter der Tanne zu spät auftauchen, direkt vor ihnen, anlegen und abfeuern. Kirsten stieß einen Schrei aus, als die Flamme aus der Mündung auftauchte, aber die Kugel war sehr viel schneller als eine Schneeflocke und schlug der Norwegerin bereits durch die linke Schulter, auf Höhe des Deltamuskels, kam auf der anderen Seite heraus, ohne auf ein Hindernis getroffen zu sein, und drang dann in Jiris Schulter ein. Aufgrund des schmerzenden Einschusses ließ er seine Waffe in den Schnee fallen, und gleichzeitig ließ er auch seine

Geisel los. Schreiend lief sie weg. Direkt vor ihnen stand Hirtmann und zielte seelenruhig auf ihn. Kapitulierend hob er die Hände hoch.

»Verdammt, Julian!«, brüllte Kirsten Nigaard und hielt sich die Schulter fest. »Du hast auf mich geschossen!«

»Ich versichere dir, dass ich auf die Schulter gezielt habe, meine Süße«, antwortete der Schweizer, der nach vorn trat und die Waffe aufhob. »Aber du kannst dich glücklich schätzen: Ich wusste nicht, ob ich auch treffen würde.«

46

DEAD MAN

»Gehen wir«, sagte Hirtmann und reichte Kirsten ihre Waffe. Mit schmerzverzerrtem Gesicht versuchte sie sich aufzurichten.

Mit seiner Waffe bedeutete er Jiri, in den Wald zu gehen, zwischen die Tannen. Jiri starrte ihn an. Dann befolgte er seine Anweisung. Jetzt konnte er seinen Feind in aller Ruhe mustern. Sein erster Gedanke war, dass er hier einen interessanten – und äußerst gefährlichen – Feind vor sich hatte.

Er wusste noch nicht, wie er diese Situation zu seinen Gunsten umkehren konnte, alles schien momentan sehr ungünstig, sehr endgültig, aber aus Erfahrung wusste er, dass es einen Moment gab – einen einzigen –, in dem sich diese Gelegenheit ergeben würde.

Die weißen Tannen um sie herum erinnerten an Sibirien oder Kanada. Die Stille hätte nicht vollkommener sein können. Jiri wunderte sich kaum, weshalb noch immer keine Sirenen zu hören waren: Die Reaktionszeit der Polizei war lang. Das war ein universelles Gesetz. Vielleicht war der Streifenwagen gerade am anderen Ende des Reviers unterwegs, als sie den Anruf erhielten. Wie schade. Ausnahmsweise hätte er nichts dagegen gehabt, wenn die Bullerei etwas schneller aufgetaucht wäre. Mit erhobenen Händen ging er die leichte Steigung hinauf, sank bis zu den Knöcheln im Schnee ein, gefolgt vom Schweizer und von seiner Komparsin.

»Nach rechts«, sagte Hirtmann, als sie vor einer großen Tanne ankamen.

Jemand war schon hier entlanggekommen. Davon zeugten zwei Spuren: eine, die kam und ging, und eine andere, die …

Jiri verstand, noch ehe er etwas sah: Er war an einem Baumstamm gefesselt, zitterte, war fast so weiß wie der Schnee – und vollständig nackt, seine Kleidung lag aufgehäuft vor ihm. Keine fünfzig Meter von der Klinik entfernt …

Zehetmayer.

Der Dirigent schlotterte, zitterte am ganzen Körper, und seine Zähne schlugen so laut aufeinander, dass Jiri es von da, wo er stand, hören konnte. Der »Kaiser« hatte seinen Hochmut verloren. Er war zusammengebrochen, blieb nur noch durch das Seil in seiner Position stehen, mit dem er an den Baum gefesselt war, seine nackte Brust hob und senkte sich, und seine Schenkel waren bläulich wie das Eis. Er hatte Angst. Schreckliche Angst. Ganz offensichtlich dominierte sie alles andere, als er in ihre Richtung sah. *Die älteste menschliche Gefühlsregung,* dachte Jiri. Was war aus ihm geworden, dem eingebildeten, arroganten Dirigenten?

»Kirsten«, sagte Zehetmayer überrascht, als er sie sah. »Kirsten ... was ... was ...?«

Er bekam die Worte kaum heraus.

»Was ich hier mache?«, half sie ihm aus.

Sie antwortete nicht. Begnügte sich damit, Hirtmann einen Blick zuzuwerfen.

»Verstehst du denn nicht?«, fragte sie schließlich.

Sie sah den ungläubigen, dümmlichen Blick des Dirigenten.

»Ich habe euch hierhergelockt, dich und deinen Söldner. Das war eine Falle. All deine Rachefantasien, deine Internetseite, dein Geld ... Ich habe allein aus einem Zweck Kontakt zu euch aufgenommen: um euch hierherzuholen.

Hirtmann zwinkerte dem nackten alten Mann zu. Jiri sah den Schweizer an und verstand: Das war seine Idee gewesen. Schon von Anfang an hatte er die Fäden in der Hand gehabt. Er hatte einen Gegner auf Augenhöhe gefunden.

»Zieh dich aus«, trug der Schweizer ihm auf.

»Was?«

»Versuch hier nicht, Zeit zu schinden, du hast mich sehr wohl verstanden.«

Der tschechische Mörder sah sie nacheinander an. Diese beiden wussten, was sie da taten. Vielleicht würde sich doch keine Gelegenheit ergeben. Vielleicht war er einfach am Ende seines Weges angelangt. Als Erstes zog er seine Daunenjacke aus, warf dabei einen Blick auf die Norwegerin. Sie hatte ihre Waffe zurück, hielt sie aber in der linken Hand fest. Ein dunkler Fleck tränkte ihre Kleidung im Bereich der rechten Schulter, und ihr Gesicht war schmerzverzerrt. Lange würde sie so nicht durchhalten, aber er wäre vor ihr tot. Wie schade ... Ginge es hier Mann gegen Mann, dann hätte er vielleicht eine Chance. Vielleicht auch nicht. Nicht bei einem solchen Gegner.

»Jetzt die Schuhe«, sagte der Schweizer. »Beeil dich.«

Er kam der Aufforderung nach. Spürte, wie die feuchte Kälte seine Füße durch die Socken hindurch umfing, als er auf die unberührte Schneedecke trat. Dann zog er seinen Pullover, sein Hemd und sein T-Shirt aus ... Stand mit nacktem Oberkörper da, eingehüllt in die Kälte wie in eine zweite Haut. Die eisige Kälte des Morgengrauens, aber auch die von frühen Morgenstunden nach einem verlorenen Gefecht auf dem von Leichen übersäten Schlachtfeld, wenn die Kälte des Todes sich eines bemächtigte ... Er hielt inne, sein Gesicht und sein Oberkörper waren von einer Dampfwolke umgeben.

»Den Rest auch. Hose, Unterhose, Socken. Alles ...«

»Du kannst mich mal, Hirtmann.«

Der Schuss zerriss die Stille im Wald, wurde vom Echo zurückgeworfen und schleuderte Jiri zwei Meter nach hinten.

»Ich bitte Sie«, stammelte Zehetmayer. »Ich bitte Sie ... töten ... töten Sie mich nicht ... bitte.«

Hirtmann musterte ihn, betrachtete das faltige und von der Eiseskälte gezeichnete Gesicht, die blauen Lippen, die geröteten Augen, die Tränen, die über die zerfurchten Wangen flossen und zu Eis erstarrten, noch bevor sie auf den Boden tropften, die gebeugten Knie, den verschrumpelten Penis und sah, wie die Seile ihm in die Brust schnitten.

»Ich habe deine Tochter getötet, du solltest mich hassen«, sagte er.

»Nein ... nein ... ich hasse ... Sie nicht ... ich ... ich ...«

»Willst du wissen, was ich mit ihr angestellt habe, bevor ich sie umgebracht habe?«

»Ich flehe Sie an ... töten Sie mich nicht ...«

Der alte Mann wiederholte sich. Kirsten sah, wie ein gelber, dampfender Fleck ein Loch in den Schnee zwischen seinen nackten Füßen grub. Sah ein paar weiße Haare über den bläulichen Ohren wehen, wie die Flügel eines verletzten Vogels, der nicht abheben konnte. Sie zielte mit der Waffe auf den Dirigenten und drückte ab. Ein Erzittern, dann sackte der Körper in sich zusammen, wurde nur noch von dem Seil um den Baum zurückgehalten, das Kinn auf der Brust.

»Was soll der Scheiß?«, herrschte Hirtmann sie an und drehte sich zu ihr um.

Er sah die schwarze, rauchende Waffe. Auf ihn gerichtet.

»Wie du siehst: Ich werde Zeugen los.«

Er hielt die Waffe zwar in der Hand, doch sein Arm zeigte nach unten.

»Was soll das?«, fragte er ruhig, als würden sie gerade irgendwelchen Small Talk betreiben.

Sie lauschte, endlich eine Sirene – weit weg.

»Ich dachte, du magst das, unsere kleinen Spielchen …«

»Sagen wir mal so, ich bin es etwas leid. Bald wird die Polizei hier sein, Julian, und ich habe nicht die Absicht, meine restlichen Tage im Gefängnis zuzubringen. Weder für dich noch für sonst jemanden. Dank ihm«, fügte sie hinzu und deutete mit dem Kopf auf den toten Dirigenten, »bin ich reich. Und schon bald wird mir eine Medaille verliehen werden, weil ich dich aus dem Verkehr gezogen habe.«

»Wirst du mich nicht vermissen?«, spottete er.

»Wir hatten eine schöne Zeit, wir beide, aber ich beabsichtige nicht, dich am Leben zu lassen.«

Sie behielt die Waffe im Auge, die er in der Hand hatte. Noch hielt sie ihn mit ihrer Waffe in Schach, aber sie wusste ganz genau, bevor sie ihn nicht mit zwei Kugeln niedergestreckt hatte, war er nach wie vor gefährlich, unvorhersehbar und möglicherweise todbringend.

»Den Alten hast du aber mit deiner Waffe ermordet«, sagte er und wies mit dem Kinn auf die festgebundene Leiche.

»Dafür wird mir schon eine Erklärung einfallen. Außerdem wird Martin aussagen, dass ich ihm zu Hilfe geeilt bin, dass Dingsbums da mich als Geisel genommen hat. Dafür gibt es einen ganzen Haufen Zeugen ...«

»*Martin*? Das klingt ja ganz schön vertraut ...«

»Tut mir leid, Julian, aber die Zeit drängt. Es ist vorbei mit Reden.«

»Erinnerst du dich an deine Schwester?«, fragte er plötzlich.

Sie erstarrte, und in ihren Augen funkelte eine neue Emotion auf.

»Du hast deine Schwester verabscheut, du hast sie gehasst ... Ich habe selten einen solchen Hass zwischen zwei Schwestern erlebt. Es stimmt, dass deine Schwester alles hatte: Talent, Erfolg, Männer – und deine Eltern mochten sie mehr als dich. Deine Schwester behandelte dich wie ein Haustier, du warst mittelmäßig begabt und hast immer in ihrem Schatten gelebt. Ich habe sie für dich umgebracht, Kirsten. Das war mein Geschenk. Ich habe dir deinen Stolz zurückgegeben. Ich habe dir dein wahres Ich offenbart. Dank mir bist du weiter gegangen, als du es sonst jemals gewagt hättest. Ich habe dir alles beigebracht, was ich wusste ...«

»Du warst ein guter Lehrmeister, das stimmt. Aber du vergisst ein Detail: Mich, nicht meine Schwester, wolltest du zunächst vergewaltigen und umbringen, weißt du noch, in dieser leer stehenden Fabrik ...?«

Er sah sie eindringlich an, betrachtete dieses andere, schwarze Auge vom Lauf der Waffe, dann ging sein Blick zurück zu ihr.

»Ja. Und du hast mich davon überzeugt, es nicht zu tun. Du hattest noch nicht einmal Angst. Dabei hatte ich einen recht düsteren Ort ausgesucht. Keine Menschenseele da, niemand, der deine Schreie gehört hätte. Jeder andere wäre zu Tode erschrocken gewesen. Aber nicht du. Wie frustrierend, zu sehen, dass du den Tod erwartet hast wie eine Erlösung. Himmel! Selbst als ich dir gesagt habe, dass du leiden würdest, hast du keinerlei Reaktion gezeigt. Das hat mich so wütend gemacht.

Ich war nichts anderes als ein Instrument für deinen Selbstmord, verdammt. Du hast mich dazu aufgefordert, mich herausgefordert. Je fester ich zuschlug, umso mehr triebst du mich in die Enge. So etwas war mir noch nie untergekommen, ganz ehrlich. Und dann hast du mir diesen Handel vorgeschlagen: dein Leben für das deiner Schwester. Das kam unerwartet ... war irgendwie ... schräg ... Willst du wissen, wie ich sie umgebracht habe? Du hast mich nie danach gefragt. Willst du wissen, ob sie viel geschrien hat?«

»Ich hoffe doch«, sagte Kirsten kaltschnäuzig. »Ich hoffe, dass diese Schlampe gelitten hat.«

»Oh, mach dir da mal keine Sorgen. Dann war's das also jetzt. Für uns beide geht es nun nicht mehr zusammen weiter? Ich nehme an, dass wir uns nur so trennen können, oder? Das Verbrechen hat uns zusammengeführt, das Verbrechen wird uns wieder trennen.«

»Was bist du auf einmal für ein Romantiker, Julian.«

»Du warst weniger ironisch, als du mich angefleht hast, mich begleiten zu dürfen, Süße. Du warst wie ein kleines Mädchen, dem man das fantastischste Geschenk überhaupt versprochen hatte. Du hättest sehen sollen, wie deine Augen strahlten. Aber es stimmt, es war einfacher, diese Frauen mit dir als Köder zu entführen. Eine Polizistin, eine Frau wie sie. Da fühlten sie sich sicher. Sie wären dir überallhin gefolgt.«

»Das ist ihnen schlecht bekommen«, sagte sie, lauschte den Sirenen in der Ferne: nicht nur eine, mehrere.

»Was für eine Ironie, oder? Diejenige, die die Ermittlung zu dem Verschwinden dieser Frauen leiten sollte, war auch für das Verschwinden verantwortlich. Aber für derartige Vergnügungen ist es in Oslo im Herbst und Winter ein bisschen kalt.«

»Du versuchst nicht etwa gerade, Zeit zu gewinnen? Du hast hoffentlich nicht vor, mich wie dieser andere da anzuflehen, oder?«

Er prustete los, in der Stille des Waldes. Langsam kamen die Sirenen näher.

»Wäre ich der Meinung, das hätte irgendeinen Nutzen, dann würde ich das vielleicht sogar tun. Und ausgerechnet ich habe diese Waffe in deinem Hotel abgegeben. Auch das ist ironisch, findest du nicht?«

Er klammerte sich am Bettgestell fest und versuchte, Richtung Tür zu gehen, Schweiß rann über sein Gesicht und seinen Körper, als mit einem Mal ein vertrautes Gesicht im Türrahmen auftauchte. Servaz erstarrte. Er fragte sich, ob sein Gehirn ihm gerade einen Streich spielte. Dann lächelte er.

Und verzog gleich darauf schmerzerfüllt das Gesicht.

»Hallo Vincent.«

»Um Himmels willen«, rief Espérandieu, als er ihn sah. »Wo willst du denn in diesem Zustand hin?«

Er stellte sich neben seinen Chef, legte einen Arm um ihn und wollte ihn zum Bett zurückbringen.

»Du solltest eigentlich gar nicht auf...«

»Wir gehen da lang«, unterbrach ihn Servaz und zeigte auf den Notausgang, der keine fünf Meter entfernt war.

Espérandieu blieb stehen.

»Was?«

»Bitte mach, was ich dir sage. Hilf mir.«

Vincent sah zum Zimmer mit dem Bett, dann zur Tür. Er schüttelte den Kopf.

»Ich weiß nicht, ob ...«

»Halt die Schnauze«, unterbrach ihn Servaz. »Aber danke, dass du da bist.«

»Keine Ursache. Immer wieder schön, so empfangen zu werden. Sieht so aus, als wäre ich genau im richtigen Moment hergekommen. Ich bin direkt hierher, aber ich glaube, die Kavallerie wird nicht lange auf sich warten lassen.«

»Gehen wir«, bestimmte Servaz mit zitternden Beinen.

»Martin, verdammt, du bist dazu nicht in der Lage. Man hat dir gerade die Hälfte deiner Leber entnommen, du hast überall Schläuche raussstehen! Das ist doch verrückt.«

Servaz ging einen Schritt Richtung Tür, stolperte. Espérandieu fing ihn auf, hielt ihn entschieden fest.

»Hilf mir, verdammt!«, wetterte sein Chef.

Arm in Arm gingen sie zur Metalltür, wie zwei verkrüppelte Kriegsrückkehrer, Meter für Meter. Espérandieu drückte die Tür mit seiner freien Hand auf.

»Darf ich erfahren, wohin wir gehen?«

Servaz nickte, verzerrte das Gesicht, biss die Zähne aufeinander. Der Schmerz wurde nicht weniger, und seine Beine trugen ihn kaum.

»Kirsten ist da draußen … mit einem Typen … bewaffnet … Du hast deine Waffe in Toulouse gelassen …«

Ein schelmisches Lächeln tauchte auf Espérandieus Gesicht auf. Er griff mit einer Hand in seine Jackentasche.

»Nein, nicht wirklich. Du denkst, dass ich die brauchen werde?«

»Ich hoffe nicht … aber halte dich bereit … dieser Typ ist gefährlich.«

Vincent ging auf die andere Seite von Servaz, damit er ihn mit links stützen und die Waffe in der rechten Hand halten konnte.

»Was für ein anderer Typ?«, fragte er. »Hirtmann?«

»Nein … ein anderer …«

»Dann sollten wir vielleicht auf Verstärkung warten, findest du nicht?«

»Keine Zeit.«

Sein Stellvertreter versuchte vorerst gar nicht, etwas zu verstehen. Martin würde ihm schon noch alles erklären, wenn die Zeit dafür gekommen war. Jedenfalls hoffte er, dass er das tat, bevor es hart auf hart kam. Der Patenonkel seines Sohnes sah wirklich übel aus. Und die Vorstellung, da draußen einem bewaffneten und gefährlichen Typen zu begegnen, riss ihn auch nicht gerade vom Hocker. Vorsichtig gingen sie die vereisten Stufen hinunter und folgten dann den frischen Spuren im Schnee.

Servaz hatte Schuhe angezogen und sich eine Decke um die Schultern geworfen, aber der eisige Wind machte davor nicht halt, kroch seine nackten Beine hinauf, und ihm war eiskalt. Der brennende Schmerz und die nicht weniger brennende Kälte glichen sich eigenartigerweise aus. Plötzlich blieb er stehen, beugte sich vor und erbrach sich in den Schnee.

»Verdammt, Martin!«, rief Vincent.

Mit schweißnasser Stirn richtete Servaz sich auf. Er spürte, dass er kurz vor der Ohnmacht stand, fragte sich, ob er durchhalten würde. Vincent hatte recht: Das war verrückt. Aber der Mensch war zu den unmöglichsten Meisterleistungen fähig, nicht wahr? Jeden Tag konnten wir es im Fernsehen sehen. *Warum sollte nicht auch ich dazu in der Lage sein?*, fragte er sich.

»Sieht ziemlich christlich aus, findest du nicht? Mit dieser Decke und diesem Hemd«, brachte er mit einem verkniffenen Gesicht hervor, das wohl ein Lächeln andeuten sollte.

»Du solltest etwas mehr Bart haben«, entgegnete sein Stellvertreter.

Er wollte lachen, hustete aber und spürte, wie ihm wieder übel wurde.

Plötzlich ertönten zwei Schüsse im Wald, ganz in der Nähe, und sie erstarrten. Die Schockwelle ließ ein paar Schneeladungen von den Tannen fallen. Einen Augenblick vibrierte die Luft, dann war wieder alles still. Das hatte ganz in der Nähe stattgefunden.

»Gib mir deine Waffe.«

»Was?«

Martin riss sie ihm praktisch aus der Hand und humpelte die Spuren weiter entlang.

»Ich bin der bessere Schütze von uns beiden!«, rief ihm Vincent zu und folgte ihm dann.

Ein Lachen kam hinter den Tannen hervor, Servaz erkannte Hirtmanns Stimme. Er wurde schneller, in seinem Kopf drehte es sich, sein Bauch brannte.

Hinter der großen Tanne entdeckte er alle vier: die beiden toten Typen, einer am Baum angebunden, nackt, der andere – der ihn im Zimmer angegriffen hatte – lag im Schnee, und Kirsten, die die Waffe auf den Schweizer gerichtet hatte.

»Verdammt«, sagte Espérandieu da hinter ihm.

Noch weiter hinten, unten am Hügel auf der anderen Seite der Klinik, kamen die Sirenen immer näher.

»Martin«, sagte Kirsten, als sie ihn sah, und kurzzeitig wirkte sie verstimmt. »Du solltest im Bett sein ...«

»Martin«, sagte da Hirtmann. »Sag ihr, dass sie nicht auf mich schießen soll.«

Er sah die Waffe in der Hand des Schweizers.

»Er hat meine Schwester ermordet«, sagte Kirsten mit hasserfüllter Stimme. »Er hat es verdient, draufzugehen ...«

»Kirsten«, setzte Servaz an.

»Er hat sie gefoltert, vergewaltigt und ermordet ...« Ihre Unterlippe zitterte, ebenso der Lauf ihrer Waffe. »Ich will nicht, dass er den Rest seines Lebens in einer psychiatrischen Anstalt verbringt, verstehst du? Verwöhnt und von Journalisten oder Psychologen interviewt wird ... ich will nicht, dass er uns länger zum Narren hält ... das will ich nicht.«

»Kirsten, runter mit der Waffe«, sagte Servaz und zielte mit seiner Waffe auf sie.

»Sie wird schießen«, sagte der Schweizer. »Halte sie davon ab, Martin, schieß du zuerst.«

Sein Blick wanderte von Kirsten zu Hirtmann und wieder zurück zu Kirsten.

»Sie heißt Kirsten Margareta Nigaard«, sagte der Schweizer da sehr schnell, »sie hat eine Tätowierung, die von der Leiste bis zur Hüfte geht, sie ist meine Geliebte und meine Komplizin. Hast du mir ihr geschlafen, Martin? Dann weißt du ja ...«

Ganz unerwartet sah Servaz, wie die Waffe der Norwegerin sich auf ihn richtete. Abzugsbügel, Zeigefinger beugen, Druck ausüben ... Seine Hand zitterte vor Kälte, Erschöpfung, Verwunderung, Schmerz und Wut, zitterte viel zu sehr, als dass er gut hätte zielen können ... viel zu sehr, um dieses Duell zu gewinnen ...

Die Details erschienen ihm in einer überraschenden Momentaufnahme von wenigen Sekundenbruchteilen: die schneebehangenen Äste der Tannen, die sich plötzlich durch eine Windböe bewegten, der nackte, am Baum festgebundene Leichnam, das Kinn auf der Brust, der andere, mit ausgebreiteten Armen ausgestreckt im Schnee, das Gesicht dem Himmel zugewandt, der kalte Wind, der um seine Beine strich, Kirstens Waffe, die immer weiter auf ihn zukam …

Er drückte ab.

Spürte den Rückschlag in der Schulter, den Schmerz im Bauch, hörte, wie eine Ladung Schnee durch die Schockwelle oder vielleicht auch durch den Wind herunterfiel. Sah, wie Kirsten ihn ungläubig ansah. Ihr Arm fiel herunter, sie ließ die Springfield los, ihr Mund zu einem lautlosen O geöffnet. Dann gaben die Beine der Norwegerin nach, ein Schauer durchzuckte sie, und sie fiel mit dem Gesicht voran in den Schnee.

»Gut gemacht, Martin«, sagte der Schweizer.

Hinter sich hörte er Schreie – oder vielmehr Gebrüll. Kehlig. Auf Deutsch.

Er nahm an, das hieß, er solle seine Waffe wegwerfen. Es wäre doch ziemlich bescheuert, jetzt eine Kugel abzubekommen, nicht wahr? Er betrachtete die drei Leichen im Schnee, bei Kirstens blieb sein Blick hängen. Er spürte das Stechen des Verrats. Einmal mehr.

Kam sich dumm, naiv, gutgläubig, niedergeschlagen, todmüde und krank vor.

Einmal mehr hatte ihm das Leben genommen, was es ihm gegeben hatte. Einmal mehr Blutvergießen, Wut, Schuldgefühle. Wut und Kummer. Einmal mehr hatte die Nacht gewonnen, waren die Schatten zurückgekehrt – mächtiger als je zuvor –, und der Tag war geflüchtet, verängstigt, weit weg von hier, dahin, wo normale Menschen ein normales Leben führten. Dann verschwand alles. Er spürte nichts mehr. Nur noch eine unglaubliche Müdigkeit.

»Es wäre aber gar nicht notwendig gewesen zu schießen«, fügte der Schweizer hinzu.

»Was?«

Die Schreie auf Deutsch wurden dringlicher, gebieterischer. Waren ganz nah. Zweifelsohne Befehle. *Runter mit der Waffe.* Sie würden schießen, wenn er ihrem Befehl nicht nachkam.

»Sie hatte nur eine Kugel in der Waffe. Und sie hat bereits abgedrückt. Ihr Magazin war leer, Martin. Du hast sie völlig umsonst umgebracht«, sagte der Schweizer und zeigte ihm das, was er gerade aus der Hosentasche zog.

Am liebsten würde er sich in den Schnee legen, den Schneeflocken beim Herunterfallen zusehen, wie sie auf ihm landeten, und einschlafen.

Er gehorchte. Ließ seine Waffe fallen.

Und wurde ohnmächtig.

EPILOG

In Hallstatt und Umgebung schneite es den ganzen Tag, wie auch die darauffolgenden Tage. Hirtmann wurde in dem kleinen Kommissariat befragt, das geradewegs aus *Meine Lieder – meine Träume* zu stammen schien. Reger und seine Männer begannen die Befragung auf Deutsch, bis Espérandieu sie bat, die Befragung doch bitte auf Englisch durchzuführen. Dann kam ein Typ aus Wien oder Salzburg und nahm die Sache in die Hand.

Es dauerte noch ein paar Tage, bevor entschieden war, was sie mit dem Schweizer machen würden – er hatte auf österreichischem Boden einen Mann getötet, folglich oblag das der österreichischen Justiz –, und sie beschlossen, die Zellen des kleinen Kommissariats zu leeren und es in der Zwischenzeit in eine Art Rio Bravo zu verwandeln.

Servaz nahm an den Befragungen nicht teil. Er war in ein Krankenhaus nach Bad Ischl verlegt worden, wie auch alle anderen Patienten der Klinik. Diese war vorübergehend oder auch endgültig geschlossen und ihr Leiter unauffindbar. Im Krankenhaus kam Servaz zuerst auf die Intensivstation, dann in den Beobachtungsraum. Sein völlig verfrühter Ausflug hatte körperliche Schäden angerichtet, allerdings weniger, als zu erwarten gewesen wäre – und er befürchtet hatte –, allerdings musste sein Bauchraum ein zweites Mal geöffnet werden, um sich zu vergewissern. Die österreichische Polizei befragte ihn lange zu dem, was im Wald passiert war: Die Aussagen von Espérandieu, Servaz und Reger – selbst die von Hirtmann – stimmten nahezu perfekt überein, abgesehen von den üblichen Abweichungen, allerdings hatten die Ermittler größere Schwierigkeiten, als es darum ging, die Verkettung der Ereignisse nachzuvollziehen, die dazu geführt hatten, dass sich vier Personen gegenseitig umbrachten und ein berühmter Dirigent nackt und tot an einen Baum gefesselt war.

Im Krankenhaus erhielt Servaz viele Anrufe: Margot meldete

sich dreimal täglich, dann Samira, Richter Desgranges, Cathy d'Humières und sogar Charlène Espérandieu und Alexandra, seine Ex-Frau. Nach zwei Tagen fuhr Vincent zurück, war zuvor aber morgens, mittags und abends bei ihm vorbeigekommen.

»Sie wollen mich hier nicht rauslassen«, sagte Servaz mit schwachem Lächeln, als Vincent ihm verkündete, dass er zurückfahren würde. »Wie weit sind sie mit Hirtmann?«

»Sie befragen ihn noch immer. Immerhin hat er jemanden auf österreichischem Boden ermordet, den bekommen wir so schnell nicht ausgehändigt.«

»Hmm.«

»Pass auf dich auf, Martin. Und komm bald nach Hause.«

Er dachte darüber nach, dass der letzte Punkt nicht allein von ihm abhing, sagte aber nichts. Die Landschaft war ganz in Weiß getaucht. Jetzt fehlten nur noch die Weihnachtslieder, aber er rechnete bereits damit, dass irgendwann »Stille Nacht« im Krankenhaus erklingen würde. Er hoffte, dann schon nicht mehr dort zu sein.

Kurz nachdem Vincent gegangen war, klingelte sein Handy erneut.

»Und, wie fühlen Sie sich so?«, fragte eine viel zu vertraute Stimme.

»Was wollen Sie, Rimbaud?«

»Ich habe eine gute und eine schlechte Nachricht. Mit welcher soll ich anfangen?«

»Haben Sie nichts Originelleres auf Lager?«

»Die gute also«, entschied sein Gesprächspartner. »Wir haben einen USB-Stick erhalten. Er wurde anscheinend am Tag Ihrer OP abgeschickt. Aus Österreich. Wollen Sie wissen, was darauf ist?«

Servaz lächelte. Rimbaud konnte einfach nicht anders, er musste die Leute quälen, sei es auf die eine oder die andere Weise.

»Spucken Sie's schon aus.«

»Ein Video«, sagte Rimbaud. »Aufgenommen mit einer GoPro, die am Körper des Täters befestigt war … in der Nacht, als Jensen ermordet wurde ... Darauf ist alles zu sehen: die versuchte Vergewaltigung ... wie er sich auf Jensen stürzt ... wie er ihm aus nächster Nähe in die Schläfe schießt ... wie er daraufhin wieder im Wald verschwindet ... Danach dreht er die GoPro zu sich um und filmt sich ... und winkt uns dabei zu, der Trottel ...«

»Hirtmann?«

»Genau der.«

Servaz ließ sich nach hinten ins Kissen fallen, atmete tief durch und betrachtete die Decke.

»Dieses Video entlastet Sie von dem Mord an Jensen«, sagte Rimbaud. »Auch wenn ich nicht verstehe, weshalb Hirtmann es uns zugespielt hat.«

»Aber ...?«

»Aber das entschuldigt nicht Ihr unflätiges Verhalten als Mitglied der Police Nationale, Ihre Flucht aus dem Kommissariat, Ihren Ausflug nach Österreich mit falscher Identität oder die Ermordung von Kirsten Nigaard, einer norwegischen Polizistin, mit einer anderen Waffe als Ihrer Dienstwaffe.«

»Notwehr«, meinte Servaz nur.

»Möglich.«

»Sieh an, sieh an, fast könnte man meinen, dass Sie inzwischen weniger schnell irgendwelche Schlussfolgerungen ziehen.«

»Ich werde um Ihre Amtsenthebung bitten«, sagte Rimbaud. »Die französische Polizei kann es sich nicht erlauben, Menschen wie Sie in ihren Reihen zu haben. Und auch Ihr Freund Espérandieu wird dafür zur Rechenschaft gezogen werden.«

Daraufhin legte er auf.

Es schneite die ganze Nacht und den darauffolgenden Tag. Von seinem Bett aus sah Servaz den Schneeflocken zu. Er durfte noch nicht aufstehen und herumlaufen. Immer wieder wiederholten die Ärzte, dass er wie durch ein Wunder überlebt hatte: Nach der Herz-OP hätte er niemals nach so kurzer Zeit an der Leber operiert werden dürfen. Und die Tatsache, dass er weniger als eine Stunde nach seinem Aufwachen nach draußen gegangen war und jemanden erschossen hatte, würde wohl in die Annalen der österreichischen Medizin eingehen. Jetzt hatte er zwei riesige Narben, die ein regelrechtes Frankenstein-Monster aus ihm machten: eine auf der Brust, die andere setzte am Sternum an, führte sechs Zentimeter gerade nach unten und bog dann unvermittelt zur Seite ab.

Regelmäßig erkundigte er sich nach Gustav, der in einem anderen Trakt untergebracht war: Gustav ginge es gut, aber er wolle seinen Papa sehen – also Hirtmann.

Am Morgen seines fünften Kliniktages durfte er endlich aufstehen und etwas umhergehen. Die Klammern zwickten noch leicht unter dem Verband. Sein erster Besuch galt natürlich seinem Sohn. Der Junge sah mitgenommen aus, hatte dunkle Augenringe, aber die Stationsärzte gaben sich optimistisch: Die ersten Anzeichen seien sehr vielversprechend, außerdem schlage das Immunsuppressivum sehr gut bei Gustav an, mit dem das Risiko einer Transplantatabstoßung vermieden werden sollte. Das beruhigte Servaz nur mäßig: Es gab noch so vieles, was schiefgehen konnte.

Gustav schlief, als Servaz in sein Zimmer kam. Der Daumen steckte in seinem Mund, und seine langen blonden Wimpern zitterten leicht. Servaz ging davon aus, dass die Träume seinen Schlaf durchstreiften wie die Wolken, die unablässig über dem Krankenhaus den Himmel entlangzogen, und er fragte sich, ob es wohl angenehme Träume waren. Lange betrachtete er den ruhig schlafenden Jungen, der die Bettdecke bis unter das Kinn gezogen hatte, seinen schmalen Brustkorb, der sich hob und senkte. Gerade sah Gustav sehr friedlich aus. Dann ging Servaz ebenso leise, wie er hereingekommen war, wieder hinaus.

Weihnachten kam, und beide, Gustav und Servaz, verbrachten es im Krankenhaus, inmitten des fröhlichen Geplappers der Krankenschwestern, der blinkenden Girlanden und kleinen Plastikbäumchen. Danach setzte ein eiskalter Januar ein – in Österreich und auch in Frankreich, wie Servaz dem Internet entnehmen konnte –, während Donald Trump im Oval Office Platz nahm. Im Februar durfte er dann endlich nach Hause, wo er vor einem Disziplinarausschuss erscheinen musste und einen dreimonatigen, entgeltlosen Ausschluss kassierte sowie eine Rückstufung zum Capitaine. Es dauerte Monate, bis er endlich das Sorgerecht für Gustav bekam, der zwischenzeitlich in einer Pflegefamilie untergebracht worden war. Frankreich hatte einen neuen Präsidenten, als Servaz das Sorgerecht erhielt und versuchte, eine Beziehung zu seinem Sohn aufzubauen. Das war eine schwierige Zeit, das Kind weinte viel, verlangte nach seinem »richtigen« Vater, bekam Wutanfälle, und Servaz fühlte sich überfordert, zu alt und inkompetent. Zum Glück unterstützten ihn Charlène, Vincent und ihre beiden Kinder – Charlène kam fast täglich, während er wieder auf dem Kommissariat arbeitete. Nach und nach schien Gustav sich an die neue Situation zu gewöhnen, sie sogar zu genießen. Das erfüllte Servaz mit einer Glückseligkeit, wie er sie schon lange nicht mehr erlebt hatte.

In Österreich wurde Hirtmann nach Leoben ins Gefängnis verlegt, ein ultramoderner Glasbau, der im Volksmund »Fünf-Sterne-Luxusknast« genannt wurde. Frankreich verlangte seine Auslieferung, aber der Schweizer musste erst vor Ort vor Gericht gestellt werden. Ein weiteres Weihnachten kündigte sich bereits an, als Hirtmann sich eines Abends über Schwindelgefühle und Bauchkrämpfe beklagte. Man holte einen Arzt. Außer einer leichten Schwellung im Bauchraum konnte der nichts feststellen, was derartige Bauchschmerzen erklären würde, und schob es auf den Stress. Er verabreichte ihm zwei Tabletten und schrieb ein Rezept aus. Kurz nachdem der Arzt gegangen war, bat Hirtmann den jungen Aufsichtsbeamten um ein Glas Wasser.

»Wie geht es Ihren Kindern, Jürgen?«, fragte er, als er zum Glas griff und nachdem er sich vergewissert hatte, dass sie sonst niemand hören konnte. »Wie geht es Daniel und Saskia?«

Er beobachtete, wie der junge Beamte ganz blass wurde.

»Und Ihre Frau Sandra, unterrichtet sie noch immer die Kleinen?«

Hinter den dunklen Scheiben rieselte der Schnee herunter. Der Wind begleitete mit seinem fernen Singsang die viel zu vernehmliche Stimme des Schweizers. Irgendwo stieg ein Lachen auf, dann wurde es wieder still.

»Woher kennen Sie die Namen meiner Kinder?«, fragte Jürgen verschreckt.

»Ich weiß alles, über jeden von euch hier«, antwortete der Schweizer, »und ich kenne einen ganzen Haufen Leute da draußen. Tut mir leid, ich wollte nur höflich sein.«

»Das glaube ich nicht«, sagte der junge Beamte mit einer Stimme, die fest klingen sollte, es aber nicht tat.

»Da haben Sie tatsächlich recht. Ich müsste Sie um einen kleinen Gefallen bitten ...«

»Vergessen Sie's, Hirtmann, ich werde Ihnen keinen Gefallen tun.«

»Ich habe viele Freunde da draußen«, säuselte der Schweizer, »und ich möchte doch nicht, dass Daniel oder Saskia etwas zustößt ...«

»Was haben Sie da gesagt?«

»Es ist auch wirklich nur ein ganz kleiner Gefallen ... Ich möchte einfach nur, dass Sie mir eine Weihnachtskarte besorgen ... und diese dann an eine Adresse schicken, die ich Ihnen noch mitteilen werde. Das ist doch weiter nichts Schlimmes, sehen Sie.«

»Was haben Sie davor gesagt?«, knurrte der junge Mann. »Können Sie das wiederholen?«

Wütend starrte er den Schweizer an – doch seine Wut verwandelte sich in Besorgnis, dann spülte eine Welle der Furcht über ihn hinweg, als er sah, wie sich Hirtmanns Gesichtszüge veränderten, wie er sich buchstäblich vor seinen Augen verwandelte, dieser schwarze Schatten in seinen Pupillen und das teuflische Aufblitzen in seinem Blick. Und wie diese schreckliche Veränderung diesem Blick in dem kalten, klinischen Leuchten der Neonröhren eine unerträgliche Intensität verlieh – und aus diesem Gesicht etwas machte, das nichts Menschliches mehr hatte, ein Gesicht, wie es nur der Wahnsinn hervorbringen konnte. Die Stimme, die daraufhin als bedrohliches Murmeln aus dem fast femininen Mund kam, sprach Worte aus, die er niemals vergessen würde: »Ich sagte, wenn du nicht willst, dass man deine hübsche kleine Saskia abgestochen im Schnee findet, den Rock von einem Monster wie mir nach oben geschoben, dann solltest du mir besser zuhören …«

Die Widerstandsfähigkeit ist eine eigenartige Eigenschaft. Sie beschreibt die Fähigkeit eines Körpers, eines Geistes, eines Organismus oder eines Systems, nach einer schwierigen Auseinandersetzung wieder einen Zustand des Gleichgewichts zu erreichen, weiterhin zu funktionieren, zu leben und vorwärtszukommen und dabei traumatische Erlebnisse zu überwinden.

Es dauerte, bis Martin Servaz wieder zu einem Gleichgewicht zurückgefunden hatte – aber er erholte sich. Dabei half ihm ein Ereignis ganz besonders, das sich kurz nach dem zutrug, was gerade berichtet wurde. Weihnachten 2017 klingelte es bei den Espérandieus. An diesem Morgen waren sehr viele um den Baum im Wohnzimmer versammelt, unter dem unzählige Geschenke lagen, doch am meisten von allen wurde vermutlich Gustav beschenkt.

Sein biologischer Vater sah zu, wie er mit freudestrahlendem Gesicht jedes Geschenk öffnete, angefeuert von Margot, die ihr Kind in den Armen hielt, von Vincent, Charlène und ihren beiden Kindern. Er zerriss das bunte Papier mit seinen kleinen Fingern, riss die Schachteln ungestüm und voller Ungeduld auf und holte die Spielsachen mit leicht übertriebenen, überraschten Schreien heraus. Jedes Lächeln auf seinem Gesicht war ein Lächeln in Servaz' Herzen. Gleich darauf streiften ihn jedoch deutlich finsterere Gedanken, und mit einem Mal lastete ein erdrückendes Gefühl der Verantwortung auf seinen Schultern, einer tatsächlich viel zu großen Verantwortung für einen Mann wie ihn.

An diesem Weihnachtsmorgen musste er auch an Kirsten denken. Tatsächlich dachte er seit einem Jahr jeden Tag an sie. Einmal mehr war er hereingefallen. Er machte sich schreckliche Vorwürfe, nicht wachsam gewesen zu sein und wieder einmal der Lüge in Form einer falschen Identität Einzug in sein Leben gewährt zu haben. Er machte sich Vorwürfe, absurde Hoffnungen genährt zu haben, Hoffnungen, die nur enttäuscht werden konnten. Gleichzeitig fragte er sich, ob Kirsten Nigaard in irgendeinem Moment ehrlich gewesen war. Sie war zu ihm gekommen, um ihn zu ihrem Geliebten und Meister zu führen. Sie hatte ihn in eine Falle gelockt, genau wie den Dirigenten und dessen rechte Hand. Er versuchte, nicht an die gemeinsamen Momente voller Intimität zu denken, sie aus seiner Erinnerung zu tilgen. Aber sollte er leugnen, was er gespürt hatte, weil sein Gegenüber nicht dasselbe empfunden hatte?

»Martin, Martin«, sagte Charlène da freudig.

Er sah auf. Gustav stand vor ihm und hielt ihm einen Lkw von Transformers hin. Servaz lächelte und nahm das Spielzeug entgegen. Es klingelte an der Tür. Vincent verließ das Wohnzimmer.

Er hörte, dass im Flur gesprochen wurde, hörte, wie Espérandieu sagte: »Einen Moment bitte.«

Unter den aufmerksamen und wie ihm schien auch leicht misstrauischen Blicken von Gustav tastete er das Spielzeug überall ab, als Vincent von der Tür aus nach ihm rief.

»Martin, kannst du mal eben kommen?«

»Bin gleich wieder da«, sagte er zu seinem Sohn.

Er stand auf, ging in den Flur.

Musterte den Typ in der Tür. Ein Mann in brauner UPS-Uniform. Anscheinend hatte UPS beschlossen, seine Mitarbeiter auch am 25. Dezember arbeiten zu lassen.

Dann sah er in das Gesicht seines Stellvertreters und spürte, wie sein Puls in die Höhe ging.

»Dieser Brief kommt aus Österreich«, sagte Espérandieu. »Er ist an dich adressiert. Jemand weiß, dass du gerade hier bist …«

Er betrachtete den Umschlag, nahm ihn entgegen, öffnete ihn.

Eine Weihnachtskarte: Stechpalme, Girlanden und leuchtende Kugeln. Eine billige Karte. Er klappte sie auf.

Frohe Weihnachten, Martin.
Julian.

Zusammen mit einem Foto … Er erkannte es sofort. Sie trug dasselbe kakifarbene Tunikakleid mit dem geflochtenen Gürtel, das sie bei einer ihrer letzten Begegnungen getragen hatte, dieselben blond gelockten Haare und diese Strähne, die immer in ihre linke Gesichtshälfte fiel, derselbe Hauch Lippenstift. Nach all diesen Jahren schien sie sich nicht sonderlich verändert zu haben; die Zeitung, die sie las, wies darauf hin, dass das Foto erst vor drei Monaten aufgenommen worden war. Sie lächelte.

»Dieses Schwein«, tobte Espérandieu neben ihm. »Dieser Dreckskerl. Ausgerechnet an Weihnachten! Wirf es weg. Das ist nur eine verfluchte Fotomontage!«

Servaz starrte seinen Stellvertreter an, ohne ihn wirklich zu sehen. Er war sich in diesem Moment sicher, dass Espérandieu unrecht hatte, dass es keine Fotomontage war, dass man das durch eine Analyse herausfinden konnte. Das war eindeutig Marianne auf diesem Foto.

Die eine Zeitung vom 26. September 2017 las.

Plötzlich verstand er den Satz des Schweizers auch. »Sagen wir mal so, ihre Leber steht nicht zur Verfügung.« Aber natürlich, Drogen, Alkohol – wie denn auch?

Marianne – sie lebte …

Sein Herz fiel aus seiner Brust – ein Sturz ohne Ende.

Bergen, Norwegen, Dezember 2015;
San Luis Potosí, Mexiko, Juni 2016.

DANKSAGUNG

Ein Roman ist zunächst einmal ein einsames, dann ein kollektives Abenteuer. Wie immer muss ich mich bei zwei Menschen bedanken, die mich vom ersten Tag an mit ihrem unglaublich großzügigen Wesen und ihrem Wohlwollen begleiten: meine Herausgeber Édith Leblond und Bernard Fixot. Während der gesamten Schreibphase waren sie mein Kompass und meine Orientierung.

Dann muss ich mich bei all den Frauen bedanken, die diese Arche aus Papier vor dem Schiffbruch bewahrt und sie in den sicheren Hafen geführt haben. In der Reihenfolge ihres Erscheinens: Caroline Ripoll – sie hat meine Arche von den Klippen ferngehalten, auf die sie zuhielt, Amandine Le Goff, Virginie Plantard und Christelle Guillaumot.

Und zusammen mit ihnen gilt mein Dank dem ganzen Team von Éditions XO: Valérie Taillefer, Jean-Paul Campos, Bruno Barbette, Catherine de Larouzière, Isabelle de Charon, Stéphanie Le Foll, Renaud Leblond (es ist unmöglich, alle namentlich zu nennen). Es ist ein Privileg, mit euch arbeiten zu dürfen, der Kaffee ist hervorragend, und von da oben hat man einen besseren Überblick. Nichts kommt dem gleich, sich in die Höhe zu schwingen.

Außerdem muss ich mich bei Marie-Christine Conchon, François Laurent und Carine Fannius für ihren unerschütterlichen Enthusiasmus bedanken sowie bei allen Leuten von Pocket/ Univers Poche.

Wie immer hätte dieses Buch ohne die wertvolle Hilfe meiner Kontakte bei der Kriminalpolizei von Toulouse nicht geschrieben werden können – sie werden wissen, wer gemeint ist. Sollte das Buch Fehler enthalten, dann sind diese nicht ihnen zuzuschreiben. Halten Sie das dem Autor vor, überhäufen Sie ihn damit, diesen sanften Träumer, diesen Geschichtenerfinder, der mit tausendundeinem Ball jonglieren muss.

Ein herzliches Dankeschön an das Personal von Air France, das mich während eines Fluges von Paris nach Mexiko mit vielen Informationen versorgte. Sie werden erstaunt sein, dass nichts davon hier auftaucht. Aber die Umstände und das Schreiben haben anders entschieden. Aufgeschoben ist jedoch nicht aufgehoben, meine Lieben.

Meiner Frau Joëlle danke ich für all die Jahre der Verbundenheit, die mir das Leben so viel einfacher gestaltet hat.

Schlussendlich danke ich Laura Muñoz – sie hat diesen Roman und seinen Autor mit Herz und Verstand weit von den Schatten weggetragen.

Ach ja, fast hätte ich es vergessen: Da gibt es noch einen, bei dem ich mich bedanken will. Er heißt Martin Servaz.

QUELLENVERZEICHNIS

S. 7: Johann Wolfgang von Goethe. Der Erlkönig. 1782.

S. 7: Yves Bonnefoy. Die gebogenen Planken. Gedichte französisch und deutsch. Übertragung und Nachwort von Friedhelm Kemp. Die Originalausgabe erschien unter dem Titel Les planches courbes bei Mercure de France, Paris 2001.
© 2003 Éditions Gallimard, Paris. Klett-Cotta, Stuttgart 2004.

S. 87: Robert Louis Stevenson. Die Schatzinsel. Übersetzt von Heinrich Conrad. Vollständige Ausgabe. Anaconda Verlag, Köln 2015.

S. 87: H. P. Lovecraft. Herbert West Wiedererwecker.
Aus dem Amerikanischen übersetzt von Andreas Fliedner.
© S. Fischer Verlag, Frankfurt am Main 2017

S. 428: Novalis. Hymnen an die Nacht. 1800.

*Genau so müssen Thriller sein:
perfide, abgründig und völlig unerwartet!*

BERNARD MINIER

SCHWARZER SCHMETTERLING

Eisiger Winter in den französischen Pyrenäen. Ein abgeschiedenes Dorf. Eine geschlossene Anstalt. Ein hochintelligenter Psychopath mit einem teuflischen Plan. In 2000 Meter Höhe machen Arbeiter eine verstörende Entdeckung: ein grauenvoll inszenierter Tierkadaver auf schnee- und blutbedeckten Felsen. Das Werk eines Wahnsinnigen? Am Tatort werden Spuren eines gefährlichen Serienmörders gefunden, doch dieser sitzt seit Jahren im hermetisch abgeriegelten Hochsicherheitstrakt einer psychiatrischen Anstalt. Während Commandant Servaz und die junge Anstaltspsychologin Diane Berg verzweifelt versuchen, das Rätsel zu lösen, wird der kleine französische Ort Saint-Martin von einer kaltblütig inszenierten Mordserie erschüttert …

KINDERTOTENLIED

Hochsommerliche Hitze und heftige Gewitter belasten die Menschen im Süden Frankreichs, als ein brutaler Mord geschieht. Eine Professorin der Elite-Universität Marsac liegt gefesselt und ertrunken in der Badewanne. In ihrem Rachen steckt eine Taschenlampe. Ohrenbetäubende Musik von Gustav Mahler schallt durch die Nacht. Kindertotenlieder …

WOLFSBEUTE

Das Unheil beginnt mit einem verstörenden anonymen Brief eines vermeintlichen Selbstmörders. Zunächst glaubt Moderatorin Christine Steinmeyer an einen Irrläufer, der da in ihrem Briefkasten gelandet ist. Doch dann meldet sich in ihrer Live-Radiosendung ein Mann zu Wort, der Christine für den Tod eines Menschen verantwortlich macht.

Wenig später wird in ihre Wohnung eingebrochen, der Täter hinterlässt eine CD mit Opern-Arien. *Tosca* von Puccini. Dann verliert Christine ihren Job, und auch ihr Lebensgefährte wendet sich plötzlich von ihr ab. Ein Albtraum nimmt seinen Lauf. Wer trachtet danach, Christines Leben zu zerstören?

S. K. TREMAYNE

MÄDCHEN AUS DEM MOOR

PSYCHOTHRILLER

Es war nur eine vereiste Kurve. Nur ein Moment der Unachtsamkeit. Doch seit Kath Redways Auto in einen See im Dartmoor stürzte, scheint ihr Leben in einen finsteren Abgrund zu trudeln. An den Vorfall selbst kann sie sich nicht erinnern, auch die Woche davor ist wie aus dem Gedächtnis gelöscht. War Kath wirklich so glücklich, wie sie immer dachte? Was verbirgt ihre Familie vor ihr? Und was glaubt ihre kleine Tochter Lyla im nächtlichen, nebligen Moor zu sehen?

Der neue Psychothriller von S. K. Tremayne, der mit *Eisige Schwestern* und *Stiefkind* die Bestsellerlisten stürmte.

»Es gibt sie tatsächlich noch, diese Psychothriller, die einem förmlich das Blut in den Adern gefrieren lassen!«

Booksection.de